La desbandá

La desbandá

Luis Melero

rocabolsillo

Segunda edición: enero de 2011

Marquès de l'Argentera, 17. Pral. 1.ª
08003 Barcelona
correo@rocaeditorial.com
www.rocaeditorial.com

Impreso por Liberdúplex, S. L. U.
Sant Llorenç d'Hortons
(Barcelona)

ISBN: 978-84-96940-19-2
Depósito legal: B. 1752-2011

A los centenares de personas que con su doloroso testimonio han hecho posible la escritura de esta novela.

A Luis Algorri, cuya generosidad sólo se ve superada por la calidad de su prosa.

A Blanca Rosa, Silvia y Patricia, mis tres ángeles de la guarda.

Málaga, arada por la muerte
y perseguida entre los precipicios
hasta que las enloquecidas madres
azotaban la piedra con sus recién nacidos.

España en el corazón,
PABLO NERUDA

Los hechos relatados aquí sucedieron verdaderamente.
Los personajes y sus circunstancias son ficticios.

I. La quema de júas

Como acababa de cumplir once años, Mani se creía muy mayor para sentir miedo de la silueta del muro del convento, que le desvelaba todas las noches cuando, distraído por los juegos callejeros, olvidaba la resolución de no mirarla nunca si estaba a punto de acostarse. Pero ocurría a diario. Se despedía de los amigos con el tedio de costumbre, porque hallaba a los chicos de su edad demasiado infantiles, y daba una ojeada envidiosa al grupo revoltoso de adolescentes que adulaban al Templao, todos mayores de dieciséis años, y entonces, al mirar más allá de ellos hacia el fondo del callejón sin salida, sus ojos, rebeldes a su voluntad, se clavaban en la silueta.

Tenía que subir las escaleras empeñado en no sentir el escalofrío, pero daba luego vueltas y vueltas en el colchón, sin lograr casi nunca dormirse antes de la madrugada, cuando le vencía el agotamiento puesto que su jornada de trabajo comenzaba a las siete de la mañana. La silueta le obsesionaba la mayoría de las noches y si al rebullirse le despertaba alguno de sus cuatro hermanos con una patada o un gruñido, dado que las dos colchonetas extendidas en el suelo eran insuficientes para los cinco, se arrastraba hasta el balcón para asomar la cabeza entre las macetas de geranios a ver si la silueta se movía junto a los demás fantasmas que recorrían el barrio entre crujidos. Todas las callejas eran estrechas y lóbregas; de día, los desconchones de las paredes de cal creaban dibujos que se confundían con las sombras de las macetas proyectadas por el sol; al caer la noche, las paredes conservaban las huellas de las sombras del día y Mani era incapaz de determinar si veía realidad o la proyección chinesca de una impresión de su memoria.

La historia de la silueta debía de ser muy antigua, varios siglos sin duda; Mani llevaba obsesionado con ella todos los días de su vida desde que tenía memoria. Las mujeres que ayudaban ocasionalmente a su madre, de noche, en el taller de costura, no paraban de cotorrear para que no les venciera el sueño y era el enigma de la silueta con lo que más saliva gastaban.

—Lo que grita la mancha de madrugá, me pone los pelos de punta —decía con tono ronco la más vieja de las costureras, Mercedes *la Alpistelá,* que además de borracha, tenía fama de nigromante y por ello suponía Mani que no sería de las más impresionables—. No hay una puta ni un bujarrón que grite las porquerías que ella grita.

—Han tratao mil millones de veces de tapar con cal esa mancha —relató Concha *la Chata,* una vecina del piso bajo del corralón—. Se hartan de dar brochazos y rascar la pared, y nanay; siempre vuelve a salir. Es cosa del demonio, que os lo digo yo.

—Es como si la pared sudara sangre —añadía Matilde *la Colorá* con un deje de espanto en la voz, mientras se persignaba.

La madre de Mani, Paula Robles del Altozano, apellido que motivaba en el barrio toda clase de conjeturas, alzaba la mirada de la costura hacia sus contertulias y movía la cabeza para impedir que los comentarios asustasen a su hijo.

Hacía varios siglos que el suceso había tenido lugar; una novicia había sido emparedada en ese muro y, desde entonces, su silueta quedó grabada en la pared indeleblemente según decía Paco, uno de los hermanos mayores de Mani, que dedicaba mucho tiempo a leer libros y folletos comunistas. Mani no entendía lo que la palabra «indeleble» significaba, pero menos entendía que alguien hubiera hecho algo tan horrible que mereciera tal castigo. De día, sentía curiosidad por averiguar de qué delito se trataba, pero el escalofrío de cada noche le disuadía de emprender indagaciones.

Inmersa en un claroscuro que contrastaba con la luminosidad de Málaga, la calle se llamaba Rosal Blanco, aunque no tenía ningún rosal y nadie recordaba que alguna vez lo hubiera tenido, un callejón sin salida que acababa en la tapia del convento de monjas, de las que contaban en el barrio historias en susurros, porque no era Mani el único aterrado, ya que todos los que habitaban las ruinas sujetas a sus muros sentían pánico del misterio oculto en su interior. Las historias eran procaces, pues hablaban de jardineros lascivos que habían engendrado hijos innumerables con la comunidad religiosa, niños malqueridos cuyos cuerpos se pudrían bajo la tierra del pequeño huerto monacal sin una lápida ni una cruz que señalara el enterramiento y rindiera homenaje a su recuerdo, sin nombre ni bautismo, muertos por las manos de sus propias comadronas, pero enseguida les asustaba suponerse blasfemos y cambiaban de conversación para hablar de almas condenadas que erraban eternamente sobrevolando los hedores del barrio por haber causado en vida alguna pena a las monjas.

Era 22 de junio de 1934, el sol brillaba esplendoroso, hacía calor y Mani había acabado de vender los periódicos a media mañana; una vez que entregara a su hermano Paco el producto de la venta, dispondría del resto del día para sestear y atiborrarse de almejas en la playa de la Malagueta. Detuvo la carrera al llegar a la esquina de su calle; casi todas las vecinas y muchos de sus hijos, aunque ninguno de los maridos, encalaban las fachadas de las catorce casas que formaban el callejón; sólo entonces recordó que al día siguiente era la noche de san Juan, habría verbena y quemarían los júas que esa misma tarde tendrían que elaborar entre todos los vecinos. Al contrario que el encalado, los júas eran cosas de hombres, pero los mayores encuadraban a los niños en un territorio ambivalente, lo que les obligaba a ayudar tanto a sus madres como a sus padres. Debía aplazar el proyecto playero, porque le esperaba un día agotador.

Dudó si entrar en el callejón. Podía escabullirse, puesto que ni Paula, su madre, ni sus hermanos sabían la hora en que había acabado de vender los periódicos. La quema de júas podía ser la ocasión de acercarse al Templao que llevaba meses acechando; tal vez consiguiera realizar una proeza que deslumbrara al adolescente más popular del barrio y le hiciera olvidar que él era un mocoso, cinco años más joven, que todavía se dejaba atormentar por la silueta del convento. Disponía de toda la tarde para urdir el plan mientras ayudara a Paco a componer el júa, la única de las tradiciones del barrio, junto con el carnaval, que el más culto de sus hermanos secundaba, ya que todas las demás guardaban relación con el catolicismo, al que denominaba el «opio del pueblo». Paco hablaba de los júas de manera muy diferente a los demás vecinos; decía que esa tradición tenía su origen en la prehistoria, porque los pueblos primitivos creían que debían exorcizar sus viviendas destruyendo a los malignos espíritus caseros con el recurso de quemar las cosas viejas en el solsticio de verano; aseguraba que Málaga había celebrado la quema de los júas desde hacía más de cuatro mil años, aunque a partir de la llegada de los Reyes Católicos hubieran asignado a los fantoches-demonios domésticos el nombre de Judas, que el habla malagueño había convertido en «júa». El Templao compartía la predilección de Paco por esa fiesta.

Mani decidió sacrificar la excursión a la playa y la siesta con que recuperaba a diario la falta de sueño de la noche, y ayudar a sus hermanos con el júa. A lo largo de la calleja; las vecinas blandían largas cañas con brochas clavadas en el extremo, para alcanzar con la cal las plantas superiores, y armaban una algarabía de bromas y chistes subidos de tono que a nadie escandalizaban.

—A ver si le tapamos de una vez el coño a esa lagarta de novicia —bromeó una de las dos pintoras que se encontraban al final del callejón.

—¿El coño? —dijo la otra—. Lo que le vamos a repellar es la boca, pa que se canse de no poder asustar a naide y se vaya de una vez al putiferio del infierno.

Mani vio con fascinación que las dos mujeres daban insistentes brochazos sobre la silueta del muro del convento; era ésta una novedad que no sabía que tuviera antecedentes; tal vez sentían en el pasado, cuando todavía había Rey, temor a transgredir alguna clase de tabú que les impedía plantearse el intento de borrar la silueta. Ahora, acostumbrados por fin a la libertad con tres años de República, harían desaparecer la mancha y acabarían sus obsesiones. Se las prometió felices, porque gracias a la fiesta de júas iba a librarse del terror infantil e ingresaría en la madurez en cuanto consiguiera que el Templao le aceptase en su grupo. Se divirtió un par de horas antes del almuerzo, cubierto sólo por un calzoncillo como los demás niños, bajo la lluvia de goterones de cal de los brochazos que daban torpemente sobre las fachadas bajas. Después de comer, tras un meticuloso baño en un barreño del patio para librarse de las plastas de cal sobre la piel y el pelo bajo la vigilancia de su madre desde la galería, se dispuso a preparar el júa junto a sus hermanos Paco y Antonio, que habían ideado un fantoche con el que retratarían a uno de los personajes más odiados en el barrio, el fundador de la CEDA. Cuando se afanaban por reproducir en la media rellena de paja el rostro de José María Gil, llegó el tercero de sus hermanos, Ricardo, que volvía de la parroquia de San Felipe Neri, donde colaboraba en las obras parroquiales.

—No tenéis vergüenza —reprochó Ricardo a sus dos hermanos mayores.

—Y tú eres más beato que una sotana —bromeó Antonio, acariciándose la insignia del Sindicato de Parados que siempre lucía en el pecho.

—Se lo voy a decir a mamá —amenazó Ricardo—, que no tenéis compostura. Sois unos pecadores sin respeto por ná ni por nadie.

Viendo que la discusión iba a caldearse, como cada vez que Ricardo reprendía a Antonio y Paco por sus actividades políticas, Mani deseó que llegase pronto Miguel, el hermano más próximo a su edad, que tenía un carácter alegre y despreocupado con el que conseguía suavizar los enfrentamientos. Antonio tenía veintitrés años, veintidós Paco, Ricardo iba a cumplir veinte y Miguel apenas rebasaba los dieciocho, un muchacho ante el que todas las vecinas jóvenes suspiraban; era el único que prestaba atención a Mani, ya que éste constituía una rareza en la familia por los años que le separaban de los cuatro y era Miguel el que menos distaba de su edad. Pero siempre estaba demasiado ocupado correspondiendo los requerimientos de las muchachas y no era frecuente que aceptara participar en labores que no fuesen inevitables. Ricardo se exaltaba reprendiendo a Paco y Antonio, lo que aumentaba la necesidad de Mani de escapar, porque temía que la discusión acabase a puñetazos. Vio que el Templao se disponía a salir del callejón, seguido de una nutrida cohorte, y encontró en la necesidad de ir tras él la ocasión para alejarse de la guerra civil filial.

—Voy a mear —se excusó ante sus hermanos, consciente de que ellos supondrían que era un pretexto para dejar de ayudarles.

—Eh, Rubio; no vengas detrás, que éstas son cosas de hombres —le dijo Quini, el que parecía más íntimo del Templao entre sus cortesanos.

Detestaba el apodo, basado en los rizos amarillos que caían sobre su frente y que tanto complacían a su madre. Los de su edad se guardaban de pronunciar el mote en su presencia y algunos habían salido con un ojo morado; pero los mayores por cuya aceptación suspiraba no se ahorraban las ocasiones de mortificarle. Mani respondió:

—Vamos, anda; ni que ustedes hubierais hecho la mili.

Ninguno superaba los diecisiete y las hondas y tirachinas abultaban mucho en sus bolsillos. Mani les siguió a cierta distancia por la calle que bordeaba una torrentera seca que llamaban río Guadalmedina. A una señal del Templao, se armaron de guijarros en el cauce reseco y fueron hacia un edificio decorado con azulejos morunos, donde residía el bodeguero que, según las vecindonas, poseía la mayor fortuna de la ciudad. Tenía reputación de malvado; afirmaban que encadenaba con grilletes a los obreros de su bodega que cometían fallos como la rotura de botellas, cuestión que todos creían cierta pese a que nadie nombraba a quien pudiera probar que tal cosa había sucedido. Sí sabían con la seguridad de quien contempla la desolación de los perjudicados, que hacía poco, a consecuencia de un alboroto, había despedido a todos los que estaban afiliados a la UGT, la CNT y la FAI. Éste era el motivo de que El Templao y sus secuaces acecharan ahora ante su casa. Parecía no haber nadie dentro, las ventanas tenían cerradas las persianas y estaban corridas las cortinas de los cierros, tres en total, que ocupaban el balcón central de cada planta y, a ambos lados, los seis balcones restantes parecían igual de herméticos. El bellísimo edificio presentaba un aire de abandono súbito, como si sus habitantes hubieran sido prevenidos.

Los muchachos se desconcertaban. Se miraban unos a otros y escudriñaban los balcones en busca de un signo de vida en la parálisis imprevista que presentaba la mansión. Carecía de mérito agredir una casa deshabitada, lo que deseaban era dar al bodeguero un susto de advertencia; en su ausencia, el ataque carecería de sentido; unos pocos cristales rotos no causarían mella a quien tanto dinero tenía ni introduciría vacilación en las arbitrariedades que el vinatero cometía con sus obreros. Iban a abandonar el asedio, cuando Mani observó el leve movimiento de un visillo en el cierro del tercer piso, lo que revelaba la presencia de un observador angustiado que deseaba evaluar la situación sin ser visto. Los secuaces del Templao lo advirtieron también, porque al instante siguiente comenzaron a lanzar las piedras. Alcanzaron los cristales de las dos primeras plantas, cuyos fragmentos caían con estrépito y tapizaban los adoquines de la calzada como nieve, y no tardó en acudir una muchedumbre de curiosos alertados por el ruido. Mani no entendía de dónde salía tanta gente y tan aprisa aquellos días; suponía que no tendrían que afanarse tanto por encontrar qué comer como los miembros de su familia. El acoso duraba apenas unos minutos y la multitud bloqueaba ya la calle cuando llegaron los guardias de Asalto.

—Corre, majareta, que te van a jiñar —le gritó Quini al pasar.

Mani se encontraba a unos cincuenta metros de la casa, oculto por un árbol, y contaba cinco años menos que el más joven de los asaltantes; supuso que no podía parecer sospechoso y por ello permaneció en el mismo lugar, para ver correrse el telón de lo que le había parecido tan excitante como las películas en que gastaba el poco dinero que le daban en su casa. Detuvieron a nueve, pero la mayoría escaparon por el cauce del río con el Templao a la cabeza, carcajeándose. El caso no trascendería en drama, todos serían liberados en pocos minutos, por su edad y porque los guardias no daban abasto ni tenían paredes elásticas los calabozos de la comisaría de vigilancia, siempre atestados de manifestantes y sindicalistas detenidos.

Soltaron, en efecto, a los nueve antes del atardecer, acontecimiento que Mani aguardó antes de subir a su casa examinando los júas, que estaban todos instalados ya; el presidente de la CEDA, que Paco y Antonio no habían conseguido retratar con suficiente parecido y al que le habían tenido que colgar del cuello un cartel donde rezaba «Gil y Pollas»; el obispo regordete que solía pedir a sus diocesanos el voto para las derechas, blandiendo un látigo con un crucifijo en la punta; el bodeguero pisoteando a los obreros caídos a sus pies, pero llevando en hombros a un banquero con chistera, que chupaba un sorbete clavado en la garganta del vinatero; Alfonso XIII, ante el que otra figura vestida de Papa le practicaba una felación; el pene tenía forma de cetro real. El único que le gustó representaba al bandolero Flores Arocha con un trabuco escondido bajo la manta jerezana, dispuesto a disparar contra el guardia civil que le llevaba preso.

Cuando llegaron entre gritos y vivas a Rusia los nueve muchachos recién liberados, algunas de sus madres no habían tenido tiempo de enterarse de la aventura; los que sí la conocían los recibieron con vítores entre palmadas, y si no lanzaron pétalos de rosas a su paso fue porque únicamente estaban familiarizados con las margaritas silvestres y jaramagos, y sólo de lejos habían entrevisto las rosas que florecían tras las pesadas verjas de los palacetes de La Caleta y El Limonar, distritos que los vecinos del barrio recorrían nada más que cuando visitaban a sus parientes que servían como criados. A Paula, la madre de Mani, le complacía describir los lujos de tales casonas, ya que su oficio de costurera le obligaba a ofrecerse como remendona a domicilio, y había trabajado a veces tras aquellas puertas señoriales. Mani la escuchaba embobado describir las porcelanas, sillones dorados, cristalerías y alfombras persas que ella sabía retratar como nadie. Al pensar en su madre, recordó que tenía que subir un instante para el escrutinio periódico que Paula le exigía entre juego y juego; después, bajaría de nuevo para poner en marcha su plan de conquista del favor del Templao.

Contra la costumbre, la puerta de la minúscula vivienda estaba cerrada en vez de permanecer abierta como todas las de la galería, puesto que nadie poseía nada que los demás desearan robar. Extrañado, Mani tomó precauciones antes de empujar la puerta, ya que su madre podía estar probando en ese momento un vestido a una cliente, aunque últimamente casi no tenía trabajo. Acercó el oído a la repintada madera desconchada, para decidir si podía entrar; no lo hizo a causa de lo que oyó:

—Otra vez asaltando tiendas. Me vas a matar a disgustos —reprochaba Paula.

—¿Quieres que nos muramos de hambre? —replicó su hermano mayor, Antonio—. El Sindicato de los Paraos es la única arma que tenemos los pobres. Esto no es pecao, mamá, porque las tiendas que asaltamos son las de los ricos, los culpables del contradiós que es nuestra vida. Por lo menos, comeremos bien unos días.

—Llévate tó eso de aquí, ¿me oyes? No quiero ni verlo.

—¿Estás segura, mamá? ¿Quieres que el niño siga tan raquítico y que ninguno de nosotros tengamos agallas pa levantarnos a las cinco de la mañana, pa llegar al periódico antes que los demás y que no nos quiten los puntos de venta? El Mani no ha probao el jamón en toa su vía.

—Vas a acabar en la cárcel, Antonio. Si tu padre...

—¡Mi padre! Ese cabrón mamarracho, hijo de puta... Mira, mamá, tú quédate tranquila, que no pasará na... y si me cogieran, eso ganaré; comería bien una temporá.

La voz de Paula sonaba a lamento. Mani se apartó de la puerta, para que no le pillaran espiando. El desconcierto le causaba desasosiego, porque no comprendía las palabras de Antonio. ¿Era un raquítico? De ningún modo, tenía más fuerza que los vecinos de su edad. ¿Por qué había llamado mamarracho a su padre muerto? Cuando sus hermanos lo mencionaban en su presencia, todos, Antonio inclusive, lo hacían con respeto, aunque siempre alguno desviaba la conversación. En última instancia, si su hermano se exponía a ir a la cárcel por su causa, él no podía permanecer impasible. Tenía que ir en busca de la pandilla del Templao.

Recorrió muchas veces la corta calleja, arriba y abajo, pero tras lo de la casa del bodeguero el Templao y los demás debían de andar de celebración por las tabernas, aunque tampoco los encontró en los locales de la calle Huerto de Monjas ni en el Molinillo. Finalmente, dedujo que habrían decidido reservar fuerzas para la juerga de la quema de los júas, la noche siguiente. Iba a volver a su calle, dispuesto a participar en las tertulias formadas en torno a cada uno de los fantoches, cuando vio a Quini doblar la esquina. Pese a que parecía el más íntimo del Templao, les había visto discutir muchas veces e intuía el motivo: mientras que el Templao trabajaba duramente como arrumbador y estibador en el puerto, Quini se había ganado su fama de trapichero con todo merecimiento. Las comadres concordaban en que su destino fatal era el reformatorio y más tarde, la cárcel, pero su casa era de las más prósperas de la vecindad, aunque su padre no trabajase y estuviera siempre borracho.

—Quini... —murmuró Mani, con tono suplicante.

—Joé, Rubio; eres más pesao que una pechá de borrachuelos. ¿Qué mierda quieres?

—Yo... necesitaría una ayudita pa mi madre...

—¡Venga ya! Si eres un mocoso que toavía no tiene pelos en los cojones...

—Yo tengo más huevos que tú.

—¡Ah, sí! ¿Cuántos, media docena?

Mani recordó que debía ser lisonjero si quería que le ayudase.

—Seis por lo menos, aunque no tantos como tú, Quini, que dicen que tienes docena y media.

—Joé, Rubio, mira que eres chaquetero... Pero si es fetén que te sobran huevos, vente conmigo.

Quini le precedió deprisa, como si no se conocieran, hasta las cercanías del puerto. Sin volverse hacia él, le dijo con disimulo, sin apenas mover los labios:

—Espera un poquillo aquí, Rubio. No tardo ná.

Tras saltar Quini la verja del puerto y desaparcer por el laberinto de grúas, almacenes y, más lejos, mástiles y chimeneas de barcos, Mani esperó unos veinte minutos. Mirando de reojo a los carabineros de la entrada, se preguntó si sentía miedo; aceptó que un poco, pero debía impedir que Antonio siguiera exponiéndose a ser encarcelado. Quini regresó con una voluminosa caja de cartón cargada al hombro. Le chistó desde el otro lado de la verja y le dijo:

—Echa mano de la caja, Rubio.

Tras un nuevo salto de la verja, Quini le dijo al oído:

—Escucha, Rubio; con mucho cuidaíto, vete pal barrio por calle Nueva, que yo tiraré por Puerta del Mar. No hagas caso de lo que te digan. ¿Tendrás huevos de cargar esta caja tan grande hasta allí? Porque no puedes dármela hasta la esquina de Huerto de Monjas con Ollerías, ¿te enteras?

Mani comprendió. Hubiera lo que hubiese dentro de la caja, si los guardias se la requisaban a un niño, no sería tan dramático como que sorprendieran con ella a un casi adulto como Quini. Respondió:

—Sí, Quini. No te preocupes.

—Pero que no se te vaya a ocurrir pegármela, ¿lo coges? Te molería a patás si apareces sin la mercancía.

La caja no pesaba tanto como sugería su volumen, pero Mani tuvo que apoyarla muchas veces en los alféizares de las ventanas y en los escaparates en el recorrido de unos dos kilómetros. Quini le esperaba casi oculto en un portal; igual que en el puerto, le chistó haciéndole una señal para que se acercara.

—Espera cinco minutillos, Rubio. De aquí a ná vuelvo pa pagarte lo tuyo.

Echó a correr escaleras arriba y Mani tuvo que esperar no cinco minutos, sino más de media hora, con el hombro apoyado en el quicio de la puerta.

—Toma, Rubio —dijo Quini poniéndole un billete en la mano.

Mani miró el duro con incredulidad. Cinco pesetas era lo que ganaba con la venta de periódicos durante una semana. Sintió júbilo.

—Quini..., ¿tienes algún otro asuntillo por ahí?

—Vaya, vaya con el mocoso. Ahora resulta que tienes prisa por ser un potentao —Quini se apiadó de la expresión de Mani—. Bueno, Rubio, sí que tengo una cosita, pero se trata de palabras mayores. No creo que tengas tantos huevos como dices.

—¿Cómo quieres que te lo demuestre? —retó Mani.

—Será mejor que te lo diga cuando salgamos pallá. Ahora no me fío. Te espero a las diez de la mañana.

—Tengo que ir a vender los periódicos.

—Entonces, no hemos hablao ná.

—No, no. Quini... —Mani recordó el duro que tenía en el bolsillo—. Sí, de acuerdo, ¿dónde me esperas a las diez?

—En la esquina de Carretería con Ollerías, pero que no se te vaya a ocurrir decírselo a naide. ¿Por qué te paras?

Mani se había detenido al entrar en el callejón de Rosal Blanco.

—Mira —señaló con mano temblorosa la silueta del muro del convento, que empezaba a reaparecer sobre las numerosas capas de cal, todavía fresca, con que la habían recubierto hacía menos de diez horas.

Quini se echó a reír con expresión muy desagradable al ver que Mani palidecía.

—¿No decías que te sobraban cojones? —ironizó.

—Según... —Mani vaciló—. No es lo mismo trajinar con lo que se pué tocar que con un alma en pena...

—Bueno, Rubio; la verdad es que a mí también me acojonaba un poquillo esa silueta cuando tenía tu edad. Pero, ¿sabes cómo se me quitaba el canguelo? Me restregaba tó el cuerpo con ajos, que dice Mercedes la Alpistelá que es lo mejó pa que los demonios ni se te acerquen.

—¿Tú sabes por qué emparedaron a la novicia, Quini?

—No era una novicia, sino una monja, y pasó antes de que nos arrasara Napoleón. Era una monja de ésas que entraban en el convento forzás por su familia, y los padres de ésta estaban podríos de dinero, porque tenían en Cádiz barcos de aquéllos que iban pa América. La monja no estaba conforme con el encierro, porque se había enamorao hasta el tuétano de un gachó de Ronda, un señorito torero que dicen que era un follaó de aquí te espero, que se encerraba en el mesón de la Victoria cá noche con una gachí diferente. La monja se hartó de mandarle cartas suplicándole que la sacara del convento; un día se enteró de que toreaba en Málaga y, como tenía más joyas que una Reina, po eso, que compró a la monja del torno pa que la dejara salir esa noche. Se fue al mesón y pilló al andoba en la cama con una de sus queridas y, ¿sabes lo que hizo? Coserlos a puñalás a los dos. Volvió al convento más llena de sangre que un matarife y con un ataque de aquéllos. La comunidad creyó que estaba endemoniá y ya ves, la emparedaron viva y, ¿sabes lo que pasó? Que aunque estaba completamente enterrá en la pared, no paró de maldecir a las hermanas durante años y años. Mi madre dice que por la parte del convento, la tapia está cubierta de cruces, tarros de agua bendita y ristras de ajos, que es lo que espanta al diablo. Así que ya lo sabes, si te jiñas con la monja emparedá, échate ajos hasta en los huevos.

Subió resuelto a hacerlo, pero todavía era demasiado temprano para que sus hermanos se hubieran dormido. Faltaba Antonio, que últimamente quería despejar sus dudas amorosas entre dos hermanas, vecinas de la misma calle, y compaginar su pertenencia al Sindicato de los Parados con la militancia en la CNT. Para aclararse, contemplaba en la taberna, durante horas, su nariz reflejada en el espejo de la verdad del fondo de los vasos incontables de vino Cómpeta. Miguel dormía con expresión de beatitud; seguramente habría estado en el huerto de la Virreina con una de sus conquistas. Paco y Ricardo discutían en voz baja; el primero, tratando de quitarle al segundo la religión de la cabeza y éste, intentado con todos los argumentos posibles demostrarle a Paco que Dios existía. Como siempre que la silueta del convento le desvelaba, Mani fingió dormir. Cuando llegó Antonio con los ojos vidriosos y un tufo a moscatel que se olía a la distancia, Paco le recriminó el asalto de tiendas con el Sindicato de los Parados. Antonio señaló hacia el enjuto cuerpo de Mani.

—Mira al niño, Paco. ¿No ves que está escuchimizao?

—Peor será si te meten preso, Antonio. Mamá está en un sinvivir. Y además, el Sindicato de los Parados es una aberración que no lleva a ninguna parte, porque no tenéis posibilidad de negociar con ningún patrón. De la CNT, ídem de lo mismo, porque además de locos sin disciplina, son un hatajo de entreguistas.

—Tus opiniones me las paso ya sabes por dónde —respondió Antonio— ¿Qué hacéis los comunistas, eh? Namás que colaborar con esos neocapitalistas del PSOE.

Se durmieron casi a la una. Como Mani presentía que la silueta comenzaba a rondar el balcón, se desnudó completamente y se untó de ajos por todo el cuerpo, menos donde le escocía. Cuando el zumo fue secándose, parecía que le hubieran almidonado la piel. Para su desgracia, sus hermanos poseían un olfato muy selectivo, que si bien aceptaba los efluvios del sudor y los pedos, o el de las chinches y los pies, no toleraba el de los ajos. Repentinamente y por sorpresa, Mani sintió que una furibunda asamblea de cuatro seres mucho más materiales que la monja de la silueta le alzaban como un fardo, le arrojaban a la galería y le mandaban a bañarse.

De noche, el patio se llenaba de monstruos viscosos, salidos ora del retrete colectivo que compartían las treinta y dos familias del corralón y que era frecuente ver inundado de excrementos, ora de los canalones del tejado, por donde se descolgaban sigilosamente para colarse por los postigos del balcón, camuflados entre sombras y confundidos con los claveles y azucenas, flores que aplastaban porque las odiaban a causa del aroma que para ellos era hedor. Ahora, estaban descolgándose a millones por los puntales de hierro de la galería. Mani deseó volver junto a sus hermanos en busca de protección, pero buenos eran ellos; salvo Ricardo, todos se burlarían de sus «niñerías» y era esa palabra la que más le desquiciaba. Reunió coraje para bajar al patio, donde, al tirar de la cuerda del balde del pozo, la polea chirrió, por lo que varios vecinos de las habitaciones de la planta baja le dedicaron una retahíla de maldiciones que agravaron aún más su descomposición.

Los monstruos estaban introduciéndose en las burbujas que formaba el agua y veía un tumulto de seres minúsculos que caían en cascada escaleras abajo. Había alguna luz en el patio, porque el cielo de Málaga era todavía virgen y no existían humos que nublaran el brillo de las estrellas, pero la escalera ascendía por el rincón más oscuro. No se atrevió a subir para volver al dormitorio. Se acurrucó en el marco del postigo del portalón con la esperanza de que llegara pronto cualquiera de los vecinos trasnochadores, en cuya presencia volvería arriba.

El portillo semientornado, abierto lo justo para que él pudiese estar sentado, le permitía sentirse protegido. No había tenido todavía tiempo de olvidar las visiones del patio, cuando sonaron gritos procedentes de la ventana más cercana al portal. La voz estentórea de Concha la Chata gritaba «cabrón, degenerao, hijo de puta, te voy a capar, sinvergüenza» y, de repente, casi le sobrevoló una voluminosa figura negra que corrió calle abajo, mientras Concha continuaba vociferando parada junto a Mani.

Todos los niños sabían que Concha era la prostituta del corralón pero, además de no comprender del todo el significado de la palabra, no podían hablar de ello, porque pronunciar una palabra como «puta» ocasionaba que sus madres les untaran guindilla en los labios. Concha recibía a sus clientes al caer la tarde y se encerraba en su minúscula vivienda del portal, pero la puerta no encajaba bien y los gemidos y los ruidos del somier de flejes producían a Mani un sentimiento del que especulaba sin saber explicárselo. A veces, antes de dormirse, sentía una picazón extraña en las ingles si al acostarse evocaba los rumores de la casa de Concha, pero nunca había reunido valor para comentarlo con sus hermanos.

Al llegar a la esquina la figura negra y soltarse los faldones que sujetaba en torno a su bamboleante barriga, Mani cayó en la cuenta de que se trataba del coadjutor parroquial, aquel don Agapito que veneraba la mitad del barrio y odiaba la otra mitad. Sólo lo había visto en la calle Rosal Blanco cuando acudía a dar extremaunciones; por ello, se preguntó si habría algún vecino a punto de morir. Concha permaneció unos segundos viendo correr al cura, y luego volvió los ojos hacia Mani.

—Chiquillo, ¿qué haces tú aquí a estas horas? —le preguntó, como si no le hubiera visto antes.

Le contó lo de los ajos. Al principio, ella no entendió, puesto que parecía rumiar su mala leche a causa de lo que hubiera ocurrido, por lo que Mani volvió a hablar de la piel almidonada, los hermanos enfurecidos, el baño, el miedo.

Por fin, ella comprendió el episodio y se echó a reír a carcajadas contenidas.

—Ven dentro de la habitación, Mani, que me voy a mear de risa.

Cerró la puerta y soltó la carcajada.

—Toma, Mani —Concha le ofreció una caja de lata rebosante de galletas rellenas.

Engulló más de diez en un instante.

—Escucha... Mani —Concha vacilaba—, no le vayas a decir a nadie que has visto a ese fulano salir de aquí, ¿eh?

Le enorgulleció la solicitud de complicidad. Concha le explicó atropelladamente que el cura era pariente suyo y había venido a darle un recado; no pareció muy convencida de su propia fabulación y movió la cabeza en ademán de negativa. Mani notó que le examinaba para convencerse de que no se pondría a largar al día siguiente y, para tranquilizarla, le dijo que ya no era ningún mocoso. Ella se hizo la sorda e interrumpió la frase dándole un trapo para que se limpiara las manos.

—Vas a ver una cosa que no ha visto naide del corralón.

Mani presintió por su tono que se trataba de algo sumamente importante. Concha se valió de una silla para alcanzar una maleta situada encima del ropero, de donde sacó un montoncito de tarjetas parecido a una baraja de cartas. Su expresión era todavía dubitativa cuando puso las fotografías en las manos del niño. Al principio, éste no identificó las figuras ni lo que hacían, pero le fulminó una especie de terremoto interior al revelársele que aquellos contorsionados cuerpos eran los de un hombre y una mujer, él con el pantalón bajado hasta medio muslo y ella con las piernas alzadas entre el fru-frú de la enagua. Lucía completamente una zona oscura, que Mani contemplaba por primera vez en su vida, en medio del retazo de carne pálida que dejaban descubierto el liguero y las medias negras. Había al pie una inscripción realizada con letra cursiva en francés; naturalmente, Mani no sabía francés, pero entendió el sentido general de las frases llenas de exclamaciones, haches aspiradas, signos de admiración y puntos suspensivos. Una vez desvelado el misterio, miró el resto de la colección golosamente. Imperceptible al comienzo, le fue invadiendo una emoción nueva, desconocida, que era muy perturbadora porque tenía plena consciencia de la intensidad con que Concha miraba la protuberancia del pantalón, que estaba seguro de que tenía que ser vergonzante, y se sonrojó. Inesperadamente, ella hizo algo espantoso; mirándole a los ojos, sonrió, puso la mano encima del bulto y comenzó a frotar y apretar. Mani tuvo la sensación de que caía por un precipicio y unos segundos más tarde, creyó que iba a desmayarse por las sacudidas que le bajaban por la espina dorsal y reventó en un delirio insoportable y convulso entre gemidos y jadeos, tras el que supuso que llegaría la muerte. Mientras recuperaba el ritmo normal de la respiración, casi no oyó que Concha le decía:

—Oye, Mani, como le cuentes esto a alguien, el demonio te llevará al infierno, si no es que te rompo yo la jeta a guantazos.

Fue a asegurarle que no hablaría, pero ella prosiguió:

—Voy a acompañarte hasta la galería, pa que no te cagues patas abajo de miedo al subir la escalera.

Cayó en la cuenta de que le había contado lo de los ajos y sus terrores; todo eso resultaba de pronto fuera de lugar y pese al arrebato, comprendió que no era propio de hombres sentir miedo. La miró de frente, esforzándose por disminuir la diferencia de estatura a base de estirarse hacia arriba.

—No te... molestes... Concha —balbuceó—. Puedo subir solo.

Se alejó tan dignamente como pudo, componiendo la figura para que no se le notara el temblor de las piernas. Ya arriba, sintió una clase desconocida de serenidad, pero, en el colchón, aprisionado entre los sudores de sus hermanos y con la convicción de que ahora tenía la silueta del convento razones mucho más poderosas para acercarse al balcón, sintió que había transgredido las directrices de su madre tan monstruosamente, que ni siquiera podía pedir consejo a sus hermanos.

Despertó, como de costumbre, por la llamada de Paula.

—Vístete, Mani, que son casi las siete y tus hermanos estarán esperándote en la plaza de la Constitución pa darte los periódicos.

Tras mojarse los ojos con la punta de los dedos ante la palangana, se puso el pantalón de dril, la camisa de rayas y las alpargatas, y echó a correr escaleras abajo. Dio una ojeada a la puerta de Concha la Chata con un sentimiento que no sabía explicarse y cruzó el postigo de portalón de un salto, yendo a toparse con ocho o diez vecinos, parados ante el portal, que miraban hacia la tapia del convento con espanto.

—¿Veis como yo tenía toa la razón ayer? Tratar de tapar la silueta con cal era currelar en balde —decía Matilde la Colorá pasándose la mano por su melena pelirroja.

—Claro que sí —apoyó Felipe el Carbonero—, como que esa novicia dicen que era hija de una bruja de Canillas del Aceituno, que había hecho junto con ella un pacto con el demonio y tenía que celebrar misas negras en la capilla del convento cuando las demás monjas durmieran. Por eso la emparedaron, porque la pillaron bailando desnuda delante del altar mayor y meándose en un copón. Natural que era una majaretá pintar la mancha, porque saldrá y saldrá por los siglos de los siglos.

Mani miró de reojo la silueta, perfilada de nuevo con toda nitidez sobre la blancura resplandeciente del resto del muro como si no hubieran dado ni un brochazo de cal. Notó de nuevo el escalofrío, pero no quería que nada le distrajese del plan de esa mañana, porque tenía que apresurarse para acabar con los periódicos antes de las diez, a ver si Quini le proporcionaba no sólo el modo de aliviar las estrecheces de su familia, sino, también, el medio para ser admitido por el Templao. Tenía que ingresar en su pandilla y, con suerte, hasta conseguiría que el héroe más aclamado del barrio aceptase con el tiempo convertirlo en su cuñado, porque Inma, la hermana del Templao, era la niña más bonita del vecindario.

A las nueve y media, aún le faltaba vender casi la mitad de los periódicos; cambió en un café el duro que había ganado la noche anterior, añadió a la calderilla de la venta el precio de los que sobraban y los tiró en una papelera, echando a correr en busca de Quini; lo encontró en la esquina de Carretería con Ollerías, pero no estaba solo, según había deducido de su solicitud de la noche anterior de no hablar con nadie del proyecto; le acompañaba un grupo de chicos más jóvenes que Quini que no formaban parte de la corte del Templao. Sintió frustración.

Al verlo acercarse, Quini lo miró de un modo que le hizo comprender que debía comportarse con disimulo. Hablaban de tesoros.

—La casa está abandoná, lo juro.

—¿Y dónde es? —preguntó uno.

—En una calle mú solitaria de La Caleta —aseguró Quini.

—¿Y quién te ha dicho lo del tesoro? —preguntó otro.

—Naide. Lo sé porque lo sé. Atando cabos.

—¿Qué cabos?

—Los cabos que me salen de los cojones —exclamó Quini—. Los que tengan huevos, que vengan conmigo. Allí hay un tesoro y volveremos ricos.

Cuando se pusieron en marcha le hizo una señal a Mani, que se sumó al grupo sin convicción, suponiendo que el proyecto había sido postergado. Los tesoros le dejaban frío, porque ya había escarbado en no recordaba cuántos lugares, donde, según la creencia popular, habían enterrado los moros, romanos, fenicios, griegos o cartagineses fortunas en joyas y monedas de oro, como en el pie del muro de las Mercedarias que daba al patio del corralón de la Torre, donde vivía el Templao, los arcos del acueducto de San Telmo, bajo los árboles gigantescos de la finca del marqués de Larios, junto a las murallas ciclópeas del castillo de Gibralfaro, y nunca había sacado más que toneladas de tierra y cabreos monumentales que le duraban semanas enteras.

Para llegar a La Caleta, debían atravesar las calles principales de la ciudad, aquéllas que sólo se atrevían a recorrer de noche porque, de día, sentían que su vestimenta ocasionaba miradas suspicaces de los guardias, tenderos y paseantes. Mani, que era el más aseado de todos por trabajar en la zona, notó que les envolvían mohínes aprensivos, porque llenos de remiendos los unos y zarrapastrosos los más, parecían una banda de truhanes. Para despejar la tensión que les dominaba cuando entraron en la calle Larios, Quini propuso jugar al pilla-pilla. Consistía el juego en que uno corriera tras los demás, hasta tocar a otro, a quien transmitía el papel de perseguidor. En la calle Larios se agrupaban los comercios más elegantes y los principales cafés, las mejores tiendas de ultramarinos con sus golosas exposiciones de alimentos exóticos, las oficinas de los bancos, los mejores sastres y modistas y el fotógrafo más famoso de Málaga, pero el local que destacaba sobre todos era el Círculo Mercantil, con sus sillones de mimbre sacados a la acera, al sol, donde se apoltronaban los viejos empresarios, casi todos en edad de jubilación, ancianos de pieles resecas con pecas importadas del centro de Europa por sus antepasados, cubiertos de sombreros jipi-japa y vestidos de costoso y arrugado lino blanco. Aferraban sus bastones de bambú con puños de marfil como quien gobierna un timón. Despatarrados, alineados los bastones y los zapatos combinados de blanco y marrón, componían una hilera tan regular y uniforme como una formación militar.

Mani había sido agraciado con el papel de perseguidor y corría en pos de otro muchacho, cuando tropezó con uno de los bastones. Mientras se reincorporaba, vio que el tropezón y la caída les había hecho mucha gracia a los ancianos, que reían convulsivamente, sacudido por instante su aburrimiento, y el que más reía era aquél con cuyo bastón había tropezado. Sintió ganas de insultarles, pero intuyó que su lenguaje de barrio podía divertirles aún más, así que, respondiendo a una inspiración, cogió el bastón y golpeó con él en la cabeza del viejo, encajándole hasta las cejas el hermoso sombrero de paja.

—Es que ya no hay respeto —oyó Mani en el griterío que se armó mientras escapaba deprisa junto a todo el grupo—. ¡Nos están avasallando los sin Dios!

Vio que lo de visitar La Caleta iba en serio, porque recorrieron el paseo del parque hacia el paraíso del Levante de la ciudad. Además del enfado por haber tirado los periódicos, sentíase indeciso sobre continuar con ellos o no, porque sabía que si alguna vez hubo tesoros escondidos en Málaga ya habían sido desenterrados durante cualquiera de los centenares de calamidades que, según contaba su hermano Paco, había padecido la ciudad: incontables epidemias de peste y fiebre amarilla que acababan con la mitad de la población, asaltos piratas con quemas de prácticamente todos los edificios, la venta como esclavos de la totalidad de los malagueños en Nápoles por orden de los Reyes Católicos, riadas catastróficas, los fusilamientos de represalia que habían seguido a lo de Torrijos y la pesadilla sangrienta de la noche de los cuchillos largos de Napoleón. Tanto había sufrido la ciudad en sus tres mil años de existencia, que ningún tesoro podía haber permanecido mucho tiempo enterrado sin que el hambre lo desenterrase. Pero tenía que encontrar la oportunidad de convencer a Quini de que le ayudase a lograr, cuanto antes, llegar a su casa y decirle condescendientemente a Antonio que no tenía que asaltar más tiendas. Recorrió el camino con ellos.

La mansión ante la que les condujo Quini no parecía abandonada. La impresionante cantidad de hierro forjado brillaba con una mano de pintura blanca reciente; las contraventanas venecianas estaban libres de polvo y había tres entreabiertas; los cuidados arriates del jardín lucían los macizos multicolores del estallido floral de junio.

—Aquí tiene que haber gente —murmuró Mani.

—¡Qué va! —exclamó Quini—. Los dueños se fueron hace lo menos una semana. Los gachós tienen una casa toavía mejor que ésta en San Sebastián. Se van allí tós los veranos, porque dicen que aquí hace mucha calor.

—Y tú, ¿cómo sabes tó eso? —preguntó uno de los chicos.

—¿Ves aquella casa? —Quini señaló otra mansión, un poco más abajo y al otro lado de la calle—: allí trabaja mi tía de cocinera.

—Pero aquí hay alguien —objetó Mani—. Las ventanas están abiertas.

—No preocuparse —les tranquilizó Quini—. Hay un guarda, pero viene de noche, porque de día trabaja en el puerto, vigilando los barcos de la señora, que tiene más parné que el maharajá de Khapurtala. Las ventanas abiertas son pa ventilar los cuartos.

Saltaron la verja sin dificultad en la esquina más alejada de la entrada y comenzaron a escarbar donde señaló Quini, que se distanció unos minutos y, al volver, hizo una señal a Mani para que le siguiera. Se apartaron de los otros con disimulo; rodearon el caserón y en la parte trasera, Quini indicó un ventanuco abierto, accesible si se encaramaban al macetón de palmitos que había debajo. Primero, Quini ayudó a Mani a subir y luego, éste le aupó tendiéndole los brazos desde el ventanuco. Fueron a dar a un cuartito muy limpio y aromático, que Mani creyó que debía de ser el tesoro prometido por Quini, ya que se encontraba repleto de comida; grandes, inconcebibles cantidades de jamones, bacalaos, mojamas, orzas de lomo y aceitunas, ristras de ajos y ñoras y embutidos que podían nutrir a todos los habitantes del corralón durante un mes, pero Quini empujó a Mani a través de la cocina vecina, y salieron a un salón amueblado de un modo que Mani sólo había visto en el cine Novedades cuando proyectaban películas norteamericanas: muebles dorados, sillas y sofás tapizados de terciopelo azul, alfombras interminables, vitrinas abarrotadas de cacharros de porcelana, bronce y plata, y miniaturas de barcos. Los hermosos cuadros tenían todos en la parte inferior del marco una placa dorada con nombres como Matisse, Rusiñol, Moreno Carbonero, Monet, Sorolla, Benlliure o Muñoz Degrain, pero en todas partes, sobre los muebles, las paredes y hasta colgando del techo, había maquetas de barcos.

Mani se detuvo, maravillado; Quini tuvo que sacudirle para continuar adelante andando de puntillas. Cruzaron otro salón igual de esplendoroso y salieron a un vestíbulo que parecía ser la entrada principal, ya que había una hermosa puerta de cristales emplomados que transparentaba la luz exterior, y allí arrancaba la escalera que conducía al piso superior. Las maravillas abundaban por todos los rincones. Subieron la escalera de mármol blanco para desembocar en un amplio rellano al que se abrían ocho alcobas. Tras un examen evaluador de las ocho puertas, Quini empujó dos con cuidado y volvió a cerrarlas mientras negaba con la cabeza; abrió una tercera que pareció satisfacerle e indicó en silencio a Mani que entrase. Éste no pudo creer de pronto que aquello fuera simplemente un dormitorio, porque la cama gigantesca cubierta con un dosel del que colgaban cortinas de gasa ocupaba sólo una parte mínima de la estancia; además, había un sofá y dos butacones junto a las ventanas; en el centro, un velador con tablero taraceado de nácar y cuatro sillas a juego; en un ángulo, una especie de cómoda con un enorme espejo de contorno irregular, orlado por un marco afiligranado, complementada con dos taburetes tapizados de raso. Ni siquiera en la más lujosa de las películas sacaban habitaciones así. Como si estuviera en el territorio sin preguntas de los sueños, no supo Mani entender la razón de su convicción: ése era justo el lugar donde podía encajar Paula Robles del Altozano, su madre, y de repente la vio sentada en uno de los taburetes vistiendo negligentemente una barroca bata blanca que le llegaba a los pies; estaba inmóvil, como si se tratara de una fotografía, lo que le permitió contemplar a placer la extrema nobleza de su perfil y la elegante delgadez y longitud de su cuello.

Sin ruido y con cuidado, Quini abría gavetas, revolviendo el interior sin desordenarlas. Hizo un aspaviento de impaciencia al ver a Mani alelado. Éste, como quien despierta de un sueño, se unió a él para registrar a fondo la habitación, pero no aparecía lo que estuviera buscando Quini. Oyeron un griterío en el jardín; una afeminada voz de hombre vociferaba para espantar a los muchachos que habían dejado escarbando. A Mani le angustió la sonrisa maliciosa de Quini.

—Era lo calculao —dijo—; mientras estén al liquindoy con el jardín, no se darán cuenta de que nosotros estamos aquí.

Comprender el significado de la frase le produjo sudor; no sabía qué hacer, estaba atrapado. Tras acercar los ojos al nivel de la superficie barnizada, Quini forzó hacia arriba la tapa del mueble parecido a una cómoda, que se levantó con facilidad desvelando un brillo que a Mani le dejó petrificado: en un compartimiento pequeño habilitado en el hueco que mediaba entre las dos gavetas superiores, había más joyas de las que lucía la reina Victoria Eugenia en las fotografías antiguas. Quini se metió en el bolsillo el tesoro, que excedía todas sus ambiciones. Mani salió tras él, pero sus piernas temblorosas se habían convertido en plomo; perdió el rastro de Quini en el vestíbulo y ya no supo orientarse a través de los dos abigarrados salones. Abrió una puerta, convencido de que debía ser la de la cocina, y al entrar de un salto se encontró en una salita en semipenumbra, con las persianas medio entornadas y las cristaleras abiertas. Iba a salir de allí, cuando oyó una voz suave, aunque un poco cascada.

—¿Eres tú, Rafael?

Temió que la dueña de la voz gritase, alertando así a los demás ocupantes de la casa. Se quedó inmóvil, en silencio. Cuando sus ojos se adaptaron a la fresca penumbra, pudo distinguir una figura casi de espaldas a él, sentada frente a la ventana. En el reposabrazos del sillón descansaba una mano muy pálida con venas prominentes, que se movió indicándole que se acercara. Lo hizo con el alma pesándole en los talones y el corazón convertido en una voladera, consciente de que podía escabullirse, pero convencido de que la huida no le serviría de nada puesto que no sabía por dónde huir. Cuando la vio de perfil creyó que se habría fugado de un cuadro o de una película, ya que nunca había visto materialmente a nadie vestido con telas tan brillantes; los rizos de satén de color oro viejo cubrían su piel traslúcida, cayendo en cascada desde los hombros al regazo. El rostro debía de haber sido muy hermoso, como el de las señoras que subían majestuosamente las escalinatas del Hotel Miramar; en su expresión se combinaban la congestión del resfriado y la melancolía, aunque había cierta picardía en sus ojos. Sus pupilas estaban irritadas pero aún así, resaltaba la belleza del color que, aparte de los suyos y los de su madre, sólo había visto Mani en los ojos de la gente rica.

—¿Eres amiguito de Alonso? —preguntó.

Iba a responder que no, pero no tuvo ocasión, porque ella continuó:

—Alonsito se ha marchado de vacaciones con sus papás y sus hermanos. A ninguno le importa un bledo abandonarme aquí sola, tan malita como me siento, con este resfriao que me va a matar. Si quieres un caramelo, coge de ahí.

Señaló un frasco de cristal, parecido a los de la botica de la calle Ollerías, casi lleno de cortadillos de nata; cogió un puñado y deslizó la mano por su costado, tratando de que ella no viera que se los guardaba en el bolsillo. La mujer le observó mientras desliaba el envoltorio de uno.

—No recuerdo haberte visto por aquí.

—Es que...

—Estos niños tienen tantos amigos, que pierdo la cuenta. ¿Qué le pasa a tu ropa?

Mani se miró sin comprender a qué se refería. Su ropa no tenía nada de particular; el pantalón de dril le quedaba un poco corto, un dedo por encima de las rodillas; debía de referirse a eso.

—En estos tiempos, ya nadie se preocupa por la ropa de sus hijos. Desde que vino la República es como si ná importara. Caramba, chico, qué desagradable es que le gotee a una la nariz. Hazme un favor. Abre aquel cajón. ¿Hay pañuelos, verdad?

Mani le entregó uno cuya finura increíble no presentaba más aspereza que las iniciales bordadas. Antes de sonarse, ella le pasó la mano por la mejilla.

—¡Qué desagradable es un resfriado en verano! Trata de no coger uno cuando haga calor, porque no te curas nunca.

—Sí, señora.

Estaba de pie ante ella, en el contraluz de la ventana.

—Tienes el pelo igual que tu madre.

—¿Conoce a mi madre?

—Por supuesto. Tú eres Enrique, ¿verdad? El hijo de Pili von Deer.

—No señora...

—Si no eres el hijo de Pili...

Dio la impresión de que alguien le clavara agujas en los riñones, porque se enderezó como si el resfriado hubiese remitido de repente. Había tal intensidad en su expresión, que el niño dudó si reír o temblar mientras la mujer ponía ambas manos junto sus orejas y atraía el rostro infantil hacia ella, para examinar con detenimiento los rasgos. Mani apreció el temporal que había en el azul violáceo de sus ojos.

—¿Cómo te llamas? —preguntó la mujer con lo que pareció un gemido.

—Manuel Rodríguez Robles del Altozano.

—¡No! —exclamó ella hundiéndose de nuevo en el sofá.

Mani se preguntó qué podía haber tan tremendo en su nombre, que justificara la exclamación. La mujer tenía desorbitados los hermosos ojos y apretaba los labios. Su cuello se había derrumbado igual que si hubiera recibido un mazazo en la cabeza, mientras desviaba la mirada como si buscase con ansiedad algo que hubiera perdido.

—Es imposible... —dijo—. No puedes ser nieto de Francisco Manuel, claro que no. ¡Qué va! Pero no lo entiendo... te pareces tanto a él...

La frase fue interrumpida por las voces de Quini y el hombre afeminado que ya había escuchado Mani antes. Gritaban, el desconocido amenazando y Quini dando alaridos de súplica. Mani comprendió que el desastre le había alcanzado. La anciana tomó una campanilla plateada como la que usaban los monaguillos en misa, la hizo repicar y al instante, entró en la habitación un sujeto como de cincuenta años, con hombros estrechos y caderas y culo monumentales. Miró a Mani con perpleja desconfianza antes de acercarse a la mujer, frente a la que se inclinó con una reverencia.

—¿Qué pasa, Rafael? —preguntó la señora.

—Ná importante, doña Elena; un chavea que he sorprendío cuando trataba de escapar por la ventana de la despensa. Había cogío un montón de alhajas de doña Rita.

—No le habrás hecho daño, ¿verdad?

—¿Eh...? —el tal Rafael examinaba a Mani escrutadoramente—, no, no. Le he dicho que iba a llamar a los guardias y se ha echao a llorar. Sólo un coscorrón... y he dejao que se vaya.

A Mani le maravilló que Quini llorase. Sonrió al imaginar la comedia.

—Has hecho muy bien —aprobó doña Elena—; ná más nos faltaría que los gitanos de sus padres nos quemen la casa.

Momentáneamente distraído de su problema, Mani estuvo a punto de protestar e informarle de que los padres de Quini no eran gitanos. Para su fortuna, la mujer no dejaba hablar.

—Rafael, dale a este amiguito mío una pastilla de chocolate.

—¿Amiguito suyo, doña Elena?

—Sí; tráele el chocolate.

—¿No sería mejor que lo lleve a la cocina y le dé un tazón de leche y unas tortas... de Algarrobo?

—Oh, sí, tienes razón, Rafael. Dale un buen desayuno, porque parece que no hubiera desayunao como Dios manda, y después trámelo aquí de vuelta, que tiene muchas cosas que contarme.

El sirviente escondió la mano en la espalda de Mani, dándole un pellizco que mantuvo sujeto mientras le empujaba fuera de la habitación, hacia el vestíbulo situado al pie de la escalera de mármol. Hurgó en sus bolsillos, que volvió del revés, y le palpó todo el cuerpo. Dijo en un susurro:

—No son tortas de Algarrobo, sino doscientos pares de hostias lo que te voy a dar. Así que tu amigo era el listillo y tú ibas de tonto útil... Vaya, vaya. Da gracias a Dios porque doña Elena tenga fiebre y ande desvariando una mijilla, y que yo esté de buen humor, que si no... Desaparece de aquí y no vuelvas. Mira que a mí no se me despinta nunca una cara y la tuya no voy a olvidarla. Como te atrevas a arrimarte a esta casa o a esta calle, llamaré a los guardias pa que te encierren en un reformatorio.

Mani echó a correr con dirección al barrio. ¿Desvariaba de veras aquella hermosa anciana, como aseguraba su criado? Menos mal, porque lo que decía le había causado una impresión muy fuerte.

Treinta minutos más tarde, el repique insistente de la campanilla obligó al criado a volver al gabinete de Elena Viana-Cárdenas James-Grey.

—¿Por qué tarda tanto ese niño en desayunar, Rafael? —preguntó.

—Es que, cuando iba a darle las tortas, al darme media vuelta en la cocina echó a correr, doña Elena. Creo... que ese niño la ha engañao, me parece que es un aprendiz de tomaó que iba con el que robó lo de doña Rita.

—Te equivocas, Rafael —reprendió ella con tono severo—. ¿Te ha dicho dónde vive?

—¡Qué va!

—Pues pregunta a las criadas y a los vecinos, a ver si alguien lo conoce. Y manda recao al médico, pa que me recete algo que me quite la fiebre, que quiero hacer una visita esta tarde.

Cuando Mani entregaba a su hermano Paco el producto de la venta de periódicos, recordó que le sobraban tres pesetas y dos gordas del duro ganado la noche anterior. Los rizos rubios que le caían sobre la frente representaban un estorbo muy serio en su estrategia de conquista del Templao, que esperaba culminar esa noche, durante la quema de júas. Pidió a su madre permiso para ir a la barbería después de comer.

—Pero dile al Granaíno que te recorte sólo un poquillo —aprobó Paula.

Mani no comprendía por qué gustaban tanto a su madre los tirabuzones de relamido niño de película. Él los detestaba y, además, era apremiante eliminar un signo tan clamoroso de puerilidad si quería que el Templao le tomara en serio. Recorrió la otra calle a donde daba el corralón denominado «Las Dos Puertas», la calle Curadero donde señoraba el convento de La Goleta, mucho mayor que el de la silueta de la monja. Todo el barrio debía de haber sido en el pasado una finca monacal ya que el convento de Rosal Blanco y el de La Goleta distaban pocos pasos entre sí, la calle de la esquina se llamaba Huerto de Monjas y había a menos de doscientos metros dos conventos más, el de las Carmelitas y el de las Reparadoras, y por ello habían crecido entre repiques de campanas, cantos gregorianos, procesiones e himnos marianos y amenazas de condenación eterna y, tras despejarse los terrores infernales de las noches, sus días se poblaban de seres alados y jubilosos que bailaban al son de los avemarías, seres resplandecientes, generalmente rubios como Mani y su madre, que sabían los niños que los llevaban encaramados en el hombro derecho y que si giraban violentamente la cabeza en esa dirección, era posible entreverlos por el rabillo del ojo. La calle Curadero alineaba en un lado cinco o seis casas entre las que destacaba el corralón de Las Dos Puertas, mucho mayor que las otras, y las restantes, una carbonería, la barbería, una carpintería y un pequeño solar cercado donde funcionaba una minúscula industria familiar de salazón de boquerones, eran viviendas unifamiliares. Al otro lado se erguía impresionante el convento de La Goleta, en cuyos numerosos patios, a la sombra de extraños naranjos de troncos rectos y simétricos, pajareaban las monjas de la Caridad como gaviotas con sus almidonadas tocas de princesa medieval.

Cuando iba a la barbería, que no era con demasiada frecuencia, escuchaba del Granaíno frases antagónicas de las afirmaciones de sus hermanos Paco y Antonio. Éste solía aconsejarle que le oyese como quien oye llover, porque era un «podrido reaccionario». Gustavo, su mujer y sus hijos Serafín y Angustias se habían instalado en el barrio no muchos años antes, puesto que Mani lo recordaba. Eran granadinos. Gozaban de escasa popularidad, porque se jactaban de que Granada era «más capital que Málaga», que allí había capitán general, universidad y muchos más tranvías. Parecía que hubieran abandonado Granada a regañadientes. Como insistían tanto en las comparaciones entre las dos ciudades y daban muestras de no sentirse a gusto en el barrio, la mayoría de los vecinos les daban de lado. Con frecuencia, escuchaba Mani a la mujer de barbero reprender a su hija Angustias a gritos, porque conversaba con muchachas de la vecindad. Angustias era una adolescente de belleza extrema que permanecía mucho tiempo enclaustrada, lo que ocasionaba ante su puerta guardias atardecidas de los adolescentes, sobre los que vertía la mujer del barbero baldes de agua para disuadirles.

A pesar de su hostilidad hacia los vecinos, Gustavo trataba a Mani casi bien:

—Tu madre es punto y aparte. Ese apellido... Y tú, eres de la raza de los dioses.

Mani entró sin saludar, porque Gustavo hablaba a gritos con el que afeitaba, y se puso a hojear el periódico para entretener la espera. Iban a estrenar una película de Imperio Argentina que llevaba varios meses ansiando ver; tal vez se permitiera gastar una parte de las tres pesetas y dos gordas que atesoraba en el bolsillo.

—Es que la gente de este barrio tiene mucha incultura —proclamó Gustavo.

—Mire usted, Gustavo —amonestó Pepe el Talabartero a través de la espuma que le cubría la barba—, no le conviene despreciar tanto a los vecinos. Le van a coger inquina, y no están las cosas pa provocar a la gente en este avispero.

—Pero es que eso de la monja emparedá es ignorancia, Pepe. ¡Qué más da que la mancha haya salío otra vez! Será porque no la han blanqueao a fondo.

—¿Que no? Si le dieron ayer una pechá de manos de cal...

—Son embustes. Ni hay en esa pared ninguna monja enterrá ni la mancha tiene ná de raro, ni se han podío cometer en el convento pecaos tan mortales...

—Que sí, Gustavo, que sí. No es el pecado en si, que hoy en día a lo mejor no nos daba tanto repelús. La monja emparedá era una morisca de Trevelez, que tomó hábitos hace cuatrocientos años sólo pa convencer al corregidor de su pueblo de que su familia había abjurao de la religión mahometana, pa que no les expulsaran de España. Lo malo es que la pilló la madre superiora guardando el Ramadán, y se destapó el sacrilegio. Fue el obispo quien mandó que la emparedaran.

—Si, un suponer, fuera cierta esa historia —insistió Gustavo—, ¿no le parece a usted cosa de burros creer que la pared tiene una maldición?

—Joé, Gustavo. No ofenda usted más a los vecinos.

A Mani le pareció que el parroquiano señalaba al barbero su presencia, pero Gustavo no lo advirtió o estaba desbocado:

—Es que la incultura de esta gente es la causa de los desmanes, Pepe. Ya verá usted como España se hunde por culpa de estas bandas de analfabetos enloquecíos.

—Hace falta una mijilla más de escuelas...

—Lo que hace falta es orden —proclamó el barbero—, porque en este plan, no vamos a poder salir ni a la puerta de la calle sin que violen a nuestras mujeres e hijas y nos escupan en la cara. Como no venga Sanjurjo y lo arregle... Si es que nadie hace el menor intento de meter en cintura a estos degenerados. Desde la quema de las iglesias, es el anticristo lo que anda por aquí, Pepe, fíjese usted, por Dios. Esos asaltos a las tiendas de honraos comerciantes, los tiroteos a toas horas, el Sindicato de Parados que no para ni parará de decir idioteces... ¿Y quién pone orden? ¡Nadie! Los guardias, como si no fuera con ellos; los curas, escondíos en las iglesias como si fueran delincuentes, sin la influencia con que antes contenían los desmanes; los gobernantes, acobardaos, mirando a ver cómo contentar a las catervas de soviéticos que surgen por toas partes. Nadie tiene autoridad. Si el Ejército no pone las cosas en su sitio...

Mani no levantaba la cabeza del periódico, queriendo convencer a los dos hombres de que no les escuchaba, pero el diálogo le inspiraba una infinidad de preguntas que hacer tanto a Paco como a Antonio.

—¿Cómo quieres el corte? —le preguntó Gustavo cuando llegó su turno.

Le explicó que tenía que meter maquinilla por el cogote y las sienes y cortarle completamente los tirabuzones.

—¿Estás seguro? ¿Lo sabe tu madre?

Tuvo que jurarle que sí.

—Este cabello es una maravilla... —murmuró el barbero en el momento de comenzar a meter tijera, como si ello le causara una pena muy honda—: ¡ojalá fueran mis hijos arios tan puros como tú!

A medio cortar el pelo, se entreabrió la puerta que comunicaba la barbería con la vivienda, y Serafín, el hijo de Gustavo, un muchacho algo mayor que el Templao, asomó la cabeza; sólo la cabeza, como si no quisiera descubrir el cuerpo ni la ropa que vestía, aunque Mani llegó a ver de pasada el cuello oscuro de su camisa y la corbata, prendas insólitas en el barrio. Serafín miró a los dos parroquianos que aguardaban turno y a Mani en particular. Al verlo, cerró precipitadamente la puerta para ocultarse. Mani se preguntó el significado de sus precauciones y su expresión de cautela.

Una vez libre de los rizos, corrió a exhibir su nuevo aspecto por el barrio, con la esperanza de tropezarse con el Templao sin tener que ir descaradamente a su encuentro. Como eran cerca de las cinco, llegaba en ese momento del puerto, aún cubierto del polvo de almagra. Los días que le tocaba cargar ese mineral volvía con la camiseta en la mano envuelta en un papel de estraza y el torso descubierto con aspecto de estatua de arcilla, teñido completamente de rojo y brillando a causa del sudor. Como de costumbre, fue saludado clamorosamente por su corte. Debió de hacer algún comentario al aproximarse Mani, puesto que todos giraron la cabeza en su dirección.

—Oye, Rubio —dijo el Templao—, ¿tus piojos se han metío a segaores?

Sonó un coro de carcajadas; Mani sonrió para disimular su enojo y turbación. Halló que tenía que recomponer la estrategia, porque no eran adecuadas para el acercamiento las circunstancias de ese momento, cuando debía de parecer por su rubor más excluible entre los adolescentes y más niño que nunca. Subió junto a su madre, que le echó una reprimenda por lo mucho que se había apurado el pelo. Al detectar su malhumor, Paula añadió para consolarle:

—Mira lo que te he hecho —señaló una camisa de rayas azules y blancas con el cuello blanco almidonado. Exactamente, la clase de ropa de adulto que más ansiaba.

—¿Me la puedo poner ya?

Paula sonrió con indulgencia.

—¡Claro, para eso la he hecho, pa que la estrenes por los júas!

Con el ánimo recuperado, Mani salió a rondar de nuevo al Templao, quien no solía ser lento ni minucioso en su aseo;

en cuanto volvía del puerto, se quedaba en calzoncillos en el pequeño patio del corralón de la Torre donde, a la vista del vecindario y sin pudor, se echaba baldes de agua por encima.

Como su vivienda era la que se apoyaba en el muro del convento, Mani trató de desviar la mirada de la silueta de la monja, cuya nitidez parecía muy superior al resurgir sobre el encalado. No permitiría que nada enturbiase su humor para materializar durante la noche de los júas su ingreso en la pandilla del Templao. Éste no se encontraba en el patio, debía de haber terminado ya el baño y estaría acicalándose en el interior de las dos habitaciones donde se hacinaban su madre y sus once hermanos. Inma estaba en el portal, apoyado el hombro en la jamba del portalón; Mani se preguntó con quién la podía comparar; ¿una artista de cine? No, eran demasiado viejas y repintadas; ¿Imperio Argentina? No, Inma era más esbelta y dulce; ¿una virgen? Sí, eso era, ¡Inma era completamente igual que la Virgen de Servitas! Notó que ella se ruborizaba cuando le preguntó:

—¿Va a salir pronto el Guaqui?

—¿Quieres que le diga algo?

El rubor en las iridiscentes mejillas de Inma había producido júbilo a Mani. Necesitaba prolongar el diálogo, pero no sabía qué decir y temía que saliera Guaqui el Templao enseguida y volviera a ponerle en ridículo, precisamente delante de su hermana.

—No, déjalo. ¿Vas a ver los júas?

—¡Claro!

—¿Con quién?

—¿Con quién va a ser? ¡Con mis amigas! Nos veremos por ahí.

Ruborizado también a causa de lo que parecía una cita, Mani echó a andar calle abajo. Su determinación de ser admitido junto al Templao habíase redoblado. Daría un paseo por Huerto de Monjas, Ollerías, Parra y Molinillo, para ver los júas que habían ideado en otras calles y matar así el tiempo hasta que el milagro se produjese.

La de los júas no era una fiesta planificada por el Ayuntamiento; se trataba de una celebración espontánea para la que nadie tenía que ser convocado, porque respondía a impulsos ancestrales. Nunca eran las mismas personas las que formaban equipo para confeccionar los fantoches ni los grupos procedían de la misma casa o calle, porque se ponían a hacerlo en el instante en que se les ocurría la idea y recurrían a la ayuda de quien estuviese más cerca, con frecuencia los novios, compadres o amigos procedentes de otros barrios. Había mucho de mimetismo y deseos de superar al vecino al idear el júa, porque intentaban simbolizar lo que odiaban pero de manera que el fantoche resultante hiciera gracia. Pobres extremosos sin excepción, echaban mano de los muebles viejos y carcomidos, de la ropa desechada por andrajosa y de todo cuanto estuviera tan detereriorado que no les sirviera ni a ellos. Carentes de la menor pretensión artística, sin embargo algunos alcanzaban niveles sorprendentes de ingenio, de modo que la tosquedad del muñeco era olvidada por la apreciación del gracejo natural de los autores, que éstos reforzaban con los rótulos que les colgaban del cuello o situaban ante ellos. Mani se rió mucho frente a «Indalecio Prieto metiéndole mano a la reina Victoria Eugenia», «Raquel Meller buscando la pulga en la bragueta del obispo» y un fantoche con un pene monstruoso, erecto, que rezaba «Soldadito presentando armas a Sanjurjo», pero la carcajada se le atragantó cuando reconoció al hombre que le estaba mirando fijamente desde más allá del muñeco que representaba a Sanjurjo; ¡era el criado de culo gordo de la mansión que había asaltado con Quini por la mañana! No acabaría de decidirse a atraparlo porque, seguramente, le desconcertaba la desaparición de los tirabuzones. Tenía que escabullirse, porque, sin duda, trataba de cazarlo para entregarlo a los guardias.

Echó a correr a través del gentío que contemplaba los júas, yendo a chocar contra el pecho de Quini.

—Joé, Rubio. Me has dejao sin respiración.

—El criado de la casa que asaltamos esta mañana anda buscándome.

—¡No te digo yo! ¿Y cómo habrá dao con el barrio?

—¡Yo qué sé! Será que como le dije mi nombre a la señora...

—¡Hiciste qué! —exclamo Quini, muy enfadado— ¡Tú estás chalao perdío! Ella habrá pensao, por tu manera de hablar, que somos de estos barrios...

—Escóndeme, Quini. De tu cara, seguro que no se acuerda el andoba, pero a mí me miró una pechá. Míralo, ahí viene.

—Está bien. Métete aquí detrás —señaló un júa que representaba al bandolero Pasos Largos, arrastrando una carreta llena de guardias civiles. También Quini se escondió, asomando la cabeza sólo un poco entre los tricornios de cartón.

—Está preguntando a los vecinos —informó Quini a Mani—. Creo que trata de que le digan dónde vives, pero se está equivocando, porque va Ollerías arriba... Sí, parece que se va a meter en el Molinillo. Seguro que te pierde la pista, ¿no? Porque no creo que por allí sepan tu nombre.

—A mi madre, con la costura, la conoce mucha gente.

—No la conocen por la costura, Rubio; es que con ese apellío no se pué vivir en estos barrios, joé. Voy a tener que buscar a la pandilla, a ver si conseguimos apartar al mariconazo ése de tu rastro... que también le conduciría al mío.

Anhelando su protección, Mani se arrimó a Quini cuando se puso en marcha.

—Joé, Rubio; déjame disfrutar de los júas tranquilo.

—Es que me hace falta dinero. En serio, Quini, ¿no tienes otro asuntillo por ahí?

—En este momento, estoy más quemao que una palmatoria. Como lo de esta mañana no salió bien, me fui a un trajín en la fábrica de pasas de calle Cuarteles, pero, joé qué mala pata, me pilló el portero cuando sacaba el fardo por la ventana, y llamó a los guardias. No me han dao namás que cinco o seis tortas, pero me han amenazao una pechá. Ahora, tengo que esperar unos cuantos días.

Mani exteriorizó su desánimo.

—Mira, Rubio, yo no puedo dar la cara hasta que no pase el temporal, pero si me prometes darme un pico, te digo dónde puedes hacer un trabajillo fetén.

—¿Yo solo?

—Bueno, la verdad es que estás un poquillo escuchimizao. Tendrías que buscarte a alguien, como cosa tuya. A mí, ni me mientes.

—¿Dónde es?

—En La Virreina. Allí no vive naide en verano, chachi. Namás que está el guarda del esquimo, y a ése se le puede marear. Palabra que no es cuento, Rubio. Esta mañana, tenía que engatusar a esos caguetas, pero a ti te hubiera dicho la verdad, porque sé que no te rajas. Lo de La Virreina está tirao, porque hay dos árboles de goma que llegan hasta el tejao. Hay un montón de cosas... ¿cuánto necesitas?

—No sé —Mani titubeó—. ¿Mil pesetas?

—¡Eso está hecho! Con que cojas dos cosillas las puedes pulir por mil duros lo menos, porque hay relojes antiguos, plata y muchas cosas de ésas de museos.

—¿Tú crees que podría convencer al Templao?

—El Guaqui está cá día más raro, Mani. Ahora se las da de formal, porque trabaja en el puerto, pero antes sí que corríamos juntos. Si tú necesitas dinero, imagina él, con el cuadro que tiene en su casa, sin padre y con once hermanos...

No sé. En fin... si quieres, díselo, pero no creo que te haga caso, porque se ha empeñao en decir que tó eso era cosa de chaveas. De toas maneras, si convences a alguien, recuerda que de tu parte tienes que darme la mitad.

—Fenómeno.

—Ahora, apártate por si ese gachó sigue buscándote, que no nos falta más que el mariconazo nos vea juntos.

Mani se volvió hacia la dirección contraria de Quini, para retomar su proyecto de integración en la pandilla, porque tras de lo que le había contado, intuía cierto enfrentamiento de Quini con el Templao y entendió que no era quien mejor podía facilitarle el acceso. Por todas partes habían colgado guirnaldas y cadenetas de papel y junto los júas había tertulias en torno al ufano autor; los fantoches les daban pie para hablar de sus inquietudes, puesto que cada júa era la expresión de sus obsesiones:

—Aquí, el que se mete con la Iglesia y con los ricos...

—A mí, plin. No tengo tiempo pa pensar en monsergas; lo que yo quiero son avíos pal puchero...

Bajo el aroma de las damanoches y los jazmines, en las tertulias nocturnas nacían amores que acababan en el altar o enfrentamientos que podían terminar con facas esgrimidas ante el que un momento antes era el compadre más querido. A veces, cortaban simplemente el aire impregnado de aromas y hedores, pero otras, rajaban la carne de alguno que, con frecuencia, no tenía nada que ver en la pendencia. Entonces, los furores se convertían en lamentos con los que hasta quienes más abominaban de la religión pedían perdón al mundo y a Dios. Crecidos en un barrio cuyas atalayas eran todas torres de iglesias y conventos, no sabían reconocer nada trascendente que no tuviera que ver con lo sobrenatural. La cruda luz diurna ocultaba pero no borraba las sombras; la noche las multiplicaba y eran las tertulias con lo que evitaban enfrentarse a sus terrores antes de que les venciera el sueño. En la esquina de Curadero, el barbero y su familia también conversaban con un grupo, ninguno de cuyos integrantes era del barrio. Serafín lo miró con expresión hostil, lo que obligó a Mani a detenerse simulando que no se interesaba por el júa instalado a la puerta de la barbería, un sindicalista de la FAI con orejas de burro. La provocación era tan manifiesta, que Mani no entendió que el vecindario no acudiera a quemarlo... junto con la barbería y sus dueños. Escuchó un retazo del diálogo que éstos mantenían con los desconocidos:

—... y Sanjurjo, aunque esté en Portugal, acabará tomando el poder.

—Dicen que hay preparativos en Tetuán...

No era buena idea permanecer en ese punto, frente al que los paseantes circulaban mirando para otro lado, como si hubieran acordado tener la fiesta en paz. Volvió hacia la esquina de Rosal Blanco, y antes de llegar tuvo un estremecimiento; el criado de la casona entraba resueltamente en su calle; había localizado su domicilio. ¿Qué iba a hacer cuando el hombre del culo gordo le contara a Paula lo que había hecho? Tenía que cavilar. Quiso asegurarse de que, en efecto, el sujeto entraba en el corralón de Las Dos Puertas. Fue despacio tras él, pero le distrajo el grupo que había junto al muro del convento; la multitud rodeaba a unos hombres que no eran vecinos, uno de los cuales estaba sacando fotos de la silueta. Tenían que ser periodistas. Pasado mañana, se fijaría a ver si salía una foto de su calle en los periódicos. Desde el patio, dio una ojeada a la puerta de su casa, cerrada de nuevo como la noche anterior. Aquel culón, el tal Rafael, debía de estar encerrado con Paula, contándole la fechoría.

No sabía explicarse la intensidad de su miedo. No era el terror tan conocido ni se parecía al escalofrío cotidiano, ni al sentimiento permanente de la inmediatez del infierno, porque todos los vecinos dormían, respiraban, comían y soñaban rodeados de monjas que les recordaban con machaconería lo fútil y breve que era la vida, y sus campanas les despertaban, les llamaban al ángelus y a las vespertinas y les anunciaban la hora en que iba a dormir la gente honesta, porque ellos no eran decentes, estaban corrompidos por el vicio, engendraban pendencieros y ladrones, vivían en promiscuidad, ninguna moza se casaba virgen sino, la mayoría de las veces, con barriga, y estaban convirtiéndose en rojos sin salvación. Eran, les decían, candidatos irremisibles a la condenación eterna y sólo la infinita misericordia de Dios podía librarles del infierno, aunque, en el mejor de los casos, sufrirían durante miles de años abrasándose en el purgatorio, hasta la consumación de los siglos, cuando viniera Jesucristo a resucitar la carne. Era en este punto donde las peroratas monjiles dejaban de estremecerles, porque «carne» tenía para ellos un significado diferente del que las monjas le daban; su sonido evocaba platos inalcanzables y el hambre que jamás saciaban. Mani consideró que el miedo de ese momento era más justificado; Paula jamás le había puesto la mano encima pero sus hermanos, a espaldas de su madre, le iban a dar una soba de muerte cuando se enterasen de lo de La Caleta. Tenía que encontrar al Templao.

Había mucha carne visible en las verbenas. Las muchachas estrenaban escotes veraniegos y numerosos muchachos iban a pecho descubierto por el calor, con las camisas anudadas a la cintura. El Templao lucía con jactancia su musculatura tostada por el sol del puerto, consciente de las apreciativas miradas femeninas. No mostró signos de haber visto a Mani acercarse. Debía abordarle sin dejarse amilanar por sus sarcasmos. Tenía fama de calmoso y quemasangre, porque conseguía hacer perder la paciencia al más sereno, no por maldad, sino porque sí; juntaba broma sobre broma con el único objeto de hacer reír, sin más, y podía lograr que un auditorio riese hasta perder el resuello. Así había nacido su apodo pocos años antes. Era el mayor de una docena de hermanos, que vivían en sus dos habitaciones del corralón de la Torre mucho más amontonados que la familia de Mani, precisamente en el recoveco aislado junto al muro del convento que había dado nombre al edificio. Fingiéndose abstraído en la contemplación de los júas, Mani le siguió de verbena en verbena. Lógicamente, el Templao se dio cuenta de la persecución; Mani tuvo que tragarse el diálogo:

—¿Con quién vas a bailar esta noche? —preguntó al Templao uno de sus aduladores.

—Namás tengo que hacer así —chasqueó los dedos corazón y pulgar de su derecha—, y saldrá una docena de gachís al ataque.

—Yo quiero bailar con tu Inma.

—Como le pongas la mano encima, te corto la picha.

—¿En qué verbena nos quedamos? —preguntó otro al Templao.

—Ya veremos. Después de que ardan los júas, nos quedaremos donde haya más animación, me supongo que en el Molinillo. Eso, si nos dejan entrar con escolta.

Mani sabía que se refería a él, aunque no le miraba ni de reojo. Enrojeció mientras se distanciaba y los perdía de vista. La noche era muy larga y a lo mejor encontraba la ocasión de abordarle a solas.

En muchas verbenas había una vieja con un lebrillo lleno de agua y un anafe, sobre el que sostenía un cazo con plomo derretido. Las filas, sobre todo de mujeres, esperaban turno ante ellas. En la verbena de la esquina de Rosal Blanco con Huerto de Monjas, era Mercedes la Alpistelá la que oficiaba de oráculo.

—¿Con quién voy a casarme? —preguntó una muchacha que era poco agraciada y no se le conocía novio formal.

La Alpistelá vertió plomo en el agua del barreño; al solidificarse, el metal formó una figurita que Mercedes examinó unos minutos, mientras balanceaba la cabeza.

—Tardará todavía una mijilla —dijo por fin—, como dos años. Va a ser un practicante, ¿ves? —señaló la amorfa figura—; esto es una jeringa y esto, un rollo de esparadrapo.

La siguiente en la fila era la madre del Templao. Éste y su hermana Inma brillaban tanto, que el resto de la familia resultaba gris. La madre era una mujercilla enteca que parecía incapaz de haber parido doce hijos.

—¿Qué va a ser mi Guaqui cuando salga de la mili? —preguntó.

La Alpistelá vertió el plomo. Tras el examen y el balanceo de cabeza, levantó hacia la madre del Templao unos ojos sombríos.

—¡Que la Virgen de Zamarrilla te salve! —exclamó.

—Ay, Mercedes, ¿es que ha visto usted algo malo?

—No te preocupes, mujer. Esto... no. No, esto no tiene ná que ver con el Guaqui, claro que no. ¡Qué tontería!

La madre del Templao estaba temblando.

—Mercedes, por Dios, dígame lo que ha visto.

—Ná. Este cuchillo... ¡qué va! Es cosa de buena mesa.

Notablemente alterada, la Alpistelá se desentendió de la madre del Templao y llamó forzadamente a la que le seguía en la fila.

Las consultas continuarían hasta que los júas ardiesen. Después de la hoguera, todos se desentenderían de lo que no fuese bailar. Mani descubrió en la fila a Anita y Mariloly, las dos hermanas que cortejaba por separado su hermano Antonio. Sonrió; cuando preguntaran a la Alpistelá, las dos estarían pensando en la misma persona.

Sonreía por esta idea, cuando se agachó de súbito para esconderse. El criado de la casona salía de la calle Rosal Blanco con expresión satisfecha. Había logrado lo que pretendía. Medio en cuclillas, Mani se apresuró por Huerto de Monjas en la dirección contraria; víctima del chivatazo del criado, el futuro más inmediato se presentaba muy negro, pero el nubarrón de su ánimo se despejó un poco cuando Inma le llamó, dándole un toque en el hombro.

—¿Has escogío verbena? —le preguntó.

La pobreza habitual de su atavío se enriquecía con el colorido del mantoncillo de papel rizado, el caracol fijado a su frente con zumo de limón y la biznaga que se había prendido junto a la oreja izquierda. Mani se ahogaba en los ojos verdes de Inma y le costó reaccionar para responder:

—No. ¿A cuál vas tú?

—Mis amigas me esperan en la calle Mariscal.

—¿Irá tu hermano también?

—No, al Guaqui le gusta más el júa del Molinillo, porque el fuego es más grande. ¿Aparecerás por calle Mariscal?

—Seguramente.

Mani se sintió hipócrita porque, por mucho que le conmovieran los ojos y la dulzura de Inma, lo que necesitaba esa noche era conquistar al Templao y, por lo tanto, iba a ser el Molinillo donde viera la quema de júas.

Debía de estar cerca la medianoche, porque empezaban a escasear los paseantes y casi todos bailaban ya en las verbenas al ritmo de guitarras y palmas. Cantaban ya los coros en torno a los júas; la quema debía de estar a punto de iniciarse. Mani corrió calle Curadero arriba, hacia el Molinillo, en cuya verbena, tal como era de prever, el Templao llevaba la voz cantante:

—Una vieja y un viejo... —cantaba él.

—¡Dómine! —corearon los demás.

—Se cayeron en un pozo...

—¡Dómine!

—Y la vieja le decía...

—¡Dómine!

—¡Qué fresquito tengo el chocho! —remataron todos al unísono entre carcajadas.

Los coristas, miembros de la pandilla del Templao, bailaban a saltos delante de un júa que representaba a Alcalá Zamora apoltronado en su sillón, tocado con una chistera cubierta de papeles pintados simulando billetes de cien pesetas; también de sus bolsillos emergían falsos billetes y delante, un cura, un banquero y una marquesa que sostenían, como si lo masturbaran, el descomunal pene que salía por la bragueta abierta del político. El cartel decía: EL CETRO DE MI AUTORIDAD.

Las campanas dieron la medianoche, y se apresuraron a encender las hogueras. Mani sabía que ya no tendría nada que hacer hasta el final de la fiesta, cuando el Templao se dispusiera a acostarse, y decidió participar tanto como se lo permitieran. Los reflejos anaranjados lamían las paredes encaladas y se produjo un paréntesis de silencio y quietud, como si todos acechasen por si conseguían ver arder en el fuego aquellos de sus demonios que más le angustiaban a cada uno; sólo se oía el crepitar de las llamas y el desmoronamiento de los tarugos encendidos. Los muros adquirían una riqueza efímera, dorados por la luz amarilla, y el calor añadido al del estío, lejos de ser desagradable, encendía en la sangre un rastro atávico de confianza en algo venturoso que estaba por venir, algo maravilloso que sustituiría los objetos ruinosos que habían sacrificado en el fuego. También Mani se creyó poderoso, libre del miedo a que su hermano Antonio acabase en la cárcel y de la amenaza del criado de culo inmenso; dotado para rescatar a Paula de la miseria, capaz de devolver a su madre el palacio de alabastro, amatistas y terciopelo de donde alguien debía de haberla expulsado, porque Paula no podía pertenecer al mundo que conocía y debía de haber sido desterrada de algún paraíso de leyenda.

Alcalá Zamora, el sillón, la marquesa, el cura, el banquero y la plataforma ardían sobre un amontonamiento de muebles carcomidos y cajas de embalaje.

—Eh, no podemos permitir que la cosa de Alcalá Zamora se queme —gritó el Templao, señalando el enorme pene que emergía entre las llamas, todavía reconocible.

Sin instar a nadie a secundarle, saltó sobre la hoguera y, en el aire, mientras sobrevolaba el fuego, arrancó limpiamente el objeto, que se desprendió con facilidad del muñeco medio consumido. Aterrizó al otro lado de la hoguera sobre las ascuas de la orilla, produciendo al caer un chisporroteo de partículas encendidas.

Sonó un aplauso estruendoso.

Mani estaba como hipnotizado. No era sólo la fascinación del fuego ni la increíble levedad de la cabriola del Templao, sino algo más arrebatador, un sortilegio que le impulsaba fuera del corsé de temores y angustias. Los adolescentes y los hombres saltaban el fuego en los primeros momentos, antes de alcanzar la hoguera todo su esplendor, o al final, cuando sólo quedaban brasas. El Templao había saltado cuando nadie lo hacía, cuando rutilaba el fuego en su cenit. Mani se sabía ágil, corría más rápidamente que los demás niños, y ahora sentía que disponía de una fuerza nueva, un poder que le había sido concedido precisamente esa noche sobrenatural. Para que Guaqui el Templao le tomara en serio y le admitiera junto a su trono, para conseguir su protección y su ayuda, tenía que demostrar que era tan hombre y tan valiente como él; también saltaría sobre la hoguera antes de que las llamas menguasen. Como su estatura era considerablemente menor que la del Templao, se distanció diez o doce pasos para ganar impulso. La concurrencia adivinó lo que estaba a punto de hacer, pues todos desviaron la mirada del fuego para fijarla en él; mientras corría, advirtió que también había conseguido captar la atención del Templao. A buena velocidad, corrió hacia el fuego, pero alguien tiró un cohete sobre el júa y sonó una explosión que reavivó las llamas, bajo cuyo resplandor apareció Paula caída en el suelo, clamando con los brazos extendidos hacia arriba; alrededor, sus cuatro hermanos cubiertos de sangre; más allá de ellos, un amasijo de cuerpos descoyuntados. Paula fijaba los ojos en los de Mani y le indicaba que se alejase; él se negó; tenía que entrar a rescatarla, pero sintió el mazazo del terror. Debía acudir a salvar a su madre del holocausto y el vigor de un instante antes se había disuelto, sustituido por un pavor infinito que le dejó clavado en la orilla de la hoguera.

—Mani, que te vas a quemar —dijo una vecina mientras le empujaba lejos del fuego.

La visión se había desvanecido y sonaban risas entre conmiserativas y burlonas. Deseó que la tierra le tragase.

—Se ve que hay muchas gallinas y pocos huevos por aquí —exclamó el Templao coreado por las risotadas de su corte.

Mani temblaba, pero su resolución era grande. No iba a abandonar, esa noche tenía que conquistarlo. Permaneció ajeno a la fiesta, aunque sin perderlo de vista. Descubrió con sorpresa que el Templao apenas bebía de las botellas con pitorros de caña clavados en los tapones de corcho, al contrario que todos los miembros de su pandilla, que a mitad del baile trastabillaban y provocaban advertencias, tarascadas y empujones al sobar a muchachas que iban acompañadas de hermanos o novios. Guaqui les miraba con escasa complicidad, como si les reprendiera con los ojos, lo que representaba una novedad sorprendente para Mani. ¿Cuál era el verdadero carácter del Templao? La jactancia, la alegría despreocupada, las actitudes desafiantes y el valor, ¿formaban parte de un barniz que escondía otra cosa? Sabía que a sus dieciséis años era el cabeza de familia efectivo en su casa, el sostén fundamental de sus once hermanos y su madre, y que estaba obligado a trabajar muy duro para redondear los ingresos con lo que pudiera trapichear, y que protegía a los suyos como un furioso perro guardián. ¿En qué clase de contradicción se debatía, compaginando sus responsabilidades con su evidente alegría de vivir?

Las fiestas comenzaban a languidecer, puesto que todos tendrían que afanarse al día siguiente en la busca de una supervivencia siempre incierta. Todavía sonaban cohetes, sobre todo hacia la parte del centro, donde tanto los júas como las verbenas se instalaban con mejores medios que en el barrio. También por el lado de La Trinidad se oían detonaciones. Vio que el Templao iba a abandonar la verbena del Molinillo, pero su corte se unió a él como si hubiera sonado un toque de cornetín. Mani frunció los labios; ¿cuándo conseguiría hablarle sin testigos? En vez de dirigirse a la calle Rosal Blanco, echaron a andar calle Ollerías abajo, hacia el centro. Bien, puesto que como consecuencia del acoso del culogordo no podía plantearse el regreso antes de que sus cuatro hermanos durmieran profundamente, iría tras el Templao, que sin duda andaba en busca ingresos extras; encontraría la manera de colaborar para que la pandilla le hiciera partícipe del botín.

En un recoveco cercano a la esquina de Ollerías con la calle Los Cristos, había una mujer tendida en el suelo; tenía clavado en el pecho un cuchillo grande y no se debatía; a su lado, dos niños un poco menores que Mani lloraban con desconsuelo, pero nadie les prestaba atención. Los que pasaban al lado, miraban un momento, como si quisieran discernir si se trataba de un júa o un cadáver y seguían deprisa, indiferentes y forzando la vista al frente, como si intentasen que nada perturbara su alegría ebria. Mani se preguntó cómo reaccionaría él si asistiera no ya al asesinato, sino a la muerte natural y dulce de su madre. El universo se derrumbaría sobre su cabeza, porque Paula no era sólo el amor más grande que conseguía imaginar, sino que constituía un desconcertante fulgor entre las miserias del barrio. Porque Paula no se parecía a las vecinas; ella era distinta. Se movía como si hubiera andado toda la vida entre salones palaciegos y carrozas ducales, gesticulaba con las manos como si no hubiera tocado nunca más que pañuelos de finísima seda, recogía su pardusca falda al subir las escaleras como si antaño hubiera tenido que hacerlo con miriñaques recamados de oro y perlas, arreglaba y servía la mesa como si lo hubiera aprendido de doncellas reales y les imponía a él y a sus hermanos el imperio de su voluntad sin estridencias ni gritos, con la suavidad de quien estuviera habituado durante generaciones a recibir acatamiento y pleitesía. No la creía jamás cuando afirmaba que había nacido en el mismo cuarto que él. Entonces, ¿por qué esa diferencia abismal entre su modo de comportarse y el de las vecinas? ¿Por qué su voz era queda y melodiosa aun cuando le reñía, y la de las otras era estridente y bronca?

El Templao se detuvo junto al cadáver, desentendido de sus cortesanos, que le tiraban de los brazos para continuar.

—¿Qué ha pasao, niño? —preguntó al mayor.

Éste se limpió el llanto con el dorso de la mano antes de responder:

—Se ha peleao con mi tía. ¿Cómo se llama al médico?

—Tu madre no necesita un médico —dijo uno de la pandilla—, sino un cajón de pino.

—Si vemos a un guardia —prometió el Templao al niño—, le diré que venga pacá.

Comprendió que Guaqui trataba de ofrecer al niño el único consuelo que tenía a mano, pues Mani sabía que encontrar a un guardia en la calle la noche de los júas era improbable. Se sorprendía cada vez más; el Templao no era como había creído, pero ¿cómo era en realidad? ¿Podía ser ése, precisamente, el flanco por el que conseguiría vencer su desdén, hablarle de las angustias y penalidades de su madre? Tenía que cavilar y seleccionar las palabras que le diría en cuanto lo pillara a solas. No sería difícil encontrar tales palabras. Paula era la diferencia encarnada en una mujer con aires tan palaciegos y delicados como los de las actrices que Hollywood les vendía vestidas de princesas, tan mayestática como Greta Garbo, aunque también tan jacarandosa como Imperio Argentina. Era la diferencia suprema, el altar frente al estercolero, y sus hijos habían heredado algo de su excepcionalidad. Mani recordó que sus cuatro hermanos encogían los párpados achicando los ojos para no resultar insultantes con su azul maravilloso. Miguel tenía tanto éxito con las muchachas precisamente por el color oro que había heredado del cabello de Paula. Y Mani resumía la diferencia con los ojos amatistas y los bucles amarillos. Se tocó la cabeza; gracias a Dios, ella no parecía haberse enfadado demasiado por el corte.

En la esquina de Carretería con Ollerías había una reyerta con más de quince implicados. Todos borrachos, varios de ellos sangraban por los brazos a causa de los cortes que habían recibido ya, puesto que todos esgrimían navajas, pero la sangre no les disuadía. Entre gritos y miradas como puñales, se acechaban los unos a los otros en una rueda donde resultaba imposible identificar los bandos, si es que estaban divididos en bandos, porque todos parecían ir a por todos.

La sangre de las puñaladas o de los disparos les dejaban fríos, y pasaron de largo. Hacía tiempo que habían dejado de impresionarles las heridas y los rastros de salpicaduras rojas sobre los adoquines, porque eran el pan de cada día. Todos parecían tener razones para matar y morir. Mani recordaba sólo vagamente el revuelo que habían producido en la calle Rosal Blanco los primeros rostros sanguinolentos, uno de los cuales fue el de su hermano Antonio; ante las admoniciones y las quejas de Paula, Antonio trató de justificarse con la mención de las desgracias de cuantos conocían y de la panacea que el Sindicato de los Parados iba a ser. Mani no lograba evocar la expresión de Paula, pero recordaba con claridad que le prohibió mencionar a ese sindicato o discutir con sus hermanos al respecto, y dijo:

—Fuera de la casa, destrozaos si queréis, que yo no puedo subirme a vuestros hombros como si fuera el ángel de la guarda, pero entre estas cuatro paredes viviremos en paz mientras yo tenga aliento.

Dos tiendas estaban siendo asaltadas en calle Carretería. Las puertas arrancadas ardían en el suelo y ocho o diez hombres en cada caso cargaban la mercancía en carretillas. Mani ansió que el Templao se sumara a los asaltantes, a ver si conseguía el tesoro que llevaba más de veinticuatro horas anhelando, pero el grupo continuó hacia las calles principales. A Mani le consoló la esperanza de que lo que el Templao fuera a buscar fuera más valioso que unos cestos de chacinas y tocino salado.

Había rescoldos de hogueras en todas las calles. Y cantos quedos, ya en el interior de las casas. Y cohetes lejanos... ¿o disparos?

—Parece que hubiera un tiroteo por la plaza de la Constitución —dijo el Templao.

—¡Vamos pallá! —urgió uno de los suyos.

Corrieron y Mani tras ellos. En la plaza de la Constitución no había desórdenes, pero continuaban oyéndose disparos amortiguados por la distancia.

—Creo que es por la parte de calle Camas —dijo el Templao.

Echaron a correr hacia el feudo de las prostitutas más zarrapastrosas de la ciudad. Cuando irrumpieron en la estrecha calleja, abierta entre mesones y conventos en pleno centro de Málaga, vieron escapar a un grupo de figuras oscuras por el extremo de la calle. Cinco mujeres pintarrajeadas y con medias de mallas se desangraban en el suelo con múltiples disparos en el pecho y en la cabeza y, entre ellas, tres hombres de mediana edad que debían de ser clientes.

—Vamos a ver quiénes son esos salvajes —ordenó el Templao.

Corrieron en la dirección por donde se alejaban las figuras oscuras. Tras cruzar a zancadas las calles de Calderería y Compañía, les dieron alcance en la calle de los Mártires, donde el Templao indicó a su grupo que aminorase la marcha. Los asaltantes estaban guardando las pistolas en los bolsillos de sus pantalones negros, se ajustaban las camisas azules arremangadas hasta el codo y aflojaban la carrera para andar normalmente.

—¿No decían que estos fascistas joseantonianos salen en pelotones de cuatro? —comentó entre dientes Guaqui el Templao.

—Son doce —respondió Mani a sus espaldas, sin recibir el honor de que el joven de quien anhelaba ser amigo torciera el cuello para dedicarle una mirada—. Serán tres pelotones que actúan juntos.

El grupo se detuvo ante la iglesia de los Mártires y todos le dieron palmadas de felicitación y despedida a uno que, llegado a la esquina, se distanció de los demás para torcer hacia la izquierda, mientras que el resto torció hacia la derecha. Fue en ese momento cuando Mani reconoció al hijo del barbero, Serafín.

—Vaya mamarracho —dijo el Templao—. Resulta que el Serafín es un fascista de ésos.

—¿Le damos un susto? —propuso uno de la pandilla.

—¡A qué esperamos! —exclamó el Templao.

Echaron a correr por la estrechísima calleja que salía a calle Carretería entre dos conventos. Serafín se dio cuenta de la persecución, pues aunque no paró de correr, se puso a gritar y a dar pitidos con un silbato; como se encontraba rezagado a unos quince o veinte pasos de ellos, Mani advirtió antes que la pandilla que los once de quienes Serafín se había separado corrían detrás de él en auxilio del hijo del barbero. Iba a verse entre dos fuegos; tenía que correr a avisar al Templao y los demás.

—Así que tú eres el comisario de la Falange en el barrio —decía con tono triunfal el Templao a Serafín—, el que nos denuncia a los guardias a toas horas.

Era éste un enigma que traía al vecindario de cabeza: averiguar cómo se enteraba la policía tan pronto de hechos que, sin un delator, jamás llegarían a sus oídos.

—¡Dejadme tranquilo, rojos de mierda! —gritó Serafín.

Vuelto hacia ellos, en la dirección opuesta, podía ver que sus compinches acudían a ayudarle, mientras que el Templao y los suyos no se habían dado cuenta todavía. Mani dio un salto y se aferró al cuello del Templao.

—¿Qué haces, Rubio?

—Echa a correr si no quieres que te maten.

—¿Qué dices?

—Que los falangistas vienen ahí con las pistolas en la mano ¡Aparta a correr, coño!

Salieron de estampía ante la sonrisa triunfal de Serafín, que ya había sacado el arma. Los de camisas azules y pantalones negros sólo les persiguieron unos metros y, aunque hicieron algunos disparos, no alcanzaron a ninguno ni parecían querer hacerlo. La pandilla escuchó al alejarse un coro de carcajadas.

—Gracias, Rubio —dijo el Templao.

—No es ná.

—Eres enano, pero tienes huevos.

—Sí.

—¿Por qué nos seguías?

—Porque yo... quisiera hablar contigo.

—Larga.

Mani le hizo entender por señas que deseaba hablarle a solas. Cuando la corte se deshizo en la esquina de calle Rosal Blanco, a Mani le pareció que la expresión del Templao era cordial al invitarle a seguir calle adelante a su lado.

—¿Qué querías, Rubio?

—Mi madre... ayer la escuché llorar...

—¡Vaya novedad! Como si hubiera en el barrio una madre que no se dé pechás de llorar tós los días.

—Yo había pensao que tú...

—¿El qué?

—Que me ayudes a ganar unos duros.

El Templao se detuvo. Meditó unos minutos mientras examinaba con interés, pero sin ironía, el rostro del chico al que sacaba un palmo y medio de estatura.

—Me parece que te has equivocao, Rubio, ya no me dedico a eso. Tengo que tener cuidaíto, porque hay doce bocas que dependen de mí, ¿comprendes?

Mani bajó los ojos.

—Entonces... ¿sólo trabajas en el puerto?

—No, Rubio... ¿cómo te llama? —a oír la respuesta, continuó—: escucha Mani, estoy eslomao tó los días cargando barcos, pero dos noches por semana trabajo en un taller, donde me pagan por dos días más que en seis en el puerto, ¿lo coges?

—Pero el Quini dice...

—A ése, ni caso, que ha perdío la chaveta. Si quieres venir conmigo a trabajar en el taller, iré a hablar con tu madre, a ver si te deja.

Mani sabía que tal permiso era muy improbable. A diario, Paula se quejaba ante sus cuatro hijos mayores de que la venta de periódicos impidiera a Mani ir a la escuela con toda la frecuencia que ella deseaba. Jamás permitiría que trabajase de noche.

—Conozco una casa en La Caleta... La he visto por dentro, y allí hay de tó... Es donde vive la dueña de la mitad de los barcos que tú cargas.

El Templao sonrió con indulgencia.

—Mani, aunque seas tan chiquitillo, eres un tío con toa

la barba. Vales más que los mamarrachos que me rodean a toas horas. Pero no puedo meterme en líos, ¿lo entiendes? Ahora que, si quieres, mañana te invito al cine y después hablamos otro poquillo. Algo tendré que hacer pa agradecerte que vuelva entero a mi casa.

Pese a la decepción, Mani se sintió inmensamente feliz. El Templao no sólo le aceptaba a su lado, sino que le distinguía con una invitación que, al parecer, sólo le incluía a él. Subió la escalera en estado de levitación y encontró a Paula con los ojos enrojecidos, apoyada en la barandilla de la galería.

—¡Mani! ¿Dónde te habías metido? Tus hermanos están buscándote como locos por media Málaga.

Había olvidado completamente lo que le esperaba. Sus hermanos no estaban tratando de localizarlo porque tardase, sino para castigarle por el asalto de La Caleta.

—Yo no he hecho ná, mamá.

—¿De qué hablas?

—De ese hombre que ha venío esta tarde a hablar contigo.

Paula apretó los labios mientras su tez palidecía, e inspiró hondo antes de replicar:

—Aquí no ha venido ningún hombre a hablarme de ná.

—¿Ah no?

Mani examinó el rostro de su madre. No imaginaba lo que podía bullir en su pensamiento, pero presintió que le estaba mintiendo. ¿Por qué razón? ¿Por qué, en vez de reprenderle por el asalto trataba de negar la visita, que él estaba seguro de que había tenido lugar? No comprendía nada. Debía evitar dormirse, a ver si espiando a sus hermanos conseguía averiguar lo que supieran acerca de lo que Paula ocultara. Fueron Paco y Ricardo los primeros en llegar, se desnudaron con sigilo, convencidos de que Mani dormía, y se echaron en la colchoneta suavemente. Dio la impresión de que Paco reanudara en susurros una discusión que mantenían antes de llegar:

—Cuando se te empezaba a pasar la fiebre de los toros, te llenas de cruces hasta los calzoncillos. No sé si pensar que eres una maricona o un lunático.

—¿Por qué te metes en lo que no te importa, Paco?

—Porque acabaremos comiendo piedras, por el camino que vamos. Entre el Antonio con sus borracheras y locuras, y el Miguel, que no piensa más que en las faldas, vamos de mal en peor, Ricardo, y tú no haces más que meterte en la iglesia. Fíjate cómo está el niño —Paco señaló a Mani— más delgao que una espá núa, precisamente cuando más necesita comer bien, porque está en pleno desarrollo. Tós tenemos que hincar el espinazo, Ricardo, pero tú te pasas la vida soñando.

—Es raro el día que devuelvo algún periódico sin vender.

—Vender periódicos no es un trabajo verdadero, pa hombres sanos y fuertes como nosotros.

—¿Se te ocurre algo mejor?

Paco calló, porque no encontraba alternativa a pesar de los tumbos desesperados que Mani le veía dar, golpeando de puerta en puerta por toda la ciudad. Siendo el que con argumentos más contundentes y con mayor severidad enjuiciaba al gobierno, no participaba, como Antonio, en los desórdenes ni en los asaltos. El barrio había sido en otro tiempo un remanso de tranquilidad, con un estilo de vida más propio de una aldea, pero ahora bullía; el trasiego de gente extraña era constante; a diario llegaban vecinos sangrando por los enfrentamientos; lucir la nariz rota o la señal de la porra de un guardia tatuada en la espalda, se había convertido en un galardón. Ese hervidero no englobaba a Paco, que parecía hacer equilibrios entre todas las partes en que se desintegraba la vida sin comprometerse con ninguna.

Llegó Miguel, que se arrebujó en una esquina de la colchoneta y cayó dormido al instante. Al poco, llegó Antonio, cuya borrachera parecía haberse disuelto en la afanosa búsqueda de Mani. Como Paco parecía dormir ya, le preguntó a Ricardo:

—¿Dónde estaba el niño?

—Mamá no me lo ha dicho.

—Esto va acabar fatal, Ricardo.

—Si Dios no lo remedia...

—¿Por qué tienes que meter a Dios por medio? Ya no existe Dios. Esto se hunde, Ricardo. Esta noche, con la excusa de los júas, ha habío tiroteos por toa Málaga; han muerto cuatro putas en la calle Camas, dos hombres que asaltaban una tienda en la plaza de la Merced y un guardia en calle Mármoles. Mis compañeros del sindicato están tratando de conseguir armas, porque aquí, el que no le eche cojones...

—No te metas en más follones, Antonio. Lo digo por mamá, que no pase más malos tragos. Esta noche, cuando llegué la primera vez antes de que nos mandara a buscar al niño, estaba como enmorecía; parecía que le iba a dar un síncope. No quiero ni pensar lo que sufriría si supiera que tú, cuando las barbaridades de las iglesias...

—Cállate.

—Si ella lo supiera, se moriría del disgusto. Con lo devota que era del Cristo de Mena... Dios Nuestro Señor tenga misericordia de nosotros.

—¡Y que viva Durruti!

—Hay que decirle al niño por la mañana que ande con ojo.

—Yo lo aleccionaré —aseguró Antonio.

—Si papá...

—Calla, Ricardo —ordenó Antonio tapándole la boca con la mano, mientras acechaba el rostro de Mani para comprobar que dormía.

Se durmieron pronto. Mani se durmió también, sin lograr la información que pretendía. Pero llegaron Imperio Argentina, la Concha e Inma, sonriéndole provocativamente; mientras la artista cantaba y tocaba las castañuelas, Inma sólo sonreía, pero Concha no paró de tocar, apretar y estrujar... hasta que despertó. Miró alrededor, sin comprender qué le había despertado, porque todavía no se veía la luz del alba tras el balcón. Sus cuatro hermanos continuaban acostados, pero Paco estaba despierto, como si velara el sueño del menor de la familia. Sujetaba la cabeza con su mano, el codo apoyado en la colchoneta. Sonrió al verle abrir los ojos, y le guiñó.

—Ten cuidao, que vas a enfermar de tuberculosis —señaló el calzoncillo manchado.

Mani enrojeció.

—Sigue durmiendo, Mani. Todavía es mú temprano.

—Voy a ver si hay algún calzoncillo limpio, antes que el Migue despierte. Me cabrean sus bromas.

—¿Dónde estabas anoche, Mani?

El niño se acercó al segundo de sus hermanos, para que bajase la voz.

—¡Vi un tiroteo!

—¡Mani! ¿Estuviste en el fregao de la calle Camas?

—Lo vi de lejos. Iba paseando con... unos amigos que querían ver el júa de la calle San Juan.

—¿No te meterías en un follón de asaltos de tiendas ni ná así...?

—No, te juro que no, Paco.

—Oye, Mani, pon mucha atención. Están pasando cosas mú malas y esto no ha hecho más que empezar, ¿comprendes? Acabas de cumplir once años y todavía no te das cuenta, pero tienes que andar con muchísimo cuidao. Cuando alguien hable de política, ni abras la boca, ni con los unos ni con los otros. Si alguien te pregunta por nosotros, no sabes ná. Nunca menciones las cosas que tenemos aquí.

Las cosas eran, supuso Mani, los abundantes libros y folletos de Paco y dos paquetes muy pesados, envueltos en lona con fuertes nudos, que Antonio escondía en el baúl. Comprometió su silencio y fue a buscar los calzoncillos limpios.

A la mañana siguiente, cuando estaba a punto de acabar de vender los periódicos en su esquina de la calle Nueva, se le acercó Quini.

—Rubio, ¿sabes si han preguntao los guardias por mí esta mañana?

—¡Yo qué sé! Vine pacá a las siete. ¿Qué ha pasao?

—Ná. Mira, dile a mi madre que si los guardias preguntan por mí, que yo estoy trabajando en la arrecogía de frutas, por Coín. ¿Lo harás?

Cumplió el encargo poco antes de apostarse en la esquina a la espera del Templao. Llegó como la tarde anterior, rojo de almagra.

—¿Cómo te llamabas?... ah, sí, Mani. Me tengo que dar un baño.

Su tono displicente le desanimó un poco, pero no quiso dejarse ganar por el desaliento. La pregunta de si la invitación continuaba en pie le hervía en los labios, pero se negó a hacerla. Por fortuna, el Templao añadió:

—En un cuarto de hora estaré listo. ¿Sigues queriendo ver la película?

—¡Claro!

Fue tras él hasta el corralón de la Torre, donde el Templao se despojó del pantalón y las alpargatas antes de entrar en su habitación en busca del balde. Mientras se echaba el agua por encima, Mani procuró descubrir si Inma andaba cerca.

—Vamos, Mani —le dijo el Templao veinte minutos más tarde.

Jubiloso, recorrió a su lado la calle Rosal Blanco y la del Huerto de Monjas; escoltaba al Templao y éste no parecía avergonzarse por ir junto a un mocoso como él. Tocó las monedas que aún guardaba en el bolsillo y dijo:

—No tienes que pagar mi entrada, Guaqui. Mi madre me ha dao dinero.

—Entonces, ve tú solo.

Mani sintió que el suelo se tambaleaba. Por fortuna, el Templao añadió:

—Una invitación es una invitación, Mani. Si tuviera cómo agradecerte lo que hiciste esta madrugá con algo más rumboso, lo haría, pero lo más que puedo es invitarte al cine, y no me vas a quitar el gusto.

Cuando salieron del cine al anochecer, el Templao no emprendió el regreso.

—Vamos a dar una vuelta por el puerto —propuso.

Por el camino, Mani trataba de encontrar un tema de conversación.

—Esta mañana, he visto al Quini por calle Nueva. Estaba de un raro...

—¿No te has enterao? Anoche, mató a un guardia en el júa de la calle Mármoles. Está loco perdío.

—Me dio un recao pa su madre. Que diga que no sabe dónde está.

—Natural. Ya ves lo que le cae a uno encima cuando da malos pasos.

A Mani le pareció que el Templao adoptaba un tono tan admonitorio y didáctico como su hermano Paco.

—Pero en su casa, comen tós los días mú bien —replicó.

—A ver qué comen ahora —sentenció el Templao—, con el Quini fugitivo y las borracheras del padre. Eso no es vida, Mani.

—Pero... si tó el mundo hace lo mismo. Mi hermano Antonio dice...

—No le hagas mucho caso a tu Antonio, Mani. Al Paco, sí; ése es un gachó con los pies en el suelo.

El Templao le desconcertaba cada vez más.

Llegaron al puerto, junto a cuya entrada principal había un mercadillo de contrabandistas tolerado por los guardias, tal vez cumpliendo órdenes, puesto que esa actividad daba de comer a muchas familias. Vendían de todo, queso holandés, tabaco de picadura, relojes suizos, medias de seda y hasta medicamentos. Con frecuencia, se trataba de productos de baja calidad, pero la gente compraba segura de estar adquiriendo a bajo precio maravillas que de otro modo no estaban a su alcance. Mientras Mani observaba con admiración un aparato de radio alemán con reluciente caja de madera bruñida perforada con filigranas, el Templao le dijo:

—Hay algo que sí podrías hacer, Mani. Mira, ¿ves? Aquel almacén es donde cargo, el sitio por donde más comía pasa. Dejamos regueros de habichuelas, garbanzos y un montón de cosas más. Si quieres, te consigo un sitio con los ratas.

Denominaban así a los chiquillos que merodeaban en torno a los arrumbadores, recogiendo lo que se escurría de los sacos. Formaban un grupo famoso en la ciudad por la crueldad y el encarnizamiento con que defendían sus territorios frente a los que acudían a disputárselos. Tal vez no fuera mala idea, si podía contar con protección.

—No sé, Guaqui. Hay cosas que a mi madre no le gustan ná, no sé por qué.

—Porque tu madre es de otro mundo, Mani.

—No sé lo que quieres decir.

—A lo mejor no te das cuenta, porque eres mú chiquitillo todavía; pero ¿no ves que tú y tus hermanos sois diferentes de la gente del barrio?

—No.

—¡Venga ya! Claro que lo ves, lo que pasa es que no quieres reconocerlo.

—Tú sí que eres diferente, Guaqui. La gente te admira.

—Porque tuve que aprender pronto a pararle los pies a tó quisque. Pero eso es cosa diferente, Mani. A tu madre, hay que darle rancho aparte.

Le disgustaba la mención de cuestiones que podían representar una barrera entre los dos. Sabía que la opinión del Templao era compartida por todo el barrio, pero ser diferente no le complacía, sino todo lo contrario. Y ahora, en ese momento, quería que nada se interpusiera en su propósito de ser uno de los íntimos de Guaqui. Volvió a mencionar los tesoros de la casa de La Caleta, pero el Templao frustró sus intentos de abordar la cuestión. En cambio, le trató en todo momento como si fuese un camarada y ya en la calle Rosal Blanco, le dijo:

—No necesitas incordiar siguiéndome a toas horas, Mani. Háblame de cara cá vez que te salga de los cojones, porque soy tu amigo.

Exultante, hubiera subido en estado de gracia de no ser porque se paró ante su puerta a verle seguir hacia el corralón de la Torre y, entonces, se le ocurrió mirar la silueta de la monja. Volvía como un alud el terror, pero no tuvo que afrontar la oscuridad de la escalera, porque Concha la Chata le agarró del brazo al pasar ante su puerta y le hizo entrar. Media hora más tarde, cayó sobre el colchón entre sus hermanos con ánimo beatífico. Se durmió inmediatamente.

Por la mañana, leía con fascinación en el periódico el relato sobre el «Misterio en calle Rosal Blanco», acompañado de una fotografía donde aparecían varias vecinas señalando la silueta, cuando Quini volvió a acercarse.

—¿Se lo dijiste a mi madre, Rubio?

—Pos claro. ¿Es verdad lo que dicen?

—¿Qué dicen?

—Que te has cargao a un guardia.

Quini pareció muy preocupado por la difusión de la noticia.

—No he sío yo, Rubio. La gente es mú bocona y tiene mú mala leche. Oye, Rubio, dentro de un rato, unos amigos y yo nos vamos a la playa de La Isla. ¿Por qué no te vienes con nosotros y hablamos de tus... problemas?

Mani supuso que deseaba convencerlo para que fuera su aliado en una coartada que hubiese ideado o, simplemente, para que le sirviera de correo ante su familia.

—Vale —dijo.

—¿A qué hora terminas?

—De aquí a un ratillo. Me quedan namás que tres periódicos.

En el barrio corrían supersticiones sobre los maleficios del mar, pero los jóvenes se estaban aficionando a ir a la playa por diversión, sin el sentido purificador de antaño, y Mani dormía la siesta casi a diario en la Malagueta; ir a la Isla sólo representaría un pequeño retraso, y algunas playas eran fuentes de aprovisionamiento nada desechables. En los pequeños roquedales de El Morlaco abundaban los cangrejos y los mejillones, y podía coger coquinas simplemente con hacer un hoyo en la arena, en el rebalaje, y esperar; las comía allí mismo, crudas, lo que constituía una de sus principales fuentes de proteínas. También abundaban las cañaíllas, los búzanos y las almejas, más algunas conchafinas y pelegrinas. Decían que en La Isla había más almejas y coquinas que en ninguna otra playa de Málaga, porque esa zona, al borde de los cultivos de cañaduz, era todavía casi virgen; iba a comer bien.

Quini le precedió hasta las cercanías del mercado de Atarazanas, donde le esperaban en un carro cuatro jóvenes de su edad, uno de los cuales arreó el burro con dirección a Poniente. En cuanto llegaron a los cañaverales que orlaban la playa situada junto a la desembocadura del Guadalhorce, los cinco se desnudaron como recién nacidos y echaron a correr hacia el agua. Quini urgió a Mani, de lejos, a desnudarse también y seguirles, pero se negó viendo el poblado y oscuro bosque que cubría sus vientres, porque le avergonzaba y le causaba consternación exhibir ante ellos la pelusilla incipiente que apenas ensombrecía sus ingles. Pretextó no saber nadar, lo que era falso; se refugió a la sombra de una choza de cañizo, junto a cuya puerta se hallaba sentado un anciano marengo cosiendo redes.

—¿Quién eres? —preguntó éste sin llegar a mirarle completamente a los ojos, y de ese modo descubrió Mani su ceguera.

—Me llamo Mani.

—¿Eres de por aquí?

—No; vivo en el barrio del Molinillo.

—Eso está muy lejos y tú tendrás unos doce años, ¿verdad?

Evitó responder para no mentir.

—¿Es usted ciego?

—Sí, hijo.

—¿Desde chico?

—No. Mi ceguera se debe a la ira de Poseidón.

A causa del halo mágico de serenidad que envolvía al hombre, cuya prestancia, aun sentado, le hacía pensar en las estatuas de los museos reproducidas en las láminas de los periódicos que vendía, sintió antipatía por quienquiera que fuese tal sujeto.

—Lo meterían en la cárcel —dijo Mani.

—¿A quién?

—A ese Poseidón.

El anciano sonrió.

—No, hijo, ¿cómo van a meterlo en la cárcel? Poseidón es el dueño de la mar.

Mani se encogió de hombros, compasivo. El viejo estaba como una cabra.

—No me compadezcas; no veo, pero puedo sentir todo lo

que me rodea. Has venido con otros cinco muchachos. Lo sé por sus voces y el repique de la arena al andar. Y ¿ves ése que grita? —señaló a Quini—, está de espaldas a nosotros, en el rebalaje; hay otro que también está fuera y los otros tres retozan muy cerca de la orilla, en el rompeolas, donde el agua no los cubre; todos son bastante mayores que tú. Aparte de tus amigos, no hay cerca nadie más. Allí, junto al cañizo del Nerjeño, hay otros tres muchachos que no son de por aquí, bañándose también.

Mani forzó la mirada hacia la choza más próxima, situada a unos cien metros. Tragó saliva, porque comprobó la exactitud de lo que el anciano describía.

—En el lado de poniente —prosiguió éste—, hay cinco marineros remendando redes. Creo que el padre, Paco el Perchelero, está de pie junto a proa de la jábega. Los otros cuatro son sus hijos y están sentados en la arena.

Mani tragó saliva y se arrastró para acercarse más al anciano.

—¿Cómo fue la pelea con ese Poseidón?

—¿No sabes quién es?

Mani negó con la cabeza, lo cual pareció bastar.

—Poseidón es un dios que fue el último Rey de la Atlántida. Cuando se repartió el mundo con sus dos hermanos, había conquistado ese reino que, para su desgracia, se hundió por un maremoto. Después de la tragedia, Poseidón no quiso correr más aventuras y organizó un reino submarino; engendró tritones y sirenas, que tienen medio cuerpo de pez y medio de persona y éstos, que son millones y millones, son todos sus súbditos, porque de eso hace ya muchísimos siglos.

Mani examinó la cara cubierta de arrugas y atezada por el sol. No estaba burlándose de él, pero sonreía con algo parecido a la ironía. La nobleza de su perfil y la rectitud de su espalda le recordaban a los ancianos altaneros del Círculo Mercantil, precisamente aquél a quien le había encajado hasta las cejas el sombrero jipi-japa, pero la arrogancia de éstos era altivez presuntuosa, mientras que la del ciego parecía emanar de una luz interior muy intensa.

—No estoy loco, Mani. Cuando pasas toda la vida en la mar, llegas a convencerte de que los dioses que sirven en la tierra no valen de nada en medio de un temporal. Algo tiene que haber ahí, en el fondo —indicó el agua—, algo muy poderoso que no conocemos ni sabemos ponerle nombre. Yo le llamo Poseidón, pero lo mismo puede ser Neptuno o la diosa que los negros llaman Iemanjá, da igual. Ahí dentro hay poderes tremendos. Lo comprendí cuando me quedé ciego. Yo vivía en la isla de Congreso, en las Chafarinas; allí nací y crecí, porque mi padre era el farero. Distinguía cada una de las piedras de la isla, había puesto nombre a las olas por las formas que les daba el viento; era amigo del relámpago y el trueno, y en las noches de tormenta, cuando la mar quería tragarse la isla, podía caminar junto a los acantilados sin que las olas embravecidas me rozaran siquiera. Yo amaba aquel lugar y Poseidón o como se llame me otorgó su dominio, pero mi madre tenía miedo; decía que en cualquier momento caerían los franceses de nuevo sobre nosotros y nos aplastarían junto a los soldados de la guarnición, cosa que habían hecho muchas veces. Por eso nos vinimos a Málaga. Yo era todavía un muchacho, pero no me sentía el mismo. Comencé a escuchar la voz de la mar en cuanto me apartaba dos metros de la orilla, como si fuera la de un amante despreciado, y me hice pescador para no convertirme en polvo tierra adentro. Por desgracia, en esta bahía somos demasiados pescadores y la competencia obliga a meterte en caladeros donde no debes y por eso fui pescador pocos años; cuando naufragué diez millas mar adentro, tenía poco más de veinticinco; pude morir, porque mi cabeza golpeó contra la quilla rota de la barca, me puse a sangrar como si se me escapara la vida y no sirvieron de nada mis aullidos invocando la ayuda de Dios y la Virgen del Carmen. Cuando las olas me arrastraron hasta la arena, me había quedado ciego. Permanecí aquí, casi agonizante, porque estaba seguro de que me moriría encerrado en cualquier hospital de Málaga y entonces se me ocurrió hablarle a la mar sin intermediarios vaticanistas, de modo que se curaron mis heridas de repente y noté que corría por mis venas nueva sangre que no era la misma y descubrí que el aire de la mar me convertía en otro y veía las cosas con mayor claridad que antes; soy capaz de ver el viento y los olores y el sabor salado de la mar; veo mucho mejor, porque lo miro todo con los ojos del alma. Ahora llevo cincuenta años agradeciendo el instante en que me quedé ciego, porque quienquiera que mande en las fuerzas de la mar me había abierto las puertas del entendimiento. No imaginas cuánto he aprendido y cuánto veo sentado aquí, sin salir apenas de mi playa.

Mani no sabía qué decir. El viejo hablaba como un torrente, con mayor fluidez que nadie que conociera y le describía cosas prodigiosas. Sentíase incapaz de determinar si era un demente o un sabio... o tal vez uno de esos brujos de los que trataban las leyendas de las tertulias nocturnas de su calle, porque veía una aureola en torno a su cabeza que no podía ser fruto de su imaginación, ya que cerraba los ojos para borrar cualquier marca de deslumbramiento y cuando los abría el nimbo seguía allí, envolviendo un rostro capaz de traspasar su mente.

—En mi barrio hay también cosas mú raras —dijo, porque suponía que tenía que decir algo.

—¿Como qué?

—Esta mañana lo sacó el periódico, con fotografía y tó. Mi calle termina en el muro de un convento; dicen que allí enterraron a una monja hace muchísimos años y ahora hay una mancha con forma de mujer que no se quita ni a la de tres. Blanquean y blanquean, y nanay.

—¿La mancha vuelve a salir?

—Sí. Hay noches que no me deja dormir.

—¿Y tú, qué piensas que es?

Mani tardó unos instantes en responder, porque en los ojos estériles del anciano había algo que no era la espera de una respuesta, sino una especie de torbellino de conjeturas que, sin saber por qué, supo que era él quien las originaba. ¿Por qué se mostraba tan absorto en los asuntos de un niño insignificante como él, por qué se le agitaban las aletas de la nariz como si olfatease la llegada de un tropel de fantasmas tan inmateriales e improbables como su Poseidón? Consiguió zafarse de la mirada que no le veía pero le inmovilizaba, y respondió:

—No lo sé. Lo que sí sé es que me da un canguelo...

El anciano asintió a alguna pregunta o propuesta que pasaba por su cabeza, mientras la aureola palpitaba agrandándose y empequeñeciéndose como si estuviese sometida al influjo del corazón, un corazón que latía tan deprisa como si acabase de subir a zancadas una empinada cuesta. Mani presintió que el ánimo del ciego estaba siendo torturado por alguna clase de idea pesimista.

—¿Sabes lo que hay que hacer cuando uno siente miedo por algo que no sabe lo que es? Tú pareces un chico inteligente, y lo que hace la gente inteligente es investigar para entender lo que no comprende. El conocimiento quita muchos miedos, créeme.

—En mi barrio, tó el mundo tiene miedo por algo...

—¿Por ejemplo?

—Por tó. Hay muchas navajás, muchas trifulcas, nos rompemos la cabeza pa encontrar qué comer y tós los días nos acostamos con miedo a morirnos de hambre. Tó el mundo se caga de miedo por algo, por entrar en la cárcel, porque el vecino lo denuncie a los guardias... Ayer de madrugá, por poco no le pegan un tiro a mi mejor amigo, a pesar de ser el tío menos desbocao que conozco y por eso le llaman «el Templao».

Mani supuso que, aunque pretencioso, no era del todo mentira afirmar que el Templao era su mejor amigo. Al menos, y aunque no le correspondiese, así lo veía él.

—¿Qué pasó?

Le contó la escena del ataque a las prostitutas de calle Camas y lo que siguió y cuanto había visto antes, en el recorrido desde que abandonara la fiesta del Molinillo.

—Málaga se ha vuelto loca —dijo el viejo—. ¿Sabes lo que pasa? Esta ciudad es marina, nació, vivió y pervivió en el tiempo gracias a la mar, pero, desde hace un siglo le ha dado la espalda a su ser natural y la mar le está pasando factura. No quiero ni imaginar lo que pasará cuando Poseidón desate su furia. Málaga morirá en la playa.

Mani consideró que esas afirmaciones eran demasiado estrambóticas. No se parecían lo más mínimo a lo que hablaban sus vecinos, lo que relataban los periódicos ni, sobre todo, a lo que proclamaba Paco, el mejor informado de sus hermanos.

—Ese amigo tuyo, el Templao, es huérfano de padre, ¿verdad?

Mani sintió una convulsión que le agarrotó la garganta por un momento. Examinó con asombro al anciano, que se mostraba muy interesado en conocer la respuesta de esa pregunta en concreto. No recordaba haber mencionado la orfandad del Templao; ¿cómo había adivinado el anciano tal circunstancia? Bueno, llevaba mucho rato hablando con él y no podía recordar todas las cosas que había dicho; a lo mejor le salía lo de que el Templao era huérfano de padre sin meditarlo. Pero no era algo que acostumbrara mencionar. Sentía tanta agitación que se puso a perorar atropelladamente y sin parar, a fin de no meterse en conjeturas, y habló con pasión del joven cuya ayuda trataba de lograr, ya que por tener un trabajo fijo de arrumbador en el puerto y por su carácter, era el adolescente más popular del barrio, cualidad que se enriquecía por el hecho de ser el hermano mayor, y tutor de hecho, de la adolescente más bonita y dulce de unas cuantas leguas a la redonda, Inma.

—Ella te necesita —afirmó el viejo—, debes protegerla.

Mani sonrió con satisfacción, inflado de orgullo, sin preguntar el porqué de una afirmación tan tajante y, sobre todo, tan improbable. El anciano continuaba aparentando alguna lucha interior muy intensa; carraspeó como si quisiera aclararse la aguardientosa voz antes de comentar:

—Creo que te conviene profundizar en la intimidad del Templao, porque me parece que va a ser trascendental en tu vida, pero estos amigos tuyos de hoy —el ciego señalaba a Quini y los demás—, ¿te fías de ellos?

—No veo por qué no.

—No se parecen a ti. Tú eres muy superior.

Encajó el comentario con desagrado. Iba a protestar, cuando Quini le gritó:

—¡Rubio! Ven pacá, que son más de las tres.

—Ven a hablar conmigo otro día, Mani —rogó el viejo—; hay muchas cosas que quiero decirte y te hace falta que te las diga, pero antes debo cavilarlas porque necesito encontrar las palabras justas. Ven pronto, pero sin esa pandilla de cafres.

El anciano parecía desear con vehemencia que la visita se produjese; Mani supuso que debía de escasear la gente dispuesta a escucharle. Se despidió de él con un sencillo adiós y corrió hacia el carromato, donde los muchachos comían con limón almejas y coquinas crudas, que rompían chocando unas con otras.

—¿Ya te ha trajinao el loco Chafarino? —bromeó Quini.

—¿Lo conoces?

—¡Claro! Tó el mundo conoce al Chafarino por aquí. Está majara perdío. No le hagas ni puñetero caso.

Mani disimuló su expresión de desdén por el consejo engullendo con avidez todas las coquinas que pudo, porque sentíase desfallecido. Cuando emprendieron la marcha, Quini abordó en el carro lo que, evidentemente, era el motivo de la invitación:

—Mira, Rubio, toas esas cosas que tú sabes, lo de la caja de la otra noche, lo de la casa de La Caleta, etcétera, son pan pa hoy y hambre pa mañana. Estamos cogiendo unos asuntillos... en fin, que si quieres, tengo un currelo pa ti. Tós éstos —Quini señaló a los otros cuatro— y yo, hemos encontrao una mina. Ni te imaginas el parné que nos vamos a embolsillar, pero necesitamos a alguien como tú, un chavea que no dé el cante y que tenga pinta de decente.

—¿Pa qué?

—Verás, lo que pasa es que nosotros estamos mú vistos. Se trata de sacar unas cosillas del puerto como la otra noche, pero... que valen mucho más que el tabaco de picaúra; hay que sacarlas poquito a poco, por si te pillan. Necesitamos un chavea que dé el pastel de inocente, un niño que parezca que anda jugando o como tu caso, que es una pechá mejor; si te llevas las cosas mientras vendes tus periódicos, los carabineros ni se fijarían en ti. O sea, que tú eres fenómeno pal currelo. Lo menos puedes ganar cuatro duros tós los días.

La cifra le pareció exorbitante, pero no veía la propuesta del todo clara, porque no era lo mismo conseguir un tesoro importante exponiéndose sólo una vez, que estar a diario en el filo de la navaja. Cuando le despidieron del carro en la esquina de Cuarteles, a más de un kilómetro de su casa, respondió la última pregunta de Quini con una evasiva. Tenía que meditar y pedir consejo al Templao.

Paula le recibió con impaciencia. Estaba aguardándole.

—¿Dónde te habías metido? Lávate la cara y ponte la camisa limpia deprisa. Tienes que ir a entregar un vestido a casa del ministro.

La entrega de la ropa que Paula confeccionaba era, entre las tareas encomendadas a Mani, la que más le desagradaba. Le parecía ridículo ir por la calle con el brazo extendido como una percha, donde Paula colocaba doblado el vestido recién planchado, cubierto con un paño sujeto por alfileres. Le enfurruñaba ir así por la calle, sin poder arrojar el paquete y liarse a puñetazos contra quienes le miraban con sarcasmo. Recordó que la hija del que Paula se empeñaba en seguir llamando «ministro» había estado en el corralón una semana antes, ocasionando en el patio gran expectación mientras subía la escalera y recorría la galería hacia su vivienda, pues dejaba al pasar una estela de perfume caro. Mani acababa de regresar tras agotar los periódicos y veinte minutos más tarde, llegó su hermano Antonio; Paula estaba exultante.

—Ha vuelto a venir la hija del señor ministro.

—Mamá —observó Antonio con acritud—, hace una pila de años que ese andoba no es ministro.

—Da igual. Don José tiene la misma categoría de siempre y si los republicanos no quieren que sea ministro, allá ellos; no saben lo que se pierden.

—Pero qué tonterías dices, mamá. ¿Cómo van a meter en el gobierno al verdugo de Galán y García Hernández?

Paula endureció su mirada con enojo. Replicó:

—Don José no tuvo ná que ver con eso. El día que confirmaron la sentencia de muerte, él no había ido al ministerio porque estaba malo.

—¿Quién te ha dicho esa mentira tan asquerosa?

—Me lo contó su hija.

—Y tú te lo has creío... Parece mentira que te dejes estafar como si fueras una criada cualquiera.

—Yo no soy una criada —protestó Paula.

—¡Ah! ¿No? ¿Qué eres pa esa gente, una amiga? Ni siquiera te encargan más que reformas de ropa vieja, pa apantallar y que parezcan vestíos diferentes. ¿A que no te encargan la ropa de lujo, los trajes de noche que se ponen pa dar bofetás al pueblo? Por lo menos, deberías mantener tu dignidad y no creerles como esas campesinas ignorantes que se traen de sus pueblos por dos reales.

—Cállate, Antonio.

Durante aquel tenso diálogo, Mani sintió furor hacia su hermano, porque Paula estaba descomponiéndose y la vio a punto de perder el control. Antonio salió dando un portazo, con rumbo a la taberna y Mani preguntó a su madre:

—¿Eres una criada, mamá?

—No, hijo. Pa Antonio, no hay más que blanco y negro. La familia de don José me trata con mucha consideración; una vez, me encontré a todos ellos por calle Carretería y hasta el mismo don José me dio la mano, y eso que es uno de los abogaos más famosos de España; fíjate si es importante, que antes de la República, la gente decía en Madrid «mata al Rey y vete a Málaga a que te defienda Estrada».

—¿Quienes eran ésos que condenaron a muerte?

—¿Galán y García Hernández? Unos militares que se rebelaron en Jaca contra el Rey. Tu hermano Antonio y sus compinches los veneran como mártires de la República, sin darse cuenta de que aquellos dos hombres eran personas de orden, como tós los militares, y no verían con buenos ojos las cosas que están pasando.

Mani examinó las pupilas violetas de su madre mientras le acomodaba el paño con alfileres sobre el vestido extendido en su brazo. Al contrario que el día de la discusión con Antonio, su mirada era en ese momento el lago sereno donde siempre ansiaba refugiarse.

No había ido nunca a la casa del exministro, y Paula tuvo que darle la dirección escrita en un papel. En vez de emprender el camino, recorrió el callejón hacia el corralón de la Torre, a ver si podía convencer al Templao de que le acompañase. Inma estaba sentada en la puerta, bordando sobre un pequeño bastidor de mano; cuando notó que se acercaba, lo ocultó.

—¿Qué bordas?

Inma se encogió de hombros, ruborizada.

—¿Qué llevas ahí?

—Un vestío que tengo que entregar en La Caleta. ¿Está el Guaqui?

—Sí, está terminando de vestirse. ¿Quieres que le diga algo?

—No, déjalo. Esperaré aquí un poquillo, por si sale pronto.

Deseaba conversar con ella, pero no aparecía ninguna idea en su cabeza por más que se estrujaba la mente. ¿Piropeaba sus enormes ojos verdes rodeados de frondosas pestañas? ¿Le decía que su nariz era la más perfecta que había visto jamás? ¿Alababa su sonrisa que, aunque no la prodigara, le parecía conmovedora? ¿Caía en la grosería de afirmar que no había una figura en el barrio más esbelta y apetitosa que la suya? ¡Qué va! Se moriría de vergüenza y quién sabía si no correría a esconderse en su habitación. Al alzar la vista, volvió a asombrarse por la nitidez con que la silueta había vuelto a brotar en la pared; antes, se recortaba sobre un muro sucio pero, ahora, por contraste con la reluciente cal blanca, resultaba mucho más compacta y clara. Dibujaba perfectamente una mujer desnuda, de frente. Recordó el consejo del Chafarino; fuese o no un loco, el consejo era bueno, porque lo mejor que podía hacer era averiguar de una vez la verdad sobre el origen de la mancha y la razón de que resurgiera siempre, y así dejaría de temerla.

—¿Tú sabes la historia de la monja, Inma?

—¡Claro! Tó el mundo la sabe en mi corralón. Estaba enamorá del que traía la comida al convento y, como no le permitían dejar los hábitos, se suicidó. La metieron en la pared porque tenían prohibío enterrar a una suicida en la tierra consagrá de su cementerio.

—¿Te da miedo?

—Ahora, no mucho, como ya he cumplío los trece... Pero antes, sí, sobre tó de madrugá porque, a veces, hace ruido, y como mi cuarto está pegao al muro...

—Entonces, ¿es verdad lo de los gritos, Inma?

—Los gritos, no sé. Yo nunca he escuchao su voz, pero ruidos sí que hace. Como cuando alguien empuja una puerta tratando de abrirla, ¿comprendes?

—¿Dónde vas con el aparador encima? —bromeó el Templao al salir, señalando el envoltorio que rodeaba el brazo de Mani.

—Tengo que entregarlo en La Caleta y que yo, pues... quería saber si tú... pues, que dicen que hay un Quitapenas mú bueno por allí y que yo... pues... te convidaría a un moscatel...

Le quedaban dos pesetas y dos reales en el bolsillo. No tenía más remedio que sobornar al Templao si quería que le acompañase para afrontar las miradas irónicas sin acogotarse ni cabrearse.

—Mani, ¿estás tratando de comprar escolta?

—Pues... sí.

—¿Qué temes?

—La gente se cachondea cuando me ve con estos mamotretos, pero es que también quería preguntarte dos cosas...

—¿Qué hora es, Inma? —el Templao se dirigía a su hermana.

—La cinco y cuarto, chispa más o menos.

—Hasta las siete y media que entro en el taller, me da tiempo. Venga Mani, aligera.

—¿Vendrás a la noche? —preguntó Inma.

Aunque a Mani le parecía increíble, la pregunta iba dirigida a él.

—Sí —respondió con las mejillas encendidas.

Cuando salían a la calle Huerto de Monjas, el Templao preguntó:

—¿Pelas la pava con mi Inma?

—Eso quisiera yo... —respondió, de nuevo ruborizado.

—¿Cuántos años tienes?

—Once he cumplío.

—Tienes dos años menos que ella.

—Pos me llega por aquí —Mani señaló su oreja derecha.

—Que no te vea yo ponerle las manos encima, ¿eh?

—¡Que dices, Guaqui! Yo no ofendería a tu hermana ni que me mataran, y mucho menos siendo tú su hermano. Si no tuviera una pechá de motivos pa admirarte, además me estás haciendo este favor tan grande.

—No te estoy haciendo ningún favor, Mani. Hasta la hora que me vaya al taller, no tengo ná que hacer. Tú sí que me hiciste un favor anteanoche; a lo mejor no te diste cuenta, pero si aquellos hijoputas se hubieran liao a tiros, tú habrías sío el primero en caer por venir a avisarme. Los tienes de piedra y te debo la vida, Mani.

—Pero... a ti te respetan tanto, Guaqui; a mí me da una pelusa cuando veo que te hacen tanto la pelota. El Quini dice...

—Mira, Mani; al Quini, ni agua... ¿No te das cuenta de que está perdío del tó? Ya no sabe hacer namás que afanar, y ya viste lo que hizo la noche de los júas, cargarse a un guardia. Si no estuvieran las cosas como están, que los guardias no dan abasto con tantos asaltos y navajazos que hay tós los días, ya nos habrían llevao al barrio en pleno a la comisaría de vigilancia, pa sacarnos información sobre el escondite de ese majareta perdío. El Quini tiene el porvenir más negro que los calzoncillos blancos del borracho de su padre.

—Esta tarde, me ha ofrecío un negocio...

—¡Mani! ¿Has hablao otra vez con él? ¡Estás pa que te

encierren! Ni lo escuches, ¿me oyes? Si se te acerca, dale una patá en el culo.

Holgaba pedirle consejo sobre la propuesta; ¡un jornal de cuatro duros diarios que se esfumaba! Bueno, a lo mejor podía convencer al Templao de que le ayudase en algo más repentino y mucho más productivo, sin tener que exponerse un día tras otro, sólo una vez. Llegados al final de calle Larios, Mani preparó el dinero para el tranvía. En el momento de subir, el Templao le dijo:

—Paga tú namás, Mani; yo iré de rondón en el tope.

—Mi madre me ha dao dinero.

—Pos guárdalo, que falta te hace.

Durante la tediosa marcha del tranvía a lo largo de unos tres kilómetros, Mani lo veía agazapado, para que el conductor no le descubriese; lamentó no continuar conversando con él todo el trayecto, porque precisamente el Templao, el líder de los muchachos del barrio, era el único de su edad que no se burlaba de él, le trataba como a un igual y le hacía sentir que había acabado su niñez por fin.

Llegados a la parada, y luego de preguntar a un vendedor de melones, recorrieron varias calles siguiendo sus indicaciones.

—Mira, también andan asaltando tiendas por este barrio tan tranquilo —el Templao señaló la puerta y escaparates rotos de un ultramarinos.

—Y por allí arriba, hay un chalet quemao —informó Mani.

—Yo tengo que pedirte también un favor, Mani.

—Larga.

—Tu hermano Paco... en fin. Es el tío más cojonúo del barrio y yo quiero me lleve a su célula.

Mani no tenía ni idea de lo que la palabra significaba. Por otro lado, le parecía de pronto que todas las consideraciones del Templao estaban motivadas por la pretensión de que le sirviera de intermediario ante su hermano. Tal idea le produjo decepción y enojo, pero consiguió liberarse de ambos sentimientos con la idea de que él también quería usar a Guaqui como intermediario ante Inma.

—¿Qué quieres que le diga?

—Que soy un gachó fetén, que no me meto en líos y que estoy con la revolución.

Ante el rótulo donde figuraba el nombre que Paula había escrito en el papel, Mani sintió un estremecimiento. En la misma calle donde vivía el exministro estaba también la mansión que había asaltado con Quini.

—Guaqui... ¿te importaría llevar tú el vestío? Es en el número diecisiete.

—¿Qué te pasa?

—Me la voy a jugar si paso delante de aquella casa de allí.

—¿Por qué?

Le relató el episodio y sus consecuencias, con la posterior indagación del criado por el barrio del Molinillo y la visita a su madre.

—Pero... ¿cómo vas a desmontar el paquete de tu brazo sin arrugar el vestío, si lo llevas tó reliao? —opuso el Templao—. Venga, no tengas miedo, que yo voy de guardaespaldas y guardató. Pasaremos delante de esa casa tapándote yo con mi cuerpo. Anda.

Había pimenteros en las aceras que les embozaban a trechos, pero la verja de la mansión asaltada era muy larga. Recorrieron esa zona por la acera de enfrente y Mani vio de pasada que la vieja estaba en su ventana. Una vez que entregaron el vestido y recibieron el pago, al hacer el recorrido inverso, y a pesar de que el Templao le ocultaba, escucharon llamar:

—Manuel, Manuel —gritaba la señora, con la cabeza fuera de la ventana.

—Echa a correr, Guaqui —pidió Mani.

Elena Viana-Cárdenas James-Grey llamó a su mayordomo con un repique apremiante de la campanilla de plata.

—Rafael, acaba de pasar ese niño por la calle. Corre en su busca y tráemelo.

Desde la esquina, Mani vio que el criado salía precipitadamente de la mansión.

—Vamos a escondernos, Guaqui. ¡Corre!

Unos metros más allá de la esquina, el Templao le ayudó a saltar una verja completamente cegada por dentro por un seto de cedros, tras el cual permanecieron casi media hora, hasta que vieron al criado desistir de la busca y volver cabizbajo a la mansión. Iba rezongando, como quien espera que le reprendan.

—No sé por qué tanto empeño —dijo Mani—, si, total, no robé ná. La vieja de mierda mandó al gachó a buscarme en el barrio. Joé con la gachí. Hasta se atrevió el andoba a hablar con mi madre.

—¿Y qué le dijo ella?

—No lo sé, porque mi madre negó que ese majara hubiera estao visitándola.

—¡Qué raro! —exclamó el Templao.

—¿Quieres el Quitapenas, Guaqui?

—No necesitas gastar...

—Tengo dinero, Guaqui. Mira, cerca de tres pesetas.

—¿Tú beberías también?

—Una soda. Mi madre es capaz de notar a una legua si alguien ha bebío vino.

—Venga, te acepto la invitación.

Mientras el mayor paladeaba ante el mostrador de la taberna el sabor dulcemente aromático del vino y, para prolongar el rato de intimidad con el Templao, el menor se recreaba con el vaso de soda a pesar de la sed que sentía, Mani preguntó:

—Guaqui, ¿a ti te parece que Málaga morirá en la playa?

—No comprendo.

—He conocío a un viejo en la playa de La Isla que dice eso. Habla de cosas más raras... pero me ha gustao mucho escucharle. Se llama Chafarino.

—Sí, yo he sentío hablar de él, pero nunca lo he visto. Dicen que está loco.

—No parece un loco. Habla mejor que el cura.

—Málaga vive de la playa, de los boquerones, los jureles y los chanquetes —afirmó el Templao—; gracias al pescao no nos morimos de hambre. Eso de que Málaga vaya a morir en la playa es una majaretá. ¿Le hablarás a tu Paco de mí, Mani?

Se despidieron cuando faltaban sólo unos minutos para la hora que comenzaba el trabajo nocturno del Templao. Su última frase: «bueno, Mani, me lo he pasao fetén hablando contigo; se nota que eres hijo de quien eres. Otro diíta, cuando quieras, vamos al cine o a la playa, ¿vale?», le había causado júbilo. Quisiera o no valerse de él para acceder a Paco, parecía dar por sentado que eran amigos. Por ello, en cuanto entregó a su madre la paga del vestido, corrió en busca de Inma.

Al pasar ante su puerta, Concha la Chata le dijo en voz baja:

—Ven esta noche si quieres, Mani.

Ni siquiera le respondió. Aunque tras lo de la primera vez le había tratado como de costumbre, después de la segunda, cuando le había abierto la bragueta para extraer el pene, se mostraba muy risueña a la distancia, como si ahora lo mirase con otros ojos. Apresuró la carrera hacia el fondo de la calleja. Inma le estaba esperando, pues le había visto llegar antes de subir a ajustar cuentas con Paula.

—Toma, Mani, pero no se lo enseñes a nadie, ¿vale?

Le entregó un pañuelo bordado. Hasta ese instante, Mani

no había caído en la cuenta de que sus nombres tenían las mismas letras con distinta disposición y el pañuelo se lo acababa de revelar. Trazos entrecruzados unían cada una de las letras dentro de un corazón. Si no estuviera tan severamente prohibido por su edad, las circunstancias del lugar, las costumbres y la advertencia del Templao, la habría besado. Se limitó a mirarla con intensidad, anhelando que ella percibiera el mensaje de amor que había en sus ojos.

Recorrió el barrio durante horas, porque necesitaba aceptar la invitación de Concha y no podía entrar en su habitación hasta que no hubiera cerrado la noche. Miró muchas veces la silueta del muro del convento; perplejo, descubrió que ya no le aterrorizaría más; algo importantísimo había cambiado en su interior los últimos cuatro días y se debía a dos personas de la misma familia, Inma y Guaqui; sin embargo, tenía que averiguar la verdad de una historia que cada vecino contaba a su manera y la razón de que la mancha resurgiera en la cal. También el Chafarino tenía que ver con el cambio; había bastado su consejo de que investigase, para mirar la mancha bajo un prisma nuevo; tenía que volver a la playa de La Isla, aunque no fuera más que por hacerle el favor de hablar con él, pero, la verdad, le gustaba sobremanera escucharle aunque lo que dijera fuese tan delirante. «Málaga morirá en la playa», ¡qué tontería! Tuvo un sobresalto al disponerse a irrumpir en el cuarto de Concha, porque, en el mismo instante que se acercaba al portal, salía el criado de culo gordo. Tuvo tiempo de esconderse en el portal vecino antes de que el hombre le viera, mientras trataba de imaginar el motivo de tanta insistencia, que Paula se negaría a explicarle. Una vez que lo vio abandonar la calle, entró en el cuarto de Concha con deseos redoblados.

Cuando su madre lo despertó a las siete menos diez de la mañana, sentíase más vigoroso que nunca; había dormido un montón de horas de un tirón, sin fantasmas ni oír los pedos ni desvelarle los diálogos murmurados por sus hermanos. Había dejado de ser niño. Optimista, corrió hacia la plaza de la Constitución, donde le aguardaba su hermano Miguel con los periódicos. Su expresión al verlo llegar era de enojo:

—Mani, la próxima vez que me hagas esperar, te voy a dar una tunda de hostias. Toma, te dejo cinco periódicos de más, porque ya no voy a poder vender tós los míos. Ten un real pal desayuno.

—¿Dónde está el Antonio?

—En El Palo, a ver si por allí vende más. Venga, desayuna rápido y vete a tu sitio, no sea que te lo quiten.

El café de la plaza de la Constitución no cerraba en toda la noche. Mani pidió chocolate y churros, pero no le sirvieron enseguida porque el camarero se encontraba superado y abrumado por la multitud de pedidos. Había una barahúnda insoportable. Las cabareteras medio borrachas movían los brazos para hacer sonar los semanarios plata de sus brazos izquierdos, y coqueteaban con los estibadores y con todo el que las mirase. Había barrenderos en una pausa de su trabajo, crápulas ojerosos recién salidos de las juergas del vecino Café de Chinitas, noctámbulos de todos los pelajes, guardias que alternaban con los delincuentes que perseguirían cuando el sol iluminara las calles y, además de Mani, muchos vendedores de periódicos. Mientras devoraba, por fin, el desayuno, Mani se limpió la punta de los dedos en el pantalón para hojear el primer ejemplar del montón. Mencionaban *La hermana San Sulpicio*, la película de Imperio Argentina de la que todo el mundo hablaba. Por lo demás, lo de todos los días: cinco apuñalados en los callejones del Perchel, un bebé abandonado en el Guadalmedina a punto de morir de hambre, dos tiendas incendiadas en calle Compañía y una en la de Comedias, tres guardias heridos en un enfrentamiento en la plaza de Santa María, uno de los cuales estaba agonizando, siete ultramarinos asaltados, cuatro prostitutas tiroteadas en calle Beatas y ciento veintiocho detenidos en total en diversos desórdenes. El reloj de péndulo que presidía la barra dio las siete y media.

Engulló el último churro con apresuramiento y corrió hacia su esquina. La encontró ocupada. En el primer momento, tuvo que frotarse los ojos para convencerse de que lo que veía era realidad y no un espejismo. Serafín, el hijo del barbero, había tomado posesión del mejor punto de venta de la calle Nueva, que los hermanos de Mani le habían cedido para facilitarle el trabajo y que tenían que defender a puñetazos y amenazas de cuchillos y pistolas de los veteranos que acudían a disputárselo. Allí estaba Serafín, altivo, calzado con botas relucientes, con su camisa azul y su pantalón negro, de pie detrás de tres montones del pasquín llamado F. E.

—Serafín —urgió autoritariamente—. Quítate de ahí si no quieres que mis hermanos te partan la boca.

—¡Una mierda! A tus hermanos me los paso yo por el forro. Hoy no venderás aquí esa basura revolucionaria.

Mani sintió ganas de reír. Llamaba «basura revolucionaria» al que sus hermanos Antonio y Paco consideraban «un diario al servicio del capitalismo».

—Esto te va a costar un disgusto —amenazó.

—¡Huy! —se burló Serafín—. Mira como tiemblo.

Enrabietado, Mani puso el hato de periódicos en el alféizar de un escaparate a pocos pasos de distancia. Le compraron cuatro enseguida, pero luego la venta dio un parón, porque la gente daba rodeos, apartándose al ver el uniforme de Serafín, con claros signos de repugnancia. Desesperado, Mani se situó en el centro de la calle para acosar a los viandantes. Nada, la gente pasaba presurosa, con los cuellos rígidos, mirando hacia otro lado. ¿Qué podía hacer? Ese punto era tan bueno, que había días que lo vendido por él representaba un tercio de lo que totalizaban los cinco hermanos; en su casa no podían prescindir de esos ingresos. Era inútil buscar otro punto, todos los que valían la pena en el centro estaban ocupados y muchos habían sido conquistados a puñaladas. Los montones del pasquín F. E. permanecían intactos, pero Serafín mantenía su confiada altivez mientras sentía Mani fluir y agolpársele la sangre en las sienes. Como ni los esfuerzos ni los pregones bastaban, extendió dos ejemplares en el suelo, abiertos por las páginas donde las noticias eran más atractivas.

—Hola, Rubio —Quini apareció de sopetón—, ¿has pensao lo que te dije?

Era evidente que él y su pandilla le necesitaban con apremio.

—No me interesa.

—¿Has hablao a alguien de que me has visto?

—No, Quini. Palabra.

—Entonces, ¿cuál es el problema?

—Ninguno. Yo no puedo darle disgustos a mi madre.

—Estás majara. Mira, he llegao a un acuerdo con mi gente y en vez de cuatro duros diarios, vamos a darte cinco. Y el gasto lo hacemos nosotros. Tú te limitas a dar ocho o diez paseos desde el muelle a la Acera de la Marina namás, vendiendo periódicos.

Cinco duros todos los días sumaban más de setecientas pesetas al mes, una fortuna que escapaba a todas sus reglas de medidas. Tenía que meditarlo aunque al Templao no le hiciera gracia y sus hermanos pudieran regañarle. Evitando aceptar o negarse, y para ganar tiempo, señaló a Serafín.

—Mira eso.

Al descubrir quién era el falangista, Quini se puso de espaldas a él, lívido.

—Tengo que echar a correr, Rubio. ¡Ese fantoche me va a denunciar!

Serafín había reconocido a Quini precisamente por la brusquedad al darle la espalda, y saltó hacia él esgrimiendo la pistola.

—Te detengo —dijo.

—¡Detén a tu puta madre, mamón! —gritó Quini al tiempo que echaba mano de la bragueta de Serafín y se la retorcía.

Mientras éste se encogía por el dolor, Quini escapó a la carrera y Mani descubrió con desolación que durante el forcejeo entre ambos, las botas de Serafín habían destrozado los dos periódicos extendidos en el suelo. La pérdida iba a desequilibrar la economía de la familia, Paula se llevaría un disgusto y sus cuatro hermanos convertirían el enfado en ira que podía ser descargada sobre su espalda.

Aprovechando el provisional fuera de combate del hijo del barbero, se lanzó hacia sus montones de pasquines F. E. Primero, patadas furiosas y, a continuación, una incontrolable ira destructora que convirtió los apilamientos en viruta de papel en pocos minutos. Arrebatado por la catarsis de sus propios temores, Mani olvidó completamente que Serafín continuaba a dos pasos, con la pistola en la mano. La detonación del disparo pareció retumbar dentro de su cabeza y fue como si todos los estallidos de la noche de la quema de júas se condensaran en un solo estruendo, tan atronador como la peor tormenta que podía recordar, y sin embargo, mientras cerraba involuntariamente los ojos, rebeldes a su determinación de mantenerlos abiertos a pesar del eclipse que se producía en su pensamiento, le pareció que la gente huía espantada del lugar con grandes aspavientos pero sin gritos que él consiguiera oír. A continuación, el vacío.

II. La condena de Sísifo

Como cada día durante los últimos cuatro meses, Paula Robles del Altozano se levantó sigilosamente de la cama mucho antes de amanecer; trató de no hacer ruido al vestirse, se alisó el pelo rubio a ciegas para no encender la luz y revisó a tientas el envoltorio que había preparado la noche anterior. Todo estaba en orden, porque ni siquiera se le ocurría soñar con incluir las golosinas que le gustaría que hubiera en el paquete. Antes de salir, se acercó al vano que comunicaba su dormitorio-taller con el cuarto donde dormían sus hijos. No tendría que ser cuidadosa al abrir la puerta de la vivienda para salir a la galería, porque al menos Antonio y Paco habían despertado ya y conversaban; aunque hablaban en murmullos, porque Miguel y Ricardo dormían aún, percibió la tensión del tono rajado de Antonio:

—... y después de arrasar las derechas las ilusiones del proletariao en Asturias y toa España, los cofrades de la Expiración se han empeñao en sacar su procesión la Semana Santa que viene. ¡Como si no hubiera millones de cosas más necesarias! Son como alacranes acechando a ver cómo clavarnos el aguijón, pa escarmentarnos por lo del 31 y someternos a sus abusos de toa la vida.

—Se saldrán con la suya —afirmó Paco—; el gobernador ha dicho que les apoya y que pueden contar con la banda de bomberos. Tendremos otra vez autos de fe y capirotes de la

Inquisición por las calles de Málaga, ahora que se sienten poderosos habiendo masacrao a los asturianos.

Paula halló sorprendente oírles tan de acuerdo entre sí.

—Es que no tienen entrañas —dijo Antonio—. Exhiben lujo a porrillos, pa que los obreros renunciemos a pensar por nosotros mismos y poder devorarnos las asaúras per seculam seculorum. Quieren que traguemos que los señoritos trasnochaos sigan llevando las riendas, digan lo que digan esos periodistas reaccionarios, que no paran de escribir mentiras pa que nos olvidemos de toa la sangre que se ha derramao por sus estilográficas pintando la revolución con colmillos de chacal, mientras Lerroux ordenaba a Franco y Goded masacrar a los proletarios.

—Volveremos a lo de siempre —sentenció Paco—. Penitentes descalzos, ríos de cera, saeteras fanáticas y hombres de trono flagelaos, como en la Edad Media, y adúlteras putonas disfrazás de beatas pa lucir sus mantillas y sus peinetas de brillantes.

—Po si se empeñan en avasallar con sus monigotes, que se atengan a las consecuencias. Ni yo ni mis compañeros nos chupamos los mocos.

—Antonio —aconsejó Paco—, no vuelvas a las andás, por favor.

Paula apreció el modo reposado de hablar que Paco estaba adquiriendo, sentencioso como si fuera mayor que Antonio. Sobre el desconcierto que le asaltaba últimamente por que el segundo de sus hijos pareciera tan a punto de elevarse sobre la mediania cultural que les rodeaba, flotaba el orgullo de que al menos uno lo consiguiera.

—¡Andás! —exclamó Antonio—. ¿Qué dice tu querido Partido Comunista, que nos quedemos cruzaos de brazos y permitamos que nos den bofetás con sus ídolos?

—No. Dice que más urgente que sacar procesiones es que Málaga tenga universidad, y se corrija la injusticia que nos imponen los señoritingos de Sevilla y Graná, que no paran de luchar a brazo partío pa que Málaga siga sepultá en la incultura sin conseguir nunca su propio poder intelectual. La cuestión, Antonio, es que hay que hacer las cosas con método. Si nos organizáramos en vez discutir entre nosotros, a lo mejor acabaríamos con esas supersticiones, pero dando patás al aire no se llega a ná. ¿En qué paró la quema de iglesias? Se fortalecieron las derechas, ¿es que no te acuerdas? porque los irresponsables como tú les disteis argumentos pa arremeter contra tó lo que oliera a izquierda. Por cá uno de los incendios, salieron millones de velas en las manos de beatas resentías pidiendo nuestras cabezas. Y así nos va, que nadie dice ni por ahí te pudras aunque Yagüe haya entrao como Atila contra los asturianos.

—Pero los principios son los principios —insistió Antonio— y tenemos la obligación histórica de acabar con el opio del pueblo; no hay por qué aguantar tantas humillaciones de hipócritas putañeros ricos disfrazaos de beatos de comunión de diaria. Y por si no tuviéramos bastante, la Ana y mamá empeñás en que me case por la Iglesia.

—¿Qué más da, Antonio? Desterrar esas cosas llevará una pechá de tiempo, no cambian los reflejos condicionaos en tan pocos años que llevamos de República. A la Ana, a lo mejor podrías convencerla de casaros por lo civil, pero ya sabes cómo es mamá. Ella quiere que respetemos las reglas, y no podemos olvidar de improviso cinco siglos de tradición. Consiente, que ya vendrán tiempos mejores.

—¡Paco! —exclamó Antonio—, no estarás hablando en serio...

—Hay que ser realistas y acechar la ocasión sin espantar la caza.

Paula sonrió. Dijeran lo que dijeran los periódicos sobre la «República Revolucionaria y Libertaria» que germinaba en barrios como el suyo, la mayoría de la gente todavía se casaba por la Iglesia. Podían gritar «viva Rusia» con el puño en alto, usar camisa roja, adornarse con la hoz y el martillo o tararear la versión carnavalesca del Himno de Riego: «si los curas y monjas supieran/ la paliza que les van a dar/ subirían a los coros cantando:/ libertad, libertad, libertad»; pero a la hora de casarse prevalecían las tradiciones y pocos, y de ningún modo las mujeres, podían imaginar que se casaban de veras si no les bendecía un sacerdote católico. Contra las novias, y también contra los padres de las novias, se estrellaban estrepitosamente las revoluciones. Como anticipaba que Antonio acabaría cediendo, ya había pensado en el vestido blanco que confeccionaría para Ana, lleno de fruncidos, flores y volantes de satén, copiado del que usaba Katharine Hepburn en *Las cuatro hermanitas*, porque Ana poseía un cuello y un aire tan aristocráticos como la actriz norteamericana, por lo que se sentía muy esperanzada, a ver si la novia conseguía pulir al novio. Ese vestido iba a ser su obra maestra. Los intentos de rebeldía de Antonio no eran más que chiquilladas, pero le preocupaba la solidez de los argumentos de Paco y la sobriedad que adquirían sus maneras, sobre todo en los últimos cuatro meses, cada vez que hablaba de un futuro que a ella le causaba escalofríos. Principalmente, cuando especulaba sobre lo ocurrido a Mani aventurando ideas estremecedoras.

Salió de la vivienda con sigilo para que los cuatro pudieran descansar todavía casi media hora, antes de afrontar la azarosa aventura diaria de los periódicos. Abandonó el corralón de Las Dos Puertas por la salida que daba a calle Curadero, la que más directamente conducía hacia el puente sobre el río Guadalmedina.

Guaqui el Templao se alzó de la manta extendida en el suelo. Alrededor, sus siete hermanos varones dormían profundamente, narcotizados por los estómagos insatisfechos, y Pipe, el menor, se revolvía en sueños embadurnándose con sus propias heces. Al otro lado de la barrera formada por dos sillas ensambladas entre sí, dormían su madre y sus cuatro hermanas. Si limpiaba la mierda de Pipe, despertaría, se pondría a ronronear o a quejarse, y los demás irían despertando también y sus lloros le atraparían. Quiso ser ingrávido al saltar sobre ellos para alcanzar el rincón donde la ropa de todos se amontonaba en una sola percha de pie.

Desde que leía cuanto caía en sus manos para conseguir que Paco le llevase a su célula, estaba ocurriéndole algo muy extraño: su olfato se había vuelto tan remilgado como para notar el tufo casi sólido que flotaba en la habitación, y había dejado de parecerle natural el espectáculo de los doce miembros de su familia durmiendo en el suelo cabeza contra trasero, narices sumergidas en las axilas y heces revueltas coloreando las extremidades de los tres pequeños. Trató de aflojar el pellizco que siempre le atenazaba el pecho cuando, mirándolos, se preguntaba el tiempo que tardaría en rescatarlos de esa clase de vida. Una palmada sobre su corazón deshizo el nudo y abortó el sollozo. Aún no había amanecido cuando echó a correr calle Rosal Blanco abajo sin acabar de vestirse del todo; aunque todavía estaban en octubre, sintió un escalofrío; era una madrugada casi gélida para el otoño de Málaga, que habitualmente no era más que otra primavera con olores y colores distintos. En vez de dirigirse al puerto, torció a la derecha en la calle Huerto de Monjas y corrió hacia el puente del Guadalmedina, para llegar, como cada día, antes de que Paula le descubriera; no quería verse obligado a dar unas explicaciones de las que carecía si no era contando la innombrable verdad; ni siquiera en su mente podía explicarse lo que originaba el impulso ni la magnitud del temor al desastre que creía ver aproximarse. La visita sería tan breve y tan monologante como siempre a lo largo de los últimos cuatro meses. Por más que cavilaba, le era imposible entender lo que causaba su congoja. ¿Agradecimiento? ¿Convencimiento de que él y no Mani pudo haber sido la víctima?

Omar Medina Gutiérrez el Chafarino comenzó a hacerse el desayuno al alba. No necesitaba encender una vela ni un candil, pero si lo hubiera hecho, un observador no habría sido capaz de notar que era un ciego el que preparaba el café, ponía la leche a hervir, tostaba el pan y le restregaba ajos y aceite de oliva; realizaba la tarea con movimientos precisos que parecían espontáneos pero que eran el resultado de varios decenios de entrenamiento. Acabó de vestirse mientras el café llegaba al primer hervor. Había echado a un lado la ropa cotidiana para optar por el conjunto de traje que permanecía meses colgado en el mismo clavo. Se abrochó el cuello de la camisa de algodón crudo y sonrió mientras componía con seguridad el nudo de la corbata, como si lo hiciera a diario cuando, en realidad, no recordaba habérsela puesto en los últimos tres o cuatro años. El horario era el mismo de todos los días, pero hoy no iba a permanecer catorce horas tejiendo redes a la puerta del cañizo. Hoy iría al puerto.

Tras caminar media hora desde el cañaveral que orillaba la costa, aguardó el tranvía en la cabecera de la línea. Bajaron en tropel las bienhumoradas y cigarreras de la fábrica de tabaco y una mano compasiva le ayudó a subir a la plataforma; aceptó la ayuda para no devolver un desaire, ya que podía moverse con gran seguridad en las peligrosas calles de la ciudad, aún lejos de la amigable arena de su playa.

El suceso de la calle Nueva había llegado a sus oídos por casualidad la tarde anterior, porque reconoció las voces de cuatro de los muchachos que pasaron aquella mañana de junio comiendo coquinas y almejas crudas cerca de su cabaña, y les prestó atención estremecido por la crudeza del relato y el misterio irresuelto de la identidad del atacante. Cuando dedujo con seguridad de quién hablaban, tras afirmar uno de ellos que «a su amigo Quini se lo han llevao al penal del Puerto de Santa María, pa los restos», comprendió por qué no había vuelto Mani aunque se lo hubiera prometido y dejó de sentir rencor por el desaire y el olvido. Con un trabajoso esfuerzo de memoria, recordó un apodo, «el Templao», y que este joven trabajaba de arrumbador en el puerto. En cuanto consideró que la memoria le era fiel y conservaba el dato sin que lo deformase el tiempo, tomó la decisión de abandonar por un día la playa. Bajando del tranvía en la Acera de la Marina, fue resueltamente hacia el muelle.

—Toavía no han empezao a venir los arrumbaores —le respondió un carabinero.

—Pero, ¿sabe de quién le hablo?

—Claro que sí. Tó el mundo conoce al Templao por aquí; es uno de los gachós más resalaos del puerto. Los capataces se lo rifan, porque da gusto trabajar con él.

—¿Cuando tardará?

Por la pausa, el Chafarino comprendió que el guardia debía de estar tratando de ver la hora en su reloj bajo la todavía débil luz.

—Más o menos, una hora.

—¿Lo puedo esperar por aquí?

—Claro. Venga, que voy a llevarle a unas pacas de lana, pa que siente a esperarlo.

El Chafarino agradeció, ahora sinceramente, la ayuda, porque el muelle era un sitio demasiado imprevisible por el trasiego de mercancías, y le confundía la mezcla de olores que anulaba su sentido de la orientación. Se dejó conducir por la mano del guardia apoyada en su codo izquierdo y se sentó a esperar.

ϒ

La monja brotaba de la pared convertida en estatua de mercurio, líquida y algo vagorosa, pero palpable y pesada. Fría. Marmóreamente fría. Más que pavor, causaba inquietud por la infinidad de preguntas que inspiraba y la imposibilidad de hallar las respuestas. Casi siempre era al primer vistazo una adolescente impúber, hermosa y mimada por su familia, la fortuna y el amor, pero enseguida acudían tétricas filas de monjas, gimiendo como plañideras, vestidas con harapos malolientes de desenterrados y con los rostros cubiertos de velos negros, para acosarla y maldecirla, mientras ella, que de repente era una vieja pintarrajeada como una prostituta, reía siniestramente a través de una boca desdentada de donde emergían como aullidos los pecados más monstruosos de la historia de la Cristiandad. Era un resplandor maravillosamente sugestivo a veces, pero sin transición se volvía amenazador, y entonces había que invocar a Imperio Argentina para que los demonios huyeran espantados con los repiques de castañuelas, y en cuanto se iba la artista hacia el barrio del Perchel, al otro lado del río Guadalmedina, persiguiendo a los gitanos que robaban pavos para comérselos asados con guindas, surgía como por ensalmo Concha la Chata, deslumbrante en una desnudez de diosa que no poseía, acariciando sin parar todos los penes que encontraba a su paso y una vez superado el vahído entre horrendo y glorioso del orgasmo, llegaba Inma, de cuyos ojos verdes manaban torrentes de luz como los de la Farola del puerto donde trabajaba el Templao, un faro que indicaba el camino para escapar del espanto, y ese camino conducía extrañamente hacia una playa donde un viejo ciego que parecía tener mejor vista que nadie le hablaba de la locura del mundo conduciéndolo hacia el Café de Chinitas, para que asistiese al reto que Paquiro lanzó a su hermano al dar las cuatro el reloj, afirmando que era más torero que él, mientras un torero lloraba junto al cadáver acuchillado de Rita la cantaora, lamentando no tener ya quien le dijera «Paco, llévame a los toros», pero de repente el viejo dejaba de ser ciego y viejo y era un adolescente, un sabio con todos los saberes griegos y babilonios, gritando en el mar de Galilea a una monja réproba que se apoyaba en el brazo de un falangista vestido con la parafernalia importada de Italia y Abisinia, que no era Serafín, sino su padre el barbero, quien iba asesinando niños a tiros por las calles entre las aclamaciones de la monja de mercurio, que brotaba una y otra vez de la pared y llegaba a replicarse hasta el infinito, para formar un batallón de lanceros bengalíes dotados de gigantescos pechos femeninos descubiertos, quienes componían una barrera de picas ante la barbería de Gustavo el Granaíno para que Antonio, Paco, Ricardo y Miguel Rodríguez Robles del Altozano no pudieran arrasarla para consumar su venganza, exaltados por los gritos de Guaqui el Templao que dirigía el ataque, vestido de negro luto. Pero el ángel rubio encaramado en el hombro izquierdo se apiadaba y borraba el campo de batalla para dibujar el edén maravilloso donde Paula Robles del Altozano, vestida de sedas recamadas de perlas, recogía su miriñaque al pasar entre los senderos de rosas y celindros, bañada por la luz dorada del sol como si ardiera una incendio de azafrán.

—¿Sigue la mejoría? —preguntó Paula a la monja, en el atrio del Hospital Civil.

—Anoche bajó la inflamación todavía más. Dice el médico que ya ha pasao lo peor.

—Entonces, ¿recuperará pronto el conocimiento?

—Eso, sólo Dios lo sabe.

Paula se impacientó.

—Pero... ¿lo sabe el médico?

—Tranquilízate, Paula. Hay que tener paciencia y humildad, y confiar en la misericordia infinita de Dios.

—Usted no sabe lo que dice. ¿Cómo voy a tener paciencia con un hijo que nadie me dice si lo he perdío o no? Llevo llorando toas las noches de cuatro meses y ya no creo que me queden lágrimas en el cuerpo.

—Los designios de Dios son inescrutables. Quién sabe si no será bueno que tarde en recuperarse, pa que haya tiempo de que los hermanos se tranquilicen y no piensen en barbaridades.

Paula se mordió el labio. La monja tenía razón y hablaba de lo que a ella le había angustiado todas esas noches de llanto. Si Mani salía del coma, sus hermanos lograrían arrancarle el nombre. En cuanto lo supieran, se desataría la guerra.

—Está arriba el chavea que viene tós los días —informó la monja.

—Lo imaginaba. Por eso me entretengo con usted, pa dar tiempo a que se vaya, porque me huelo que no quiere que yo me entere. Toas las mañanas corre delante de mí, volviendo la cabeza con disimulo.

—Es conmovedor. ¿Sabes lo que hace, Paula? —Tras la negativa, la monja continuó—: le cuenta en susurros a tu hijo las cosas que pasan en el barrio y lo que hace él en el puerto, como si Mani pudiera oírle.

—A lo mejor lo oye —aventuró Paula, desafiante.

—Pudiera ser. Ojalá.

—¿Ha vuelto a venir el otro?

—¿El criado rarito? Sí. Mira, ahí está el paquete que le mandó la señora de La Caleta a tu hijo ayer. Por como huele, le manda gloria bendita.

—¿No le dije que no aceptara esos regalos?

—Oh, Paula. Eres demasiado intransigente. Ayer tarde, yo no estaba de guardia y no me acordé de advertírselo a la monja que me sustituyó, pero lo tuyo es provocar la ira de Dios Nuestro Señor. ¿Quién sabe si esa señora no tratará de favorecer a tu hijo por la inspiración misericordiosa de Jesucristo?

—Usted no sabe lo que dice. Déle el paquete a un pobre.

—¿Más pobre que tú? —ironizó la religiosa.

—Me han dicho las monjas abajo que se te va a curar la infección por fin, Mani, pero de verdad y no como la otra vez, que recaíste a los dos días, y aunque me da un alegrón, tengo un canguelo que me cago patas abajo, porque no voy a conseguir estar aquí cuando despiertes, y a lo mejor te da por largar el nombre del Serafín antes de darte cuenta de lo que haces ni pensar en las consecuencias de poner a toa tu familia enfrente de los falangistas de Málaga, que si te acuerdas de lo que vimos en calle Camas la noche de los júas te harás una idea de las cosas que están pasando. Como han aplastao la revolución y están matando a los mineros de Asturias como chinches, los fascistas están envalentonaos; hay en el barrio de La Trinidad una pila de mujeres, madres de activistas de izquierda, que las han violao antes de obligarlas a tragar litros de aceite de ricino y la semana pasá hubo una especie de guerra en la calle de la Victoria, cuando doce falangistas fueron a provocar a los gitanos en la plaza de Santa María. A mí me contó lo del tiro del Serafín un amigo del Quini, que este quinqui de mala muerte se lo chismeó antes de que se lo llevaran pal penal del Puerto, y en cuanto lo supe me vine pacá, a ver si podía ponerle un dique a la riá que se va a formar en cuanto se enteren tus hermanos, que destrozarán al Serafín y luego vendrán los del Serafín a destrozarlos a ellos y a ver lo que le harán a tu madre, que no quiero ni imaginarlo porque lloro cuando miro a la mía y me acuerdo de tu cara cuando vimos a aquella muerta apuñalá en la esquina de la calle de Los Cristos, la noche de los júas. Por lo menos, yo amenacé al que me lo dijo con que le cortaría la picha si se ponía a publicar el chisme por el barrio, pero ya sabes tú, Mani, cómo es nuestro barrio, que tó se acaba sabiendo, y en el momento más inesperao tu Antonio se va a enterar. Yo, ni siquiera me he acercao a tu Paco, con las ganas que tengo de que me lleve a su célula, por si se me escapara algo, pero seguro que cualquiera largará. Menos mal que han pasao ya cuatro meses y el lío se irá olvidando, pero ahora que dicen que podrías volver a este mundo, a lo mejor lo sueltas y yo no puedo estar aquí tó el santo día pa taparte la boca. Vengo tó lo temprano que puedo a ver si te pillo despierto el primero, antes de que te pongas a largar como una cotorra sin pensar en las consecuencias. Además, me da no sé qué verte ahí con los ojos cerraos y me entra mucho coraje por toas las cosas que estás perdiéndote. Mi Inma se pega unas pechás de llorar por ti que corren ríos de lágrimas calle Rosal Blanco abajo, y me parece que a ti te gustaría saberlo. He visto ya *La hermana San Sulpicio*, que la Imperio está mejor y más guapa que nunca, y me muero de ganas de invitarte a que la veas tú. También te estás perdiendo las novedades, porque las cosas se están organizando mejor en el barrio ahora que hemos comprendío que el chivato de los guardias era el Serafín; lo hacemos tó con más disimulo y a lo mejor llega pronto la revolución, aunque con lo que ha pasao en Asturias, quién sabe si nos machacarán la jeta. En cuanto esté seguro de que no se me va a escapar ná de lo del tiro del Serafín, tengo que hablar con tu Paco, porque pa mí que él me explicaría mejor que nadie por qué se fue la revolución a pique en Madrid, Barcelona y, sobre tó, en Asturias, cuando estaba al alcance de la mano. Le voy a decir que soy mú buen amigo tuyo, ¿vale? Espero que no te dé coraje que abuse contándole esa mentira; pero, mira, Mani, que yo quería decirte que me gustó mucho hablar contigo las dos veces que tuvimos oportunidad, que por algo eres hijo de quien eres, y ahora estoy convencío de que con el tiempo serás uno de los fulanos más importantes del barrio y que si quieres que te proteja en el puerto pa trabajar con los ratas, po que eso está hecho. A lo mejor hasta me viene bien a mí, porque podemos hacerlo a medias, que ya sabes tú de más cómo está el panorama en mi casa. Ya te explicaré cómo sería, que yo iría guardando las bolsas que tú recogieras en un escondite chipén que yo me sé. Y bueno, que tengo que largarme, porque voy a llegar tarde al currelo y a ver si esta tarde me da tiempo de venir otro poquillo.

Paula quería quedarse un poco más junto a la cama de Mani, pero no podía prescindir de lo que le pagarían esa misma mañana por un vestido cuyo dobladillo aún tenía que coser. Deseaba aguardar el milagro que ahora parecía tan inminente, tras cuatro meses de zozobra y los desengaños de cada una de las veces en que la fiebre remitió un par de días para volver con mayor virulencia cuando ya se creía a punto de recuperar al menor de sus hijos, el que mayores esperanzas le inspiraba desde su alumbramiento, porque con él daba la impresión de que el destino quisiera corregir injustos designios del pasado, materializando la paradoja de los cuentos de hadas, colocar a un príncipe poco menos que en un estercolero para que alguien llegara a redimirlo con un beso. Ahora, por segundo día consecutivo, la frente tenía la sana tibieza de un niño de once años, desterrado el ardor de fragua que estuviera durante meses a punto de derretirle el cráneo. Ya no jadeaba como si pudiera rajársele el pecho. A pesar del enflaquecimiento, las mejillas volvían a teñirse con los tonos propios de un niño sano, cosa que no había sucedido durante ninguna de las mejorías anteriores, ya que entonces persistía el enrojecimiento febril. Pese a su delgadez, el cuerpo del niño recuperaba a ojos vista las armazones interiores, por lo que resurgía la arquitectura de unos volúmenes que le habían hecho sobresalir entre los de su generación desde siempre; en las últimas veinticuatro horas, había dejado de ser un muñeco desarticulado para convertirse de nuevo en el proyecto de hombre excepcional que pareciera desde su nacimiento. En cualquier momento podía abrir los ojos, pero no a los fantasmas del sueño como había hecho tantas veces durante los cuatro meses de muerte en vida, sino a la realidad del mundo en tiempo presente. El prodigio estaba a punto de suceder y ella no podía aguardarlo más, porque no disponía ni de seis reales para comprar en el mercado del Molinillo algo que preparar de comer a sus hijos y, por lo tanto, terminar el vestido era indispensable. La luz entraba a raudales por las ventanas gigantescas cubiertas de cortinas blancas movidas por la brisa; debían de ser más de las nueve. Tenía que apresurarse.

Miguel esperaba a su hermano Antonio en la parada del tranvía de la Acera de la Marina. El sitio de Mani en calle Nueva era tan bueno, que se le habían agotado los periódicos a las nueve y media de la mañana; si a Antonio no le habían sobrado ejemplares tras la animación marinera del desayuno en Las Cuatro Esquinas de El Palo, habría acabado su jornada laboral.

—¿Qué hay, Migue? —le saludó Angustias, la hija del barbero, de pasada y sin detenerse, como si quisiera disimular que había tomado la iniciativa del saludo.

—No corras tanto, chiquilla —rogó Miguel—, que vas a llegar allí antes de salir pallá. ¿A dónde vas?

Angustias se paró y, para no demostrar demasiado interés, sólo se volvió a medias hacia el muchacho, cuya expresión risueña y anhelante exteriorizaba sin disimulos el deslumbramiento que le causaba la joven. El sol, todavía no muy alto sobre la dársena del puerto, refulgía como un monte nevado en la sonrisa femenina y se multiplicaba en los enormes ojos verdes, que ella entrecerró para que él no advirtiera que también la deslumbraba.

—Al mercao de Atarazanas, a comprar castañas de asar. ¿Está mejor tu hermano?

—Así, así.

—¿Todavía no ha despertao?

—¡Qué va! Habrá que resignarse.

La expresión de Angustias se iluminó un poco más. Aunque reconocía para sus adentros que era una crueldad sentirlo así, le aliviaba que Mani pudiera no recobrar nunca la consciencia, porque, en tal caso, jamás desvelaría quién le había disparado y ella no se vería forzada a desterrar a Miguel de sus sueños. Unos sueños contra los que había luchado como una fiera, porque sabía que no podían ser más que el anticipo de la pesadilla en que la oposición de su familia convertiría sus ilusiones. Tras muchos meses de lucha, había tenido que aceptar su derrota y aunque no dejaba de afligirle la anticipación del drama, se sentía libre de soñar, y esa libertad se estaba convirtiendo en júbilo que estimulaba su audacia. Había tomado la iniciativa de un saludo que cualquiera del barrio consideraría poco menos que una desvergüenza en una mocita de su edad. Que se hundiera el mundo y arrastrara las malas lenguas al abismo, porque ella necesitaba que Miguel Rodríguez Robles del Altozano tomara cuenta de su existencia.

—¡Chiquilla, hay que ver lo bien que te sienta el sol en la cara! —exclamó Miguel, atónito por la cercanía de una belleza en la que no encontraba el menor defecto y agobiado por el ahogo que le producía que ella se dignara hablarle y sonreírle.

—A ti también, Migue; es una maravilla cómo brilla tu pelo. Parece oro viejo.

El piropo pilló al joven un poco a contrapié, por lo que dudó si corresponderlo, mientras miraba la cara de la muchacha y apartaba la vista una y otra vez, alternativamente, indeciso sobre cuál podía ser su estrategia y preguntándose si le valía la de siempre, la que empleaba con las demás, o sea, tensar los hombros e inflar el pecho para que el jersey no ocultase su fina musculatura labrada por un imaginero barroco, pasarse la mano derecha por el pelo dorado como si pretendiera alisárselo, para que ella se hipnotizara como todas, y acariciarse la entrepierna brevemente, simulando un gesto reflejo pero señalando, en realidad, que llenaba adecuadamente el pantalón. Decidió que nada de ello le valía en este momento, porque Angustias se alzaba en un universo propio que la situaba muy por encima de las muchachas del barrio, pero ¿qué podía servirle, qué tenía que hacer? La familia de Angustias, desde el aposentamiento en la calle Curadero, se mostraba tan altanera, que aunque ella le pareciera lo más hermoso que había visto jamás, no había entrado en sus cálculos la posibilidad de incluirla en su extensa colección de conquistas. La asombrosa realidad era que la joven granadina ni siquiera le inspiraba deseos sexuales, sólo veneración, como quien contempla de lejos una costosa e inaprensible obra de arte en un museo. Ahora, el elogio de su pelo la situaba en el mismo nivel pasional de las otras, porque era eso lo primero que todas alababan; si Angustias se mostraba dispuesta a bajar al territorio de la gente común, a lo mejor tenía alguna oportunidad de convencerla de ir juntos al huerto de La Virreina. Por lo tanto, le convenía devolver el piropo.

—Y tú... tienes los ojos más grandes que un mar donde se podrían pescar atunes y todavía quedaría sitio pa unas cuantas ballenas.

—Osú, Migue, hay que ver lo exagerao que eres.

—¿Exagerao? ¡Qué va! Mira, quédate quieta una mijilla...

—¿Qué pasa?

Angustias vio aproximarse la tez sonrosada y la mirada azul de Miguel, que se sumergía profundamente en sus ojos. Anheló que se atreviera a cometer la profanación; que la besara, aunque ella tendría que fingir indignación y amagar una bofetada.

—Estáte quieta, chiquilla, que veo ahí, en medio de tu ojo izquierdo, a un pobre hombre que ha naufragao en una isla desierta. Como muevas mucho los cañaverales de tus pestañas, vas a hacer que un ventarrón lo arrastre y el pobre desgraciao se caiga de la isla y se ahogue.

Angustias rió a carcajadas. Miguel decidió que había llegado el momento de echar la red:

—¿Quieres que te espere esta tarde?

—¿Dónde? —preguntó ella sin vacilación.

—¿En la esquina del Molinillo?

—No, allí podría vernos alguien que le iría con el chisme a mi madre. Mejor, en la puerta de la sacristía de San Felipe, a las siete y media. Te espero.

Angustias se alejó presurosa, como si temiera que él alegase algún impedimento. Miguel la contempló caminar, diciéndose que no sólo tenía las piernas preciosas, sino que las movía como nadie. La voz de Antonio, que acababa de saltar del pescante del tranvía, le sacó del ensimismamiento:

—¿Ya te la has trajinao, por fin?

—Hola, Antonio, ¿se te han acabao los periódicos a ti también?

—Sí, ya sabes. Lo de la otra noche en los Callejones del Perchel, con dos muertos y tantísimos detenío, es una noticia de ésas que agotarían el doble de los periódicos de los días normales. ¿Te has conquistao a la niña del Granaíno?

—No sé.

—Ándate con cuidao, que dicen que su hermano tontea con los falangistas y tú sabes de más cómo se las gastan esos salvajes. ¿Es que no tienes chochos de sobra?

—No es éso, Antonio.

—¡Ah! ¿No?

Antonio examinó al penúltimo de sus hermanos. Si él fuera una mujer y no un rudo sindicalista de la CNT y el Sindicato de Parados, ansiaría meterse en la cama con Miguel, por lo que de hecho suspiraban la mayoría de las muchachas del barrio, ya que todas se volvían pendones en su presencia. No creía que hubiera en el mundo alguien más guapo ni con mayor facilidad de seducir mujeres, pero, claro, a todo los cochinos les llega su San Martín, y ahora, por el tono y la expresión soñadora, su hermano parecía haberse enamorado.

—Bueno, Migue, sea lo que sea, ve con cuidaíto. ¿Sabes algo nuevo del niño?

—Anoche dijo mamá que llevaba sin calentura desde la madrugá. Habrá que ir esta tarde, que aunque a mí me parecería mentira, a lo mejor hay novedades de pronto.

—Sí, tenemos que ir después de comer, a ver si despierta de una puñetera vez y me dice quién fue el hijo de puta que trató de matarlo. Recuerda tó lo que hemos hablao sobre eso y estáte al liquindoy.

A mediodía, Guaqui el Templao sudaba a chorros bajo el saco de alubias que arrumbaba del almacén al barco, cuando el carabinero le dijo al pasar:

—Oye, Guaqui, disculpa, que se me había olvidao, joé. Hay un pobre ciego que está esperándote desde la madrugá pa hablar contigo.

—¿Un ciego? Yo no me trato con ninguno. ¿Qué querrá?

No paró de hacerse mentalmente la pregunta hasta la hora del almuerzo. Cuando sonó la campana avisando de que era la una, deslió el bocadillo de chicharrones con manteca colorada y fue devorándolo con avidez canina mientras se acercaba al Chafarino. Se detuvo a dos metros, preguntándose si el carabinero no se habría equivocado con la ceguera, puesto que el anciano parecía mirarle mientras le sonreía.

—¿Eres el Templao? —preguntó como si le viera llegar y le reconociera—. ¿El amigo que tanto admira Mani?

Guaqui sintió asombro por tres razones. La primera, que Mani utilizara el mote para nombrarle; la segunda, que considerase que eran amigos; la tercera, que el hijo de Paula y hermano de Paco encontrara en él algo admirable.

—Sí... yo soy amigo del Mani. ¿Qué quería usted?

—Verás, yo vivo en la playa de La Isla y...

—¿Usted es el Chafarino? —el anciano asintió—. Mani me contó que lo había conocío.

—Es que ayer tarde vinieron a la playa los muchachos con los que él estaba cuando le conocí y lo que contaron me puso el corazón en un puño... ¿Es verdad lo del tiro y que lleva desde el verano en el hospital?

—Sí.

—Yo... —Omar Medina vaciló—, verás; quisiera que no te cieguen los prejuicios antes de que acabe de decir lo que quiero que sepas, para que me ayudes... o mejor dicho, para que ayudes a tu amigo. Sólo he hablado una vez con Mani, pero fue suficiente; desde aquel día, no he dejado de pensar en él. Hablamos cerca de dos horas y me pasó algo que ya me había ocurrido dos veces en mi vida: vi el futuro...

El Chafarino aguardó alguna palabra del Templao que expresara su incredulidad o, al menos, su escepticismo; pero el joven había decidido permanecer a la expectativa desde que al anciano se identificara como aquél de quien había oído decir que era un lunático. No pensaba burlarse, sino escucharle cortésmente y luego, olvidar sus locuras, y si sentía ganas de reír, se aguantaría hasta que no pudiera oírle.

—Me ocurrió la primera vez en mi isla de Congreso, donde nací. Una tarde de tormenta, al oscurecer, bajo el fragor de los truenos sentí como si estuviera leyendo un libro donde se contaba mi historia, pero no la del pasado, sino la que todavía no había sucedido. Lo estremecedor es que todo lo que vi en aquel libro se ha cumplido después. El día que hablé con Mani me pasó lo mismo; mientras me contaba las cosas del barrio y lo que experimentó contigo la noche de los júas, dentro de mi cabeza se abrió otra vez el libro, pero contaba la historia de tu amigo. Y lo que vi en ese libro era tan espantoso, que tuve que ponerme a hablar como una cotorra para evitar que lo hiciera él, para que no continuaran pasando páginas empapadas en sangre movidas por su voz. Cuando los muchachos hablaron ayer del tiro, fue como si leyera una de las páginas que leí aquel día y decía exactamente lo que vi entonces.

Guaqui reprimía la sonrisa. Hallaba patética la expresión aterrada del anciano al evocar unas imágenes que sólo podían ser delirios de una mente trastornada.

—No sonrías, Templao, aunque tienes derecho a pensar que estoy majareta.

Además de citar la risa contenida, la frase describía tan exactamente su pensamiento, que Guaqui sintió que la curiosidad ganaba en su ánimo espacio a la ironía.

—Mani me habló de ti, pero no de tus circunstancias, ¿comprendes lo que quiero decir? Me dijo que necesitaba ser tu amigo para que le ayudaras a conseguir dinero, que tú eras el adolescente más popular del barrio y otras apreciaciones así, y también me contó que trabajas en el puerto, pero de tu familia sólo me habló con entusiasmo enamorado de una hermana tuya que se llama Inma. De los otros diez no me dijo nada, ni de tu madre, ni del padre que os abandonó hace un año y se suicidó borracho, un mes después, tras despreciarle la bailaora del Café de Chinitas por la que dejó a tu madre, pero yo los vi a todos ellos en ese libro ensangrentado de mi cerebro.

Guaqui sintió un escalofrío; ni Mani ni nadie en el barrio sabía que su padre se había suicidado. De hecho, sólo lo sabían su madre y él y habían pactado no contarlo jamás al resto de la familia.

—¿Quién le ha dicho eso? —preguntó con un nudo en la garganta.

—No te asustes, Templao. Siento que tienes carácter y, con tu personalidad y tu fuerza, lo que veo dentro de mí no tendría que impresionarte más de lo que me impresiona a mí. Lo que deberíamos es tratar de aprovecharlo y, por ello, necesito que me ayudes con tu amigo, a ver si consiguiéramos evitar que se cumpla lo que dice el libro. ¿Es verdad que lleva cuatro meses inconsciente?

—Sí, pero ayer se le quitó la calentura y esta mañana estaba mucho mejor. Las monjas dicen que a lo mejor recupera pronto el sentío.

—Entonces, ha sido muy oportuno que se me ocurra venir hoy. ¿Puedes llevarme al hospital?

Elena Viana-Cárdenas James-Grey acechaba junto a la ventana, aguardando con impaciencia expectante, como cada vez que mandaba a Rafael al hospital. Ya no podía tardar, porque faltaba poco para el almuerzo y el mayordomo aún tendría que cambiarse de ropa para servir la mesa. A diario, intentaba racionalizar sus impulsos para identificar el origen verdadero, porque cualquiera de sus familiares que se enterase de lo que estaba intentando calificaría su proceder de «chochez caprichosa» de una mujer que había actuado como un hombre la mayor parte de su vida y que, a los sesenta y siete años, se aburría a causa de la inactividad. Todos, particularmente su hija Rita, que imperaba ahora en la casa relegándola a ella al papel de «Reina Madre» sin reino efectivo, calificarían de insensatez o antojo senil lo que venía rondándole la cabeza. Por ello, había tenido que obtener la promesa de silencio de Rafael, coaccionándole con la dureza que empleaba antaño para dirigir la naviera.

Eran casi las dos de la tarde cuando lo vio llegar en el coche y, mientras se le acercaba presuroso, frunció los labios al advertir que no sólo traía de vuelta el paquete de esa mañana, sino también el del día anterior, que no había sido abierto.

—No hay manera, doña Elena —dijo el criado entre jadeos, mientras se sacudía con las manos el polvo de las perneras del pantalón—. Dice la monja que la madre del niño no quiere ni ver sus regalos y que ha dao orden de devolverlos.

Elena frunció los labios. La mueca no era completamente de enfado, pues solapaba su admiración. Paula era tozuda, tenaz e imposible de convencer de algo que ella no quisiera convencerse. «De casta le viene al galgo», se dijo. En alta voz, preguntó:

—¿Te han dicho algo de cómo está Manuel?

—Sí, doña Elena. Parece que ayer amaneció sin calentura y ya no le ha vuelto a subir, y no como las otras dos veces, que parecía que sí y luego, po que no. Ahora, dicen que a lo mejor vuelve en sí enseguía.

Elena sonrió. Más con los hermosos ojos violetas que con los labios.

—Entonces, ve otra vez esta tarde, a enterarte de si la mejoría se confirma. Si fuera así, te quedarás de guardia, pa avisarme en cuanto despierte, porque iré a hablar con él antes de que la madre pueda ponerlo en guardia contra mí. Que ya viste cómo se portó el niño cuando fuiste a hablar con ella; el día que pasó por aquí huyó como si yo fuera el diablo, y no estoy dispuesta a que vuelva a hacerlo.

La silueta de la pared estaba difuminándose bajo un torrente de cal teñida de rojo almagra. Le causaba mayor pavor esa catarata rojiza que la silueta misma, de la que había olvidado que le quitaba el sueño en un pasado remoto que pertenecía a una etapa de su vida que había superado ya. Hoy no le desvelaba el miedo a la figura imprecisa de mercurio que siempre amagaba los zarpazos pero nunca llegaba a darlos, que amenazaba pero no hería, que se colaba por los balcones perfumados de albahaca sólo para incordiar; en realidad, nada podía desvelarle salvo la voz que sonaba tan conocida aunque no lograra identificarla. Parecía recitar una salmodia, como quien lee rutinariamente por orden del maestro en una escuela; de vez en cuando, escuchaba otra voz, ésta ronca y aguardientosa como la de los marineros, que debía de pertenecer al maestro. Pero era el alumno quien hablaba sin parar:

—Mani, que como me dijeron las monjas esta mañana que puedes recuperar el sentío de sopetón, po que he venío otra vez porque no quiero perdérmelo. Te juro por mis muertos que me dará un alegrón más grande que el monte Gibralfaro pero es que no tengo más remedio que estar aquí cuando despiertes pa que no vayas a meter la pata.

¿Quién trataba de evitar que metiera la pata y en relación con qué?

—Y mira tú por dónde, que si no hubiera querío venir, resulta que no habría tenío más remedio, porque el Chafarino fue a buscarme al puerto pa que lo trajera; es que ayer se enteró de lo que te había pasao y también se le ha quedao chica la camisa por lo que tú pudieras largar. Está aquí conmigo...

—Creo que te escucha —indicó Omar Medina—; ha puesto el cuerpo en tensión.

La voz aguardientosa también le sonaba conocida. ¿Quién podía ser?

Guaqui el Templao examinó a Mani. En efecto, tal como indicaba el Chafarino se percibía un movimiento en los párpados que nunca había notado en las demás visitas, como si quisiera abrir los ojos. También fruncía la nariz. Y los codos presionaban contra el colchón, como si intentara alzar los hombros. Se preguntó si un ciego podía detectar todos esos detalles y volvió a dudar que el Chafarino fuese realmente ciego.

—Po eso, que el Chafarino también quiere evitar que te vayas de la lengua, porque lo que se puede armar es más malo que el sebo de carro. Imagina, los falangistas están cá día más envalentonaos y cualquiera de los suyos es pa ellos como si fuera la Virgen de Zamarrilla. Supónte tú que tus hermanos van y le meten mano al Serafín, ¿tú qué piensas que harían los falangistas, quedarse achantaos? Nanay de la China, Mani.

—¿Pero no han metío en la cárcel al Serafín? —preguntó Mani, sintiendo que su voz sonaba diferente de como la recordaba.

El Chafarino se estremeció.

—¿Estás consciente? —preguntó.

—¿Es usted el Chafarino? —Mani no conseguía mover los párpados.

—Sí, hijo.

—¿Por qué no abres los ojos? —la voz del Templao sonaba ahogada por un sollozo.

Mani sintió una alegría inmensa al comprender que era él, de verdad. El joven más popular del barrio se había convertido en su amigo.

—Lo estoy intentando, pero me duele mucho la luz. Oye, Guaqui, ¿por qué no han metío al Serafín en la cárcel?

—Nadie sabe que fue el Serafín el que te disparó —respondió Guaqui y, al hacerlo, oyó a sus espaldas una áspera exclamación.

Tuvo un sobresalto al volver la cabeza. Antonio, Paco y Miguel se encontraban en la mitad de los doce o catorce pasos que distaba de la puerta la cama de Mani, parados de repente como si les hubieran golpeado en la cabeza. Miguel tenía desorbitados los ojos y por su rictus de dolor parecía que alguien acabara de clavarle un puñal en el pecho; de esa dolorosa manera comprendía que Angustias se había convertido esa mañana, junto a la parada del tranvía, en algo mucho más importante que la posibilidad de un revolcón en el huerto de La Virreina. Paco apretaba los labios como si quisiera ayudarse a pensar con rapidez; desde principios de octubre, y sobre todo desde lo de Asturias, se había desatado triunfal y arrogante la represión contrarrevolucionaria y participar en un escándalo vecinal, con riesgo de ser detenido, sería muy contraproducente para los planes del partido. La expresión de Antonio era como una tormenta un instante antes de descargar el rayo.

—Conténte, Antonio —murmuró Paco—. Lo importante es que el niño se recupere. No le des un susto.

—Sí, tranquilízate —murmuró a su vez Miguel, que sentía que un peso insoportable había sido descargado sobre sus hombros y maquinaba cómo hablar con Angustias mucho antes de la cita ante la sacristía de San Felipe, mientras aferraba el codo de su hermano mayor.

—Ustedes no estáis bien de la cabeza —mascculló Antonio, rechazando la mano con que Miguel le contenía—. Quedarse con el niño, que yo voy a un mandao.

—No te muevas, Antonio —ordenó autoritariamente Paco—. En cuanto salgamos del hospital, pensaremos los tres juntos qué hacer, pa que no sea peor el remedio que la enfermedad. Ahora, el niño es lo primero. Disimula.

—¿Qué tiene que disimular? —preguntó Ricardo, que se unía a sus hermanos, tras haberse quedado rezagado en el pasillo para saludar a la madre superiora.

—Tú no te metas, Ricardo —dijo Antonio con tono desabrido—, que esto es cosa de hombres y no de mariconas chupacirios. El niño no ha abierto los ojos toavía, así que como no me ha visto llegar, me largo. Quedarse ustedes y, si pregunta por mí, que ya vendré luego.

—¿Qué pasa, Paco? —insistió Ricardo.

—Que el niño acaba de decir que fue el hijo del Granaíno quien le disparó.

—Po lo que tenemos que hacer —afirmó Ricardo—, es denunciarlo a los guardias.

—¡Una mierda! —exclamó Antonio—. ¿Con la experiencia de lo que pasa, y más desde lo de Asturias, te has creío que la policía va a enchironar a un falangista, aunque sea un asesino de niños? ¡Estás soñando! Yo me largo. Decirle a mamá que estoy de juerga y que no me espere levantá.

—Espera, Antonio —suplicó Miguel, al borde del llanto—. Me voy contigo.

Salieron, Antonio resueltamente y Miguel tras él, trastabillando por la congoja.

—Escucha, Ricardo —dijo Paco al oído de su hermano—, voy a quedarme un ratillo por si el niño se ha dao cuenta de que veníamos, pero tú echa a correr, adelanta al Antonio, cuéntale a mamá lo que pasa y plántate a la puerta de la barbería. Espérame allí, que llegaré enseguía. Si vieras llegar al Antonio antes que yo, manda al Granaíno con cualquier pretexto que eche el cierre...

Ricardo salió deprisa. Paco se acercó al grupo formado por el Templao, el Chafarino y Mani, que retornaba del todo a la realidad a través de los ojos entreabiertos. Paco sintió una punzada de orgullo, porque todos los médicos habían dicho hasta el hartazgo que tenía pocas posibilidades de sobrevivir.

Algo especial debían poseer los Robles del Altozano para que un niño de once años hubiera resistido una perforación de pulmón y una infección que pudo matarlo. Ahora, con menos de cuarenta y ocho horas sin fiebre, su semblante y su aspecto eran los mismos de siempre, salvo por el hecho de que parecía haber crecido un palmo durante los cuatro meses de sopor.

Guaqui el Templao comprendió lo que se avecinaba. A pesar de la preocupación, sintió júbilo; la vida le brindaba una oportunidad doble, devolver a Mani el favor de salvarle la vida y acceder a la estimación de Paco. Se puso de pie diciendo:

—Oye, Mani, que ya que te has despertao por fin, después de tenernos cuatro meses con el alma en vilo, po que me tengo que ir, porque hoy me toca currelar en el taller y sólo había venío por traer al Chafarino.

—¿Cuatro meses? —preguntó Mani, con espanto.

—Sí, chiquillo —respondió el Templao—, menúas vacaciones... y que ná, que me las piro y voy a decirle a mi Inma que se dé una vuelta por aquí, ¿te parece?

La alegría de descubrir al Templao junto a su cama se estaba diluyendo bajo la conmoción de saber que había dormido cuatro meses. El estupor era el más notable de sus sentimientos pero no el único, pues la sensación de pérdida ganaba terreno rápidamente. El abrazo y el beso húmedo de lágrimas de Paco le dejaron indiferente.

—Voy a avisar a mamá, Mani —dijo Paco, mientras indicaba por señas al Templao que le esperase—. Volveré a la noche. ¿Usted se queda?

La pregunta iba dirigida al Chafarino.

—Sí. Quería hablar con tu hermano.

—¿Tiene quién le lleve a su casa?

—No me hace falta. Puedo valerme solo, no te preocupes.

—Po condiós. Mani, que no tardo ná; trata de no dormirte antes de que venga el personal del hospital.

Echó a correr escaleras abajo tras el Templao y al pasar ante la monja del atrio le dijo sin detenerse:

—Sor Lucía, que mi hermanillo ha despertao. A ver si pudiera verlo el médico.

Rafael, el criado de Elena Viana-Cárdenas James-Grey, dio un salto al oír la frase. Puso nerviosamente en marcha el coche y aceleró en dirección a la mansión de La Caleta. Debía conducir con diligencia y rapidez, para avisar a la señora con tiempo de que las cosas ocurrieran tal como ella deseaba, a ver si así dejaba de estar tan gruñona, pues últimamente no había quien la aguantara.

Mientras cruzaba la ciudad el lustroso hispano-suiza negro, Ricardo había conseguido adelantarse a Antonio y Miguel y subió a saltos las escaleras. Entre jadeos, que más eran producto de la agitación que del ahogo de la carrera, le dijo a Paula:

—Mamá, el niño ha despertao, pero se va a armar el follón, porque sin darse cuenta de que nosotros llegábamos, le preguntó al Templao si no habían metío en la cárcel al hijo del Granaíno, que resulta que es el asesino.

—¿El hijo del barbero? ¡No te digo yo! Desde el primer momento me lo olí.

—Po el Antonio viene pacá hecho un brazo de mar y puedes imaginarte lo que va a hacer. El Paco me ha dicho que a ver si consiguieras contenerlo.

—Pero necesito ver al Mani...

—Antes, tenemos que evitar que el Antonio haga una locura.

—Sí, tienes razón. Vamos.

Cuando Paula y Ricardo se pararon frente a la barbería, Antonio doblaba la esquina de la calle Curadero pugnando contra las tarascadas con que Miguel trataba de hacerle retroceder.

—Ricardo —ordenó Paula antes de dirigirse al punto por donde llegaba Antonio—, dile a Gustavo el Granaíno que eche a la clientela y cierre la barbería si no quiere que le metamos fuego por culpa de la joya de hijo que tiene. Díselo con mala cara y a gritos, de manera que no le quepan dudas de que tiene que hacerte caso.

Antonio y Miguel se detuvieron cuando vieron a su madre correr hacia ellos.

—Mamá, vete pa la casa —dijo Antonio con tono gutural y sin mirar directamente a Paula—, que, en situaciones como ésta, es donde le corresponde estar a una señora que es madre de familia.

—¿Donde me corresponde estar? —exclamó Paula con expresión airada—. ¿Qué soy, un mueble inútil? A ti sí que te corresponde estar donde yo me sé. Ahora mismito coges el pescante y te vas a tomarte un blanco a la taberna, a mi salud. Ten.

Ofreció a su hijo una moneda de a real.

—Mamá, no me obligues a faltarte al respeto...

—¡Como si no lo hubieras hecho ya millones de veces!

—¡Mamá!

—Sí, me faltas al respeto cá vez que haces oídos sordos a lo que te mando. Da media vuelta y ni te acerques a la barbería.

Antonio se encontraba medio inmovilizado por los brazos de Miguel, que le aferraban desde atrás. Tenía que librarse de Paula, porque la fuerza paralizadora de sus palabras era muy superior al freno que Miguel trataba de imponerle, del que podía zafarse en cuanto lo intentara. Sin mirar a su madre a los ojos, dijo:

—Es bien, mamá, tú ganas. Me voy a dar una vuelta con la Ana.

—Eso —aprobó Paula—. Vete a pelar la pava, pa que esa pobre muchacha se dé cuenta de que su novio es una persona como Dios manda y no un burro picao de avispas.

—Dios ya no existe, mamá.

—¡Serás borrico...! Echa a correr. ¡Hala!

Estimulado por el tono imperioso de la orden, Antonio se libró de los brazos de Miguel y se retiró cabizbajo en dirección al domicilio de su novia, mascullando.

—Migue —ordenó Paula—, aunque el Granaíno haya cerrao el negocio, quédate de guardia con el Ricardo delante de la barbería. No dejéis que Antonio se acerque ni os mováis hasta que yo vuelva del hospital.

En el puente del Guadalmedina se topó de frente con Paco y el Templao.

—¡Mamá! ¿Te ha dicho el Ricardo lo que pasa?

—Sí. Lo he dejao con el Migue en la puerta de la barbería, de guardia. He conseguío que el Antonio se tranquilice y ahora estará con la Ana, pero, por si las moscas, quédate tú también delante de la casa del Granaíno, por lo menos hasta que yo vuelva del hospital. A ti te hará más caso que a ellos.

—Esta noche tenía una reunión importante en el partido —alegó Paco.

—Ve si quieres —dijo Guaqui el Templao—. Yo puedo quedarme por ti; total, por una vez que no vaya a trabajar al taller... yo nunca me escaqueo.

—De eso, nada —discrepó Paula—. No te metas en trifulcas ajenas, Guaqui, ni faltes al trabajo, que bastantes problemas tiene tu pobre madre; y tú, Paco, deja la reunión pa otro día. Lo primero es lo primero.

Paula continuó su camino, convencida de que el peligro de que sus hijos resultasen más perjudicados que vengadores en un enfrentamiento había sido conjurado. Quedaba pendiente el meollo del problema: Serafín no podía salir de rositas tras haber estado a punto de matar a su hijo. ¿Cómo podía hacer que la policía se ocupase del asunto, cómo lograría que el peligro público llamado Serafín fuese detenido, si todo hacía sospechar que los guardias protegían y colaboraban con los miembros del inquietante partido del que formaba parte?

En esos mismos instantes, Elena Viana-Cárdenas James-Grey entraba en el hispano-suiza y mientras Rafael lo ponía en marcha rumbo al hospital, le preguntó:

—¿Estás seguro de que la madre no andaba por allí?

—Sí, doña Elena.

—Pues date prisa, a ver si consigo hablar con él antes de que ella llegue. Porque segurísimo que alguien la habrá avisao ya de que el niño ha despertao y echará a correr pal hospital.

Mientras, Omar Medina el Chafarino trataba de expresarse de un modo que no angustiase a Mani, pero que le convenciera de adoptar ciertas iniciativas.

—Estás en el centro de un temporal, Mani. Eres el centro y también la fuerza que lo origina, por paradójico que te parezca. Aunque seas tan joven, la vida ha echado sobre tus hombros un peso del que te urge librarte, ¿me comprendes?

Mani no conseguía fijar completamente su atención en las palabras del anciano. Su mente, todavía no despejada del sopor, derivaba de la consternación por los cuatro meses perdidos a la angustia por lo que sus hermanos pudieran estar tramando, porque, evidentemente, no se habían enterado hasta esa tarde de que Serafín era su agresor. Aunque difícil de entender, el discurso del Chafarino representaba un consuelo para el bullicio desatado en su cabeza.

—El hermano de Poseidón tuvo también que tirar por la calle de enmedio con los líos de su familia...

Mani consideraba a los dioses marinos del ciego tan quiméricos como el fantasma del muro del convento y sus relegados demonios nocturnos, pero la cuesta abajo por donde se precipitaba su mundo tras la paz que sólo había conocido durante unos pocos años de plácida niñez, se estaba convirtiendo en un abismo absurdo donde cualquier fantasía podía resultar creíble y tan familiar como el perfume de albahaca para quien, igual que para todos los vecinos del barrio, lo sobrenatural era cosa cotidiana y las pasiones desatadas mucho más comprensibles que el juicio bondadoso y sibilino del Dios predicado por las monjas, aquel ser vigilante, ubicuo y remoto que componía poses fotográficas sentado entre nubes. El marengo pareció mirarle conmiseratívamente cuando Mani dijo:

—Me da canguelo pensar lo que mis hermanos harán con el que me pegó el tiro.

—¿Todos? Éste que se llama... Paco, parece bastante sensato y capaz de contenerlos... ¿Crees que los demás conseguirán arrastrarlo?

—No lo sé. Son tan diferentes, que no parecen de la misma camá.

—Ocurre en todas las familias, Mani; las camadas de hombres no son uniformes como las de animales; la diversidad es la norma y la uniformidad, la excepción. Además de tres hermanas, Poseidón tiene dos hermanos varones; uno de ellos, el mayor, que se llama Zeus, estuvo a punto de ser devorado por su propio padre, Crono, que ya se había comido a todos sus hijos, porque un oráculo le había anunciado que sería destronado por ellos. Crono sabía de sobra cómo se las gastan algunos hijos, ya que él mismo había estado a punto de matar a su padre y temía, a su vez, que los suyos le asesinasen. Cuando se casó con su hermana, la diosa Cibeles, ella intuyó lo que iba a pasar y en vez de entregarle a Zeus cuando lo parió, le dio un envoltorio que contenía una piedra. Crono era más bien estúpido y se tragó el engaño, o sea, que engulló la piedra. Debido a que tanto en la tierra como el cielo el que a hierro mata a hierro muere, Zeus le dio su merecido: primero, le obligó a tomar un brebaje mágico con el que vomitó vivos a los hijos que había devorado a lo largo de su vida; luego, se alió con los cíclopes para retar a su padre y lo mató.

Mani trataba de ser cortés y fingía credulidad, porque olvidaba que el Chafarino no podía verle. ¿A qué venía contarle tales fábulas, en un momento tan complicado?

—A pesar de sus diferencias —continuó el Chafarino— y de lo diametralmente opuestos que eran, aquellos hermanos encontraron razones para compaginar sus intereses y el acuerdo de aliarse contra Crono fue la primera revolución verdadera de los oprimidos de la tierra. Libres de la crueldad de su padre, Zeus y sus hermanos Hades y Poseidón se repartieron el mundo. Fueron atribuyéndose parcelas o actividades, de acuerdo con sus características, que eran para todos los gustos. A Poseidón, como era el más joven, no le concedieron mucha importancia y por ello le asignaron el dominio de la mar, ignorantes de que cubre cuatro quintas partes del mundo. Los hombres olvidan sus diferencias cuando identifican a un temible enemigo común, un temor que iguala a la gente más diversa y consigue amalgamar la harina con el metal. Hace pocos días, ha estado a punto de fundarse una República Soviética en España y ¿qué hemos visto? Primero, los irreconciliables anarquistas, comunistas y socialistas se alzaron hombro con hombro al grito de «Uníos hermanos proletarios», como si nada les separase, ante la expectativa de que sus sueños utópicos se materializaran. Segundo, los demás, derechas, falangistas y militares, que son como el aceite y el agua, se unieron por el terror al comunismo soviético y se liaron conjuntamente la manta a la cabeza. Y... ya te enterarás en cuanto saltes de la cama, que creo que con tu carácter no vas a aguantar más de unas horas acostado... han corrido ríos de sangre por Madrid y Barcelona y, sobre todo, por Asturias, donde intentaron fundar un *soviet* revolucionario llegando a fusilar a treinta guardias civiles, y te puedes imaginar las consecuencias terribles de esa locura cuando el Ejército mandó a la Legión para aplastar la revuelta con sus dos generales más fieros, Franco y Goded, mientras esos fascistas de inspiración italiana, a quienes los militares no pueden ver ni en pintura, se lanzaban a remachar el aplastamiento con sadismo loco. Armaron el lío socios irreconciliables y lo han aplastado socios que también lo son. Las diferencias entre los humanos son sólo espejismos, Mani. En lo más profundo, tus hermanos sienten de modos muy semejantes, igual que tú; pero sólo tú, que estás en el centro de sus inquietudes, puedes persuadirles de que tal sentimiento común no se convierta en una fuerza que os arrastre colectivamente a la tragedia, ahora que has hecho de Sísifo involuntariamente, al delatar a tu agresor antes de darte cuenta de las consecuencias. Ojalá que la vida no te obligue a llevar eternamente una roca cuesta arriba, como Júpiter condenó a Sísifo. Creo que deberías tratar de levantarte esta misma noche, para...

—¡De ningún modo! —dijo un anciano médico, que se aproximaba renqueando—. Niño, ¿estás consciente? ¿Quién soy yo?

—Usted es don José, el médico.

—Muy bien. ¿Y quién es tu madre?

—Doña Paula Robles del Altozano.

—¿Y qué día es hoy?

—No tengo ni puta idea.

—¡Niño! —exclamó el médico.

—No se lo tome en cuenta —rogó el Chafarino—. Nadie le ha puesto al corriente todavía de datos como ése y tampoco puede estar definitivamente lúcido tan pronto, después de dormir cuatro meses.

El médico no añadió ningún comentario mientras tomaba la temperatura de Mani y le palpaba el pecho sin parar de exclamar:

—¡Asombroso!

En ese momento, Paula alcanzaba jadeante la verja del hospital, con tiempo de ver que Elena Viana-Cárdenas James-Grey, ayudada por el criado, descendía de su reluciente automóvil, el vehículo particular que mejor conocía la mayoría de la población de Málaga. Se acercó de una zancada, y se plantó ante ella cerrándole el paso:

—Por favor, señora...

—No me llames señora. Tú no tienes por qué...

Paula se mordió el labio. En cierta medida, llamarla «señora» constituía una deslealtad hacia muchos de sus propios postulados. Treinta y nueve años de resolución podían perder significado si se humillaba. Usó un tono firme e imperativo al decir:

—Deje usted de perturbar a mi familia contándole al más chico de mis hijos cosas que él no puede comprender. ¿Le parece divertío meterse en esos berenjenales? ¿Es que se aburre usted? ¿Por qué se ha fijao en el Mani y no en uno de los grandes? Porque usted se ha creío que lo puede trajinar...

Paula sentía subir por el esófago una mezcla de ira e indignación que trató de disimular, a causa de la mirada de la monja portera que las observaba a las dos desde el umbral del portalón con más perplejidad que curiosidad, como si se preguntase qué podía tener que dilucidar la miserable madre de una familia barriobajera con la dama más poderosa de la ciudad.

—Sólo quiero ayudaros —alegó Elena.

—¡A buenas horas, mangas verdes!

—Yo no sabía...

—¡Ah! ¿No? —el tono de Paula era sarcástico.

—Te lo juro, Paula. Para mí ha sido una novedad.

—Qué bien saben mentir los que lo pueden tó. Mentir y estafar a media humanidad. Pero a mí no me la da. No se arrime a mis niños ni que se estuvieran muriendo, si no quiere usted que les cuente la verdad. O sea, toa la verdad, con pelos y señales. Salga usted de nuestras vidas, que mú tranquilamente hemos vivío sin usted, y no le mande más limosnas a mi Mani o le contaré a esa monja chismosa lo que hicieron ustedes y que se entere el mundo entero de la clase de familia que es la suya.

Elena Viana-Cárdenas James-Grey miró en derredor, como si temiera la cercanía de oídos indiscretos, aunque la monja portera, a unos quince metros de distancia, no podía escuchar a Paula. Tras un momento de turbada indecisión, entró de nuevo en el automóvil y ordenó al criado volver a casa.

Paula notó que se enjugaba una lágrima cuando el coche emprendía la marcha. La hipocresía de gente como los James-Grey era nauseabunda. Echó a correr hacia el interior del hospital; ahora necesitaba más aún abrazar a Mani.

El Chafarino escuchó los besos y exclamaciones de madre e hijo en silencio, haciendo lo posible por eclipsarse. Se alzó de la cama vecina, donde había permanecido sentado, y salió de la sala sin decir nada que pudiera interferir en el intercambio de caricias y confidencias. Volvía a su playa sin conseguir convencer al muchacho de lo gigantesco que era el alud que se precipitaba sobre él; las circunstancias y, seguramente, las convicciones de sus hermanos, habían desarrollado en su espíritu un escepticismo más propio de un desengañado de mediana edad que de un niño. En La Isla, a la puerta del cañizo, meditaría durante la mañana siguiente una estrategia que le sirviera para resultar más convincente y volvería por la tarde al hospital. Ni Paula ni Mani se dieron cuenta de que se había marchado.

Frente a la barbería, Paco, Ricardo, Miguel y Guaqui el Templao se miraban los unos a los otros con una incómoda sensación de inutilidad, mientras los minutos corrían tediosamente. El peligro había pasado, Gustavo el Granaíno estaba libre de la ira de Antonio y, por consiguiente, ¿qué más tenían que hacer cuatro hombres adultos vigilando una puerta cerrada?

—Yo tendría que ir pal currelo —dijo el Templao, rebulléndose por la duda, porque deseaba permanecer a ver si encontraba el modo de convencer a Paco de que le ayudase a ingresar en el partido, pero lo que le pagaban en el taller por cada una de las dos noches semanales era fundamental en los presupuestos de su familia.

—Vete Guaqui —aconsejó Paco—. Aquí no hay ná que hacer y aunque lo hubiera, tú no tienes por qué meterte.

—¿Cómo que no? —protestó el Templao—. El Mani me ha dao motivos de sobra pa que lo considere amigo mío y yo... po mira, Paco, que me gustaría hablar contigo sobre el partido... y tu célula...

—Me parece de perlas —atajó Paco, a quien le incomodaba hablar de tales asuntos ante sus hermanos, ya que ninguno de ellos poseía el carácter adecuado para ser su camarada, salvo Mani, que era un niño—, pero ya tendremos tiempo de eso. Ahora, vete a trabajar, que ya escuchaste lo que te dijo mi madre y a ella no hay que rechistarle. Hasta yo mismo, creo que me voy a la reunión del partido.

—Mamá ha mandao que nos quedemos aquí —reprochó Ricardo.

—Namás me voy por un ratillo, Ricardo, no te preocupes —tranquilizó Paco a su hermano—. Iré a preguntar si hay alguna novedad y a decir que no puedo estar en la reunión, y volveré enseguía. Vamos, Guaqui, que nos coge de paso.

Echaron a andar por la calle Huerto de Monjas, pero al llegar a la esquina de Rosal Blanco, el Templao recordó a su hermana Inma y la promesa que le había hecho a Mani de que ella iría al hospital.

—Tengo muchas ganas de hablar contigo, Paco; pero otro día. ¿Te hace que te invite mañana por la tarde a un blanco?

—Seguro —respondió Paco, que se preguntaba si el Templao merecía ser militante del partido—. Mañana nos tomamos unos blancos y hablamos, ¿vale?

ϒ

Inma estaba en su sempiterno asiento del escalón del portal, mirando hacia la embocadura de la calleja como si esperase ver llegar a su hermano. Corrió hacia él. Aunque parecía ansiosa por decirle algo, fue Guaqui quien habló primero:

—El Mani ha despertao, Inma. ¿No quieres darte una vuelta por el hospital?

—¿Ha despertao? Ahora mismito voy pallá. Pero, oye, Guaqui, que el barrio está alborotao, porque han visto que estabais sus hermanos y tú en la puerta del Granaíno y tós se huelen lo que va a pasar.

—No va a pasar ná. Ya no hay peligro.

—Sí pué pasar, Guaqui. Han visto al Serafín saltar la tapia trasera del patio y salir corriendo en busca de los suyos, porque llevaba el uniforme.

El Templao comprendió la magnitud del peligro. Tenía que volver a la barbería.

—Hazme un favor, Inma. Antes de ir pal hospital, acércate por el taller y di que esta noche no puedo trabajar, que me he torcío una mano en el puerto, ¿vale?

Frente a la barbería, a Miguel le reconcomía la ansiedad. A juzgar por la oscuridad que ya había devorado al crepúsculo, iban a sonar las siete y dado que la puerta permanecía cerrada y muda, Angustias no había abandonado ni abandonaría la casa para acudir a la cita ante la sacristía de San Felipe. Necesitaba ansiosamente hablar con ella, para nadar en las líquidas profundidades de sus ojos, y era urgente decirle que él no tenía nada que ver en la pendencia, que estaba allí para protegerla. ¿Y si escudriñaba por la ventana para tratar de llamar su atención?

En el interior de la vivienda tenía lugar un cónclave familiar. Gustavo el Granaíno aleccionaba a su mujer y a su hija:

—Siguen ahí, aunque ya son dos namás. Estar calladas y

quietas como muertos, que se crean que no estamos hasta ver la ayuda que consigue el Serafín.

—Es una majaretá armar esta marimorena —argumentó Angustias—, porque no van a hacernos ná, papá, ¿es que no te das cuenta? ¿No ves que vinieron a avisarte?

—Pero mira al guapito —indicó Bernarda, la madre—. Espía por la ventana pa ver lo que hacemos, por si somos capaces de defendernos.

Angustias se mordió fieramente el labio hasta que brotó la sangre. Presentía que Miguel trataba de ver tras los cristales quién había en la habitación en penumbras, antes de decidirse a pronunciar su nombre.

—Y el Serafín se ha llevao la pistola... —lamentó Gustavo.

—Po lo que es yo —proclamó Bernarda mientras iba a la cocina—, no voy a quedarme con los brazos cruzaos pa que ese cafre nos rompa los cristales.

Aferrado a los barrotes de la reja, de la que sólo pendía una maceta de clavellinas, Miguel forzaba la vista intentando descubrir a Angustias tras el cristal, más allá de las minúsculas flores blancas salpicadas de rojo. Sabía que ella no podía escucharle, pero no paraba de murmurar el nombre: «Angustias, Angustias, sal, por favor, que tengo que darte un recao; yo... no sé lo que me pasa desde esta mañana, que creo que me has herío de muerte... y mira qué malbajío, pasar esto ahora que yo he comprendío que no estás en el trono de una procesión sino que eres de carne y hueso. Me voy a morir, Angustias, porque eres todas las angustias de mis entrañas, que ya ves tú que estoy aquí dispuesto a no hacer caso de los míos, porque lo que quiero es protegerte aunque sean mis propios hermanos quienes me claven un puñal en el pecho...». Ella tenía que recibir el mensaje, acudir a aflojar el nudo que se le había formado en el estómago y un poco más arriba, en el costado izquierdo.

Ricardo no comprendía el sentido de las expresiones y ademanes de Miguel. La gente que les observaba desde los balcones y ventanas, y también desde la calle, aunque a cierta distancia y dejando despejado el escenario del espectáculo que anticipaban, mostraba la misma perplejidad que él. ¿Por qué parecía tan triste el muchacho que todos consideraban el más alegre del barrio, el donjuán más impenitente y burlón, el que no se ocupaba de nada que no le causara placer? Ricardo no tenía ni idea de lo que le pasaba al hermano que mayores preocupaciones religiosas le inspiraba a causa de su extrema debilidad por las mujeres, pero debía practicar las enseñanzas de Jesucristo y consolar a los que lloran aunque estuviesen tan corrompidos por los pecados de la carne como lo estaba ese hermano suyo, cuyo diabólico atractivo físico iba a ser su perdición eterna. Tenía que consolarlo y se acercó a él para hacerlo.

Angustias les miraba a los dos con fascinación. Las expresiones de Miguel eran una declaración de amor, y por ello el júbilo le aceleraba el corazón. Los ademanes del que algún día iba a ser su cuñado, el chupacirios del que se burlaban todas las vecindonas, no podía descifrarlos. ¿Intentaba aflojar la presa con que Miguel se colgaba de la reja o trataba de espiar el interior? Absorta en la pregunta, no vio a tiempo que su madre había vuelto de la cocina portando un humeante cazo de agua hirviente; comprendió lo que iba a hacer cuando la vio accionar la manija que abría la cristalera, sin tiempo de impedirlo. Sólo pudo gritar con un gemido:

—¡¡¡Migue!!!

Ricardo consiguió que Miguel soltara la mano derecha del barrote. Tiraba de él para que soltara la reja, cuando notó que el postigo acristalado se abría para descubrir a Bernarda portando un cazo, mientras alguien gritaba dentro el nombre. Creyó que la mujer del barbero pretendía golpear la mano izquierda de Miguel, pero el alarido de éste le reveló que había vertido agua hirviendo sobre esa mano. Guaqui el Templao, que acababa de aproximarse a la carrera, sujetó a Miguel y le preguntó solícito si le dolía mucho al tiempo que examinaba el mal con la pericia de quien, tanto en el puerto como en el taller, sufre quemaduras y heridas con frecuencia.

Miguel hablaba, conservaba el conocimiento, de modo que la quemadura era un daño localizado del que se ocuparían el Templao y las mujeres que habían acudido. Como se sintió libre de la obligación de atenderle, Ricardo se lanzó contra el portalón cerrado de la barbería incapaz de controlar ni racionalizar la ira que catapultaba su cuerpo. Dos años de ayuno y penitencias en busca de la templanza para el servicio de la Iglesia, fueron aventados por los ayes de Miguel, y un aguijón impulsó sus pies y manos anulando su voluntad. Bajo el estupor del vecindario, que contemplaba la progresión de la reyerta tan festivamente como todos los enfrentamientos, el muchacho cuya virilidad cuestionaban todos y cuya afición por las cosas de iglesia ocasionaba las más clamorosas burlas, golpeaba en estado de arrebato las dos hojas de vieja madera tachonada de clavos de hierro con una fiereza que nadie hubiera sido capaz de atribuirle, obnubilado y en trance, como si sólo pudiera pensar en la injusticia de que precisamente el menos conflictivo de sus hermanos gimiera con la mano y el brazo izquierdo abrasados. Las patadas de Ricardo eran tan violentas, que comenzó a oírse el chasquido de los cristales interiores que se rompían por sus embestidas.

—¡Rojo degenerado, para, si no quieres que te mate! —gritó una voz autoritaria.

Ricardo constató de reojo el sentido de la advertencia y se detuvo.

Acababa de llegar Serafín con otros tres miembros de su grupo, todos uniformados. El que profería la amenaza era un hombre maduro que esgrimía entre aspavientos una pistola enorme, de un modo que revelaba su torpeza y la escasez de su fuerza. Incapaz de permanecer impasible y al margen, Guaqui el Templao, ayudado por una espectadora, arrastró en volandas a Miguel hacia un grupo de tres vecinas que asistían al espectáculo apostadas ante un portal cercano, a las que dijo:

—Tomar, sujetarlo ustedes y echarle aceite de oliva en la quemaúra.

En cuanto se aseguró de que las mujeres se hacían cargo de Miguel, arremetió contra el grupo de Serafín. Cayó sobre el que enarbolaba la pistola y le tumbó en el suelo.

Inma había llegado al hospital. No atendió el veto de la monja y subió las escaleras a zancadas, pues conocía de sobra el camino hacia la cama de Mani gracias a las innumerables rondas de su sueño realizadas a escondidas durante cuatro meses. Se asomó al dintel de la puerta; casi recostada en la cama, Paula tenía abrazado a Mani con su izquierda mientras le acariciaba la frente con la derecha. Llamó su atención con un siseo y le indicó con la mano que saliera.

—¿Qué pasa, Inma?

Le contó atropelladamente lo que sabía y su temor de que la pelea hubiera comenzado ya. Paula miró a su hijo irresoluta, porque le costaría gran esfuerzo abandonarlo en ese momento. Preguntó a la muchacha entre dientes:

—¿Puedes quedarte un ratillo con el Mani?

—A eso he venío.

—No le cuentes ná de lo que pasa —ordenó más que pidió Paula y volviéndose hacia Mani, añadió—: niño, que tengo que hacer un mandao, pero vendré luego. La Inma va a entretenerte.

Echó a correr hacia el barrio.

—¿Qué está pasando, Inma? —preguntó Mani.

—Ná.

—No seas embustera. Algo tiene que pasar pa que mi madre haya echao a correr con tanta bulla.

Comprendiendo que no iba a valerle de nada negarlo, Inma le describió el panorama de lo que suponía que podía estar ocurriendo ante la barbería.

—Ayúdame a ponerme de pie, Inma.

—¡Tú has perdío el sentío! Has estao cuatro meses tendío, sin conocimiento, y tus huesos se habrán quedao sin cal.

—Por eso necesito que me ayudes. Ven, por favor.

Viendo que Mani intentaba incorporarse, Inma se sentó a su lado en la cama y le pasó el brazo por la cintura. Sin poder contenerse, le rozó la mejilla con los labios. Él volvió los ojos hacia los de ella con una sonrisa de entendimiento; de repente y sin premeditación, quedaban atrás los rubores y los sonrojos, las miradas elusivas y los disimulos, el temor acogotado de cada uno a que el otro no correspondiera el amor y la sensación de recorrer el borde de un precipicio donde todo podía malograrse. Mani devolvió el beso tras un instante de indeterminación y ella sonrió como quien alcanza una meta largamente soñada.

—Ayúdame a enderezarme, Inma. Tengo que evitar una desgracia...

Poco a poco, y sirviéndose de la muchacha como muleta, consiguió ponerse de pie.

—¡Osú, Virgen de Zamarrilla! —exclamó Inma—. Esto parece cosa de brujas... ¡Te has puesto casi tan grande como mi Guaqui!

Cuando Paula doblaba la esquina de la calle Curadero con la Cruz del Molinillo, Paco superaba la de Huerto de Monjas sin resuello por la carrera, porque al pasar venían anunciándole calamidades espantosas desde cuatro calles antes. Ricardo había desaparecido y el Templao yacía sin conocimiento en el suelo, rodeado por un corro que discutía sus versiones del suceso, mientras Miguel, con la mano izquierda vendada, trataba de hacerle volver en sí a gritos. Viendo que a su madre le faltaban todavía más de cien metros que recorrer, Paco preguntó a su hermano:

—¿Qué te ha pasao?

—La mujer del barbero le ha tirao aceite hirviendo —intervino la Veleña, una de las vecinas que le habían curado; ahora, arrodillada en el empedrado del suelo, sostenía en su regazo la cabeza del Templao.

—No, mujer —discrepó Miguel—. Aceite, no; ha sido agua.

—La misma cabroná —afirmó Paco con tono muy severo—. ¿Es grave?

Miguel negó con la cabeza.

—¿Qué le pasa al Templao? —preguntó Paco.

—Tiene el pecho y las caderas enmorecíos a patás —informó la Veleña—. Esos monstruos se han ensañao con él, pobrecillo, con lo buen hijo y lo trabajador que dice su madre que es... A ver si no lo habrán desgraciao.

La Veleña mojaba un paño en una palangana pequeña llena de agua, paño que ponía en la frente del Templao para intentar que volviera en sí.

—¿Dónde está el Ricardo? —preguntó Paco a su hermano.

—No lo sé —respondió Miguel—. Estaban curándome ahí dentro, y cuando he salío ya no estaba.

—Se lo han llevao los falangistas —informó un vecino desde el balcón del primer piso.

Paco observó que a Paula ya sólo le faltaban unos metros para empezar a abrirse paso entre los curiosos.

—¿Han dicho a dónde? —preguntó, alzando la cabeza hacia el pretil de hierro lleno de macetas.

—¿Tú qué crees? —ironizó el vecino, un casi anciano que mostraba una sonrisa alcohólica con la que pretendía ser sarcásticamente confidencial.

Aparte de que Guaqui el Templao estaba tendido en el empedrado, Paula sólo apreció con la primera ojeada que Miguel tenía vendada la mano.

—¿Ya ha hecho el Antonio una de las suyas? —preguntó.

—No, mamá —respondió Paco—, el Antonio no ha tenío ná que ver.

Tratando de suavizar los tintes para que su madre no se alarmara, Miguel le contó sucintamente lo que sabía.

—¿Ricardo ha roto los cristales de la barbería a patás? —preguntó Paula con incredulidad, recelando que Miguel tratara de exculpar a Antonio.

—¡Digo! —exclamó la Veleña—, con un par de cojones. Sorpresas que da la vida.

—Y ahora, ¿dónde está?

—No lo sabemos, mamá —respondió Paco, mientras le pedía con los ojos silencio al vecino del balcón, cuya embriaguez permanente era el lenitivo de su soledad de solterón— Habrá ido a la parroquia, como siempre a estas horas. ¡Despierta, Guaqui, joé!

Estaba zarandeando al Templao porque lo necesitaba para las averiguaciones sobre Ricardo, ya que no tenía a quién pedir ayuda, salvo el impulsivo e incontrolable Antonio. Y no podía involucrar a ningún compañero del partido en una cuestión tan personal como la búsqueda de un hermano secuestrado. La Veleña vació la palangana sobre la cabeza del Templao.

—¿Dónde están esos mamones? —preguntó éste en un jadeo, entreabriendo los párpados amoratados a golpes.

—¿Te puedes mover, Guaqui? —preguntó Paco.

Con la mano en la cintura para aliviar una punzada de las muchas que le pinchaban en el vientre, las caderas y el pecho, el Templao consiguió ponerse de pie. Hizo varias flexiones de cintura hacia adelante y hacia los costados; los mirones comprobaron que su legendario poderío físico no había mermado con la paliza.

—Puedo moverme —respondió—, pero a ver si no me han reventao por dentro esos cagaos hijos de puta.

—¡Vaya encarnaúra que te ha dao Dios! —exclamó la Veleña—. ¡Como el acero!

—Mamá, cuídate del Migue —pidió Paco—, por si la quemadura fuera grave y hubiera que llevarlo al hospital. El Guaqui y yo tenemos que hacer un mandao.

Viendo retirarse a Paco sujetando el codo del Templao para ayudarle a terminar de recuperarse, Paula comprendió que su hijo le ocultaba algo. Lo primero, ver si la quemadura de Miguel era o no grave, para adoptar las medidas pertinentes, pero en cuanto este asunto quedase resuelto tenía que interrogar a las vecinas, sobre todo a la Veleña, que era muy expansiva.

—¿Dónde podemos indagar? —preguntó Guaqui sobre la marcha, cuando Paco le puso al corriente de la desaparición de Ricardo y la urgencia de encontrarlo antes de que ocurriese algo irreparable.

—Hay una casa en el Hoyo de Esparteros que se rumorea que es un nido de fascistas —respondió Paco con escasa convicción—. Empezaremos por allí.

—¿Y si ya le hubiera pasao lo peor?

Paco giró la cabeza para mirarlo y se mordió el labio antes de responder:

—Entonces, se habría declarao la guerra en Málaga. Si han hecho algo malo con mi Ricardo, te juro por mis muertos que mañana no quedaría un falangista de pie en treinta leguas a la redonda.

—Dicen que el otro día pasaportaron a uno en el camino de las Pellejeras. El muerto tenía tó el pecho lleno de yugos y flechas pintaos con su propia sangre.

—Sí, era un sindicalista de la FAI, un pobre hombre que lo único que ha tenío en su vida son problemas; imagina, siete hijos y dos hijas, todos mayores, tres casaos, y ninguno tenía empleo. A estos falangistas, que dicen que quieren salvar a España no sé de qué, les pareció que se quejaba demasiado de su desgracia y por eso lo han liquidao, pa ahorrarle una molestia al patrón. El gobierno y la policía están dejando que los fascistas se envalentonen, porque se acojonaron una pechá con lo de Asturias, pero como tú comprenderás no vamos a quedarnos cruzaos de brazos. Las cosas están llegando demasiao lejos.

Guaqui el Templao miró de reojo a Paco. Por los elogios del vecindario, estaba al corriente de su comedimiento, pero en esos instantes daba la impresión de haber renunciado a controlarse.

Angustias atisbaba desde la ventana para tratar de comprobar que lo de Miguel no era grave. Cuidaba de no arrimarse al cristal para no revelarse porque tenía que ocultarse del vecindario, pero también de los suyos; no podía permitirse un gesto que desvelara a su familia lo que sentía por Miguel.

—Se han vuelto locos —comentó Gustavo con tono rasposo por el esfuerzo de contener el furor.

—Locos de remate —avaló Bernarda, enjugándose el llanto y tratando de contener los hipidos—. ¿Qué será de nosotros? ¡Van a asesinar a mi hijo!

—Les faltan cojones.

—Gustavo, por Dios, déjate de bravatas que esto es mú serio. Me van a lisiar a mi hijo y quién sabe lo que le harán a la niña.

Gustavo enterneció la mirada al contemplar a Angustias, de perfil, iluminada a contraluz por la leve luz del farol que llegaba por la ventana. Era como una vestal antigua, una virgencita milagrosa, una rosa con toda la hermosura del Generalife. Quien le pusiera la mano encima, sería hombre muerto. Dijo con acritud:

—Y Sanjurjo, en Portugal, sin dar señales de vida.

—Ése está allí, mú tranquilito, panza arriba, y no va a venir a meterse en fregaos, pa que estos salvajes lo descalabren.

—Pero... ¿qué tonterías dices, Bernarda? Los héroes que derramaron su sangre en Marruecos, sin miedo a la muerte porque lo que les importaba era el amor a la patria, no van a achicarse a causa de estos bolcheviques analfabetos.

—Lo que tú digas, Gustavo. Pero ¿vamos a dormir esta noche aquí o no?

—Aparte de los compañeros de tu hijo, no conocemos a nadie en esta porquería de capital. ¿En quién podríamos confiar?

—Estaríamos la mar de a gusto en Graná si tú no hubieras...

—¡Cállate, Bernarda! Nunca olvides que soy un honrao padre de familia, que todo lo que quiere y ha querido siempre es el bien y la seguridad de los suyos. Por protegeros, hice lo que hice y soy capaz de cortarle el gaznate a media humanidad.

—¿Entonces, frío los huevos con papas y chorizo o no?

—Sí, prepara la cena, pero sin abrir las ventanas y con la luz apagá. En cuanto a lo de dormir, hay que esperar que venga el Serafín, a ver qué le han dicho en jefatura.

—¿No habrá quedao uno de los compañeros de tu hijo echando una visuá por aquí, por si nos atacaran otra vez? —preguntó Bernarda.

—Ojalá hayan tomao esa precaución.

El clamor de comentarios crecía a través del barrio. Los rumores seguían un pauta que siempre era la misma: las espinas se convertían en espadas y los tirachinas, en cañones. Lo que Antonio oyó en la calle, desde la ventana cercana a las dos sillas de aneas donde pelaba la pava con su novia, fue que Miguel agonizaba porque le habían quemado todo el cuerpo echándole un balde de aceite hirviendo y que Serafín había matado a Ricardo. Viendo su palidez mortal y el hielo de sus ojos, Ana le aconsejó:

—Conténte, Antonio. No cometas una locura.

—No digas tonterías, Ana —reprochó Antonio mientras echaba a correr.

En la esquina de Rosal Blanco, se cruzó con Paula, que casi empujaba a Miguel rumbo a la casa, y advirtió que éste llevaba la mano vendada.

—¿Te han quemao en la barbería? —preguntó.

—Sí —respondió Miguel, comprendiendo que debía minimizar la gravedad para no fomentar la ira de Antonio—, pero no es ná... de verdad, es una tonteriílla de ná.

—¿Y el Ricardo?

—No sabemos dónde ha ido —informó Paula, cuya falta de convicción era perceptible a pesar de que las vecinas, respetuosas de la voluntad de Paco, no habían consentido en darle noticia del secuestro—, pero el Paco cree que estará en la parroquia. ¡Ojalá sea verdad! ¿Por qué no te das una vueltecilla por San Felipe?

Antonio negó con la cabeza al tiempo que asentía a sus propias conclusiones mentales. A Ricardo lo habían matado y Paco se lo ocultaba a su madre. Miguel tenía la cara como un muerto; seguramente mentía sobre la gravedad de su estado para evitar nuevos ataques, a lo que no sería ajeno lo que había presentido al verlo con Angustias junto al tranvía. Paco debía de andar de conciliábulos en su partido, maquinando cómo tomarse revancha del asesinato de Ricardo y cómo anunciar a su madre con suavidad que había perdido al hijo más lisonjero con ella. El barbero y los suyos tenían que pagar.

—¿A dónde vas? —preguntó Paula.

—Te haré caso —respondió Antonio—, voy a la parroquia en busca del Ricardo.

Echó a correr hacia la barbería. Miguel anticipó el movimiento, evidente por la dirección de la carrera, y pensó en

Angustias; la imaginó aterrorizada, llorosa y abrazada a su madre. No iba a permitir que siguiera sufriendo todo eso y, por otro lado, ya habían sido suficientes los enfrentamientos y destrozos para las cuentas de un día.

—Mamá —dijo, soltándose del abrazo de Paula—, voy con el Antonio.

—De ninguna de las maneras. Tengo que ver que la quemadura no vaya a desgraciarte la mano.

—No te preocupes, mamá. Namás que está colorá. Vengo de aquí a ná.

Paula soltó el brazo de su hijo, de nuevo con la bilis alborotada porque el criado de La Caleta la esperaba a la puerta del corralón, sonriendo con algo parecido a la humildad al verla aproximarse. La insistencia de Elena Viana-Cárdenas James-Grey rayaba en lo maniático. A ver cómo se sacaba ese incordio de encima.

Miguel echó a correr tras su hermano mayor y lo alcanzó cuando daba patadas y empujones furiosos, golpes que se acompasaban con los gritos femeninos de terror que sonaban dentro de la barbería, pero sin que llegara a caer abatido el portalón astillado por la ira de Ricardo; se echó sobre Antonio impulsado por todos sus amores y temores: la progresiva consternación de Paula, el pavor de Angustias, el presentimiento de que el bloque monolítico que era su familia desde que faltaba el padre empezaba a resquebrajarse y la sospecha de que sus placeres adolescentes estaban a punto de esfumarse. Antonio se detuvo ante la acometida, negándose a forcejear con Miguel por temor a causarle daño en la mano quemada.

—Apártate, Migue. Vete pa la casa, que esto es cosa mía.

—Piensa en mamá, Antonio, que aunque lo disimule, tienes que darte cuenta de lo mal que lo está pasando. Ahora, lo que hay que solucionar es lo del Ricardo.

Esta mención revolvió aún más lo que bullía dentro del estómago de Antonio, que dijo con tono lúgubre:

—Tienes razón. Me voy a ver si encuentro algún compañero del Sindicato de Parados, que me ayude a averiguar dónde está el Ricardo.

Pero Miguel lo conocía sobradamente. Antonio no desistiría del ataque; iba en busca de refuerzos para que el asalto resultase más eficaz, dado lo sólido que era el portalón. Debía quedarse de guardia para evitarlo. Tratando de inmovilizarse la izquierda con la mano derecha para no sentir tanto dolor, se sentó en el escalón de piedra con la espalda apoyada en el portalón de la barbería. Le asombraba la infinidad de sensaciones desconocidas que experimentaba: inquietud por algo que no era la espera del placer de cada noche, dolor por un abatimiento de Paula del que no recordaba antecedentes, el gozoso peso de Angustias en su pecho multiplicándose minuto a minuto; esta congoja de ahora no había vuelto a sentirla desde lo de su padre, y de eso habían pasado ya casi ocho años, cuando todavía era un niño. Hundió la cabeza en su pecho, conteniendo las ganas de llorar.

Dos pares de ojos le acechaban.

Angustias sentía un nudo en la garganta y escozor en los ojos, conmovida al verlo encogido, de perfil, desde su observatorio de la ventana; intuía que podía contar con él; pero ¿y los demás miembros de su familia?

El falangista escondido en un recodo del muro del convento de La Goleta en la calle Curadero, a unos ciento veinte metros, también lo vio encogerse, plantarse de guardia a la espera de la banda de piojosos que iban a llegar a destruir la barbería. Tenía que avisar a los suyos, aunque a Serafín y los otros dos miembros del grupo no podía localizarlos hasta que terminasen. Iba a tener que ser él quien, en imitación del jefe, recitara los versos de «If» que había que leer antes de una acción, puesto que tenía la precaución de llevar siempre el libro de Rudyard Kipling consigo. Cuando se hubo alejado unos centenares de metros corriendo, empezó a soplar el silbato.

El Hoyo de Esparteros era una placita casi cerrada, de forma triangular, que tenía salida a una sola calle, una especie de recoveco junto a una torre ya desaparecida, que había perdido todo el sentido urbanístico cuando derribaron las murallas de Málaga a principios del siglo XX. La casa de la que Paco había oído hablar se encontraba cerca del vértice del triángulo, en lo que debía de ser la trasera del convento cuya fachada daba a la plaza de Atarazanas.

—Mírala, pegaíta al convento —dijo el Templao—, los curas tienen que ser los dueños.

—Es lo más probable —concordó Paco—. Desde los estropicios de la quema de iglesias del 31, los curas se la tienen jurá a la República. Ahora, después del acojonamiento de Asturias, échale guindas al pavo, y como son los amos de media Málaga...

—Parece que no hubiera nadie dentro —dijo el Templao.

—No te fíes, Guaqui. Aunque anden con bravuconás por la calle, estos fulanos son maestros del disimulo. Está en la esencia misma de su filosofía; la hipocresía que predica la Iglesia al situar el escándalo entre los pecados más graves del escalafón, la practican con entusiasmo estos fascistas, acólitos interesados que los curas no comprenden que son los que más ganas tienen de borrarlos del mapa. Pero eso no quita que imiten a placer sus sistemas refinaos en los dos milenios que los curas llevan engañando al pueblo: ya sabes, esconder la mano después de tirar la piedra. Hay que entrar con cuidaíto.

Sólo había un farol, cuya luz no alcanzaba el fondo de la plaza, de modo que la fachada que se dispusieron a escalar quedaba en penumbra. Al Templao apenas le costó esfuerzo subir, con una pirueta, a uno de los balcones del primer piso, a donde Paco pudo llegar sólo gracias a la ayuda que le prestó desde arriba.

—¡Cualquiera diría que no han estao a punto de matarte de una paliza hace un rato! —murmuró Paco con admiración—. ¿Se nota si hay alguien?

—No se escucha ná. Aquí no pueden tener al Ricardo. ¿Pa qué vamos a entrar?

—Por si encontramos a quien interrogar o, por lo menos, un papel con el que podamos averiguar los locales que tienen.

Consiguieron abrir la encristalada puerta del balcón sin romperla y con sólo un leve chasquido. La habitación, estrecha pero muy larga, era un local de reunión con una mesa grande y catorce sillas alrededor. La puerta que se abría a la galería estaba sólo entornada; salieron sigilosamente y, en el momento en que se asomaron al pretil para tratar de atisbar lo que hubiera abajo en el pequeño patio, se encendió una fuerte luz en la galería y alguien dijo a sus espaldas:

—Ni pestañear, rojos cabrones. Al primer movimiento, os dejo como pajaritos.

El Templao consiguió ver de reojo al que les encañonaba con una pistola antigua, un adolescente aún más joven que él que parecía sentir mucho más miedo que los dos juntos. Pan comido. No pudo evitar que el muchacho disparase al verlo moverse, pero el rodillazo en los genitales hizo que la trayectoria se desviara y la bala impactó en el techo, antes de precipitarse el joven hacia el patio impulsado por la inercia del golpe sin que ni Paco ni el Templao pudieran evitarlo.

—Si hay más fascistas en la casa, van a venir al galope —masculló Paco.

—¿Estará muerto? —el Templao señalaba el cuerpo inmóvil, tendido boca abajo en las grandes y toscas losas de piedra del patio.

Paco notó que pese al temperamento por el que había ganado el apodo, la impresión de haber causado una muerte podía hacerle perder el control.

—No es tanta altura —dijo sin convencimiento—. Vamos abajo, porque si no acuden a la carrera es que no hay nadie más.

La escalera poseía cierto empaque; se dividía en cuerpos que ocupaban tres paredes formando nicho, como en muchas de las casas construidas durante el próspero siglo XIX malagueño, pero los peldaños bordeados por gruesos maderos se deprimían en el centro, a punto de hundirse. La hermosísima ciudad borrada para siempre del mapa por las huestes napoleónicas en 1810, había sido restaurada precariamente por la efímera prosperidad vinícola-textil-acerera decimonónica, y los legendarios edificios de balconadas y grandes y afiligranados voladizos de madera, consumidos por el fuego de los franceses, habían sido sustituidos por construcciones demasiado modestas para ser llamadas palacios, edificadas de prisa y con materiales poco nobles, enmascarado todo bajo el falso lujo del estuco. Esta casa demostraba su precariedad con el envejecimiento prematuro. Paco tropezó en un madero del segundo tramo de escaleras, perdió el equilibro y casi cayó rodando, pero el Templao lo evitó frenándolo con su cuerpo. Cuando recompusieron el equilibrio y reiniciaron el descenso, el muchacho caído en el patio se había incorporado a medias y les apuntaba de nuevo.

—Paco —murmuró el Templao—, haz como que echas a correr pa la derecha.

Paco comprendió y amagó un salto, pero no tuvo tiempo de conjeturar sobre lo que el Templao se proponía, ya que el primer gesto de vacilación del amenazante bastó para que Guaqui cayese sobre él como si pudiera volar; al tomar tierra, el esparto de su alpargata derecha golpeó la cabeza del falangista con un crujido como si se reventase un melón y, ahora sí, murió con el cráneo aplastado. Paco apretó los labios; carecía de sentido reprochar nada al Templao dadas las circunstancias y puesto que había palidecido como un cadáver, pero las muertes no conducían más que a nuevas muertes. No era ése el camino.

—Vamos a revisar los papeles, que estarán ahí.

Señaló una habitación situada en al zaguán, en cuya entrada habían escrito toscamente «secretaría». Tras revisar legajos y libros de contabilidad, Paco exclamó:

—¡Joé, Guaqui, es como un juego infantil! Hablan de centuriones y cohortes, como quien juega a romanos y cartagineses. Están como cabras. Mira, aquí figura una agrupación en el Muro de San Julián, otra por el Paseo de Reding y la jefatura, en la Alameda de Colón. Va a ser una madrugá mú larga. Vete a tu casa a dormir, Guaqui.

Lo veía tan descompuesto por haber causado una muerte, que no serviría de mucho mantenerlo a su lado. Pero Guaqui exclamó:

—¡Como si fuera la primera vez que voy a trabajar al puerto sin pegar ojo!

Tras nuevas protestas de Paco, algo tibias porque no podía realizar las pesquisas solo, reanudaron juntos la busca de Ricardo.

Con el brazo izquierdo sobre los hombros de Inma y el derecho de ella en torno a su cintura, Mani trató de dar un paso hacia la salida del hospital y la evitación de una escabechina que tendría a sus hermanos como víctimas principales. ¿Serían correctas las apreciaciones de Inma y la guerra había comenzado? ¿Era éso lo que los desvaríos del Chafarino pretendían anunciarle? ¿Se dejaba subyugar por el delirio de un viejo ocioso, asumiendo que él, un niño incapacitado, debía salvar a los suyos? En cualquier caso, si lograba llegar al barrio, algo podría hacer. Creía que enfrentarse a sus hermanos les frenaría, particularmente a Antonio; sus facultades se encontraban demasiado mermadas para caer en la cuenta de que precisamente su desvalimiento, y el recuerdo de la causa, actuaría como estimulante de la sed de venganza.

Arrastró el pie rumbo a la salvación de cuanto amaba, pero las piernas se le doblaron y cayó de bruces sin que Inma pudiera impedirlo. Era como un polichinela al que le sueltan los hilos; carecía del menor residuo de su antigua fuerza. Cuando Inma trataba de ayudarle a levantarse, la monja de guardia, alertada por el ruido de la caída y los comentarios de los demás enfermos, irrumpió en la sala gritando autoritariamente:

—Tú, niña, echa a correr y sal del hospital antes de que llame a un guardia pa que te encierre en un correccional, y tú, Mani, no me obligues a amarrarte a la cama.

Trató de incorporarse del suelo; tras varios intentos vanos, puesto que no pudo hacerlo sin el auxilio de la monja Mani sintió que algo muy amargo regurgitaba por su esófago. Deseaba evitar que sus hermanos se metieran en líos y que su madre sufriera, pero el que le había condenado a su estado no iba a quedarse tan campante; ya se ocuparía él de Serafín.

El llanto y la necesidad de olvidar el dolor produjeron un efecto sedante a Miguel. Suavemente, olvidados el temor a que el enfrentamiento imposibilitara su felicidad futura, el miedo de Angustias y la quemadura, se adormeció en el escalón de la barbería. Deslizándose hacia un lado, se quedó tendido sobre el costado, con la mano derecha protegiendo su izquierda; los males y la fealdad del mundo desaparecieron y, en su lugar, surgió Angustias como la síntesis de todas las venus de todos los cuadros, vestida de blanco y con una corona de nardos sobre una catarata de tul. Ya no había dolor. En el rostro dormido de Miguel se dibujó una sonrisa que enterneció a la Veleña y a cuantos atisbaban por los balcones y ventanas en espera del desenlace; una suerte de pacto de silencio protegió el sueño de quien poseía la facultad de conmoverles con sus encantos, tanto a las jóvenes como a las maduras.

—Niños, la función se ha acabao —dijo el borracho desde su balcón, chistando a un grupo de muchachos—. Aquí ya no hay ná que esperar; irse a vuestra casa, a dormir.

La discusión con el criado de La Caleta fue interrumpida por las vecinas contándole que Miguel, tan simpático, tan guapo y tan buena gente, se iba a quedar como un pajarito durmiendo sobre la piedra. Paula llevaba una hora rechazando el sobre que el hombre uniformado de chófer de opereta se empeñaba en darle; cortó en seco las súplicas y los argumentos, lo acompañó hasta la esquina de Rosal Blanco para asegurarse de que no echara el sobre por la rendija de la puerta y corrió a la barbería, donde, ignorante de lo que sentía por Angustias, dedujo a su manera lo que Miguel hacía en el escalón. No sólo obedecía su orden de frenar a Antonio, sino que como le desagradaban las discusiones y con la quemadura había tenido ya más de lo que su carácter podía asimilar, quería evitar que Antonio se metiera en más líos que le arrastraran también a él. Vaciló unos instantes, pero decidió dejarle dormir ahora que parecía habérsele aliviado el dolor. Se sentó a su lado, tomó la cabeza de Miguel en su regazo y se limitó a velar su sueño, porque si él no podía mantener la guardia, ella lo haría. Tuvo tiempo de hacer balance durante las más de dos horas en que no se produjeron novedades: el menor de sus hijos herido en el hospital, aunque vuelto de su sueño de cuatro de meses, gracias a Dios; el del medio, Ricardo, desaparecido y quién sabía si... no quería ni pensarlo; los dos mayores, por ahí, expuestos a que los descalabraran o algo peor; el penúltimo, con una mano abrasada que podía quedar inútil. ¿Eran ellos víctimas de su pecado original? ¿Había cometido un daño irreparable al no imponerles la fe cristiana y dejarles a su libre albedrío, que era lo que el confesor llevaba ocho años reprochándole? Porque precisamente el uso de esa libertad había llevado a Antonio a su radicalismo imprudente, de igual modo que

Paco abrazó el comunismo ateo porque ella no expresó jamás la menor objeción. El fanatismo de Ricardo no era producto de su influencia y, en realidad, le desagradaba tanto como el de Antonio, porque concedía a la Iglesia un papel sólo parcial en sus intereses, y le parecía un derroche de energía que Ricardo dedicase tanto empeño a la parroquia. Acarició la frente de Miguel; con su indiferencia por todo lo que no fuese el placer, era el menos contaminado de los cuatro mayores y el que mejor podía llegar a ser un padre de familia normal y feliz. La felicidad de sus hijos era el único objetivo, su única razón de ser, y ahora temía haberles fallado; la libertad no había sido útil y eran demasiado mayores para cambiar de táctica. Sólo Mani sería permeable al cambio. Tenía que ser más firme y menos consentidora.

Sonrió. Tal vez poseía una vena autoritaria, al fin y al cabo, aunque jamás había gritado ni puesto la mano encima a sus hijos. Ellos percibían el imperio de su autoridad y lo acataban, aunque de vez en cuando Antonio le llamase «marimandona». La sonrisa se convirtió en una mueca cuando vio llegar de calle Huerto de Monjas a Antonio dando tumbos, entre dos amigos tan borrachos como él. Zarandeó a Miguel:

—Despierta, hijo, que ahí viene tu hermano.

Miguel tenía fiebre, lo que le dificultó recordar lo que ocurría. Viendo que le flaqueaban las piernas, Paula sujetó su cintura mientras trataba de disuadir a Antonio:

—Ya tenemos de sobra. El Mani, en el hospital; el Ricardo, quién sabe dónde y éste, quemao. Tira pa la casa y a dormir, porque ya está bien, Dios santo, y ahora lo que tú necesitas es pensar en tu casamiento. Deja que se encarguen los guardias.

—¿Los guardias? —Antonio rió con extravío—. ¡Ja, como creer en pajaritos preñaos! Apártate, mamá, que tú sabes mu bien que esto no pué quedar así. ¿Quieres que a estos granaínos de mierda les salga gratis tó lo que nos han hecho?

Antonio no solía razonar sus actos, siempre iba como si le arrastrase un torbellino. Que ahora lo intentara, era prueba de que la borrachera lo había dejado sin fuerzas; Paula calculó que tenía alguna posibilidad de convencerle.

—Piensa en la Ana.

—En la Ana estoy pensando, mamá, y en ti, y en mis hermanos. Si nos quedamos cruzaos de brazos, estos fascistas asesinos de niños nos aplastarán.

—¡Digo! —respaldó el borracho desde la atalaya de su balcón.

Al rebufo de la discusión, el vecindario volvía a sus miradores. La exclamación del borracho ejerció el efecto de un olé en una plaza de toros. Como si le hubieran jaleado, Antonio se lanzó contra el portalón y, simultáneamente, sonaron el grito de Angustias y la amenaza de Gustavo por la ventana entreabierta:

—Mi hijo está al caer y te vas a arrepentir.

—A tu hijo el asesino de niños me lo cargo yo con una hostia, hijo de puta —respondió Antonio, sin dejar de arremeter contra la gruesa madera.

Estimulado por el grito de Angustias, Miguel acabó de despejarse y como sólo Antonio trataba de abatir la puerta, pues sus dos compinches se limitaban a observar riendo como si continuara la diversión de la taberna, consideró que todavía podía evitar lo peor. Se acercó a Antonio para tratar de inmovilizar sus brazos, pero éste deshizo la presa con un empujón que le hizo caer al suelo. Cuando Paula se agachó para ayudarle a reincorporarse, oyó el impacto de un grueso palo en el cráneo de uno de los compañeros de Antonio, que cayó al suelo, con un torrente de sangre en la cabeza abierta. Acababan de llegar Serafín y otros siete falangistas, todos uniformados. Sin percatarse, Antonio continuó pateando el portalón, cerca de cuyas bisagras superiores la madera comenzaba a rajarse. Desde atrás, Serafín pasó su brazo en torno al cuello de Paula para impedirle auxiliar a Miguel, y la obligó a alzarse al tiempo que le apuntaba con la pistola en la sien.

—Para, rojo cabrón, si no quieres quedarte huérfano de madre —gritó.

Mientras Antonio se volvía lentamente descubriendo a su madre amenazada de muerte, y trataba de evaluar la situación, Miguel, desde el suelo y muy cerca de los pies de Paula, acechaba los movimientos de Serafín para ver si podía liberarla.

Dos de los camaradas de Serafín aprovecharon la inmovilidad perpleja de Antonio y cayeron sobre él. El que parecía dirigirles, dijo:

—Rojo degenerado y ladrón, te detengo por asalto a una propiedad.

—Detendrás a tos tus muertos, cabrón —gritó Antonio que, despejado de súbito de su embriaguez, flexionó las piernas y consiguió entrechocar las cabezas de sus dos captores; cayeron aturdidos, momentáneamente fuera de combate.

Los efectos residuales del vino hacían que Antonio se sintiera eufórico y capaz de enfrentarse a los cinco hombres que, aparte de Serafín, continuaban de pie; corrió hacia ellos convencido de que podía vencerles a todos él solo. Recibió el primer golpe en el hombro y, enseguida, las cinco trancas parecieron ciento por la rapidez con que eran impulsadas contra su cuerpo. Miguel, desolado, vio que iban a reventar a su hermano, y se alzó dificultosamente, pero los dos primeros atacantes de Antonio se habían repuesto y se echaron sobre él. En ese momento, Paula dejó de temer su muerte, porque la de sus hijos parecía más cercana y le dolía mucho más. Lanzó el codo contra el vientre de Serafín, consiguiendo soltarse. No tuvo tiempo de entrar en el carrusel enloquecido de porrazos cuyo centro era el mayor de sus hijos, porque Serafín la hizo caer de bruces al suelo, donde se sentó a horcajadas en su cintura, tirándole del pelo mientras volvía a encañonarle con el arma, ahora en la nuca. Fue entonces cuando Paula sumó por fin su grito a la algarabía que sonaba en todo el barrio. Y el más estridente era el grito de Ana, la novia de Antonio, que había acudido sobrevolando la ola del rumor de que habían matado a su novio y al ver que todavía se debatía, se puso a golpear a puntapiés las piernas de los cinco atacantes, a los que no paraba de dar tarascadas y jalones de pelo. Inmovilizado por dos, Miguel vio que Antonio no resistiría mucho más, porque tenía manchas de sangre por todas partes y ambos pómulos reventados; trató de no pensar en el dolor de la quemadura para que también la mano izquierda le sirviera y se libró de la doble presa a empujones. Un salto de funambulista le situó junto a su hermano a quien trató de proteger con los brazos y el pecho, con todo el cuerpo, bajo la andanada incesante de golpes. Miguel cayó al suelo, fulminado por una tranca con la sien derecha reventada. El grito de Angustias sonó al unísono del alarido de Paula, que sacando fuerzas de su rabia consiguió girar sobre sí misma en el suelo para librarse de Serafín, que cayó hacia un lado.

Pareció como si la sangre de Miguel fuese lo que faltara. Era el causante más conspicuo de la escasez de vírgenes en el barrio, pero nadie se lo reprochaba. Su amor por la vida y su capacidad de gozo se plasmaba en la sonrisa arrebatadora, en las bromas a niños y viejos, a matronas, muchachas y padres de familia. Le adoraban, y no sólo las jóvenes que tan entusiásticamente correspondían sus requerimientos. Sin esfuerzo ni jactancia, contribuía a alegrarles la vida a todos y ahora le habían descalabrado. Su frente escarlata fue un toque a rebato. Como si hubiera sonado de verdad un cornetín, cayeron sobre los ocho atacantes botellas de vidrio, sillas, macetas y bastones de acebuche, y una horda enfurecida de vecinos salió en tropel de todas las puertas. Acudían a decenas mujeres vociferantes en enaguas y cubiertas con toquillas y hombres en calzoncillos. Gritaban poco, porque se les atragantaba el furor, pero amenazaban mucho con sus expresiones y ademanes. Los secuaces de Serafín se detuvieron, tiraron las trancas al suelo intentando ser invisibles y los que pudieron escapar del tumulto huyeron precipitadamente. El cerco fue cerrándose. Serafín, con la espalda apoyada en el portalón de la barbería, esgrimía de nuevo su arma. Cuatro de sus compañeros habían huido y los tres restantes estaban recibiendo tantos mazazos y patadas que no tardarían en morir. Disparó torpemente, pero no alcanzó a ninguno de los que le rodeaban. La bala siguió una trayectoria alta, hacia la primera planta de la casa de enfrente, yendo a atravesar el pecho del viejo alcoholizado cuya complicidad en el silencio había solicitado Paco. Cayó por encima del pretil y su cuerpo sin vida se estrelló contra el empedrado con un sonido capaz de desbordar los colmos de todos los presentes. El linchamiento de Serafín pareció inevitable. Pero el portalón se entreabrió lo justo para que Gustavo tirara de su hijo hacia el interior. El golpe seco al encajarse de nuevo las dos hojas de gruesa madera sonó a fanfarria final.

En el centro del corro de imprecaciones quedaron los tres camaradas de Serafín inertes, aplastados a pisotones, descoyuntados como júas y vestidos con ropa sucia de matarifes. El cadáver del amigo de Antonio era el más terrorífico, ya que su cerebro se había vaciado del cráneo abierto. Al caído del balcón se le había petrificado la sonrisa beoda sobre el empedrado manchado de rojo. Miguel también parecía haber muerto, pero Antonio, aunque incapaz de ponerse de pie, continuaba consciente y se arrastró hacia su hermano, mientras Paula se arrastraba también por el otro lado. Disuadidos por la desolación de los tres, ninguno de los presentes acudió a ayudarles, como si temieran que un roce fuese para ellos tan lacerante como una puñalada. Paula se echó sobre el pecho de Miguel sintiendo que el dolor de lo de Mani había sido el primero de un viacrucis al que algún ángel inmisericorde le condenaba, ya que si grande era el dolor porque Ricardo y Miguel pudieran morir, no lo era menor ver el desconsuelo de Antonio, cuyo llanto y besos humedecían el rostro inexpresivo de Miguel. Paula giró la cabeza sobre el pecho, situó la oreja junto al corazón de su hijo y alertó a los vecinos:

—Haced sitio y ayudadme, que el Migue está vivo. Por Dios, ayudadme, que se me muere; hay que llevarlo a la casa de socorro enseguía.

Angustias deseó perder la facultad de oír. A la sordera voluntaria para lo que su padre le decía a Serafín atropelladamente, quería añadir la sordera a lo que escuchaba en la calle. Si Miguel moría, ya no quería seguir viviendo. Sobre todo, al lado de quien era el causante de su desgracia y a quien las convenciones le obligaban a querer. Si tenía que querer a Serafín después de que éste hubiera causado la muerte de Miguel, no lo soportaría. También deseaba no escuchar los porrazos que Paula daba con los puños en el portalón, mientras gritaba:

—¡Serafín! ¿A dónde has llevao a mi Ricardo? Dímelo, ten caridad. ¿A dónde te lo has llevao?

Dos grupos habían alzado a Antonio y Miguel y los llevaban al hospital, pero Paula no quería ir tras ellos sin responderse la pregunta: ¿cuántos hijos había perdido esa noche? El grupo más compacto se distanció para cruzar el puente sobre el Guadalmedina, turnándose como portadores de Antonio y Miguel y seguidos por el cortejo de quienes querían consolar a Paula pero no se atrevían, porque les desconcertaba que no soltase un torrente de lágrimas y, en vez de ello, apretase tan fieramente los labios. Los demás vecinos regresaron poco a poco a sus lechos y los comentarios se volvieron murmullos y finalmente cesaron. El silencio cayó sobre el tramo de calle situado ante la barbería, donde el empedrado apenas era visible bajo los restos del estropicio.

Paco y el Templao iban calle Ollerías arriba, de regreso al barrio. La oscuridad espesa y sonámbula fue atravesada por el eco lejano de las campanas.

—Joé, las cuatro y media de la madrugá —dijo el Templao—. Esta mañana se me van a salir los huesos de sitio currelando en el puerto, porque no puedo ni con mi alma.

—Total, pa ná —lamentó Paco—. Ya te dije que estos fascistas son maestros del disimulo y el secretismo, igual que los curas. ¿Será posible que nadie sepa en el Muro de San Julián que se esconde una de sus guaridas entre los prostíbulos?

—Pero tampoco hemos encontrao la del paseo Reding.

—Bueno, eso es más lógico. Esa zona de Málaga, con tanto capital, tiene que ser un nido de derechistas reaccionarios, imagina; seguro que están compinchaos y tó lo que hemos conseguío que nos digan por la calle y en las tabernas será mentira. Lo raro es que tampoco supiera ná del Ricardo el de la Alameda de Colón.

—Yo no lo comprendo —dijo el Templao, sonriente—. A ese tío le he dao más hostias que a nadie en toa mi vida, y mira que antes yo tenía la mano la mar de suelta. Con tó lo que ha llorao, no creo que ese cagarruta tenga aguante pa no cantar hasta zarzuela. Seguro que no sabía ná, pero a mí no me entra en la cabeza. ¿No dicen que quieren traer a España la organización y la disciplina de los alemanes? Po lo lógico sería que organizaran y discutieran lo que le hayan hecho a tu hermano.

—No creas que estén tan organizaos —discrepó Paco—. Total, namás hace unos cuantos meses que fundaron su mafia de soldaditos de plomo. Y esto no es Alemania.

—Entonces, ¿qué coño hacemos con lo del Ricardo?

—Hay que interrogar al Serafín —afirmó Paco.

—Ese no viene a su casa esta noche ni amarrao —opuso el Templao—. Estará cagándose patas abajo del miedo a encontrarse contigo y tus hermanos.

—Alguna vecina sabrá si ha regresao. Como esté tan tranquilito, durmiendo en su cama, se le va a indigestar el sueño. ¿Vienes conmigo?

—Po claro. No voy a hacer la treinta sin hacer la treinta y una. Y además, Paco, que yo no me querría despedir esta noche de ti sin que me digas si te parecería... en fin... que a mí me gustaría que me lleves a tu célula...

—¿Ya te has enterao, Paquillo? —preguntó al cruzarse con ellos Ciriaco el Cenachero, que siempre salía a la misma hora a ver qué pescado conseguía entre los bolicheros de la playa, para el puesto ambulante que constituían los cenachos de esparto colgados de sus brazos en jarras, con los puños en las caderas.

—¿De qué me tenía que enterar? —repuso Paco.

—La pandilla del Serafín ha estao a punto de acabar con tus hermanos Antonio y Miguel. Al Antonio le han escayolao medio cuerpo con tres costillas partías y al Miguel, además de que tiene una quemaúra en la mano de aquí te espero, le han abierto la frente y han tenío que echarle veintiocho puntos.

Paco se paró un instante, con los puños apretados junto a los muslos hasta casi clavarse las uñas, tratando de controlarse porque la sangre se le agolpaba en las sienes como un ciclón. Debía contenerse para no actuar como un loco, contar hasta veinte, tal como le aconsejaban en el partido. Inspiró hondo y preguntó al Cenachero:

—¿Seguro que no es más que eso?

—¡Chiquillo! ¿Te parece poco?

—¿Sabes si el Serafín está en su casa?

—¡Digo! Encerrao como en un sagrario, porque el barrio en pleno quería lincharlo.

—Guaqui, ¿vienes?

No les asombró que los cinco cadáveres permanecieran ante la barbería entre los amontonamientos de cascotes de macetas y fragmentos de cristal, olvidados, lívidos y rígidos, sin que la policía interviniera. Los guardias no se enterarían de los acontecimientos por la denuncia de ningún vecino y nunca conseguirían información del desarrollo ni de los motivos del suceso para informar adecuadamente al juez, y si les avisaban los falangistas supervivientes, no vendrían hasta el amanecer.

—Son tres falangistas y dos de los nuestros —bromeó el Templao—. De momento, vamos ganando.

—No seas burro, Guaqui —reprendió Paco—. Los muertos no son victoria pa nadie, namás que son abono pa el odio. Nuestro barrio se parece cada a día más al Perchel y no deberíamos consentirlo, porque así vamos de culo. Con follones como éste, la causa proletaria sólo puede perder. Mira, a la puerta de la barbería le falta ná y menos pa caer; tiene que ser cosa de mi Antonio; está claro que le sobran huevos, aunque los use tan malísimamente. Espérame aquí un poco, escondío pa que no te vean desde dentro de la barbería, que ya mismo vengo.

El Templao se cobijó en el rincón más oscuro. Le desconcertaba que tras el escándalo, que sin duda había tenido que ser mayúsculo a la vista del resultado de cinco muertos y dos heridos graves, hubiera un silencio tan completo. Sólo alguna rata se aventuraba entre las matas desarticuladas de las macetas estrelladas entre los cadáveres, pero ni siquiera miaban los gatos, aunque últimamente quedaban pocos en el barrio; según se rumoreaba, porque estaban pasando por conejos en muchas de las mesas peor abastecidas. Cuando se aseaba en la palangana a la vuelta del puerto, todos los días venía su madre con historias que le hacían sospechar que la suya no era la familia más miserable del barrio, como siempre tendía a creer. Vio regresar a Paco del corralón de Las Dos Puertas. Andaba sigilosamente y portaba un objeto en cada mano. ¿Herramientas para desencajar el portalón? Aunque fuesen hermanos, evidentemente Paco y Antonio obraban de modos muy diferentes.

—Namás que he encontrao ésto —dijo Paco, exhibiendo un cincel y un destornillador grande—. Arma un poco de jaleo junto a la ventana de la barbería, pa distraerlos mientras yo acabo de tumbar el portón.

El Templao se puso a proferir los peores insultos mientras golpeaba ruidosamente los vidrios de la ventana. Primero se abrió el postigo izquierdo y apareció la cara iracunda del barbero pegada al cristal; a continuación, se abrió el de la derecha para desvelar la expresión desencajada de Bernarda, que movía los labios en lo que debía de ser su respuesta a las injurias. Detrás, al fondo de la sala, haciendo presión con su cuerpo sobre la puerta que comunicaba esa habitación con la contigua y en camisón, Angustias presentaba una expresión ausente bajo el llanto, como si bordease la enajenación; de repente, cayó hacia adelante, impulsada por el empujón violento contra la cara contraria de la puerta y apareció Serafín, que se acercó a la ventana a zancadas, esgrimiendo la pistola. El disparo convirtió el cristal en añicos y pasó rozando la cabeza del Templao, que sufrió varios pequeños cortes en la cara por las astillas de vidrio, pero tuvo reflejos para reaccionar y ocultarse agazapado junto al zócalo. La mano de Serafín emergió a través del marco vacío del cristal destrozado, buscando a ciegas el cuerpo del Templao; éste, convencido de que si corría tenía todas las de perder, aferró la mano armada; la primera presa no fue lo bastante firme y Serafín pudo accionar el gatillo; con los ojos desorbitados, el Templao se miró la basta tela del pantalón en la entrepierna tensada por la flexión de sus muslos. Sintió quemazón tan intensa, que en el primer segundo creyó que la bala le había perforado el pene; cuando comprendió que sólo había pasado casi rozando estalló en su ánimo una explosión mucho más intensa que la del disparo; la boca que mordió el puño de Serafín parecía la de un perro rabioso. Con una extraña sincronía, el golpe de la pistola sobre el empedrado sonó al mismo tiempo que la caída de las dos hojas del portalón hacia la calle. La entrada estaba expedita y Paco gritó:

—Vamos pa dentro, Guaqui.

Éste acudió con la pistola en la mano, diciendo furiosamente:

—Me lo cargo.

—¡Quieto y parao, Guaqui! De muertes, ya sobran una pechá esta noche. Dame la pistola.

Dócilmente, el Templao entregó el arma a Paco, que se la encajó en la cintura. Entraron en la vivienda sin dificultad, porque la puerta de cuarterones de vidrio pintados de blanco que comunicaba la barbería con la trasera carecía de cerraduras o pestillos. Parada detrás, se toparon con Bernarda, que blandía una sartén. Guaqui se limitó a arrebatársela, obligándola a apartarse. Al otro lado de la mesa de comedor, que ocupaba la mayor parte de la minúscula habitación, Gustavo agitaba dos cuchillos de cocina; Paco le encañonó con el arma de su hijo, tendiendo la mano izquierda para que se los entregase.

—Vas listo —dijo Gustavo—. Mi Serafín me ha dicho que ya no le quedaban balas, si no, no se la habría quitao ni el lucero del alba.

—¿Quiere usted que comprobemos si tiene razón o es una bravuconada? —ironizó Paco, acercando la pistola al rostro del barbero.

Éste echó los cuchillos sobre la mesa, de donde los tomó el Templao.

—¡Guaqui, al avío! —ordenó Paco.

Cada uno de los presentes interpretó la orden a su manera. El Templao sabía que lo que Paco quería era que no hiciera uso de los cuchillos, pero el matrimonio entendió que iba a morir. Se arrodillaron llorando, con la cabeza apoyada sobre el hule de la mesa.

—¡Tened compasión de nosotros! —suplicó Bernarda.

—¿Dónde se ha escondío el Serafín? —preguntó Paco.

Tras los segundos de silencio que siguieron, se entreabrió una de las dos puertas que permanecían cerradas y asomó el rostro demudado de Angustias, que preguntó en un sollozo:

—¿Qué le ha pasao al Migue?

—¿A ti qué te interesa ese salvaje? —preguntó acremente Bernarda— Ojalá que la quemaúra lo deje lisiao pa los restos.

Paco vaciló un instante, durante el que su mente especuló sobre el significado de la pregunta de Angustias. Al caer en la cuenta, sonrió apenas con los ojos; a Miguel no se le resistía ninguna, aunque se tratara de la muchacha más inaccesible del barrio. La pregunta podía indicar algún grado de correspondencia y complicidad; había más de un problema entre la familia del barbero y la suya.

—No se va a morir, es duro de pelar —respondió Paco, buscando los ojos enrojecidos de Angustias para tranquilizarla con la mirada—. ¿Dónde está tu hermano? Te juro por la salud de mi madre que namás quiero hacerle una pregunta.

Angustias indicó la puerta vecina con un movimiento de pupilas.

—Que ná ni nadie se mueva en esta habitación, Guaqui —dijo Paco—; no consientas al Granaíno que se ponga de pie.

Abrió la puerta indicada de una patada. A primera vista, no había rastro de Serafín; alcanzó de un salto el rincón donde una cortina cubría el hueco que servía de armario; demasiado atiborrado de líos de ropa y cajas, no había sitio para que se escondiera un hombre. Sólo quedaba mirar bajo la cama. Se acercó lentamente, pero su cautela no bastó; desde el escondite bajo el colchón, Serafín lanzó la mano provista de un cuchillo que clavó en el muslo de Paco. Paradójicamente, el dolor que irradió desde ese punto a todos los resortes de su cuerpo no sirvió para disuadir a Paco, sino para estimularle como el aguijón de una avispa, aflojando la disciplina que se imponía con tanto rigor desde que en el partido habían empezado a otorgarle responsabilidades. De un manotazo, alzó la cama para levantarla de costado; despojado de su protección, Serafín se acurrucó en el ángulo que formaban el colchón y la pared, llorando y con las manos protegiéndose la cabeza como quien se resguarda de un alud.

Paco sintió que le corría un hilo de sangre por la pierna, pero la puñalada no era profunda. Arrancó el cuchillo de su carne y lo apoyó sobre el cuello de Serafín, con el furor que le entrenaban para no sentir y recreándose en él.

—Dime ahora mismo lo que habéis hecho con mi hermano Ricardo.

—No le hemos hecho ná —afirmó Serafín.

Paco observó que el muchacho acababa de orinarse en los pantalones.

—Deja de llorar, pa que no tenga que decirte lo de la madre de Boabdil. ¿Dónde tenéis a mi Ricardo?

—No lo tenemos nosotros –gimió—. Lo detuvimos y lo llevamos a la comisaría de vigilancia. Eso es lo que manda Falange que hagamos si no se tuercen las cosas y los rojos no nos obligáis a...

Sobre la alegría de la noticia, Paco escupió su indignación:

—¿Quién coño sois vosotros pa detener a nadie, monigotes de mierda?

Descargó despectivamente una patada suave en la entrepierna humedecida de orina. En la otra habitación, dijo:

—Que no se mueva ni el aire, Guaqui, que tengo quehacer ahí fuera.

Salió a la barbería y Gustavo escuchó con desolación el ruido del espejo al caer hecho añicos y el despanzurramiento de los tarros de Flöid, Abrótano Macho y Alcohol de Romero, los grandes frascos de lavanda barata y la jofaina, mientras Paco murmuraba «esto por mi Antonio; esto, por el Migue; esto, por los cuatro meses de muerte en vida del Mani; esto, por los disgustos de mi madre...». Sobre los chasquidos, pudo oírse la voz autoritaria de Paula, parada ante la puerta, mayestática:

—¡Paco! ¿Te has vuelto loco? ¿Tú, el único que mis hijos que yo creía cuerdo?

La pregunta fue como una sacudida que lo rescató del arrebato, Paco se detuvo y preguntó:

—¿Cómo están mis hermanos?

—Destrozaos, pero no van a morirse. ¿Y el Ricardo, has averiguao algo?

—A lo que parece, está entero. Estos mamarrachos lo han llevao a comisaría.

—¿Con qué autoridad?

—Con la que se sacan de sus delirios.

—¿Qué te pasa en el muslo? —Paula señalaba la mancha de sangre en el pantalón.

Sólo en ese momento recordó Paco la herida. Su madre le arremangó la pernera para descubrir el puntazo de unos dos centímetros en medio de un hematoma amoratado; había dejado de manar sangre.

—No es ná —dijo Paula, mientras rociaba sobre la herida colonia de uno de los tarros pequeños que habían sobrevivido a la destrucción—, pero esto es como una plaga: tos mis hijos estropeaos, y ojalá que el Ricardo, aunque detenío, esté de verdad entero. Echa a andar, porque sólo quedamos tú y yo pa los periódicos.

—¿Tú vas a venir a por los periódicos?

—¿A quién vas a acudir? Ninguno de tus hermanos puede hacerlo. Al Ricardo, ya veremos a mediodía cómo lo sacamos del lío; ahora, lo primero es conseguir dinero pal mercao.

—¡Guaqui! —llamó Paco desde la calle—. Deja tranquila a esos mierdas, que ya han tenío bastante y con su pan se lo coman. ¿No tienes que ir a trabajar?

—Falta un rato —respondió el Templao al abandonar la barbería de un salto; parecía optimista—. Hace cuatro meses que a estas horas chispa más o menos, me voy a ver al Mani, y ya me he acostumbrao y me siento una pechá de raro si no voy. Ahora que está despierto, con más motivo. ¿Quiere usted que le diga algo?

La pregunta se dirigía a Paula.

—Que en cuanto pueda, iré a verlo y le llevaré un poquillo de carne de membrillo.

—Po condiós. Y... Paco, ya sabes, que yo, tu célula...

—Esta noche hablamos, cuando tomemos el blanco que me has convidao.

Viéndolo alejarse, y mientras caminaba junto a su madre, Paco comentó:

—¡Qué cosa más rara! Ha dicho que va tos los días a ver al Mani.

—¡Como un reloj! —exclamó Paula—. Comentan las monjas que lo que él hacía ha tenido que servirle de mucho a tu hermano.

—¿Qué hacía?

—Se pasaba más de media hora todas las madrugás contándole al oído los chismes del barrio, como si el Mani pudiera oírle.

Paco sonrió.

ϒ

Sonrió también la monja portera, con alivio, al ver entrar al Templao.

—Oye, tú eres amigo de Manolito Rodríguez Robles del Altozano, ¿no?

—Algo así.

—Nos ha dado la noche y ha habido que amarrarlo a la cama, porque se quería escapar y no paraba de echarse al suelo. A ver si pudieras convencerlo de que tiene todavía muchos días por delante hasta que se restablezca y pueda volver a andar. Ha crecío una barbaridad en estos cuatro meses y los huesos se le pueden hacer astillas.

—Ya veré, pero ése tiene un genio que se las trae...

—¡Ya lo creo que tiene genio! Pero inténtalo, ¿eh?

Subiendo las escaleras, desde donde comenzaba a vislumbrarse la luz del alba a través de los grandes ventanales, el Templao sintió cansancio por primera vez esa noche. Iba a quedar derrengado en el puerto y no podía permitirse simular una enfermedad, puesto que había perdido el jornal del taller la tarde anterior. Un café le despejaría.

—Guaqui, me estoy cagando —dijo Mani al verlo llegar—. Avisa a la monja.

El Templao rió y se puso a soltarlo él mismo de las ataduras.

—Te voy a desamarrar, pero prométeme que harás lo que te manden. Dicen las monjas que tienes los huesos como el cristal.

—¿Qué sabes de mi hermano Ricardo? —preguntó Mani desde el asiento de la letrina, para tratar de sacudirse la vergüenza por la proximidad del Templao, que permanecía vuelto de espaldas a él pero sin soltarle el brazo derecho.

—Namás que está detenío en la comisaría. Lo malo es que...

—¿Más desgracias?

—Anoche ha habío una de moros y cristianos delante de la barbería. Cinco muertos y una pila de destrozos y tus hermanos están heríos, pero ninguno corre peligro. Creo que el Migue es el que está peor.

—¡Mierda! —exclamó Mani—. Entonces, ¿quién va a vender los periódicos?

—Bueno, la hería del Paco es una tonteriílla y ha ido con tu madre, hace un rato, a buscarlos.

—¿Mi madre y él, namás? Tenemos que sacar al Ricardo de la comisaría ahora mismo, Guaqui. Ayúdame, por favor.

—No puedo, Mani. Total, ya no hay ná que hacer esta mañana y yo no tengo más cojones que ir a trabajar, porque anoche, con no ir al taller por estar con tu Paco, he dejao de ganar ná menos que dos pesetas. No faltaba más que pierda también el jornal de hoy.

Mani frunció los labios conteniendo el enojo; le exasperaba la parsimonia del Templao. Preguntó:

—¿Podrías decirle a la Inma que venga y me traiga la ropa?

—No me da tiempo, Mani. Ten paciencia, chiquillo, que no se va a acabar el mundo. En cuanto termine en el puerto, echo a correr pacá.

Habían tenido que dividirse entre Paco y ella los ejemplares del diario que habitualmente ponían a la venta entre todos. Apostada en la esquina de la Alameda con Puerta del Mar, Paula se sentía extraña y se preguntó qué haría que a sus hijos le sobraran a veces periódicos sin vender, porque, al ritmo que iba, a las once de la mañana se le habrían agotado, a pesar de que había llegado a las ocho con el triple de los que solía poner a la venta Miguel, cuyo punto ocupaba. Ignoraba que su extrañeza era inferior a la de quienes la miraban a ella; una mujer de aspecto nada miserable, rubia brillante, de hermosos ojos violetas, esbelta a pesar de sus cuarenta y cinco años y, a despecho de los remiendos de su ropa, irradiando distinción. Vendiendo periódicos, resultaba tan desajustada como si lo hiciera un canónigo de la catedral y, por tal razón, se los estaba comprando mucha gente que nunca lo hacía y que tal vez ni los leyera. Como eran tantos los que circulaban mirándola fijamente, no le llamó la atención el coche que se había detenido unos metros más allá de la otra esquina. Comprendió de quién se trataba cuando vio acercarse al chófer de culo monumental.

—¡Otra vez! —exclamó con impaciencia.

—Dice doña Elena que haga el favor de venir un momento a hablar con ella en el coche —dijo Rafael.

Elena Viana-Cárdenas James-Grey observaba con ansiedad el desarrollo de la gestión encomendada a su criado. Era una casualidad afortunada haber encontrado a la madre cuando se dirigía al hospital, a tratar de hablar con el hijo.

—Pues pregúntele si no tiene ojos en la cara —respondió Paula—. ¿No ve que estoy trabajando?

Rafael se retiró hacia el lustroso hispano-suiza y cruzó unas frases con su jefa. La mano de Elena salió por la ventanilla para entregar un sobre al criado. Cuando Paula lo vio acercarse, notó que era el mismo que había rechazado la noche anterior.

—Dice doña Elena que cuánto valen estos periódicos.

Paula contó los ejemplares que le quedaban y los multiplicó por el precio unitario.

—Ocho pesetas y tres reales.

—Po tome usted veinte duros, que me los llevo —Rafael le entregó el billete que contenía el sobre, se agachó, enrolló los periódicos y se los metió bajo el brazo—. Ahora que su trabajo ha terminao, ¿puede hacer el favor de venir al coche?

A Paula le pedía el cuerpo tirar el billete al suelo y arrebatar los periódicos al criado, pero veinte duros eran veinte duros, mesa servida opíparamente durante una semana o dos, y para heroicidades, ya habían realizado demasiadas los miembros de su familia durante toda la noche. Se acercó dispuesta a decir «gracias» nada más y alejarse por un callejón por el que el coche no pudiera perseguirla. Mas cuando se aproximó, Elena salió del coche y, sujetando la portezuela, la empujó suavemente dentro. Sentadas una al lado de la otra, ambas se escudriñaron pero de reojo, como si ninguna de las dos se atreviera a mirar a la otra de frente.

—Tienes que admitir, por lo menos, que ayude a tus hijos.

—¡A buenas horas! Hemos sobrevivido y seguiremos sobreviviendo. No necesitamos ayuda de nadie. Sobre tó, no necesitamos ayuda de usted.

—Tienes que creerme, Paula. Yo ignoraba completamente tu existencia y, por lo tanto, no podía conocer la de tus hijos. Estoy pasándolo fatal...

—¿Usted lo está pasando fatal? No me haga reír, señora.

—No me llames «señora», Paula, por favor; me mortificas todavía más cuando lo dices.

—¡Qué sabrá usted de lo que es mortificación! ¿A que no se imagina por qué he venío esta mañana a vender periódicos? Tengo tres hijos en el hospital y uno, en comisaría.

—¿Por qué?

Paula relató los sucesos de la noche, brevemente y sólo en lo relacionado con sus hijos, sin mencionar los cadáveres, cuya noticia aún tardaría un par de días en salir en el periódico.

—Veré lo que puedo hacer por ellos —afirmó Elena cuando Paula terminó el relato.

—Se lo pido por favor y no quisiera ponerme borde, que bastente borderío hay suelto por Málaga; por favor, señora, deje tranquilos a mis hijos y ni se acerque a ellos.

Elena volvió la cabeza, ahora sí, para escrutar fijamente los ojos de Paula.

—Tú no les has dicho nada, ¿no es así? Ellos no lo saben.

Paula negó con la cabeza. Le costaba gran esfuerzo que no se le soltara la lágrima tonta que pugnaba por abrirse paso en su ojo izquierdo. El derecho, que era el que Elena podía ver mejor, se mantendría seco aunque reventara.

—Nunca deben saberlo. Y como usted o alguno de su familia venga a meter cizaña, le juro que... No sé; algo haría pa que usted se arrepintiera.

—¿Cizaña, Paula? ¡Líbreme Dios! Lo que yo quiero...

—Olvídese de nosotros, se lo suplico.

Elena meditó unos segundos, afirmando y negando con la cabeza a un tiempo.

—Deja, por lo menos, que te mande dinero de vez en cuando.

—Hoy, lo he cogío porque me hace muchísima falta, porque namás he terminao un vestío en dos semanas. Pero ni se le ocurra mandarme más. Lo quemaría y le metería las cenizas en un sobre de correo. Se lo juro por mi padre y, al jurar por él, supongo que entiende usted de sobra lo mú en serio que se lo digo.

Paula salió del coche sin despedirse. Sabía que Elena no iba a insistir, al menos en esos momentos; sintió el peso de su mirada conforme emprendía el regreso al barrio.

—Rafael —ordenó Elena—. Da la vuelta pa la casa. Tienes encargos que hacer.

Paula no sentía su propio desplazamiento por las calles que debía atravesar antes de llegar al mercado del Molinillo, porque su cabeza estaba ocupada por una imagen idílica, cegadora de tan resplandeciente. Su padre, casi idéntico a Miguel pero un poco mayor, la alzaba sujeta por las axilas y la besaba y la hacía girar como en un carrusel y la lanzaba por el aire para recogerla al vuelo entre risas como cascabeles, y volvía a besarla en la frente, en la nariz, en las mejillas, en el cuello; era como si mediante los besos recuperase una facultad que le faltaba, algo vital que hubiera perdido. Luego, se iba, como todas las noches. Ahora, sintió ganas de llorar, pero llevaba treinta y nueve años entrenándose en no hacerlo. Se agitó el pelo y sonrió, como diciendo adiós al protagonista del recuerdo. En el mercado, todavía con el tacto cálido de las manos paternas en sus brazos, renunció a medias a la frugalidad habitual; haría carne mechada con tocino de jamón, ajo y clavos, que era el plato que más alababan sus hijos cuando lo cocinaba una vez al año, por Nochebuena, y llevaría fiambreras al hospital y a comisaría. Iba a proporcionarles un gran día después de la pesadilla de la noche.

Eran las cinco y cuarto de la tarde cuando regresó tras realizar el reparto de fiambreras. Antonio saldría al día siguiente del hospital aunque con el engorro inhabilitador de la escayola; Miguel tendría que permanecer unos días bajo vigilancia para que la herida de la frente no se infectase, pero la quemadura no eran tan aparatosa como pareció en un principio pese a que iba a dejarle marcas. Lo de Mani iba para largo. A Ricardo no le habían permitido visitarlo, pero el guardia le prometió entregarle la comida «a la noche, porque como tú comprenderás, aquí no dejamos a los deteníos en ayunas y ya ha almorzao». Entraba por una de las puertas del corralón cuando el Templao llegó corriendo por la otra. Un poco retrasada, le seguía su hermana.

—Que vamos a ver al Mani y que quiere estar vestío porque le da vergüenza intentar andar por la sala en camisón y que si podría darme usted su ropa.

Paula traspasó al muchacho con la mirada. Sospechó que mentía.

—¿No estarás pensando ayudarle a escapar? —acusó—. Los médicos dicen que se le pueden disolver los huesos como azúcar si echa a andar antes de tiempo.

—Le juro por tos mis muertos que no le permitiré andar con sus pies. De verdad que le da vergüenza pasear por la sala en camisón, que esta madrugá lo ayudé a ir al retrete y no hacía más que taparse porque se le veía el culo por la raja del camisón.

Quince minutos más tarde, Inma entretuvo a la monja portera con una pregunta ociosa mientras el Templao entraba apresuradamente ocultando el lío formado por el pantalón, la camisa, los calzoncillos, el jersey y las alpargatas.

Mientras le ayudaban a vestirse entre los dos, el Templao advirtió a Mani:

—Le he jurao a tu madre que no te dejaría andar y voy a cumplir el juramento: te llevaré en cuestas; pero tú tienes que jurarme que volverás aquí en cuanto acabemos.

Mani asintió con la cabeza, porque le causaba escozor supersticioso pronunciar con palabras un juramento que no estaba dispuesto a cumplir.

Aunque seguía ajustándose bien a la cintura a causa de lo delgado que estaba, el pantalón dejaba descubierta media pierna, y las mangas de la camisa cubrían sólo un poco más abajo del codo. Iba a tener que heredar parte del escuálido guardarropa de sus hermanos.

Tras recorrer la mitad de la avenida que se abría frente a la puerta del hospital, el Templao manifestó su asombro:

—Llevándote en cuestas, pareces un chal de plumas, Mani; digo, es que pesas menos que un gorrión.

—Pero se ha puesto como tú de alto —dijo Inma mirando a los ojos de Mani con complicidad y se sonrieron tiernamente.

El Templao sonrió también. Si no se torcían las cosas en el futuro, y ojalá que no, estaba claro como el agua que el asombroso muchacho que cargaba llegaría algún día a ser su cuñado.

—¿Dónde vamos, a la comisaría?

—¡Qué va! —respondió Mani—. Se reirían de nosotros. A San Felipe.

Las iglesias, en otros tiempos abiertas a todas horas y refugio perpetuo de los perseguidos por las injusticias del mundo, ahora permanecían cerradas la mayor parte del día. Numerosos carteles de propaganda anticlerical cubrían la fachada de la parroquia superponiéndose en voluminosas capas de engrudo y papel, y las puertas aparecían decoradas con toscos letreros en los que se insultaba a los sacerdotes con las palabras más soeces, así como dibujos de penes erectos y piernas abiertas mostrando las vaginas entre trazos como destellos. Ante la inmutabilidad muda de los grandes portalones, tuvieron que llamar a la puerta de la sacristía. La esperanza de Mani flaqueó cuando el sacristán abrió después de veinte minutos de aporreo. Protegido del todo por la hoja de madera antigua y atisbando por la estrecha rendija, les examinó a los tres con expresión entre aterrorizada y de repugnancia.

—¿Qué queréis?

Mani no sabía el nombre del párroco, pero sí el del coadjutor que vio salir aquella noche memorable de la habitación de Concha la Chata.

—Hablar con el padre Agapito.

El sacristán lo miró con asombro. Como iba sobre la espalda y abrazado al cuello del otro, había creído que se trataba de un mongólico incapaz de expresarse.

—Don Agapito está indispuesto y, además, no tiene tiempo que perder con desastrados como vosotros.

Mani apretó los labios y presionó con el codo el hombro del Templao para que se contuviese, ya que una de sus divertidas ocurrencias podía hacerles perder todas las posibilidades.

—¡Por favor! —rogó Mani—. Si le dice usted quién soy, a lo mejor quiere escucharnos.

—¿Cómo te llamas?

—Ricardo Rodríguez Robles del Altozano —respondió.

Suponía que el cura conocería por sus nombres y apellidos a las buenas ovejas del rebaño. A los pocos minutos, comprobó su acierto.

—¿Dónde esta Ricardito? —preguntó el sacerdote, también, como el sacristán, sin acabar de franquearles la entrada.

Antes de que el engaño pudiera enojarle, Mani le explicó precipitadamente lo que había; tres hermanos en el hospital, la escasez de mano de obra que trajera el sustento diario a la familia, la congoja de su madre. Necesitaba ayuda para sacar a Ricardo de comisaría.

—¿Y qué quieres que haga yo? —el tono de don Agapito estaba a punto de ser sarcástico aunque el miedo continuaba aflorando en la tensión de los músculos de su cara.

—Ir a hablar con los guardias. A usted le harán caso y sabe de sobra que mi Ricardo no se mete en líos. Los que lo denunciaron ni siquiera lo conocen y no saben lo buen católico, apostólico y romano que es.

—¿Hablar con los guardias? Pobre muchacho. Como si España continuara siendo la de antes. ¿Te has creído que a mí van a hacerme más caso que a cualquiera? ¡Qué estupidez, cuando los guardias son tan blasfemos y anticlericales como los que más! Se reirían en mi cara, ¿te enteras? y, de todos modos, yo tengo cosas muchísimo más urgentes que hacer.

—¿Como ir a... darle un recao a la Chata?

El cura fulminó a Mani con los ojos. Apretó las mandíbulas, como si hiciera un gran esfuerzo de autocontención para no echar a patadas a los tres muchachos, y dijo con tono furioso:

—La desgracia de Ricardito es tener unos hermanos que lo llevan a la perdición, pero él es un bendito del Señor y Dios sabe cuidar de sus fieles. Vete a tu casa, a consolar a tu madre, y ten paciencia; verás que Nuestro Señor Jesucristo saca a tu hermano del problema.

Encajó la puerta sin despedirlos, casi a punto de golpearles la cara. Inma alzó el puño derecho, enrabietada.

—Eres más falso que los duros de cuatro pesetas —gritó hacia la puerta cerrada.

—¿Qué hacemos ahora, Mani? —preguntó el Templao.

—Ir a la comisaría, qué remedio —respondió Mani—. A ver qué conseguimos.

Tuvieron que esperar turno más de una hora entre la multitud; madres llorosas, esposas histéricas, familiares compungidos y denunciantes con miembros aparatosamente vendados para exagerar los daños. Unos esperaban excarcelamientos y otros, que encarcelaran a alguien. Casi todos vestían remiendos, algunas mujeres con los moños desgreñados como si hubieran corrido de pronto, avisadas de una detención. Una vez que el guardia les indicó que entrasen, aún debieron aguardar un rato. El local era lóbrego: unos bancos destartalados constituían el único mobiliario a disposición del público, fuera del alto mostrador que separaba y, en gran medida, protegía a los funcionarios. Muy al fondo, Ricardo estaba sentado ante una mesa, cabizbajo y con expresión perpleja, y a su lado, de pie y hablando con el guardia que hacía anotaciones en un libro, ¡el criado de culo gordo de La Caleta! Mani trató de descifrar el significado de la escena. Creyendo que el extraño sujeto añadía más acusaciones contra Ricardo a las que ya habían presentado los falangistas, el Templao murmuró:

—No digas ná, Mani. Déjame a mí.

—¿Qué queréis? ¿Cuál es vuestro problema?

El guardia que les hacía la pregunta presentaba signos muy evidentes de cansancio y hastío. Parecía ansioso de huir de la inhóspita sala y mandar a freír espárragos al vociferante gentío que pugnaba por saltarse los turnos respectivos. Sus labios apenas dibujaron la sonrisa irónica que había en sus ojos mientras observaba al insólito trío. Mani admiró la sangre fría y la fértil imaginación del Templao cuando comenzó a perorar. Él había presenciado el asalto de la barbería porque tenía libre la jornada del día anterior a causa de la huelga de prácticos del puerto, que había impedido el amarre de barcos. Soltó una maldición para resaltar el perjuicio que le causaba la inactividad, que le había impedido ganar ese día el sustento de sus once hermanos. Volvía del puerto amargado y a punto de llorar, pensando de dónde sacar dinero para que su pobre madre pudiera ir al mercado, cuando vio a los asaltantes. Eran tres conocidos pendencieros, cuyos nombres ignoraba, que se la tenían jurada al barbero por su negativa a cortarles sus greñas piojosas... El guardia se echó a reír a carcajadas y le interrumpió.

—¿A quién queréis sacar, a ése? —señaló a Ricardo y los tres asintieron. Tras una pausa, dijo al Templao—: mira, no te detengo por embustero, porque ya estoy hasta los mismísimos y no tengo ganas de ponerme a escribir media hora más, ahora que está a punto de llegar mi relevo. Ni ayer hubo huelga de prácticos, ni los barcos dejaron de atracar ni niño muerto, joder, que no me he caído de un olivo. Y a ése, ya no tenéis ná que hacer por él, porque va a salir enseguía.

Salieron a la calle en espera del acontecimiento. Inma afirmó:

—Si dejan libres en pocas horas a chorizos de aquí te espero, no iban a dejar preso a tu Ricardo, que es un santo.

—¡Un santo! —ironizó Mani—. ¿Qué coño pintaría el fulano ése?

Se refería al criado de La Caleta mientras observaba el brillante coche estacionado frente a la comisaría, que debía de ser el suyo. Sólo unos minutos más tarde, salió Ricardo presuroso, como si huyera del mayordomo, que corría tras él.

—¡Que no me da la gana! —dijo Ricardo, zafándose de la presa que Rafael intentaba en su brazo.

Tras empujarle, Ricardo se dirigió a Mani.

—¡Estás chalao! ¿Por qué has tenío que levantarte pa venir aquí?

—¿Qué quería ese fulano?

—Ha traío una recomendación de nosequién, que ha sido lo que ha hecho que me suelten. Pero estaba empeñao en llevarme en el coche; en ese hispano-suiza a nuestro barrio, imagina la revolución. Y además, que con un mariposón así yo no me meto en el coche ni muerto. Guaqui, gracias por cargar a mi hermano. Ahora lo llevaré yo.

El Templao consideró que Ricardo calculaba mal sus fuerzas, pero le traspasó la carga un momento, dispuesto a volver a tomar a Mani en cuestas enseguida. Mani puso a su hermano al corriente de la situación familiar en pocos minutos. Ricardo se detuvo jadeando un poco, volvió a situar al muchacho sobre la espalda del Templao y dijo admonitariamente, con expresión muy severa:

—Si no fuerais los cuatro tan sinvergüenzas, no haríais pasar tantos malratos a mamá.

—Joé, Ricardo. ¿Le regañas a tu hermanillo después de tó lo que ha hecho esta tarde por ti? —reprochó el Templao.

—Éste, como los otros tres, también es un cachorro de maleante.

Ni el Templao ni su hermana conocían suficientemente a Ricardo; el estupor por su actitud se reflejaba en sus caras, pero Mani, a excepción del paréntesis de cuatro meses, había asistido día a día a la evolución religiosa de Ricardo, tras abandonar haría unos dos años la pretensión de ser torero. Calló para que los reproches no se convirtieran en murallas y señaló:

—Mirad, ahí viene el Paco.

Éste acudía a la comisaría a ver qué podía hacer por Ricardo. Viendo que lo habían liberado ya, lo festejó con palmadas y, tras reconvenir a Mani por la huida del hospital, pero sin dedicar ningún reproche al Templao por la ayuda, le dijo a éste:

—Ahora tenemos motivos triples pa tomar el blanco que me prometiste; porque el Antonio y el Miguel están vivos, por mi Mani, que vuelve a la vida, y por mi Ricardo. Pero invito yo.

—De eso nada, monada —protestó el Templao—. El blanco pa los tres lo pago yo; tú paga las gaseosas de tu Mani y de mi Inma.

—Yo no me entretengo en las tabernas del pecado y la depravación —dijo Ricardo al tiempo que se retiraba—. Lo que manda Dios Nuestro Señor es que consuele a mi madre.

III. El reino de Momo

—¿A qué viene esta manía? —reprochó el Templao antes de frenar—. Eres más raro que una cabra con plumas... ¡Empeñarte en ver al Chafarino, con la pechá de frío que hace en la playa y llevando namás que una semana fuera del hospital!

Mani saltó inesperadamente de la parrilla de la bicicleta, lo que desequilibró el pedaleo del Templao, que estuvo a punto de caer, pero éste no se quejó ya que advirtió la expresión de desagrado del muchacho.

—No puedes ni hacerte una idea de lo que me cabrea que me digan «raro» —protestó Mani—. ¡Me sienta como una patá en los huevos!

El Templao lo examinó un minuto, en silencio, bajo la todavía débil luz filtrada por las nubes. Desde que que se profundizara la amistad entre el casi adulto que era él y el niño que aún era Mani, con una complicidad que sus vecinos no se explicaban, había tenido que reprimir la costumbre de llamarle «Rubio», y ahora salía con ésas. Nadie hallaría sorprendente que considerase raro a Mani; el color trigo de su pelo no abundaba demasiado por el barrio ni pululaban los muchachos de doce años con un metro sesenta y siete de estatura, cuando, además, lucía esquelético y pálido como una aparición. Vio que echaba a correr hacia la playa sin despedirse a causa del enojo y, como solía, fue él quien restableció la paz.

—Oye, don Normal —dijo alzando la voz, para que le oyera sobre el fragor de las olas—, que vengo a por ti en cuanto termine en el puerto, porque ya sabes tú que la Inma es más impaciente que uno con diarrea delante de un retrete ocupao...

Mani sonrió con disimulo. Era imposible permanecer adusto con el Templao.

Frente al contraluz del amanecer, el viento levantaba nubes de arena que danzaban sobre la ribera formando madejas errantes, unas hacia mar adentro y otras, hacia los sembrados de cañaduz, como si toda la playa fuese el fondo del cráter de un volcán en erupción. El paisaje de la bahía resultaba impreciso y danzante como un espejismo; el temporal había convertido el proverbial azul del mar de Alborán en un sucio color pardusco, la arena se disfrazaba de lava humeante y el cañizo del Chafarino se cimbreaba con un sonido de aullidos lejanos, como si los dioses submarinos proclamasen que la casa y su ocupante les pertenecían. Mani desechó esta idea con una mueca; aunque las palabras del ciego resultaran tan atractivas como para no poder sustraerse al deseo de oírle, tenía que ser capaz de conversar con él sin dejarse sugestionar. Le abrió la puerta de cañas entretejidas lo menos diez metros antes de su llegada.

—¿No vendes periódicos hoy? —preguntó en vez de saludarle.

A Mani no le asombraba ya nada del Chafarino; ni que hubiera notado su aproximación tan pronto ni que supiera con tanta certeza que era él.

—Mi madre ha mandao que no cargue ni venda periódicos hasta que no suba cinco kilos de peso. ¡Como si fuera cosa de coser y cantar!

—Ven, entra, que nos vamos a congelar. ¿Quieres un caldillo de pintarroja?

Se lo sirvió sin darle tiempo a responder y preguntó al ofrecerle el tazón:

—¿Cuándo te han soltado en el hospital?

—La víspera de Nochebuena y desde entonces, mi madre no para de tratar de cebarme a base de borrachuelos rellenos de batata y mantecaos de Antequera.

El Chafarino le palpó el cuello y el hombro.

—Me dijo la monja que estabas delgado, pero no imaginaba que tanto.

—¿Ha estao usted en el hospital?

—Sí, el día de Navidad. Quería felicitarte las pascuas, pero me alegró mucho saber que ya te habían mandado a tu casa.

—Yo quería que apareciera usted por allí, porque me han tenío dos meses como en un penal y me aburría una pechá, pero no volvió desde el día del follón.

El Chafarino inspiró hondo y suspiró.

—Fui al hospital al día siguiente, pero me dijeron que te habías escapado y te andaban buscando. Pocos días después, supe de la batalla y, como era eso contra lo que deseaba advertirte, ya no consideré que fuera tan urgente hablarte; luego, me enteré de que tu amigo el del puerto y su hermana pasaban todas las tardes contigo. Y ya... Ten en cuenta que para mí no es un juego atravesar toda Málaga.

Mani asintió. Ante sus habilidades, todos tendían a olvidar que el Chafarino era ciego. La vida no podía ser para él como un paseo por el parque. No cabía duda de que era ciego y su cuidadosa forma de moverse lo confirmaba, pero un observador que lo ignorase no lo notaría. Admiró su habilidad al desplazarse por la habitación sin tropezar con los objetos innumerables que amontonaba; había de todo: redes, bobinas de cuerda, muebles que parecían sacados de un basurero, remos que servían de puntales a la frágil edificación, anclas mohosas, cestas de cañas y presidiendo en el centro el ordenado desorden, la proa de una barca rota, con un ojo pintado a babor y otro a estribor, que servía como base del fogón. Y en muchos rincones, libros; que a ver para qué podían servir los libros a un ciego. Daba la impresión de que ningún vidente le auxiliara jamás.

—Ven, siéntate junto al fuego, que hoy se le han hinchado las narices a Poseidón.

Mani saboreó el vivificante caldo de pescado, picante de pimienta y perejil.

—¿Su familia no viene a verle?

—De higos a brevas, porque como no quiero vivir más que en la playa mis hijos y mis nietos creen que estoy loco y les doy miedo —respondió el Chafarino y para eludir más confidencias, preguntó—: ¿cómo acabó lo de aquella noche?

—Con dos de mis hermanos en el hospital y otro en comisaría. Y cinco fiambres en el suelo, de los que tres eran falangistas durante la pelea, pero cuando amaneció ya no tenían puesto el uniforme como por arte de birlibirloque; nadie sabe si fueron los suyos o los nuestros quienes se los quitaron ni por qué lo harían. Los guardias intentaron averiguar lo que había pasao, pero la gente se cerró tanto en banda, que la cosa quedó como una trifulca de borrachos, y eso fue lo que sacó el periódico. Dejaron de preguntar a los tres o cuatro días, según me contó mi... —Mani estuvo a punto de referirse a Inma como «novia»— ...la hermana del amigo que usted conoce.

—¿Era grave lo de tus hermanos?

—Regular; mi Antonio quedó con tres costillas partías y, como no para, no acaban de curársele y todavía va con escayola, aunque más chica que al principio; ahora que está al caer el casamiento con la Ana, se porta con más seriedad pero a mí no me la pega, porque está más claro que el agua que sigue con lo suyo. Al Migue se le ha quedao una mano mú fea por la quemaúra y una cicatriz en la frente con forma de bandera con el palo y tó; pero ni con ésas: las gachís siguen rabiando por llevárselo al catre y dicen que la cicatriz le da más personalidad. Mis otros dos hermanos, cá uno al avío: el Paco, como si fuera pa ministro y el Ricardo, como si quisiera ser cardenal, y mi madre haciendo cosas que me mosquean; ayer se encerró a hablar con el criado de una casa de La Caleta donde entré a... robar... y salí como gato escaldao; me ha dicho una vecina, que se llama Concha la Chata y que... bueno, cosas mías; ella dice que el andoba viene toas las semanas y a continuación, muchas veces mi madre echa a correr pal mercao. El que me pegó el tiro ha desaparecío del mapa, pero su familia sigue viviendo en el barrio, porque se chismorrea que el padre se gastó tó lo que tenía en montar la barbería y las cosas no están pa hacer locuras con el parné, porque, pa colmo, aquella noche a mi Paco le dio la venate y destrozó una pila de cosas. Ahora, el Granaíno se porta de otro modo con el vecindario; sigue mirando por encima del hombro, pero le hace la pelota a tó quisque a ver si lo dejan tranquilo y hasta ha conseguío que algunos le ayuden con las reparaciones. La hija del tal, que es, quitando a la Inma, lo más precioso del barrio, está conmigo de un raro subío; desde que volví a mi casa el otro día, cuando me ve pasar me sonríe y me saluda con disimulo.

—¿Por qué supones que lo hace?

—Ni puta idea.

—¿Cómo es?

A Mani le faltaban palabras para describir a Angustias. Contrariamente a los otros tres miembros de la familia, gustaba a todos en el barrio, porque parecía ajena al rencor y las disputas y nunca se quejaba de ser exiliada forzosa en un ambiente que no le cuadraba. Admiraba su belleza morena, deslumbrante, concentrada en la luminosidad de sus ojos verdes. Era una de esas adolescentes que atraen más a los maduros que a los de su edad por sus andares cadenciosos, ondulantes, provocativos, aunque la inocencia de su expresión y su mirada franca probasen su castidad. Mani había sorprendido a muchos casados, inclusive algunos que ya eran abuelos, mirándola con los ojos entrecerrados, de soslayo, como si temieran ser cogidos en falta. La espectacularidad de Angustias le intimidaba; vista desde la óptica de sus doce años sin cumplir, su exuberancia la hacía parecer demasiado monumental. Mientras que Inma transmitía dulzura y paz y sus rasgos de madonna renacentista inspiraban ternura, Angustias conmocionaba.

—Guapa de caerse muerto —respondió.

En ese instante, se reprodujeron las expresiones que tanto habían impresionado a Mani el día que conoció al Chafarino. Al ciego se le desorbitaron de pronto las pupilas estériles fijas en las suyas como si pudiera verle, con fulgores de loco. Le temblaban las aletas de la nariz, el mentón y las mejillas en la piel descolgada bajo los pómulos. Estaba aterrado por algo que bullía en su mente, de modo que Mani se estremeció. Como si el anciano hubiera olido el estremecimiento, preguntó:

—¿Sigue asustándote aquella silueta de la pared del convento?

Desde el regreso del hospital, como hablaba con todos a todas horas para rescatarse a sí mismo del aburrimiento, había escuchado narrar once versiones diferentes sobre la historia de la monja emparedada. La curiosidad vencía al temor residual, y ya se atrevía a examinar la mancha con detenimiento también cuando estaba a punto de acostarse.

—A estas alturas, casi ná —respondió Mani.

—Menos mal que posees el coraje que vas a necesitar —afirmó el Chafarino, de nuevo con el tono que empleó en el hospital cuando le hizo tantas advertencias.

Mani rememoró los insomnios de hacía tan pocos meses y el terror permanente a casi todo: la mancha de la pared, los desconchones en la cal que dibujaban rostros satánicos, los demonios nocturnos y el miedo, más consistente, a sufrir hambre, a que uno de sus hermanos muriera por sus ideas, a que Paula llorase como el día que Antonio robó el jamón con su Sindicato de Parados. Sentía miedo con excesiva frecuencia; el viejo se equivocaba.

—El valor y el heroísmo no consisten en ser insensibles al miedo —afirmó el Chafarino como si hubiera escuchado su pensamiento—. Los espíritus de los hombres están llenos de temores inventados por ellos mismos y de eso no se libran ni los generales más famosos. El valiente es el que se sobrepone al miedo, aunque sea el que más lo sienta en el fondo del corazón.

Al muchacho le pareció que el anciano pudiera estar pensando más en sí mismo que en su interlocutor, como si necesitara darse ánimos. Temblaban los labios del Chafarino como si tuviera espasmos, tanto, que Mani dejó de mirarle porque hallaba impertinente espiar su miedo. Tenía que moverse para no mirarlo.

Sin que el ciego se lo pidiera, se puso a limpiar y arreglar la habitación. Paula estaba exagerando con tanto impedirle el menor esfuerzo ya que la fuerza volvía multiplicada a sus miembros. Tenía que esperar el regreso del Templao, que no sería hasta pasadas las cinco de la tarde, y eran demasiadas horas para permanecer inactivo. Sin dejar de conversar, pero de cuestiones intrascendentes porque, evidentemente, el anciano trataba de exorcizar un nuevo fantasma interior, trajinó, recolocó todo lo que el Chafarino le permitió y ordenó los cimeros de libros, aunque no estaban muy desordenados, porque quería curiosear y ver qué lectura podía interesar al anciano, si es que contaba con alguien que le leyese; muchos de ellos estaban escritos en francés por autores como Víctor Hugo, Sue o Dumas, del que también había una edición en español de *El conde de Montecristo*; Dostoievski y Tolstoi aparecían repetidos en la portada de varios volúmenes, pero los que más abundaban eran los firmados por Quevedo, Espronceda, Hartzembusch, Unamuno, Blasco Ibáñez y Antonio Machado; trató de recordar estos nombres, a ver si preguntando a Paco conseguía formarse una idea de las inquietudes del Chafarino y el origen de su vesania.

Durante el almuerzo, comieron sopa de pescado con mayonesa diluída que denominaban «gazpachuelo» y una jibia enorme en una exquisita salsa de almendras, en la que ambos ensoparon con gula grandes migas de un delicioso pan redondo.

—Lo cocí yo mismo antes de amanecer —informó el Chafarino, complacido por las alabanzas de Mani, que no paraba de roer sonoramente la crujiente corteza.

—¡Qué bien guisa usted! Su gazpachuelo es el más cojonúo que he probao en mi vía.

—Te lo parece por la frescura del pescado. Cuando las coquinas y las pijotas son del día, saben a gloria.

—¿Siempre vienen los pescaores a regalárselo?

A Mani le había extrañado que el bolichero llamado «el Perchelero», que acudió hacia las diez de la mañana con lo que ahora acababan de comer, se marchara sin recibir el pago.

—No me lo regalan, Mani. Yo trabajo, y muy bien; las redes que tejo están muy solicitadas en toda la bahía. Me alegra que te haya gustado tanto la comida.

—Si viniera mucho por aquí —bromeó Mani—, cogería en una semana los cinco kilos que mi madre quiere que engorde.

—Pues ven todos los días —dijo el Chafarino.

—¡Qué más quisiera yo! Pa que pudiera venir hoy, ha tenío que prestarle mi Antonio la bicicleta al Templao, sin parar de protestar y eso porque con la escayola, nanay de pedalear. Pero nos ha echao tantos sermones, que no creo que vuelva a dejárnosla.

—Oye... Mani... —al muchacho le desconcertó el titubeo y la expresión anhelante del viejo—, ¿tú crees que lo del chico que te hirió es un asunto resuelto?

Mani hizo un inventario rápido. Gustavo sonreía obsequiosamente a los vecinos que le aceptaban el saludo y Bernarda, su mujer, hacía esfuerzos desesperados por integrarse en las tertulias de las vecinas al atardecer. Angustias era punto y aparte y a Serafín no se le había vuelto a ver el pelo desde aquella noche.

—Han pasao dos meses —respondió con escasa convicción— y nadie ha hecho más chalaúras. En mi barrio hay que pensar tanto en la comida, que no creo que la gente tenga ganas de romperse la cabeza porque sí.

Pero la expresión del Chafarino le quitó los ánimos que trataba de darse.

Tras verlo llegar cargado con las cinco cajas de cartón, Elena Viana-Cárdenas James-Grey aguardó impaciente que Rafael terminara de asesorar a Rita sobre el disfraz de carnaval. El Baile de la Prensa era el acontecimiento social del año y aunque su hija había encargado cinco disfraces, uno por cada una de las fiestas a las que pensaba asistir, y los cinco eran espectaculares, no acababa de decidir cuál iba a ponerse para el concurso del teatro Cervantes.

Quería creer que Rafael era un sirviente leal, pero no era capaz de mantenerse seria viéndolo gesticular aunque llevaba doce años en la casa, prácticamente desde que destetaron a sus nietos. Los gestos de Rafael le inspiraban risa y en el pasado, Elena reía con algo que parecía complicidad; pero desde la proclamación de la República no estaba segura de que tal actitud fuese conveniente. Los dos o tres últimos años, Rafael parecía exagerar sus aspavientos y el penduleo de sus caderas, como si desafiara al mundo seguro de vencer en el desafío. Había recibido quejas de los comandantes de sus barcos cuando lo mandaba al puerto, pero la mayoría de las veces no llegaba a afeárselo al criado y cuando lo hacía, elegía con cuidado las palabras y, de todos modos, las quejas no siempre estaban justificadas, porque había visto en ocasiones que cuando Rafael, entre dos mandados, dejaba el motor en marcha a la puerta preparado para salir corriendo de nuevo, esperaba en el asiento delantero un marinero con quien, al reemprender el viaje, intercambiaba gestos de intimidad. No repicó la campanilla para llamarlo, sino que cruzó el salón Imperio hasta el vestíbulo, al pie de la escalera, a ver si continuaba la conversación en el dormitorio de Rita. Por su tono, le pareció que Rafael se lo estaba pasando estupendamente:

—Con esa mantilla de gasa, el gorro de princesa medieval le queda divino, señora.

—Pero es que el azul...

—Con los ojos de la señora, el azul es ideal.

Con lo coqueta e irresoluta que era Rita, si les dejaba continuar jamás acabarían.

—¡Rafael! —llamó.

—Enseguía voy, doña Elena.

Bajó corriendo a saltos, casi a punto de alcanzar el sonido de sus propias palabras.

—Me ha dicho...

—¡Chisss! —acalló Elena—. Espera a que estemos en mi gabinete.

Le precedió a lo largo del vestíbulo, el salón Imperio y el salón Fragata. Por si les acechaba Rita, lo que hacía con mucha suspicacia últimamente, fue diciendo:

—Manda que pulan toa la plata, que no aguanto lo mate que está. Hace siglos que no les quitan el polvo a los barcos. Y mira cómo está el marco del Moreno Carbonero, parece que lo hayan sacao de una carbonería.

—Ya le dije que la nueva me daba mala espina, doña Elena. Se cosca menos que un manco.

—Pues échala.

—Doña Rita le ha cogío voluntad —informó Rafael bajando la voz.

Una insubordinación más de las muchas que Elena venía observando. Su hija, y sobre todo su yerno, habían emprendido una cruzada para destronarla, pero estaban aviados.

—Ahora mismo, ¿me oyes? En cuanto terminemos de hablar, vas y la echas. ¿Está claro?

—Sí, doña Elena.

Llegados al gabinete, Elena indicó a Rafael con un gesto que cerrase la puerta.

—¿Qué te ha dicho?

—Que no.

—¡Mira que es cabezona!

—¡No lo sabe usted bien!

Elena apretó los labios. La exclamación del criado le parecía osada y le desagradaba que se tomara la libertad de participar de sus opiniones, por muy delicadas que fuesen las gestiones que venía encargándole.

—Mira, Rafael, una cosa es lo que yo piense de mis... amistades, y otra que tú te tomes libertades con ellas.

—Sí, señora —aunque enrojeció, Elena detectó ira en el fruncimiento de labios del criado—. La cosa es que pa hablar con Paula Robles del Altozano hay que tener la sangre de horchata, doña Elena. Siempre va con el «no» por delante y... bueno... yo creo... po eso, que me parece que tendría que ser más agradecía por las consideraciones que la señora tiene con ella, porque es que a veces dan ganas de decirle... po ya sabe usted...

—Entonces, también te ha dicho que no a lo de la vivienda pa el hijo.

—Se ha cabreao una pechá, diciendo que su Antonio tiene ya casa y que es un hombre hecho y derecho, que está a punto de formar una familia y tiene dos manos que le bastan y le sobran pa ganarse el pan, pero... tó es ceguera de madre, doña Elena, que he averiguao en el barrio que el tal Antonio es un brazo de mar y va por mal camino.

—¿Tampoco quiere doña Paula que le mande muebles?

—Ídem de lo mismo. Y ha dicho que no le vuelva a mandar usted más dinero.

—Pero si lo rechaza casi siempre.

—Las tres veces que lo ha cogío, decía que llevaba una pila de días sin costura. Pero ahora, con el carnaval en puertas, po que dice que no da abasto y que como viene el dios Momo pa hartarse de reír, ya no le dé usted más limosnas.

—¡Limosnas! ¡Esa mujer es imposible!

Rafael miró a su jefa con ganas de respaldar la afirmación, pero calló.

—¿Has averiguao algo en el barrio sobre lo que pasó con el marido?

—En esos andurriales pasa una cosa mú rara, doña Elena. Es como si esa mujer fuera la patrona del barrio de La Goleta; tos hablan de ella como si temieran ofenderla, callan más de lo que dicen y se escurren como salamanquesas. Tós son encogimientos de hombros y «yo qué sé», aunque siempre ponen la mano pa coger la propina. Del marido, no dicen ni mú y cambian de conversación con un descaro... Me huelo que lo del marío es lo más intocable de toas las cosas raras que hacen con esa familia. Porque otro misterio es lo del niño...

—¿Sigue tan delgao?

—Como un chanquete. Pa la gente del barrio es como si fuera un príncipe ese proyecto de tomaó que trató de robar aquel día las alhajas de doña Rita. Hablan de él como si Mani fuera el hijo de don Alfonso XIII.

—La necesidad tambalea muchos pedestales, Rafael. Si el niño quería robar, que yo no lo creo, recuerda que tós te dicen que no anda en esas cosas. Y si fuera verdad, imagino su desesperación, con las dificultades por las que pasa su familia. ¿Sigue echando a correr cuando tratas de acercarte?

—Como un galgo. No hay manera.

—Tienes que volver a intentarlo. Los otros cuatro, tan mayores, serán huesos más duros de roer. Insiste hasta que consiguas que Mani venga a verme.

Antonio había tomado en alquiler las habitaciones contiguas a las de la familia. Paula observaba con expectación y temor las cajas que Antonio, ayudado por Ana, introducía en la que iba ser vivienda conyugal. Los primeros bultos fueron unas pocas cajas de zapatos llenas de objetos pesados y amarradas con cuerdas de pita; pero ahora traía a diario envoltorios voluminosos, cuyo origen presentía aunque no quería creer que fuesen lo que temía que eran, porque Antonio juraba que a causa de la escayola no salía de rapiña con los del Sindicato de Parados, pero era evidente que juraba en vano. Por ello, llamó a voces a Mani, que desde que saliera del hospital pasaba horas y horas sentado en el portal del corralón de la Torre al lado de Inma, con quien parecía que tuvieran cien novelas que contarse. Cuando el muchacho acudió bajo el balcón, Paula volvió a asombrarse por su altura; llevaba dos semanas fuera del hospital y todos esos días le maravillaba su crecimiento, aunque le angustiaba su delgadez extrema.

—Mani, échale una mano a la Ana con la casa ya que por ahora no tienes que madrugar, porque al ritmo que van, en vez de en mayo del 35, se casarán en mayo del 40.

Dejaron recado a la madre de Inma para que comunicara al Templao donde se encontraban cuando volviera del puerto y subieron juntos. En la vivienda de Antonio había muchos floreros, quinqués de porcelana y candelabros, demasiados objetos de adorno para tan escasos muebles. Ana les encomendó la tarea de meter mano donde ella no se atrevía por si saltaban ratones o cucarachas y se dispuso a salir.

—Voy a arreglarme, porque el Antonio me lleva al cine —dijo como excusa.

Mani sonrió, porque conocía el significado de «llevarme al cine»; hasta el más anticlerical de sus hermanos disfrazaba sus desahogos. Las cajas de cartón se amontonaban por los rincones, llenas de cosas pequeñas que parecían destinadas a la basura. En una de ellas, Inma encontró una diminuta mano de madera.

—¿Me la das como regalo de Reyes? —preguntó la muchacha.

Antes de decidir si podía permitirse tal licencia con algo que no le pertenecía, Mani examinó el pequeño objeto tallado y policromado. Por lo chamuscada que aparecía por la muñeca, el brazo de la imagen había ardido. Se preguntó muchas veces de dónde podía proceder, mientras ayudaba a Inma a ordenar y limpiar el contenido de las cajas. Paula le había ordenado que le contara si veía objetos que pudieran ser robados y así era, en efecto, pero decidió que no arreglaba nada con decírselo: Antonio no dejaría de hacer lo que venía haciendo y Paula sufriría. Cuando el Templao empujó la puerta con algo de violencia, estaba tan ensimismado en la pregunta sobre la mano, que se sobresaltó.

—¿Por qué no habéis dejao la puerta de par en par?

—Joé Guaqui, préstale la mosca a la oreja de otro, que ni yo voy a tocar a la Inma ni ella me dejaría.

—De eso estoy convencío, pero ustedes dejar la puerta abierta cuando no haya más gente. Niña, ve pa la casa a ponerte la ropa de salir, que voy a convidaros al cine.

—¿De dónde has sacao el parné? —preguntó Mani.

El Templao se mordió el labio, porque no podía responder más que mintiendo. El dinero le rebotaba en el bolsillo desde que se lo había dado por la mañana el chófer del hispano-suiza a cambio de una promesa nada comprometedora: iba a pensarse si convencía a Mani de ir a La Caleta. No lo haría, porque no le gustaba meterse donde no lo llamaban pero sentía la culpa de haber aceptado cinco duros que iban a venirle a su madre como lluvia celestial, y gastar una parte en invitarlo al cine le ayudaba a creer que la expiaba. Se fijó en la mano de madera, lo que le proporcionó el medio de no pensar más en el chófer. Preguntó:

—No sabes lo que es, ¿verdad?

—Ni puta idea. ¿Tú sí lo sabes?

—Tiene toa la pinta de ser de cuando la quema de iglesias.

—¿Y por qué la tiene mi Antonio?

—¿No lo imaginas?

En cuanto negó con la cabeza, Mani recordó retazos de diálogos del mayor de sus hermanos con Paco y, a veces, con Ricardo.

—¿El Antonio quemó iglesias?

—Fue uno de los cabecillas —el Templao habló en voz muy baja.

—¿Cómo lo sabes?

—Porque lo vi.

—Pero tú, en el 31, tenías la edad que yo tengo ahora.

—¿Y cuántos años tenían ellos? Los que arrasaron las iglesias de Málaga eran chaveas. Tendrías que haberlo visto. Como el día anterior quemaron una iglesia en Madrid, aquella tarde la calle Larios parecía una verbena de júas. Comentaban lo de Madrid con admiración, diciendo que nosotros seríamos unos cagaos si nos quedábamos cruzaos de brazos. Se pusieron en marcha como cuando vamos a robar higos, sin parar el cachondeo. Yo no tenía tratos con tu Antonio, porque era mú mayor pa mí, pero me pasaba como a ti: siempre detrás de los mayores y, como también te pasa a ti, tenía más huevos que los de mi edad. El Antonio fue uno de los primeros y yo me fui detrás de él pa no perderme la juerga. Quemaron los jesuitas y cuando estábamos pasándolo mejor, saltando y brincando como indios de película, llegó el gobernador don Antonio Jaén...

—¿El gobernador en persona?

—¡Digo! Gritó que España había alcanzao por fin la libertad, pero que nos fuéramos a nuestras casas. Tós soltaron vivas y olés, pero en vez de hacerle caso, echaron a correr pal palacio del obispo; tumbaron la puerta del garaje y le metieron fuego al coche. A partir de ahí, hogueras por toa Málaga como la noche de los júas. Los periódicos derechistas dijeron que lo de aquí fue la mayor catástrofe de España, pero a ver quién mierda se aclara, ¿no, Mani? Porque hasta tu Paco, que es de lo más formal, dice que hay que acabar con el opio del pueblo, pero yo le he sentío una pila de veces decir también que eso de que ardieran tantísimas iglesias no estuvo bien, porque aquí no teníamos ná que envidiarle a ninguna capital en arte religioso y después de meterle fuego al Sagrario, Los Mártires, Santiago, Santo Domingo, San Juan, San Felipe, San Pablo, San Pedro, El Carmen, San Patricio y una pechá de conventos, nos quedamos en la mismísima cola, detrás de toas las capitales, como los niños malos a los que los Reyes les traen carbón. Aquí, de tanto y tanto arte, namás quedó carbón. Aquella noche, seguí al Antonio hasta Santiago y la Merced, lo perdí de vista en San Juan, pero luego volví a tropezármelo en Santo Domingo. ¡Chiquillo! No puedes ni hacerte una idea de lo que es una iglesia ardiendo; entre los portalones, los retablos y los reclinatorios, con tanta madera vieja, el fuego era una maravilla. Yo me quedaba hipnotizao por el resplandor y por el olor; la madera vieja huele al arder como a campo. Santo Domingo fue donde más destrozos hicieron. Imagina, allí estaba el Cristo de Mena, que decían que valía más de doscientos millones.

Doscientos millones de pesetas era una cifra que escapaba al entendimiento de los dos, tan grande como el mar.

—¿También lo quemaron? —preguntó Mani con desconsuelo.

—¿Es que no lo sabes? La gente decía que Mena tenía que haber tenío delante un muerto fetén clavao en una cruz pa hacerlo tan perfecto. Y mira tú por dónde, fue el que con más rabia destrozaron. Si tu Antonio me oyera, me partiría la boca.

—¿Por qué?

—Es que... verás; yo estaba más perdío que el hijo de Lindberg. A ratos, disfrutaba como ellos, pero una mijilla después me daba coraje ver arder aquellas vírgenes tan bonitas y los niños como el de esta mano. Y no te digo ná de lo pasmao que me quedé cuando llegó Cayetano Bolívar, el malagueño ése que ha sío el primer diputao comunista de España; el gachó empezó a llorar en la escalerilla del puente de los Alemanes y yo me supuse que era por el humo, pero cuando fueron a aclamarlo, se puso como una fiera. Nos gritó que éramos bestias y estúpidos y que al día siguiente habría diez mil beatas pidiendo nuestras cabezas por cá una de las antorchas que llevábamos, que habíamos destruido la mayor parte del arte de Málaga y que habíamos perdío más esa noche que en la riá del año siete. Después de aquéllo, el Antonio no quiso ná con los comunistas.

Mani examinó de nuevo la mano. Era muy hermosa y daba la impresión de que, tocándola, se contraería como si estuviese viva. El pedacito de madera tallada le hizo sentir melancolía, porque le habían vedado injustamente un placer al que tenía todo el derecho. El Templao espiaba sus expresiones y lo que intuyó le llenó de desconcierto, sentimiento que los dos hermanos de esa familia que tanto le interesaban, Paco y Mani, le inspiraban a todas horas, desazón que ahora se sumaba al resquemor del billete con que el chófer de La Caleta había intentado comprarle.

—Vámonos, Mani, que la Inma estará esperándonos —dijo—. ¿Vemos *La hermana San Sulpicio*?

—Sí, doña Elena. Hablará usted con el niño de aquí a ná, por la salud de mi madre...

Elena frunció los labios. Rafael se la estaba pegando; no creía que estuviera embolsándose el dinero que le daba para propinas, porque podía sisar mucho más de la compra de víveres, pero suponía que no se esforzaba bastante.

—Pero... hoy, ni pensarlo, doña Elena; ha pasao una cosa mú tremenda.

—¿Otra vez?

—No se trata de ná parecío a lo de la otra vez. Es... ese Antonio, que aunque es un hombre mu... po eso, que muchas tiparracas se volverán majaras por él porque... es de esos gachós a los que Dios le dá de tó de sobra, hombros como un piano y brazos de boxeador, y si uno... ojalá... Pero lo que Dios no le ha dao es cabeza y mire usted, que como antes de ayer le quitaron la escayola, po que le faltó tiempo pa ir ayer de madrugá con los otros en busca de los periódicos con la bicicleta, en vez de esperar en su puesto a que sus hermanos se los llevaran como venían haciendo. Y resulta que como se le habrán quedao las costillas más estropeás que las alpargatas de un loco, le dio un soponcio y se cayó y, como estaba lloviendo, los periódicos acabaron como gachas en un charco y allá que fue él llorando a lágrima viva, a suplicar en el periódico que le perdonaran el precio y le dieran más y como le dijeron que nones y se le cerraron en banda cabreaos por su insistencia, po que se puso a gritar merdellonás y cosas de ésas que dan repullos, y sus berríos llegaron a oídos de los jefes y allá que bajaron y lo echaron de malas maneras, diciéndole que ni él ni sus hermanos volvieran más por allí, que ya no tenían ná que hacer y que a la... reverenda calle. Y resulta que, bueno... qué le voy a contar, porque usted ya tiene chispa más o menos idea de cómo se las gasta el gachó. Esta mañana, cuando fui a ver si conseguía pillar al niño, Antonio iba con las manos vendás y es que después de que el jefe los dejara a él y sus hermanos sin trabajo, se encaramó en toas las ventanas del periódico y rompió uno a uno tós los cristales a puñetazos y llegó ayer a su casa dejando un río de sangre por la calle.

—¡Pero si el casorio está a menos de tres meses vista!

—¡Digo!

Elena tragó saliva y preguntó:

—¿Has subido a hablar con doña Paula?

—Había una pechá de gente con ella; sus hijos, las vecinas y yo qué sé, parecía un velorio, y como usted no quiere que le diga ná namás que a escondías... Tienen que estar tratando de encontrar cómo comer, porque por mucha costura que ella tenga ahora en vísperas del carnaval, eso es flor de un día...

—¿Te ha dicho algo el muchacho del puerto sobre la posibilidad de que Mani venga?

—Esta mañana no he tenío tiempo de ir al muelle, pero hace tres días, cuando me mandó usted a llevarle el dietario al capitán del Monte San Antón, el Templao estaba cargando el barco y me contó que Mani es durísimo de pelar y que, po que por ahora, no.

—¿No hay alguien más a quien le puedas pedir que le influya?

—Una especie de novia, que es hermana del mismo andoba del puerto; pero hasta ahora no he podío acercarme a ella con el disimulo que usted quiere, porque esa calle parece un salón con ojos por tós los rincones que me miran como... ¡huy! Me pongo de unos nervios que me rilo, y pa más delito, el Templao es el único amigo que Mani acepta en el barrio, por lo delicao que tós dicen que es, que parece el príncipe de la Cenicienta probándole a tó quisque el zapato. Hay otro...

Elena notó la vacilación de su criado.

—¿Cuál es el problema?

—Que es un viejo que no creo que le importe el dinero ni una mijilla y que el Mani no va por su casa tós los días. Es un redero ciego que vive en La Isla, un gachó mú conocío en toas las playas, porque hace redes que están mú valorás. Dicen que está majareta y me huelo que tienen razón.

—¿Por qué va Mani a visitarlo?

—Pa mí es un misterio. A lo que parece, por lo menos una vez por semana se encierra con él horas y horas, como si el niño tuviera mil historias que contarle y, a la misma vez, el viejo fuera su profesor. Porque ésa es otra: el redero es tan raro, que tiene el cañizo abarrotao de libros, mire usted qué cosa más rarísima, un ciego con tanto que leer.

—¿Sabes exactamente dónde vive?

—Sí, doña Elena.

—Prepara el coche.

—¿Ahora, faltando tan poco pa mediodía?

—¿Cuál es el inconveniente?

Rafael había prometido a la hija de Elena dar unas puntadas para ajustarle el disfraz de María Antonieta, porque el lamé plateado le formaba dos bullones muy feos en los costados. Y, además, tenía que servir la comida, porque Rita no aceptaba que dirigiera el servicio de mesa una simple doncella. A pesar de que no pugnaran entre sí ni por asomo, al menos delante de la servidumbre, era evidente que madre e hija se porfiaban el poder de la mansión y él no sabía a quién le convenía someterse. Lo que más le valía era contentar a las dos. En el momento de poner el vehículo en marcha, Elena dijo:

—No vayas directo a La Isla, Rafael. Daremos un pequeño rodeo.

Cuando paró el coche en el Molinillo, Elena metió tres billetes de cien pesetas en un sobre y lo cerró con saliva.

—Ten, pónselo en la mano a doña Paula sin darle tiempo a que diga que no ni más alegaciones y echa a correr pacá, y si no estuviera, lo metes por debajo de la puerta.

—¿Sin nombre ni remitente?

—¿Tú crees que ella va a dudar ni por un momento de quién es el sobre?

Rafael tardaba en regresar más de los cinco minutos que Elena había calculado. No brillaba el sol, oculto tras la densa capa de nubes de finales de enero, pero sí brillaban los adoquines humedecidos por la lluvia que llamaban «calaera». Sintió inquietud, porque la gente se paraba a mirar el coche y sus expresiones le parecían hostiles; aseguró las puertas y subió hasta arriba los vidrios. A despecho de la finísima lluvia, el espectáculo del cercano mercado resultaba entretenido, porque el amontonamiento de tenderetes bullía con los empujones de la muchedumbre pugnando por comprar mediante regateo los artículos que no podía pagar. Aunque era notable la desesperación tanto de los vendedores como de las improbables compradoras, ellos porque tendrían que tirar la mitad de la mercancía echada a perder y ellas, porque a ver qué iban a guisar, no parecían crispados; visto desde el observatorio de la ventanilla del coche, el regateo se producía con expresiones jocosas y palabras bienhumoradas, porque tanto ellos como ellas reían sin parar entre negativas con las cabezas, encogimientos de hombros y aspavientos de las manos. Los vendedores empezaban colocando en el platillo de la romana un montón de su mercancía que puñado a puñado iba siendo reducido a la mínima expresión debido a lo que escandalizaba a sus parroquianas los importes que recitaban. Descubrió a Paula cuando ya se encontraba a pocos pasos, aunque la había visto llegar sin reconocerla; presentaba una expresión ausente y sus hermosos ojos azulvioletas brillaban húmedos aunque no llorara. Procedía del mercado, pero llevaba en la mano una talega vacía. Elena admiró su porte y supuso que quienes la vieran por primera vez teniendo noticia de su origen, lamentarían que los salones de La Caleta y El Limonar se hubieran perdido el privilegio de servirle de marco. ¡Cuánto habría podido brillar a los veinte años!

—¡Paula! —llamó tras bajar el vidrio de la ventanilla.

Pareció despertar de un sueño. Primero, un sobresalto y, enseguida, el intento de huir, pero Elena abrió a tiempo la portezuela y aferró su brazo.

—Entra, por favor. Sé lo que ha pasao...

Como quien contiene el dolor más allá de la capacidad de resistencia de cualquier ser humano, Paula se derrumbó en el asiento de mullido cuero beis y no rechazó el brazo de Elena sobres sus hombros. Ésta aguardó pacientemente que acabasen sus temblores y, cuando vio que Rafael volvía, le disuadió de acercarse con un movimiento de la cabeza. Una vez que el llanto sin lágrimas y con sólo algunos ayes cesó, dijo:

—Es mucho peso pa llevarlo tú sola, Paula. ¿Quién ha visto a una modistilla de generala de un batallón de cruzados, como esos mocetones que tienes por hijos?

Paula tardó el contestar; lo hizo cuando logró recuperar el control de su voz:

—He conseguío verlos crecer y hacerse hombres, y porque surja una pega no va a acabarse el mundo. Los veré casarse y formar familias; me basto y me sobro.

Elena sonrió sin poder evitarlo. Por un momento, había tenido la alucinación de que era el propio Francisco Manuel quien hablaba; el mismo modo de fruncir los labios con determinación, la misma arruga en el ceño y casi las mismas inflexiones de voz. Paula no podía negar que era su hija.

—A lo mejor yo puedo hablar con el director del periódico, si a ti no te importa.

—¿Con el director del periódico? ¿Sabe usted lo que hizo ayer mi Antonio?

—Creo que sí.

—¿Y que lo han denunciao?

—No, eso no lo sabía. Pero algo se podrá hacer...

—Han venío los guardias hace media hora y se lo han llevao, porque el periódico le reclama dos mil trescientas cincuenta y siete pesetas en cristales.

Elena comprendió que tenía que aplazar para otro día la visita a la playa.

—Mira, Paula, vamos a llegar a un arreglo. Yo no quiero meterme en tu vida ni tampoco se trata de mi mala conciencia, que desde tu punto de vista estaría más que justificá si no fuera porque tú sólo conoces tu mitad de la historia. Si yo te prometo con la mano en el evangelio que no les diré ná a tus hijos... hasta que tú me lo autorices... ¿dejarás que te ayude a salir del trance? Visto que han intervenido los guardias, no tengo claro que pueda convencer a los del periódico de que readmitan a tus niños, pero... de cualquier manera, tampoco es que ganaran un jornal de hacerse rico, ¿no crees? Ahora, cuando llegues a tu casa, encontrarás un sobre que mi chófer te ha dejao: acéptalo como lo que es, un rellano de la escalera tremenda que te ha tocao subir. Veré si puedo meter a alguno de ellos en uno de mis barcos, aunque las cosas están fatal y mi yerno es un cabezadura que siempre pone el «no» por delante, pero la naviera es mía namás, así que... en fin. Ya veremos. No creo que pueda jugármela metiendo a tu Antonio y discúlpame, pero tú sabes mejor que yo cómo es. A los demás, podré enchufarlos. Y mientras, deja que te mande de vez en cuando un... respiro. ¿De acuerdo?

Paula se preguntó si estaba a punto de venderse como una prostituta al traicionar la resolución mantenida durante cerca de cuarenta años. Pero ¿a quién podía pedir ayuda para llevar adelante a sus hijos? A punto de desmayarse por el sonrojo, avergonzada hasta mucho más allá de lo que consideraba su capacidad de humillarse, asintió levemente con la cabeza y dijo sin mirar a Elena:

—No voy a escupir en la mano que quiere darme de comer, pero le juro por Dios que si le cuenta algo a cualquiera de los cinco...

—No jures, Paula, que dice mi confesor que es pecado. Hala, deja que te dé un beso.

Mani paró un instante para enjugarse con la manga la mezcla de sudor y agua que le corría por la frente. La lluvia calaera que caía sin parar desde primeras horas de la mañana le estaba amargando su primer día como rata en el puerto. La tarde anterior, cuando recorrió el Guadalmedina en busca de un recipiente para la recolecta, brillaba el sol como casi siempre, y con lo escasa que era en Málaga la lluvia, había tenido que tocarle precisamente cuando más prisa tenía por conseguir dinero. Ayudado por Inma a la luz de una vela, y sin que Paula lo supiera, había usado por la noche su aguja colchonera para reparar un bolso militar de lona que encontró en los vertederos del río, y ahora, a mediodía, sólo lo había llenado tres veces, lo que sumaría una miseria cuando vendiera lo recogido en una tienda de comestibles, teniendo en cuenta que debía darle al Templao una parte. Con sólo seis horas en el puerto, sabía ya que ese trabajo de basurero le repugnaba y jamás conseguiría adaptarse. Había que seguir a los arrumbadores mientras cargaban los barcos, atento a la menor señal de que el saco presentara desgarros, para anticiparse a los treinta o cuarenta muchachos que hacían la guardia como él. Lo desagradable no era arrebañar los adoquines húmedos para recoger la mayor cantidad posible de harina, legumbres secas o frutas, sino la pugna salvaje por ser el primero y la expectativa constante de que le pudieran descalabrar o apuñalar en un descuido del Templao, la náusea de ver la crueldad de los adultos multiplicada y ampliada hasta el paroxismo entre los adolescentes que, como ratas enloquecidas por la rabia, se ensañaban con los nuevos competidores dándoles palizas despiadadas para ahuyentarlos. Esa mañana, ya eran dos los niños, aún más jóvenes que él, que se habían llevado sangrando del muelle a la casa de socorro, sin que los carabineros consiguieran averiguar la identidad de los agresores, aunque la verdad era que no habían indagado mucho. A pesar de que entre sí se comportaban como enemigos feroces, la treintena de ratas actuaron ante los guardias como un bloque solidario que compartiera un pacto de silencio que sólo podían violar arriesgándose a pagarlo con la vida. Sin la protección del Templao, también él estaría ya en la casa de socorro.

Cuando volvían hacia al barrio, devorando con ansia sendos bocadillos de chicharrones, el Templao dijo:

—Digas lo que digas, no está tan mal lo que nos han pagao en la tienda además de darnos los bocaíllos. Una peseta es una peseta.

—Dos reales, porque vamos a medias —arguyó Mani.

—No, chiquillo, ¿cómo vas a darme la mitad? Normalmente, sería un real por peseta lo que me darías, pero hoy, con el cuadro que tienes en tu casa, yo no quiero mi parte.

—¡Venga ya, Guaqui, no te hagas el santo! —ironizó Mani con amargura—. Si yo tengo cuatro hermanos paraos, tú tienes once.

—Pero currelo en dos sitios y vamos teniendo un pasar —el Templao tocó con remordimiento dos billetes de a duro que aún tenía en el bolsillo, del dinero con que el chófer de La Caleta pretendía comprar su traición a este amigo imprevisto—. Me cago en los demonios, Mani; mira éso.

Miguel y Angustias conversaban en un zaguán de la calle Ollerías. Estaban casi abrazados y con un hombro contra la pared, confiados por la semipenumbra y por las posturas, él de espaldas a la calle y ella, casi totalmente oculta tras él. Pero aún a media luz brillaban como faros el pelo dorado de

Miguel y los ojos verdes de Angustias. Cualquiera les reconocería de una ojeada.

—¡No te digo yo! —exclamó Mani—. Lo que nos faltaba.

Angustias les había visto por encima del hombro de Miguel; le murmuró algo al joven y éste saltó repentinamente hacia su hermano, aferrándole un brazo cuando Mani intentaba escapar a la carrera.

—¡Mani, espera un poco, no seas así!

—¡Vete a la mierda! Y sigue hablando con ésa, pa que vengan más líos, como si no tuviéramos bastantes.

—¿Ya sabes lo del Antonio? —Miguel trataba de atenuar la alarma encendiendo otra.

—¿Más peleas?

—No, qué va. Se lo han llevao los guardias esta mañana, porque el periódico le reclama cerca de quinientos duros.

—¡Quinientos duros, ni que hubiera roto las vidrieras de la catedral! ¿Y mamá...?

—Está mú rara. Nos ha puesto de comer al Paco, al Ricardo y a mí como si tal cosa. En vez de suspirar, estaba de buen humor y namás nos preguntaba a cá bocao si estaba bueno el magro con tomate y papas fritas, que había guisao una pechá como si fuera a venir un regimiento a almorzar. Dijo que estaba celebrando que le habían pagao mú bien un vestío que entregó esta mañana y ni mentó al Antonio. Un disgusto más, y pierde el sentío. Oye, Mani... tú sabes de más que yo siempre hago tó lo posible pa darte gustos... y que me porto contigo mejor que los otros... No metas la pata, ¿vale?

—Pero, Migue, joé, ¿qué más da hoy o mañana, o pasao mañana? Ustedes dos os estáis buscado un disgusto de los que salen en el periódico.

—Nos vemos a escondías y si no te chivas, no pasará ná. Mani, pórtate conmigo, ¿vale? Y tú, Guaqui, chitón.

Mani se encogió de hombros. Angustias, que asistía en tensión al diálogo desde su escondite, viendo que parecían haber llegado a un acuerdo, le hizo una señal para que entrase en el portal. Se limitó a darle un beso mientras sus manos, aferradas a los hombros del muchacho, parecían la desesperada petición de auxilio de un náufrago. Luego de examinar un instante sus ojos húmedos sobre una sonrisa tímida que parecía contener todo el amor del mundo, Mani se retiró con brusquedad.

—Aparta a correr, Guaqui, que tenemos una cosa que hacer.

Habiéndose distanciado dos centenares de metros de la pareja, el Templao preguntó:

—¿Qué es lo que tenemos que hacer?

—Vamos al río. Me vas a ayudar a herirme las dos manos con un cristal.

—Que... ¿qué? Tú no estás bien de la cabeza.

—Tengo que ir a comisaría a decir que fui yo, Guaqui. Si no sacamos hoy mismo a mi Antonio, a mi madre le va a dar algo. Ya has visto lo que ha dicho el Migue, que está mú rara. Yo también la veo rara hace una pila de días, como si se le fuera la cabeza, porque me mira y parece que no me mira...

—¿Pero tú crees que la vas a consolar haciendo que te metan preso?

—Joé, Guaqui. Me falta mes y medio pa los doce, ¿cómo coño van a meterme preso? Ni siquiera a ti te encerraron cuando lo de la casa del bodeguero, y tenías dieciséis.

—Tendría que haber corrío el guardia el triple. Oye, ¿estabas allí?

—¡Si yo te contara las veces que te seguí...! Venga, Guaqui, vamos en busca de un pedazo de botella, y de aquí a una hora sueltan a mi Antonio.

Pero tuvieron que detenerse, porque el Templao tocó el hombro de Mani para indicarle que su madre llegaba hacia ellos.

Paula llevaba en tensión desde el momento en que se despidió de Elena. ¿De qué manera podía justificar ante sus hijos la prosperidad repentina? Durante el almuerzo, había salido del paso inventando un vestido que nunca existió. El dinero latía en el bolsillo, porque habiendo tenido que engañar tanto a sus hijos durante toda la vida para que no sospecharan su vergonzoso secreto, en todo lo demás había sido imprudentemente clara con ellos. No le gustaba mentirles y sabía que a partir de ese día, y mientras no surgiera nada providencial, iba a tener que engañarles mucho. Por lo pronto, ahora, habiendo llegado Antonio de la comisaría, estupefacto por su inesperada y absurda libertad repentina, iba a comprar unos cuantos cortes de tela para fingir que tenía mucha más costura de la que nunca había tenido.

—Mani —reprendió—, no vuelvas a dejarme la comida plantá. Hoy, que había hecho un magro con tomate pa chuparse los dedos... Hay un perola con mucha cantidad; come lo que quieras.

—El Guaqui acaba de convidarme a un bocaíllo de chicharrones, mamá... ¿Vas a ver al Antonio?

—¿Al Antonio? No. Lo de he dejado en cá de la Ana. Voy a recoger unos vestidos que me han encargado.

—¿El Antonio está en cá de la Ana? ¿Por qué lo han soltao tan pronto?

—No lo sé. Será porque los del periódico habrán retirao la denuncia.

A pesar de la alegría, Mani sintió la inquietud que produce lo que no se puede comprender, como la silueta indeleble del muro del convento. La libertad de Antonio era un hecho inexplicable si nadie había satisfecho la reclamación de los dueños del periódico, que buenos eran ellos para renunciar a quinientos duros con el poder que tenían en la ciudad. Pero como Paula parecía no darse cuenta del misterio, él no debía inquietarla.

—Toma, mamá —Mani le entregó la peseta ganada con su trabajo de rata.

—¿Qué es esto?

—El Guaqui me lo ha prestao —respondió, pues no podía decirle la verdad.

Abrumada por sentimientos de culpa a causa de la generosidad de su hijo, un niño convaleciente que necesitaba reposo y buena alimentación, Paula tomó la mano del Templao para depositar en ella las cuatro monedas de a real. Como éste no podía rechazarlas sin descubrir el engaño de Mani, se las guardó con la intención de devolvérselas cuando estuvieran a solas; notando expresiones incomprensibles tanto en la madre como en el hijo, y desconcertado por ello, dijo:

—Bueno, Mani, que si te parece nos vemos esta noche, cuando vuelva del partido con tu Paco y tú termines el tonteo con mi Inma.

—No, espera, Guaqui, que quiero preguntarte una cosa. ¿Necesitas que haga algo, mamá?

Paula temía descubrirse si hablaba más de la cuenta o si actuaba tal como le dictaban sus impulsos, porque lo que ahora sentía eran ganas de dar dinero a su hijo para que invitara al cine al Templao y a Inma. Tenía que asimilar la nueva situación. Respondió:

—Lo que necesito es que cojas una mijilla de peso. Si no quieres encerrarte en la casa a reposar, por lo menos siéntate con la Inma y no te pases la tarde dando brincos.

Mani torció el cuello para verla alejarse. Unos metros más arriba, en la acera contraria de calle Ollerías, se detuvo ante el escaparate de una tienda de tejidos.

—A mi madre le pasa algo —murmuró al Templao.

—Con toa seguridad. Va como una sonámbula.

—Es que no paramos de darle disgustos. Mira, Guaqui; no voy a exponerme más con los ratas del puerto, a pique de que me partan el alma. Esta mañana le he dao mucho al magín y he pensao que podemos hacer algo en carnaval.

—¿Como qué?

—Al Migue le ha prometío un amigo prestarle una carpeta de madera, de ésas con borriquetas que se convierten en un mostradorcillo, pa vender golosinas, matasuegras, antifaces de cartón y matracas en la esquina del Parque.

—¿Y vas a vender con él?

—¡Qué va! Ése tratará de pillar lo que pueda pa quién sabe lo que se propondrá hacer con la Angustias; que si él está loco, ella está como una cabra. Como el Migue venderá durante los desfiles de mediodía, puedo tratar de que me deje la carpeta por las noches, pa colocarnos tú y yo a la puerta de los bailes principales. ¿Qué piensas?

—Lo que tú digas Mani. Tú tienes tantas ideas, que tumbas de espaldas. Los cuatro días de carnaval no currelo en el puerto y te ayudaré lo que quieras y seguramente la Inma también, pero sin que tengas que darnos ná.

—Por lo visto, hoy tó el mundo se ha vuelto majara. ¿Cómo voy a dejaros a ti y a tu hermana que me ayudéis por mi cara bonita? ¡Hasta ahí podíamos llegar!

—Ya veremos, Mani. ¿Qué piensas vender?

—El Ricardo me aconsejó anoche que haga ramilletes...

—¿Qué es éso?

—Como ramos de novia, pero más chiquitillos. Decía Ricardo que aunque se ven en las fiestas de las películas y, a veces, en los casamientos y en las comuniones de San Felipe, a nadie se le ha ocurrío traer esa costumbre a Málaga pa los bailes. A mí me parece una cursilá como el monte Coronao de grande, pero como no los hace nadie, podríamos preparar ramilletes de ésos, que son una cosa así —Mani formó un círculo con los dedos índice y pulgar de ambas manos—, de flores rodeás por una banda de papel rizao.

ϒ

El carnaval representó un respiro de la tensión que dominaba a toda la familia, pues donde nunca habían existido barreras comenzaban a crecer murallas. Paula, que constituía la médula y el pegamento, era quien más necesitaba alzar paredes que ocultaran su doble juego, y veía con preocupación que flaqueaban las soldaduras con que había conseguido mantener unidos, y queriéndose incondicionalmente, a cinco hijos tan distintos. Antonio, que frecuentaba menos la taberna, pasaba tanto tiempo en el sindicato o con Ana, que los demás llegaban a olvidarse de él; de vez en cuando, entregaba a su madre unas monedas «que me han dao del fondo de ayuda social», y Paula las recibía con un insoportable sentimiento de culpa. Paco vivía absorto en altísimas misiones de las que «no puedo hablar» y por ello no abría la boca; entregaba a Paula los viernes dos pesetas cuya procedencia no mencionaba. Desde su detención en comisaría, y tras unos días de rechazo altanero a toda la familia, Ricardo permanecía casi todo el día en la iglesia, pues se había aficionado a ir de madrugada al convento de los Salesianos a ayudar misa y volvía con unas monedas de perra gorda. Miguel abonaba el desconcierto de su madre cuando las jóvenes la paraban por la calle y le preguntaban «¿por qué está desaparecío?»; vendía las cosas más peregrinas en cualquier esquina de la ciudad. Mani conseguía angustiarla porque hablaba como un sabio revejido, precozmente juicioso como si fuera mucho más adulto que los otros cuatro, pero resultaba en lo cotidiano transparente y previsible; pasaba las mañanas pegado a Inma y las tardes, con el Templao, con quien salía en la bicicleta de Antonio a recorrer las afueras de la ciudad, en busca de flores silvestres. A Paula le atormentaba verlo proyectar con tanto afán su negocio carnavalesco, sin poder decirle que no se esforzara, porque ella tenía ya mil doscientas pesetas del dinero que iba mandándole Elena todas las semanas y que era bastante más de lo que necesitaba. El criado tenía mucho cuidado de abordarla cuando no había testigos ni andaba cerca ninguno de sus hijos y Elena había abandonado el propósito de acercarse a Mani. ¿Por qué, entonces, sentía tanto desasosiego? ¿Perdería a sus hijos cuando mejor podía protegerlos? Los disfraces que estaba confeccionando le ayudaban a aplazar las dudas. Últimamente, el carnaval ya no era tan multitudinario, porque entre la prohibición de llevar caretas por la calle y los disgustos que causaban los resabiados, que aprovechaban la batalla de flores para tirar a los empresarios piedras camufladas en ramos de alfalfa, había gente que rehuía el carnaval y algunos, sobre todo el barbero, decían que debían prohibirlo. Sin embargo, el viernes a mediodía se desparramó por el centro de la ciudad un hervidero de disfraces muy divertidos y pareció que las risas, las canciones satíricas y el estallido de color anulaban las penas. Con repugnancia hacia su propia impostura, Paula enseñó a Mani a componer las escarapelas de papel rojo en torno a los ramilletes de margaritas y jaramagos que había recolectado de madrugada con el Templao.

Una vez que Miguel regresó con su puesto ambulante bajo el brazo, corrieron el Templao, Inma y Mani a montar el tenderete a la puerta del Caleta Palace, pero notaron que la gente rica miraba con desdén las modestas flores silvestres. Tuvieron el acierto de decidir el traslado hacia la puerta del Casino Perchel, donde iban a celebrar esa noche un concurso de disfraces. Sorprendida la gente por los ramilletes tan poco vistos en los barrios, los vendieron todos antes de empezar el baile.

—¿Qué hacemos, Mani? —preguntó el Templao.

—Es temprano y a mí me pide el cuerpo juerga —afirmó Mani, feliz porque tenía siete pesetas y dos reales en el bolsillo—. Inma, ¿te regañará tu madre si llegas tarde?

—Estando conmigo, no —afirmó el Templao, dejando claro que la propuesta de Mani tenía que incluirlo a él—. Mira, ahí va la Angustias.

Conocida la severidad del barbero, les admiró a los tres verla disfrazada de odalisca con otras cinco muchachas que no eran del barrio. El velo que le cubría la cara no opacaba el brillo prodigioso de sus ojos, que miraron los de Mani como si quisiera trasmitirle un secreto o suplicarle discreción, como en el portal de la calle Ollerías. Entre la comparsa de muchachas alborozadas, ella se limitaba a estar, como si su mente estuviera ocupada en otra cosa. Comprendieron la razón cuando el Templao dio un codazo a Mani.

—Mira el Migue, ¿de dónde habrá sacao el disfraz?

En medio de la guardia mora que seguía a las odaliscas, seis muchachos del barrio con las caras pintadas de hollín, el pelo dorado de Miguel resaltaba como un cisne en una pila de agua bendita.

—¿Qué hacéis aquí? –preguntó, alarmado.

—¿Qué vamos a hacer? —bromeó el Templao—, rascarnos los huevos, ¿no te jodes? Acabamos de vender la mercancía, y mañana, más.

—¿No ibais a estar en el Caleta Palace?

—Allí son demasiao finos pa comprar margaritas —dijo Inma.

—¿Dónde está la carpeta?

—Ahí, en la taberna de la esquina, no te preocupes —respondió Mani—; hemos ganao tres duros y porque no teníamos más flores...

Miguel se acercó al portero del baile.

—Oye, ¿pueden entrar mi hermanillo y sus amigos aunque vengan sin disfrazar?

Mani comprendió que no quería dejarle ir sin argumentar a favor de su silencio. Mediado el concurso, tras muchas carantoñas tanto de Miguel como de Angustias hacia los tres y sobre todo hacia Mani, Miguel abordó el asunto.

—Mani, te quiero un montón, lo sabes demasiao bien. Yo daría mi sangre por ti y jodería a quien te hiciera daño. No me jodas tú.

—Estás como un cencerro —reprochó Mani.

—Sí. Estoy loco por tós sus huesos, Mani. A ti ya te tiene sorbío el seso la Inma, y con razón, porque cá día está más guapa; así que puedes hacerte una idea de cómo quiero a la Angustias, pero ni te imaginas lo que estamos pasando por tener que escondernos a toas horas. Nos vamos a morir de amor, Mani, como en las películas, te lo juro por mamá. Ni te creerás que yo, quién me ha visto y quién me ve, me despierto llorando porque sueño que se llevan a la Angustias a Graná. El Serafín amenaza...

Mani notó que Miguel había nombrado al desaparecido hermano de Angustias sin deber hacerlo, como si hubiera un acuerdo de silencio. Vio a Miguel morderse el labio y mirar con alarma a su novia, cuyos ojos ensombrecía la aprensión.

Calló, pero no paró de pensar en la pareja durante las dos jornadas siguientes, a pesar de que, visto el éxito inesperado de la primera noche y calculando que podían ganar en cuatro días más que en un mes, los tres se afanaron por el negocio tanto en la recogida de flores como en la confección de ramilletes, y vendieron el sábado un total de treinta y dos pesetas a la puerta del Círculo Mercantil y, el domingo, veintisiete al terminar la batalla de flores. Vio a Miguel y Angustias en todos esos puntos, pasando con disimulo por la calle o entrando de tapadillo en los bailes, de modo que no sería el único en enterarse de lo que pasaba, y le torturaba el pensamiento de que no podía pero debía avisar a su madre o a Paco para que aconsejaran a Miguel mayor cautela. El asunto llegó a desvelarle, a pesar de que Inma le decía con dulzura que todo iba a arreglarse y el Templao no paraba de hacer bromas, como proponerle comprar a medias un hispano-suiza «pa llevar a la Angustias a la iglesia el día del casorio».

El lunes descartó la expectativa de encontrárselos porque no podían pagar la entrada del Teatro Cervantes. Por fin, se disfrazaron los tres por imposición de Paula, que sin avisarles les había confeccionado los trajes, según dijo, «de retales que tenía por ahí»; un hermoso traje de pierrot para Mani, un vestido de torero chusco para el Templao y un vaporoso equipo azul de hada para Inma, que de veras parecía capaz de realizar prodigios bajo su cucurucho cubierto de tules. Esa noche celebraban el Baile de la Prensa, la mejor oportunidad de hacer negocio porque en el primer coliseo de la ciudad cabían lo menos dos mil personas y acudía la gente más famosa de Málaga. Desmontaban los sillones del patio de butaca, donde celebraban el baile, mientras que los espectadores de postín y, sobre todo, las riquísimas concurrentes al concurso de disfraces que tendría lugar en el escenario, ocupaban los palcos de la platea.

Iba a ser una gran noche. Las margaritas les parecieron demasiado modestas para tanto esplendor, pero ni se les ocurrió pensar en comprar otras flores. El carnaval había caído en una fecha muy tardía y los naranjos se abatían ya por el peso del azahar, de modo que salieron él y el Templao más temprano que de ordinario para llegar antes que los guardas, y arrasaron dos naranjos cerca del palacio de San José. Pusieron azahar en el centro de los ramitos de margaritas y ristras de jaramagos colgando por un lado de la escarapela roja. El resultado era muy atractivo. Agotaron las flores en menos de una hora, casi diez duros.

—Oye Mani, ¿os quedáis por aquí? —preguntó el Templao con gesto dubitativo.

—Quiero ver los disfraces del concurso, que dice mi madre que son fastuosos. Y la Inma, lo mismo, porque también a ella se lo refirió.

—¿No os importa que os deje solos?

—Por mí, no. ¿A ti te importa, Inma?

—¡Qué va!

—Es que.. ¿os acordáis de la que bailó conmigo en el Casino Perchel? Po que... bueno.

—Venga, Guaqui —dijo Inma—. Echa a correr.

—Sí, me voy, pero cuidaíto con cómo os portáis, ¿eh? Y no llegar mú tarde.

Inma y Mani permanecieron a la puerta del teatro admirando los disfraces. Había trajes de todos los países y de todas las épocas, cretenses, egipcios, griegos, incas, aztecas, árabes, chinos o rusos. Muchos de los más espectaculares no concursarían, porque cubrían a las personas más poderosas de la ciudad. Inma no paraba de soltar exclamaciones, de modo que Mani, absorto en el despliegue de sedas, plumas, tisúes y bisutería, tardó en reconocer a la anciana disfrazada de reina medieval que se le acercó sonriendo bajo una toca de gasa blanca, un manto de brocado rojo y una corona llena de brillante pedrería. Elena Viana-Cárdenas James-Grey consideró que no rompía su pacto con Paula ya que el encuentro con Mani era casual, pero Mani sintió necesidad de escapar y lo hubiera hecho si ello no le obligara a dar a Inma explicaciones que tenía que eludir.

—¿Venís al Baile de la Prensa? —preguntó Elena.

Mani consideró que debía de estar loca.

—¿Nosotros?

Por el tono irónico del muchacho, Elena comprendió que su pregunta era interpretada como un sarcasmo y se apresuró a rectificar:

—Venid conmigo, que os invito; hay espacio de sobra en mi palco.

—¡Mamá! —protestó Rita sin soltar el brazo de su marido.

La pareja iba vestida de Reyes Católicos. Fernando de Aragón observaba a Inma y Mani severamente, con expresión muy hostil, como si temiera ser víctima de un robo, e Isabel de Castilla les miraba de arriba abajo, arrugando la nariz como si olieran mal los pobretones disfraces de pierrot y hada.

—¿Quiénes son? —preguntó Rita a su madre.

Tras una corta vacilación, Elena respondió:

—Este chico se llama Mani... no recuerdo su apellido. Es un amiguito de Alonso.

—¡Que va a ser amiguito de Alonso! Es muy chico y... bueno, ya ves...

Había desprecio en su tono. Muchachos tan barriobajeros no podían ser amigos de sus hijos. Mani advirtió que Elena mentía, puesto que era precisamente su imprudencia al decir el apellido lo que había provocado las visitas del culogordo a su calle, y notó por ello que existían discrepancias entre madre e hija. Observando las expresiones de las dos, sintió deseos de desafiar a la hija aunque ello le exigiera aceptar la inquietante invitación de la madre.

—Inma, ¿te gustaría ver el Baile de la Prensa?

—¡Digo!

—Po vamos pa dentro.

Elena sonrió mientras se colocaba entre los dos y les cogía de las manos. Ser quien era le otorgaba el privilegio de que ningún portero comprobara su invitación en los espectáculos y salones de la ciudad, y el del Teatro Cervantes tampoco lo hizo. Un acomodador les condujo con grandes reverencias al palco.

—¿Por qué te escapabas cada vez que trataba de hablarte? —preguntó Elena al oído de Mani.

—¿Por qué viene su mayordomo cá dos por tres a hablar con mi madre?

Elena sonrió. Debía haber previsto que Mani sería un toro difícil de lidiar.

—¿Me tenías miedo?

—Su hija sí que tiene miedo. De ésta y de mí.

—No te importe mi hija. ¿Está bien tu madre?

—Regular.

Mani pensaba en el extraño estado de ánimo de Paula, pero Elena preguntaba por su salud.

—¿Está mala?

—No, está bien. ¿Por qué le interesa como esté mi madre?

No se trataba de suspicacia, decidió Elena con una sonrisa que en realidad era melancolía. Manuel norrecordabaqué Robles del Altozano era un digno Robles del Altozano, tan cabezón, escurridizo, displicente y analítico como todos los Robles del Altozano. Comprendió que necesitaba encontrar un atajo para vadear las reticencias del hijo sin traicionar a Paula.

—¿Vas al colegio? —preguntó—. Pareces un chico muy inteligente y estoy segura de que podrías convertirte en un hombre de provecho.

A Mani le pareció estar oyendo hablar a su madre.

—Voy de vez en cuando a La Goleta, cuando puedo, pero ahora, nanay de la China, porque yo y mis cuatro hermanos estamos sin currelo.

—Algo he oído —dijo cautelosamente Elena—. Mira, sabes de sobra dónde vivo. Tendrías que venir a verme, porque a lo mejor yo podría conseguir trabajo a alguno de tus hermanos. A ti, no. Tú lo que tienes es que ir a la escuela, pero con seriedad.

Le revolvió el pelo con ternura, actitud que no sólo desconcertaba a Mani, pues a Inma se le desorbitaban los ojos porque hallaba asombroso que una dama de esa clase se mostrara tan afectuosa con el que algún día podría llamar «novio»; Mani era especial, siempre lo había sospechado, pero ahora esa señora lo confirmaba. En esos momentos, ocupaba el estrado un grupo que escenificaba la corte de Cleopatra con despliegue de dorados y plumas de avestruz, cuatro hermosas muchachas con faldas plisadas y doce hombres con las piernas al aire. Habían salido después de Madame Butterflay, Catalina de Rusia y Las mil y una noches. Inma fingió abstraerse en el espectáculo pero no dejó de espiar de reojo lo que hacían la poderosa anciana y el prodigioso muchacho. De nuevo acarició Elena el pelo de Mani y, a continuación, le tomó el mentón con la mano izquierda mientras le rozaba con la derecha las mejillas decoradas con sendos redores de colorete. Le examinaba con mucha concentración, como si buscara algo en sus rasgos. Pasó un dedo por las casi invisibles cejas y otra vez le revolvió el pelo.

—Tienes que hacerme el favor de venir a verme, Manuel. No te olvides.

—Pero su mayordomo es un sieso...

—No te preocupes de Rafael. Debes venir a casa; te prometo encontrar trabajo a tus hermanos, pero tú no tienes más remedio que ir a la escuela. ¿De acuerdo?

Mani se encontraba demasiado alerta como para actuar según sus cánones habituales; es decir, manifestar desconfianza cuando algo no acababa de convencerle. Un leve asentimiento con la cabeza no le comprometería.

Durante el regreso, Inma se desplazaba a su lado en estado de gracia. Cuando contase en la calle Rosal Blanco que había visto completo el Baile de la Prensa desde el mejor palco del Teatro Cervantes, tendría que mostrar el abanico de nácar, regalo de Elena, y el programa de mano, porque de otro modo nadie le creería. Mani sonreía complacido por su entusiasmo y orgulloso de haberlo causado pero casi sin escucharla, porque tenía que resolver dos cuestiones: ¿por qué se interesaba Elena tanto por él y los suyos y cómo iba a justificar ante Paula el poder de proporcionar empleo a sus hermanos?

—Mi Guaqui está de guardia, esperándonos —señaló Inma con desagrado cuando llegaban a la esquina de Ollerías y Huerto de Monjas—. ¡Mira que es desconfiao!

—Le pasa algo —dijo Mani—. Date bulla, Inma, echa a correr.

Aunque los vio llegar, el Templao permaneció apoyado en el muro, temiendo derrumbarse en el suelo. Tenía el ojo izquierdo medio cerrado en el centro de una mancha casi negra de tan violeta y el pómulo del mismo lado reventado. Había un reguero de sangre seca escurrido por su patilla derecha, aunque no se veía la herida del cuero cabelludo. También había sangre seca en el pantalón.

—¿Quién te ha hecho esto, Guaqui? —preguntó Mani con los labios lívidos.

—No es ná, Mani. El Migue es el que se ha llevao la peor parte.

—¿Mi hermano?

—Me lo estaba oliendo, Mani, porque los dos son unos inconscientes. No han tenío otra cosa que hacer la Angustias y él que volver juntos al barrio, aunque venían con un grupo, pero habría que estar ciego pa no darse cuenta de lo que hay entre ellos. Yo venía un poco detrás y por eso los vi llegar...

—¿A quienes?

—Al Serafín y sus siete amigos, tós con pistolas en las manos. Como tú comprenderás, ninguno de los vecinos ha dicho «esta boca es mía» y yo, que solamente protesté por la tunda que le estaban dando a tu hermano, ya ves la que me han dao. Pero al Migue lo han lisiao; no querían matarlo del tó, eso está claro, porque no le han disparao, pero casi se lo cargan; le han dao patás pa machacarle hasta las asaúras. Se han llevao a la Angustias arrastrá, porque no paraba de chillar ni de darle tarascás y patás a su hermano...

—¿Y el Migue?

—En el hospital.

—Vamos pallá.

—¿Qué coño vamos a arreglar en el hospital a estas horas, Mani?

—Esto no me huele bien, Guaqui. Si la Angustias ha seguío protestando con tanto genio, el Serafín es capaz de acabar imaginando cosas que... a lo mejor han hecho ya, y se le puede ocurrir salir disparao pal hospital. El Migue necesita guardia.

—Lo que tú digas, Mani. ¿Quieres venir, Inma?

La monja de la portería les permitió pasar, por lo que sospecharon que Miguel agonizaba. En la habitación ocupada por sólo otro herido aunque contaba con doce plazas, no había médicos ni enfermeras; Paula, sentada con la espalda apoyada en el cabezal de la cama, acariciaba la frente de Miguel; Antonio, Paco y Ricardo dormitaban sentados en la cama contigua.

—Hay guardia suficiente, Guaqui —murmuró Mani antes de entrar en la habitación—. Vete pa tu casa, que estás hecho un cristo, a ver si mañana descansas pa poder trabajar en el puerto el miércoles de ceniza.

—¿Y las flores?

—Mira la hora que es y lo que hay, y tú no puedes con tu alma ni mucho menos pa andar en la bicicleta dentro de un rato, cargando conmigo y las flores. El negocio ha terminao, Guaqui; no podemos quejarnos, hemos ganao doce duros cá uno y dicen que el martes de carnaval no es pa hacerse millonario. Las cosas están tranquilas, fíjate, y si hubiera novedad, estamos tos los hermanos juntos pa lo que haga falta.

—Po si no vamos a currelar mañana, yo puedo trasnochar un poquillo más. Llevaré a la Inma a mi casa, y vengo de aquí a ná, ¿vale?

Mani asintió, porque sabía que con el Templao no le valdría de nada insistir. Paula se enderezó al notar que llegaba y su movimiento alertó también a Paco y Ricardo, que se volvieron a mirarlo. Antonio parecía estar bajo los efectos de la borrachera.

—¿Es grave? —preguntó Mani al oído de su madre.

—Me lo han destrozao —gimió Paula— El médico dice que su vida no peligra, pero por poco. Mira.

Levantó la manta que cubría el cuerpo desvanecido de Miguel. Aparte de las llamativas hinchazones amoratadas del rostro, tenía heridas en el pecho, las caderas, los muslos y las espinillas, cubiertas de aparatosos vendajes ensangrentados.

—Dice el médico que puede tener una pila de huesos rotos —añadió Paula—, que sólo por la mañana va a saber cuántos, y milagro será que no le hayan reventao el hígado y los riñones; como si no hubiéramos tenido bastante con lo que nos hicieron aquella noche.

—¿A qué vendrá empezar otra vez el incendio? —se extrañó Paco.

Comprendiendo que ni Paula ni sus hermanos conocían el motivo concreto de la agresión y creían que era una prolongación de la otra, Mani decidió no causar más preocupaciones familiares y tratar, en cambio, de reanimar a su madre. Adoptó un tono cauto para decir:

—Mamá, una señora me ha dicho que puede conseguir trabajo pa éstos.

—¿Quién? —preguntó Paco.

Mani presentía que podían existir razones inconfesables para que Paula negara las visitas del criado y que no debía darse por enterado de que ella mantenía con Elena una enigmática clase de comunicación. Tampoco podía mencionar lo que había ido a hacer el día que conoció a la poderosa anciana. Para responder a Paco, improvisó:

—Una amiga que me ha salío vendiéndole flores. Se llama doña Elena.

—¿Y cómo se le ha ocurrido ofrecerte trabajo pa nosotros? —preguntó Paco.

Mani notó la expresión crispada de Paula. Parecía sentir miedo.

—Es que... mira qué cosa más rara, me la he encontrao a la puerta del Cervantes y como llevaba dos días diciéndome cá vez que me compraba flores que yo le caía mú bien, po que nos ha invitao a la Inma y a mí a acompañarla en el palco. Como me ha preguntao tanto, yo acabé contándole que estamos paraos y me ha dicho eso... que tratará de conseguiros currelo, pero que yo tengo que ir al colegio.

—¡Tiene razón! —concordó Paula.

—¡Un palco en el Cervantes! —exclamó Paco—. No será doña Elena la de los barcos...

Mani asintió.

—Po dile a esa tiparraca —murmuró Antonio con voz ebria y sin alzar la cabeza de la almohada doblada contra la pared— que se meta el trabajo en el coño.

Paula le dio una palmada en la cabeza.

—¡La chupasangre más grande de Málaga! —masculló Antonio—. Te habrá dicho eso pa salir del paso, porque tú eres más pesao que el arroz con leche y no habrás parao de darle la lata pidiéndole el favor.

—¡No es verdad! —protestó Mani—. Lo ha ofrecío sin pedirle yo ná.

—Podría ser la solución —apuntó suavemente Paula.

—¡Es una oportunidad fantástica! —apoyó Ricardo—. Con el poderío que tiene, si esa gachona quisiera conseguiríamos un currelo estupendo los cinco.

—¡Tú, mariquita chupacirios, has perdío la chaveta! —exclamó Antonio, con ira que ganaba terreno en su ánimo—. No tengo yo otra cosa que hacer que convertirme en pelotillero de la explotadora más abusona y salvaje de Málaga. Paco, ¿te acuerdas de lo que hicieron sus capataces cuando la huelga?

—Todavía hay cinco trabajadores presos —dijo Paco con tono neutro.

—Eso no tiene ná que ver con nosotros —arguyó Paula.

—¡Que no! —potestó furiosamente Antonio, enderezándose, despejado de la borrachera—. ¿Qué quieres, que les quitemos el puesto de trabajo a obreros represaliaos por el patrón?

—¡Pero necesitamos trabajar como Dios manda! —opuso Mani.

—Tenemos que currelar, sí —dijo Antonio—, pero a Dios le han quitao el mando y ningún catecismo dice que debamos perder la dignidad.

—Lo que dice el catecismo —recitó Ricardo— es que hay que honrar padre y madre. Si mamá opina que aceptar la oferta de esa mujer está bien, debemos respetarla.

—¡Anda y que te metan un cirio por el culo! —insultó Antonio y Paula volvió a darle una palmada en la cabeza, esta vez fuerte y sonora.

En ese momento, irrumpió el Templao en la habitación.

—Vienen ahí —anunció entre los fuertes jadeos de la carrera.

—¿Quiénes? —la voz de Paula sonó como un desgarro.

—El Serafín y tres más.

—Nosotros podemos con esos niñatos —se jactó Antonio.

—Si no trajeran unas pistolas que parecen cañones —ironizó el Templao.

—¿Pistolas? —Paula sintió temblar el suelo bajo la cama.

—Pero qué locura más grande —se asombró Paco—. ¿Qué habrá pasao esta vez?

Mani comprendió que no tenía más remedio que ponerles en antecedentes.

—Perdona, Migue —dijo en dirección a su hermano inconsciente—. Mamá, lo que pasa es que este chiflao anda de amores con la Angustias.

—¡Dios mío! —casi lloró Paula.

—¡Lo estaba viendo venir! —afirmó Antonio.

—Y tal como van de acaramelaos a toas horas —añadió el Templao—, lo más seguro es que al Serafín lo hayan convencío de que ya se han acostao...

—¡Éramos pocos y parió la abuela! —lamentó Paula—. ¿Qué hacemos, Paco?

—Por lo pronto, vosotros, Antonio y Guaqui, en la puerta del fondo y tú, Ricardo, conmigo en la entrada, escondíos. Levantaremos cá uno una silla y le endiñamos en la cabeza al primero que la asome. Tú, Mani, ponte a hacer como que hablas con mamá, pa que si espían antes de entrar, crean que tó está tranquilo y se confíen. Venga, darse bulla.

Un par de minutos más tarde, intentaron entrar los cuatro uniformados, todos por la puerta que daba a la escalera, y dos cayeron fulminados con la cabeza rota por Ricardo y Paco. Serafín y el otro echaron a correr sin usar los revólveres que esgrimían. Ricardo se arrodilló, pero no a tomar el pulso de los dos jóvenes, gravemente heridos, sino que se persignó y juntó las manos pidiendo perdón a Dios. Con un ademán de impaciencia, Paco recogió deprisa las armas de los caídos y dijo:

—No podemos dejar al Migue aquí.

—Natural que no —concordó el Templao—. Esos dos habrán salío en busca de más. ¿Oís? Están pitando. De aquí a ná va a aparecer un batallón.

—¿Y dónde lo llevamos? —preguntó Paula.

—En la casa, sería muchísimo peor que aquí —apuntó Antonio—, porque a estas horas yo no puedo ir al Sindicato de Parados en busca de refuerzos.

—Podemos pedirle ayuda a don Agapito —sugirió Ricardo.

Mani apretó los labios, porque recordaba la escena que interpretó el coadjutor parroquial cuando fue con Inma y el Templao a pedirle ayuda para Ricardo. Para que no tomaran la idea en consideración, se apresuró a decir:

—Tengo un escondite fetén, pero no podemos ir tós.

—¿Dónde? —preguntó Paco.

—En la casa del que vino a verme al hospital aquel día, ¿te acuerdas? El ciego de La Isla. El problema es que por la hora que es, si armamos mucho trajín al llegar a la playa, los pescaores del copo pueden darse cuenta y soltársele la lengua con los compinches del Serafín. Pero si llegamos pocos y con disimulo, el escondite es cojonúo.

—¿Piensas que ese hombre querrá? —preguntó Paula.

—Sí.

—Pues eso es lo que vamos a hacer —determinó Paula—. Venga, Paco y Ricardo, liad muy bien al Migue con la manta pa que vaya sujeto y no le hagamos daño. ¿Cuántos hacen falta pa cargarlo, mínimo?

—Solos éste y yo —propuso el Templao señalando a Mani.

—Pero si tú estás también pa que te encamen —Paula señaló las visibles magulladuras.

—El Mani y yo nos bastamos de sobra —opuso el joven, tensando jactanciosamente los hombros— y, como el día ha sío cojonúo con las flores, podemos ir en taxi.

—Venga, andando —dijo Mani.

—Yo voy con vosotros —proclamó Paula, sin admitir réplica— Hay que moverlo con muchísimo cuidado.

—Lo bajaremos por la trasera —ordenó Paco—. Ricardo, a ver si pillas un taxi que haya venido a urgencias; a lo mejor tenemos suerte por las juergas del carnaval; en cuanto lo cojas, te vas a la puertecilla del Arroyo de los Ángeles y nos esperas allí. Antonio ¿puedes mantenerte derecho? ¿Sí? Po date bulla y sal por la puerta principal como si tal cosa y con cara de inocentón, pa que el Serafín crea que puede sorprendernos. Venga, en marcha.

Cuando bajaron por una escalera lateral a un patio a oscuras, Mani observó a través de las cristaleras las siluetas apresuradas del numeroso grupo que Serafín había conseguido reunir, seguramente trasnochadores del carnaval. Abordaron el taxi sin contratiempos. Paco y Ricardo se despidieron a través de las ventanillas jurando a su madre que se esconderían hasta que el peligro pasara.

Mientras el vehículo les conducía entre estertores del motor hacia las playas de Poniente, Paula, con la cabeza de Miguel sobre su pecho al tiempo que Mani lo abrazaba por la cintura, se preguntaba con perplejidad qué estaba ocurriendo. Toda su vida había discurrido entre aflicciones, pero sus hijos, con su sola existencia, habían mitigado la náusea, porque requerían tanto esfuerzo y dedicación que llegaba a no darse cuenta de los malos tragos. Precisamente los últimos ocho años, cuando había tenido que romperse el alma para llevar adelante a los cinco sin ayuda de nadie, era cuando menos acíbar había engullido, porque verlos crecer y convertirse en hombres le llenaba de satisfacción; jamás se había planteado que hiciera nada especial quemándose de noche las pestañas con la costura. ¿Qué había fallado últimamente? ¿Por qué la unidad familiar se resquebrajaba? ¿Estaba perdiendo, como castigo por su mentira, el control de hierro y seda con el que había venido rigiendo las cinco vidas?

Cuando cargaban entre los tres a Miguel para recorrer los cien metros desde el cañaveral a la choza, dos hileras de pescadores tiraban del copo no muy lejos. Con el mar de Alborán en uno de esos amaneceres en que se disfraza de lago, plano y terso como un espejo plateado por la Luna, el vaivén del agua sólo producía un ligero murmullo de arena deslizada perezosamente por el rebalaje, acompasado con las trallas que los hombres enganchaban rítmicamente a los cabos de la red. La escena tenía algo de ballet mudo, donde todos los artistas danzaban en silencio al son de una ancestral música interior, de modo que el movimiento de los recién llegados sonó como un estruendo. Mani señaló:

—Nos están endiquelando escamaos.

—Corre —ordenó Paula—. Pilla el taxi antes de que dé la vuelta. Dile al chofer que te espere, porque este sitio no es seguro pa el Migue y hay que encontrar otra solución.

Mani depositó las piernas de su hermano en el suelo, sujeto de las axilas por su madre y abrazado por el Templao, que era quien lo cargaba en realidad, y corrió a cumplir la orden. A su regreso, y una vez que hubieron hablado con el Chafarino y tras acomodar a Miguel en un colchón que parecía confortable, Paula extrajo un billete de cinco duros del bolsillo; entregándoselo a Mani, preguntó cautelosamente:

—¿Tienes idea de dónde vive esa señora, doña Elena?

El muchacho se sintió arrebatar por el sonrojo. Halló que tanto la verdad como la mentira iban a comprometerle.

—Deja de disimular, Mani —aconsejó Paula—. No me chupo el dedo y un día de éstos tendremos unas palabritas tú y yo. Mira, está a pique de clarear, así que coge el taxi y vas a la casa de la señora, que por si te has olvidao está a un tiro de piedra de donde vive el señor ministro, enfrente. No le des ningún recao de mi parte a doña Elena ni se te vaya a ocurrir decirle que yo le pido ná, ¿entendido? Pero cuéntale la situación y si, un suponer, dijera que quiere venir pacá, pídele que no viaje en ese coche tan rimbombante que conocen hasta en la Conchinchina. Que venga en un taxi.

Mani reprimió las preguntas. Creía que su madre era demasiado optimista esperando que doña Elena se interesara por su familia hasta el punto de tomarse la molestia de acudir a la playa de La Isla, y en el improbable caso afirmativo, que siguiera al pie de la letra las indicaciones. Pero algo le decía que si Paula se mostraba tan confiada, sus razones tendría.

Mientras aguardaban el retorno de Mani, Paula y el Chafarino pasaron mucho rato discutiendo en murmullos sobre el confort del cañizo, la seguridad del refugio, su idoneidad y la discreción de los vecinos.

—¿Eres el Templao? —preguntó el Chafarino, cuando ya parecía que Paula y él no tuvieran más explicaciones que darse.

—Sí.

—No estaba seguro de si serías tú o uno de los hermanos de Mani. A él y a ti os cambia la voz de semana en semana. ¿Recuerdas lo que hablamos aquel día que me acompañaste al hospital? —el Templao asintió con un movimiento de cabeza—. Pues cuéntale a doña Paula que soy de confianza. Convéncela de que su hijo estará a salvo conmigo, que voy a cuidarlo con esmero y que no se preocupe más, porque en estas playas las cosas no son como en el resto del mundo; ser chivato sería lo más bajo en lo que se podría caer. Aquí funcionan otros códigos, muy distintos a los de vuestro barrio. Y el yodo del mar le vendrá de perlas a Miguel.

El Templao miró a Paula a los ojos y encogió los hombros, sarcástico.

—Ahórrate las ironías, Templao —avisó el Chafarino con una sonrisa que no borraba la severidad de su expresión.

Fue en ese instante cuando Paula miró por primera vez hacia el anciano con respeto teñido de admiración. El Templao no había emitido ni un murmullo, así que una de dos: o el viejo fingía la ceguera o poseía una clarividencia inexplicable.

—Mire usted, don Omar —dijo Paula después de tragar saliva—, no es cuestión de seguridad únicamente; es que a mi niño han estao a punto de matarlo, tiene una pila de huesos hechos mixto y necesita cuidaos médicos. Y medicinas.

De todas maneras, no se puede usted hacer una idea de lo que le agradezco la intención. Y que como mi Mani me habla tantas maravillas de usted, hace tiempo que quería yo invitarlo a comer en mi casa un día de éstos; como la cuaresma empieza mañana, haré una ensaladilla de bacalao y naranjas chinas pa chuparse los dedos.

Transcurridas dos horas y media desde su partida en el taxi, Mani empujó la puerta de cañas para ceder el paso a Elena. Tras un primer instante de júbilo triunfal, Paula frunció los labios, porque notó que tras ellos llegaba también el chófer, lo que significaba que la orgullosa dama no había respetado su exigencia, por lo que gracias al hispano-suiza la playa en pleno podía identificar sin ninguna duda el refugio a donde Miguel iba a ser conducido. Dijo con mucha acritud:

—Si han venido en ese coche, es un viaje en balde.

—Cálmate, Paula —pidió Elena, mientras paseaba reprobadoramente la vista por el extenso espacio del cañizo y arrugaba un poco la nariz—. No traemos el coche que tanto te disgusta, venimos en la ambulancia del hospital, ¿ves? Ahí llegan los enfermeros con las parihuelas para llevarse a tu hijo; Rafael viene sólo pa echar una mano, porque mi coche lo hemos dejado en el centro, de camino. ¿Cómo está Miguel?

La ternura emocionada, y conmocionada, con que Elena acarició el rostro entumecido del muchacho, todavía sin conocimiento por los sedantes que le habían administrado en el hospital, causó el asombro de todos, incluida Paula antes de recordar cuánto se parecía el nieto al abuelo.

—No podemos llevarlo al hospital —casi gimió Paula—. De eso se trata, precisamente, del peligro que sabemos que correría allí y por eso he recurrido a usted.

—¿Quién ha dicho que vayamos a dejarlo en el hospital? —Elena sonrió—. Quiero asegurarme de que se le apliquen los cuidados médicos debidos, lo que será en mi casa; ya están preparando la habitación. Pero, como tú comprenderás, antes tienen que hacerle un reconocimiento a fondo pa que yo sepa exactamente lo que hay que hacer.

—En tal caso... —murmuró Paula.

—Hala, andando —urgió Elena—, y usted, señor, sepa que todos le estamos muy agradecidos y que de ninguna manera vamos a dejar de compensarle.

Se dirigía al Chafarino, que sonrió al darse cuenta de lo poco que había tardado Elena en ponerse al mando, llegando a la presuntuosidad de suponer que él esperaba retribución. Advirtió que Paula no se percataba de lo muy notable y repentino que había sido su cambio de actitud, lo corto que había sido el recorrido entre la desesperación autoritaria y la confianza dócil. Decidió que tenía que interrogar a Mani la próxima vez que le visitara, a ver si conseguía entender lo que hubiera entre las dos mujeres.

Durante las semanas siguientes, Mani se preguntó muchas veces qué tendrían que decirse Elena y su madre mientras permanecieron encerradas en el hispano-suiza, estacionado ante la verja tras ser llevado Miguel al interior de la mansión desde la ambulancia. Luego de negarse Paula una y otra vez a entrar en la casona ni a aceptar la invitación a almorzar aunque ya era mediodía, le dijo a Mani que saliera del coche, que permaneciera a cierta distancia y que no volviera a acercarse a menos de tres metros hasta que ella no le hiciera una señal, lo que no sucedió hasta una hora más tarde. Trató de espiar embozado por un pimentero, pero sólo notó la reiteración con que Paula movía la cabeza en ademanes de negación.

Antonio y Paco rehusaron los empleos que Elena les consiguió. Ricardo lo intentó, pero demostró escasas aptitudes, lo que ocasionó las protestas enfurecidas del yerno de Elena, que trataba de encontrarle nuevo acomodo. Mani volvía a desvelarse. La familia estaba comiendo bien a pesar de todo, porque Paula simulaba tener mucha costura y cada uno aportaba lo que podía, y ya casi nunca discutían Paco y Antonio; si lo hacían, saltaban chispas, como si se hubiera situado cada uno en las antípodas políticas del otro. Libre del miedo a las sombras de la noche y a la silueta del muro del convento, a Mani le angustiaba ahora la descomposición que observaba en derredor. Había demasiadas cosas que no comprendía; Paula se negaba a visitar la mansión y era él quien tenía que ir cada día a conocer la evolución de Miguel y, por otro lado, cuando llegaba a la casa de La Caleta era como si allí no vivieran más que Elena y el chófer, pues jamás veía a nadie más, ni al resto de la servidumbre ni a la hija, ni a su marido ni a los dos hijos. Tuvo que acostumbrarse a viajar en el tranvía sin mirar la calle apenas, para no estremecerse con tantas bestialidades cuya monstruosidad eliminaba la necesidad de averiguar qué bando las había causado, y los escalofríos le torturaban luego hasta el amanecer a menos que encontrara consuelo con las fantasías sonámbulas. Imperio Argentina era la más excitante. Cuando Inma le permitía un leve roce en la mejilla, miraba con avidez sus labios, vedados no sólo por las advertencias del Templao sino, sobre todo, por la severidad de las costumbres, y entonces tendía a obsesionarse con la hilera de dientes perfectos, blanquísimos, de Imperio Argentina, de quien decían que era medio malagueña y medio inglesa, una mezcla nada exótica en una ciudad donde se daba con frecuencia, incluso en su propia familia, para comprobar lo cual bastaba con mirarse él mismo al espejo. Hasta Inma poseía unas lindas pecas que parecían anglosajonas, pero aunque le traqueteara hasta el pensamiento de amor y deseos por ella, consideraba blasfemo representársela al masturbarse y era Imperio Argentina quien flotaba sobre los frecuentísimos orgasmos con que intentaba recuperar el sueño.

Y

Miguel mejoraba tras superar las primeras cuarenta y ocho horas, críticas según el médico, que les recriminó que lo hubieran movido en el azaroso peregrinaje de la primera noche. Ahora, mediada la cuaresma, tenía el cuerpo enyesado en un sesenta por ciento pero estaba fuera de peligro, por lo que Mani creyó que ya era hora de tomar en consideración las preguntas que Angustias no paraba de transmitirle mediante papelitos escritos, que le hacía llegar a través de Inma.

—¿Dónde la ha encerrao el barbero? —preguntó Mani.

—Perdona, niño, a Angustias le da miedo que te lo diga —alegó Inma— y no consentirá mientas tú no le digas dónde está el Migue. Y me da cosa traicionarla.

—¿Seguro que tú no le has dicho ná?

—¡Mani, ni mi hermano ni tú habéis querío soltar palabra!

—¿De verdad que el Guaqui no te ha dicho ná?

—¿Es que no te das cuenta de que pa mi hermano tú eres Dios y que cree que estaría en pecado mortal si no hiciera lo que tú mandas?

—No digas chalaúras, Inma.

—¿Chalaúras? Si no tiene importancia, Mani; mi madre dice que aunque él te lleve cinco año, la veneración que tiene por ti es lógica. Es que tú eres tú...

Mani sintió impaciencia mezclada con sonrojo.

—Tu hermano vale mil veces más que yo. Mira, Inma, vamos a llevarnos bien. Yo os cuento algo del Migue si puedo decírselo a la Angustias. Date cuenta de que el criminal de su hermano ha querío matarlo; tengo que sentirme confiao y no me hinches más...

Inma arrugó la frente por la grosería que Mani estaba a punto de pronunciar. Para evitarlo, preguntó:

—¿No ibas a llevarme a conocer al ciego de la playa?

—Es que esta mañana tengo que ir a... un recao de mi madre.

—Pero hay una pechá de tiempo. Anda, niño, vamos ahora mismito a La Isla y si eres bueno, a lo mejor te llevo donde está la Angustias.

Eran las ocho y cuarto. Paula acababa de decirle que fuese temprano a La Caleta para volver a la hora justa del almuerzo, porque iba a preparar potaje de cuaresma y «después te quejas de que el arroz está pasao», pero Miguel llevaba muchos días insoportable con sus interrogatorios sobre Angustias y se ponía a hacer pucheros como un niño cuando Mani se encogía de hombros. Calculó que todo iba a resultar mejor si dejaba para la tarde la visita a La Caleta, aunque se le había advertido de que sólo debía ir por las mañanas. Complacería a Inma llevándola a La Isla, lo que le abriría la posibilidad de hablar con Angustias, de manera que pudiera tranquilizar a Miguel; no comería el delicioso potaje de Paula a base de bacalao, garbanzos y acelgas.

Llegaron a la playa a las nueve y media de una mañana azul de primavera. El sol brillaba todavía no muy alto, arrancando al mar reflejos cegadores; ya no quedaban pescadores del copo, desparramados por los mercados hacía más de dos horas, y sólo algún bolichero que pintaba o reparaba su jábega daba vida a la plácida quietud del paisaje resplandeciente y cálido, a cuya izquierda, dibujada sobre el arco de la bahía, parecía soñar la ciudad en calma, como si fuese el paraíso extraterrenal cantado por un poeta y no el tenebroso laberinto en que Mani veía que estaba convirtiéndose.

—¿Por qué has venido hoy? —preguntó el Chafarino alzando la mirada vacía de la labor de red—. Vamos a tener mal tiempo. ¿Quién es tu amigo... no, tu amiga?

—Ésta es la Inma, que ya la conoce usted de oídas; tenía mucha ganas de que la trajera por aquí. ¿Por qué dice usted que vamos a tener mal tiempo? Hace un día cojonúo.

—¿Ves aquellos pañuelitos blancos que forman las olas a lo lejos? Pues dentro de un par de horas habrá temporal.

—¿Cómo sabe usted que hay pañuelitos blancos? —preguntó Inma, asombrada.

—Es la experiencia, que me hace ver por medio de los sonidos y los olores. El viento va a arreciar de aquí a media hora, así que una de dos: os vais enseguida o pensáis en quedaros hasta la noche, porque el temporal va a ser tela marinera. Poseidón está enojado. Acércate, Inma, deja que te toque la cara, a ver si es verdad lo que Mani cuenta.

La muchacha se acuclilló junto a las piernas del ciego, que la palpó durante unos minutos con expresión muy complacida.

—Mani, me has mentido.

—¡Qué dice usted!

—Esta señorita no es guapa. Es una auténtica hermosura.

Inma sonrió. De repente, quería al ciego con toda su alma.

—Tiene usted razón —dijo Mani—. Inma es... ¡un jazmín! ¿Por qué está Poseidón de mal humor?

—Los malagueños están eligiendo el fango ensangrentado, cuando tienen a mano el bálsamo del salitre; y van a pagar por ello, Mani. Cuando uno cree que es víctima de injusticias, no hay que perder el aliento tratando de que el que las comete sufra como uno sufre; lo importante es dejar de sufrir. Nuestros ancestros llevan centenares de generaciones transmitiéndonos esa sabiduría, pero los malagueños han dado la espalda a las enseñanzas milenarias de la mar. Aquí llegan los ecos de lo que pasa en todas las calles de todos los barrios, y aunque eso te parezca tremendo no son más que ramalazos del maremoto que se aproxima, debido a que los malagueños oyen sin deber oír cuando les recitan lecciones que están escritas para bárbaros esteparios y no son las que le conviene a una estirpe que lleva tres mil años casada con la mar.

Mani examinó a Inma, que parecía creer que oía hablar en otra lengua. Pero hacía cerca de un año que conversaba frecuentemente con el Chafarino, por lo que intuía que el viejo redero usaba metáforas inextricables para explicar cosas sobre las que acababa teniendo razón. Por ello, tocó el costado de Inma indicándole que fuese respetuosa, cuando una ráfaga de viento les metió arena en los ojos.

—Entonces —dijo el Chafarino—, ¿queréis que me ponga a preparar el almuerzo? Pienso hacer sopa de rape con almendras y tortilla de habas.

—No, muchas gracias —respondió Mani—. Hay que tirar pal barrio antes de que vayamos a ponernos como una sopa y además, tenemos que visitar a una vecina.

Inma asintió, por lo que Mani entendió que iba a cumplir su parte del compromiso. Cuando tomaron el tranvía ante la fábrica de Tabacos, caía una lluvia racheada casi horizontal que traqueteaba los vidrios. Inma, que no paraba de hacer comentarios sobre las rarezas del Chafarino, alabó su condición de adivino cuando indicó que iban a mojarse porque debían bajar del tranvía cerca de la estación de ferrocarril.

—Tú amigo es un pitoniso chachi, porque ¿quién podía imaginar esta madrugá que iba a llover? Tendrías que haberle preguntao dónde está la Angustias, pero ahora ya no hace falta, porque es aquí.

Señaló el convento de las Hermanitas de los Pobres.

—¿No irá el barbero a meterla monja?

—¡Qué va! Es que una de las hermanas es prima retirá de Bernarda y por eso le han dao refugio, pero, ¡chiquillo! Es como si la tuvieran presa. Angustias está enrabietá, porque pa no irle con quejas a su madre la obligan a hacer lo mismo que las monjas, levantarse de noche, rezar, limpiar como una esclava y repartir los paquetes de comida, pero no le digas ná porque le da mucho coraje hablar de tó eso.

—¿Tú crees que podemos hablar con ella?

—Seguro que sí. Por lo menos, ella lo va a intentar.

—¿Nos espera? —preguntó Mani e Inma asintió— ¿Cómo te enteraste del escondite?

La muchacha se ruborizó y Mani, comprendiendo la razón, no repitió la pregunta. Seguramente, la madre del Templao había sido la portadora de la confidencia, porque a ese convento acudían a diario las madres de familia que no tenían qué dar de comer a sus hijos, en busca de paquetes de legumbres medio podridas que las monjas recibían como donación de los almacenes que iban a tirarlas a la basura. Sabía cuánto se avergonzaban sus vecinos de su miseria, sentimiento contra el que Paula le prevenía con insistencia: «ser pobre no es una deshonra; la pobreza da temperamento pa subir y hasta pa volar». Según dedujo Mani, a las monjas les habían pedido el Granaíno y su mujer no permitir visitas a Angustias. La portera le miró como si fuera el diablo y no sólo se negó a llamarla, sino que con su mutismo y sus labios apretados parecía negar que se alojara en el convento. Abandonaron el edificio con frustración e iban a volver al barrio cuando golpeó la espalda del muchacho un guijarro envuelto en un papel, una nota echada desde una de las ventanas de las plantas superiores; con letra apresurada y muy defectuosa, Angustias les indicaba que acudieran a la fachada posterior, que daba a un carril por donde pasaba la vía del tren. Entre el edificio y el carril, había una patio enorme, cercado por un muro de piedra en el que se abría una pequeña verja de hierro que no había sido usada durante años, a juzgar por la herrumbre y los matorrales que la cubrían. Aguardaron mucho rato y comenzaron a plantearse el abandono de la espera. Les detuvo el chirrido de los goznes de la verja, que se entreabrió lo justo para dejar pasar a una Angustias irreconocible. Iba disfrazada de monja, una monja algo voluminosa.

—Echar a correr pal Bulto —dijo.

Inma y Mani recorrieron a zancadas el carril hacia la playa, seguidos algo más lentamente por Angustias que, llegados a un barrio marinero que llamaban El Bulto, se quitó el hábito y la toca, para abandonarlos en un portal. Con la ropa que llevaba debajo, surgió la Angustias de siempre, con sus volúmenes normales y embellecida por el sofoco de la carrera.

—Tienes que llevarme con el Migue, Mani, por el amor de Dios.

El muchacho sintió que le aplastaba el peso de la responsabilidad. Especuló mentalmente sobre lo que podía ocurrir si aceptaba. Elena se negaría a recibir a la fugitiva y a él le echaría una reprimenda por poner su casa en el punto de mira de los falangistas; Paula convocaría una especie de consejo de guerra familiar que le condenaría al exilio de las tinieblas exteriores; Gustavo y Bernarda pondrían a los guardias tras el rastro de la pareja; Serafín desencadenaría la guerra.

—Tú estás loca, Angustias.

—No la trates así, niño —reprendió Inma—. ¿No ves que va a darle un síncope?

—¡Las dos estáis locas! Está claro que me habéis metido en una encerrona. Esto no puede ir adelante; Angustias, tienes que volver al convento y echarle paciencia. Te juro que tó se arreglará con el tiempo.

—Espera una mijilla, niño —rogó Inma—. Déjala hablar.

En vez de decir nada, Angustias tomó la mano de Mani para que le tocase el vientre. En los refulgientes y húmedos ojos verdes había una mezcla de llanto, risa, orgullo y súplica de complicidad.

—Esto no lo arregla el tiempo —dijo—, sólo lo hace aumentar.

La comprensión de que estaba embarazada fue peor que un mazazo en la cabeza. En efecto, había cambios sutiles en su cara y en su figura, aunque todavía no la hubieran deformado; las aletas de su nariz y sus labios parecían algo dilatados y su aire general había ganado madurez. La mujer desterraba a la niña.

—¡La que nos va a caer! —exclamó Mani—. Mira, Angustias, esto no es un chiste, ¿no te das cuenta? Los cinco hermanos hemos estao a punto de morir a manos de tu Serafín, y hasta a mi madre le puso un pistolón en la nuca, y al Migue, ya van dos veces y a la tercera, la vencida. ¿Quieres tener un huérfano de padre antes de nacer?

Angustias se echó a llorar.

—No puedo llevarte con el Migue, Angustias.

—¿Y qué voy a hacer yo? El peligro pa mí será tremendo si vuelvo al convento, porque mis padres van a enterarse de la fuga y lo que harán ahora será encerrarme en uno de Graná, donde no tendré escapatoria. Cuando se me hinche la barriga y se entere mi hermano, primero buscará al Migue pa matarlo y luego me matará a mí.

Mani se sentó en un bordillo, donde permaneció varios minutos con las manos tapándose la cara. Sentía vértigo, el vientre agarrotado y necesitaba ir al retrete. En vez de hacerlo, se enderezó y exclamó:

—¡Las mujeres sois la caraba! No esperaba yo que me metieras en esta encerrona, Inma, que sabes de más la que nos va a caer. Pero a lo hecho, pecho. ¿Tenéis dinero?

Inma negó con la cabeza, pero Angustias sacó del bolsillo dos billetes de a duro y varias monedas de a peseta y perras gordas.

—Te cojo un duro pal taxi. Meterse en la iglesia de San Pedro y no salgáis ni a mear. Tener paciencia, porque voy a tardar.

Paula tuvo que apartar la olla del anafe cuando el potaje estaba en plena ebullición. La idea de que los garbanzos iban a quedar duros le causó enojo al anticipar que tendría que improvisar una comida a base de bocadillos de morcilla, ahora que había conseguido establecer regularidad en la alimentación de sus hijos. La llamada de Elena, transmitida por el chófer, era apremiante; temió que Miguel hubiera sufrido una recaída, pero al acercarse al coche en el Molinillo, Mani se encontraba en el interior, junto a Elena.

El viernes de Dolores, el vestido de novia de Ana había tomando forma tras ensamblar las mangas. Todas las vecinas aseguraban que era la obra maestra de Paula. Reflejaba con fidelidad la fotografía de Katharine Hepburn en una escena de *Las cuatro hermanitas*, reproducida en una página de revista que estaba pegada con esparadrapo en el cristal del balcón, donde la artista, sosteniendo un abanico y con guantes blancos, más que conversar con el actor parecía recibir pleitesía. Era en verdad un vestido de princesa lo que Paula había copiado, con los rasos y tules fruncidos en torno al escote, que dejaba los hombros descubiertos, y en el festón de la falda; el volante lleno de rizos se convertía por detrás en una sobrefalda de la que partía la cola de tres metros. Colgado de una percha sujeta en un clavo de la pared, resplandecía porque apenas le faltaban unos ajustes y Paula se afanaba ahora en hacer florecillas de satén, para copiar también en el tocado de la novia de Antonio la primorosa constelación del peinado de la actriz. Faltaban tres semanas para la boda.

Para que no viera el vestido, Antonio había sido desterrado a la que iba a ser vivienda conyugal; Paco pasaba dos o tres noches todas las semanas en diferentes pueblos de la provincia mandado por el partido; Ricardo hacía vigilia de adoración nocturna cada dos por tres. Con Miguel en su convalecencia dorada de La Caleta, ahora amenizada con la presencia de Angustias, era Mani el único hombre de la casa.

Los primeros días tras la fuga de Angustias, él y su madre

habían tenido que resistir con estoicismo los interrogatorios de los guardias y los escándalos que Bernarda y Gustavo, primero por separado y luego en conjunto, organizaron en el patio del corralón, gritando que Paula era igual que el brujo de una tribu de salvajes. Pero las cosas se iban serenando; los guardias tenían demasiado que hacer para ocuparse de una desaparición y cambiaron el interés inicial por sarcasmos a causa de la insistencia de Bernarda. Gustavo echaba a correr tras Mani cada vez que lo veía pasar, tratando de atraparlo para hacerle confesar; como el muchacho siempre conseguía escabullirse, el barbero se paraba a gritarle de lejos palabras escalofriantes, pero ya no iba al corralón de Las Dos Puertas a insultar a Paula. Bernarda también le había abordado en cuatro ocasiones, aunque sin amenazas ni insultos, y ante la resistencia de Mani, desistió. Serafín había vuelto a esfumarse, a pesar de lo cual Mani se acostumbró a mirar atrás cada tres pasos, no sólo cuando iba a La Caleta, sino siempre.

Esa tarde de viernes, Concha la Chata subió a ayudar a Paula a planchar por primera vez la cola del vestido nupcial, porque al día siguiente iba a probárselo Ana por enésima vez. Cuando entró Concha, Mani se encontraba con el torso desnudo, de rodillas, con la cabeza medio sumergida en la palangana colocada sobre una silla, lavándose el pelo.

—Me están entrando ganas de vestirme de mantilla —dijo Concha—, pero... no sé, Paula. La gente tiene tan mala lengua...

—A mí me parece muy requetebién que salga la Expiración —dijo Paula— y que vayan mantillas a millares. ¿No te acuerdas de lo bonitas que son las procesiones? Concha, anímate.

Sin dejar de hablar, Concha fue acercándose a Mani y le puso la mano en la espalda.

—Osú, Mani; te has echao demasiao jabón. Deja que te enjuague.

Mani no quería que su madre se oliera que había nada inconfesable entre él y la vecina, y por ello no mostró resistencia. Concha le enjuagó la cabeza y el cuello pero, fingiendo casualidad, le pasó la mano por los hombros y el pecho sin parar de elogiar la blancura y la suavidad de su piel. El abultamiento del pantalón iba a ponerle en evidencia.

—¡Hay que ver cómo estás de grande, Mani! Ya tienes otro hombre más en casa, ¿eh, Paula? A falta de pan...

Mientras Concha se empeñaba en secarle, Mani se dio cuenta de que ya era más alto que ella, a diferencia de la noche de los ajos. Manteníase muy delgado, cosa que Paula lamentaba a diario, pero, sin embargo, vio en los ojos de Concha algo que nunca había visto en los encuentros de su cuarto; la mirada que le recorría de abajo arriba y la lengua que se mojaba los labios significaban exactamente lo que parecían. Salió sin abrocharse la camisa ni meterse los faldones en el pantalón, para disimular la erección. Esa noche, cuando tuvo que acompañar a Inma a su casa porque ya eran las diez, propuso al Templao salir a dar una vuelta.

—¿Has estao con una puta, Guaqui? —le preguntó cuando echaron a andar.

—A ver si te crees que yo soy san Juan evangelista o que voy a meterme a cura como tu Ricardo. Con lo difíciles que son las gachís del barrio, voy cuando consigo dinero, o sea, cá vez que llueven bellotas, y por eso voy derramando el queso a toas horas; ¿por qué?

—¿Cuánto cuesta?

—¡Mani! No me digas... No creo que te dejen entrar en una casa de trato, porque aunque ya eres casi igual que yo de alto, hueles a infante que apestas. Y, como pareces una anguila, tendrás una picha de pajarito y la puta se hartaría de reír.

—Tú no te agaches mucho delante de mí, no sea que te lleves un disgusto.

El Templao rió a carcajadas. Tras reír con él, Mani dijo:

—Te lo preguntaba por curiosidad, porque yo tengo mis desahogos.

—¡Mani! Como le estés metiendo mano a mi Inma, te voy a capar.

—¿Qué bestia eres! ¿Cómo voy a meterle mano a la Inma? Tengo buena despensa.

—Será que tienes una mano mú habilidosa...

—¡Una mierda! Bueno, también... pero... ¿quieres que te demuestre que la he metío en caliente más veces que tú?

Mientras el Templao le miraba con su gesto característico de encoger los párpados como si estuviera a punto de soltar un sarcasmo, Mani hizo un resumen de su relación con Concha la Chata. Como no le creyó, acordaron que vigilara escondido en la escalera cuando Mani llamó a la puerta de Concha, que abrió enseguida y le sonrió como si hubiera estado esperándole. A pesar de su bravuconada ante el Templao, la cosa no había pasado nunca de tocamientos y revolcones y era ella quien llevaba la iniciativa. Palpaba su cuerpo mientras Mani permanecía más sometido que dominante y sin desnudarse del todo. Pero esa tarde, mientras le enjuagaba la cabeza, sin duda Concha había sufrido una alucinación, porque ahora cerró la puerta de golpe y comenzó a desabrocharle el pantalón con codicia. Contempló con expresión tierna el pene erecto y se recostó con la blusa abierta, invitando con un gesto de abandono al muchacho a que la desvistiera. Si alguna vez se hubiera planteado penetrarla, creía que hubiera desechado la idea con la convicción de que no sería capaz, pero ella se lo estaba imponiendo con sus ademanes y con los desplazamientos bajo su cuerpo. Mani sintió que estaba preparado, listo para entrar sin miedo al fracaso, pero en ese instante sonaron golpes insistentes en la puerta. La voz del Templao fue un jarro de agua helada:

—¡Mani, corre, que tu Paco te anda buscando! Ha pasao una cosa malísima.

A Mani le turbó la mirada de Concha, furiosa porque el Templao supiera que estaba con ella y por el temor a que corrieran chismes de que andaba seduciendo a los menores del vecindario. Se vistieron deprisa y ella sostuvo la puerta para empujarle fuera.

—¿Qué ha pasao? —preguntó mientras corría tras el Templao sin saber adónde.

Notó que su amigo no podía responderle ahogado por las risas. Al comprender que había sido víctima de una broma, se lanzó hacia su espalda para tratar de tumbarlo, pero el Templao eludió el golpe.

—Eres un mariconazo y un mal amigo —gritó Mani, desencajado, mientras el Templao se sujetaba el vientre para aliviar los espasmos de la risa— Eres un cabrón hijoputa aunque tu madre sea la más santa, y me has hecho quedar en ridículo.

—¿En ridículo? ¡Qué va! Te he salvao. Imagina lo que habría pasao cuando la pobre Concha descubriera que tienes la pichita como un zorzal.

Mani le dio un puntapié en la espinilla. Aunque sin duda tuvo que dolerle, siguió riendo; tenía en la mano la mitad de una chirimoya que había estado mordisqueando; la aplastó sobre el pelo de Mani sin ira, como si necesitara un motivo más para reír al ver la cabeza embadurnada de pegajosa pulpa blanca. Se apartó un poco y, apoyado contra la pared, se puso a dar patadas al aire convulsionado por la risa. Mani sintió un acuciante afán de castigarle; tenía que vencer la solidez de muralla que se alzaba ante él burlona y desdeñosa; se puso a golpear como en trance, lanzando puntapiés y puñetazos pero, sin dejar de reír, el Templao se limitó a contenerle sin mostrar la menor intención de devolver golpes. El brazo con que frenaba a su amigo era un ariete. Los golpes de Mani al aire se tornaron desesperados, porque ansiaba encontrar un punto donde causarle dolor y castigar su indiferencia por la superioridad física, hasta que, incapaz de hallarlo, mientras el Templao le sujetaba por los hombros entre carcajadas, lanzó un rodillazo contra su entrepierna.

El Templao se encogió con mirada incrédula y las manos sobre el punto golpeado, babeando y con la respiración suspendida. Mani notó que en sus pupilas había más dolor que en sus genitales y que se clavaba las uñas para no hundirle la calavera de un puñetazo. Le miró como si estuviese muy lejos antes de echar a andar en silencio, alejándose como si hubiera desaparecido toda conexión entre ellos. De pronto, a Mani le alcanzó como un rayo la comprensión de que su sentido del humor carecía de sintonía con el del Templao y con el del vecindario; esa constatación le desagradó, no sólo porque no quería ser diferente, sino porque el Templao era para él un modelo más emulable que sus hermanos; se había pavoneado ante los muchachos de su edad por su favor, había gozado por su mediación de la ilusión de traspasar el umbral que le separaba del mundo de los adultos, le utilizaba para apropiarse, por ósmosis, de su fuerza. Descubrió que no sabía nada de sus sentimientos, que hasta había dudado que los tuviera. Le vio andar encogido y sintió un nudo en el corazón. Tendió la mano para tocarle el hombro, pero el Templao rechazó violentamente el contacto.

—Déjame. El que con niños se acuesta cagao amanece. Me has llenao de mierda, mamón.

—Perdóname, Guaqui, por favor. Yo no he querío hacerte daño.

—¿Daño a mí? ¡Vamos, anda! Mocoso de mierda...

El Templao fue calle Ollerías abajo lentamente, dejándose ir sin rumbo en busca de alivio, encogidas las piernas con evidente temor a causarse a sí mismo aún mayor dolor. Mani estaba conmocionado. Decidió serenarse para intentar reagrupar los fragmentos del afecto que veía desintegrarse. Notando su proximidad, el Templao hizo un esfuerzo de superación del dolor y apresuró el paso para dejarlo atrás. Comenzaba a llover, pero ninguno de los dos lo advirtió. Caminaron largo rato, el Templao delante y Mani detrás, hasta abandonar el barrio. Daba la impresión de que el héroe que todos los adolescentes deseaban emular quisiera evitar que sus conocidos lo viera cojear de dolor. Las calles del centro se hallaban desiertas porque la lluvia arreciaba, disolviendo los rastros de sangre seca y los escombros de los asaltos, y brillaban los adoquines en los que se reflejaban las escasas luces, lo que proporcionaba al paisaje urbano la apariencia de una urbe normal. Para resguardarse, el Templao se refugió en un portal de la calle Santa María, apoyada la espalda contra el portalón cerrado.

—¿Te vas a quedar ahí, mojándote? —le preguntó a Mani varios minutos más tarde, al verlo irresoluto en mitad de la calle bajo el chaparrón.

Permanecieron más de diez minutos en silencio. Mani lo miraba de reojo, sin saber qué hacer. El Templao permanecía con la barbilla alzada apretando las mandíbulas, de modo que el mentón parecía el de un boxeador jactancioso. Mani recordó que cuando iba todas las tardes encabezando el desfile de su pandilla, cosa que ya no hacía casi nunca, reunía a sus amigos llamándolos con un silbido característico. Como lo había seguido tantas veces para conseguir su favor, recordaba con claridad las notas del silbido y ahora lo imitó. El Templao giró la cabeza con sorpresa. Mani sonrió con un gesto en solicitud de disculpas y el Templao sonrió también.

—Me has pegao mú fuerte, majarón.

—Perdona, Guaqui. He perdío la cabeza y como uno llega a convencerse de que a ti nunca te duele ná, con las palizas tremendas que te han dao...

—Hay sitios y sitios, joé. Mira, como vamos a ser cuñaos y seguramente no nos perderemos de vista en la vida, si volviéramos a pelearnos no se te ocurra nunca más pegarme en los huevos, porque he estao a pique de desfigurarte la cara.

—Cuando me rechazabas me ha dao una angustia...

El Templao le sacudió el pelo para quitarle los grumos de chirimoya, que la lluvia había borrado a medias, y luego le echó el brazo por los hombros.

—Te quiero demasiao pa echarte de mi vera.

—Yo también —confesó Mani con pasmo, porque hasta ese momento no sabía que lo quisiera. Como tal descubrimiento requería de reflexión, añadió—: ¿nos vamos pal barrio?

—Espera —dijo entre dientes el Templao señalando hacia la bocana de la calle—. Fíjate qué cuadro.

La calle de Santa María era muy angosta. Con la débil luz que llegaba desde la plaza de la Constitución, el portal que les resguardaba se hallaba totalmente a oscuras y podían ver sin ser vistos. Bajo el contraluz de la cortina de lluvia, Serafín llegaba hacia donde se encontraban; vestía su uniforme con las mangas remangadas a pesar del chaparrón que salpicaba de barro sus botas, relucientes sólo en las cañas, y sus pantalones de jinete de película. Caminaba despacio con pasos marciales, alzando hasta la horizontal la punta de los pies con las manos pegadas a los muslos. Saltaban olas de salpicaduras de los charcos cada vez que daba uno de aquellos extraños pasos con las piernas rígidas. Mani estuvo a punto de soltar una carcajada, pero el Templao le tapó la boca:

—Ten cuidao; lleva la pistola al cinto.

Serafín pasó ante ellos de perfil, con la mirada al frente, absorto en su ordalía como si estuviese bajo el efecto de la hipnosis o de una droga poderosa y, mientras se alejaba hacia la catedral, Mani contuvo una exclamación. Murmuró:

—Mira lo que lleva anudao al brazo, Guaqui.

—Sí, un trapo blanco.

—No es trapo blanco. Hace más de un mes que veo el

vestido de novia de la Ana cuando me acuesto y cuando me levanto, cuando como y cuando... Es un pedazo del volante de la falda y lo llevará como trofeo de otra de las suyas.

—¿Estás seguro?

—Echa a correr. Mi madre está sola, porque mis hermanos andan desperdigaos por ahí.

Llegaron al corralón de Las Dos Puertas sin aliento. La puerta de la vivienda no estaba entornada del todo; dentro, silencio y oscuridad. Había pasado ya la medianoche y Paula no acostumbraba salir a esas horas. Mani no tuvo más tiempo de hacerse preguntas, pues al girar la llave de la luz vio la enormidad del destrozo. Los abundantes libros y pasquines de Paco, los folletos sindicales de Antonio y el contenido del baúl se hallaban esparcidos y desmenuzados en el suelo. El vestido nupcial de Ana era un archipiélago de guiñapos desparramados por todas partes, colgados de las paredes en las alcayatas de los cuadros, sobre las sillas y las colchonetas, en la cama de Paula y entre la ceniza del anafe. Con la cabeza abatida sobre el pecho, Paula se balanceaba encogida en una silla, apretados los brazos en torno al vientre. Tenía señales de golpes en la cara.

—¿Qué te han hecho? —chilló Mani.

La respuesta fue un quejido y el ruego de que saliera en busca de sus hermanos. Corrió a golpear la puerta de al lado, pero Antonio no estaba.

—Ve a buscarlo a la taberna, —dijo el Templao—. Mientras, pediré ayuda a las vecinas, porque tu madre está fatal.

Mani volvió con Antonio a los pocos minutos; por suerte, no estaba demasiado borracho. Más de diez comadres consolaban a Paula, que lloraba abrazada al Templao y esta vez sí corrían lágrimas por sus mejillas.

—Las arcadas son del purgante que le han dao —dijo Concha.

—¿Quiénes han hecho tó esto? —preguntó Antonio y

ya podían escucharse los crujidos de sus articulaciones dispuestas para el salto.

—Eran cuatro... —dijo Paula, conteniendo la voz.

—¿Y los dejaste entrar, sin más? —aulló Antonio— Mira como te han puesto esos hijoputas la cara y... mis folletos del sindicato y... ¡el vestío de la Ana!

—Me apuntaban los cuatro con sus pistolas, ¿qué iba a hacer?

—¿Qué querían?

—Saber dónde está la Angustias.

—¿Se lo has dicho al Serafín? —preguntó Mani, sin darse cuenta de que Paula le pedía con los ojos que no pronunciara ese nombre.

—El Serafín no estaba...

—Anda, mamá —mascculló Antonio—; ni que hubiéramos nacío ayer. ¿Le has dicho a ese asesino de niños dónde está la Angustias? Mira que tenemos que echar a correr pa proteger al Migue...

—Creo que los he convencío de que los dos están en Barcelona.

Mani sonrió. Buena era Paula para dejarse amilanar incluso por cuatro pistolas, cuando podía peligrar la vida de uno de sus hijos.

—Pero esto no puede quedar así —afirmó Antonio—. Mani, ven conmigo, porque sólo estamos tú y yo.

—¿Y yo no pinto ná? —dijo el Templao.

—No, Guaqui. Quédate ayudando a mi madre —dijo Mani.

—Tu madre tiene ayuda de sobra, ¿verdad, Concha? Hala, vámonos, que a esos cabrones les va a tocar la lotería.

El incendio del portalón de la barbería fue apagado por los vecinos, entre advertencias a los atacantes de que las cosas iban a empeorar para ellos tres, y también para el vecindario, porque llevaban varias semanas campando con toda desfachatez por el barrio los uniformados que hacía poco tiempo no se atrevían ni a asomarse a la esquina. A diferencia del día que Mani despertó del coma, esa noche Gustavo y Bernarda no pararon de proferir amenazas ni de gritar insultos por la ventana, sobre todo contra el Templao, como si les inspirase una clase especial de inquina.

De un día para otro, todas las circunstancias se habían conjurado para causar el desconcierto de Mani, y acudía a la choza del Chafarino con frecuencia. Continuaba teniendo que ir a diario a la casa de La Caleta, pero con mayores cautelas que nunca, porque ya le habían seguido muchas veces que tuvo que desistir de continuar. Pasó todas las noches de Semana Santa persiguiendo a Antonio por encargo de Paula, para evitar que cometiera alguna tropelía contra las procesiones, siempre con el Templao y, a veces, también con Inma. Realizaba extraños encargos para Paula, que no se daba cuenta de su estupor cuando le mandaba a comprar cortes de tela que no parecían tener destinataria o a llevar grandes paquetes de comida a la madre del Templao.

—¿Sigue bebiendo el mayor aun habiéndose casado? —preguntó el Chafarino.

Mani pensó que el cielo del atardecer sobre la sierra de Mijas era digno de un museo, y la mentira que iba a pronunciar sería digna de una antología.

—Bueno... no mucho. Se contiene algo más que cuando era soltero.

—Pero las cosas marchan bien en tu casa, a pesar de la diáspora...

—¿La qué?

—La dispersión de tus hermanos. Con Miguel refugiado

en casa de esa señorona y Antonio en la suya, sólo quedáis tú, Paco y Ricardo.

—Paco es como si no existiera y el Ricardo va camino de lo mismo.

—¿Por qué?

—El Paco anda siempre por los pueblos o en las huelgas de las fábricas, o en los follones del puerto... Cuando está conmigo, que es de higos a brevas, no habla más que de organización; organización pallá, organización pacá... Yo creo que el partido le ha hecho olvidar que tiene familia. Pero el Ricardo... osú. Ése hay que echarle de comer aparte.

—¿En qué sentido?

—Hay un cachondeíto con él... Desde que atacaron a mi madre se ha vuelto más cura que los curas, como si aquella noche o en Semana Santa le hubiera visitao el Espíritu Santo. Cuando vio que Antonio se salía con la suya y no se casaba por la iglesia, se pasó dos días de rodillas delante de su puerta, en la galería del corralón. Desde entonces dice unas cosas... ¡y cómo mueve las manos, con tantas bendiciones y tanto imitar las estampas de Jesucristo! Me pongo colorao cuando lo veo parar a la gente en la calle pa hablarle, sin darse cuenta de que se cachondean.

—¿También se burla el Templao?

—¡Qué va! El Templao no haría nada que pudiera molestarme.

—¿Y qué dice tu madre?

—Ella nos manda respetar la religión y se cabrea si decimos palabrotas, así que no sé qué pensará sobre las cosas del Ricardo, porque no me atrevo a preguntarle.

—Tu madre es un gota de agua en el mar. Ojalá todo el mundo en esta ciudad tan desbocada actuara como ella, con su equidistancia y su afán de equilibrio. Aunque te parezca que estos tiempos no son propicios para una vocación religiosa, bajo ciertas circunstancias tu hermano Ricardo puede servir de coartada a tu familia, sobre todo a esos dos hermanos tan políticos que tienes. Nadie puede saber en qué acabarán estos vaivenes, Mani; en el libro de mi cabeza, sólo consigo ver sangre y más sangre. ¿Siguen acosándote los de la barbería?

—Una pechá. Y el hijo manda detrás de mí y de la Inma a sus compinches. Mi madre no llegó a convencerles de que la Angustias y el Migue están en Barcelona.

—¿No pone inconvenientes la señora de La Caleta a que sigan en su casa?

—¡Qué va! Está contentísima con ellos. No para de comprarles ropa y habla de organizarles la boda.

—¿Qué edad tiene Angustias?

—Dieciocho.

—Pues la boda es imposible porque necesita consentimiento paterno. ¿Sabes por qué se porta esa señora tan bien con vosotros?

—Ni puñetera idea. Lo que sé es que su criado me fastidiaba desde los júas del año pasao, sin parar de venir a mi casa a decirle a mi madre yo no sé qué.

—¿Sospechas que exista algún parentesco entre ella y tu madre?

—¡Qué va!

—¿Estás seguro?

—Natural.

—¿Sigue asustándote la monja emparedada?

—No.

—¿Recuerdas lo que te aconsejé que hicieras para superar el miedo?

—Sí; investigar; pero el miedo se me ha quitao sin llegar a enterarme de lo que pasó de verdad, porque me han contao lo menos veinte cuentos diferentes.

—¿Y no te parece que la pregunta sobre lo que pueda haber entre esa señora y tu madre merece también que investigues?

Mani asintió. El Chafarino tenía razón. Llevaba demasiado tiempo preguntándose lo que podía haber tras la generosidad de Elena Viana-Cárdenas James-Grey. Ya era hora de conocer la respuesta.

—¿Sigue profundizándose tu amistad con el Templao?

—Cá vez discutimos más pero creo que cada día somos mejores amigos. Y no sólo porque su hermana es pa mí como el aire... El Templao está lleno de fallos, es un poquillo bruto y a veces es más pesao que cargar en la espalda dos mulos con los capazos llenos de piedras, pero no creo que yo pudiera vivir sin su amistad.

—La razón por la que te importa tanto —dijo el Chafarino— es la edad que te separa de tus hermanos. Eres muy maduro, pero tienes sólo doce años. El Templao es un modelo más a tu alcance. Tus facultades y las suyas son complementarias y también los defectos. Esa amistad va a jugar un papel trascendental en tu vida.

Volvió al barrio apretando el paso, porque llevaba demasiadas horas sin ver a Inma. La encontró en el escalón del portal, bordando a la luz del farol de la calle puesto que en su casa sólo disponían de un quinqué.

—Niña, te vas a quedar ciega. ¿Por qué no has subío a mi casa, con mi madre?

—Porque no está.

—¿Sabes a dónde a ido?

—Creo que a probar un vestido en La Caleta.

—¿A casa del ministro?

—No lo sé. Oye, niño, esta mañana me han cortao el paso dos veces los amigos del Serafín. La primera, en el Molinillo y me fui tan campante. Pero la segunda ha sío ahí, en la calle Huerto de Monjas, y me han llevao a la barbería a la fuerza. Dice el barbero que le han contao que yo iba mucho a las Hermanitas de los Pobres a cotorrear con la Angustias, y que no tengo más remedio que saber dónde está.

—¿Qué le has dicho?

—Que trataría de cogerle a tu madre un sobre con la dirección de Barcelona.

—¡Bien hecho! Pero oye, lo mejor será que trates de no andar sola por ahora. Espera siempre que estemos el Guaqui o yo por aquí, ¿de acuerdo?

—Tú no estás bien de la cabeza. ¿Te has olvidao de que tengo once hermanos y que la mitad se cagan todavía en los pantalones? Po no faltaba más que yo tuviera que quedarme encerrá cuando ustedes estéis por ahí, sin poder ayudar a mi madre.

—Joé, niña, que esto es muy serio. ¿No sabes de más las cosas que pasan en Málaga? Hazme el favor de no salir sola ni a la esquina; por lo menos, que te acompañe siempre tu hermano Pepillo, que ya tiene nueve años, o la Viky, que tiene mi edad. Ve siempre con alguien, que esos tíos tienen mú mala leche.

Con expresión de plenitud, Inma le pasó amorosamente la mano por la mejilla y los labios. Dijo:

—Quédate tranquilo, niño, que tengo buenas piernas pa correr y dar patás.

—¿Y el Guaqui?

—Pelando la pava con esa niña de La Trinidad.

—¿Todavía?

—¡Digo! Como que ella se ha empeñao en que suba a hablar con su padre, pero mi hermano dice que nanay. Se ve que ella todavía no lo conoce ni mijilla. Desde que tengo uso de razón, mi Guaqui no ha parao de decir que no se casará hasta que no salga de la mili mi hermano Pipe, que es el más chico de tós. Así que tú veras.

—Entonces, me voy a acostar. Mañana, iré a ver al Migue de madrugá, porque ya estoy hasta los huevos de tener que andar despistando a los compinches del Serafín.

—¡Niño! Que tu madre no quiere que digas guarrerías.

ϒ

Despertó a las seis gracias a Paula, que le llamó en respuesta al recado que le había dejado escrito. La noche anterior no la había oído llegar, por lo que se preguntó dónde habría estado hasta tan tarde. Salió dispuesto a seguir la recomendación del Chafarino y responderse de una vez los interrogantes sobre Elena y Paula. Por lo temprano, creía que aún no había camaradas de Serafín vigilando la esquina. Avanzaba la primavera y en la parada de la Acera de la Marina olía a jacarandás y azahares tardíos. Tomó el tranvía a las siete menos diez. La línea discurría primero a través de un paseo umbroso, una cinta arbolada junto al puerto, saliendo a continuación a un bellísimo paseo orlado de palacios en miniatura. Había casonas que imitaban castillos medievales castellanos, caseríos vascos, masías catalanas, pazos gallegos, palacetes franceses, *cottages* ingleses y dos de arquitectura colonial filipina. En sus jardines crecían palmeras de todos los orígenes, chaguaramos, datileras, cocoteros y palmitos; enormes ficus de varias especies; tilos, araucarias y pinsapos entre bananeras gigantes y árboles del paraíso. Formaban en conjunto un parque botánico que envidiarían y cuidarían como joyas en cualquier país europeo, pero en la peculiaridad climatológica de la banda litoral protegida por los Montes de Málaga vivían y prosperaban libres, perfectamente adaptados. El poderío de los propietarios se manifestaba por doquier, en las sólidas verjas de hierro forjado y en los arriates de rosas, en la pintura inmaculada de las fachadas y en los cortinajes de terciopelo que se entreveían por las ventanas. El parque de la casa de Elena poseía la misma exuberancia exótica, pero era mucho más grande que todos los demás.

Le abrió el criado, que le dijo tras una corta vacilación:

—Oye, Mani... ¿por qué no te das una vueltecilla? Has venío mú temprano y tó el mundo está durmiendo todavía.

—¿También mi hermano?

—No. A él lo estamos preparando pa que tenga buena pinta, porque a mediodía va a venir el obispo a hablar con él.

—¡Qué!

—¿No lo sabías? —Rafael comprendió que había metido la pata—. Entonces, no te des por enterao. Ven, voy a darte de desayunar; luego tienes que irte por ahí lo menos hasta las diez de la mañana, ¿de acuerdo? Y no digas que te he dicho lo del obispo, hazme el favorcillo, ¿eh?

Iba a rechazar el desayuno, porque Paula no le dejaba salir a la calle sin tratar de cebarlo, cuando sonó la campanilla. Rafael cerró la puerta de cristales emplomados, pero Mani permaneció en el escalón de mármol blanco porque intuía a qué se debía la llamada de Elena. A los cinco minutos, volvió a abrirse la puerta y Rafael le dijo:

—Menos mal que no te has ido; doña Elena te vio llegar desde la ventana y quiere que vayas a su gabinete. Entra.

Tras el saludo, Elena le mandó cerrar la puerta del gabinete, cosa que jamás había hecho antes. Notó por la expresión de la anciana que quería hablar muy bajo, por lo que acercó un escabel al sofá, en cuyo reposabrazos apoyó el codo. Deseaba averiguar qué significaba la visita del obispo, pero decidió esperar a ver si ella abordaba la cuestión sin tener que preguntarle, con objeto de no abonar la enemistad del mayordomo..

—¿Por qué has venido tan temprano? —preguntó Elena.

—Pa despistar a los que me siguen tós los días.

—¿Estás seguro de que no han descubierto esta casa?

—Natural. Doy más rodeos que los volantes del vestío de una bailaora.

—Pero ¿de verdad crees que el hermano de Angustias es tan violento?

Como Mani le había descrito todos los hechos con pormenores, miró los ojos de la anciana a ver si la pregunta iba en serio o trataba de ser ecuánime. Pero tenía muy claro que ni Serafín ni sus compinches merecían ecuanimidad alguna.

—Es que tú sabes lo que has visto, Mani, y no pongo en duda tu versión, pero no dispones de pruebas que presentar a terceros, ¿comprendes?

—¿Pruebas, pa qué?

—Es preciso que resolvamos las cosas pa siempre, porque quiero que viváis en paz y no sé qué hacer para llegar a una solución definitiva. Si intentáramos convencer a las autoridades de que pongan coto, por ejemplo amenazando una mijilla a Serafín, la realidad es que no tenemos ninguna prueba que llevarles para convencerles. Se lo he comentado a Pepe Estrada, ya sabes, ese vecino mío que fue ministro, y me lo ha explicao muy claramente. Un día estaba yo con la Reina...

—¡Con la Reina!

—¿Te sorprende? Pues me hacía el honor de considerarme su amiga.

—¿Victoria Eugenia?

—Ella, también, pero quien me honró primero con su amistad fue la reina regente, doña María Cristina. Yo era muy joven cuando fui presentada en la corte; ella se prendó de mi carácter dicharachero y se divertía tanto conmigo, que me mandó llamar a Madrid una pila de veces, siempre que se sentía deprimida, porque le tocó padecer tela marinera. Ya sabes, lo de Cuba y todas aquellas cosas tan espantosas. Era austriaca, así que puedes imaginarte lo que se reía con mi acento malagueño y con mis salidas. ¡Tuvo suerte de morir antes de ver caer la monarquía! Ella admiraba a Pepe Estrada, que es un abogado formidable; tanto, que en Madrid circulaba la broma de que cualquiera podía hasta matar al Rey si contaba con él para defenderle. Me dijo la Reina un día que incluso Estrada sería incapaz de lograr la absolución de nadie si no disponía de pruebas y que ella sabía mucho de acusaciones falsas, por las insidias que habían circulado en la corte tras enviudar de Alfonso XII. Imagina, llegaron a decir que Alfonso XIII era hijo de un cochero. A veces nos engañamos, Mani. Tú eres la mar de inteligente y me gustaría que aprendieras a ser riguroso. Tu hermano el mayor, tó el mundo me dice que no tiene compostura; de Paco, que simpatiza con esos genocidas rusos; el beato creo que no tiene dos dedos de frente y a Miguel lo tenemos aquí al pobre, sin poder moverse. Sólo quedas tú, que a mí me pareces el más listo de los cinco. ¿Por qué no tratas de ver si lo de la familia del barbero y la tuya tiene arreglo?

Tras esta petición, Elena respondió con evasivas todas sus preguntas, «porque no hay nada más perentorio que un armisticio entre las familias de Angustias y Miguel». Repitió el ruego de que intentase poner paz entre el barbero y su madre cada vez que le pedía respuestas, como si quisiera extorsionarle. La visita del obispo la explicó diciendo que «Miguel ha estado en peligro de muerte y necesita auxilio espiritual»; justificó las ayudas a Paula porque «tu madre se está ganando el cielo». Mani notó que le retenía en el gabinete, como si no quisiera que viera no imaginaba el qué. Pasadas las once, le permitió una fugaz visita a Miguel, que presentaba un aspecto magnífico, afeitado y repeinado sobre una almohada recién planchada; a continuación fue despachado con prisas por Rafael. Elena volvió a sisearle desde la ventana para decirle:

—Piénsatelo bien a ver si puedes mediar entre el padre de Angustias y tu madre.

Lo pensó, en efecto, durante el recorrido hasta el barrio. Al pasarse la mano por el pelo, recordó que necesitaba cortárselo. No dejó de cavilar durante el almuerzo, y después de comer le pidió dinero a Paula, que no se asombró cuando le dijo que iba a la barbería del Granaíno. ¿Existiría un pacto con Elena?

ϒ

Gustavo el Granaíno contaba con algunos fieles, pocos si se comparaban con quienes le daban de lado. Mani notaba que ciertos vecinos, los más viejos y cascarrabias, se dejaban impresionar por la grandilocuencia del barbero y estaban de acuerdo con él en que la culpa de las tribulaciones que padecían era de quienes se rebelaban contra ellas. Solían jugar al dominó a la hora de la siesta, cuando no abundaban los clientes; esa tarde, formaban el cuarteto con el barbero tres que casi le doblaban la edad; al ver entrar a Mani, Gustavo lo miró con severidad, pero no dijo nada, fingió naturalidad y le indicó que esperase el final de la partida antes de atenderle.

—Se han vuelto locos —dijo Gustavo.

—Locos de remate —avaló uno de los jugadores—. Paso.

—Cierra la blanca seis —indicó otro—. El Ejército tiene que tomar cartas en el asunto, porque esto ya no se pué aguantar.

—Sanjurjo debe venir a poner orden —sentenció Gustavo mientras revolvía las fichas— y lo hará, no tengan ustedes duda.

—Sale el seis doble. Gustavo, ¿cree usted que Sanjurjo, después de aquel fracaso, va a jugársela otra vez?

—Sanjurjo es un patriota —proclamó el barbero—. Los generales que derramaron su sangre en Marruecos al servicio de la patria sin temor a la muerte, no van a tener miedo ahora de un puñao de analfabetos enloquecíos.

—Por lo menos, le van a meter mano a Largo Caballero —celebró uno de la pareja contraria— porque si condenaron a muerte a Galán y García Hernández, mucho más grave fue lo que hizo el año pasao ese rojo que es mú largo pero poco caballero.

—Ya verá usted como sale tan campante del juicio —afirmó amargamente el barbero—, porque estos rojos republicanos se tapan los unos a los otros y tós pretenden lo mismo, que España, que fue dueña del mundo, se convierta en un satélite de Rusia. La intentona soviética de Asturias la repetirán una y otra vez hasta que no los echemos al mar.

—¡Eh! No vale hacer señas —reclamó el que que formaba pareja con Gustavo—. Cuando manden los militares, os meterán en la cárcel, por tramposos.

—En la cárcel tendrían que meter a muchos —proclamó el barbero, mirando a Mani de reojo—, porque esto es un contradiós. No les bastó con lo de la quema, ni con escupir y dar palizas a los curas. Ahora andan ya violando a las monjas.

—¡No me diga!

—Me lo contó anoche mi Se... —Gustavo recordó que su hijo estaba oficialmente desaparecido— anoche me contaron que un grupo de anarquistas cercó a dos monjitas en la calle Lagunillas. Las metieron a la fuerza en un portal e imaginarse lo que pasó.

—¿Gritaron?

—¿Qué quiere usted decir? —preguntó el barbero.

—Hombre, es que las monjas no son de piedra, y si no gritaron mucho...

—¡Por el amor de Dios! Se pitorrea usted de cosas mú serias.

—Mire usted, Gustavo, yo creo en Dios, aunque no voy mucho a misa, pero pienso que hay demasiaos tunantes debajo de las sotanas.

—La excepción confirma la regla —afirmó Gustavo—. La Iglesia es la seña de identidad más importante de nuestra patria; los masones enemigos de España quieren que se hunda y por eso han convencío a los ignorantes de que la religión es enemiga del pueblo. Engañaos, los jóvenes cometen tantas tropelías, que se estremecen hasta las torres de la catedral. Sin la Iglesia y el Ejército, España sería una merienda de negros.

—Cierro. Treinta y seis, cuarenta y uno, cuarenta y cuatro, cuarenta y nueve. Se acabó la partía, ustedes pagan.

—¿Cómo quieres el corte? —preguntó el barbero, arrinconando la mesa plegable.

—Militar —respondió Mani—, que no me quede ni un caracol.

—¿No te da miedo que se me escurra la navaja por tu gaznate? —murmuró Gustavo agachándose hasta su oreja.

—Usted tiene mucho más que perder que yo.

El barbero apretó los labios y asintió tristemente.

—¿Vas a decirme de una vez dónde está mi hija?

—Si lo supiera... Pero como no lo sé... Me parece que las cosas se compondrían una mijilla si... se le ocurriera a usted ir a hablar con mi madre y le pidiera perdón.

—¿Perdón, yo? ¿Pero qué te has creío?

—Su hijo trató de matarme. Después, él y sus compinches se llevaron al Ricardo como si fuera un tomaó y casi mataron a mi Antonio... y al Migue también, dos veces. Tó lo que nosotros hemos hecho ha sío siempre en defensa propia.

—¡Mira qué marisabidillo! ¿Quién te enseña a decir esas cosas?

Mani consideró que no ganaba nada impacientándose.

—Si fuera usted a pedirle perdón a mi madre, tendría mucho que ganar y ná que perder.

Gustavo permaneció varios minutos en silencio. Observándolo a través del espejo, notó Mani que sopesaba los pros y contras de la propuesta, de modo que no la rechazaba de plano. Consideró que el amor por su hija y el lógico deseo de encontrarla le inclinarían a cumplir el trámite de la petición de disculpas a Paula que, sospechaba Mani, estaría esperándolas, ansiosa de que acabase el enfrentamiento y Miguel no peligrara más.

—¡Oye, Mani! —le gritó el Templao desde la calle—.

¿Qué haces con ese esquilaó? ¿Es que te has vuelto mariquita?

Envuelto por el sol de media tarde, todavía con su ropa de arrumbador del puerto, su expresión era burlona, pero Mani notó que el barbero se ponía en tensión.

—Ese bárbaro no es digno de ti y va a llevarte a la perdición —murmuró Gustavo, convencido de que sólo Mani podía oírle.

Pero el Templao tenía, evidentemente, oído muy fino.

—Bárbara va a ser la bofetá con la que voy a partirte la jeta, granaíno de mierda.

—Eso será si un día de éstos no se te cae encima de la cabeza un bulto de la grúa del muelle —amenazó el barbero—, que tó es posible y uno tiene sus influencias.

—¡Mani! Déjate de mariconás y echa a correr. ¿No ves los trasquilones que ese hijoputa está dándote?

No era verdad pero en ese momento Gustavo perdió los estribos y, en efecto, cortó un mechón mucho más cerca de la raíz de lo que debía. El muchacho temió que sólo fuera el comienzo de una escabechina y, de un salto, se puso de pie, arrojó la toalla que tenía sobre los hombros y echó a correr tras depositar el precio del corte sobre el asiento. Siguió al Templao, que se dirigía hacia la calle Rosal Blanco convulsionado por la risa.

—¡Estás majara, Mani! ¿Cómo se te ocurre ir a pelarte en la barbería del Granaíno. Cuando me lo chismearon al llegar a calle Rosal Blanco, no me lo podía creer.

—Es que necesitamos encontrar una solución, Guaqui. Mi madre, el Chafarino y la señora de La Caleta dicen que esto no puede seguir así.

—¿Pero es que no te das cuenta de que esa gentuza no tiene compostura?

Se pararon, porque la madre del Templao acudía hacia ellos corriendo, avisada por las vecinas de que su hijo había regresado ya del puerto. Parecía que Carmela no podía haber parido doce hijos sin romperse, porque era menuda como una caña y quebradiza como un jarrón de porcelana. En ese momento, a causa de la carrera que había encendido dos rosetonos rojos en sus mejillas, su fragilidad infantil parecía mayor que nunca.

—Guaqui, la Inma...

—¿Qué pasa, mamá?

—Que la mandé a mediodía a comprar un huevo y no ha vuelto.

—¿No ha venío a comer?

—No. Sal a buscarla, que esto me huele fatal.

Mani sintió que un terremoto agitaba el suelo bajo sus pies. Había aconsejado muchas veces a Inma que no saliera de su casa sola, lo mismo que el Templao. Ahora no era tiempo de reprochar a la madre por no parar de mandarla a la calle, sino de encontrarla cuanto antes. Rastrearon a la carrera zonas cada vez más amplias con el barrio como epicentro. Empezaron en el Molinillo, pero fueron abarcando más y más calles, hacia las zonas céntricas, hacia el barrio de Capuchinos y hacia el río. Preguntaban a los conocidos y a los desconocidos, el Templao sin parar de llorar y Mani con el corazón estrujado por el peor de los presentimientos. Inma no se retrasaba jamás voluntariamente, poseía gran sentido de la responsabilidad que le hacía ayudar a su madre mucho más de lo que ésta le exigía y siempre volvía de los mandados enseguida, porque lo que más le gustaba era bordar. Pasaba horas y horas bordando, incluso mientras hablaba con Mani durante tardes-noches interminables. Parecía indudable de que su tardanza no era por iniciativa propia; alguien estaba reteniéndola. Cada hora, volvían a la calle Rosal Blanco por si había novedades. De tanto indagar, la noticia sobrevoló el barrio, por lo que se fue agrupando gente expectante en torno al corralón de la Torre. Los grupos se multiplicaron y cuando se acercaba la medianoche, eran más de diez. Carmela, en el centro de un círculo formado por sus hijos, permanecía en guardia a la entrada de la calle, como si con ello pudiera acelerar la reaparición de la más bonita, dulce y serena de los doce.

Mani y el Templao recorrieron todas las casas de socorro, los dos hospitales, los asilos de indigentes y cuando acudieron a la comisaría de vigilancia, los guardias se burlaron de su desconsuelo, porque las denuncias por desaparición eran demasiado frecuentes como para abrir diligencias. El Templao estuvo a punto de ganarse la detención, de no ser porque Mani cerró materialmente su boca obligándole a callar cuando ya había empezado a insultar al guardia del mostrador, que sencillamente se encogió de hombros con indiferencia.

Según les dijeron durante un nuevo regreso a calle Rosal Blanco, ya eran casi veinte los grupos que hacían batidas por el río, los huertos, el monte Coronado y las zonas de campo que orillaban los caminos que partían de Málaga. Salían con antorchas y linternas en una multitudinaria movilización del barrio, que era general cuando se aproximaba el alba.

Fue con la primera luz del amanecer cuando llegó uno de los grupos cargando a Inma entre cuatro. Convulsionada y babeante, se debatía como si fuese presa de un ataque epiléptico, pero no emitía sonido alguno.

—Estaba sujeta a la barandilla del puente; parecía que iba a tirarse —informó uno de los que la cargaban.

—No quiere hablar —aclaró otro.

La depositaron de pie ante su madre y Mani sintió que se le partía el corazón. Sobrecogido por el espanto, contempló su melena castaña enredada de rastrojos, sus mejillas tumefactas, sus labios hinchados y cubiertos de heridas y coágulos de sangre, sus ojos ennegrecidos a golpes, su vestido hecho jirones y la sangre seca que dibujaba un reguero en su pierna izquierda. Iba sucia de polvo y fango y de sangre y dolor en las incontables magulladuras y escoriaciones de su piel, visible en la abundante desnudez que su ropa hecha jirones no ocultaba. En una de los guiñapos mayores de la parte delantera de la falda, habían escrito «puta roja» con tinta china. Viendo que iba a caer desmayada al suelo, Mani dio un salto para evitarlo, pero ella rechazó el contacto con brusquedad, como si él quisiera multiplicar su horror.

—¿Quién te ha hecho esto? —la voz del Templao fue un alarido.

Sin responder, también rechazó Inma el abrazo de su madre. No quedaba en su cuerpo un centímetro de piel que no hubiera sido golpeado, que no le doliera. Dado que el furor del Templao parecía a punto de reventarle los labios y las cuerdas vocales, Mani carraspeó para atemperar su voz, tratando de que sonara tranquilizadora.

—¿Cuántos te llevaron, cuatro? —preguntó.

Ella asintió, sin mirarle ni hablar.

—¿Estaba el Serafín con los que te forzaron a ir con ellos?

Inma negó con la cabeza gacha.

—¿Pero iban vestidos como él?

Tras una pausa alucinada, asintió de nuevo.

—Y luego, sí acudió el Serafín.

El movimiento de la cabeza de Inma en un gesto de afirmación se produjo con cierta violencia, como si ese nombre le causara un efecto aún más doloroso.

—¿Te encerraron en alguna casa?

Inma asintió.

—¿En el Hoyo de Esparteros o en el Paseo Reding?

La negación de la muchacha fue tan ausente y sonámbula como la de alguien que estuviera a punto de perder el conocimiento.

—¿En el campo?

Nuevo asentimiento.

—¿Desde el mediodía, diecinueve horas torturándote?

Ya no hubo respuesta. Inma se sentó en el suelo, se cruzó de brazos protegiéndose el vientre y se acurrucó estremecida por los tiritones, aunque la temperatura era agradablemente tibia. Parecía no escuchar el clamor de preguntas que todos le hacían ni los improperios que también todos dedicaban a los raptores.

—Guaqui, hay que llevarla al hospital —dijo Mani al oído de su amigo—. Tiene mucha sangre y tendrá más de una herida. Vamos.

Inma se resistió a que la cargasen de nuevo. Continuaba sin emitir sonidos, pero se agitó con increíble violencia rechazando con terror el contacto de las manos, y no paró de revolverse en el recorrido de la numerosa comitiva hasta el hospital.

Terminado el reconocimiento, el médico pidió un aparte a Carmela, pero ella alegó que también tenía que estar su hijo y el Templao exigió que Mani les acompañase. Les hizo entrar en una pequeña habitación amueblada como un modesto despacho, donde les informó de que Inma presentaba un grave desgarro del himen y otro del esfínter anal. Violación múltiple, acaso con objetos grandes como patas de sillas o botellas además de penes, graves maltratos en todo el cuerpo, aunque ningún hueso roto, y casi toda la dentadura afectada, algunas piezas rotas y todas las demás aflojadas. La garganta, en carne viva, al parecer de tanto gritar. Tenía que permanecer encamada e iba a recibir asistencia psiquiátrica, puesto que se negaba a hablar.

IV. La diáspora

Guaqui el Templao parecía otra persona, lo que causaba la consternación de Mani mientras se le rajaba el alma viendo la fortaleza desmoronarse, ya que la amargura había impreso en los ademanes y en la expresión de su amigo lo que no consiguieran ni las más despiadadas palizas. Rehusaba volver a ser el centro de los corros adolescentes y parecía no querer darse cuenta cuando algún vecino trataba de provocar una de sus divertidas respuestas de antaño; al contrario, brotaba un quejido de su garganta en tales ocasiones, como si hubiera impuesto el luto a su voz.

Cuando se cruzaba con una vecina de edad similar a la de Inma, a menudo se echaba a llorar. Parecía imposible, pero era verdad; la muralla se había desmoronado y había perdido el dominio y, sobre todo, la tosca manera de entender el humor, tan refrescante y que tantas veces había logrado que Mani relajara sus enojos. Ahora, Guaqui era a ratos como una armadura intocable y a ratos, como una marioneta movida por otra voluntad, indiferente, anestesiado tras una máscara de hielo desde que viera aparecer a su hermana manchada y rota por las ofensas.

—Reaccionará, no te angusties —aconsejaba el Chafarino a Mani—. Los hombres como el Templao saben reponerse hasta de los peores dolores, porque aman desesperadamente la vida. Precisamente ese amor es el que agudiza su sufrimiento, pero el afán de vivir acaba siempre por imponerse. Superará el maltrago y encontrá agallas para mirar de frente el futuro. Agallas que todos vamos a necesitar, Mani de mi corazón, porque el futuro que nos llega es negro como el fondo de la mar.

Mani le había contado a Elena la violación, pero la dama apenas le escuchó; tenía la mente ocupada en resolver el problema de Angustias y Miguel y se negó a creer las evidencias que incriminaban a Serafín. A Paula, el padecimiento de Inma le había afectado como si se tratara de su hija. Antonio hizo sobre la violación un comentario tan desagradable, «sarna con gusto no pica», que Mani decidió no volver a hablarle en toda su vida. Paco trató de consolarle con la propuesta de asistir a una reunión de su célula comunista, invitación que halló anacrónica y que rechazó. Ricardo se persignó y pasó en oración varias horas de rodillas, sacando a Mani de sus casillas con sus invocaciones y golpes de pecho. Miguel y Angustias se hartaron de llorar agarrando a Mani cada uno de una mano. No le permitían en el hospital visitar a Inma, y a la madre, Carmela, se lo consentían muy pocas veces.

Por todo ello, iba cada dos o tres días a la playa de La Isla, a oír las consejas del Chafarino. Como si su propio desconsuelo fuese menor, creía tener la obligación de consolar y rescatar del trance al Templao, para lo que no se le ocurrían ideas. El ciego callaba mientras le oía llorar, pues sólo en su presencia permitía Mani que su llanto se convirtiera en lágrimas. Luego de tratar de convencerle de que el Templao iba a recuperarse muy pronto, el Chafarino le decía siempre lo mismo: tenía la responsabilidad de parar el enfrentamiento, pues sólo así encontraría solución a todo lo demás y era él entre sus hermanos el único capaz de hacerlo, porque la edad le blindaba contra la ira del barbero

Una tarde, veintidós días después de la violación, de regreso de la playa se detuvo en el puente de los Alemanes.

Algo estaba cambiando aunque no tenía claro en qué consistían los cambios; antes de octubre, previamente a lo de Asturias, cuando Málaga estuvo a punto de proclamarse República Socialista Independiente, la ciudad bullía de esperanza y los pobres no parecían tan pobres porque sonreían a todas horas, anticipando la llegada inminente de su redención. Ahora, habían dejado de sonreír y miraban de soslayo a los numerosos cuartetos de muchachos con camisas azules que pululaban por todas partes, como si se jactasen de estar tomando posesión de su dominio, haciendo difícil calcular su número: podía tratarse de cien cuartetos o de diez que se movían y voceaban y agitaban lo suficiente para parecer mil. Desistió de hacer el cálculo sobre el que escuchaba a Paco especular, cuántos fascistas habría en Málaga, y apoyado en los hierros oblicuos con remaches del puente, contempló el cauce del río Guadalmedina y sonrió con nostalgia, recordando la escena que el Templao había protagonizado durante el asalto a la casa del bodeguero. Al Templao le había ocurrido siempre lo contrario que a él, pues trataba de ser niño todo lo que pudiera, dado que tenía la obligación de ser adulto para el sostén de sus hermanos. Llevaba dos años ejerciendo de padre, pero sólo tenía diecisiete, y era comprensible que aprovechara el tiempo libre para tratar de prolongar su infancia truncada.

El cauce era una maloliente herida ulcerada en el centro de Málaga, un estercolero donde se pudrían los desperdicios de los barrios cercanos, y que usaban de campo de fútbol, punto de encuentro y recreo juvenil, y de noche, como prostíbulo. Haría cinco o seis años, había encontrado mientras jugaba el cuerpo de un recién nacido en un montón de basura; tenía el cordón umbilical sin cortar y su color era casi marrón, pero le pareció que aún vivía porque movió una mano, y corrió en busca de Paula. Ella se echó el mantón por los hombros y corrió más que él, pero el diminuto cuerpo ya no estaba entre los desperdicios; Mani señaló un perro grande, que arrastraba algo con sus fauces río arriba, y Paula, asegurándole que era una rata lo que el animal devoraba, le aupó en brazos mientras le obligaba a mirar para otro lado.

A causa de la luz vertical que proyectaba el sol sobre el pedregal y los matorrales del cauce, descubrió que los días eran ya muy largos y pensó que la quema de júas estaba al caer. ¿Quién iba a tener ánimos para eso? Corrió río arriba, porque vio a lo lejos una figura que le pareció el Templao, pero no era él. Sentía tanta congoja mientras recuperaba el resuello, que decidió seguir el consejo del Chafarino.

Muy pocos en el barrio leían otra prensa que no fuese los pasquines gratuitos de los partidos políticos, y sólo en la barbería. Últimamente, tratando de ganarse voluntades, el barbero no ponía reparos a que los vecinos leyesen sus dos periódicos sin la obligación de afeitarse o cortarse el pelo. Mani encontró la mesa de dominó habitual de todas las tardes y a dos ancianos leyendo; la mirada acerada de Gustavo le hizo vacilar; era imposible abordar la cuestión con tanto público, por lo que decidió esperar; indicó con el mentón que quería leer el periódico y se sentó a aguardar que uno quedase libre.

Leer el periódico se había convertido en un penoso ejercicio de memoria. Los extraños apellidos le hacían sentir que todo lo que relataban las noticias ocurría en otro mundo y creía que las caretas hieráticas de las fotografías a base de puntos no podían tener la facultad de reír y llorar como sus vecinos. Cada dos por tres usaban la palabra «crisis», crisis parcial, crisis total, y después surgía un nombre nuevo que enredaba aún más la maraña, porque si extraños eran los nombres de Samper y Lerroux, ¿quién podía aprenderse Chapaprieta? Alba sí, Alba no, Lerroux se reúne, reorganización ministerial, y Gil Robles planeando por todas las páginas con ideas de movilización militar porque los italianos invaden Abisinia y a ver qué hacemos nosotros. Eran tan exóticos como los personajes que interpretaba Gary Cooper. Los escenarios políticos eran igual de suntuosos, con los dorados y el boato que también enmarcaban a los actores en las películas. Les encontraba más parecido a Cooper y Lerroux entre sí que a cualquiera de ellos con sus vecinos.

—A Largo Caballero lo condenan de todas, todas —dijo un jugador de dominó.

—No creo que le den su merecido a ese rojo degenerado —aseguró Gustavo.

—Pues dicen que le van a pedir treinta años.

—¿Treinta años? Ja, ja. Si pasa treinta días en la cárcel, serían muchos.

—No hablan de condena a muerte, como hicieron con Galán y García Hernández, cuando lo que él hizo es una pechá más malo.

—Pues a los masones que destruyen España hay que darles garrote vil —casi gritó el barbero.

—¿Masones, Gustavo?

—¡Lo que le digo! Estos politicastros sin honra no son más que comparsas de la gran conjura mundial contra España.

—Cuando vengan los nuestros...

El párrafo fue interrumpido por los gritos de los que traían a Serafín. Lo cargaban entre cuatro desde un rincón del Molinillo próximo al río. Tenía la cara amoratada y su cabeza colgaba a un lado. Con estupor, Mani advirtió que llevaba el pelo teñido de rubio y usaba un bigote falso y aunque ahora veía con claridad quién era, sabía que se había cruzado muchas veces con él sin reconocerlo. Toda su ropa estaba hecha jirones, en especial la entrepierna, con un desgarrón por donde manaba un chorro de sangre.

Entre los borbollones rojos, Mani entrevió los guiñapos de piel y de carne. Echó a correr con la sangre golpeando en sus sienes, a punto de reventar.

Carmela no sabía dónde estaba el Templao. No lo había visto volver del trabajo, por lo que Mani oró con la esperanza de que le hubieran obligado a hacer horas extras y corrió hacia el puerto, cuyos recovecos conocía el Templao mejor que cualquiera. Nadie sabía nada de él. Inspeccionó de punta a punta los muelles, entró en los almacenes eludiendo a los carabineros y preguntó con impaciencia a los camareros del café de Pescadería. Ni rastro. Volvía a cada rato al barrio a ver si alguien lo había visto. Todos los corros hablaban de lo mismo. «Al Serafín lo han capao», «No, ha sío un huevo namás», «Qué va, lo han capao y lo tenía merecío», «Ahora, se le pondrá voz de flauta, aunque lo que se dice voz de hombre-hombre, nunca la tuvo», «¿Habrá sío el Templao?», «Y quién, si no», «Es que los tiene como el caballo de Espartero», «Po ya han venío nosecuántos fascistas con uniformes y tó, dispuestos a armar follón», «Se lo van a cargar», «No, lo que pasa es que van y vienen a traer noticias del hospital, porque dicen que a la Bernarda le ha dao un síncope y no se puede mover ni pa ir a esperar a que a su hijo le recosan los cojones», «Qué va, ésos la van a liar, que te lo digo yo».

Mani maldecía al Templao por hacerle tan difícil encontrarlo. Quería ayudarle a protegerse y, sobre todo, necesitaba que negase la autoría de la agresión, pero conforme pasaban las horas la esperanza se iba debilitando. Cuando ya oscurecía, se encontró ante la catedral, en la enorme escalinata de la fachada principal que parecía un escenario de película, ya que los empinados peldaños de piedra blanca ocupaban todo el inmenso espacio entre las dos torres. Aunque Paco afirmaba que no era una catedral muy estimada, le parecía incomparablemente más espectacular que las que reproducían los libros, con su altura vertiginosa y la suntuosidad de ágata, mármol y piedra rosa de la fachada. Se acurrucó bajo la declinante luz dorada del interior y miró hacia uno de los ventanales de cristal emplomado que transparentaba el sol del ocaso; rodeado de ángeles jubilosos, Jesucristo parecía tan glorioso, tan resplandeciente y real, que le habló como quien habla a un amigo:

—Señor, no soy como querría mi Ricardo y me da vergüenza pedirte ayuda, pero, por favor, que no pase namás y que no haya sío el Guaqui. Él se metió en esta guerra sin comerlo ni beberlo, sólo porque es mi amigo; no dejes que le pase ná, que bastente tenemos con lo de la Inma.

Tuvo una inspiración inesperada, de lo que dedujo que tal vez Jesucristo le había escuchado. Si era de verdad el agresor del Serafín, el Templao podía ser el más anonadado de todos, porque mostraba insuperable repugnancia a usar su poderío físico para causar daño personal a nadie, y seguramente estaría escondido muy cerca del lugar del suceso, paralizado por la impresión. Si no lo había visto nadie del barrio ni tampoco estaba escondido en su casa, porque Carmela no se lo habría ocultado a él, lo más lógico era que estuviera en el río.

Corrió hacia el Guadalmedina y, en efecto, lo encontró acuclillado bajo el puente, a poco más de cien metros de donde había agredido a Serafín cinco horas antes. Apoyaba la espalda contra el paredón con los ojos como si hubiera perdido la vista y los brazos acodados en los muslos. Cerraba fuertemente la mano derecha bañada en sangre. Mani se agachó a su lado y le echó el brazo por los hombros.

—Ya se la he cobrao —murmuró el Templao entre dientes.

—Ven.

—Déjame y vete; no pueden verte conmigo. Nunca volverá a hacerle otra canallá a una niña. Le he cortao un huevo.

Abrió lentamente el puño para mostrar la bolita sanguinolenta. Enseguida volvió a cerrarlo como si temiera perderla.

—Tienes que desaparecer, Guaqui.

La expresión de eclipse no cambió.

—Hay que echar a correr, Guaqui. Te van a linchar.

—Que me linchen. A mí ná me importa ya ná.

Mani se puso de pie y frente a él, tomó su cabeza entre ambas manos.

—Hay doce personas que dependen de ti y sí te importan. Vamos.

El Templao esbozó una sonrisa amarga.

—Déjame, Mani, que no te vean conmigo; ésta ya no es tu guerra.

—Entraste en esta guerra por mí, Guaqui, y si te matan, que nos maten juntos. Ven conmigo, por el amor de Dios y... por el de la Inma.

Haló de sus brazos y ahora el Templao no opuso resistencia. Ya de pie, Mani logró que abriera la mano para librarse del objeto; le restregó arena para limpiar la sangre y, a continuación, lo empujó de prisa río abajo, hacia la playa.

El Chafarino prometió no permitirle salir ni a la puerta y aseguró que si notaba la aproximación de alguien, sabría esconderlo de manera que no pudieran encontrarlo. Sin disimular su esfuerzo de hacerles pensar en otras cosas a los dos, preparó una sartén grande de coquinas salteadas con ajo y perejil mientras decía:

—La barbarie de los hombres es un reflejo pálido de la barbarie de los cielos. Hagan lo que hagan los humanos, hasta lo más monstruoso, es insignificante comparado con lo que hacen los dioses. Hubo un tiempo en que conducían a toda la Humanidad al holocausto; hacían arder el firmamento; inundaron muchas veces toda la Tierra para exterminar a los hombres. Y estas playas han sido testigos innumerables veces de su furor. Ya veis lo tranquilita que la mar es aquí y sin embargo, yo he visto olas tremendas que desmoronaban los acantilados y los espigones como si fueran de harina. Porque en esta bahía hay algo que les enfurece. Esta ciudad sobrevive a duras penas bajo las iras divinas y el desprecio rencoroso de las capitales que la rodean y es que, de acuerdo con la lógica, Málaga no debería existir; es una rareza a medio camino entre el edén y el infierno que perturba tanto a los dioses como a los humanos. Hubo un político malagueño el siglo pasado, llamado Cánovas del Castillo, que cuando le transmitía el poder a su rival, Sagasta, cosa que ocurrió muchas veces, le decía «te entrego el poder de España, menos el de mi provincia, porque a ésa no hay quien la gobierne». Los reyes han pasado por aquí muy pocas veces y de puntillas, sin escucharnos porque les damos miedo. Y lo incomprensible es que los dioses ayudan a los reyes desatentos y a los vecinos envidiosos. Esta ciudad ha sido destruida montones de veces por los piratas y muchos de vosotros descendéis de piratas, vikingos inclusive, pero tales destrucciones no fueron nada comparadas con las plagas terribles y las calamidades que se han cebado con nosotros. No hace dos siglos, en 1756, la peste estuvo a punto de acabar con la población, y también en 1805 la peste nos arrasó, y en 1810 Napoleón incendió completamente la ciudad y pasó a cuchillo a casi todos sus habitantes y hace menos de cuarenta años que la filoxera devoró nuestra principal riqueza, las viñas, y hace veintiocho años, en 1907, hubo una riada loca que arrasó toda Málaga. Poco después, sufrimos más que nadie con lo de Marruecos. Y en 1931, perdimos nuestro patrimonio artístico y nos volvimos pobres de solemnidad. Ya toca de nuevo. Si no es una ola será un terremoto, pero algo viene a aniquilarnos.

Mani sintió que se le iban a indigestar las coquinas. Necesitaba saber cómo iban las cosas en el barrio, pues tenía el convencimiento de que algo iba a pasar, así que se despidió de súbito para no continuar escuchando.

ϒ

Oyó el clamor en cuanto dobló la esquina de la calle Huerto de Monjas. Atravesó el coro de lamentaciones y comentarios corriendo hacia la embocadura de Rosal Blanco, donde los baldes rebosantes de agua pasaban de mano en mano por la hilera de hombres y mujeres hasta el Corralón de la Torre, de cuya última ventana, la única de la vivienda del Templao, brotaban grandes llamaradas que esquivaban, burlonas, el agua que vaciaban sobre ellas. Iluminada lateralmente por el incendio, la silueta del muro del convento danzaba al ritmo oscilante del resplandor del fuego.

Carmela, la madre, desvanecida y temblorosa en el escalón de un portal, era auxiliada por Concha la Chata, la Colorá y otras vecinas, mientras nueve de los diez hijos que habían sido sorprendidos en la vivienda, lloraban entre alaridos a pocos metros, formando una piña como si fueran todos un solo organismo aterrorizado.

Mani observó que Pipe, el menor, no estaba con ellos.

—Tus hermanos Antonio y Ricardo lo han llevao pal hospital —le informó Paula al tiempo que escrutaba sus ojos, mientras le pasaba el brazo por los hombros, como si quisiera contenerle más que consolarle.

—¿Muerto? —preguntó Mani con un gemido.

—Será un milagro si se salva —informó Paula—. Iba el pobrecillo hecho una pura llaga. Cuando tiraron las antorchas dentro del cuarto, la criatura debió de golpearse y no salió huyendo como sus hermanos. Ha sido la Viky la que ha tenido el valor de volver por él. Mírala, tiene medio brazo en carne viva.

—¿Cuando tiraron las antorchas, quiénes? —preguntó Mani intentando no creer lo obvio.

—¿Quiénes van a ser? —respondió Paula —. ¿Sabes si el Paco está hoy en Málaga?

—Me parece que volvía esta mañana de Villanueva de la Concepción.

—Pues corre al partido y dile que venga pacá enseguía.

Υ

El escribiente de la entrada trató de hacerle parar con un grito:

—¡Eh tú, camarada, que voy a llamar a un guardia!

Mani aceleró escaleras arriba, empujó la puerta de la sala de juntas e irrumpió en el centro de la reunión, en medio de un círculo de miradas reprobadoras, la más severa de las cuales era la de su hermano.

—Paco, que dice mamá que eches a correr pa la casa.

—Mani, ¿te has vuelto tarumba? Sal y espérame abajo.

—¿Cuánto rato?

—El que haga falta.

—Mamá quiere que vayas ahora mismito. Los fascistas del Serafín han quemao la casa del Templao y el chiquitillo, el Pipe, se está muriendo por las quemaúras...

Paco apretó los labios, mientras movía levemente la cabeza. El que presidía la reunión, Cayetano Bolívar, cuyo rostro había visto Mani muchas veces en el periódico, dijo mientras se ponía de pie:

—Mañana seguiremos con los planes; pensar en propuestas nuevas, porque las que habéis expuesto esta noche son todas impracticables. Paco, ¿quieres que algún camarada vaya contigo? —viendo que el interpelado asentía, señaló a dos jóvenes y añadió—: id con Paco pa lo que haga falta.

Llegaron a la calle Rosal Blanco diez minutos más tarde. El incendio había sido sofocado ya y sólo brotaba una débil humareda negra de la ventana del corralón de la Torre. Paula aguardaba en la esquina.

—Paco, tienes que sacar a Carmela y sus hijos sin que nadie se entere de dónde los llevas. Esos salvajes quieren acabar con toa la familia si no encuentran al Guaqui. Hace un rato, han venido ocho con los pistolones y con papeles en las manos, diciendo que tienen orden de detención; por suerte, los vi llegar a tiempo y he podido esconderlos en la casa.

—¿En nuestra casa? —preguntó Paco con voz áspera— ¿Estás majara?

Paula frunció los labios y le miró como si pudiera traspasarlo con los ojos. No le reprochó la irreverencia, limitándose a decir:

—Organiza ahora mismo el traslado. Ten, cincuenta duros que tenía guardaos.

Con un brillo de estupor en los ojos en el momento de coger el dinero, Paco agitó la cabeza para convencerse de que tenía algo más urgente que hacer que averiguar por qué su madre poseía tal tesoro, y mandó a Mani y sus dos camaradas en busca de tres taxis.

—Esperarnos en la esquina del Molinillo —ordenó.

Subió las escaleras tras su madre, cuyo cuello permanecía rígido para hacerle notar que la había ofendido. Carmela gemía en una silla baja de aneas, entre los brazos apretados e inmóviles de los nueve niños. Su expresión era una máscara de alucinación; Paula temió que pudiera perder el juicio, como Inma, y mientras Paco desliaba uno de los envoltorios que Antonio guardaba en el baúl, llenó hasta la mitad un vaso de vino Cómpeta, añadiendo una cucharada de azúcar y un poco de leche:

—Carmela, tómate esto, que necesitas fuerzas pa salvar a tus niños. Anda, bebe.

La madre del Templao sorbió dócilmente el contenido del vaso y Paula le sonrió con dulzura, confiada en que el vino le produjera consuelo. Paco empuñaba ahora una pistola anticuada.

—Yo no me he enterao de que tienes eso en la mano —dijo Paula desviando la mirada—. Ni quiero saber que lo llevas ni que el Antonio lo escondía aquí. No quiero saber lo que piensas hacer ni dónde vas a llevarte a esta pobre gente, pero escúchame bien: que no haya más desgracias esta noche. Mañana, que sea lo que Dios quiera, pero hoy ya ha corrido sangre de sobra.

—Mamá, si la Angustias y el Migue...

—¡Cállate! —atajó Paula, con los ojos como faros, para recordar a su hijo la presencia de la familia del Templao y la ingenuidad imprudente de los niños—. No sé dónde está el Migue y no tengo ni puñetera idea de qué habrá sido de la Angustias. Mañana, con la luz del día, quizá consigamos ver qué podemos hacer para no tener que contemplar más sangre ni en esta familia, ni en esta calle ni en este barrio. Ahora, estate atento, que voy a echar una mirá a ver si hay moros en la costa por Curadero. En cuanto te diga que no con la mano, echa a correr con tós estos.

La caravana de tres taxis llegó a la sede del partido, donde el responsable del local alegó que no podía tomar la decisión de asilarles «si el camarada don Cayetano no me autoriza. Y aquí no hay ni una manta pa acostarse uno; imaginaros dónde podrían dormir tantos». Paco mandó enfilar hacia San Felipe, ignorando la protesta de Mani, pero no consiguieron que abrieran la puerta de la casa parroquial a pesar de los golpes, los gritos, las súplicas y, por último, los insultos y blasfemias. Paco volvió a encabezar la caravana con expresión vacilante y, cuando sonaba la medianoche, mandó detener los dos taxis que seguían al suyo en un tramo a oscuras de la calle Cuarteles. El breve intercambio de consultas entre él y sus camaradas no produjo resultado, por lo que Mani, con la garganta enronquecida por la impaciencia, volvió a decir:

—La única solución es la casa del Chafarino.

La convocatoria de Paula obligó a reunirse a los cuatro hermanos por primera vez en varios meses. Faltaba poco para mediodía y el conciliábulo familiar llevaba debatiendo casi dos horas.

—Si la Angustias y el Migue —dijo Paco como si reanudara su frase de la noche anterior—, se dejaran de niñerías y le pidieran perdón al Granaíno, tó esto tendría compostura. Mientras no resolvamos lo que empezó el terremoto...

—El terremoto no lo empezaron ni esa muchacha ni, mucho menos, el pobrecillo de tu hermano —interrumpió Paula—. Fue ese malahora del Serafín, que trató de matar al niño; no te olvides.

—Sí, mamá, de acuerdo. Pero si la Angustias y el Migue quisieran...

—¡Pero qué van a querer...! —casi gritó Paula, impaciente—. El Migue está casi paralítico y esa niña, con vómitos a toas horas. ¿Cómo quieres que vengan a dar la cara frente al barbero, si los fascistas chulean ya por el barrio como si fuera suyo? No les darían tiempo a tu hermano ni a ella de explicarse siquiera. A la Angustias, la molerían a palos y la facturarían pa la Cartuja de Graná en dos minutos y a tu hermano, lo siquitrillarían y luego él se consumiría de amor, que parece que no te das cuenta de la fiebre que tiene con esa chiquilla y con lo que viene en camino... Pero, es que de todas maneras yo no voy a consentir que venga al barrio, que sería como plantarse frente a un paredón.

—Podemos poner una bomba en la barbería y acabar con la familia en pleno —propuso Antonio—. Muerto el perro, se acabó la rabia.

Luego de darle una sonora palmada en la cabeza, Paula ironizó:

—¿Y que la Angustias trague con que la familia de su hombre haya asesinado a los suyos? Has perdido el sentío, Antonio.

—El párroco opina... —comenzó a decir Ricardo.

—Mira, Ricardo —interrumpió Paula—; ese párroco no me merece ningún respeto y no me interesan sus opiniones.

¿Cuántas veces te ha dado largas ya con lo de los Salesianos? Una pila, ¿no? Y, además, como de ese apóstata putañero no me fío ni un pelo, lo que tienes es que convencerle enseguía de que lo que le dijiste esta madrugá estaba equivocao y que, en realidad, el Migue y la Angustias están en Barcelona... No vaya a irles con el chisme a sus queridísimos fascistas. Porque tanto los unos como los otros no son más que inquisidores, dispuestos a arrasar a tó el que no comulgue con sus ruedas de molino...

—¡Mamá! —protestó Ricardo.

Paula ignoró la protesta. Recorrió con la mirada los rostros de los cuatro y al llegar a Mani, sonrió.

—Mani, hijo, ¿estás seguro de que ese pobre ciego aguantará, con la algarabía que le ha caído encima?

—Sí, mamá, de verdad. Anoche, se puso la mar de contento de tener tantos niños en el cañizo, ¿verdad, Paco?

Paula calló unos minutos con los labios apretados. Después de una pausa en silencio, extrajo del bolsillo cuatro billetes de cinco duros y uno de veinte y dijo:

—Antonio, vete con la Ana al hospital, a ver si lo que me dijeron esta madrugá de que el Pipe mejora es verdad, y sigue la mejoría; si está despierto, tendrá dolores mú malos, así que la Ana se quede con él y tú vas y compras comida pa ella, que estará tó el día allí, y algún caramelo pal niño. Ricardo, compra dos cirios grandes en la calle de los Mártires, corre a la parroquia y dile a don Agapito que son por una promesa mía; a continuación, le das conversación y quítale de la cabeza que sabes dónde están tu hermano y la Angustias. Paco, toma veinticinco duros; coge un taxi y vete con el niño a comprar los jergones que puedas y los lleváis a la casa del Chafarino, que sólo le sobra un colchón, ¿no? Mani, guárdate estos cinco duros; cuando lleguéis a la playa, te quedas allí pa ayudar a ese señor y mira si tienes que ir al mercado de Huelin a comprar comida. Al oscurecer, quiero que los cuatro estéis de vuelta, que tenemos que hablar otra vez, porque esto hay que pararlo. ¿Está claro?

Los cuatro la miraban estupefactos por el reparto asombroso de riqueza. Como Paula no tenía ninguna intención de responder preguntas, les apremió:

—Andando, echar a correr.

—¿Está seguro? —preguntó Paco.

En vez de asentir el Chafarino, lo hizo Carmela con un gemido:

—Que sí, Paco. Que lo dijo mi Guaqui esta madrugá: que no había más salía que irse a la Legión, porque allí estará a salvo y esos canallas, cuando sepan dónde está, ya no vendrían a hacernos más daño a mis niños ni a mí pa obligarnos a hablar... Pero, sin la ayuda del Guaqui, ¿qué voy a hacer yo?

Paco reflexionó unos segundos.

—Si echo a correr, a lo mejor llego a tiempo de evitar que se aliste.

—Ése estará ya más que apuntao —arguyó Mani—, con el pelo trasquilao y el uniforme de faena puesto.

—Sí, es posible, pero los del partido a lo mejor consiguen que lo echen patrás. Voy ahora mismo. ¿Necesita usted algo?

La pregunta iba dirigida al Chafarino, que negó con la cabeza mientras decía:

—Hay pescado para alimentar a un regimiento, y como los niños se lo están pasando tan bien ayudándome con las redes, seguramente todo va a ir como la seda.

—Mani, no te muevas de aquí mientras yo no vuelva —pidió Paco al marcharse.

Mani se sintió toda la tarde incapaz de determinar si el acto del Templao añadía o no más pena a la que ya le ahogaba, apretándose un dolor sobre otro como las hojas de un alcaucil. Habían ido produciéndose cambios sutiles en su relación con Guaqui, porque estaba difuminándose el deslumbramiento infantil de un año atrás y empezaba a sentirse en muchas ocasiones responsable de contenerle. Siempre iban a separarles casi cinco años, pero el paso del tiempo estaba dotando al más joven de armas que el mayor parecía incapaz de llegar a poseer, de modo que el uso del sentido común iba igualándoles en conocimiento y madurez. Pero Mani reconocía que siempre iba a necesitar el coraje y la fuerza del Templao y esa verdad no podría cambiarla el tiempo, mucho menos cuando algo había muerto en su corazón la madrugada que vio aparecer a Inma en aquel estado. Temió que sin el apoyo de Guaqui, sin la fuerza que de él recibía por ósmosis, iba a detenerse su propia maduración y volvería a ser un niño abrumado por fantasmas que no sabría espantar; hasta volvería a desvelarse por la silueta del convento. Si no podía recuperar a la Inma del sueño truncado, necesitaba que el Templao permaneciera cerca. Oró con fervor, en silencio, para que Paco regresara con él.

Paco volvió al atardecer con gesto sombrío; negó con la cabeza ante la pregunta colectiva pero no dio explicaciones; se limitó a ordenar a su hermano:

—Mani, vámonos, que mamá nos espera.

Paula había preparado una fuente grande de boquerones y chanquetes fritos, berenjenas rebozadas y un perol de gazpacho. Antonio, Ana y Ricardo les esperaban junto a la mesa con los brazos cruzados, sin empezar a cenar.

—¿Está todo en orden por la playa? —preguntó Paula.

—Sí —respondió Paco—, salvo que ese estúpido del Guaqui no ha tenido otra ocurrencia que meterse en la Legión.

—¡Hombre, mú requetebién! —exclamó Paula—. Eso nos quita la mitad del disgusto.

—Pero le complica las cosas a la Carmela —comentó Ana.

—Sí... —concedió Paula—, es posible... ya veremos. De momento, lo que hace falta es que esos burros se enteren enseguía de que el Guaqui está fuera de su alcance, pa que se queden tranquilos por unos días. Pero tenemos que encontrar una solución definitiva a esta guerra interminable entre el barbero y nosotros.

—Mamá... —Paco contemplaba un manojillo de boquerones dorados como por un orfebre, sin morderlo para no estropear su armonía de alhaja—, ¿quién te ha dado tanto dinero?

Paula apretó los labios. No era de ese asunto de lo que ella deseaba hablar.

—Tengo mucha costura, Paco. Ahora, lo urgente es que decidamos lo que vamos a hacer.

—¿Mucha costura? —Paco no disimulaba su expresión de incredulidad.

—¡Sí! —exclamó Paula con energía, dando por zanjada la cuestión—. Mira, Paco, tú eres el más controlado de los cinco, así que debes ir a hablar con el Granaíno.

—¿A decirle qué?

—La verdad. Que el Migue está casi paralítico, que la Angustias está embarazá y que... van a casarse.

—¿Qué? —la exclamación fue general.

—Lo van a hacer de todas, todas... Esa señora de La Caleta cree que es lo mejor y ya ha conseguido que el obispo lo autorice —dijo Paula contemplándose las manos, sin mirarles a los ojos para no entrar en explicaciones—, pero hay que hacer las cosas como Dios manda. O sea, con las dos familias presentes, con anillos y arras, con un padrino por cá novio, con un vestido como el que no llegué a terminar pa ti, Ana, con convite y con retrato y... con tós en armonía. Así que, Paco, habla con Gustavo y convéncelo.

ϒ

Te echo una pechá de menos. Aquí, tienes que volverte hombre de la noche a la mañana y me parece mentira que hace namás que unos meses, anduviéramos por las calles de Málaga jugando como si la vida fuera de color de rosa. Me cago en...: perdona, el borrón es porque se me ha escapado una lágrima, la muy cabrona.

Mi madre me dice que la Inma está mejor, pero no me lo creo. Cuéntame tú cómo va de verdad. Aunque sigan con el Chafarino, que vaya carga que le ha caído al pobre hombre, no creo que mi madre tenga bastante con lo que le mando; dicen que todo sube tos los días y que por el camino que va, un bollo costará una peseta antes de que nos demos cuenta. Dile a tu madre que muchas gracias por lo que le da, pero que no tiene por qué quitarse el pan de la boca para ayudar a los míos.

Aquí, todos los días son siempre lo mismo. Nos levantan cuando todavía es de noche y nos dan un julepe de aquí te espero. Los sargentos son unos huesos...: todos nos llevamos tortazos hora sí y hora también. Bueno, a mí sólo me han dado uno, porque yo me quedo tranquilo y hago como que no me soliviantan las cosas que nos hacen y, además, se ríen mucho con mis ocurrencias y me da en la nariz que les he caído en gracia. Pero de las guardias no se libra ni Dios.

Hay muchos paisanos nuestros en el cuartel; a varios los conocía de vista. Casi todos se han enviciado con las cosas de los moros y están hechos unos merdellones perdidos. Se fuman unas yerbas que los ponen ciegos y se esconden y se lían a fumar y van echando el humo en una botella medio llena de vino. Luego se la beben y no veas cómo se ponen, como caballos desbocaos. Hacen cá una... Si los sargentos pillan a alguno, de un mes de prevención no hay quien lo libre, pero ellos, a lo suyo. Gracias a Dios, yo no necesito esas cosas y que... por que me dan un asco... Cuando nos quedamos libres de tarde en tarde, me echo entre pecho y espalda unos cuantos lingotazos de vino del nuestro y duermo más suave que un guante.

Aquí todos tenemos tatuajes. ¿A que no adivinas el que me he echo yo? Pa que enteres, porque eres un mocoso acomplejado, llevo tu nombre grabado en el pecho. El dibujo tiene forma de corazón, pero en vez de ser una línea, son palabras: Inma, Málaga la Bella, los nombres de todos mis hermanos y el tuyo, como es natural. En el centro, con letras más grandes, dice «Madre». Te va a gustar una pechá cuando me lo veas.

—Es un muchacho extraordinario —dijo el Chafarino.

—¡Digo! —exclamó Mani.

Iluminados de costado por el sol del atardecer, embellecidos por el ocaso como si estuviesen libres de males, los hermanos del Templao jugaban en el rebalaje mientras Carmela preparaba la cena en el interior del chamizo. A Pipe, el menor, muy mejorado de las quemaduras pero todavía con los brazos y el muslo izquierdo cubiertos de apósitos manchados de amarillo por la pomada, lo sujetaba su hermana Viky para que no se metiera en el agua. Mani había dejado de contar las semanas de ausencia del Templao y el pasar las tardes junto al Chafarino, leyéndole sus propios libros, periódicos o las cartas del Templao o, sencillamente, contándole las novedades del barrio, se había convertido en una rutina sin la que no sabía sobrevivir.

—¿No hay manera?

Mani entendió la pregunta aunque ninguno de los dos había mencionado el asunto.

—¡Qué va! El Granaíno se ha cerrao en banda, y dice que sólo iría a la iglesia pa clavarle un puñal en el pecho a su hija, por la blasfemia de casarse por lo católico con un rojo.

—Ese hombre es una piedra.

—Y ni siquiera le ha ablandao lo de mi Ricardo.

—¿Por fin lo ha hecho?

—Se ha salío con la suya. Ya está en el convento. Pero dice unas cosas que a mi madre le hacen poquísima gracia.

—¿Como qué?

—Que no le gusta venir al barrio, pa no contaminarse de pecado... y cosas así. A mí me parece que no está bien que diga esas cosas uno que va a casarse con Dios.

—Sí, la verdad es que hablar así es muy poco caritativo.

—Dice que nos hemos vuelto locos. A mi Paco, que sólo piensa en futuros que Dios maldeciría. A mi Antonio, que está obsesionao con la revolución satánica. Al Migue, que está dominao por la lujuria y a mí, que soy el diablo en persona y que a la chita callando, soy peor que los otros tres juntos. Mi madre le regaña y le dice que cada uno a su avío, pero el Ricardo le echa en cara que él tuvo que meterse en el convento pa que Dios salve al resto de su familia, porque vivimos revolcándonos en la mugre de ese barrio lleno de putas, borrachos, merdellones, ladrones y putañeros.

—¡Vaya lenguaje para un fraile! —ironizó el Chafarino—. Decir esas cosas a tu madre es mucho más insolente que los exabruptos de Antonio. Ricardo endulza los agravios con invocaciones de los Evangelios que no atenúan su intención de zaherir. Siendo como es tu madre, no sé cómo se lo consiente.

—Ella trata de no tomar partido. Lo mismo que a él no le reclama ná, tampoco se lo reclama al Antonio... salvo cuando se mete en líos. Yo la veo persignarse tos los días y de madrugá, la escucho rezar de rodillas arrimá a su cama, pero al Ricardo no le ha dicho ni una palabra pa que vaya al convento... ni pa que no vaya. Yo creo que esa historia del convento le gusta menos que tó lo demás, pero me parece...

—¿Que no quiere que supongáis que os fuerza?

—Eso mismo. Pero a mí me revuelve las tripas verla bajar la cabeza cuando el Ricardo se pone delante como si fuera un cura en un púlpito; mi madre agacha los ojos y aprieta los labios aguantando las ganas de llorar, y a mí lo que me dan ganas es de liarme a darle al Ricardo patás en los cojones.

—Tu hermano está sometiéndola a una tiranía en el nombre de Dios y, perdona que te lo diga, no es por maldad, sino porque es lo suficiente necio para no darse cuenta de que la hace sufrir. Pero no te preocupes, Mani; ella es más fuerte que vosotros cinco.

—No se crea usted... Ahora, con los preparativos de la boda del Migue, aunque se esconde me parece que se da unas pechás de llorar..., porque las cosas no salen como a ella le gustaría.

—Mani, despierta, que la madre del Guaqui te ha mandao un recado —le dijo Paula al tiempo que lo zarandeaba—. Te espera en la esquina del Molinillo.

Era el único ocupante del dormitorio, ya que Paco se encontraba organizando mítines en la provincia de Cádiz. Dedicó a su madre un mohín huraño, porque acababa de despertarle de un sueño en el que Imperio Argentina enseñaba a Inma a tocar las castañuelas, ambas adornadas con grandes biznagas y zarcillos de coral. Ese mundo idílico, donde suponía que el olor de los jazmines de las biznagas debía de ser delicioso aunque no recordaba haberlo sentido, acudía todas las noches a rescatarle de las tensiones. Se giró boca abajo a fin de ocultar la erección. Paula volvió a zarandearlo.

—Venga, Mani, date bulla y dale esto a Carmela.

Eran las siete y media de la mañana. El otoño empezaba, según la racha de aire frío que rozó a Mani mientras corría por la calle Curadero hacia el Molinillo. La madre del Templao le esperaba encogida en un portal para que no la reconocieran.

—Van a soltarla esta mañana —dijo Carmela como respuesta a su expresión de interrogación, mientras se metía en el pecho los dos billetes enrollados que le entregó de parte de Paula—. Me hace falta que me acompañes por si...

Tuvieron que esperar dos horas, Carmela firmó varios papeles que le presentaron las monjas. Por fin, apareció Inma. Había aumentado su altura, pero por su expresión parecía mucho más niña que seis meses antes, con la boca, que había sido tan seductora, entreabierta y un hilillo de baba descolgándose del labio inferior. No miró a su madre ni a Mani, ni dijo una palabra en respuesta a los saludos y besos, y permaneció ausente, como si ella no fuese la protagonista de la escena, mientras la monja explicaba a Carmela los horarios en que debía hacerle tomar las pastillas. Cuando entraron en el taxi y Mani fue a sentarse junto a ella, Inma se encogió y dio un grito.

—Ve en el asiento de delante, Mani, por favor —rogó Carmela.

Durante el viaje, Mani tuvo que engullir la rabia. No se atrevía a mirarla ni de reojo. Llegados a la playa, Inma aceptó los abrazos de sus hermanos como si ella no fuese la persona abrazada. Sorda y muda, y hasta ciega, permanecía como si contemplase algo que se encontraba muy lejos, como si nada de lo que le rodeaba fuese real, a excepción de cuando se le acercaba alguien que ya parecía un hombre, como Mani, o un hombre verdadero, pues cuando el Chafarino, incitado por Carmela, trató de darle un beso, reculó y cayó de rodillas sobre la arena sin parar de gritar.

Mani echó a correr. Conocía ya la distancia aproximada entre el chamizo del Chafarino y su casa, siete kilómetros, y los había recorrido a pie en muchas ocasiones, pero nunca como ahora, en una carrera desbocada, porque ansiaba que los brazos de Paula le protegieran como antaño de la fealdad del mundo. Empujó violentamente la puerta y tuvo que contener la exclamación, porque Elena Viana-Cárdenas se encontraba en la habitación. Las dos lo miraron con expresión que a Mani le pareció la de alguien que es cogido en falta. La frase de Paula, interrumpida por su llegada, se le grabó en la mente:

—Porque si a la Angustias le pasara lo mismo que le pasó a mi madre, yo no...

—Oh, Mani —dijo Elena—, ¡qué bien que has llegado! Acompáñame al coche; se me ha hecho un poco tarde y me esperan para almorzar.

—¿Hay novedades en la playa? —preguntó Paula.

—Han soltao a la Inma.

—¿Tú ves? —dijo Elena, como si le reprochase algo—. Al fin y al cabo, sólo ha sido un disgusto pasajero...

Mani sintió ganas de golpear el rostro de la hermosa anciana.

—¿Pasajero? —gritó—. ¡La Inma se ha vuelto loca del tó!

—Baja la voz, Mani —reprendió Paula—, y acompaña a doña Elena hasta el coche. Ya hablaremos tú y yo.

Mani inició la marcha precediendo a la elegante dama escaleras abajo entre la curiosidad de los vecinos, mientras se preguntaba cuántas veces habría visitado el corralón y cuánto tiempo haría que conspiraba con Paula, dado que ésta se negaba a entrar en la casa de La Caleta. Aún dándole la espalda, podía notar la tensión alarmada que la dominaba, de lo que dedujo que debía de tratarse de una de las primeras visitas, o acaso la primera, porque aún no parecía convencida de que no tenía nada que temer. ¿O sí? Todo el mundo, empezando por su propia familia, cambiaba de día en día y ya nadie actuaba como se esperaba que lo hiciera un año atrás; y por otro lado, podía haber entre los vecinos parientes de los obreros que se decía que Elena había represaliado. Ya en el patio, observó ironía en la mirada de Concha la Chata, pero en los demás ojos había una mezcla de sarcasmo y antipatía y cuando un vecino se echó a un lado para cederles el paso, notó que Elena le agarraba del brazo como si necesitase un punto de apoyo por estar a punto de dar un traspiés a causa del miedo.

—Necesito que vengas a casa mañana temprano, sobre las ocho y media.

—No sé si podré, doña Elena. Ahora, con esa familia en la playa... Y que mi madre ha mandao que vaya a la escuela.

—Tu madre te lo dirá cuando vuelvas. No dejes de venir. Es necesario.

Tras despedirla junto al coche con indisimulada frialdad, volvió calle Curadero abajo. Vio de lejos a un grupo de cuatro fascistas sentados, despatarrados, a la puerta de la barbería, ostentando sus uniformes sin reparo. Ocupaba tantas discusiones familiares el caso de Ricardo y lo sucedido a la familia del Templao, que habían dejado un poco de lado el riesgo cierto que corría Miguel. Alentados por las noticias de los periódicos sobre Abisinia, las vehementes llamadas al patriotismo para solventar la crisis, las alertas contra «el espíritu revolucionario que se adueña de España» y las invocaciones a «un Ulises del Ejército que venga a salvarnos», los correligionarios de Serafín se envalentonaban y estaban volviéndose insolentes. Ya no temían pasear jactanciosamente por un barrio considerado rojo; piropeaban con frases soeces a las muchachas y exhibían los revólveres cuando un hombre pasaba junto a ellos, aunque se tratase de un viejo. Siendo el único a quien no importaba ni el azul ni el rojo, Miguel era entre los cinco hermanos el que mayor riesgo de morir corría.

—Mani, le he prometido a doña Elena que irás a su casa mañana —dijo Paula.

—Ya lo sé. ¿De qué hablabais?

—¿De qué íbamos a hablar? De la boda de tu hermano.

—¿Qué le pasó a tu madre, mamá? Eso que no quieres que le pase a la Angustias.

—No sé a lo que te refieres, Mani.

Halló inútil insistir, porque vio en los ojos de Paula la determinación de no responder.

ϒ

Me aburro una pechá. Siempre lo mismo. En la Legión hay que hacer instrucción todos los días y ahora, no sé qué bicho les habría picado a los mandos, que nos ponen a hacer maniobras cada dos por tres, como si tuviéramos que ir a la guerra de un momento a otro. Estoy hecho polvo. Para colmo, sólo libro una tarde por semana y a mí no me hacen tilín las moras, porque huelen fatal, pero es mejor que nada. Sin eso y sin un vasillo de vino de vez en cuando, a ver quién podría vivir. Ya ves en la trampa que me he metido por culpa de ese merdellón hijo de puta. Tres años voy a tirarme en esta pesadilla y no me imagino cómo podré aguantar. No me hablas de Inma porque está mal, ¿verdad? Y mi madre tampoco me dice ni pío. En vez de un huevo, tendría que haberle cortado el pescuezo, pero arrieritos somos y en el camino nos encontraremos.

No comprendo que consientas que Miguel se case con su hermana. No me entra en la cabeza que ese mamón vaya a convertirse en tu concuñado. Pero no te creas que cuando vuelva va a pararme la mano el pensar que ahora es pariente tuyo.

Hablas de esa vieja como si fuera tu novia. De todas maneras, si ayuda tanto y tiene recogido al Miguel, pues eso, que le saquéis lo que podáis, que bastante explota ella a sus obreros. Si lo sabré yo...

El tranvía se detuvo y Mani se guardó la carta del Templao en el bolsillo. Para su sorpresa, fue Miguel quien le abrió la puerta de cristales emplomados; andaba encogido, pero ya se movía casi normalmente y con una sorprendente soltura a través de los suntuosos salones, como si siempre hubiera vivido allí. Antes de abrir la puerta del gabineta tras la que le esperaba Elena, le dio un beso en la frente y lo retuvo mucho rato entre sus brazos.

—Mani, Mani..., eres mi salvación.

Ya en el gabinete de Elena Viana-Cárdenas, sintió ganas

de hacerle también a ella la pregunta que Paula no había querido responderle. Pero, evidentemente, sólo una cuestión figuraba en el orden del día de la dama.

—No consigo que se quede quieto —dijo señalando con los ojos a Miguel, a quien abrazaba por la cintura, sentados ambos en el sofá—. Pretende hacer toda clase de cosas, pintar persianas que no lo necesitan, regar el jardín, reparar el invernadero. Anteayer, quiso subirse a una escalera para cambiar una teja rota del alero y tuve que pararlo a voces. Todavía no te has repuesto del todo, hombre. Tienes que seguir descansando.

—Es que doña Elena no es capaz de imaginarse cómo es nuestra vida. ¿Verdad, Mani, que si estuviera en la casa, yo estaría currelando ya como si tal cosa?

—¡Qué locura! —exclamó Elena—. Parece que tuvieras grillos en el cuerpo. Como Angustias, que es otra que tal baila... No deja en paz a la servidumbre, poniéndose a limpiar el polvo o a ayudarlas a pulimentar la plata, y ya sabes tú, Mani, que las criadas son muy celosas con su trabajo y no quieren que se metan en su terreno.

Mani asintió, aunque le parecía inconcebible que las criadas no quisieran que les aligerasen el trabajo.

—He conseguido que se quede quieta encomendándosela a mi hija. Rita tiene ocho armarios en su vestidor, abarrotados de ropa; hay muchos dobladillos sueltos, ojales corridos y botones que coser. Pero al paso que va, en dos o tres días más tendré que encontrarle otra tarea.

—El padre sigue llamándome pa preguntarme por ella cuando paso cerca de la barbería...

—Tienes que ir a hablar con él, Mani —dijo Miguel con mirada suplicante.

—¿Pa qué?

—Pa llevarle estas cartas —respondió Miguel, colocándole dos sobres en las manos.

Se negó. Miguel argumentó con los ojos llenos de lágrimas y llamó a Angustias para convencerle entre los dos con zalamerías. Viendo que no cedía, Elena entonó durante horas una retahíla de las desgracias que podían sobrevenir si no aceptaba el encargo.

Esa tarde, después de almorzar, dudó media hora mientras espiaba a los cuatro uniformados sentados a la puerta de la barbería. Sentía miedo. Cuando por fin decidió entrar, lo miraron sólo un instante antes de saltar sobre él. Entró en la barbería en volandas, tratando de confirmar, de reojo, que varios vecinos habían presenciado la escena; esperaba que corrieran a avisar a Paula.

—¿Dónde está? —le preguntó Gustavo mientras continuaba inmovilizado.

—En Barcelona.

—Por lo que dice en la carta, tiene que estar aquí. Habla de la autorización del obispo de Málaga pa la boda...

—Eso es porque... una señora, amiga de mi madre, ha conseguido que el obispo haga las gestiones, y como mi hermano es de aquí... Pero están en Barcelona, lo juro.

—Mira, rojillo de mierda —amenazó uno de los jóvenes al tiempo que desdoblaba una navaja de afeitar—, como no nos digas la verdad, te voy a convertir en una señorita.

—¡Oigan ustedes! —gritó Paula, irrumpiendo como un ciclón—, ¿son tan valientes como para asustar a un pobre niño cinco tiparracos más grandes que el Gurugú?

Gustavo y los cuatro muchachos se miraron entre sí. El Granaíno asintió con la cabeza y soltaron a Mani, que permaneció en el mismo sitio, en medio de los cinco.

—Mamá —dijo, intentando dar un tono altivo a su voz—, no pasa ná. Espera un poco, que el señor Gustavo tiene que darme una contestación.

—Ven dentro de dos horas —dijo el barbero.

Al atardecer, Mani corrió con la respuesta a La Caleta, para lo que tuvo que esquivar muchas veces la persecución de los camaradas de Serafín. La lectura de la carta del barbero ocasionó el desmayo de Angustias y la alarma de Elena, que llamó a las criadas para llevar a Angustias, sin conocimiento, a la planta de arriba. Miguel permaneció mucho rato sentado en el primer peldaño de la escalera, convulsionado por el llanto. Mani abandonó la casa acongojado por el empeoramiento de la situación.

—No la encontramos —dijo Carmela con desolación—. Mis niños y yo pasamos ayer toa la tarde y esta mañana dando tumbos por las huertas y los cañaverales. Mani, por Dios, encuéntrame a la Inma.

Mani abandonó la playa con una punzada insoportable en el pecho, recriminándose su inconsciencia y su descuido al no haber previsto que algo muy grave ocurriría tras recibir el barbero noticia de los preparativos de la boda. Si bien era muy cuidadoso mientras iba a La Caleta, no lo era tanto cuando iba a la playa. Los camaradas de Serafín habrían descubierto el refugio siguiéndolo cualquier tarde. Habían secuestrado a Inma y ahora, tras la horrenda mutilación de Serafín, ya no se contentarían con violarla. Debía actuar con prontitud. Volvió apresuradamente al barrio, para llegar antes de que Serafín saliera con su guardia pretoriana y su recién adquirida cojera. En el barrio comenzaban a apodarle «el Único, porque sólo tiene uno». El Granaíno no había cerrado el negocio. Subió a su casa en busca de una boina vieja de Antonio con la que cubrirse la cabeza cuando la noche cerrase, para ocultar el brillo del pelo amarillo. Al anochecer, se apostó en un portal para espiar la puerta de la barbería. Esperó más de hora y media.

—Arriba España —oyó que Serafín saludaba al despedirse de su padre.

Se puso la boina y fue tras él. Pese a la cojera causada por el ataque del Templao, caminaba muy erguido entre sus acompañantes, forzando los hombros hacia afuera y arriba. Los cinco pares de botas resonaban en el empedrado de un modo siniestro, un ruido que hacía que los vecinos volviesen la cabeza hacia otro lado cuando no conseguían apartarse a tiempo. El grupo recorrió varias calles céntricas antes de llegar a una muy estrecha que bordeaba una iglesia por dos de sus lados. Golpearon una puerta con una contraseña y abrieron enseguida; antes de entrar, los cinco alzaron la mano derecha con la palma extendida. Mani miró arriba y abajo de la calleja, un estrecho pasadizo junto a la oculta muralla de la Málaga musulmana. De un lado, la iglesia de San Julián; del otro, muchos lupanares a través de cuyos balcones se escuchaban sin recato los gemidos del placer. Serafín y los suyos debían de estar conspirando, puesto que se reunían en un local alejado de sus sedes reconocidas. Descubierto el insólito escondite, no conseguía imaginar qué hacer para comprobar si retenían a Inma en ese sitio. Las casas contiguas tenían ventajas enrejadas y balcones que no serían difíciles de escalar, pero ¿iba a entrar solo? Tenía que calcular los riesgos. Necesitaba espiar la casa, pero no a esa hora, porque a pocos metros había tres prostíbulos con las puertas llenas de rameras lanzando dardos a los ojos de los hombres.

Dedicó tres noches a rondar la casa hasta el amanecer, tres días que no fue a la playa para no atormentarse con el llanto de la madre de Inma ni las apocalípticas predicciones del Chafarino. Las prostitutas no se recogían hasta la madrugada, pues cuando una entraba con un cliente otra salía a la puerta, en relevos que iban siendo más frecuentes conforme avanzaban las horas. De todas maneras, Serafín y sus camaradas finalizaban la reunión antes de medianoche y abandonaban el edificio; salían en grupos de cuatro y se iban en distintas direcciones. Nunca un grupo recorría el mismo itinerario que otro.

—Manuel, estás muy distraído —dijo sor Rosario, la monja guapa a cuyas clases asistía ahora con cierta frecuencia por imposición de Paula.

—¿Qué?

—Te he preguntado el río que pasa por Zaragoza.

—El Segura.

El aula en pleno rompió a reír en una rechifla que incluyó a la monja también, lo que hizo que Mani apartase el pupitre con rabia y escapara. Paula se echaba el mantón por los hombros en el momento que llegó a la casa. No le reprendió por abandonar la escuela a media mañana. En su lugar, dijo:

—Gracias a Dios que se te ha ocurrido venir en este momento, Mani, porque me vendrá bien que me acompañes. Echa a correr, nos espera el coche de doña Elena.

No pudo Mani conseguir que su madre le explicara durante la carrera lo que estaba ocurriendo. Paula tenía una máscara de hielo sobre su expresión y cuando tomó asiento en el coche, se cubrió los ojos con las manos.

—¿Qué pasa, mamá? —preguntó Mani de nuevo.

—Han llevado a la Angustias al hospital. Ese Gustavo es un... miserable. Si leyeras las porquerías que le escribió a su hija. No lo puedo comprender. Jura que quiere verla muerta antes que rebelde a sus ñoñerías apolilladas. Pero ese niño que viene es también mi nieto. Como el barbero... vamos, es que no me podré contener.

ϒ

Miguel estaba arrodillado junto a la cama, con la cabeza echada sobre los muslos de Angustias. Se dejó abrazar por su madre, por detrás, como si no llevase ocho meses sin verla, con signos de no ser capaz de soportar más dolor. Elena se encontraba a unos diez pasos de la cama, hablando con una monja. Rafael, el mayordomo/chófer, ayudó a Miguel a incorporarse y, ahora sí, pareció tomar consciencia de que su madre estaba presente. Le sonrió y de nuevo se echó a llorar. Mani sentía una incomodidad que no conseguía explicarse, porque sus entrañas le exigían buscar a Inma.

—¿Qué se sabe? —preguntó Paula a Elena.

—Todavía, nada. No te preocupes, que dentro de un rato va a venir don José Gálvez y él nos dirá exactamente cuál es la situación. Lo que diga don José es definitivo.

Transcurrieron las horas sin que el famoso doctor acudiera y en su lugar se acercaban diferentes monjas a mitigar la impaciencia de Elena. Frustrado por no ser capaz de hacer o decir algo que contuviese el llanto de Miguel y un poco fastidiado por ello, Mani abandonó el hospital con la determinación de ir a comer a la casa del Chafarino. A mitad de la carrera, cayó en la cuenta de que Carmela iba a someterle a un interrogatorio sobre el paradero de Inma tan envuelto en llanto como el dolor de Miguel, por lo que dio media vuelta para dirigirse al corralón de Las Dos Puertas. Empujó la puerta, dispuesto a comer el primer trozo de pan que encontrara, pero inmediatamente después de él llegó Concha la Chata.

—¿Qué ha pasao, Mani?

Éste se tomó unos instantes para inventar una respuesta, dado que tampoco a ella le podía desvelar el paradero de Miguel.

—Ná, el Antonio, que se ha dao un porrazo.

—¡Qué raro! Lo he visto pasar pacá arriba no hará ni dos minutos...

La puerta cerrada de la habitación donde Antonio vivía con Ana le había despistado. Sabía lo que el cerrojo significaba y por ello no disponía de la disculpa de ir a casa de su hermano para escapar del acoso de la Chata.

—¡Ah! ¿Sí? —Mani titubeó—. Es que nosotros enseguía nos curamos de tó.

—Tú no me la pegas, Mani. ¿Qué pasa, es que ya no confías en mí?

Mientras lo preguntaba, entornó la puerta y, a continuación, acarició la bragueta del muchacho. Mani, que llevaba unos dos meses sin acudir al cuarto de la Chata y dos o tres días sin masturbarse, comprendió que esa mano podía aflojar todas sus defensas, por lo que se apartó para disculparse:

—Perdona, Concha. Tengo más hambre...

—Po ven a comer conmigo, que he preparao unas alcachofas rellenas...

—No puedo, Concha, de verdad. Voy a comerme un bocaíllo por la calle, porque tengo que ir a un mandao...

—¿Qué sabes de la familia del Templao?

—Mu poco. Dicen que se han refugiao por Alhaurín, en cá de un pariente.

—Po no es eso lo que se rumorea.

—¿No? ¿Qué dicen los chismes?

—Que tú los tienes escondíos.

—¿Yo? ¡Vamos, anda! Ni que yo fuera el marqués de Larios.

No podía continuar la conversación sin traicionarse. Cogió un pedazo de pan, lo cortó por el medio para llenarlo de chicharrones y al intentar meter el cuchillo en la caja de hojalata donde su madre guardaba los cubiertos, se confundió, porque había varias una sobre otra, y cogió una mucho menos pesada. A pesar de ello, abstraído en la necesidad urgente de escapar de la Chata, la abrió y permaneció unos segundos contemplando el contenido, atónito. Por suerte, la tapa ocultaba el interior a los ojos de Concha. Echó dentro el cuchillo para fingir que no se había confundido, cerró la caja precipitadamente, empujó a la Chata hacia la galería y se disculpó:

—Me ha salío un trabajillo en la calle Compañía y voy a llegar tarde. Adiós.

Echó a correr no sólo por eludir el riesgo de entrar en revelaciones con Concha, sino porque tenía que asimilar la novedad incomprensible de que Paula dispusiera de tanto dinero, guardado descuidadamente en un envase de hojalata. Los acontecimientos se precipitaban tan continua y reiteradamente, que había olvidado que debía indagar lo que hubiera entre Elena y Paula. En cierta medida, el dinero, más de dos mil pesetas, podía ser una respuesta, pero no aclaratoria del todo. El consejo del Chafarino era lo único inteligente que nadie le había dicho durante el año en que había cumplido los doce y era precisamente eso lo que más había descuidado. Absorto en los líos interminables, debía de parecer que se estuviera volviendo insensible al conocimiento, un bruto como la mayoría de los vecinos, y ello, seguramente, tenía que causar el desagrado del anciano ciego.

La noticia del aborto de Angustias originó secuelas entre todos los miembros de la familia. Ana se encerró en un extraño mutismo impenetrable tras decirle a Antonio con tono de reproche un enigmático «¡ya lo ves!». Ricardo pasó tres días con sus noches de penitencia, en la capilla del convento. Paco comentó que, en cierta medida, podía representar un alivio, porque ahora la boda no era tan urgente, y por primera vez en su vida debió soportar que Paula no le dirigiera la palabra durante una semana. Antonio pasó tres días literalmente borracho. Mani redobló la vigilancia de Serafín y las batidas febriles por toda la ciudad en busca de una pista que le condujese a Inma, porque habían previsto que el niño constituyera una especie de pacto de alianza entre las dos familias y ahora, tras su muerte antes de nacer, temió que el enfrentamiento pudiera desbocarse aún más y que Inma no tuviera ya salvación.

La madrugada que llegaron los tres policías de Asalto a la vivienda del corralón, comprendió que su pálpito era acertado. Fingió dormir mientras realizaban un registro superficial de las dos habitaciones y tenía lugar el interrogatorio:

—¿Mi hijo Miguel? —respondió Paula, con un convincente encogimiento de hombros—. Creo que por Barcelona.

—¿Cree usted, solamente? ¿No le preocupa lo que haga?

—¿A usted qué le parece? A mí me preocupan mis cinco hijos, tos por igual. Pero tienen libertad para hacer lo que crean conveniente y el Migue ya es mayorcito.

—¿Sabe usted si anda con Angustias?

—¿Angustias... qué Angustias?

—La hija del barbero de la esquina. Él dice que usted conoce el paradero de los dos y les ampara.

—¡Yo! Ni que yo fuera omnipotente, como Dios, cuando no tengo amparo ni pa los hijos que me quedan en casa, que namás que son dos. Amparo, yo, pa uno que está por Barcelona y que quién sabe qué hará, y pa esa Angustias que ustedes dicen... ¿Qué va a tener mi hijo ná que ver con esa muchacha?

—El señor Gustavo asegura que usted no sólo los ampara, sino que les está organizando la boda.

—¡La boda! —Paula rió con una sarcástica carcajada fingida—. El señor Gustavo, como usted dice, es una mijilla lunático. Si esa muchacha se ha escapao de su casa, tendrán la culpa sus padres, porque hay que ver cómo la trataban, como si fueran moros de la morería, que no la dejaban ni respirar. Pero si ustedes pretenden encontrarla con mi hijo, se equivocan de medio a medio. Vamos, anda. No nos faltaba más que meternos en casorios en estos tiempos, cuando no hay ni pa comer decentemente.

—Cuando... hummm, Miguel Rodríguez Robles del Altozano se comunique con usted, haga el favor de decirle que debe presentarse en comisaría, aquí o en Barcelona.

—¿En comisaría, como un tomaó?

—Cuestión de trámite señora, no tiene nada que temer.

En cuanto se marcharon los guardias, Paula obligó a Mani a vestirse.

—Corre a La Caleta y cuéntaselo a tu hermano.

Eran las diez de la mañana cuando llegó ante la larga reja rematada de saetas de bronce reluciente, tras la que aún reventaban arriates enteros de dalias y crisantemos, componiendo dibujos multicolores bajo las palmeras, los jacarandás y yucas, los ficus y magnolios y las dos araucarias. Había un coche reluciente parado ante la puerta de cristales emplomados, un vehículo que no era el de Elena y que significaba que tenía visita, probablemente de alguien poderoso, por lo que decidió aguardar.

Cuarenta minutos más tarde, se abrió la puerta y, precedida por un chófer uniformado, salió una figura oronda, que Mani contempló con asombro. Se trataba del obispo, que había visto muchas veces retratado en el periódico, alguien que para los esquemas del barrio resultaba tan distante y poderoso como los antiguos reyes.

—Vaya, Mani, has llegado justo a tiempo —le dijo Elena sonriente, casi radiante.

—¿Pa qué?

—Iba a mandar a Rafael, pero aprovecharemos que has llegado tú, porque él tiene otras muchísimas cosas que hacer. Ve a tu casa deprisa y dile a tu madre que la boda es esta tarde, a las seis y media. Será aquí cerca, en la iglesia de Pedregalejo, pero explícale que es conveniente que venga aquí, a la casa, al menos una hora antes.

Mani permanecía alelado, de pie en medio del gabinete.

—¿La boda?

—Sí, hombre. La boda de Miguel y Angustias.

—No pueden casarse. Tiene que dar su consentimiento el barbero.

—Sí pueden. El señor obispo ha dado su permiso y es definitivo. Se trata de un caso flagrante de peligro de muerte, como se demuestra por lo que le hicieron a Miguel. Ya te lo explicaré luego, que ahora debes correr a decírselo a tu madre. Encárgale que no lo comente ni siquiera con tus hermanos hasta que la boda se celebre, porque no podemos arriesgarnos a que a alguno se le ocurra interferir o hablar de más antes de las seis y media, y por eso he esperado hasta el último momento para avisaros. Con los hechos consumados, las cosas se resolverán pronto, sin más remedio, ya verás.

Cuando cruzaba el salón para la salida, se topó de frente con la pareja. Los dos lo abrazaron y Mani aceptó las caricias rígido y de mala gana, estremecido por el presentimiento de que se acercaba lo peor, la traca final.

Paula rechazó la invitación:

—¿Que vaya una hora antes... a su casa? Ni muerta. Allí no entro ni... pa mi entierro. Esa, lo que quiere es emperifollarme con cosas suyas de prestadillo, sombreros y joyas y cosas por el estilo, pa disimular nuestra condición delante de quién sabe quién, pero nosotros tenemos nuestra dignidad, ¿verdad, Mani?

—No sé, mamá. No acabo de comprender.

—Ve pallá enseguía que comas y le dices que yo iré derechita a la iglesia.

Rafael le abrió la puerta de cristales multicolores, muy sonriente, como si alguien o algo lo hubiera dulcificado de repente.

—Entra y siéntate por ahí. Hay un trajín en la casa... ¡No veas!

Rita, la hija de Elena, bajaba en ese momento los tres o cuatro peldaños superiores de la escalera, donde se detuvo, vestida como sólo había visto Mani en las películas norteamericanas y entre las turistas aristocráticas del hotel Miramar.

—Está usted guapísima, doña Rita —dijo Rafael.

—¿De veras?

—Si la viera el Rey de Inglaterra, querría convertirla en su Reina.

—¡Qué cosas dices!

—Si es que usted es la envidia de toa La Caleta y El Limonar...

—Ven, sube a ver cómo prendemos el sombrero.

—Doña Elena quería que la ayudara con la peineta y la mantilla.

—Mi madre tiene más habilidad que nadie pa esas cosas. Sube.

Mani, de quien ambos se desentendieron mientras entraban en el dormitorio de Rita, creyó oportuno dirigirse al gabinete de Elena, pero ella no estaba allí.

Aguardó un rato a solas, hasta que llegó Miguel, vestido como aparecía el príncipe de Asturias don Alfonso de Borbón, en las fotos antiguas que Mani había visto de la inauguración del Real Club de Campo de Málaga. Se echó a reír.

—Déjate de cachondeíto, Mani —protestó Miguel.

—¿Dónde está la Angustias?

—Me han echao del cuarto. La están vistiendo las criadas bajo la supervisión de doña Elena, y dicen que yo no puedo verla hasta que llegue a la iglesia. Ten, doña Elena me ha dao esto pa que te lo pongas tú. Es de su nieto.

Alzó una percha que portaba, de la que colgaba un traje oscuro, como los que usaban en las fiestas del Círculo Mercantil; también, una camisa y una corbata, y zapatos de charol que Miguel sujetaba con la otra mano.

—¡Tú has perdío el sentío! —dijo Mani—. A mamá no le va a gustar ni una mijilla que te hayan disfrazao de esa manera, así que yo ya estoy vestío de sobra.

—Mani, por favor.

—Pero… ¿te acuerdas de quién eres, Migue?

—Ahora ya no estoy tan seguro, Mani. No sé explicarte, pero… doña Elena me trata como si fuera su nieto y yo creo que ésa es la realidad, que es como si fuera nuestra familia.

Mani lo zarandeó, furioso.

—Joder, Migue, despierta.

—¿Tú no te has preguntao nunca por qué tenemos el apellido que tenemos, Mani?

—A cá rato.

—Po aquí pasa algo… que creo que es bueno pa nosotros, Mani. A Rafael se le escapa a veces alguna palabra que luego desmiente enseguía, como si lo hubieran aleccionao… y hay momentos que doña Elena me pellizca la cara y se le saltan las lágrimas. No sé lo que es, pero ná de esto es porque sí. ¿Comprendes?

—Tengo un lío que no me aclaro ni con lejía, Migue. El otro día, vi que mamá tiene en una caja de lata más de dos mil pesetas, imagina… Ni el Paco ni el Antonio lo saben, porque no les he dicho ná, pero no paran de asombrarse por los gastos que hace mamá y por lo bien que comemos. Ella dice que tiene mucha costura, pero debe ser un rollo porque dice la Concha que casi nunca vienen clientas a la casa. Yo creo que el dinero y tó lo que pasa, son líos de doña Elena. Me parece que hay algo mu, pero que mú feo, Migue, porque mamá no quiere pisar esta casa ni amarrá.

Sin decir nada, tras depositar la ropa en un sillón, Miguel le pasó el brazo por los hombros y le besó en la sien.

—El día menos pensao, te tendremos de cabeza de familia —dijo.

Mani enrojeció pero no tuvo tiempo de meditar la frase

de su hermano, porque en ese momento entró Elena en el gabinete, con expresión malhumorada bajo las blondas y vuelos de la hermosa mantilla de encaje que la cubría. Mani se quedó boquiabierto por su aspecto; embutida en un vestido de seda de color verde oscuro, parecía diez años más joven que la calurosa mañana que la conoció.

—Fijaos si las dos puntas de la mantilla están exactamente a la misma altura —les pidió, volviéndose de espaldas a ellos— He tenido que arreglármela yo sola, únicamente con la ayuda de dos criadas.

—Están perfectas... señora —dijo Miguel.

—Tienes que llamarme «Elena». ¿Cuántas veces tengo que decírtelo?

—Sí... señora.

Elena sonrió meneando reprobadoramente la cabeza. Apoyó el codo en una cómoda y paseó la mirada desde Mani hasta el traje echado en el sofá. Empujó al muchacho en esa dirección y tomó la chaqueta.

—Ven, Mani; a ver si es tu talla exacta, pa mandar arriba a buscar otro si éste no te sienta bien.

—Doña Elena, yo no puedo...

—Sí que puedes. ¿No me has dicho muchas veces que Miguel es el hermano que mejor te trató siempre? ¿Vas a hacerle el feo de ir a su boda vestido de cualquier manera, siendo como vas a ser su padrino?

Después de tragar saliva a causa del nuevo asombro, permitió como un autómata que lo desnudasen entre la anciana y su hermano, para vestirlo de aquella guisa a continuación. Mani se contempló en el reflejo del cristal de la ventana, embutido en la chaqueta con grandes hombreras, que se le ajustaba como si hubiera sido confeccionada para él y le hacía parecer cuadrado y casi adulto. La sorpresa por lo que se le encomendaba era tan grande, que apenas se maravilló de su cambio.

—¡Estás perfecto, como un príncipe de cuento! Cuando te vea mi hija, se convencerá de... Bueno, vas a ver que todos te elogian.

—¿Cree usted que le parecerá bien que lleve el traje de su nieto? ¿No le regañará?

—Mi nieto es bastante mayor y este traje ya se le ha quedao chico, no te preocupes. Pero tienes razón, Rita podría regañarme; esta familia mía, cada día me hace menos caso. Mi hija ha acaparado al mayordomo todo el día y no ha dejado que venga ni a ponerme la mantilla. Todos en esta casa me tratan como si yo fuera un mueble.

Mani halló asombrosa la afirmación.

—Yo creo que sí le hacen caso —contradijo, señalando a su hermano—. El Migue y la Angustias están aquí porque lo manda usted.

—¡Naturalmente! ¿Cómo iban a decir que no? La casa es mía, los barcos son míos y el dinero es todo mío, aunque se comporten como si yo me hubiera muerto ya... y van a tener que esperar sentaos. Cuando hablo, a veces es como si oyeran llover. Anoche, mientras cenábamos, le dije a mi nieto Alonso que no discutiera con su hermanita Elena, que es cinco años menor... tiene tu edad. Pues bien, ¿te acuerdas, Miguel, de lo que hizo mi yerno? Fíjate, Mani, me dijo que yo no tenía que interferir en la educación de sus hijos, que él sabe llevar las riendas... ¡Que yo no puedo meterme en la educación de mis nietos, habráse visto...! Se pasan el día recriminándome: que si soy una excéntrica, que les pongo en evidencia, que qué dirá la gente... ¡Ponerlos en evidencia yo, que he entrado centenares de veces en el palacio real como si fuera mi casa! Lo de Miguel, me lo echan en cara a todas horas cuando ni él ni Angustias están presentes. Pero ya viste, Miguel, que anoche tuvieron que apechugar con que tú y ella comiérais en nuestra mesa por ser la víspera de la boda. En última instancia, quien manda soy yo, pero cada día resulta más complicao...

Cuando llegaron a la iglesia Mani y Elena, ya estaban casi todos: Rita, sus dos hijos y su marido, la mayoría de la servidumbre y Miguel. Rafael regresó a la mansión con el hispano-suiza de Elena en busca de Angustias. A las seis y cuarto, embutida en un elegante traje color vino tinto que nunca había visto Mani, llegó Paula, que miró a sus dos hijos de un modo que nadie fue capaz de interpretar; no había disgusto ni alborozo en sus ojos, tampoco reprobación ni asentimiento; parecía comprobar tan sólo que las cosas estuviesen en regla. Rita y ella se examinaron de una manera que a Mani le pareció un cálculo respectivo de fuerzas, hostil pero envuelto en sonrisas corteses, como si hubieran acordado aplazar algo. El marido de Rita contempló a Paula largo rato sin soltar su mano, como si tuviera la necesidad de descubrir en sus rasgos un detalle previsto. Elena la tomó del brazo, obligándole a dirigirse hacia la sacristía, y unos cinco minutos más tarde reapareció Paula tocada con mantilla y peineta y dos broches refulgientes, uno en los fruncidos de encaje de la nuca y otro, en el pecho. Por el rictus de sus labios, parecía que la llevasen al matadero.

Muy pocos minutos más tarde, Rafael tocó a Mani en el hombro.

—Ven, que ya ha llegao la novia.

Recordó que el papel que le habían asignado le obligaba a recorrer el pasillo dando el brazo a Angustias, idea que le pareció aterradora. Cruzó la puerta hacia el exterior preguntándose cómo iba a poder hacerlo, pero se detuvo de pronto y olvidó la pregunta al contemplar a la que iba a convertirse en su cuñada. Angustias había adelgazado mucho tras el aborto, pero los encajes, rasos y flores de su tocado y el trabajo cosmético que las criadas de Elena habían realizado en su cara compensaban generosamente la delgadez; siempre había sido hermosa, la más bella muchacha que conocía descontando a Inma, pero ahora no sólo era hermosa, se trataba de una especie de ángel deslumbrante que hubiera sido dibujado por un demonio tentador. Su belleza tenía visos alucinantes de sobrenaturalidad, que rebasaba con exageración la magia y la intangibilidad de las actrices que tantos de sus sueños protagonizaban. Imperio Argentina le parecía de repente vulgar y rechoncha y Katharine Hepburn y Greta Garbo, dos desgarbadas zancudas comparadas con la gracia suave y envolvente del ave del paraíso que no podía dejar de mirar de reojo mientras emprendían la marcha iglesia adentro, ella aferrada a su brazo como si estuviera a punto de desmayarse. Conforme avanzaban por el pasillo entre los bancos y reclinatorios casi vacíos, Mani determinó que la sonrisa jubilosa y agradecida de Miguel le compensaba por el maltrago que estaba pasando en el centro de las miradas que, aunque se dirigían a Angustias, también le enfocaban a él. Paula, que parecía sujetar a Miguel en el altar, como si también él pudiera desmayarse, les observaba avanzar con una expresión que Mani trató de descifrar sin conseguirlo; el llanto le hubiera parecido lógico; la satisfacción, consecuente; el orgullo, normal, porque, ciertamente, Miguel, dentro de su traje oscuro, era tan hermoso como la que iba a ser su mujer; pero lo que Mani percibía en las pupilas de su madre carecía de tales ingredientes; se trataba de algo que le hacía pensar en un acta oficial, un certificado o la sentencia de un tribunal, como si esa tarde culminara una de las etapas esenciales de su vida.

Luego, durante el convite en un pequeño y modesto merendero de playa cercano, cerrado para ellos y donde eran los únicos comensales, ese aura indescifrable continuaba en la tez de Paula.

—¿No te parece imposible que haya una pareja más guapa en el mundo? —preguntó Elena a su hija.

Aunque se trataba de una evidencia indiscutible, Rita asintió de un modo que a Mani le pareció forzado y a regañadientes. Su actitud había sido la misma desde que la viera esa tarde a medio bajar la escalera de mármol blanco: como si engulliera una purga que le forzaban a tomar. Con aire de concentración, y como si pretendiera eludir las observaciones de su madre, se puso a descerrajar una cigala con cuchillo y tenedor, asombrosa operación que Mani no había visto realizar en su vida.

Al principio, varios brindis fueron dirigidos por Elena, pero poco a poco, Alonso Betancur, el marido de Rita, fue tomando formalmente las riendas. No paraba de mirar de reojo a su suegra, como si temiera que ésta pudiera pararle en seco en el momento más inesperado, pero fue él quien aprobó todas las botellas de vino que se descorcharon, quien autorizó que se sirviera la sopa de rape, quien asintió cuando el jefe del merendero preguntó si podía comenzar a servir la carne en salsa con patatas y quien señaló el orden de prelaciones en el servicio de platos, tras los novios.

A medio banquete, llegó de nuevo Rafael, precediendo a Paco, Antonio y Ana, los tres con trazas evidentes de no haber digerido todavía ni la novedad ni las circunstancias, aunque el recorrido en coche debía de haberles tomado cerca de media hora y millares de especulaciones. El chófer se acercó a Elena para susurrarle:

—El otro ha dicho que tiene que cumplir con sus deberes en el convento.

En ese instante, Mani sorprendió un cruce de miradas entre Elena y Paula. En la expresión de la anciana vio un leve alzamiento del mentón, un gesto que significaba «para que veas», y en la de su madre, la más profunda gratitud de la que jamás la hubiera creído capaz. Ni Paco ni Antonio hablaron apenas; lanzaban miradas esquinadas a Elena y de franca antipatía al yerno, pero Ana parecía sentirse completamente a gusto, pues no sólo habló como un torrente con Angustias, sino que también les dio conversación a todas las mujeres de la mesa, señoras y servidoras. Al pedir Alonso

Betancur la entrada de la pequeña tarta, fue Ana quien dispuso que Mani, Antonio y Paco se situasen rodeando a Miguel, para la fotografía.

Después de la ceremonia más formal que habían podido improvisar, con azahares aunque fuesen artificiales, tul blanco, satén, marcha nupcial al órgano y señoras tocadas con mantilla, tenía lugar un banquete convencional y el fotógrafo estaba preparando su cámara para la foto familiar, con todos los comensales posando para una posteridad de tópico. De las exigencias de Paula, sólo había faltado que la familia de Angustias estuviese presente.

Velaba tantas horas persiguiendo a Serafín en busca de una pista del paradero de Inma, que luego dormitaba toda la mañana en la escuela, a donde Paula le exigía que fuese con firmeza que aumentaba día a día. Sospechaba que Paula pretendía forzarle a abandonar una búsqueda que ella consideraba ya inútil, haciéndole sentir tanto sueño que tuviera que acostarse, como decía ella, «a la hora que se acuestan los muchachos que tienen porvenir», pero él estaba convencido de que no era inútil, que el esfuerzo de buscar a Inma sería recompensado. Sor Rosario, la guapa y joven monja, lo pillaba constantemente desprevenido cuando no sencillamente dormido con la cabeza echada sobre los brazos cruzados encima del pupitre. Siempre respondía su pregunta con un repullo y con lo primero que le venía a la mente, lo que ocasionaba a diario carcajadas y burlas de sus condiscípulos, que le parecían todos meones apenas destetados. Él tenía cosa más urgentes e importantes que hacer que perder el tiempo entre chicos que probablemente se orinaban en la cama y las clases le aburrían sobremanera; unos asuntos, porque los conocía muy bien gracias a los periódicos y otros, como la capital de Bulgaria, porque le importaban un pimiento.

Habían dejado de incomodarle las rechiflas, porque se sentía mayor y muy lejos de la alegría inconsciente y la ignorancia egocéntrica de sus compañeros.

Antes de subir a comer, y parado todavía en el empedrado de calle Curadero, dedicó unos minutos a maquinar cualquier pretexto que pudiera convencer a Paula de no obligarle esa tarde a ir a la escuela. Había urdido un plan: se presentaría en la sede principal de los fascistas y les diría que quería ingresar en su partido, o lo que quiera que fuese esa organización a la que ellos daban nombres bélicos romanos. Simulando durante un mes o dos ser de su cuerda, esperaba poder averiguar qué había pasado con Inma, porque necesitaba verla y porque tanto él como Carmela empezaban a ser incapaces de engañar más al Templao escribiendo mentiras sobre su mejoría, aunque el Chafarino les ayudaba a inventar argucias para vadear la cuestión sin entrar en detalles. Tenía la esperanza de que Inma retornara de su enajenación y volviera a ser el ángel que había amado con todas sus fuerzas.

—Ven, Mani.

Paco llegaba corriendo desde la calle Huerto de Monjas y al verlo, saltó a su lado, aferró su brazo y le empujó a saltos escaleras arriba.

—¡Han disuelto las Cortes! —gritó Paco, alborozado, al irrumpir en la habitación, donde ya estaban sentados a la mesa Antonio y Ana, mientras Paula acercaba platos hacia el anafe, donde hervía una cacerola llena de grandes tajadas de carne de cordero guisada—. En tres meses, habrá gobierno popular.

—Bastaría con que hubiera un gobierno capaz de imponer orden —dijo Paula.

—Los gobiernos son todos malos —sentenció Antonio con indiferencia.

—No digas sandeces, Antonio —protestó Paco—.

¿Cómo va a ser igual el gobierno del pueblo que el de los banqueros y la Iglesia?

—El pueblo gobernará de verdad, como tiene que hacerlo, o sea, por sí mismo... cuando hayamos acabao con tos esos fantoches almidonaos.

—Déjate de barbaridades, Antonio —exigió Paco—. Ningún pueblo puede vivir a su aire, sin leyes ni reglamentos. Mucho menos el nuestro, que se ha visto condenado a la incultura desde que nos conquistó Castilla. Antes de conseguir esa Arcadia utópica con la que sueñas, habría que pensar en extender la cultura, que nadie deje de tener acceso a la enseñanza ni a la universidad. Vista la novedad de hoy, lo que tenemos que hacer los obreros es unirnos sin fisuras y organizarnos, ir todos a una, pa que no vuelvan a secuestrar la voluntad popular como la otra vez. Tenemos la responsabilidad histórica de evitar que haya enfrentamiento entre las izquierdas y preparar las elecciones con toa la astucia del mundo y con método.

—Lo que tenéis que procurar —intervino Paula— es no meteros en líos.

—Quédate tranquila, mamá.

—¡La de curas que nos vamos a cargar! —exclamó Antonio con expresión orgásmica.

—¡Antonio! —Paula le dio un golpe en la cabeza con la espumadera—. ¿Te has olvidao de tu hermano Ricardo?

—¡Ese tontopolla! Lo mejor será que vuelva con nosotros, pa que nadie vaya a darle un disgusto.

—Díselo tú —ordenó Paula.

—¿Yo? No piso el convento ni arrastrao.

—No tienes compostura, Antonio —dijo Paula con desaliento—. ¿Qué error habré cometido yo al criarte?

—No se preocupe, Paula —rogó Ana—. Irá a hablar con Ricardo. Ya lo convenceré cuando yo esté a solas con él en mi casa.

—Mamá —dijo Paco—, no has cometido errores con ninguno de nosotros. Has sido siempre una madre maravillosa, aunque seas un poquillo mentirosa, pero nosotros tenemos nuestras obligaciones, incluso el niño, porque ya es un hombre.

—¿Que soy mentirosa? ¿Qué quieres decir?

Paco alzó el tenedor con una tajada de carne. El guiso desprendía aromas muy suculentos.

—Esto, mamá —respondió Paco—. ¿A qué se debe nuestra prosperidad, si las vecinas me dicen que aquí no viene casi nadie a probarse ropa?

—¿Has mandao espiarme? —la expresión de Paula era de sumo desagrado.

—No, mamá. En este corralón, la gente tiene la lengua mú larga, lo sabes de sobra. Y aunque nadie hablara, ¿no te das cuenta de que tenemos ojos y entendimiento? ¿De dónde sale tó esto, mamá?

—De la costura —afirmó Paula, contundente, y salió a la galería como si recoger la ropa tendida fuese una tarea inaplazable.

En la mesa, permanecieron unos minutos en silencio.

—Déjala, Paco —pidió Ana—. ¿Qué más te da de dónde saca el dinero?

—Es que no lo puedo comprender, Ana. Lo que pasa no es normal. Me preocupa que pudiera estar haciendo algo que no esté bien.

La frase de Paco le revolvió las tripas a Mani.

—Mamá no haría en su vida ná que no esté bien —afirmó, alzándose del asiento para dar mayor firmeza a la frase. Se tomó unos instantes para pergeñar un discurso coherente y añadió—: yo voy casi tó los días a entregar los vestidos que hace y se está quemando los ojos ensartando agujas por las noches, ¿te enteras? Es ropa mú bien pagá, porque le cose a la gente más rumbosa, varias señoras de La

Caleta y las que más fácilmente derrochan el parné, las putas finolis de calle Beatas y las entretenías del Compás de la Victoria... por eso, por lo de las putas, es por lo que a ella no le gusta contarlo. Lo que pasa es que tú no te enteras de ná; siempre estás que si en Cádiz, que si Almería, que si en Graná... paras menos en Málaga que un caramelo a la puerta de un colegio... ¡Cómo tienes el valor de decirle esas cosas a mamá!

Paco miraba a su hermano menor con deslumbramiento. Sonrió.

—Está bien, Mani —dijo alborotándole el pelo—. Demos el asunto por zanjado, ¿vale?

—Vale. Y no vuelvas a ponerla de mala uva, que bastante tiene.

—Tienes razón. Ahora debemos pensar en las elecciones.

Mani conservaba un recuerdo muy vago de las últimas elecciones, recuerdo en el que se confundía lo que había visto con lo que oía contar. No podía votar, evidentemente, pero se sintió involucrado en los preparativos que siguieron. Puesto que después de lo ocurrido en la última visita a la barbería no le apetecía aparecer por allí, y los fascistas seguían siempre en la puerta como si se hubieran petrificado, decidió sisar monedas de la lata donde Paula guardaba el dinero, con objeto de comprar el periódico, el mismo que él y sus hermanos habían vendido durante años y él había leído gratis desde que tenía memoria. En primera plana, un editorial con grandes titulares pedía el voto para las derechas. Aconsejaba entre gigantescos signos de admiración que votasen contra la revolución atea y un tal Salazar Alonso acusaba al gobierno de sumarse, con su dimisión extemporánea a la ola revolucionaria que arrasaba España. Esta imputación le pareció estrambótica a Mani: ¿cómo iban a estar conchabados los ministros de cuellos duros y nombres raros con sus desharrapados vecinos? Era imposible imaginarles asaltando tiendas para dar de comer a sus hijos o escondiendo pistolas en los baúles de ropa vieja.

Pero a pesar del arrebato ante lo que Paco anunciaba como el advenimiento de todas las bienaventuranzas, no cejó en la búsqueda de Inma. Cada noche seguía a un cuarteto de fascistas diferente, a ver si descubría pistas. Una noche, siguió a Serafín y los otros tres, porque el hijo del barbero no enfiló el camino de regreso al barrio, detalle que le pareció significativo. Atravesaron todo el centro en dirección oeste. Notó que la gente volvía a mirarles con expresiones hostiles, cosa que había ido dejando de ocurrir hasta el día anterior a la disolución de las Cortes, pues antes les cedían apresuradamente el paso con signos de temor, no de respeto, pero ahora volvían los sarcasmos gestuales y la reprobación indisimulada. Recorrieron el paseo de la Alameda, cruzaron el Guadalmedina por el puente de Tetuán y entraron en el laberinto del barrio del Perchel. Mani dudó un segundo, porque Paula se enfadaba cuando se enteraba de que había estado en El Perchel de noche. Iba a perderlos de vista y su necesidad de descubrir pistas de Inma era apremiante; decidió mentir a Paula y echó a correr para alcanzarlos. Pasados los primeros metros, donde se abrían las incontables y míticas tabernas de mala nota y el cine Rialto, las calles eran húmedas y sórdidas, más aún que las del Molinillo. No existía un tramo recto, las paredes carecían de alineación, invadían la calzada o se retranqueaban sin orden ni apariencia de que uno solo de los constructores hubiera intentado cierta armonía en su obra. Imaginó que los edificios tendrían plantas trapezoidales o más irregulares aún. Serafín y sus amigos entraron en un patio empedrado con grandes losas grises muy desiguales y algo enfangadas. Mani pasó de largo ante el portal, por si ellos giraban la cabeza hacia fuera. Volvió atrás y oteó al pasar. Los cuatro se hallaban de espaldas a la puerta, en medio del patio, lo que le dio confianza para asomar la cabeza a medias por el quicio. Serafín se había agachado y hablaba con un niño pequeño, de unos cuatro años. El niño desapareció del cuadro que Mani podía alcanzar a ver: volvió al poco, de la mano de una mujer que sería su madre. Serafín sacó un billete del bolsillo y se lo entregó, y ella comenzó a hacer reverencias con gestos de alegría e incredulidad. Al retirarse para regresar a su vivienda, se volvió de frente hacia los cuatro uniformados y alzó la mano, saludándoles con la palma extendida.

La escena se repitió en otros patios. Cada vez era uno distinto de los cuatro el que entregaba el dinero y siempre la persona que lo recibía reaccionaba igual que la madre del niño. En el undécimo patio, Mani se hartó. La acción era reiterativa y no había ni sombra de una pista de Inma. Si se dedicaban a comprar votos de ese modo, allá ellos; podía ser cómico, delirante, iluso e inútilmente dispendioso, porque nadie repetiría el saludo fascista cuando los cuatro se hubieran marchado, pero esa tontería no era su problema. Su problema era encontrar a Inma.

Una de tales noches, antes de acabar de subir las escaleras del corralón de Las Dos Puertas, descubrió que el barbero y su mujer, Bernarda, se encontraban ante la puerta de su vivienda, como si se despidieran de Paula. No gritaban ni gesticulaban con aspavientos, aunque no hubiera la menor cordialidad en sus ademanes, pero algo nuevo estaba ocurriendo.

A la mañana siguiente, se levantó temprano y fingió que iba a la escuela, pero en realidad se dispuso a visitar la casona de La Caleta, a investigar si estaba perdiéndose cualquier nuevo plan. Se entretuvo un rato en el Café Central, leyendo el periódico lleno de proclamas electorales, y luego tomó el tranvía. Antes de llamar a la puerta, dio una ojeada por el vecindario, hasta descubrir un jardín donde robar doce de las pocas rosas que florecían en Málaga con el cambio de año, grandes flores de color amarillento que resultaban un poco bastas pero servirían a sus fines.

Vaciló unos minutos antes de agitar el llamador, puesto que no le esperaban y temía no ser recibido con cordialidad. No tuvo tiempo de llamar, porque Rafael apareció por el extremo del jardín donde se hallaba el garaje:

—Hola, Mani —le saludó—. ¿Quieres entrar, has llamado ya?

El salón a donde le llevó, uno situado en un ala de la casa donde nunca había estado, se encontraba demasiado concurrido para un aparte con Elena, y ésta no le invitó a dirigirse al gabinete. Conversaba con su hija que, de pie, se probaba un vestido largo de fiesta. Rafael se encajó un acerico en el brazo y se arrodilló junto a Rita.

—Se ve usted como una aparición —dijo antes de ponerse a igualarle el bajo.

—¡Adulador!

—Es verdad, doña Rita. El talle, ohhhh, el vuelo, qué maravilla, el escote, como el de una diosa y en conjunto, como si tuviera usted... ¡dieciocho años!

Mani contuvo las ganas de reír y en ese preciso momento fue cuando Elena pareció tomar consciencia de su llegada.

—Mani, ¿no tienes colegio hoy?

—No —mintió, al tiempo que le entregaba las rosas.

—No me traigas más flores, chiquillo, no se te vayan a espinar las manos —dijo la anciana, guiñándole un ojo—. Siéntate. ¿Has desayunado?

Asintió distraídamente, por lo que Elena debió de interpretar mal su gesto, ya que agitó la campanilla y encargó a la criada una taza de chocolate y pasteles. Mani vio que tendría que esperar, pero supuso que Elena habría deducido que necesitaba preguntarle algo. Rafael, a quien tanto había temido un año y medio atrás, ahora le hacía gracia con su grititos, parecidos a los de Raquel Meller, las cosas que decía, tan inconcebibles en un hombre según los cánones del barrio, y sus movimientos de gelatina. Elena pareció reanudar una discusión.

—Mira, Rita, tú dirás lo que quieras, pero a mí el vestido me parece muy, pero que muy excesivo pa los tiempos que corren.

—No pretenderás que vaya al baile de la Prensa vestida como una criada.

—¡Dices unas cosas!

—Parece usted enteramente Eugenia de Montijo. ¡Es sublime! —dijo Rafael, alzando la cabeza con expresión de arrobo.

—¿Verdad que sí, Rafael?

—¡Digo! Es que... si usted quisiera presentarse, seguro que la nombraban Reina del baile, porque más que Reina, es usted una emperatriz como la granadina que volvió loco a Napoleón III.

—Vamos, no exageres. ¡A mi edad!

—Está usted como una chiquilla, doña Rita. No aparenta usted ni... veinticinco años.

Mani sentía de nuevo ganas de soltar la carcajada, porque el mayordomo había envejecido a su jefa siete años en cinco minutos.

—¿Has conseguido igualar el bajo?

—Sí, pero aquí, en el talle, habría que coger una pinza.

—Tendremos que llamar de nuevo a la modista, con lo atareada que dice que está, entre las navidades y el carnaval.

—Llama a Paula —propuso Elena.

Aunque se trató de un gesto muy fugaz, Mani advirtió que Rita había fruncido los labios y revivió en su mente las expresiones de Paula y Rita cuando se saludaron durante la boda de Miguel, una escena que aún no había sido capaz de interpretar.

—Podemos arreglarlo de otro modo —propuso Rafael—.

¿Qué le parece si prendemos aquí su collar de perlas de tres vueltas? Quedaría maravilloso en el arranque de las lazadas de tul del miriñaque.

—¿Tú crees?

—Segurísimo, doña Rita. La tela es preciosa y el vestido es una delicia que... parece usted un hada. Pero le falta algo de esplendor, a tono con su categoría. Yo le pondría no sólo las perlas, sino también unos cuantos broches bajando al bies por el corpiño, desde el hombro izquierdo hasta la cadera derecha, formando una guirnalda.

—No es mala idea.

—Tendría que ser con las joyas de platino. Las de oro no le irían bien a este vestido de lamé plateado.

—Mañana haremos la prueba —concedió Rita.

Tardaron una hora más en decidir cómo hacer que fuera más fastuoso un vestido tan suntuoso que parecía sacado de un cuadro cortesano goyesco. Con alivio, Mani vio que por fin Elena le precedía hacia el gabinete.

—¿Cuál es el problema, Mani?

—Anoche, vi a los padres de Angustias hablando en la galería con mi madre.

Elena asintió muy levemente a su propio pensamiento.

—Ya —se limitó a decir.

—¿Sabe usted por qué?

—¿Yo? ¿Qué te hace creer que yo tendría que saberlo?

Mani no se atrevió a reconocer en alta voz que sospechaba que la anciana y Paula estaban conchabadas y en comunicación permanente, suponía que por medio de notas que traía y llevaba a diario Rafael, para solventar de una vez el problema. De todos modos, le bastaba con el leve asentimiento de Elena; ese gesto, representaba para él la confirmación, pero sabía que la anciana no iba a hacerle ninguna confidencia más, salvo que le asignara una misión concreta en lo que estuviese tramando.

—Ná, doña Elena... es que se lo decía pa estar al liquindoy, por si tuviera que llevar un recao, una carta o... yo qué sé.

Elena le escrutó con una media sonrisa en los labios. Miguel era físicamente idéntico a su abuelo, pero Mani reencarnaba plenamente su carácter; haber conocido tan a fondo al abuelo le permitía eludir sin dificultad la ingenua trampa del nieto.

—Pregúntale a tu madre. Por mi parte, no tengo ningún encargo que hacerte.

Mani regresó hacia el barrio enojado; no había conseguido su propósito y lograrlo con Paula sería mucho más improbable.

Podía ir a la barbería. Ello le obligaría a pasar entre los cuatro uniformados petrificados en la entrada y arriesgarse a que le dieran una paliza; por supuesto, podía asegurarse de que hubiera varias vecinas en la calle que fuesen testigos de su llegada al local. Pero no había fascistas cuando llegó, casi a mediodía; hizo votos mentales porque Paula estuviese en el mercado, de manera que nadie le fuese con el chisme de que estaba haciendo novillos antes de que él pudiera aclarar sus dudas, y pidió a Gustavo el Granaíno un corte de pelo.

—Hay cosechas que se pierden por permitir que crezca la mala yerba —murmuró el barbero cuando comenzó a cortarle los rizos, como si hablara consigo mismo.

—Y hay yerba que parece mala y luego resulta que es medicinal —dijo Mani, reformando una frase que había leído en un calendario.

—Vaya, vaya con el redicho —dijo el barbero, de nuevo como si no hablase con él.

Fingió ensimismarse en el periódico que sujetaba, aunque ya le había dado un repaso antes de ir a La Caleta. Entre la tensión que le causaba la duda de interrogar o no al barbero y el temor a que éste simulara un accidente para cortarle una oreja, le costaba fijar la vista en las columnas impresas y apenas podía entender el galimatías en que se estaban convirtiendo las acusaciones entre los diferentes bandos, ni conseguía determinar quiénes eran los buenos y los malos, quiénes decían la verdad y quiénes mentían con las réplicas y contrarréplicas llenas de superlativos, entrecomillados, insultos cortados por puntos suspensivos y términos grandilocuentes que le daban la impresión de no tener nada que ver con el resto del párrafo. El período electoral coincidía en el tiempo con los preparativos del carnaval y a Mani le parecían a cual más entretenido; el carnaval de las elecciones y las solemnidades carnavalescas se confundían en los reclamos como si no hubiera demasiada diferencia.

—Un día, lo descubriremos... —dijo el barbero entre dientes, en el mismo tono de no estar conversando sino consigo mismo.

Mani hizo un esfuerzo para interpretar la frase. Naturalmente, tenía que referirse al refugio de su hija. ¿Le habría contado Paula que ya era una mujer casada? ¿Habría vuelto a afirmar Gustavo que antes muerta que casada con un rojo? Siempre que iba a La Caleta, tenía la convicción de que le seguían; por ello, antes de tomar el tranvía y después, solía hacer y deshacer muchas veces el mismo recorrido, hasta convencerse de haberles dado esquinazo a los persecutores, de manera que en dos ocasiones había llegado hasta el final de la línea, en El Palo, sin darse cuenta, y se paraba a esperar la vuelta ante el colegio de los jesuitas donde, según afirmaba Paco más reverente que irónico, había estudiado José Ortega y Gasset, abrumado por el temor a que salieran también de ese colegio fascistas aliados con los amigos de Serafín en su persecución. Nunca había descubierto a Serafín tras sus pasos, pero sí a sus amigos, que solían fingir con mucha torpeza que no hacían lo que estaban haciendo, y las últimas semanas, sobre todo desde la desaparición de Inma, se desplazaba mirando más atrás que delante. La sensación de acoso era persistente aún cuando no veía a ningún fascista cerca, y la inquietud ya no se limitaba sólo a sus desplazamientos hacia La Caleta y la playa de la Isla, sino que le asaltaba siempre que iba por la calle. Dentro de pocos días, tendría que circular por caminos menos frecuentados, porque Paula lo mandaría a entregar los numerosos disfraces que le habían encargado, incluidas muchas casas de La Caleta y El Limonar, porque en los opulentos barrios de la aristocracia había enorme preocupación sobre lo que trajeran las elecciones y por ello, parecían necesitados de equiparse más lujosa y entusiásticamente que nunca para disfrutar un carnaval que muchos temían que pudiera ser el último de sus vidas.

De reojo y a través del espejo, Mani descubrió que los cuatro compinches de Serafín acababan de ocupar sus puestos ante la barbería. Hizo cuentas. Por como iba el corte de pelo, calculó que llevaba unos diez minutos sentado en el sillón y habría llegado unos dos o tres minutos antes; aproximadamente, doce minutos, que muy bien podían haber gastado los cuatro jóvenes en dar un rodeo al barrio para fingir que no venían siguiéndole desde el tranvía, al menos, porque estaba seguro de que no le persiguieron en La Caleta y tampoco ninguno de ellos había viajado en el tranvía con él. Cayó en la cuenta de que la guardia ante la barbería podía no tener otro objetivo que vigilarle a él, pensamiento que lo llenó de ira e inquietud.

—Menos mal que las elecciones pondrá las cosas en su sitio, Dios lo quiera —murmuró el barbero—. El yugo y las flechas marcarán el sendero para recuperar el camino del imperio hacia Dios y todo lo que los rojos degenerados nos están quitando.

Ahora, Mani deseó fervientemente que el corte de pelo acabase. Mientras ojeaba el periódico con muy escasa concentración, columbró que quizá su madre había realizado todos los intentos posibles y que el barbero podía haberse negado a ceder ni un suspiro. Un titular del periódico le llamó la atención: «este año, no habrá sangre en el carnaval»; con el argumento de que podía resultar muy peligrosa según demostraba la experiencia, habían decidido prohibir la batalla de flores «a causa de las heridas producidas al año pasado con piedras envueltas en flores». Tampoco habría desfile de carrozas y comparsas, pues quienes habitualmente organizaban los actos más solemnes del carnaval se hallaban muy atareados con los mítines y muchos de ellos tendrían que figurar en las mesas de los colegios electorales. Todos, hasta en La Caleta, estaban convencidos de que iban a ganar las izquierdas, pero el periódico continuaba con sus apocalípticos vaticinios y sus invocaciones de «las esencias patrias».

Abandonó la barbería convencido de que cualquiera que fuese la iniciativa que Paula hubiera puesto en marcha, se había frustrado ya, según la conducta del barbero. Por lo tanto, él tenía que imaginar otro camino.

A pesar de los anuncios promisorios de Paco, o tal vez por el barrunto de que nadie podría impedir a las izquierdas conquistar el poder, en el corralón de Las Dos Puertas se hablaba más de carnaval que de elecciones. Los vecinos habían formado dos murgas que se encontraban ensayando en ese momento, hora del almuerzo; una, compuesta de casados y la otra, de solteros. Las letrillas eran lo más soez que Mani recordaba: aludían a las ventajas y desventajas de dormir solo («las durezas que se aflojan no se aflojan con la mano»), llevar camisas remendadas y sufrir a las suegras («siempre le digo que me zurza los calzones, rajaos por lo que abultan y me pesan los cojones»). Los casados ensayaban en el patio y los solteros, en la galería, por turno.

Únicamente notaba Mani desinterés por el carnaval entre los que tenían familiares presos, muy numerosos en el barrio, lo que se hizo notar por la gente que, hasta el día de las votaciones, llegaba a todas horas preguntando por Paco. «Paquillo de mi corazón, a ver si te enteras de si lo van a soltar...» A cada visita, iba confirmándose que Paco sería en pocas semanas alguien muy relevante.

Con la mayoría de las instituciones desentendidas de los actos que habían venido organizando tradicionalmente, el carnaval de 1936 pareció una fiesta retornada a sus orígenes: verdadera y espontánea celebración popular o, como aseguraba Elena, «de la chusma». Abundaban los disfraces en los que lo escatológico y lo procaz se elevaban para componer espectáculos de humor, envuelto todo en un ropaje musical que no dejaba en algunos casos de tener su lírica. A Mani le gustaba más la música que la letra, le entusiasmaban el ritmo y los gestos espasmódicos con que los murguistas interpretaban las coplillas. Curiosamente, muy pocos escribieron ese año canciones políticas ante la incertidumbre de los resultados, puesto que el domingo de piñatas caía una semana después de la jornada electoral y los carnavalistas presumían de ser notarios fidedignos de la realidad en tiempo presente, a pesar de que todos ellos y toda la ciudad anticipaban que las elecciones iban a cambiar el mundo.

Paco ocupó la presidencia de la mesa electoral del barrio. Mani pasó todo el día rondando la larga fila. El Guardia de Asalto le expulsó muchas veces, pero volvía a acercarse a la mesa con el pretexto de llevar a su hermano un recado o un bocadillo. Una de las primeras personas en llegar fue sor Rosario, la monja guapa de La Goleta a cuyas clases había asistido muy poco el último mes. Iba acompañada de otra monja que Mani no había visto nunca. Depositaron las papeletas y se retiraron. Mani vio marcharse a su maestra con simpatía y hasta con admiración, porque resultaba muy airosa y bella bajo las grandes alas blancas de su toca. Le asombró verla de nuevo en la fila a media mañana. Sabía que sólo se podía votar una vez, pero al verla repetir supuso que dispondría de algún privilegio. Llegado su turno, esta vez junto a una monja distinta de la primera ocasión, introdujo su segunda papeleta en la urna. Las dos se aproximaron a la mesa con la cabeza agachada: Mani notó que sus manos se movían con torpeza, como si estuvieran nerviosas, y que atinaron con mucha dificultad a introducir el papel por la ranura. A primera hora de la tarde, y ahora acompañada por la madre superiora, sor Rosario ocupaba por tercera vez una plaza en la fila. Paula le había dado a Mani un bocadillo de anchoas con queso y tomate para Paco y las vio cuando se le acercaba para entregárselo. Susurró al oído de su hermano:

—Paco, ¿las monjas pueden votar más de una vez?

—Déjate de chalaúras, Mani. Ellas votan como tó el mundo.

—Po que yo sepa, esa de ahí, la guapa, ha venío ya tres veces.

—¿Estás seguro?

—Claro que sí; es mi maestra.

—Tendría que haberme fijado, porque es un bombón.

Paco puso al corriente del caso a sus compañeros de mesa. Cuando le llegó el turno a sor Rosario, Paco se echó a reír con socarronería. Ella debió de interpretar acertadamente la risa, porque su cara se volvió rojo granate.

—Hermana —dijo Paco—; ¿cuántos votos ha traído, uno por cada persona de la Santísima Trinidad?

Sor Rosario bajó la mirada. Intervino la superiora.

—Es que tenemos en la comunidad siete hermanas enfermas que no pueden venir.

—Aún en el caso de que fuera verdad, eso no justifica que cometan fraude.

—Pero...

—Anden —atajó Paco—. Váyanse al convento, a rezar y pedir perdón a Dios por su pecado. Y no vuelvan más, no sea que tengamos que declarar nulo el resultado de esta mesa.

Mani las siguió con la mirada; su porte, que habitualmente le parecía altivo, demostraba que estaban avergonzadas como niñas cogidas en falta. Hubo rechifla en la fila pero, de pronto, las risas se congelaron en expresiones hurañas. En la misma dirección por donde se habían retirado las monjas, se acercaba el barbero. Tal vez porque ninguno de los que esperaban deseaba que interfiriera en sus chácharas, le abrieron un pasillo para cederle el paso. Hasta el que en ese instante se disponía a depositar su papeleta, apartó la mano de la urna y se hizo a un lado, de modo que Gustavo el Granaíno llegó hasta la mesa sin haber tenido que detenerse en ningún momento. Paco pronunció las rituales preguntas de identificación, pero sin mirarlo a la cara ni esperar su respuesta; le señaló la urna, se produjo la introducción de la papeleta y el barbero se retiró rodeado por el mismo silencio y el mismo desdén.

—¿Quién ha ganado en el barrio? —preguntó Mani a Paco cuando concluyó el recuento.

—¿Quién va a ganar? ¡Nosotros! Las derechas han sacao namás que veintiún votos.

Sin embargo, los gobernantes les tuvieron muchos días con el alma en vilo. Los periódicos jugaban con los números como si fueran piezas de un rompecabezas. Trescientos, ciento sesenta, doscientos siete, ciento cuarenta y siete, doscientos cuarenta y uno. El domingo de carnaval, un día completamente gris y muy desapacible, que disuadió a mucha gente de salir a carnavalear, a pesar de lo cual la masa de disfraces que ocupaban las calles del centro y el paseo del Parque era inmensa, todavía no conocían el resultado oficial de las elecciones. Paula, cuya intención era atajar lo que ahora le parecía inminente, que Paco o Antonio, envalentonados, decidieran cortar de raíz los problemas que el barbero les causaba, no encontró ánimo para confeccionar un disfraz para Mani quien, por otro lado, tampoco sentía ganas de disfrazarse, por lo vivos que eran sus recuerdos del carnaval anterior, llenos de carcajadas entre Inma y su hermano. Como quien ejecuta un rito de la añoranza, se probó el pierrot del año anterior, cuya manga derecha olía a Inma y la izquierda, al Templao. Constató con más sorpresa que júbilo que el pantalón le dejaba descubiertos más de diez centímetros de las piernas. Con lágrimas en los ojos aunque sin disfraz, salió a dejarse envolver por la algarabía a ver si encontraba consuelo para su melancolía y, arrastrado por la fascinación de la mascarada, tardó en advertir que los cuatro disfraces que se desplazaban ajustados a su paso eran siempre los mismos. Tuvo el primer pálpito en la Acera de la Marina: notó que una careta dorada de dios griego, se volvía a cada instante hacia él y estaba seguro de haberla entrevisto también en la calle de Granada. Intuyó que no era casualidad. Ya alerta, comprobó que la máscara de Apolo se mantenía cerca, lo mismo que un payaso multicolor que le rozaba continuamente el hombro izquierdo. Perdió interés por la fiesta, con los cinco sentidos en guardia.

Muchos grupos habían improvisado durante los últimos cuatro o cinco días letrillas que cantaban «el triunfo del pueblo», pero entre lo desapacible del clima, la consternación por una terrorífica inundación ocurrida en Sevilla (para cuyos damnificados, los bolsillos exhaustos de los malagueños habían donado la inimaginable cantidad de cien mil pesetas), y la falta de información definitiva sobre el resultado de las elecciones, la masa olía a duda y expectativa. No se veían disfraces tan ingeniosos ni tan espectaculares como los del año anterior, ni la gente se apretujaba como un río de humanidad en éxtasis que anegase Málaga.

Tras haber recorrido el paseo del Parque casi en su totalidad, el Apolo dorado y el payaso continuaban flanqueándole.

Para entonces, ya sabía que otros dos, un soldado romano a quien le asomaban pantalones negros bajo la clámide y un aviador inglés, también lo acosaban. Dado que por más esfuerzos que hizo no consiguió despistarlos a causa de ser uno de los pocos que no iban disfrazados, decidió usar la única arma de que disponía, su capacidad de andar durante horas sin cansarse. El juego duró toda la tarde. Dio incontables vueltas al circuito urbano que servía de recinto al carnaval; salió en muchas ocasiones de ese circuito, fingiendo no enterarse de la persecución y apartándose de la mascarada para, después de alejarse unos centenares de metros, aparentar un cambio de opinión para volver sobre sus pasos deprisa y tratar de confundirles ocultándose entre algún grupo. Con lo nublado que estaba, la llegada del anochecer sólo fue perceptible por la disminución del gentío en la calle, ya que acostumbraban a cenar antes del comienzo de los bailes en peñas, hoteles y teatros. Ninguno de los cuatro persecutores hablaba ni se acercaba entre sí; simulaban ir cada uno por su lado, pero al disminuir el tumulto, empezaba a resultar demasiado obvio el acoso. Cambiaron de táctica: sólo uno de los cuatro permanecía cerca de Mani por turno, mientras los otros se perdían de vista. Mani calculó que a esas alturas se sentirían cansados y hastiados de no descubrir el camino que conducía a Angustias, así que decidió escapar de una vez.

En el lado que bordeaba el puerto, el paseo era muy exuberante y mucho más umbrío que el resto; consideró que en esa zona podría despistarlos. Entre la vegetación, compuesta en su mayor parte de especies tropicales muy frondosas, se abrían estrechas veredas donde, no siendo carnaval, se refugiaban de noche los maleantes y matuteros del puerto, que se amparaban en la espesura para huir de los carabineros. Cualquiera de las veredas le podía servir, supuso Mani, en el momento que el soldado romano era el que tenía más cerca. Confirmó que continuaba siguiéndole y aceleró la carrera por un camino bordeado de enormes plantas de uñas de danta, que pocos metros más adelante formaba una curva en un ángulo muy agudo, casi una revuelta; traspuesta la curva, convencido de que en ese instante el romano no podía verlo, echó a correr con todas sus fuerzas, giró de nuevo en un sendero aún más angosto y, tras confirmar que ni delante ni detrás había nadie que pudiera verlo, rodó por la yerba para echarse bajo un drago cuyas ramificaciones innumerables formaban una densa copa arbórea que casi llegaba al suelo. Permaneció muchos minutos sin moverse ni hacer el menor ruido, conteniendo la respiración, con los oídos alerta.

Sin mediar ningún sonido, Mani sintió que alguien aferraba sus pies y le arrastraba hasta el sendero. Se giró boca arriba, ya que no podía levantarse mientras sujetaban sus piernas, y allí estaban los cuatro, mirándolo desde arriba a través de los agujeros de sus máscaras. El dios griego puso el pie izquierdo sobre el vientre de Mani y presionó hasta hacerle sentir ganas de vomitar.

—¿Dónde está tu hermano Miguel? —preguntó la voz.

—No lo sé —respondió.

—Te vamos a liquidar si no hablas.

—No tengo ná que hablar.

La presión del pie aumentó.

—Vas a pasar un malrato, el peor de tu vida mierdosa.

—¡Está en Barcelona, pero no sé su dirección!

—Sí la sabes, mamón, pero no es una dirección de Barcelona, sino de Málaga.

El que lo sujetaba por los hombros le dio un bofetada muy fuerte.

—Te vas a acordar de mí —amenazó Mani, aunque no era capaz de mover ni un dedo.

La presión del zapato le estaba causando una punzada insoportable en el esófago que le impedía respirar.

—Juro que no sé dónde está —jadeó.

—Le perdimos la pista en la playa de la Isla hace justamente un año. ¿Dónde lo llevaron después?

—¡Se murió!

Las bofetadas fueron ahora varias, restallantes como latigazos, y sintió en la boca el dulzor de su propia sangre. Hacía poco más de año y medio que había estado a punto de morir por una perforación de pulmón; presentía que no podría soportar mucho más y que la irresistible presión del pie sobre su esófago haría que la cicatriz se reabriera.

—Descartá la casa del ciego, ¿dónde está ahora?

Temió por el Chafarino, Carmela, Viky, Pipe y toda la familia del Templao. La pregunta del payaso significaba que habían estado allí recientemente. ¿Habían torturado a los niños; habían torturado a una madre de doce hijos, menuda como una caña; habían torturado a un viejo ciego? Lo que les hubieran hecho no les había reportado ningún resultado, evidentemente, y tampoco ahora debían lograrlo. Como no iba a ser capaz de resistir más, tenía que provocarles para que lo dejaran sin sentido o lo matasen de una vez, a fin de no traicionarse ni traicionar a Miguel, Angustias y a todos los que amaba. Tenía que conseguir huir del paseo del parque aunque su cuerpo material permaneciera aprisionado entre cuatro adultos mucho más fuertes que él.

—Sois maricones cobardes —insultó—; sois gusarapos; sois grajos carroñeros.

Sintió la primera patada en el costado izquierdo con alivio. Iba a ocurrir. Había provocado su furia y al menos uno había perdido el control.

—Déjalo, Serafín, que necesitamos que hable.

—¿Dejarlo? No pasa de esta noche que dé con mi hermana...

—No le des más patás. Se va a morir y los muertos no hablan.

—Hijos de puta sifilítica —continuó diciendo Mani—.

Pichatristes, pajudos impotentes. Merdellones, bicharracos de madrevieja...

Ahora recibió una patada en la cadera derecha. Otro más que estaba fuera de sí.

—Incluseros —continuó la retahíla de insultos—, cucarachas, ratas de cloaca, hijos de padres desconocidos, anticristos fascistas de mierda.

Las patadas se multiplicaron por todos los contornos de su cuerpo. Veinte, cincuenta, cien, doscientas, y los puñetazos llovían sobre su rostro, veinte, cincuenta, cien, doscientos, y los pisotones batían sobre su pecho y su vientre, veinte, cincuenta, cien, docientos y poco a poco, aunque con desesperante lentitud, comenzó a sonreír porque supo con seguridad que la inconsciencia iba llegando y con ella, la mudez para los oídos de sus atacantes.

Alguien le miraba a los ojos y era de día. Tras la cara del guardia, las ramas carnosas del drago. ¿Había pasado la noche sin sentido en el paseo?

—¿Cómo te llamas, dónde vives?

No podía hablar.

—No te esfuerces, chiquillo, no muevas los labios. Cuando te curen en el hospital, les dirás tus datos, pa que avisen a los tuyos.

No podía hablar ni moverse. ¿Qué le habían roto? ¿Había tenido la mala suerte de sobrevivir a la despiadada paliza sólo para convertirse en un lisiado?

Perdió de nuevo la consciencia y despertó dos días más tarde, cuando Paula, Paco, Antonio y Ana llegaron en su busca.

Sólo tenía roto un hueso, una costilla, lo que consideró un milagro. Una vez que le permitieron volver a casa, hallándose recostado en la colchoneta en una pausa de los cuidados de Paula y los mimos Concha la Chata, advirtió la súbita metamorfosis del decorado urbano malagueño mediante las voces que sonaban más allá de las macetas del balcón: vivas, aclamaciones, cantos, insultos desaforados, toda la prodigiosa pirotecnia verbal de que eran capaces sus convecinos. Llegaron juntas las noticias de que el Gordo de la lotería había tocado en Málaga y que las izquierdas habían alcanzado el gobierno por primera vez en la historia. Espontáneamente y sin convocatoria, la gente abandonó el trabajo, los pucheros se olvidaron hirviendo en los anafes, nadie cerró puertas ni ventanas y ocuparon en masa las calles.

«Pronto llegará la hora/ que la tortilla se vuelva./ Los pobres comerán pan/ y los ricos mierda, mierda».

Las risas eran jubilosas y Mani sintió rabia porque los nueve puntos de sutura que recosían sus labios le impidieran reír. Entre vivas, abrazos, canciones y besos, parecía tan cierto que todas las penalidades se las había llevado el viento, que tuvo que hacer gran esfuerzo para no impacientarse con los comentarios de Paula:

—Mucho celebrar y mucho cantar, pero no intentan tranquilizar a la pobre gente que mira las manifestaciones aterrorizada, escondida detrás de los visillos, como si estuvieran de retiro espiritual por la cuaresma. Tampoco se dan cuenta estos niñatos inconscientes de que no puede ser bueno que haya tantísimos comercios cerraos, como si estuvieran de entierro. Ni piensan en quienes, como doña Elena...

Mani tuvo que reprimir el dolor para preguntar entre dientes:

—¿Le ha pasao algo a doña Elena?

—¡No, qué va! Pero...

—¿Qué?

—Es que el Antonio le pegó fuego a la barbería anteayer de madrugá y ha llenao la calle Curadero de letreros que dicen «Serafín, cobarde asesino de niños». Hace dos días que han desaparecío el barbero, la Bernarda y el Serafín, y no se ve un fascista por ninguna parte, y eso es lo malo, eso es lo que me tiene en un sinvivir. Ahora, no podemos observarlos ni imaginar lo que traman, ni estar seguros de si se reprimen o no de seguir con las barbaridades... y más resabiaos, porque la gente que es mala, cuando se desespera se vuelve peor y se ataca de rabia como los perros.

El Chafarino acudió una tarde a verlo y Mani lamentó no poder casi mover los labios reventados. Fue mejor así, porque no quería preguntarle para no escuchar el relato de por qué tenía tantas magulladuras y moretones en su arrugado rostro de sabio medio brujo.

—La mar quiere que abandone tierra firma. Le digo que soy un pobre viejo ciego, pero no quiere oirme. Sigue la cantinela. «Huye de la playa, huye». Todo se está desmoronando, viene un vendaval que lo borra todo, Mani. Fíjate lo de esa pobre muchacha, Imperio Argentina...

Mani casi rebotó en la colchoneta. ¿Qué podía haberle pasado a su artista más adorada? Miró hacia el viejo para jadear:

—¿Qué?

—Dicen que está leprosa.

Sintió que podía perder el conocimiento de nuevo, como si ésa fuera la gota que desbordaba el vaso de sus desventuras. La sonrisa más luminosa del cine iba a convertirse en inmundos guiñapos de carne derretida, los brazos que parecían los de una niña se iban a asemejar a retorcidas ramas de acebuche, la breve cintura se deformaría hasta colgar como ropa tendida al sol. No le faltaba más que eso. Había llegado a creer que aquella muchacha lozana y chispeante, con su belleza de porcelana y su voz de ruiseñora, no podía verse afectada jamás por los males terrenales. Cuando Paula se hubo liberado de los vestidos encargados para la Semana Santa, consiguió que lo llevase al cine Echegaray, a ver *Morena clara*, que habían estrenado el sábado de gloria.

Aguantando las ganas de llorar para que Paula no se burlara al descubrirlo, supo que vería esa película más de una vez, porque Imperio Argentina cantaba mejor que nunca. Ni siquiera cuando, poco de antes de Semana Santa, había visto a Douglas Fairbanks en persona, con su mujer, a la puerta del hotel Miramar saludando a la multitud, sintió tanta emoción como ahora, viendo cantar y bailar a la diosa que iba a convertirse pronto en un informe montón de carne nauseabunda.

Escuchó un susurro a su derecha, en la fila de delante:

—Van a disolver las organizaciones patrióticas.

—Los hijos de puta nos llaman fascistas.

Mani miró a su madre de reojo. Paula no parecía escuchar el diálogo.

—¿Qué sabrán esos masones merdellones? Ellos no entienden ni pueden entender lo que es tener patria.

La voz sonaba parecida a la que había escuchado en el parque, a través de la máscara de payaso.

—Si el gobierno cumple la amenaza, tomaremos represalias.

—Cuando vengan los nuestros...

—Tenemos la sagrada misión de preparar el camino.

Mani maldijo centenares de veces a los camaradas de Serafín por amargarle el encuentro con Imperio Argentina. A pesar de lo cual, algunas escenas sí llegaron a absorberle, como la que se escenificaba en un hermoso patio florido donde bailaban varias muchachas alrededor de un estanque, mientras su adorada estrella cantaba la copla del pavo con guindas del gitano del Perchel. Mani dudaba que hubiera un gitano en El Perchel tan gracioso como el de la copla, porque en ese barrio la sordidez aplastaba todo atisbo de gracia, pero en boca de Imperio Argentina era capaz de creer que el gitano, la gitana, el pavo, la pava, las guindas y los guardias civiles eran reales.

Terminada la copla, volvió a maldecir a los amigos del hijo del barbero, porque le habían quitado hasta las ganas de llorar con el recuerdo de la enfermedad de su ídolo. Empujó a Paula para salir del cine antes que los fascistas, para evitar el mutuo reconocimiento y que, al notar de quiénes se trataba, Paula tuviera el impulso de armarles la rebuina, lo que sería muy peligroso ya que él, con su vendaje y su costilla todavía sin soldar, no estaba en condiciones de defenderla.

Algo más de un mes más tarde, una vez que Mani se hubo restablecido a medias, tanto la vivienda de Paula como la contigua, donde Antonio residía con Ana, se vieron convulsionadas por una de las medidas propugnadas por el gobierno que tomó posesión en mayo. Todo el que tuviera armas sin permiso, se enfrentaría a graves condenas si no las devolvía en un plazo muy corto. La orden llevaba ya varias semanas en vigor, pero nadie en el barrio creía que tuviese que ver con ellos; suponían que se refería a las armas que los fascistas pudieran esconder, pero un buen día comenzaron los registros policiales en las casas de la calle Rosal Blanco y, deseando anticiparse a los guardias, Paula, que habitualmente simulaba falta de curiosidad por las actividades y pertenencias de sus hijos, revolvió meticulosamente todos los rincones de las dos habitaciones y obligó a su nuera a hacer lo mismo en las suyas.

Mani se dio cuenta de que su madre pasaba por alto un cuadro grande, de láminas de latón repujado, que representaba la Sagrada Cena y presidía la habitación que servía de comedor y dormitorio de Paula. No podía traicionar a Antonio, por lo que decidió que había llegado la hora de darse por restablecido de sus lesiones, ya que sólo le quedaba medio torso aprisionado por una faja. Presentaba un par de rebordes en los labios que, según Concha la Chata y Ana, «te dan mucho atractivo» pero que, en opinión de Paula, «te han desgraciao la cara». Fingía leer el libro insoportable que Paco se empeñaba en que leyera, *El capital,* mientras escuchaba a Paula, en la otra habitación, cotorrear en susurros con Ana:

—Imagínate tú lo que podrían hacernos si el Serafín o su padre, o sus amigos, o tos juntos, nos están rondando y al liquindoy.

—No meta usted malbajío, Paula. Los fascistas están tós achantaos y no se ve ni uno; se han quitao de enmedio como conejos cobardes.

—¿Y eso te parece natural? Ayer miles, y en un rato, ni uno... El barbero y los suyos están escondíos, Ana, pero destilando veneno a ver qué otro daño pueden hacernos, después de haberme querido matar al Mani dos veces. Estaría mucho más tranquila si todavía me cruzara con la Bernarda tos los días en el mercao. Cuando el Antonio hace cosas como las de esta noche, no aparecer a dormir, me entra un sinvivir que no sé cómo lo aguanto.

—No se preocupe usted más. Ni es la primera vez ni será la última. Usted conoce a su hijo de sobra, ¿no?

Pero, veinticuatro horas más tarde, tras una nueva noche sin que Antonio apareciera, y con Paco ausente porque el partido le había mandado a una reunión en Madrid como delegado de Málaga, Mani se sintió impulsado a ir al convento a hablar con Ricardo. Comenzaban a notarse en las calles los preparativos de la fiesta de los júas, para la que faltaban dos días, pero el ambiente no se podía comparar con el de los años anteriores. Ahora, con las nuevas circunstancias políticas, los obreros malagueños no creían que sus odiados personajes fuesen tan poderosos como antaño, y por ello no había tanto derroche de ingenio en la confección de los monigotes, aunque había más júas que nunca, como si necesitasen un pretexto más para exhibir su júbilo en las calles aunque las algaradas, jaleos, trifulcas y pendencias eran constantes.

Como le desalentaba afrontar una conversación con su hermano fraile, todavía se entretuvo Mani un poco más, contemplando los júas mientras engullía gran número de jugosas brevas. Decidió por fin ir de una vez al convento ante un júa que representaba una procesión de monjes que portaban un trono lleno de coloridas flores hechas con papel rizado, donde el santo era un falo erecto de dos metros de alto.

Los hábitos prestaban a Ricardo un aire solemne que causaba incomodidad a Mani. Los meses de noviciado habían teñido su piel de color marfileño, tenía ojeras y las mejillas hundidas. Lo visitaba por su propia iniciativa, tras el fracaso de las gestiones desesperadas de Paula y Ana, durante toda la mañana, en la comisaría de vigilancia, la de distrito, la cárcel, el sindicato y los hospitales.

—Mani, no puedes venir a cá rato —amonestó Ricardo.

—La última vez que vine fue hace dos meses.

—Es que aquí tenemos normas.

—A la mierda las normas. El Antonio ha desaparecío.

—Por como es, le estará bien empleado.

—La Ana está atacá y mamá no ha dormío en toa la noche. Yo no sé qué hacer, porque el Paco está en Madrid.

—El Antonio estará por ahí, borracho para celebrar la llegada de su deseada República Libertaria, que por fin se ha salío con la suya y eso es lo que vamos a tener que apechugar... ¡A los demás, que nos parta un rayo!

—No lo creo, Ricardo, joder, escúchame de una vez. Están haciendo redadas y hay orden de entregar las armas hasta pa los que tienen licencias de sus partidos o sus sindicatos. Al Antonio, con la mala fama que tiene, lo habrán encerrao pa interrogarle por sus armas y toas las del Sindicato de Parados, y no se lo quieren decir ni a mamá ni a la Ana. A ti te harán caso.

—¡Tú has perdío la chaveta! ¿Que yo vaya a comisaría a preguntar por él?

—Sí.

—Estás delirando. Este sitio no es un juego, Mani; ésta es la casa de Dios.

—Tú eres tan hermano suyo como yo.

—Cuando uno se entrega a la Iglesia, todos los hombres son hermanos.

A causa de los temblores de la ira, Mani sintió que las heridas de los labios, con las cicatrices aún frescas, podrían reabrirse y reventaría el corsé de vendas que le aprisionaba medio pecho.

—¿Tos los hombres son tus hermanos? Po uno de tus millones de hermanos tiene un problema mú gordo, ¿te enteras? Y una de tus muchos millones de madres está medio muerta de sufrimiento.

—Mani, no chilles.

—Chillo lo que me sale de los cojones.

—Recuerda que estás en una casa santa.

Para no liarse a puntapiés contra la entrepierna de Ricardo, Mani echó a correr. Estaba a punto de llorar, como la tarde anterior, que la había pasado en el cine con una congoja que le daba tarascadas en el corazón. Se trataba de la quinta o sexta vez que venía *Nobleza baturra*. Acurrucado en la butaca, absorto en la sonrisa que le sabía a hambre sin saciar, lloró escudado en la oscuridad cada vez que Imperio Argentina cantaba. Al regreso del cine, permaneció media hora palpando el escalón del corralón de la Torre donde tantas horas había pasado sentado con Inma y a continuación fue a la catedral, donde estaba seguro de que Jesucristo le había iluminado para salvar al Templao del linchamiento. Sin darse cuenta, se encontró pidiendo en alta voz que ocurriera un milagro y que Inma estuviese en la casa del Chafarino, que se encontrara con Antonio cuando volviera a casa tambaleándose por la borrachera y que la estrella de sus sueños sanara del horror de la lepra. Sabía que no era el único que rezaba por ella, porque en muchas iglesias se habían organizado rogativas con igual propósito.

Ahora, tras abandonar el convento odiando a Ricardo y con las mismas ganas de llorar del día anterior, al llegar ante el chamizo del Chafarino no recordaba si había descansado en algún tramo del recorrido, pero una punzada muy aguda en el pecho le dificultaba la respiración. Los hermanos del Templao parecían felices mientras su madre liaba el equipaje con sogas de esparto, disponiéndose a regresar al barrio, puesto que con las nuevas circunstancias políticas se había vuelto seguro para ellos. Carmela le interrogó con los ojos por sus pesquisas sobre el paradero de Inma, lo que obligó a Mani a bajar los suyos, avergonzado de no poder continuarlas de momento.

—¿Tu hermano tiene tres pistolas en la casa? —preguntó el Chafarino con tono de honda preocupación.

—Sí.

—¿No ha vuelto la policía para un nuevo registro?

—A mí me parece que cualquiera que quisiera sacarle al Antonio una palabra aunque fuera moliéndolo a porrazos, iría de culo. Pero, aunque no diga ná, seguro que van a venir a registrar cuando menos lo esperemos y mi madre, en la Luna; ni se le ha ocurrío mirar en el cuadro.

—Díselo.

—Ya no soy un niño —proclamó Mani solemnemente—. No puedo chivatarme.

El Chafarino rumió sus propios pensamientos durante unos minutos. Finalmente, rebuscó en el bolsillo del reloj de su pantalón.

—Ten cinco duros. Coge un taxi y ve a tu casa. Le dices al cochero que te espere en la esquina. Si no hay nada raro cuando llegues, mete las pistolas en esta bolsa y te vuelves para acá en el mismo coche.

Debió recorrer andando casi cuatro kilómetros, hasta la Explanada de la Estación; por suerte, había un taxi en la parada. Llegados al Molinillo, tuvo que pagar al taxista el importe de la carrera cuando le pidió que esperase. Paula no estaba en la casa. Descolgó el cuadro y metió apresuradamente en la bolsa embreada las pistolas y las municiones. El taxista había permanecido en la esquina a pesar de su desgana y su suspicacia. Volvió a la playa sólo hora y media después de abandonarla.

—La hecatombe se aproxima —dijo el Chafarino mientras enterraba las armas en la arena del chamizo, embutida la bolsa embreada en una lata de galón de gasolina—, porque Poseidón ha iniciado la convulsión. Fíjate, Mani, hasta el clima está loco.

—Hay días que se refiere usted a Poseidón como si fuera una persona real, como cuando hablé con usted la primera vez. Ahora, que me cago patas abajo por lo que pueda haberle pasao a mi hermano Antonio, por la tristeza de no saber dónde estará la Inma y porque tós, el Templao y mis hermanos, van cá uno por su lao, viene usted con ese Poseidón a sacarme las mantecas de sitio. Si no fuera por esa manía, pensaría que es usted el hombre más sabio que conozco. Pero...

—Él me habla, créelo. No con palabras, claro está, porque los dioses no necesitan palabras para hablarnos, sino con signos, con el viento, con el sonido de las olas... Oye el rumor, ¿ves, lo escuchas? —Mani negó con la cabeza—. Siempre que destruían una ciudad, elegían a un justo o a un grupo de justos para librarlos del cataclismo. Lo hicieron cuando el diluvio y cuando lo de Sodoma y Gomorra. Ahora se disponen a calcinar este puerto que ha resistido centenares de veces la destrucción con obstinación demente. Poseidón me dice que me vaya, pero yo no soy Noé ni Lot: no soy más que un pobre viejo ciego, sin fuerzas para anidar en otra parte. Y ahora que Carmela y sus hijos vuelven al barrio...

Mani sospechó que la negrura del humor de su viejo amigo podía deberse esta vez no a sus premoniciones, sino al hecho de estar a punto de volver a quedarse solo en la playa, sin la presencia de los diez hermanos y la madre del Templao, que ya, con sus escuálidas pertenencias preparadas, le aguardaban para emprender juntos el retorno al Corralón de la Torre. Los primeros días del verano estaban siendo desapacibles. El viento ululaba a través de las cañas, haciendo crujir todo el cañizo. Mani sentía el corazón oprimido y no a causa de las vendas ni de los temores del Chafarino; si Antonio no reaparecía pronto, esa misma tarde o, a lo sumo, mañana, engrosaría la lista interminable de quienes en las últimas semanas se los había tragado la tierra. Habría que darlo por muerto.

—La mar sigue diciéndome que huya de la playa. Insiste tanto, que a veces pienso si irme a vivir al Perchel, con mi hijo mayor, como me propuso hace años, aunque últimamente ya no me lo dice y yo no tengo aliento para renunciar al mar, pero el maremoto que se acerca es tremendo, Mani, es mucho, muchísimo más de lo que nunca ha pasado en estas playas. Lo huelo en cada jirón de brisa que traspasa el cañizo.

Regresó con la familia del Templao al barrio, ayudando a cargar los bultos y a controlar a los menores, dándole vueltas a la idea de ir esa noche a rondar la casa adonde había seguido a Serafín tantas veces. Ahora, además de Inma, tenía que encontrar a Antonio. Pero rememoró la escena del ataque a la barbería, el día que despertó del limbo de cuatro meses; debatiéndose, Antonio era como un toro acosado; varios guardias encañonándole con sus armas sí podían haberlo reducido; cuatro adolescentes presuntuosos, como Serafín y sus amigos, serían poca cosa para él... salvo que lo hubieran matado a tiros. Paco acababa de regresar de su viaje a Madrid y escuchaba la noticia de labios de Paula cuando Mani llegó.

—Me voy a tratar de averiguar lo que pueda, mamá —dijo Paco—. No te preocupes.

Salió apresuradamente tras rozar con la mano la mejilla de Mani y sonreírle. Volvió tres horas más tarde, con tensión en el gesto y una mudez inquietante en los labios.

Esa noche, Paco se echó a dormir junto a Mani y le pasó el brazo por la cintura como si quisiera mitigar el ahogo de las vendas, pero más que un gesto de protección, parecía el de alguien que necesitase aferrarse a un amarre seguro.

—¿Qué le habrá pasao? —preguntó Mani, para escapar de la angustia que le producían el abrazo y la actitud que Paco mantenía desde que regresara de las pesquisas, porque su vacilación representaba la pérdida de la última de las referencias inmutables que le quedaban

—Duérmete, Mani; no podemos hacer namás que esperar.

—Estará preso, ¿no?

—Seguramente.

—¿Por qué nos dicen que no?

—Porque si reconocen que lo tienen, se verían obligados a respetar las leyes y soltarlo si no hay cargos contra él.

—¿Por qué harán eso?

—Es el pan nuestro de cá día, Mani. Hay que superar muchas barreras pa que el gobierno pueda desarrollar su programa político, demasiadas murallas que son como acantilados de piedra. La policía tiene que hacer cosas que no nos gustan, pero que son necesarias pa librarnos de los fascistas, de las derechas de toa la vida, de la Iglesia y de los banqueros... y de los que provocan peligrosamente las iras tanto de los unos como de los otros, como el Antonio y sus majaretás de niño chico. La policía no lo soltará hasta que no consiga que hable, hasta que no les diga lo que sepa de quiénes tienen armas.

—En el sindicato habrá listas, ¿no? ¿Por qué tienen que sacarle la información al Antonio? Que vayan allí.

—¡Listas! Esos son unos trapaceros que se han vuelto locos de remate. Los últimos meses han repartío no sé cuántos miles de pistolas, sin control y sin anotar nombres siquiera. Esa no es manera de hacer una revolución.

—He escondido las que el Antonio tenía aquí.

—¿Cuántas?

—Tres.

—¿Ese majareta tenía tres pistolas aquí? Que las hubiera escondío en su casa.

—La Ana siempre está metiendo mano en sus cosas; no es como mamá, que nunca registra las nuestras.

—¡Tres pistolas! Suponía que tendría una, pero... ¡tres! ¿Dónde las has escondío?

—En la playa, enterrás en el cañizo de mi amigo el Chafarino.

—Muy bien, Mani. ¿No se te olvidará el lugar? ¿Podrás encontrarlas dentro de algún tiempo, si fuera necesario?

—Sí.

Como no podía soportar más la zozobra que le atenazaba el esófago, Mani se libró del abrazo de su hermano, se alzó y se puso el pantalón.

—¿Dónde vas?

—A mear.

Pero después de hacerlo en el retrete colectivo que hedía como el infierno, echó a andar calle abajo. Las prostitutas del Muro de San Julián parecían más arrogantes y felices que nunca; esperaban de la nueva situación política el respeto de su condición, estaban convencidas de que había comenzado una etapa nueva para ellas: la de su dignidad y el reconocimiento del bien social que hacían.

—Llevabas tiempo sin aparecer por aquí, guapetón —le saludó una de las que más veces se había cruzado, y en la que había reparado por su edad, pues no aparentaba más de veinte años—. Estás hecho un tiarrón: ¿no te apetece un polvo?

—¿Gratis?

—¡Degenerado, qué te habrás creído! Una tiene su categoría y su dignidad.

—Mu bien. Tienes una pechá de dignidad, pero yo no tengo ni un real.

—¿Ni uno, de verdad?

—Ni uno.

Le tocó el pene por encima de la tela del pantalón.

—Po tú te lo pierdes, resalao.

—¿Sabes si viene gente a la casa ésa?

—¿La que has pasado nosécuantas noches rondando? ¿Qué, vive ahí una que te hace tilín?

—¡Qué va! ¿Has visto venir a alguien?

—No. Pero a veces, de madrugá, se escuchan cosas raras.

—¿Qué cosas?

—No sé cómo explicártelo. Como unos pitíos mú raros.

—¿Sabes cómo podría entrar sin subirme ahí arriba, al balcón? Es que, mira.

Se alzó el faldón de la camisa para que viera el vendaje.

—¡Digo, serás majareta! Qué te ha pasao, ¿un hueso quebrao? ¿Cómo vas a subir por los balcones con una cosa así? Ven.

Lo tomó de la mano, tirando de él hacia el interior del prostíbulo. Le precedió por una escalera muy angosta, que parecía a punto de hundirse, hasta una azotea tan estrecha como un palomar, desde donde se veía a medias el patio del edificio contiguo. Todo a oscuras, sólo se distinguía un leve resplandor a través de una de las ventanas interiores, como si ardiese una vela o un cristal reflejase la luz de la mancebía.

—Tiene mucho peligro tratar de bajar por ahí, ¿no, niño? —comentó la mujer—. Y, además, entavía no suenan los pitíos, así que hoy no han venío.

Mientras hablaba, le había ido envolviendo entre sus

brazos y Mani sintió, con sorpresa, que tenía una erección. También ella lo advirtió, pues apretó el vientre contra el suyo mientras le revolvía el pelo.

—Ven, niño con cabeza de oro, arrímate aquí.

Sin deshacer el abrazo, ella fue reculando hasta quedar apoyada contra la pared. Se alzó la falda y le guió para la penetración con mucha impaciencia y haciéndolo ella casi todo para evitar que él moviese el torso vendado. Cuando Mani había conseguido librarse de la pregunta de cómo iba a pagarle y estaba a punto de alcanzar el orgasmo, ella murmuró:

—Echa... échale guindas al pavo, así, así... que la tienes de hierro, chiquillo...

La alusión de la famosísima copla de Imperio Argentina pudo causar el aflojamiento de la erección. Protestó:

—Ni menciones a la Imperio, con lo que está pasando la pobre, que me vas a quitar las ganas...

—¿Lo que está pasando? ¿Hablas del bulo ése de la lepra? Era tó mentira podrida, un chisme con mucha mala leche...

—¿De verdad? —preguntó Mani, entre incrédulo y jubiloso.

—¡Digo! Ella misma lo ha dicho esta mañana en una ruea de prensa, que es una cabroná sin fundamento. Me lo ha contao hace un rato un cliente periodista que tengo, uno mú rumboso.

La alegría redobló el deseo de Mani, que a pesar de la molestia de la venda consiguió alcanzar el clímax, momentáneamente libre del temor a que llegase la hora de ajustar cuentas. Notó con júbilo que sus contracciones se producían al unísono de las contracciones y jadeos de ella y como la mujer no tenía motivos para fingir, consideró que su placer era verdadero. Llegada la paz posterior, Mani no podía mirarla a los ojos, pero ella puso la mano bajo su mentón para alzarle la cabeza.

—Deja que te vea esos ojos de cielo, niño de la cabeza de oro, que eres más bonito que un ángel de una procesión.

—Me da vergüenza... no tengo ná que darte.

—Me has dao mucho, no te hagas mala sangre. Otro día vendrás y me pagarás, ¿verdad?

—Sí —murmuró Mani con las mejillas encendidas—. ¿Cómo te llamas?

—¿Quieres el nombre de guerra o el verdadero?

—Quiero poder encontrarte si vengo a preguntar por ti.

—Por aquí me llaman La Tebana, porque soy de Teba, como el padre de Eugenia de Montijo, pero me llamo Paca. Tú, llámame como quieras.

—Te llamaré Paca, si me dejas, porque es un nombre que me gusta una pechá y que me sabe a borrachuelos con cabello de ángel, pero cuanto necesite encontrarte te buscaré por «la Tebana». ¿Sabes si ésos de ahí al lao vienen toas las noches?

—No, qué va. Es imposible darse cuenta cuando vienen, porque es como si entraran por el aire, pero los pitíos se escuchan sólo de vez de en cuando.

—¿Recuerdas si se trata de algún día fijo de la semana?

—Me parece que no, que son días a voleo.

De regreso a la colchoneta, apenas pudo dormir mientras observaba que tampoco su hermano Paco lo conseguía. Temió que supiera más de lo que le había dicho a Paula y que su información fuese la más temible: el barbero o Serafín podían haber descalabrado a Antonio a traición, lo que tal vez le había matado y ello justificaría el mutismo de Paco y la descomposición de su ánimo. Sí, estaba seguro de que Paco sabía lo que había ocurrido y lo callaba, porque debía de tratarse de lo peor que todos pudieran temer. Despertó ojeroso, con la imaginación bloqueada; en busca de inspiración, acudió a la vivienda vecina, donde Ana trajinaba recolocando muebles con la evidente intención de calmar su propio nerviosismo.

—Ana, no podemos quedarnos cruzaos de brazos. Tal como están las cosas, ni la policía ni nadie le da importancia a las desapariciones, que ya ves tú lo de la Inma, que es como si se la hubiera tragao el mar. Tenemos que ponernos en movimiento.

—Podríamos ir otra vez al Sindicato de Parados.

—Allí no hay nadie.

—¿Estás seguro?

—Ayer pasé cuatro o cinco veces por la puerta. Tenían toas las ventanas cerrás y no se escuchaba ni mú.

—¿Qué dice el Paco?

—Que esperemos.

Ana suspiró antes de estallar:

—¿Esperar qué? ¿Que nos lo traigan con los pies por delante, con dos tiros en el estómago?

Los policían llegaron poco más tarde. Las protestas de Paula hicieron que Paco despertara y saliera a encarar la visita con gran acritud:

—Ya vino un guardia el otro día y no encontró ná.

—Pero sabemos que tu hermano esconde muchas armas aquí.

—¿Lo saben ustedes? ¿Es que tienen detenío a mi hermano Antonio?

—No. Nadie tiene detenido a nadie. Se trata de un soplo.

Paco asintió como si respondiera a un dato impreso en su mente mientras Mani miraba a los ojos de Paula, en cuyas pupilas parecía brillar el nombre de Serafín. Se preguntó si los fascistas seguirían teniendo tanto predicamente entre los guardias como antes de las elecciones. Estos realizaron un registro muy meticuloso. Abrieron y revolvieron con brusquedad gavetas, baúles, los dos armarios y hasta desliaron todos los envoltorios de tela que Paula tenía que convertir en vestidos para sus supuestas clientes. Con notable grosería, y encendiendo el furor de Mani hasta un nivel peligrosamente cercano al estallido, los policían iban echando los tejidos a un desordenado amontonamiento en el centro de la habitación. Pero Mani consiguió contenerse y mantener la calma, puesto que sabía que no iban a encontrar nada. Se marcharon con expresiones de contrariedad y ademanes amenazantes.

Paco salió poco después. Mani notó su rictus de resolución, como si opinase que las cosas habían llegado a un punto intolerable, y por tal motivo fue tras él; descubrió que iba de portal en portal, convocando a sus camaradas, que en su mayoría ultimaban los preparativos de las verbenas de los júas que tendrían lugar esa misma noche, porque era víspera de San Juan. Abandonaban con desgana la diversión, pero todos asentían cuando Paco les murmuraba unas frases al oído.

No consiguió imaginar lo que su hermano se proponía, pero algo le empujaba a tratar de impedirlo. Compró un periódico para esconderse con él, sin perder de vista cada uno de los portales, mientras aguardaba que Paco reapareciera acompañado de un nuevo miembro de su partido. El periódico estaba tan censurado, tan lleno espacios en blanco producidos por las noticias que eliminaban los comisarios políticos, que no podía hacerse una idea de lo que estaba ocurriendo en el resto del país, pero en Málaga, tras dos meses y medio de locura jubilosa con innumerables algaradas callejeras que no habían parado ni un día, sabía que el gobierno había prohibido las manifestaciones por «poderosas razones de seguridad y orden público», por lo que temió que Paco pudiera meterse en un lío, puesto que el grupo lo formaban ya catorce hombres, prácticamente una manifestación. La alegría explosiva del principio, cuando supieron que habían ganado las izquierdas, se había convertido en algo parecido a un silencio tenso de espera que abarcaba toda la ciudad, como si algo que todos esperaban pero no sabían describir, ni siquiera imaginar, estuviera a punto de ocurrir. No había fascistas vestidos de azul y negro por la calle, pero se preguntaba a cada paso cuántos de los que se cruzaba sería compinches de Serafín, ya que notaba la fijeza recelosa con que algunos jóvenes miraban al creciente grupo de Paco.

Cuando superaron los veinte, formaron varios grupos pequeños, como si quisieran disimular que iban juntos. Mani notó que algunos escondían armas bajo la ropa. Supuso que debía avisar a Paula, pero no era oportuno hablar de lo que ignoraba ni quería abandonar la vigilancia, ya que debía enterarse de lo que Paco proyectaba y a dónde iba. Los seis grupitos de tres o cuatro hombres cada uno, permanecieron en la acera, como si conversaran de cuestiones intrascendentes, mientras Paco entraba en el local de su partido. Reapareció a la media hora, acompañado de Cayetano Bolívar. Asomado apenas por encima del periódico, notó que la expresión del diputado era muy severa, quizás agria, y que, por el movimiento de sus manos, le hacía a Paco advertencias muy serias. Éste asentía, pero le dio la impresión de que no aceptaba las advertencias más que a medias. Por último, Bolívar levantó levemente el puño izquierdo y se retiró hacia el interior del edificio. Paco tosió ruidosamente y los grupos se pusieron en marcha en pos de él.

Mani tenía todas las preguntas en el pensamiento y un hielo creciente en el ánimo. La escena ante el local de Partido Comunista, aunque no hubiera oído el diálogo, le parecía muy sintomática del furor de Paco, cuya serenidad y autocontrol parecía haber desechado momentáneamente. Era evidente que algún dato que sólo él conocía había arrasado sus barreras habituales y ahora, desbocado, podía llegar mucho más lejos de lo que Antonio, más impulsivo pero menos refinado, había llegado jamás. Los movimientos de los grupitos que seguían a Paco demostraban que respondían a un plan, aunque hubiera sido improvisado esa misma mañana:

iban adelantándose los unos a los otros como si ocurriera por casualidad y no eran siempre los mismos hombres los que formaban parte de cada uno. Paco había dictado una estrategia que Mani no conseguía imaginar cuál sería; les siguió hasta el Hospital Civil, donde notó que iban entrando poco a poco, de uno en uno o por parejas. A continuación, la misma apariencia de normalidad de todos los días; ningún movimiento llamativo, ninguna protesta de la monja portera, nada diferente de lo habitual.

Pero aproximadamente una hora después de que hubiera entrado el último, llegaron dos camionetas de la policía, que se desplegaron ante la puerta principal con mucho estrépito y grandes voces; mas los guardias fueron entrando en el edificio, las camionetas se alejaron, vacías, y volvió a parecer que todo se mantenía en calma.

Aguardó dos horas más y nada cambió. No se atrevía a preguntar a nadie, ni siquiera a la monja portera, con quien había discutido tantas veces cuando estaba encamado e intentaba escapar, hasta el punto de que habían llegado a tratarse mutuamente con cierta intimidad cordial. No comprendía lo que estaba ocurriendo, no deseaba contárselo a Paula, que ya debía de estar impaciente por haber pasado la hora del almuerzo, y tampoco deseaba tener que explicar a Ana lo que ignoraba. Decidió ir a la playa.

El día era radiante, el primer día verdaderamente veraniego según los semitropicales cánones malagueños. El sol, en la vertical, lanzaba dardos que impulsaban a bañarse y por ello muchos de los pescadores más jóvenes retozaban desnudos en el rebalaje. El Chafarino sonrió cuando se acercó.

Mani le comunicó lo ocurrido desde que enterraron las pistolas.

—Deberías contárselo a tu madre —aconsejó el Chafarino.

—Pero es que no sé lo que tendría que contarle.

—Aunque no lo sepas con certeza, si sospechas que tu hermano Paco ha hecho una barbaridad, lo mejor es que trates de encontrar una solución con tu madre. Ella puede ir a hablar con ese político...

—¿Y si resulta que meto la pata y es que el Paco ha ido, simplemente, a visitar a un compañero y la llegada de los guardias no tiene ná que ver?

—Más vale prevenir que curar, Mani. Lo que dices que has visto esta mañana no parece la visita a un compañero. Si Paco ha maquinado alguna forma de venganza, podríais veros en apuros tú y tu madre, porque sólo quedas tú, ¿no?

—Sí.

—La diáspora de tu familia tiene perfiles bíblicos, Mani. Debes evitar esa venganza.

—Usted habla siempre de un manera, de sus dioses y demás, que uno saca la idea de que es decente vengarse.

—Me has interpretado demasiado literalmente, Mani. El daño que se nos haga no debe quedar impune, pero es una estupidez arriesgarse a padecer más aún corriendo riesgos a causa de nuestro afán de revancha.

—Lo que le pasó al Templao.

El Chafarino sonrió antes de decir:

—Más o menos. Cuando hablo de venganza, me refiero a cuestiones diferentes del derramamiento inútil de sangre. Oigo los lamentos que llegan a la playa y me pone los pelos de punta lo que está ocurriendo, Mani. ¡Ya es suficiente! Los dioses van a acabar aliándose definitivamente con los enemigos de esta tierra privilegiada. Los que nacimos fuera pero llevamos toda la vida aquí, podemos ver las cosas más claramente. Vivís en el mejor rincón del mundo y tanta fortuna os hace olvidar que vuestros enemigos están siempre al acecho. Los reyes, los gobernantes y los poderosos no consiguen comprendernos porque nos temen, porque no son capaces de superar su propia suspicacia; han sido demasiadas las veces que esta ciudad ha convulsionado los cimientos de la nación en el último siglo y medio.

—¿Qué tiene que ver eso con mis hermanos? Mi Paco...

—Ellos forman parte de la convulsión que os envuelve, como si fueran su símbolo. Si te paras a pensar, verás que vosotros cinco, tan diferentes y tan parecidos, sois casi un resumen del mundo que os rodea. Hay que apaciguar esta convulsión, Mani. Por ahí arriba nos temen y por eso tocan los asuntos malagueños como si estuviésemos apestados o como si fuéramos una bestia peligrosa que no conviene alimentar. A fuerza de temernos y de intentar someternos, van a llegar a escamotearnos los derechos más elementales si tus hermanos y los que son como ellos no cambian radicalmente de conducta.

—Paco es bueno —protestó Mani—, tó lo que hace es leer mucho y dar discursos. Las cosas del Antonio son tonterías chiquitillas y las mueve el hambre. El Ricardo, se ha casao con Dios, y el Migue, ¿pa qué hablar?

—¿Cuántos años tienes ya, Mani?

—Trece.

—En los tiempos que corren, prácticamente un hombre, pero a lo mejor se te escapan algunos detalles. Por lo que me has contado desde hace casi dos años, sospecho que tu hermano Paco tiene responsabilidades más altas de lo que crees y, a pesar de ello, pudiera ser que en estos momentos esté actuando como un toro herido, Mani, como una desbocada bestia furiosa y enloquecida de dolor que arrasa todo a su paso. Nos hemos convertido en un pueblo inquietante por imprevisible, un pueblo que, desesperado por las barreras que encuentra, acaba creyendo que es inútil todo esfuerzo de cambiar su sino, hasta que, un buen día, aparece el mesías demagogo que nos descubre que no somos mancos ni tuertos, ni cojos, ni idiotas, y entonces la ira acumulada estalla, y nos lanzamos a la calle como un fogonazo, con la pretensión de devorar el mundo y saciar en un instante todo el hambre acumulado durante años, como aquel día triste que quemaron casi todos los conventos e iglesias y se perdió prácticamente todo el patrimonio artístico de Málaga. En tales ocasiones, los malagueños somos como toros furiosos que arremeten contra catedrales; pero te recuerdo que los cuernos de los toros son quebradizos como el cristal, mientras que las catedrales son de piedra capaz de desafiar al tiempo. Tanto nos perjudican esos estallidos como la pasividad que después de uno de ellos nos paraliza durante decenios y decenios. El marengo no puede pescar en un día para todo el año; es necesario salir cada madrugada, pelear con las olas todos los días.

Mani estaba perdiendo el hilo.

—¿Qué tienen que ver la pesca y mi Paco?

El Chafarino sonrió. Cuando lo hacía, sus pupilas parecían reflejar la luz.

—Soy un viejo muy pesado, ¿verdad?

Mani no quiso responder.

—Tus dos hermanos mayores, cada uno a su manera, quieren volver el mundo del revés. Por ello, perdieron el empleo y nunca más consiguieron otro, lo que fue alimentando su frustración y, probablemente, su desesperación: lo que antes veían solamente como un ideal, se ha ido convirtiendo en una necesidad perentoria, una necesidad que no puede esperar el tiempo necesario para convertirse en un proyecto lógico y razonable. Así que actúan con demasiada precipitación y sin reflexión suficiente, Paco inclusive, aunque tú digas que lee tanto. Otro de tus hermanos ha preferido refugiarse en el limbo de un convento, pero su decisión viene a ser casi igual, una huida. Finalmente, Miguel ha buscado la evasión en unos brazos que, en resumidas cuentas, son el origen de todas vuestras calamidades presentes. Los cuatro actúan impulsivamente, sin reflexión. No han caído en la cuenta de que hay que esperar que el tiempo convierta las flores en almendras y que, entre tanto, hay que cuidar el árbol.

—Lo del Migue lo arreglé yo.

—Lo hiciste para salvarle de la ratonera en que había entrado por sí mismo.

—No fue tan impaciente. Llevaba muchos meses viéndose con la Angustias.

—Si te acuerdas de la edad que ella tiene, verás que tu hermano y Angustias podían esperar tres o cuatro años. Igual que tus hermanos es toda la ciudad. Los poderosos nos oprimen y la impaciencia resultante nos destruye.

Mani sentía gran incomodidad. Como el calor apretaba, se apartó con el pretexto de darse una zambullida en el mar, lo que le proporcionó alguna serenidad.

Esa noche fue incapaz de dormir ni un minuto, aguardando que a Paco le diera por regresar y sin ganas de bajar a participar de la fiesta de los júas, cuyo escándalo era abrumador en todo el barrio, donde había hasta tres y cuatro verbenas en algunas de las calles más anchas, las muchachas llevaban escotes enormes que les descubrían los hombros y los jóvenes lucían sin recato enormes navajas prendidas en los cinturones. Mani no había encontrado agallas para contarles ni a Paula ni a Ana lo que sospechaba que podía haber ocurrido en el hospital y, para colmo, sentía indigestión porque se había atiborrado de brevas después de la cena.

No habiendo noticias de Paco y sin saber qué decirle a Paula cuando lo mandaba a preguntar en la sede del partido, dos días más tarde Mani tomó el tranvía con dirección a la casa de Elena Viana-Cárdenas James-Grey. Tras contemplar durante unos centenares de metros las copas reverdecidas de los plátanos de sombra del paseo, desplegó de nuevo la carta del Templao recibida una hora antes, esa misma mañana:

> Aquí pasan cosas muy raras. Los oficiales aparecen y desaparecen como fantasmas. Unos días, nos manda un teniente por la mañana y otro diferente por la tarde. No sé cómo decírtelo... la sala de oficiales parece un nido de avispas. Van y vienen, se comunican noticias al oído como picaflores, como si no quisieran que los soldados rasos nos enteremos, y vuelven a ir y venir. Esto es más raro que una cabra con plumas. Aquí se está cociendo algo que huele fatal.

Se notaba que la carta había sido escrita a trompicones. Los trazos eran distintos en cada párrafo, como escritos en momentos diferentes y en varios días no consecutivos. En la desolación que ya se había apoderado del ánimo de Mani, la lectura de las cartas del Templao representaba un consuelo. No tenía ganas de ir a la playa, donde el Chafarino volvería a ponerle los pelos de punta con sus apocalipsis, y si iba a ahora a casa de Elena era porque no imaginaba a quién más podía acudir, a pesar de que ella se había mostrado últimamente muy recelosa; desde la proclamación del gobierno de izquierdas, apenas salía a la calle y no paraba de suspirar, aunque se notaba que no estaba dispuesta a perder la compostura. Y ahora en casa, con lo de Paco, tanto Paula como Ana le habían contagiado su melancolía y de nuevo le desvelaban los demonios y hasta tenía que desdeñar el temor a la silueta del muro del convento mientras miraba entre lágrimas las colchonetas de sus hermanos, todas vacías.

> Lo peor son las maniobras —continuaba el Templao—. Ya es cosa de todos los días. Maniobra va, maniobra viene, como si los moros estuvieran al acecho, a pique de caernos

encima. Imagínate, andar veinte o treinta kilómetros con estas botas de burro y con todo el equipo. Con tanto que tú envidiabas mis músculos, si me vieras ahora te caerías de espaldas: y eso que me he quedado más delgado que una espá núa. Hasta el tatuaje se ha encogido, y ahora, en vez de un corazón, parece una morcilla, pero se me señalan hasta los músculos del pensamiento. Y no es exageración.

Hacemos los ejercicios con balas, proyectiles y obuses reales, en vez de fogueo, ¿te das cuenta? Y el que tira al tuntún, sin ton ni son, se cae con todo el equipo: lo meten en el calabozo después de un pila de hostias y no vuelve a salir hasta que nos vamos de maniobra otra vez. No te creerías la puntería que tengo ya. Vamos, es que no te exagero ni una mijilla si te digo que puedo partir en dos un chanquete a cien metros de distancia.

Te suplico por quinientosmilcentésima vez que me cuentes algo de mi Inma. Se me están encogiendo los huevos de preocupación, porque tampoco mi madre me dice más que lo guapa que es y chuminás así. Por favor, Mani; cuéntame si la Inma mejora y si piensas que volverá a ser como era, porque de lo contrario, tengo ganas todos los días de desertar y correr a Málaga en busca de ese criminal.

Mani tuvo que parar un momento la lectura para enjugarse una lágrima importuna. Un hombre, sentado en el asiento de enfrente, le sonrió como si comprendiera el dolor que sentía. A través de la ventanilla del tranvía, advirtió cuánto cambiaba el hermoso barrio de La Caleta; muchas ventanas se encontraban cerradas, como si las casas estuvieran siendo abandonadas, y a través de la mayoría de las que estaban abiertas se advertían signos de mudanza precipitada.

Vuelvo a escribirte después de dos días. Acabo de echarme un balde de agua fría por encima, porque no me tengo derecho por culpa de las maniobras salvajes que hemos hecho ayer y hoy. Estos fulanos se han vuelto majaras. ¿Me creerás si te digo que he tenido que recorrer un kilómetro entero arrastrándome entre espinos y zarzamoras, con todo el armamento a cuestas y con la amenaza del sargento de romperme la cabeza si el mosquetón se me estropeaba? Nos van a matar, Mani, reventados, hechos papilla. Es como si estos tíos quisieran convertirnos en héroes de fábula de la noche a la mañana. Pero yo no soy más que un chiquillo de Málaga, que suspiro por bailarme un verdial medio alpistelao de vino moscatel y búzanos.

Estoy que me cago de sueño.

De nuevo presentaba la escritura un cambio muy brusco de rasgos y el morado de la tinta era, también, diferente.

He pasado veinticuatro horas en el el calabozo. ¡Chiquillo, será posible! Y tó, porque mi sargento no ha sido capaz de encontrar esta carta, que un chivato le chismeó que la estaba escribiendo, ni yo he consentido en decirle dónde la escondía a pesar de todas las hostias que me dio. Mani, esto es una pechá de raro: no nos dejan mandar cartas si no les damos los sobres abiertos para que las lean, pero, por suerte, hay un paisano que se encarga de esto a cambio de... bueno, yo me entiendo.

Oye, ¡tengo más ganas de verte! Habrás cambiado un montón. Bueno, voy a terminar, no sea que me dé por ponerme triste. Hala, ¿ya sabes el chiste del soldado que respondió al sargento que el cartucho se compone de dos partes: «car» y «tucho»?

La ausencia de Paco y Antonio le había revelado lo intensamente que les quería, lo que le causaba cierta perplejidad. También sentía cariño por el Templao, una estima que había ido evolucionando de la admiración a una incomprensible necesidad de protegerlo. ¿Proteger él al Templao, de qué? ¿Había dejado Guaqui de ser la fortaleza imbatible que le embobaba a los once años?

Elena continuaba tratándolo con amabilidad a pesar de su evidente estado de ansiedad. Protestaba cada vez que Mani le decía que toda la familia Robles del Altozano dependía de ella, aunque no le comunicaba su sospecha de que Rafael, el criado, llevaba a Paula dinero todas las semanas. Pero ahora su amabilidad se había tornado distante y ya nunca le pellizcaba las mejillas mirándole intensamente a los ojos. Tampoco acariciaba a Miguel, si bien esto le parecía más natural, puesto que ya no tenía que estar tumbado todo el día como un inválido.

—Anoche estuve en el recital de González Marín —dijo Elena—. Fue tan emocionante...

González Marín era un rapsoda cartameño que estremecía los escenarios de toda España, recitando poemas de José Carlos de Luna y Rafael de León. En la mitología malagueña, ocupaba un sitial tan alto como el de Imperio Argentina y el bandolero Flores Arocha.

—Si hubieras visto cómo estaba el Cervantes... —continuó Elena—, no cabía un alfiler. Tó el mundo se hartó de llorar, como si no tuviéramos ya secos los ojos.

—¿Llora usted mucho?

—¿Qué? ¡Oh, sí, a veces!

—¿Por qué?

La mirada de Elena recorrió el gabinete, peregrinando como en un vuelo de despedida.

—Esto va a acabar muy mal, Mani. Muchos están saliendo de la ciudad, a refugiarse en sitios tan curiosos como Gibraltar. Imagina. Nosotros, que deseamos con tantísimo fervor recuperar esa tierra española, y ahora nos vemos obligados a pedirles auxilio a los hijos de la gran... Mi yerno quiere que nos vayamos, pero ¿a dónde? A Gibraltar, ni muerta, porque yo soy una española de bien. ¿Y despreciar todo esto? Mi padre construyó esta casa cuando todavía el negocio de los barcos era poco menos que una ilusión. Su fortuna llegó más tarde, antes de aquel tropiezo de Cuba y las Filipinas. Pero cuando hizo la casa, tuvo que dejarse tiras de piel en la mampostería. Y da la casualidad de que yo nací aquí, y también mi hija y mis nietos. ¿Cómo voy a abandonarla a estas alturas de mi vida? Les digo que se vayan ellos, como propone Alfonso, a Suiza, pero yo... De verdad, Mani, no me importa que se convierta en mi tumba, total, pa lo que me queda de vida.

—No creo que nadie tenga la menor intención de hacerle daño a usted.

—¡Qué sabrás tú!

Sabía que menudeaban las agresiones a empresarios y alguna gente rica, pero no conseguía encuadrar a Elena en el grupo de personas que tuvieran algo que temer.

—Tienes ojeras, Mani. ¿Más problemas?

—Uno mú gordo.

—¡Ya me parecía a mí que la tuya no era una visita de cortesía! ¿Qué pasa?

Le contó la desaparición de Antonio y el suceso del hospital con toda la brevedad que pudo.

—Suena fatal —comentó Elena.

—¿No podría usted hablar con alguien?

—¡Mani! Con lo listo que eres, no sé cómo no te das cuenta de lo mucho que están cambiando las cosas. ¿Crees de verdad que yo podría hacer más que, por ejemplo, tu hermano Paco?

—Pero es que él tiene que estar preso.

—Aún así... Es seguro que Cayetano Bolívar te haría a ti mucho más caso que a mí o... al mismísimo obispo. Esto ya no es lo que era Mani. La Málaga de los Larios, los Heredia, los Viana-Cárdenas, los Van Dulken y los Strachan ha muerto. Tú a lo mejor te alegrarás, porque desconoces cuál es de verdad tu sitio...

—Yo no me alegro por el mal de nadie.

—No, claro que no. Eso sería una contradicción a tu naturaleza. ¿Qué quieres, Alfonsito?

Mani volvió la cabeza hacia la puerta del gabinete, que se había entreabierto. La cerraron enseguida, al comprobar quién era la visita, pero Mani pudo ver de reojo al nieto de Elena vestido igual que los amigos de Serafín. Antes de comenzar a alarmarse, sintió gran asombro, puesto que ya nadie iba por la calle con esa indumentaria, y se preguntó por qué el nieto de su amiga no se recataba de vestir así cuando podían verlo Miguel y Angustias. A continuación, meditó sobre lo que esa militancia representaba para la pareja y toda la familia. Sintió de repente tanta inquietud, que se despidió precipitadamente de Elena, persuadido ya de que ella no podía ayudarle y con la convicción de que tenía que encontrar urgentemente a Paco, para salvar a Antonio y para, entre los tres, salvar a Miguel y Angustias.

Seguían sin saber nada de Paco, pero supieron de Antonio de manera inesperada una mañana, tras la conversación que Mani había decidido la noche anterior mantener con Paula. Habían pasado veintitrés días desde la desaparición de Antonio y veinte desde la de Paco, veinte días en los que Mani había preguntado, vigilado, espiado y vuelto a preguntar en todas partes, sin obtener el menor resultado, de manera que la búsqueda de Inma, antaño tan afanosa, parecía ahora el vago recuerdo de un mal sueño comparado con la pesadilla que dominaba todos sus días.

Le desagradaban las escenas que presenciaba, pues no le parecía que los pobres que estaban sustituyendo a los ricos al frente de las instituciones fueran más generosos y ecuánimes que los sustituidos. Era verdad que la gente reía más y había más esperanza visible en la calle que unos meses antes, pero también lo era que las miradas aterrorizadas ocultas tras los visillos eran más numerosas que nunca. A los doce días de incapacidad de encontrar a Paco, de gritar insultos desencajados a los empleados y camaradas de su partido que negaban conocer su paradero, de enfrentarse con ira impaciente a los policías que le sonreían con displicencia y de fingir serenidad y templanza ante Paula y Ana, notó que había perdido el control.

Esa noche, como el insomnio se estaba convirtiendo en un problema tan acuciante como las desapariciones, se propuso hablar con su madre en cuanto amaneciera, para convencerla de organizar entre los dos un plan eficaz de indagación y rescate.

Comenzó relatándole lo que había visto a las puertas del Hospital Civil, siguió pormenorizando las diferentes pesquisas y, por último, le habló de la casa de La Caleta.

—¿Qué te dice doña Elena?

—Que las cosas ya no son como antes. Dice que Málaga ha cambiao una pechá.

—Tiene toa la razón.

—Según ella, nadie le haría el mismo caso de cuando estuvo a pique de conseguir que nos readmitieran en el periódico. Y una cosa mú mala, mamá: el otro día, vi al nieto vestío como los compinches del Serafín.

—¡Madre de Dios! —oró Paula, persignándose.

—Hay que buscar otro refugio pal Migue y la Angustias, pero, primero, tendremos que encontrar al Paco y el Antonio.

—¿Tú crees que lo del disfraz fascista del nieto hace que la casa de doña Elena no sea ya segura pa tu hermano y tu cuñada?

—¿Tú qué piensas?

—No lo sé, Mani. Yo nunca he puesto los pies en esa casa.

—¿Por qué te negaste siempre a entrar allí, mamá?

Paula apretó los labios.

—Tengo mis razones.

—Hace más de un año que me duele la cabeza con esa historia, mamá.

—¡Mani, qué quieres decir!

—El ataque al Migue fue el carnaval del año pasao. Por si no te acuerdas, yo estuve presente en todas las cosas que hizo doña Elena; después de lo que pasó aquella noche y de llevarlo a la casa del Chafarino, fui yo quien fue a buscarla y vi que lo dejaba tó de bulla y corriendo y ponía en marcha a sus criados con toas las prisas del mundo pa trasladar al Migue, pa que lo vieran los médicos y pa prepararle la habitación. Luego, lo de la Angustias y por fin, lo de la boda de ricachón. Y, además, que no estoy ciego, pero me juego un ojo a que te manda dinero y que gracias a ella comemos como Dios manda. Perdóname, mamá, pero... Ella se ha portao como si fuera nuestra familia, aunque no comprendo por qué, y tú... A veces, he pensao que te ponías con ella un poquillo borde.

Los ojos de Paula presentaban un fulgor que parecía más de deslumbramiento por el tino de su hijo que de enojo, pero apretó los labios y Mani supo que no iba a sacarle una palabra más sobre ese asunto.

—¿Qué más se te ocurre que podemos hacer pa encontrar a tus hermanos? —preguntó Paula.

—He pensao que... como cá vez que hablo con el Ricardo me dan ganas de darle una patá... la Ana tendría que ir a hablar con él.

—¿Pa qué?

—Pa convencerlo de que venga con nosotros al hospital. Pase lo que pase en la calle, las monjas mandan todavía en el Hospital Civil. El Ricardo, vestío de fraile, seguro que conseguiría sonsacarles lo que ocurrió el día que llegó Paco y luego vinieron los guardias. De verdad, mamá. Yo creo que ya he hecho tó lo que podíamos hacer por nuestra cuenta. En el partido, en la comisaría, en el hospital, joé, en toas partes.

—Pero ya sabes cómo es el Ricardo. Y, por otro lado, no me parece que convenga hacerle ir vestido de fraile por la calle, con las cosas que pasan.

—Podemos llevarlo vestío de persona normal y esconder los hábitos en una talega hasta que lo vistiéramos al lao del hospital.

—Sí... —concordó Paula—. Puede ser una solución. Dile a la Ana que venga.

Mientras salía de la habitación en busca de su cuñada, Mani sintió la mirada apreciativa de su madre prendida en la espalda, la misma que le acarició la frente cuando volvió con Ana. Paula tenía sobre el regazo un vestido a medio confeccionar, pero no estaba cosiendo. Sujetaba la aguja entre los dedos pulgar e índice de la mano derecha y, en la izquierda, el dedal dorado, pero mostraba trazas de no sentir el menor interés por la costura y sí mucho por lo que él iba a decir.

—Escucha al Mani, Ana. A ver qué te parece.

Mani volvió a plantear el plan de indagación con la mediación de Ricardo, confesando su incapacidad personal de convencerle. Ana, que conocía de sobra el talante de su cuñado fraile, comprendió que tendría que actuar con astucia. Dijo:

—Espera unos minutos Mani, que voy a vestirme. Vuelvo enseguía.

Lo hizo al cuarto de hora. Llevaba su vestido más elegante pero había dejado de sentarle tan bien como habitualmente, porque presentaba un gran abultamiento en la barriga, como si estuviera embarazada.

—Su hijo de usted será mú beato, pero es un desastre sin compostura —le dijo a Paula—, ¿verdad, Mani? Esto de aquí es un cojín prendío con una faja. La única manera de conseguir que el Ricardo nos haga caso es dándole lástima. He pensao que si cree que estoy preñá, querrá venir enseguía a ayudarme a encontrar al Antonio.

Paula sonrió, asintiendo.

Se disponían Ana y Mani a salir hacia el convento cuando de nuevo se presentaron los guardias con una orden de registro.

—Estuvo cinco días sin poder hablar, por la anestesia —respondió el más maduro de los guardias a la pregunta de Ana, sin dejar de desordenar de nuevo la vivienda.

Paula dio un brinco.

—¡Qué dice usted, anestesia! ¿Qué le ha pasao a mi hijo?

—Han tenido que hacerle dos operaciones, porque el tiroteo lo dejó como un colador.

Mani notaba que el policía se recreaba en su propia sangre gorda frente a la impaciencia de los tres, como si quisiera convertir la información en un sarcasmo.

—¿El tiroteo? —preguntó Paula— ¿De quiénes?

—Es lo que tratamos de averiguar, porque su hijo jura y perjura que no sabe quiénes ni cuántos eran, ya que según él estaba muy oscuro. Dice que volvía cortando camino por El Ejido, después de una reunión del comité de la huelga general. Pero como usted comprenderá, el cuerpo de Asalto no se ha caío de un olivo. Su hijo miente pa proteger a quién sabe quién, pero cantará.

—¿Está en el hospital? —preguntó Paula, y Mani vio que ya se disponía a echar a correr.

—No. Esta mañana se le ha podido llevar por fin a prisión.

—¿Puedo ir a verlo?

—Hoy, no lo creo, señora. Lo siento. Tal vez pasado mañana, porque antes tenemos que acabar la investigación. ¿Dónde esconde su hijo las armas?

—¡Qué armas ni qué niño muerto! Mi hijo no esconde arma ninguna.

—¿Iba solo cuando lo tirotearon? —preguntó Mani.

—Tu hermano dice que sí, pero tiene que ser mentira, porque hemos recogido treinta y dos casquillos de diferentes calibres. Por los casquillos y por las posiciones, allí se dispararon un montón de armas distintas y hubo un enfrentamiento entre varios.

—Si mi hijo dice que iba solo, es que iba solo.

La voz de Paula no sonaba ni convencida ni convincente. El guardia sonrió con ironía sin parar de echar al suelo los envoltorios de telas de diversos colores. A Mani le pareció que había sadismo en sus ademanes y en su voz:

—Él dice que no sabe namás que le pegaron un tiro y perdió el conocimiento. Pero le repito, señora, que recibió varios disparos y que las armas tuvieron que ser manejás por diferentes personas. Su hijo y otros de su cuerda se enfrentaron a un grupo, eso está claro, pero él trata de no delatar a los que iban con él, que tienen que ser del Sindicato de Parados, como que me llamo Ciriaco... Pero tiempo al tiempo...

—Y... ¿sabe usted quiénes eran los atacantes? —preguntó Mani.

—¿Atancantes? —ironizó de nuevo el guardia—. Lo más probable es que los que atacaron fueran tu hermano y los suyos.

—¿Atacar a quién, en un descampao como El Ejido? —discrepó Paula.

—Seguramente es que perseguían y fueron a cortarle el paso a cualquier grupo rival. Como hoy día tó el mundo se enfrenta con tó el mundo.

—No —protestó Mani—. Usted no sabe de la misa ni la media de lo que nos está pasando hace una pila de tiempo. Los fascistas que vivían en la esquina no han parao de jodernos la marrana desde hace dos años y lo de mi Antonio tiene que ser cosa de ellos, porque... la hija del fascista más grande de tós desapareció y a ellos se les metió entre ceja y ceja que nosotros, los de mi familia, tenemos por cojones que saber dónde está. Esos le hicieron una encerrona a mi

Antonio pa tratar de sacarle el paradero de esa niña... del que mi hermano no tiene ni puñetera idea.

—Pero tú dices que «vivían» en la esquina. O sea, que ya no viven por aquí. ¿Cómo van a hacerle ninguna encerrona a tu hermano? ¡Vamos, anda!

—Es que no han parao de perseguirnos y perseguirme. En el último carnaval, cuatro fascistas, entre los que estaba el hijo de ese tal, estuvieron a punto de matarme a patás, tratando de sacarme información sobre su hermana. Es una manía que les ha dao, y es lo mismo que vivan en la esquina o que no, o que vivan en el monte Coronao o que se escondan en el Sacromonte. No van a dejarnos tranquilos en toa la vida.

El guardia sonrió con expresión desdeñosa.

—¡Vaya con el niño! —exclamó en dirección a su compañero, que permanecía junto a la puerta, sin participar en el registro.

—Osú, Ciriaco, qué razón tienes. Parece un picapleitos.

—Y... de mi Paco —murmuró Paula, no del todo convencida de que conviniera mencionar al otro desaparecido—, ¿saben ustedes algo?

—¿A quién se refiere usted?

—A Francisco Rodríguez Robles del Altozano —dijo Mani.

—Nunca he oído ese nombre —respondió el guardia llamado Ciriaco.

Habló con un tono que a Paula le convenció de que mentía. Detuvo con los ojos a Mani, viendo que iba a continuar el interrogatorio, para que no insistiera en preguntar sobre Paco, temerosa de que la obligación de mentir pudiera exasperar más aún al guardia.

Una vez acabado el registro y tras marcharse los guardias con signos evidentes de enojo por su inutilidad, y dado que Paula, Ana y Mani tenían vedado, de momento, visitar a Antonio en la cárcel, corrieron los tres hacia el hospital en busca de más información. Debieron desmoronar con súplicas y quejidos la resistencia de la monja portera y de la jefa de enfermeras que ésta mandó llamar; pero las convencieron a las dos relatándoles en detalle lo que los guardias les habían informado. Mientras la monja jefa de enfermeras les ponía en antecedentes, los tres pudieron notar por sus inflexiones y sus gestos grandilocuentes que la gravedad y las circunstancias policiales del caso le había impresionado profundamente: Antonio había estado setenta y dos horas al borde de la muerte, pero tanto en la cama como en el quirófano permaneció rodeado de guardias noche y día y a todo el personal le habían prohibido reconocer que se encontraba ingresado allí. Los disparos le habían roto los intestinos y había perdido un riñón y «no ha muerto porque es más fuerte que un toro, y con todo y eso ha habido que hacerle transfusiones de sangre más caudalosas que el río Tajo». Mani advirtió que su madre y su cuñada, demasiado absortas en la averiguación del estado de salud de Antonio, no se daban cuenta de lo que la presencia policial permanente y la prohibición de informar debía significar: el caso era demasiado grave, lo suficiente como para que las autoridades le dedicaran tan exagerado esfuerzo policial, cuando todas las cháchara hablaban sin parar de las algaradas y conatos de motines y de la insuficiencia de medios para mantener el orden. Si un grupo tan numeroso de policías había sido destinado exclusivamente a la vigilancia de Antonio, tenía que ser porque se trataba de algo mucho más importante que una simple encerrona de Serafín y sus secuaces.

Cuando Paula y Ana parecían disponerse a volver a casa, Mani preguntó a las monjas:

—Y a mi hermano Paco, ¿qué le pasó?

—¿A quién?

Paula había vuelto la cabeza hacia Mani y a continuación

observó con gran alarma la expresión de la monja, en la que le pareció evidente la voluntad de mentir, como antes lo había hecho sobre Antonio a pesar del precepto de su religión. Lo que vio en los ojos monjiles hizo que asiera bruscamente la mano de su hijo, diciéndole:

—Vámonos, Mani. Ya preguntarás por ahí...

—Pero es que yo lo vi llegar aquí, mamá —protestó Mani.

—Sí, bueno... Gracias, sor Lucía.

Mani se desasió de la presa de su madre y echó a correr hacia la sede del Partido Comunista, donde sólo estaban a esa hora una mujer, fregando el suelo, y el conserje.

—¿A qué hora viene don Cayetano? —preguntó.

—No sé si estará en Málaga hoy. Mañana, sí tiene que venir a las siete de la tarde, porque hay una reunión del Comité provincial.

Volvió a su casa abrumado por los malos presentimientos. Paula preparaba la comida con la ayuda de Ana; ambas parecían no tener en la cabeza nada más que preguntas e intenciones relativas a la salud de Antonio. Mani comprobó que ninguna de las dos se mostraba angustiada por lo que pudiera haber ocurrido con Paco y decidió que no era conveniente contagiarles su preocupación.

La mañana siguiente, Mani despertó ojeroso y gravemente alterado, y se escuchó a sí mismo dar una respuesta muy áspera a su madre, «no estés tó el día encima de mí, como si fuera un chavea», razones por las cuales decidió ir a la playa para tratar de serenarse con una zambullida en el mar, hasta que llegase la hora de reanudar las averiguaciones sobre Paco. Carmela, la madre del Templao, lo abordó nada más poner pie en la calle, como si hubiera estado rondándolo:

—Mani, ¿has tenío carta de mi Guaqui?

—La última la recibí hará tres semanas, chispa más o menos.

—Lo mismo que yo. Estoy mú preocupá, porque desde que se fue a la Legión ninguna semana me ha faltao carta suya.

—No se preocupe usted. Me dijo en la última que les censuraban las cartas a él y a tós sus compañeros. A lo mejor es que él ha escrito, pero sus oficiales no quieren mandarnos las cartas.

—Ojalá. Pero me da mú mala espina.

—No se haga usted mala sangre.

—Oye... ¿no tienes naide más a quien acudir, por si pudieras averiguar algo sobre mi Inma?

Mani examinó el rostro de Carmela conmiserativamente. Habría transcurrido casi un año desde la desaparición de Inma y él había perdido ya toda esperanza de encontrarla. Evidentemente, la madre no iba a perderla nunca.

—No, Carmela. Por ahora no tengo nadie más a quien pedirle ayuda. Cuando vuelva mi Paco...

—¿Otra vez está de viaje?

—Sí..., creo que sí.

Paula, asomada al balcón, lo llamó:

—Mani, necesito que vayas a entregar un vestido a calle Beatas.

Llevar el brazo, de nuevo, convertido en perchero y extendido para sujetar el vestido doblado y el paño que lo cubría, le hizo sentir una nostalgia muy dolorosa del día que pidió protección al Templao para que los vecinos no se burlasen, hacía de eso ya una eternidad, porque, entonces, todavía no había rebasado la estatura de Carmela y esa mañana había comprobado que ya la superaba por una cabeza.

Sorprendentemente, pensar en el Templao le producía cierta sensación de firmeza en medio de la agonía por lo que les estaba ocurriendo a sus dos hermanos mayores. El vacío anímico, agravado por el físico del insomnio y el sentimiento de impotencia, se atemperaba con el simple conocimiento de que el Templao estaba vivo, sabía dónde se encontraba y tenía la seguridad de que algún día volvería a verlo. Reconoció que no podía suponer lo mismo sobre Paco y ni siquiera sobre Antonio. Se esfumaba tanta gente, había tantos vecinos que se referían a sus muertos y desaparecidos sin dolor aparente, de tantos que eran y de tan improbable que parecía recuperarlos, que encontraba demasiado optimista y hasta presuntuoso suponer que él iba a tener mejor suerte en relación con el que más respetaba entre sus hermanos. Paco no era más importante que cualquiera; podían haberle dado el paseíllo o hecho desaparecer, sin más, como a tantos otros. Apretó los labios para reprimir el ahogo momentáneo. Sentíase prisionero en un paréntesis de su vida sin nada enmedio. En la escuela habían suspendido las clases, no tenía la obligación de conseguir dinero puesto que Paula tenía tanto, vivían más holgadamente de lo que recordaba en toda su vida, el embozado llanto nocturno de su madre por las ausencias no era más copioso que el de antaño causado por las correrías de Antonio y hasta la excitación del juego del ratón y el gato con Serafín y sus secuaces había dejado de existir. No tenía más que hacer que proseguir una búsqueda en la que llevaba tres semanas enfrascado, cada día con menor esperanza.

Cuando cruzó calle de Carretería, inesperadamente, se encontró celebrando que Antonio estuviera en cama y encerrado en la cárcel. Sin haber percibido ruido ni movimiento previo alguno, y abstraído en el rubor airado que le causaba llevar el envoltorio de ropa en el brazo, de repente se vio en el centro de un fuego cruzado entre un grupo de anarquistas uniformados y una compañía de guardias de Asalto. Momentáneamente desprovisto de discernimiento, miró con expresión de alucinación la caligrafía ininteligible que trazaban en los adoquines los regueros de sangre. La balacera le pilló tan desprevenido, que el vestido que su madre le había mandado entregar cayó en un charco sanguinolento y tuvo que tirarse al suelo, sin más abrigo que el bordillo de la acera junto al cuerpo de un quejumbroso herido; tumbado boca abajo, se echó el manchado y enrojecido vestido por encima y se quedó inmóvil, para que creyeran que había muerto y a nadie de ninguno de los bandos se le ocurriera disparar hacia él. Fueron varios minutos de truenos y aullidos del infierno, incalculables minutos como eternidades de una pesadilla detenida, de un sueño horroroso del que no es posible escapar y donde uno no consigue rajar la garganta en un alarido.

Una vez que cesó el estruendo, pudo meterse en un lío aún más grave a causa de la ira incontenible que sintió cuando los guardias se echaron a reír viéndolo caminar hacia ellos con los ojos desencajados, el pantalón mojado de orina y cubierto con el manto de seda hecha jirones y rezumante de sangre que había sido el vestido de una de las prostitutas más caras de la calle Beatas. Le ordenaron correr y ello evitó que les increpara. Tuvo que saltar para eludir los cuerpos abatidos, como muñecos rotos cubiertos de sangre, algunos de los cuales se retorcían y lloraban de dolor.

La pérdida del vestido era una calamidad que no tenía la menor idea de cómo resolver, así que retomó el proyecto de dirigirse a la playa.

—El tiburón nos acecha con las fauces abiertas —dijo el Chafarino cuando Mani emergió del agua, tras lavarse la piel, la ropa y el ánimo.

—¿Por qué se atormenta usted con esas ideas? El mar está en calma, azul como un cromo y brillando como la plata, el cielo es una candela viva y creo que es uno de los días más bonitos que recuerdo en toa mi vida.

—Sí, hace un tiempo espléndido, Mani, pero se trata de la calma que precede al temporal. Lo que ocurrió anoche en Madrid abre las puertas de la madriguera donde tenían encerrada a la jauría.

—¿Qué pasó ayer en Madrid?

—Asesinaron a una persona muy importante, Mani, el diputado José Calvo Sotelo, uno de los hombres más inteligentes, elocuentes y respetados con que contaban las derechas. Él no paraba de decir que tenía las espaldas muy anchas como para aguantar el peso de las peores amenazas, pero ya ves de lo que le ha valido tanta anchura. Se trata del peor de los errores que han podido cometer las izquierdas, porque tú vas a ver que los derechistas lo convierten en la bandera que andaban necesitando. Los dioses harán llover azufre y piedras derretidas sobre Málaga.

—A ese señor lo han matao en Madrid. ¿Qué tenemos nosotros que ver?

—Málaga dio a las Cortes el primer parlamentario comunista de España, Cayetano Bolívar. Aquí ardieron en 1931 muchísimas más iglesias y conventos que en ningún otro sitio. Aquí, como en Barcelona, las calles han estado a todas horas en poder de los anarquistas. Vamos a pagar un precio muy alto por llevar tanto tiempo poniendo a toda España con los pelos de punta, ya lo verás.

A pesar del tiroteo del que había estado a punto de convertirse en víctima, a Mani le sonaban las palabras del Chafarino, más que nunca, a desatino. Bajo el calor ya muy alto de mediados de julio, olía a paz y paraíso. Miró hacia la orilla; en las perezosas olas desaparecían y emergían más bañistas de los que había visto nunca; era una escena idílica, sin sombras de amenaza, donde los bañistas reían, retozaban, saltaban y se zambullían como si la vida fuese hermosa, y no existiera nada feo más allá del esplendor cálido que disfrutaban. La bahía era una postal multicolor coronada al otro lado, en la orilla de Levante, por los últimos repechos de Sierra Nevada, azulados por la distancia; bajo ellos, el monte de San Antón, con la cumbre doble que los marineros denominaban «las tetas de Málaga», era un jardín esplendorosamente verde donde casi se podía intuir el disfrute de los camaleones tumbados plácidamente al sol. En ese escenario maravilloso, las frases pesimistas del viejo ciego parecían absurdas, fuera de lugar. Entró en el cañizo con el Chafarino, para dar cuenta de una suculenta sartenada de coquinas salteadas donde ensopó, como de costumbre, el crujiente pan que el propio ciego cocía de madrugada. Hacia mucho calor y los chorros de sudor le recorrían la espalda, pero comenzaba a sentirse estupendamente, olvidados el tormento del insomnio y el terror del tiroteo.

—Los dioses están furiosos —continuó el Chafarino—. Harán con nosotros como siempre han hecho cuando un pueblo se vuelve loco: destruirlo. Esta locura es muchísimo más grave que la de Sodoma y Gomorra, porque no proviene de la degeneración de los sentidos, sino de la deformación de los sentimientos. Exterminarán a los hermanos que se revuelven contra sus propios hermanos en vez de aliarse con ellos para buscar juntos un destino mejor.

Mani dejó que su amigo hablara sin contradecirle, sin ganas de hacerlo, perezosamente dispuesto a disfrutar con toda la intensidad posible la paz momentánea que sentía, puesto que sabía de sobra lo pasajera que era, y haraganeó en la playa hasta las cinco de la tarde. Cuando supo que iba a tratar de hablar con Cayetano Bolívar, el Chafarino se empeñó en repasar su ropa y plancharle el pantalón.

Treinta horas después de haber salido del Hospital Civil, Mani se apostó a la entrada de la sede del Partido Comunista, a hacer guardia. A las siete menos cuarto, vio a Cayetano Bolívar trasponer la esquina situada a unos treinta metros y como sólo le acompañaba un correligionario, corrió hacia él, considerando que debía hablarle antes de que tuviera más gente alrededor.

—Mi madre está que se muere —dijo sin saludarle.

—Me parece que te conozco —comentó el político—. ¿Quién es tu madre y qué enfermedad tiene?

—No tiene ninguna enfermedad. Usted recuerda mi cara porque me ha visto muchas veces con mi hermano, Francisco Rodríguez Robles del Altozano.

—¡Ah! —exclamó Bolívar.

Mani notó lo brusca e intensamente que había cambiado su expresión, de la indiferencia a una emoción que no supo identificar. Notó que ocurría algo desagradable con Paco, porque estaba seguro de que Bolívar había palidecido.

—Hace tres semanas que no sabemos ná de él... y como mi hermano mayor está en la cárcel, casi muriéndose por las heridas, puede usted suponerse cómo está mi madre. Por favor, ¿no tiene usted idea de dónde está?

—¿Cómo te llamas?

—Manuel.

—Sinceramente, Manuel, no puedo decirte nada.

—¿No puede o no quiere decírmelo, o no lo sabe? —preguntó Mani con impaciencia.

—Escucha, tengo dentro de pocos minutos una reunión importantísima, porque ayer han ocurrido en Madrid, y también aquí en Málaga, hechos sumamente graves. Ahora no puedo ayudarte, pero voy a decirle a mi secretario que te dé cita para dentro de una semana, porque antes no tengo ni un momento libre. Ven el día veintiuno, sobre estas horas, y a lo mejor entonces puedo ayudarte. ¿De acuerdo?

Mani asintió con expresión descompuesta. Se dio cuenta de que Bolívar evitaba responderle y entendió que lo que ocurría con Paco tenía que ser tremendo.

Luego de apartarse del político, erró dando vueltas por la ciudad y hasta permaneció bastante rato ante la puerta del cine, meditando si entrar a ver de nuevo *Morena Clara*, con objeto de aplazar el momento de tener que explicar a Paula que había perdido el vestido y, sobre todo, reprimir las emociones porque debía evitar que ella descubriera su turbación y su desesperanza en relación con Paco.

Cuando llegó a la casa, a las nueve y media, encontró a Rafael, el criado de Elena Viana-Cárdenas James-Grey, sentado junto a la mesa, donde Paula le había servido un vaso de vino que el mayordomo-chófer daba la impresión de no haber tocado. Sin disimular su incomodidad, Paula tejía nerviosamente un chal a medias con Ana, que tejía también por la otra punta. Se trataba de un obsequio para una de las monjas del hospital, que según las ambiguas narraciones monjiles, había donado abundantemente su sangre para salvar la vida de Antonio.

—Menos mal que llegas por fin, Mani —dijo Paula sin interrumpir la labor, con amargura notable y olvidando el vestido perdido—. ¿Por qué has tardao tanto? Me tenías en un sinvivir por los jaleos que dicen que ha habido hoy por toda Málaga, y este hombre lleva más de dos horas esperándote; pero no hay manera de sacarle por qué te necesita y tiene orden de hablar sólo contigo, como si una fuera un mueble.

—¿Qué tiene usted que decirme?

—Doña Elena quiere que te lleve a casa —respondió Rafael, eludiendo satisfacer las ansias evidentes de Paula—, porque hay una cosa que necesita pedirte con urgencia.

—¿Y tiene que ser ahora, por fuerza?

—Sí. Quiere hablar contigo esta misma noche, sin falta.

Mani identificó en los ojos de Paula el mensaje de asentimiento y la orden de que no retrasara más la visita, cuyo objeto callaba el sirviente con tanto empeño. Tampoco le dijo nada a Mani durante el recorrido en coche hasta La Caleta, que les tomó media hora. Llegados ante la mansión, Mani sintió que había algo diferente, pero tardó unos minutos en identificar qué era, porque ya había oscurecido y no pudo descubrir los destrozos a primera vista. Tras bajar del coche y al trasponer la esquina hacia la fachada principal, vio que la puerta de hermosos cristales de colores había sido destruida a hachazos y sus fragmentos se encontraban apilados a un lado de la escalinata, en tanto que dos carpinteros acababan de ajustar una puerta nueva, de madera, iluminados tan sólo por las velas que portaban dos criadas, puesto que todas las luces exteriores habían sido rotas a pedradas, tanto los faroles de la verja como las abundantes tulipas de la fachada.

Rafael le llevó inmediatamente al salón íntimo donde sólo había estado una vez, el día que Rita se probaba el suntuoso vestido de carnaval. Miguel, con la cara convertida en un amasijo sanguinolento e inflamado, estaba recostado en un sofá, donde Alonso Betancur y un hombre que Mani no conocía, sujetaban fuertemente los brazos de su hermano, inmovilizándolo como si fuese presa de un ataque epiléptico. Al verlo llegar, Miguel reanudó un llanto que, a juzgar por la inflamación carmesí, duraba ya muchas horas, y unos gemidos que brotaron rasposos a través de su garganta rota.

Elena, que se encontraba sentada en un sillón junto al sofá y acariciando la cabeza de Miguel, sollozaba quedo.

Hacía ya algún tiempo, varios meses en realidad, que a Mani le exasperaba el llanto, porque le desconcertaba; cuando no se creía capaz de resolver el problema del que lloraba, lo que le arrebataba el ánimo era una irritación incontrolable y la necesidad de huir. El llanto de Carmela, la madre del Templao, lo toleraba con cierta indulgencia, ya que no sentía la obligación de afanarse más porque sólo él sabía cuánta energía había gastado en la búsqueda de Inma y cuánto esfuerzo había empleado en salvar a Guaqui; el de Paula, dado que ella lo contenía de manera casi sobrehumana por el empeño de que nadie viera sus lágrimas, le rompía el corazón en la oscuridad de la alcoba y le producía verdaderos deseos de ensordecer; el de Ana por la situación de Antonio, le inspiraba ternura impaciente. Pero el copioso e interminable llanto de Miguel por todas las cosas, le sacaba de quicio. Ahora, a pesar de los golpes que había sufrido según delataba el aspecto de su rostro, estuvo a punto de lanzarse hacia él, zarandearlo por los hombros y decirle que se comportase como un hombre y afrontase sus problemas con la gallardía que Paula les inculcaba. Pero tanto el escenario como la escena y los actores le disuadieron. Elena, Alonso Betancur, el desconocido, las dos criadas que se hallaban a medio servir un refrigerio, Miguel y Rafael le miraron como si esperasen algo que sólo él podía realizar.

Elena señaló un escabel situado a su izquierda. Una vez sentado junto a ella, y como Elena se interponía entre Miguel y Mani, éste dejó de contemplar con hastío las lágrimas que corrían por las mejillas entumecidas de su hermano y pudo prestar atención a lo que Elena le susurraba:

—Fue esta madrugada, sobre las seis. Asaltaron la casa como salvajes, rompieron la puerta a hachazos, amenazaron a todo el servicio a punta de pistola y se fueron derechitos al cuarto de Miguel y Angustias...

—¿Directamente, sin meterse en ninguna otra habitación? —interrumpió Mani.

—Eso es. Fueron directos al dormitorio de tu hermano. Se llevaron a Angustias en volandas, sin permitirle ni siquiera vestirse, y a tu hermano, ya lo ves. Como salió como un ciclón en defensa de Angustias pa impedir que se la llevaran, otra vez han estao a punto de matarlo.

Mani cerró los ojos y apretó los párpados, como si con ese gesto pudiera borrar el mundo. A la desaparición de Inma, el desconocimiento del paradero de Paco y el alejamiento de Ricardo, Guaqui y Antonio, se sumaba ahora el secuestro de Angustias.

—Tienes que evitar que tu madre lo sepa —continuó

Elena—, al menos por unos días, y por eso no he permitido que Miguel salga corriendo pa tu casa, porque ya conoces el carácter de tu madre; es capaz de revolver Roma con Santiago y meternos a todos en líos aún peores y correr ella misma riesgos inútiles. Pero habla con tu hermano Paco, que dicen que tiene tanta influencia en el Partido Comunista, a fin de que consiga que sus jefes hagan alguna gestión pa encontrar a Angustias, antes de que Miguel vaya a hacer otra locura.

—Los comunistas no pueden haber secuestrado a la Angustias —adujo Mani.

—No, claro que no —concordó Elena—. Es cosa de la familia y, principalmente, del hermano y sus amigos, que son los que nos asaltaron esta madrugada, según lo que Miguel vio. Pero, tal como están las cosas en Málaga y en toda España en el día de hoy, la única institución con cierta autoridad y con un poquillo de orden es el Partido Comunista, que, según se rumorea, son quienes de verdad mandan en los guardias de Asalto. Lo he oído cien veces a lo largo del día. Todos los que he consultado dicen que, hoy por hoy, no hay más gobierno auténtico en Málaga que el de Cayetano Bolívar. Así que corre a ver qué puede hacer ese... señor por tu hermano.

—Paco está desaparecido, ¿no se acuerda usted?

—No creo que esté desaparecido de verdad —opinó Alonso, el yerno de Elena—, sino escondido, ¿comprendes, Mani? Hay gente que por tener motivos para temer por su seguridad, se ha ocultado para verlas venir... pero tras lo ocurrido ayer en Madrid y esta mañana en toda España, lo que tenía que venir ha llegado ya. Los alborotos que hay por todas partes vienen a ser como proclamaciones de una infinidad de Repúblicas Soviéticas. Tu hermano saldrá de las sombras, tú lo verás, como están saliendo sus camaradas por centenares.

Mani observó el rostro demudado de Alonso Betancour, a cuyo hijo había visto, de soslayo, vestido como los fascistas de Serafín. Se preguntó si sus afirmaciones y la impaciencia por saber si Paco había estado escondido podían significar otra cosa que un dudoso interés por rescatar a Angustias, ya que tenía razones de peso para temer que hubiera sido su propio hijo quien le había ido a Serafín con el soplo de que Angustias se refugiaba en su casa.

—Pero si el Serafín es quien se la ha llevao, a la Angustias tienen que haberla mandao ya pa Graná. Seguro que a estas alturas la han encerrao en un convento, tal como llevan más de un año amenazando el barbero y su mujer.

—No han podido sacarla de Málaga, Mani —aseguró Elena—. Todos los caminos, el ferrocarril y el puerto están vigilados por los comunistas, que no paran de hacer registros en busca de... bueno, tú sabes; se portan como si ya tuvieran el gobierno en sus manos. Me lo ha contado el capitán Bermúdez —Elena señaló al desconocido que, junto a Alonso Betancur, sujetaba a Miguel—, que comanda el *Monte San Antón*. Todos mis barcos tienen en estos momentos parejas o grupos de comisarios políticos en el puente de mando, más o menos encubiertos, que revisan con lupa las órdenes de los capitanes. Angustias no ha salido de Málaga, Mani, te lo puedo garantizar. Corre a encontrar a tu hermano Paco y tráenos a Angustias de vuelta, porque Miguel se va a morir o lo van a matar, ¿no lo ves?

Tras humedecerle la camisa el llanto suplicante de Miguel al abrazarle, Mani fue conducido por Rafael, en el hispano-suiza, hasta la sede del Partido Comunista. El hombre que se encontraba ante la puerta, de guardia, cargó el cerrojo de su fusil al ver bajar a Mani del reluciente auto y lo apuntó contra su vientre.

—Fascista de mierda —dijo—, echa a correr patrás y piérdete de vista.

—¿Fascista? —ironizó amargamente Mani—. ¿Yo, fascista? Pa que te enteres, só pedazo de imbécil, yo soy hermano de Paco Rodríguez Robles del Altozano.

—¿Tú, hermano del camarada don Francisco? ¡Vamos, anda! Desaparece o te siquitrillo ahí mismo.

Mani decidió que a esas horas, casi media noche, no podía desafiar la suspicacia de un sujeto que, además de ser un tarugo de naturaleza, parecía estar bajo los efectos de la borrachera con que media Málaga había celebrado todo el día no sabía claramente el qué, porque sólo había visto rastros de sangre por doquier.

Entró de nuevo en el coche, le dijo a Rafael que informara a Elena de lo sucedido y de que a la mañana siguiente intentaría hablar con alguien del Partido Comunista, alguien razonable que no estuviera borracho. Mientras viajaba hacia su casa, se preguntó muchas veces por qué el vigilante había usado el tratamiento de «don» para mencionar a Paco.

V. La Goleta

Cuatro días llevaba solicitando hablar con Cayetano Bolívar, sin conseguirlo. La sede del Partido Comunista era un agitado y presuroso ir y venir continuo, donde tratar de ser recibido por el diputado era tarea mucho más desesperante que pedir audiencia al Papa. Elena había encerrado a Miguel bajo llave, porque no halló otro medio de evitar males mayores. El poco tiempo que Mani permanecía con Paula, ella lo traspasaba constantemente con la mirada, con resentimiento, porque él no consentía en decirle ni una palabra sobre la visita a Elena ni lo que ocurría.

Para no traicionarse ante su madre, pasaba muchas horas en la playa charlando con el Chafarino y, a ratos, durante las pausas del asedio a Cayetano Bolívar, se sentaba en los norayes del puerto, a ver si la caricia del sol ahogaba sus quejidos de impotencia rabiosa, porque la fatalidad había alzado barreras infranqueables entre él y la necesidad de encontrar a Paco o la urgencia de rescatar a Angustias, barreras que también le aislaban del dolor de Miguel y el magisterio de Paula, como si la vida le exigiera ser un extranjero de sí mismo. A la noche, los adolescentes del barrio iban a celebrar una fiesta en el patio del corralón de las Dos Puertas; había ayudado esa mañana a apartar los enormes lebrillos para despejar lo que iba a ser la pista de baile, amenizado por una orquestina de tres músicos, porque esperaba de su primer baile estival de 1936 alivio para lo que le abrasaba el pecho y derretía su entendimiento.

El trajín era los sábados mayor que otros días en el puerto, una ínsula donde la actividad febril era productiva y no como en el resto de la ciudad, donde el movimiento incesante de las riadas de gente parecía no tener más fin que el jaleo por el jaleo, sin propósito ni metas, como si nadie fuese ya capaz de creer que el gobierno instaurado dos meses antes fuera diferente de sus predecesores. Tampoco Azaña iba a sacarles de la miseria y, como de costumbre, los castigos se les imponían a machamartillo a quienes no tenían donde escapar por no tener donde caerse muertos; a esas alturas, comprendía que los poderosos seguían siendo bienaventurados, porque si sentían miedo, el dinero les permitía instalarse en cualquier otro lugar: quienes poseían grandes fortunas no necesitaban patria y estaban por encima de las patrias; como siempre, sufrían los de siempre las mismas penas de siempre. En el puerto, en cambio, todo palpitaba cual saludable sangre promisoria; el fuerte olor a salitre y pescado descompuesto, que sin embargo a Mani le sabía a bocanadas de vida, y la calima del polvo de cereal, al velar el paisaje, hacían que todo pareciera muy hermoso revestido de la pátina dorada del sol. Debido al descanso dominical, los arrumbadores tenían que multiplicarse en sábado para descargar de los barcos toda la mercancía perecedera y se apresuraban de los buques a los almacenes sudando copiosamente bajo los sacos de harpillera con que se protegían la espalda y la cabeza a modo de capucha; sus torsos eran mazacotes de nudosos músculos inflamados por el esfuerzo. El Templao decía en la carta recibida el día anterior que había adelgazado más aún; pensó con gran melancolía que si permaneciera en Málaga, si no se hubiera alistado a la Legión, Guaqui sería uno más de los arrumbadores que ahora observaba encorvados bajo el peso de los bultos, optimistas a pesar de la dureza del trabajo. Tras ellos, los ratas pugnaban entre sí, como de costumbre, tras los regueros de legumbres que escapaban de los sacos rotos.

—¡Eh, Rubio! ¿Eres tú, de verdad?

—¡Quini!

El que había sido lugarteniente del Templao en sus postreros juegos infantiles, aparentaba diez años más que el día que Mani lo viera por última vez, cuando Serafín le disparó en calle Nueva.

—Si no fuera por el color de tu pelo, tan cantoso, y por no sé qué más... no te habría conocío —dijo Quini, mientras jalaba de Mani para que se pusiera de pie—. Joder, si estás más grande que yo.

—Creía que te habías muerto.

—¡No jodas, Rubio! Lagarto, lagarto. Me tiré más de un año en la trena.

La cabeza rapada y los tatuajes de las manos hacían innecesaria la aclaración.

—Entonces, ya no tienes que esconderte.

—¡Digo! Por lo que me pillaron, pagué, y por lo que nunca me pillaron, ya se han olvidao... Ahora, voy de cabal por la vida. Vengo de aquel barco de allí, de hablar con el capataz de los estibaores. El lunes empiezo, y a partir de ahora, a currelar lo mismo que un gachó fetén. Y a ti, ¿qué tal te va? ¿Hiciste aquel trabajillo de La Virreina?

—No. Un poco después, las cosas empezaron a irnos mejor en mi casa.

—Pero tu Antonio está en chirona...

—Has tardao mú poco en enterarte.

—He pasao mucho tiempo encerrao, Rubio, y salgo con unas ganas locas de saber si al mundo no lo han movío del sitio. Si no tienes ná que hacer aquí ¿por qué no te vienes pal barrio conmigo, y así me vas contando?

Hablaron de la cárcel y sus miserias, de las penas eternas y las alegrías olvidadas del barrio, del Templao y su exilio en Marruecos español, de la tragedia de Inma y el matrimonio de Antonio, pero Mani logró eludir la mención de Miguel y

Angustias y recalcó, sin embargo, la dificultad de encontrar a Paco.

—Voy a tratar de hablar con don Cayetano Bolívar, ¿vienes?

—¿Tú crees que un señorón como ése va a darte audiencia? ¡Estás majara!

—Tengo que conseguirlo hoy mismo, Quini, y de todas las maneras, su secretario me ha dicho que estoy en la lista pa el lunes o el martes... ¿A dónde irán ésos?

Señaló un nutrido grupo de soldados que bajaban de un cuartel situado a pocos centenares de metros, un antiguo convento de los monjes capuchinos. Con las cartucheras evidentemente repletas y las armas al hombro, desfilaban hacia el centro.

—¿A dónde vais? —preguntó Quini.

—Yo qué sé —exclamó un soldado tan joven como él.

—¿Qué vais a hacer? —dijo Mani.

—Corrernos una juerga, ¿no te jodes?

—¿Hay rebelión? —preguntó Quini.

—A mí, que me registren.

—Oye, Rubio —dijo Quini—, ese tío, el diputao, no va a querer recibirte a estas alturas del sábado. ¿Averiguamos a dónde van éstos?

Mani asintió y se pusieron en marcha tras el desfile. La gente estaba echándose a la calle. Antes de llegar a la Alameda, acompañaba y envolvía a los soldados una ingente multitud. Muchos iban a medio vestir y las matronas lucían todas las trazas de haber abandonado sus guisos y tareas. Era una muchedumbre compacta, más festiva que exaltada, más dicharachera que crispada. Gritaban consignas, pero con tonos bienhumorados y un lenguaje plagado de injurias que no parecían injuriar a causa de las expresiones chistosas. Llenaban las calles de banda a banda, de modo que Quini y Mani perdieron de vista a los uniformados y únicamente consiguieron volver a verlos después de que la multitud se desbocara en carreras y se rompieran las voces en algarabías de lamentos, vivas y mueras, y muchos minutos más tarde del momento en que comenzaron a sonar los disparos. Superada a duras penas la marea de carreras, empujones, tropezones y codazos, Mani aferró el brazo de Quini para detenerlo, porque no podía creer lo que estaba viendo. Los guardias de Asalto se encontraban enzarzados en otro enfrentamiento, pero en vez de cruzar tiros con los huelguistas, los anarquistas, los asaltantes de tiendas o los alborotadores de todas las noches, o con los borrachos que se reunían a diario a las puertas de las iglesias para cantar coplas blasfemas, estaban disparando contra una compañía de soldados del Ejército. Un espectáculo que a Mani le parecía tan extravagante como si fueran jesuítas y monjas de la caridad enfrentados en una reyerta de taberna.

—¿Qué pasa? —preguntó Quini a un hombre cincuentón que juntaba las piernas tratando de disimular que había evacuando involuntariamente dentro de sus pantalones.

—Los soldaos querían apoderarse del Ayuntamiento —respondió el sujeto con voz entrecortada—, y también del Gobierno civil y el edificio de teléfonos. Pero ya ves tú, la gente echa pelillos a la mar de tantísimas putadas como los guardias les han hecho, y han salío a ayudarles a impedir que el Ejército haga lo que le han mandao hacer, o sea, aplastar la República.

—Van a la Aduana, Quini —empujó Mani—. Vamos pallá.

La gente no paraba de abandonar sus casas en avalancha, cantando entre jadeos jubilosos el himno de Riego, la Internacional y la Madelón. Cuando Quini y Mani llegaron cerca del ciclópeo edificio de piedra gris sombreado por palmeras tropicales, una antigua aduana que ahora era sede del gobierno local, la aglomeración formaba una barrera tras la cual sonaban los disparos como una atronadora guerra de película. Como no podía ver a quienes disparaban, Mani se encaramó a un árbol.

—Rubio, baja de ahí —gritó Quini—; te van a coser a balazos.

—Tan jodío es enero como febrero, Quini, ¿o te crees que ahí abajo estás a salvo? Sube aquí, que verás qué cosa más resalá.

El expresidiario exhibió buen estado de preparación para sus antiguas actividades de quinqui, pues se encaramó junto a Mani con sólo un par de cabriolas.

—¡Digo, será posible! Esto va a durar menos que ná.

—Fíjate, Quini. La gente llega en masa a tirarles a los soldados piedras por la espalda. ¡Mira aquel cachondo de allí, está tirándoles chumbos y pencas, con espinas y tó! Los militares van a aguantar menos que un muelle de guitas...

—Esos quintos son muchachos del campo y obreros, Mani. Enseguía van a convencerse de que apuntan en la dirección equivocá.

—¡Ya lo están viendo! —exclamó Mani—. Mira, mira por allí, por la boca de calle Alcazabilla. Están desertando y ya mismo se van a disolver.

—Po fíjate aquel teniente con los dos pistolones. Está amenazándolos pa que no deserten.

—¡Será hijo de puta! Y los pobres desgraciaos, entre dos fuegos... pero mira, Quini.

Observaron que llegaban dos hombres por detrás del teniente sujetando entre ambos una tranca, casi un tronco de árbol, que usaron como ariete para tumbar al oficial, que cayó violentamente de bruces para comenzar inmediatamente a recibir en el suelo una lluvia de puntapiés y pisotones. Los soldados habían iniciado ya la desbandada y desoían las imprecaciones, juramentos e insultos de sus sargentos y oficiales, y hasta tenían que sortear sus disparos. Se alejaban con cuidado, mirando atrás y adelante, y en cuanto se suponían a salvo de sus propios mandos, entregaban las armas a los civiles que les rodeaban masivamente, los cuales respondían con vivas a cada nueva arma que recibían. Muchos de los soldados con aspecto de más veteranos prometían a la turba guiarla hasta los polvorines del Ejército.

—Mira aquel tío, Mani.

Quini señalaba con ampulosos movimientos de la mano al militar que más dorados exhibía en la guerrera. Lo vieron recular cautelosamente hacia el árbol donde ellos estaban, Cortina del Muelle abajo, como si quisiera huir hacia la Acera de la Marina. Mirando en todas las direcciones, calibraba con los ojos desorbitados sus posibilidades de escape, haciendo balance de su situación con expresión descompuesta. Quizá porque se movía con pericia de estratega o porque la masa se hallaba demasiado ebria de júbilo por la inmediatez de su victoria, el oficial consiguió escabullirse, entró en un portal a escasos diez metros del árbol y pocos segundos más tarde volvió a salir despojado de la guerrera, condecoraciones y entorchados, en mangas de camisa, tras abandonar la pistola, la espada y el fusil, y trató de confundirse con la multitud.

Mani se esforzó luego, durante semanas, por entender su reacción, convencido de que en aquel instante actuó igual que un autómata desprovisto por completo de discernimiento. Algo le impulsó por encima de su voluntad, pero nunca pudo determinar si había sido un soplo de Inma con su falda hecha jirones y enrojecida por su propia sangre de violada, la acidez de la ausencia del Templao, la huella de los cuatro meses perdidos durmiendo una parte irrecuperable de su vida en el hospital, el desconcierto por la desaparición de Angustias que no se atrevía a confesar a Paula, las heridas de Miguel y Antonio o la ignorancia de si Paco vivía o no. Ni siquiera en aquel momento, cuando saltó del árbol como si volase, era capaz de reconocerse. La inercia del salto le situó entre el oficial y el portal donde acabada de abandonar todos los signos de su grado; corrió adentro, tomó la pistola con la seguridad de que estaba cargada y se lanzó en pos del militar, un hombre de unos cuarenta años cuya figura, al despojarse de la guerrera con hombreras recamadas y todos los símbolos de su poder, había perdido cualquier atisbo de marcialidad. Ahora, con los hombros hundidos y la cabeza agitada como una veleta, se había convertido en una comadreja acogotada por los ladridos de una jauría de perros rabiosos. Mani sentía un furioso deseo de castigarle y hacerle pagar el precio de todas sus cuitas, aunque no lo supiera en aquellos instantes; le dominaba un rencor a cuya intensidad no era capaz de sustraerse. Casi rozándole el omoplato izquierdo con el cañón, dijo:

—Quedas detenido.

El hombre se paró, alzó las manos hasta la altura de los hombros en ademán de rendición y se giró lentamente hacia él, para encararse con el flaco adolescente de mirada primaveral en un rostro de ángel enmarcado por rizos rubios; no había nada tétrico en la hermosa cara juvenil ni en su figura, ni en sus ademanes aristocráticos ni en su voz bien modulada, nada que inspirarse terror; ni siquiera una sombra de miedo. Sonrió con ironía y suficiencia, convencido de que no tenía nada que temer, y fue a adelantar la mano para arrebatarle el arma.

Mientras, Quini había saltado también del árbol, en pos de Mani. A espaldas de éste, gritó al oficial:

—¡Cabrón, hijo de puta! ¿Querías robarle el poder al pueblo?

La voz de Quini fue un reclamo que actuó de llamada para algunos de los que se agitaban cerca. En pocos segundos, casi instantáneamente, se formó un nutridísimo corro en torno al trío. En el centro, con su comprometedora apariencia de hijo de familia rica, Mani, apuntando con el arma a uno de los principales cabecillas de la rebelión; a un lado, éste, cuya sonrisa helada trataba al mismo tiempo de disuadir al joven y convencer a los espectadores de que la acusación y la amenaza eran infundadas; al otro lado, Quini, con su inconfundible figura de plebeyo y su patibularia voz aguardientosa de excarcelario. Había cierta perplejidad entre el público y algunas dudas, que el oficial, evidentemente ducho en peores contiendas, trató de acrecentar.

—¡Este chavea está loco! —dijo lo bastante alto para que todos le oyeran, pero sin descomponer la voz—, ¿no lo veis? Yo soy un pobre obrero y él se ve claro que tiene que ser uno de esos fascistas que quieren acabar con nosotros los pobres.

Desgraciadamente para él, su dicción carecía de sintonía alguna con la clase a la que decía pertenecer y, para colmo, Quini, con su aspecto de proletario genuino, gritó:

—Mirad las botas de ese cabrón embustero. Mirad sus pantalones de caballista de pega. Mirad su camisa, caqui pero más planchá que el sombrero de una monja. Es el comandante de tos esos pobres soldaos que han traío engañaos al mataero pa enfrentarse con sus hermanos de clase...

Viendo que las miradas se estaban convirtiendo en dardos, el oficial, que había permanecido con la mano en el aire a pocos centímetros de la pistola que Mani blandía, trató de arrebatársela. Pero le faltaron unas décimas de segundos, porque Mani continuaba todavía en el mismo arrebato con que había descendido del árbol, con los cinco sentidos alertas y sin cabida en su mente para el razonamiento. Disparó sin premeditación, sin haber tomado la decisión de hacerlo. Igual que en la íntima soledad de una butaca de cine, vio que el estallido abría una brecha en el pecho del hombre y que brotaban surtidores de sangre en círculo, con la misma teatralidad y exageración e idéntica aparatosidad que si se tratara de una película muda. A continuación, y antes de que el cuerpo se derrumbase del todo en el suelo, el rugido de la multitud y los vivas con que alzaron a Mani a hombros lo sumergieron en el estupor.

Mani no compartía el júbilo de quienes le portaban. La detonación de la pistola que aún aferraba le había golpeado en el meollo de sus trece años y el seísmo de la onda expansiva le traqueteaba las sienes, la nuca y la espalda, como si un ciclón le hubiera secuestrado de su biografía y acabara de reencarnarlo en un desconocido. Giró la cabeza. El oficial, un amasijo sangrante, estaba en el suelo como un muñeco descoyuntado, como un polichinela de trapo carente de esqueleto, muerto, reventado por las patadas furiosas y los puntapiés y pisotones de la turba más que por el disparo.

—¡Dejadme bajar! —gritó Mani a quienes le vitoreaban—. Dejadme, coño, que tengo cosas que hacer. ¡Quini, cojones, ayúdame a bajar!

No se lo permitían. La multitud había encontrado un tótem del que se negaba a prescindir, y le portaron a hombros entre vivas y olés, aclamándole como un torero frente a los flashes de los periodistas, hacia la plaza del Siglo, la plaza del Carbón y más allá, en una procesión triunfal donde los que abrían la marcha les contaban a cuantos se cruzaban la hazaña a gritos, con gestos ampulosos y absurdas exageraciones. Al pasar ante la sede del Partido Comunista, varios de los que se hallaban en la entrada exclamaron: «¡pero si es el hermanillo del camarada don Francisco!», lo que ocasionó que Mani se sintiera insoportablemente incómodo, mientras descubría con horror que circulaban en la dirección contraria oleadas de hombres gritando:

—Hay que acabar con los ricos y los curas. ¡Que arda La Caleta!

Ya en el colmo de la impaciencia, y temiendo perder de vista a Quini, amenazó con la pistola a los que tenía más cerca y, a continuación, disparó al aire.

—Bueno, joé, si querías que te bajáramos, tampoco tenías que ponerte así —dijo festivamente uno de los que lo cargaban.

Mani se apresuró hacia Quini.

—Tienes que venir conmigo. El Migue está refugiao en una de esas casas que quieren quemar.

—¿Y la fiesta de esta noche en tu corralón?

—Joé, Quini, ¿tú crees que va a haber baile, con este panorama? No hay fox-trot que sea capaz de tapar el guirigay que habrá en el barrio. Ven conmigo, por favor; necesito tu ayuda.

—Tú ya no eres tú —dijo enigmáticamente Quini.

—¡Viva la revolución! —gritó un muchacho, mientras les palmeaba la espalda a ambos.

—Viva —respondieron al unísono, porque no compartir el júbilo les convertiría en sospechosos.

—¡Tenemos que masacrar a los ricos! —gritó otro joven.

Se trataba de un grupo que a Mani le hizo recordar el relato del Templao sobre la noche de la quema de iglesias de 1931. Jóvenes casi todos imberbes, pavoneándose al exhibir con orgullo sus relucientes pistolas y fusiles, cogidos en algún arsenal militar recién asaltado.

Ya no se veían militares ni se escuchaban más que vivas a la República y la revolución. Ninguna discrepancia ni más disparos que los de celebración. Una marea desbocada, jubilosa, feliz, entre centenares de coches cubiertos de banderas, más rojas que tricolores. Mani no imaginaba que hubiera tantos coches en Málaga. Circulaban haciendo sonar las bocinas mientras los hombres encaramados encima disparaban al aire y gritaban vivas y mueras.

—¡La tortilla se ha vuelto! ¡Mueran los fascistas, los ricos al paredón!

Mani trató de apresurarse y empujó a Quini contracorriente. El otrora seguro refugio de Miguel se había convertido de repente en el más peligroso de los sitios donde permanecer. Tenía que rescatarlo, pero el tropel no se lo permitía. Ardía el Café París que, inaugurado hacía poco, era el orgullo de la Málaga burguesa porque los periodistas decían que superaba a los cafés con el mismo nombre que había en Londres y Berlín. La calle de Larios, que ahora denominaban «14 de Abril», era un río tempestuoso, donde las llamaradas del ardor colectivo parecían más volcánicas aún que las de los inmuebles que ardían. También habían incendiado el Círculo Mercantil y la Casa Massó, de cuyas cristaleras rotas surgían grandes lenguas de fuego. El río humano les empujaba en la dirección opuesta a su camino y los dos tenían que abrirse paso a codazos y empujones. Sobre sus cabezas volaban enseres de las casas elegantes del centro, que estaban siendo asaltadas, y también de algunos balcones brotaban llamas. El antiguo Banco de España, en la Alameda, se había convertido en una hoguera y cuando lograron salir de la marea y atravesar el Boquete del Muelle, al llegar de nuevo junto a la Aduana vieron arder también la famosa Casa Fornos. El fuego jalonaba todo el camino y Mani comenzó a temer que llegarían tarde.

—Corre, Quini, por Dios.

—Joé, a ése, ni lo nombres, no nos vayan a fusilar.

Mani aceleró la marcha y dejó de gritar para economizar aliento, porque sentía una punzada muy aguda junto a la costilla fracturada. A lo largo del Paseo del Parque les adelantaban coches de cuyas ventanillas emergían brazos enarbolando antorchas encendidas. Otros iban en bicicleta, con compadres de pie en la parrilla agitando las teas ardientes. Mani y Quini consiguieron adelantarse a todos los que corrían a pie, pero conforme se aproximaban a la mansión de Elena Viana-Cárdenas James-Grey el ánimo de Mani fue volviéndose más pesimista. Entre muchos edificios bellos, y junto a exóticos árboles convertidos en piras gigantescas, ardían Villa Antonia, la mansión que decían que era la más suntuosa de Málaga, y dos de los palacetes que más había admirado durante las frecuentes visitas a la casa de su vieja amiga, Villa Eloísa y Villa Trini; en el primero, una construcción fantástica que parecía salida de un cuento de hadas, las cristaleras y cortinajes habían sido sustituidos ya en todos los ventanales por las brillantes llamaradas, y sobre las dos fastuosas escalinatas semicirculares de Villa Trini caían las cascadas de leños encendidos de la techumbre. La noche recién comenzada era serena, había paz en el cielo estrellado, por encima les cubría un toldo azul prusia bellamente enjoyado de rojo en la línea del horizonte y por abajo les arrastraba el raudal del resplandor cuyo humo ascendía cansinamente, pues no soplaba ni la más suave brisa.

Corrieron Limonar arriba, hacia la recoleta calle donde se alzaba la mansión de Elena Viana-Cárdenas James-Grey, a quien todos en la ciudad motejaban «la de los barcos». Nada parecía alterado allí, salvo que no brillaba ninguna luz en el exterior ni en las ventanas, cerradas a pesar de la calidez de la noche. Mani agitó insistentemente el llamador de la reja, porque la cancela de hierro estaba asegurada con los candados echados y no podía, como había hecho siempre, cruzar el jardín y tocar el timbre de la puerta. Seguía pertinaz el silencio y crecía su impaciencia, porque intuía que había más de un par de ojos atisbando por las ventanas sin reconocerle a causa de la oscuridad. Volvió a tirar del cordón sin resultado. Ansió que Miguel hubiera visto venir el peligro. Tal vez había vuelto al barrio y quién sabía si Elena y los suyos no se habrían exiliado de urgencia a Suiza o Gibraltar, tal como llevaba dos meses proponiendo el yerno, Alonso Betancur. Pero la casa parecía una fortaleza preparada para la defensa y no un palacio abandonado.

—Ayúdame a subir, Quini.

—Joé, Mani. Que ya se oyen chillíos por allí abajo. A ver si nos van a siquitrillar, creyendo que somos potentaos.

—Ayúdame, joé, que así me reconocerán y dejarán de callar por susto.

Encaramado en lo alto de una de las jambas del portón, un monolito coronado por un ancla de bronce, gritó con voz contenida:

—Doña Elena, soy yo, el Mani. Abra, por favor. ¡Miguel, sal, cojones, que tienes que ponerte a salvo! ¡Le están pegando fuego a toa La Caleta, venga, sal, joé!

Oyó descorrerse un pestillo y el chirrido de una bisagra.

—¡Schssss! —le acalló la voz de Miguel, procedente del lateral donde se abría la puerta de servicio.

Mani le ayudó a auparse, operación en la que ambos sufrieron un crujido de sus huesos mal soldados. Quini escaló la verja de un salto para ayudarles, y en pocos segundos se reunieron en una piña de abrazos junto a los gruesos barrotes de hierro, creyéndose a salvo. Se detuvieron con objeto de inventariar la situación, porque el resplandor de las antorchas iluminaba ya la revuelta de la esquina, a poco más de cien metros.

—Vienen pacá —gimió Mani.

—Vámonos corriendo —apremió Miguel—; esto se pone mú feo.

Mani le aferró el brazo.

—¿Doña Elena está dentro de la casa?

—Natural.

—¿Y su familia?

—¡Digo! —exclamó Miguel—. Don Alonso Betancur, el yerno, pasó toa la mañana brindando con champán francés por el levantamiento. Pero luego, visto lo visto, se le indigestó la borrachera y anda por ahí dentro con la vomitaera, corriendo del sillón al retretete y del retrete al sillón, con la radio a toa pastilla. Sólo quedan los de la familia, Rafael el chófer y una criada, porque las demás han salío de estampía.

—Tenemos que salvar a doña Elena, Migue.

—Tú has perdío la cabeza —intervino Quini—. Míralos, ahí llegan. ¿Qué crees que podríamos hacer nosotros tres contra España entera?

Para que la multitud que se acercaba no sospechase de ellos, Quini y Miguel se sentaron en un bordillo bajo una mata de jazmín que surgía profusamente a través de los barrotes de hierro del jardín del caserón situado al otro lado de la calle. Mani, en cambio, se quedó parado en mitad de la calzada, acariciando la pistola sujeta en su cinturón mientras veía llegar la turba y preguntándose cómo era posible que, en tales circunstancias, los jazmines inundaran el aire con tanto perfume.

—¡Venga, Mani! —le urgió Miguel casi en un susurro.

—Doña Elena es como nuestra familia, Migue. Tenemos que hablar con ésos.

—No van a hacerle ná, ya verás. Venga, vámonos.

—¡Me cago en la virgen! —se impacientó Quini—. Vámonos de una vez, Mani.

Mani volvió la mirada hacia las relucientes anclas de los dos monolitos que formaban las jambas del portón. Dio un salto hasta el murillo de la cerca, escaló la verja sin necesitar esta vez la ayuda de Quini y se encaramó de nuevo, aferrado al ancla. Los primeros hombres del tumulto habían comenzado a zarandear la cancela.

—Ahí no hay nadie —gritó Mani.

—¿Qué dice ese muchacho? —preguntó uno.

—Por el color del pelo, tié que ser de la casa.

—¡Qué va! ¿No ves su ropa? Será el hijo de una criada.

—Po si es hijo de una criada, será un bastardo del señorito. ¿No ves su cara de rico?

El portón cedió a la marejada humana.

—¡Quedaos quietos! —aulló Mani—. La gente que vive ahí es buena.

—¡Mira el majareta! Será cretino...

—¡Como esclavos nos trataba a los marineros el yerno de Elena la de los barcos!

—El rubio ése tiene que ser un cachorro fascista.

—Vamos a caldearle la espalda.

Una mano aferró un tobillo de Mani y éste iba a sacar la pistola cuando sonó el primer disparo. La bala, procedente de la casa, pasó muy cerca de su cabeza; dio un repullo que le hizo perder el equilibro y estuvo a punto de caer, pero se abrazó al ancla y se quedó con los pies colgando en el vacío.

—Suéltalo —oyó Mani que alguien le decía al que le aferraba el tobillo—. Si no me engaña la vista, este chavea es el hermano del Paco que se ha cargao al comandante.

Mani consideró prudente no moverse y en la postura que estaba, colgado del ancla, lo presenció todo. No tardaron en cesar los disparos provenientes de la casa. Los asaltantes se pusieron enseguida a apedrear las ventanas; muchos encendían más antorchas en las que ya ardían, mientras que otros se emplearon concienzudamente en echar abajo el hermoso invernadero del otro extremo del jardín; como si fuera un cañizo aún más precario que el del Chafarino, la construcción acristalada y pintada de blanco se vino abajo y muchos de los hombres, aplastando los arriates en sus carreras, se pusieron a golpear con estrépito la puerta de madera que había sustituido la de cristales emplomados, así como las cristaleras de todas las ventanas. La puerta nueva de la mansión, aún sin lacar, resultó ser muy resistente, por lo que uno sugirió usar como ariete el pilar central del invernadero, un tronco de árbol apenas desbastado. La puerta cayó al fin y entraron en masa. En medio del estruendo de voces, ayes y alaridos, empezaron a caer objetos de todas las ventanas. Volaban las porcelanas, las bandejas de plata y las miniaturas de barcos, los hermosos cuadros en cuyos marcos había chapas de bronce con nombres grabados, los cojines y lámparas, las alfombras, ropas, sombreros y zapatos. Mani no conseguía ver a Elena ni oírla, por más que forzaba la vista y el oído. Sólo consiguió reconocer a Alonso Betancur, que era bajado por la escalera de mármol, debatiéndose mientras anclaba sus manos en el pelo de los que lo arrastraban. Dejó de mirarlo porque escuchó la voz cupletera de Rafael, proveniente del lateral izquierdo de la mansión.

—Coged a esa puta guarra, que es la señoritinga más rica y más abusona de Málaga y se quiere escapar disfrazá de proletaria —el chófer señalaba a Rita, la hija de Elena, que había conseguido cruzar el jardín vestida como una campesina, con un pañolón negro cubriéndole la cabeza.

Fue rodeada al instante. Ella se hincó de rodillas con las manos juntas, como si rezara. Imploró, gimió, lloró y, finalmente, insultó de modo desencajado aunque Mani no conseguía escuchar sus palabras. Calculó las posibilidades de acudir a rescatarla y, soltando una mano del ancla, fue a acariciar la pistola prendida en su cintura, para toparse con la mano de Miguel, que anticipándose a su gesto, se la estaba arrebatando.

—Mani, baja y vámonos, hombre, no seas niño.

—Migue, parece mentira. No eres mi hermano ni ná de ná. ¿Es que ya no te acuerdas de lo que esa gente ha hecho por ti?

—Se lo agradeceré toa mi vida, te lo juro por lo más sagrao. Pero es que no podemos hacer ná; Mani, venga ya, vámonos.

—¡Violadla! —gritaba Rafael en ese momento, señalando de nuevo a Rita con el brazo extendido y el índice rígido, como un vengador de teatro—. Es una coneja asquerosa e indecente, que le ha puesto los cuernos al señor más veces que pelos tiene en la cabeza. Abridla en canal y veréis que tiene el coño como un bebedero de patos...

Muchos hombres acarreaban palos del invernado derrumbado y los apilaban bajo las ventanas para alimentar el incendio. Uno de ellos se acercó al grupo que rodeaba a Rita, blandiendo una gruesa tranca que presentaba la punta afilada del engarce con que había estado ensamblada en la viga. El mayordomo-chófer se la arrebató.

—Vamos a ver si también te cabe esto, so putón —dijo—. Seguramente tienes dentro quintales de pus de la gonorrea más podrida y asquerosa del mundo.

Mani tuvo que cerrar los ojos mientras le daba una patada a Miguel, que trataba de obligarle a bajar del monolito. No oyó los alaridos de Rita a causa de sus propios gritos, aunque en aquel momento no supo que estaba gritando. Logró abrir los ojos cuando el tumulto comenzó a abandonar la mansión. La casa ardía completamente. El resplandor iluminaba el cuerpo ensartado de la hija de Elena; la tranca desaparecía entre las piernas y volvía a surgir de su pecho reventado cerca del cuello.

Tuvo un sobresalto cuando Miguel volvió a tirarle de la pierna.

—Vámonos Mani. Tó ha acabao ya.

—¿Y doña Elena?

—Tiene que haber muerto, Mani, ¿no ves cómo arde la casa? Vámonos, hombre.

Paula dio un brinco al ver llegar a Mani y Miguel. Deshizo el abrazo de Ana y los abrazó a los dos a la vez.

—Mi hermanillo es un héroe, mamá —afirmó Miguel—. Si no fuera por él...

—¿Y Angustias? —preguntó Paula al tiempo que miraba hacia la puerta como si esperase verla aparecer.

Miguel se puso a lloriquear mientras relataba entre gemidos el secuestro, abrazado por su madre y Ana.

—Mani, tienes mala cara. ¿Te sientes mal, hijo? —preguntó Paula.

Mani no podía articular la voz. Tenía aún los ojos desorbitados, con la imagen empalada de Rita impresa en la retina.

—Tranquilízate de una vez, joé, Mani —dijo Miguel emergiendo del lago de sus lágrimas. Sabía lo que producía la alucinación de Mani—. Nadie en la casa la quería. Trataba mú mal a la servidumbre y se pasaba el día insultando a tó quisque, sobre tó al mayordomo. No puedo creer lo hipócrita que es ese hijoputa. A toas horas andaba diciéndole pelotillerías a doña Rita; que si qué bonito es el sombrero, que si usted está la mar de joven, que hay que ver lo guapísima que es usted... ¿Cómo podía estar siempre con tantas zalamerías, si la odiaba tanto?

—¿De qué hablas? —preguntó Ana.

Miguel relató el suceso.

—¡Dios mío! —exclamó Paula—. Si estos se ponen a hacer cosas tan horrorosas, vamos a acabar mú mal.

—Hay que averiguar lo que le ha pasao a doña Elena —balbuceó Mani.

—Olvídala, Mani —dijo Miguel, echándole el brazo por los hombros para darle un beso en la sien—. Has visto cómo ardía la casa. Ya no hay ná que tú ni nadie podamos hacer. Van por ahí como si se hubieran escapao del manicomio y han vuelto a emprenderla con las iglesias. He escuchao por el camino que en estos momentos están ardiendo más de treinta.

—¡Por los clavos de Cristo! —exclamó Paula—. ¡¡Ricardo!!

La mención del hermano fraile sacó a Mani de su estupor.

—Me parece que él pensaba que pasaría esto... —dijo.

—Hay que sacarlo de allí —determinó Paula.

—¿Ahora? Mamá, son las tres de la mañana —protestó Miguel.

—¿Y qué? —retó Paula—. ¿Esperamos a que nos lo traigan con los pies por delante? Acuéstate, Ana. Mani, hijo, ¿te has repuesto ya?

—Sí mamá.

—Venga, andando.

—Somos tres namás, mamá. Déjame que vaya en busca del Quini.

Volvió enseguida, porque Quini había permanecido a la puerta de su casa, cantando con alabanzas y exagerando hasta el delirio las hazañas de Mani. Partieron Paula, Miguel, Mani y Quini simulando que iban también de fiesta. La calle se encontraba tan animada como si fueran las diez de la noche; por todas partes comentaban con excitación los acontecimientos del día, haciendo balance.

—Esos generalitos se creían que el pueblo iba a quedarse cruzao de brazos... ¡vamos, anda, ni que hubiéramos nacío ayer!

—Con los proletarios no hay quien pueda.

—¡Viva la revolución!

Paula respondió con expresión neutra al que había alzado el puño ante su cara. Mani se esforzaba por no pensar en dormir, ya que las tensiones interminables del día habían dado paso a un cansancio insoportable; los párpados se le rebelaban y apenas podía mantenerlos abiertos mientras corría arrastrado por la mano de su madre.

Llegados frente al convento, Paula les dijo a los tres que esperasen en un portal, desde donde podían ver la gran puerta cenobial sin ser vistos ni causar temor. Ella aporreó el portón durante un buen rato, mientras decía a media voz que no tuvieran miedo, que sólo quería hablar con su hijo, hasta que, por fin, la rendija inferior se iluminó muy levemente por una luz trémula. Abrieron la mirilla y Paula metió la mano para que no pudieran cerrarla, y habló con quien había dentro. Tras unos diez minutos de argumentación le franquearon la entrada, abriendo el portillo lo indispensable para que entrase precipitadamente. Poco después, salió con Ricardo y cruzaron la calle a saltos. Miguel, Quini y Mani cayeron sobre él para despojarle enseguida del hábito. A Mani le sorprendió que su hermano no llevase pantalones debajo.

—¿Qué hacéis? —protestó el fraile— ¿Dónde está el Antonio?

—Perdona, hijo —dijo Paula—, he tenido que engañarte pa que consintieras en salir.

—Soltadme. Me vuelvo al convento.

—Ni hablar del peluquín —ordenó Paula—. Tú te vienes a la casa.

—Yo me quedo. Compartiré con mis hermanos lo que Dios nos depare.

Paula echó chispas encendidas por los ojos y apretó las comisuras de los labios.

—Escucha —dijo—, tonto de la perinola. En el momento más inesperao, llegarán pa meterle fuego a tu convento. ¿Tú crees que los que están ahí dentro van a a esperar, tranquilamente, que vengan a matarlos? Ahora mismo, el que más y el que menos estará cavilando cómo echar a correr con garantías. Tus hermanos son estos dos y los otros dos... Su destino es el que tienes que compartir.

—Mamá, tú no me comprendes.

—¿Quién te comprende entonces? —estalló Paula—, ¿el fariseo de tu superior, que no sabe más que decir buenas palabritas mientras engorda y se da la buena vida? ¡Mucha comedia de santidad y poquísima caridad!

—Paco y Antonio te han hecho cambiar, mamá. También tú ofendes a Dios Nuestro Señor.

En el silencio inquietante de la madrugada, la bofetada que lanzó Paula restalló como un látigo. Con una dureza en el rostro que Mani le había visto muy pocas veces, Miguel sujetó a Ricardo por detrás, pasándole los brazos bajo las axilas y alzándolo del suelo mientras decía:

—Mani y Quini, pillarlo por los pies. Venga, andando y se acabó la historia.

Lo cargaron entre los tres, ayudados por Paula, unos centenares de metros. Ricardo cedió por fin y dejó de debatirse.

—Bueno, ya está bien, soltadme. Os prometo que voy con ustedes, pero no dejéis el hábito tirao.

Mani retrocedió para recuperarlo y cuando alcanzó el grupo de nuevo, ver a su hermano fraile andando en calzoncillos por la calle le hizo reír, y rió a carcajadas por primera vez ese turbulento 18 de julio del primer verano de su adolescencia.

Llevaba muchos meses sin que le visitasen sus demonios, pero esa madrugada celebraron un aquelarre incesante entre fogaradas pestilentes y ríos escarlatas. Mani despertaba a medias constantemente; en el duermevela, le sorprendía encontrarse arrebujado junto a Ricardo que, según parecía, no llegó a dormirse en ningún momento y no paraba de musitar oraciones. Miguel dormía en la otra colchoneta, despatarrado, acariciándose en sueños la erección y con un visible rastro en las mejillas del torrente de lágrimas por la ausencia de Angustias. Los demonios se ensañaban con los dolores viejos y nuevos de Mani, le mostraban a una Imperio Argentina leprosa que, de repente, adquiría el rostro de Inma convertida en un monstruo, a un Paco paralizado por los grilletes en un oscuro calabozo donde las ratas le roían los pies, a un Antonio reventado por la putrefacción de sus heridas, a una Angustias arrastrada de los pelos por las monjas a lo largo de una capilla conventual, vestida de novicia, y a un Guaqui cosido a bayonetazos en medio de un ruedo de cabileños vociferantes. Luego, le agitaba la pregunta de cómo había podido saltar del árbol aquél de la Cortina del Muelle y tomar la decisión que tomó y hacer lo que hizo, pero no había respuesta, sólo un vacío aterrador en un silencio hostil. Despertó del todo a las dos de la tarde y ahora se encontraba solo en la habitación. En la sala contigua sonaban varias voces, entre las que identificó la del mayor de sus hermanos, por lo que se levantó de un salto.

Antonio presentaba todavía vendajes sucios en medio cuerpo y sus mejillas hundidas y macilentas moldeaban con nitidez la calavera. Miró a Mani con los ojos iluminados por el resplandor de cuanto acababan de contarle, y le abrió los brazos. Lo besó repetidamente hasta que Mani se apartó, ruborizado e incómodo y con la mejilla derecha cubierta de babas.

—No paras de crecer, joé, Mani, que nos va a pasar a tos antes de un suspiro.

Mani escrutó con la mirada a los presentes. Su impulso más apremiante era pedir explicaciones a Antonio, enterarse de una vez de lo que había ocurrido verdaderamente en el enfrentamiento del descampado que llamaban El Ejido, si habían sido o no Serafín y sus camaradas los agresores, pero vio en las expresiones de Paula, Ricardo, Ana y Miguel que tal asunto no había sido abordado y que todos deseaban aplazar las preguntas para después de las alegrías del reencuentro. Por eso, reprimió su necesidad de saber lo esencial y preguntó por lo circunstancial:

—¿Te has escapao de la cárcel?

—¡Qué va! Me han dejao salir. Esta madrugá, a la vista de los acontecimientos, y como tos estábamos impacientes por defender la revolución, nos dijeron que esperásemos la instrucciones que llegaran de Madrid... ¡Mentiras y embustes de mierda! Los guardias no intentaron ni pudieron contenernos con la promesa de un indulto, que a ver cuánto tiempo iban a pensárselo esos fulanos almidonaos. Hemos salío casi tós, menos treinta o cuarenta que han preferío quedarse encerraos y esperar, los mú imbéciles. La revolución ha sonao, por fin.

—¿Qué revolución ni ocho cuartos? —protestó Paula con aspereza—. Lo que hay es que poner orden enseguida, porque en este plan no podemos trabajar ni vivir. Si no os organizáis y no dejáis de hacer barbaridades y monstruosidades como las de La Caleta, no tendréis ná que hacer con los rebeldes.

—¿Los rebeldes? —ironizó Antonio—. Ésos son cuatro pelagatos a los que el pueblo aplastará en pocas horas. ¿No os habéis enterao de lo del destructor Sánchez Barcáiztegui? Ha llegao al puerto esta mañana, con la tripulación amotiná y los mandos fascistas hechos prisioneros, que los marineros han entregao a las autoridades republicanas de Málaga. Esto va a correr como el rayo. Triunfará la República Libertaria y el pueblo autogestionario impedirá que nadie usurpe nunca más sus derechos.

—¡Déjate de utopías, Antonio! —rogó Miguel—, y escucha a mamá, que tiene toa la razón del mundo. Anoche han ardío casi tós los edificios malagueños que tenían algún valor y ná menos que treinta y ocho iglesias, peor todavía que lo del 31. ¿Tú te crees que esto es plan, tú te crees que éste es el modo de modernizar España? Acuérdate de que el Paco opina que así no vamos a ninguna parte.

—Eso es, Antonio —concordó Paula—, así no vamos a ninguna parte. Precisamente, lo primero que tenemos que hacer es encontrar al Paco y la Angustias. Cuando tos estemos juntos de nuevo, habrá tiempo de pensar en esas cosas.

La mención de Angustias hizo que Miguel rompiera a llorar. Ana lo atrajo hacia sí para echarle el brazo por los hombros y acariciarle el pelo.

—La clarividencia del pueblo... —Antonio alzó la voz, como si declamara.

Paula le interrumpió:

—Déjate de chuminás; sigue el ejemplo del Mani, que lo primero que pensó en medio del lío de ayer fue en salvar al

Migue, y recuerda cuál es tu primera obligación. Comamos en paz, ¿de acuerdo? Hay sardinas amoragás con tomate, gazpacho y ternera con adobillo de almendras. He traído vino, porque hay que brindar por tu libertad. Pero tenemos que guardar un poco y que no pase de esta misma noche que brindemos también por el regreso de Paco y Angustias.

—Y doña Elena... —apuntó Mani.

Paula lo miró como si entre ella y el menor de sus hijos hubiera una conexión más íntima que con los demás. Asintió levemente con los ojos, pero dijo:

—En ese asunto, nosotros no tenemos ná que hacer, Mani. No, mientras no encontremos a tu hermano y tu cuñá.

Todavía trató Antonio en un par de ocasiones de recitar sus proclamas, pero todos le interrumpieron sin consentírselo. En cambio, hablaron con cierta calma de cómo podían afectarles los acontecimientos, y Mani reconoció en las pupilas de Paula su inquietud por la pérdida de la ayuda de Elena; pero se hallaba prisionera de su propio secretismo; nunca había confesado de donde salía el dinero para llevar adelante a la familia y tampoco podía confesar ahora que la fuente se había secado y que, en cuanto gastase lo que había dentro de la caja de hojalata, no tendrían medios para subsistir. Tranquilizaba a Mani saber que el contenido sumaba más de dos mil quinientas pesetas y que su madre se administraba muy bien, pero no por ello dejó de preguntarse en qué podría trabajar ese verano para no dar lugar a que los ahorros se agotasen. Pero si hacía una semana costaba una odisea conseguir empleo, ahora, con lo que había en la calle, sería un milagro. Planeó intentar a partir del lunes la escasas posibilidades que se le ocurrían: bolichear con los pescadores de la playa del Chafarino, tratar de engordar un poco por si le dejaban hacer de arrumbador con Quini en el puerto o forzar la imaginación a ver si encontraba cualquier cosa que vender por las calles, como los ramilletes que tanto le habían reportado aquel carnaval inolvidable del 35, junto a Inma y el Templao. Las sardinas asadas y cubiertas de tomate, con su deliciosa mezcla de especias, sabían como una colina a la orilla del mar; notó que su madre sonreía complacida por su voraz apetito y al observarla comprendió que había un mensaje pendiente en su mirada, una orden postergada pero no olvidada, por la que tendría que preguntarle en cuanto pudiera hablar a solas con ella.

Remolonearon en una larguísima sobremesa, con los platos sin lavar y la mesa sin desmontar. Aunque no se le ocurría un pretexto creíble dados los alborotos que había por doquier, Mani deseaba echar a correr porque ya no era capaz de controlar la impaciencia por el llanto de Miguel. Se preguntaba cómo podía permanecer su hermano achantado en una silla, llorando sin cesar, en vez de recorrer la ciudad a saltos y volverla del revés en busca de Angustias. Además, acababa de descubrir que se le había agotado el escaso respeto que sintiera en el pasado por Antonio, lo que era una novedad que necesitaba asimilar. Ana, en cambio, rebosaba sentido común, como si el año largo de cháchara interminables con Paula le hubiera aprovechado. Ricardo, por el momento, tenía el buen gusto de no abrir la boca. Dio un rodillazo a Miguel a ver si la sacudida le hacía reaccionar y paraba de llorar, pero le sonrió tras el velo de lágrimas y recrudeció su llanto. Mani sabía que si no paraba, llegaría el momento en que sería incapaz de contenerse más y se encararía con él para recriminarle su pasividad y su falta de iniciativa. No podía hacerlo; de un lado, porque Paula estaba presente y era a ella a quien correspondía una recriminación de tal naturaleza y de otro lado, porque, si lo hacía, sólo conseguiría que el llanto se tornara más copioso aún.

—Voy a la esquina.

—¿A qué? —preguntó Paula, muy severa.

—A tomarme una gaseosa.

—El ultramarino de calle Huerto de Monjas cierra los domingos por la tarde, lo sabes demasiao bien —arguyó Paula—. Y aparte de que en la taberna te darían sifón en vez de gaseosa, no me gusta ni una mijilla la idea de que entres allí.

Mani la miró a los ojos, suplicante, por lo que ella comprendió que sentía necesidad impostergable de salir, y asintió.

No sabía por qué, mas la realidad era que los jóvenes vociferantes y jubilosos con los que se cruzaba no le inspiraban simpatía alguna. Lo que peor le parecía en cualquier persona, no sólo en Miguel, era la pérdida del control sin contrapartida de acción ni beneficio, el desbocamiento estéril y sin propósito, y todos en la calle, jóvenes y viejos, corrían, gritaban y gesticulaban desmandados, sin metas reconocibles. Iban y venían como si no supieran dónde ir; en sólo dos centenares de metros, vio a dos parejas distintas de jóvenes rebasarle, correr luego de contra y rebasarle de nuevo, tres cruzamientos con la misma gente en doscientos metros, lo que consideraba un despilfarro de energías inaceptablemente estúpido. Muchos de los gritos eran negativos, antitéticos, de las frases aprendidas de tanto oírlas a las monjas de los cinco conventos que había en el barrio, un distrito que no llegaba a medir un kilómetro cuadrado: «somos guapos por ser rojos», «es pecado no hacerlo», «barriga llena, corazón contento, y los curas, al tormento». La calle Carmelitas venía a ser como una prolongación de Rosal Blanco tras cruzar Huerto de Monjas, pero sólo había viviendas a la izquierda, porque toda la fachada de la derecha era el irregular muro del convento de las carmelitas; al final, la calle se abría a un llano pequeño, frente al que se alzaba la capilla carmelitana con un pequeño atrio. Había mucha gente delante, sobre todo los que empezaban a llamarse a sí mismos «milicianos», retorcidos por las carcajadas con sus simulacros de uniformes. Mani apresuró el paso con sumo desagrado cuando descubrió el objeto de las burlas, la momia de una monja que acababan de sacar del sepulcro, expuesta de pie en el atrio, cara a la calle, sujeta por dos cajas de pescado rotas, una encima de la otra. Habían prendido a la esquelética mano una bandera roja, amarrada con un cordel corredizo del que no paraban de tirar, para que pareciera que la momia agitaba la bandera.

Al apretar el paso, Mani chocó contra un hombre que corría hacia él, vestido, a pesar del calor, con traje campesino color de caramelo. Iba a pedirle disculpas cuando se encontró con la risa radiante de su hermano Paco. Sólo le dio un beso de los dos preceptivos, ya que parecía tener mucha prisa por preguntarle:

—¿Es verdad lo que me han contao?

—¿Qué te han contao, Paco?

—Que ayer te cargaste al comandante de la rebelión.

—La gente es mú exagerá. ¿Dónde estabas? Vamos corriendo pa la casa, joé, que mamá está que se muere por no saber de ti. ¿Estabas preso?

—No, Mani. Escondío.

—¿Por qué?

—Me enteré de lo que había pasao con el Antonio y organicé un grupo pa...

—Lo sé. Yo te seguí.

—¡No me digas!

Paco amagó un puñetazo en el mentón de Mani, lo que en realidad era una caricia de reconocimiento.

—¿Hasta dónde me seguiste?

—Hasta el Hospital Civil. Os vi entrar a ti y a tus camaradas y, al rato, a los guardias. Pensar que estabas preso era de cajón, ¿no?

—Sí, pero cuando llegaron los guardias yo ya no estaba en el hospital.

—¿Entonces?

—Escucha, te lo voy a contar, porque hace ya varios meses que me di cuenta de que a ti hay que echarte de comer aparte, pero tienes que jurarme que no se lo vas a decir ni a mamá ni al majareta del Ricardo.

Mani asintió.

—Unos compañeros me informaron de que al Antonio lo habían recosío de tantísimas operaciones y que ya estaba fuera de peligro, pero vigilao y rodeao de guardias hasta pa cagar. Por si no os lo ha dicho, organizó un grupo de anarquistas con idea de ir a tomar Radio Málaga y proclamar la República Libertaria Malagueña, pero, por lo visto, el Serafín, que iba siguiéndolo, se dio cuenta del percal y llamó a los suyos, de manera que armaron un tiroteo que ni el Dos de Mayo. Fíjate que cosa más tonta, que no tenemos una República independiente en Málaga, como Antonio y sus locos atontaos pretendían, porque el papafrita del hijo del barbero quería joderlo como a toa nuestra familia. La cuestión es que esa noche se dispararon un montón de armas y como los policías tenían orden de requisar las que estuvieran en manos, precisamente, de gente tan descerebrá como el Serafín y el Antonio, pues que no lo dejaban en paz de tantos interrogatorios sobre los poseedores de pistolas y le amenazaban con encerrarlo con una condena de veinte años. Como me contaron que ya comenzaban a cicatrizar sus heridas y estaba consciente, organicé el rescate, porque ya sabes tú cómo es mamá; consideré preferible que el Antonio se exiliara de Málaga con la Ana, en vez de caer preso. Pero... Mani, recuerda que me has jurao no decírselo a mamá... —Mani asintió—; pues resulta que tuve malísima pata y en vez de salir las cosas como había programao, que era que inmovilizáramos a los guardias por sorpresa y ná más, en un forcejeo en el que me enfrasqué con uno se le disparó el fusil y... Mani, maté a un hombre que era un obrero como nosotros y no tenía culpa de ná. Al final, descubrí que el camarada Bolívar había ordenao a algunos de los hombres que venían conmigo que me vigilaran y protegieran y cuando pasó lo que pasó, viendo al guardia muerto en el suelo, ellos me sacaron en volandas del hospital por la misma puertecilla por donde evacuamos al Migue aquella noche, ¿te acuerdas? Y me llevaron inmediatamente a esconderme en una cortijá de Archidona. No me he movío de allí en tó este tiempo, atiborrao de espárragos, brevas, perillas, nísperos y uvas de Málaga. Mira cómo estoy de gordo, por la vagancia. Tenían prohibío dejarme salir y tampoco permitían que os escribiera, porque está claro que los guardias han tenío que estar vigilándoos tó este tiempo. Suponte tú, con el corporativismo que hay en la policía...

—¿Y ahora?

—Con lo que está pasando, el camarada Bolívar cree que ya no hay ná que temer. Me acaban de traer en un coche desde Archidona, y hace cinco minutos que me han dejao ahí, en la esquina del pasillo de la Cárcel, pero con la advertencia de que tengo que presentarme en el partido antes de que cierre la noche. Sólo me han dao un rato pa estar con la familia, porque tenemos muchas cosas urgentes que hacer.

—¡Y un jamón con chorreras! —exclamó Mani—. Mamá no va a consentir que te vayas tan pronto, con lo que lleva padecío.

Paco sonrió y le echó el brazo por los hombros.

—Vamos a la casa Mani... ¿o tengo que llamarte don Manuel?

—Hay una cosa que no sabes, Paco. El Serafín ha secuestrao a la Angustias y ya no tenemos ni puta idea de dónde buscarla más, que es como si se la hubiera tragao la Tierra. Doña Elena, la de los barcos, me dijo la semana pasá que creía que no pueden habérsela llevao de Málaga, porque ya antes de este follón había mucha vigilancia de gente de tu partido por toas partes, hasta dentro de sus barcos. Piensa antes de llegar a la casa si el Partido Comunista podrá hacer alguna gestión, porque es de lo primero que va a hablarte mamá en cuanto pare de abrazarte, porque el Migue está en un plan que no hay quien lo aguante, y porque... bueno, tú sabes mú bien lo que siempre dice mamá de que estemos tós juntos, pase lo que pase.

—Si no la han sacao de Málaga, encontraremos a la Angustias mañana mismo.

Tras el tumulto de besos y abrazos que se organizó en torno a la mesa aún sin desarmar, Paco, mirando fijamente a los ojos de Antonio, improvisó una mentira clamorosa sobre una misión que le habían mandado realizar en el sur de Francia y se negó a dar más explicaciones, proclamando que se trataba de «secreto de Estado». Paula asintió con los labios apretados, aunque la incredulidad bailaba nítidamente en su mirada, pero los demás le creyeron o fingieron creerle. Tras la petición general de que se ocupase enseguida de encontrar a Angustias, siguió un corto diálogo en el que hicieron balance sobre los sucesos de las últimas cuarenta horas.

—Estos trastornaos han vuelto a confundir revolución con revuelta —Paco hablaba con indignación—. Otras vez se ponen a quemar iglesias, en vez de gastar las energías en cosas útiles y constructivas, y la guarrería que han armao ahí abajo, delante de las carmelitas, es pa matarlos.

Mani describió la escena de la momia con la bandera.

—¡Dios mío! —murmuró Paula—. Ahora, echarán a correr pa La Goleta.

—En las sacristías es donde está el apoyo fundamental de la rebelión —recitó Antonio, ya un poco ebrio, como si reprodujera las palabras de alguien.

—¡A ver si tu cabeza de chorlito consigue entenderlo! —se indignó Paco—. Quemando santos y matando curas no vamos a concitar la solidaridad que necesitamos. Hay todavía mucha gente engañá por esas supersticiones, aunque pertenezcan al pueblo llano como nosotros; sus sentimientos religiosos pueden inclinarles hacia el otro bando si seguimos en el plan de anoche. Antonio, la unidad es indispensable pa vencer al verdadero enemigo, que es el Ejército de Marruecos, y no unos cuantos curas cagaos de miedo. Está bien registrar las iglesias a ver si esconden armas, pero namás... No hay que liarse a tiros ni incendiar, que ya viste lo que pasó en el 31.

—Van a venir pa La Goleta —repitió Paula—. Paco, tienes que evitar que la quemen.

Se produjo un corto silencio. Por turno, los cinco hermanos habían aprendido letras y números en el convento vecino. Hasta Paco mantenía hacia las monjas un residuo de la reverencia sentida durante la infancia, tal como Mani había comprobado, por su tono comedido en la mesa electoral, cuando la monja guapa, sor Rosario, había tratado de votar por tercera vez.

—Deberíamos hacer algo —dijo Paco tras un instante de reflexión.

—¿Hacer algo por las monjas de La Goleta? —ironizó Antonio—. Que las violen, así se convertirán en mujeres de verdad.

—¡Antonio! —amonestó Paula, dándole un coscorrón en la cabeza.

—Somos namás que cinco —dijo Paco—, y yo tengo que irme pal partido. No creo que encontremos a ningún vecino que quiera ayudarnos. Va a ser completamente imposible impedir que asalten La Goleta.

Notaron que Antonio tenía que luchar contra su propia repugnancia para decir:

—Las monjas de La Goleta pertenecen a una orden francesa, ¿no?

—Sí —respondió Mani—. Son Hijas de la Caridad de San Vicente de Paul. O sea, que...

—¡Claro! —exclamó Paco—. Su casa matriz está en Francia...

—Podemos poner una bandera francesa —dijo Mani.

—¡Eso es! —concordó Paco al tiempo que lanzaba cariñosamente el puño hacia el mentón de Mani—. Vamos a tener que ascender al niño... Mamá, ¿tienes tela blanca, roja y azul pa hacer una bandera francesa mú grande? Convertiremos La Goleta en una legación extranjera.

—Sí tengo roja y azul. Pa la blanca, habrá que coger una sábana.

—En marcha, mamá —dijo Paco—, trata de darte toa la prisa que puedas. Mani, toma esta insignia de la hoz y el martillo y echa a correr pal Partido Comunista. Consigue que te reciba el camarada Bolívar y dile que llegaré antes de medianoche, pero que no puedo ir tan pronto como se me ordenó. ¿De acuerdo?

Paula había recogido precipitadamente los cacharros sucios de la mesa para echarlos en el lebrillo que usaba para lavarlos. A continuación, extendió la tela y Ana y ella se dieron a la tarea de confeccionar la bandera.

Mani no tenía la menor intención de perderse el acto siguiente, de manera que corrió hacia la sede partidaria, ignoró con un empujón insolente al miliciano de guarda en la entrada e irrumpió en la secretaría con la insignia de Paco exhibida ostentosamente en la mano adelantada. La puerta del despacho de Cayetano Bolívar estaba abierta. Mani notó que el diputado le reconocía y le saludaba con la mano; a continuación, se disculpó ante el grupo con el que hablaba y acudió hacia él.

—¡Camarada! ¿Ya te has enterao de por qué no podía contarte lo de tu hermano? —Mani asintió—. En cuanto a ti, Manuel, el Partido Comunista de España te acogerá con todos los honores en cuanto tú quieras adherirte a nosotros. ¿Sabes que esa gente —señaló a los visitantes que le esperaban— pide que se le ponga tu nombre a una calle?

Mani sintió ganas apremiantes de reír. O el diputado le confundía con otro, o lo que había hecho el día anterior estaba siendo exagerado hasta límites ridículos.

—Po que esperen un poquitillo a que me muera —respondió—. Mire usted... camarada, que dice mi Paco que no puede venir hasta mañana, porque mi madre está mu, pero que mú estropeá. Salud.

Alzó el puño y echó a correr sin esperar respuesta ni dar pie a que el diputado le diera ninguna orden. Regresó de nuevo a la casa cuando Paula alzaba orgullosamente la bandera, ya terminada.

—Mamá, reconvino Mani—; la franja azul tenía que ir a la izquierda y la roja, a la derecha.

—¿De verdad? —Paula buscó con los ojos la aprobación de Paco, que asintió, corroborando la observación de su hermano menor—. ¿Y no es lo mismo? Está bien, en un momentillo le cambio las presillas y la vuelvo del revés.

—¿Has podido ver al camarada Bolívar, Mani? —preguntó Paco.

—Sí, y me ha dicho que no hace ninguna falta que vayas esta noche, porque quería que fueras sólo por saludarte y darte un abrazo. Dice que vayas mañana, sin falta.

Por su expresión, Paco no parecía muy dispuesto a creerle, de manera que Mani trató de despejar sus dudas murmurándole al oído, sin que Paula le oyera:

—¿Sabes lo que me ha dicho ese señor? Que hay gente pidiendo por ahí que me dediquen una calle. Po no faltaba más.

Paco le acarició el mentón.

—Una plaza, y grande, es lo que te has ganao. Venga, vámonos pa La Goleta.

—Espera, Paco. Voy en busca del Quini.

—No. Ése es capaz de levantar la liebre y podrían salir los vecinos a estorbarnos. Vamos los cinco y que sea lo...

—... que Dios quiera —remachó Paula, viendo que Paco

se recriminaba a sí mismo su debilidad al caer por reflejo condicionado en el tópico religioso.

—Mamá, que Dios no existe ya —protestó Antonio.

Paula desdeñó con un gesto el archisabido soniquete y urgió:

—Venga, echad a correr.

Oscurecía cuando salieron los cinco hermanos fingiendo despreocupación. Nadie quería parar el jolgorio callejero con que celebraban la victoria contra la rebelión; formaban animadas tertulias, tanto en el patio como en la calle Curadero. En el patio, festejaban a Concha la Chata, que bailaba casi despechugada en el centro de un corro que le cantaba coplas obscenas. En la calle Curadero, junto a una de las puertas laterales del convento, había un grupo con zambombas y sonajas, cantando desaforadamente coplas llenas de palabras soeces y blasfemias.

—No creo que las monjas nos abran —dijo Ricardo—: no se atreverán porque, seguramente, van a creer que queremos asaltar el convento.

Paco se detuvo para cavilar un momento.

—Hay que echarle huevos —dijo al fin—. Mani, ¿es verdad lo que me han dicho de que tienes un arma?

Mani respondió afirmativamente mientras le recriminaba a Miguel con los ojos el levantamiento del secreto.

—Po ve con el Ricardo arriba —continuó Paco—, que se ponga el hábito y volved los dos pacá cuanto antes, pero tú lleva la pistola cargá y tratando de que tó el mundo vea que la llevas. ¿Entendido?

—Cuando vean al Ricardo vestío de fraile —protestó Miguel—, pueden caer sobre nosotros como un tren.

—Al que lo intente, lo mato —aseguró Antonio.

Muy pocos minutos más tarde, volvieron Mani y Ricardo. Por precaución, Mani le había recogido el faldón, sujetándoselo en la cintura con el cíngulo.

Para llegar a la puerta principal del convento tenían que recorrer casi toda la calle Curadero, salir al Molinillo y, después de un tramo de unos trescientos metros, descender unas escalinatas que salvaban el desnivel entre la calle principal del barrio y una plaza recoleta, donde se abría la fachada noble del edificio. Se cruzaron con muchos grupos de vecinos que circulaban animadamente. Cargaban objetos inverosímiles, algunos medio chamuscados, muebles y enseres rescatados de los incendios, baúles, aparatos de radio, sillas, orzas de lomo en manteca, estantes, cuadros, gramolas, relojes de péndulo y hasta había dos que sudaban copiosamente bajo un aparador inmenso. Cuatro muchachos, que circulaban enlazados con los brazos sobre los hombros, interrumpieron sus cantos y vivas y miraron a los cinco hermanos con sorna. Como trataban de ocultar a Ricardo y su hábito, la piña que formaban, al desplazarse a pasitos cortos, resultaba algo cómica. Los cuatro se pararon ante ellos, pero se apartaron enseguida porque Mani cargó el gatillo del arma al tiempo que adelantaba la mano hacia sus cabezas; se apartaron enseguida y continuaron la canción: «hay una lumbre en Asturias, que calienta a España entera...».

—Nosotros esperaremos aquí —ordenó Paco al pie de la escalinata—. Tú, Ricardo, llama a la puerta. No mires atrás ni demuestres de manera ninguna que vienes con compaña. En cuanto abran, pon el pie entre la puerta y el quicio, de manera que no puedan cerrar, y correremos los cuatro deprisa, antes de que tengan tiempo de reaccionar. ¿Entendido?

Todos asintieron. Ricardo se soltó el faldón. Atravesó pausadamente y con ademán devoto el empedrado artístico que le separaba de la escalinata y subió majestuosamente los escalones. Golpeó la puerta un par de veces antes de reparar en la cadena de la campana. Sus insistentes llamadas no obtuvieron respuesta.

—Estas monjas no van a abrir así como así —comentó Paco—. Si normalmente son desconfiás, imaginad ahora.

Esperaron diez minutos más. Antonio perdía la paciencia, mientras Paco cavilaba.

—El niño... —dijo por fin, y giró la cabeza hacia Mani.

—¿Qué?

—Por lo que me han contao, los árboles se te dan fenomenal. Así que seguramente serás capaz de subir por ahí, ¿no?

Señaló hacia del lateral derecho, donde las ventanas presentaban, a la altura del primer piso, un saliente en cornisa que discurría a lo largo de toda la construcción, y había tres pilares de ladrillos vistos por donde no sería difícil trepar. Mani calculó que apoyándose en el sardinel del arco central de las ventanas de la planta baja, podría alcanzar la estrecha cornisa, pero no conseguiría pasar de ahí, porque las ventanas del primer piso no eran tan altas y sus sardineles quedaban muy distantes del tejado.

—No pretenderás que Mani suba al tejao —protestó Miguel.

—No necesito abogao, Migue, cállate.

—No hace falta que llegues al tejao —afirmó Paco—, Mani. Ahora, de lo que se trata es de que las monjas se den cuenta de nuestra buena voluntad, así que coge la cuerda, amárratela a la cintura y trata de escalar por la ventana hasta la cornisa, pero no intentes llegar al tejao por aquí. Ve hacia el rincón, ¿te das cuenta?

Mani comprendió. La pared junto a la que se encontraban pertenecía al cuerpo izquierdo de los dos que formaban la fachada principal; entre esos cuerpos, la fachada se retranqueaba unos doce metros, donde ascendía la escalinata hacia una especie de porche cuyo tejado era más bajo que el de los cuerpos laterales.

—Mani, circula con muchísimo cuidao por la cornisa

—continuó Paco—. Lo más difícil será doblar la esquina; no tengas miedo, estaremos debajo por lo que pueda pasar. Trata de llegar allí —indicó el punto donde el ala izquierda se unía en ángulo con el porche—. Con que saltes la mitad de bien que saltaste ayer, llegarás a aquel tejaíllo sin problema. Sólo tendrás que echarnos el cabo de la cuerda y jalar enseguía, después de que nosotros hayamos amarrao la bandera. Ahí colgando sobre la entrada, servirá tanto para disuadir a los asaltantes como pa que las monjas comprendan lo que estamos haciendo.

No tuvo dificultades Mani para alcanzar la cornisa. Poco a poco, fue desplazándose hacia la esquina, que traspuso a duras penas. No era excesivamente peligroso, pero los cuatro hermanos aferraban debajo de él, atirantada, la bandera como si fueran bomberos sujetando un paracaídas, moviéndose tal como él se movía. Una vez salvada la esquina, ya todo fue más fácil, pero hubo un momento en que Mani estuvo a punto de caer; al pasar ante una ventana, se topó tras el cristal con la cara cercana y extremadamente pálida de una monja que le miraba aterrorizada desde dentro. Gritaron los dos. Tras reponerse del susto, en pocos minutos más llegó al rincón, donde dobló la pierna derecha para darse impulso con el pie contra la pared y saltó sobre el tejado del porche. Lanzó el extremo del cordel atado a su cintura, pero los otros no lo alcanzaban a pesar de que Mani se echó de bruces sobre el tejado, de modo que tuvo que quitarse la camisa y el cinturón para suplementar la cuerda con ellos. Paco ató enseguida la bandera.

—Venga, Mani, colócala. Después, ten cuidao de no caerte y ve hacia el patio principal; si convencieras a una monja de ayudarte, podrás bajar por los canalones de la galería con mucha mayor seguridad que por aquí, que te puedes despeñar. Si no pudieras, vuelve pacá y pensaremos qué hacer.

En cuanto Mani logró situar la bandera de manera que colgase airosa, se volvió a poner la camisa y anduvo cautelosamente por la escorrentía del tejado que vertía hacia el patio. Había muchas monjas arrodilladas ante la imagen de la Virgen Milagrosa que lo presidía bajo un cenador cubierto de enredaderas de rosas y jazmines. Las llamó, pero ellas se limitaron a alzar los brazos como en una plegaria de mártires del Coliseo de Roma. Impaciente, Mani calculó las posibilidades que tenía de bajar sin auxilio de nadie. El desagüe del canalón era bastante ancho; tendido sobre las tejas, lo empujó con la mano para probar su resistencia. Le pareció firme. Gateó hasta lograr aferrarse con las dos manos al borde exterior del canalón de cerámica vidriada de verde, invocó mentalmente la ayuda de la Virgen a la que las monjas estaban rezando y se dejó caer. Se balanceó, suspendido en el aire unos segundos, durante los que el canalón crujió a punto de desprenderse, pero Mani no esperó más y se lanzó de un salto hacia la galería. Al caer de pie, se encontró frente a sor Rosario, que blandía el crucifijo ante sus ojos.

—Tranquila, hermana —dijo—. ¿No se acuerda usted de mí? Soy yo, Manuel Rodríguez Robles del Altozano. Los que están a la puerta son mis cuatro hermanos y venimos a protegerlas.

—¡Vade retro, Satanás! —chilló sor Rosario, demudada.

—Soy yo, Mani. El que se equivocaba tanto con los ríos y las capitales de Europa. Ni yo ni mis hermanos vamos a hacerles daño, venimos a impedir que se lo hagan.

Sor Rosario continuó mucho rato murmurando letanías sin bajar el crucifijo que casi rozaba la nariz de Mani. Por fin, la superiora apareció tras ella.

—Cálmese, hermana —dijo, sujetando el brazo de la monja guapa—. ¿No ve usted que es el pequeño de los Robles del Altozano?

—Viene a martirizarnos. ¡Es un sacrílego!

—¡Basta! —alzó la superiora autoritariamente la voz—. Tú no quieres perjudicarnos, ¿verdad, hijo?

—No, madre. He colgao la bandera de Francia ahí fuera. En cuanto le abran ustedes, mi hermano Paco va a proclamar que La Goleta es, desde esta noche, una legación extranjera.

La superiora sonrió sin apenas tensar los labios.

—Así que eso es lo que os proponíais. ¿Cuál de vosotros es Paco, aquél que nos echó para atrás el día de la votación? —Mani asintió—. Ya vio usted, sor Rosario, lo listo que es y que no es temible ni por asomo. Somos muy afortunadas, gracias a Dios y bendita sea su Santa Madre, que ha escuchado nuestras plegarias. Ande, sor Rosario, vaya a abrir la puerta.

El ardid funcionó desde el primer momento, ya que no mucho más tarde llegó un grupo de incendiarios ante la puerta y al ver la bandera francesa, y tras una corta discusión entre ellos, se marcharon agitando con decepción y desánimo las antorchas. A lo largo de la noche, los cinco hermanos complementaron el efecto de la bandera pintando en todas las puertas y muchas ventanas el símbolo de la Cruz Roja.

—No olvides las averiguaciones sobre la Angustias —pidió Mani a Paco.

Tras acompañar a su hermano hasta la sede del Partido Comunista, Mani rechazó la insistente invitación a entrar y siguió hacia el puerto, a ver si Quini le ayudaba a encontrar trabajo. Contra lo que todos esperaban y desmintiendo lo que anunciaban machaconamente las autoridades, el lunes por la mañana continuaba el sobresalto puesto que los rebeldes no habían sido aplastados todavía. Abotargada por las celebraciones báquicas del domingo, y sintiéndose defraudada al revelársele lo prematuro de la celebración, la multitud erraba sin rumbo por las calles del centro, sin saber qué hacer porque casi todo lo que más odiaban lo habían quemado ya, y no tenían empleo o, si lo tenían, nadie pensaba en trabajar dadas las circunstancias. Todavía había rescoldos de los incendios y densas columnas de humo negro brotaban de las ruinas calcinadas en toda la ciudad, como si hubiera habido un bombardeo. Mani cerró los ojos con disgusto ante lo que quedaba de la hermosa Casa Larios, el lujoso palacio del marqués que había sido el más bello de la Alameda. Recordó la nostalgia imprecisa que sintiera contemplando la mano de madera chamuscada de un Niño Jesús, aquel día que ordenaba la casa que iba a ser la vivienda matrimonial de Antonio. Aquella nostalgia, como la de hoy, era por algo que nunca iba a poder ver; en 1931, le habían robado la posibilidad de contemplar algún día el que sus paisanos aseguraban que era uno de los más valiosos patrimonios artísticos de España; ahora, ese lunes de julio de 1936, comprendió que le habían arrebatado toda oportunidad de conocer cómo era un palacio por dentro, porque ya no quedaba ninguno en Málaga.

Quini no se había presentado a trabajar en su empleo recién pactado. En general, había muy poca actividad en el puerto, salvo en los alrededores de un buque, llamado *Marqués de Chávarri*, que las autoridades habían convertido en prisión porque no tenían dónde encerrar a tantos sospechosos de connivencia con la rebelión. Se trataba de un barco carbonero provisto de tres grandes bodegas, con espacio donde amontonar a muchos prisioneros. Mani observó en la cubierta a un grupo de unos veinte hombres que, desnudos, trataban de asearse en medio de un círculo de milicianos, con los fusiles apuntándoles; para bañarse, sólo disponían de un botijo, que uno de ellos bajaba periódicamente por la borda, con un cordel, para que se llenase de la pestilente y grasienta agua de la dársena.

Volvió hacia el barrio con más ira que desánimo, contagiado de la inesperada caída de moral que padecía toda la ciudad y eludiendo a los milicianos ebrios que, al reconocerle, acudían a vitorearlo.

—Me ha dicho tu madre que te espera en La Goleta pa comer —le informó Concha la Chata con una sonrisa que parecía invitar: «ven a mi cuarto, héroe».

Con extrañeza, encontró a toda su familia, excepto Paco, sentada a la mesa presidencial del refectorio, junto a la madre superiora y las monjas que ocupaban la cima de la jerarquía del convento. Superado el asombro, supo que así iba a ser a partir de entonces, «hasta que las aguas vuelvan a su cauce —según dijo Paula— porque, por el momento, sólo iremos a la casa a dormir; haremos la vida aquí y tal como quiere tu hermano Paco, organizaré algo de utilidad pública, porque ésa va a ser la única manera de evitar que a los incendiarios les dé la venate de venir a arrasar esto».

Gozó Mani a partir de ese día de los momentos más exultantes y más extraños de su corta vida, porque la familia Robles del Altozano se vio por sorpresa en la más alta relevancia social que podía soñar. Ricardo encontró en La Goleta la sustitución de su paraíso perdido; Ana, el escenario apropiado para anunciar a Antonio, delante de los demás, que estaba embarazada; Paula, un marco que con sus escalinatas y claustros, y con tanto que organizar, se le ajustaba mucho mejor que el corralón de las Dos Puertas; Miguel, un número elevadísimo de monjas dispuestas a escuchar sus cuitas y consolar su llanto.

El sobresalto continuó contra lo que todos esperaban, lo que Paco prometía y lo que aseguraban solemnemente los políticos. La radio y los comunicados oficiales afirmaban que el gobierno dominaba la situación en todo el país, pero a diario escuchaban el testimonio de los fugitivos que iban llegando de otras capitales andaluzas, del Campo de Gibraltar y de los pueblos de la Penibética. Los rebeldes se habían hecho fuertes en territorios muy extensos pero, aún así, Mani, sus hermanos y todos los vecinos tardaron en entender que se hallaban en guerra.

Desde que publicaron los periódicos su fotografía, donde aparecía llevado a hombros por los entusiastas que le aclamaban por la muerte del comandante, Mani detestaba ociar en las calles del barrio, porque le obligaban a relatar una y otra vez un episodio que él apenas recordaba más que por las narraciones de Quini y los demás y que le producía gran desasosiego revivir. Y le gustaba mucho menos estar en La Goleta, donde no le hacían tantas preguntas, pero le molestaba que le tratasen no como a un muchacho, sino como si fuera un hombre poderoso a quien no supieran si temer o lisonjear, y no sólo por su celebridad de verdugo del cabecilla rebelde; las monjas habían mitificado hasta el delirio lo de la bandera francesa. Por ello, trataba de pasar todo el tiempo posible lejos de quienes le conocían.

Se disponía a salir para la playa casi de madrugada, para no toparse con vecinos preguntones ni aduladores, cuando Paula le dijo que tenía que asistir a un acto en el convento-cuartel de la Trinidad, donde su hermano Paco iba a pronunciar un discurso después del rancho del mediodía.

—No te lo pierdas por ná, porque yo no puedo ir y tienes que contarme lo que diga, porque aunque no desbarre como el Antonio, también está metiéndose en camisa de once varas. No tiene más que veintitrés años y parece que lo hubieran nombrao Corregidor Mayor de Málaga. Me disgustaré muchísimo contigo si no vas.

—No te preocupes, mamá, pero queda toa la mañana y quiero ver si el Chafarino está bien y no tiene problemas.

—Sí, hijo, mira si necesita algo, que a ese hombre también le debemos mucho. Y que no se te olvide preguntar por ahí por... la de los barcos; a lo mejor en la playa se han enterao de algo. Coge el tranvía, pa no tardar demasiao.

Le dio una peseta que a Mani le hizo sentir culpable, porque acababa de sisar un duro de la caja de hojalata. Dio un beso a Paula y echó a correr con el propósito de que ella no advirtiera la culpa en sus ojos. Compró el periódico para leerlo en el tranvía, aunque hallaba insoportable tener que adivinar entre líneas, dado que los espacios en blanco de la censura seguían siendo mayores que los impresos. Las autoridades pedían la vuelta al trabajo y a la normalidad, porque a pesar de los días transcurridos aún se veían ruinas humeantes y por todas partes circulaban grupos de milicianos efectuando registros y sacando a rastras a quienes consideraban aliados de la rebelión. Mani les observaba cada día con mayor distanciamiento y menor entusiasmo, porque hasta a través de los cristales de las ventanillas del tranvía podía oler la borrachera bajo los temblores y los ojos enrojecidos de odio inútil; le impacientaban sus tics compulsivos y su conducta imprevisible, ya que tan pronto sacaban de una casa a un niño de pecho para entregarlo con mimo y delicadeza a cualquier mujer del público, como salían al instante siguiente con la madre del niño arrastrada cruelmente del pelo. Estaba claro que no había planificación, nadie intentaba la organización que Paco preconizaba. Para evitar los asaltos, las casas de préstamo devolvían deprisa, gratis, las prendas empeñadas, y por ello circulaba mucha gente con grandes bultos, líos de ropa especialmente, porque, empujados por el hambre, algunos habían empeñado hasta las sábanas los últimos meses. En la esquina del convento de las Hermanitas de los Pobres había gran revuelto en torno a una mujer y el tranvía tuvo que detenerse, bloqueado. Al cambiarse la mujer de brazo el pesado hato que cargaba, había caído al suelo una caja de municiones, y con el júbilo de quienes la registraron, aparecieron dentro del hato más municiones y una ametralladora.

—Juro por mis hijos que yo no sabía ná —gritó la mujer, aterrorizada y lívida—. Mis señores m'han dao esa ropa pa lavarla.

Mani supuso que iba a ser ejecutada de un tiro o arrastrada del pelo, pero los milicianos se contentaron con anotar la dirección del patrón, seguramente falsa, y se llevaron la ametralladora entusiasmados por disponer de un arma tan valiosa.

—Pa ver por dónde salía, le conté a la madre superiora de La Goleta sus cosas de Poseidón —dijo Mani al Chafarino con sorna—. Se le pusieron los ojos como platos, diciéndome que yo no debería hablar con un pagano como usted.

El Chafarino sonrió.

—¿Cómo está Málaga hoy?

—Hay un poquillo más de tranquilidad que hace una semana, pero siguen los saqueos. Mi madre y mi hermano Paco dicen que así no vamos a ningún lao, pero la verdad es que hay mucha gente pasando las del Beri. El periódico ha sacao un edicto del gobernador, dirigío a los cuerpos de seguridad, que manda aplicar la pena de muerte en el instante, y en el sitio, a tos los que pillen agrediendo, robando o asaltando. Algunos se achantan y ahora muchos pasan en cola horas y horas, pa el reparto de auxilios públicos. Pero los asaltos no paran...

—Los españoles somos un pueblo raro, Mani. Al menos desde la Pepa de Cádiz, legislamos bien, porque elaboramos leyes que muchas veces son las más avanzadas del mundo. Pero luego nos pierde el temperamento; a la hora de aplicarnos las leyes, encontramos tantas justificaciones para el pretexto, para la excepción, que llega el día en que todos nos creemos exentos de la obligación de cumplir esas leyes tan bonitas y tan modernas. Así, resulta que cada uno se comporta en todas las circunstancias como si tuviese bula y las normas sólo debieran cumplirlas los demás, y da la casualidad de que los malagueños agrandamos hasta el absurdo esa convicción de estar por encima de las leyes. De ese modo no hay manera de que un país pueda ir adelante.

—Sí, pa hablarle fetén, a mí me da coraje que suden tanto pa ná, porque hay una desorganización en la calle que... me revienta las tripas.

—Pero a los tuyos os va bien.

—Mejor que nunca. Menos dormir, prácticamente vivimos en La Goleta.

—Y tú te has convertido en un héroe famoso...

Mani miró fijamente los ojos estériles del Chafarino. De no saber que era ciego, hubiera jurado que brillaba en ellos una chispa de ironía muy cruda.

—Yo no soy ningún héroe... —protestó— si es que me cago por las patas abajo con ná. Y por eso me encorajina una pechá que tós me vengan con cuentos.

—Sí eres un héroe Mani, pero no por haber matado a ese militar, lo que más bien me parece un suceso casual en el que actuaste empujado por el clamor colectivo. Tienes madera de héroe porque la vida le ha robado la niñez a tu generación, y tú has tenido la enorme suerte de contar con un ambiente donde esa precocidad forzada no te ha castrado, sino que te ha dado recursos. Tienes trece años, más vigor del que te corresponde por tus años, sentido común y capacidad de síntesis, y aunque pienses, razones y actúes como un hombre, tu juventud te blinda contra la envidia y la inquina de la gente. Por ello, posees mejores recursos que cualquiera de tus hermanos, que ya son adultos, aunque te parezcas tanto a ellos. Tú eres el más fuerte de los cinco y, verdaderamente, una de las personas más fuertes que conozco.

—Disculpe usted, Omar, pero me da mucha vergüenza que diga usted esas cosas...

El Chafarino sonrió mientras asentía a su propio pensamiento.

—¿Y la señora de La Caleta?

Mani cerró los ojos. Miguel tenía su congoja con la ausencia de Angustias, que todos a su alrededor compartían, pero la congoja de la desaparición de Elena no parecía compartirla con él nadie más que Paula.

—El Migue dice que tiene que haber muerto, porque en lo que era su casa no quedan más que carbones. Pero es imposible, porque he ido tres veces a rebuscar entre los restos de la casa, sin encontrar ná que parezca un muerto chamuscao, aunque la hija, atravesá por el palo, estuvo lo menos cuatro días pudriéndose allí, en el jardín, sin que nadie se la llevara. Mi madre está convencía de que si no encuentro el cuerpo, es que vive, porque dice que doña Elena es de acero como un noray, que puede sujetar barcos gigantescos.

Inesperadamente, a Mani se le quebró la voz y el Chafarino le abrió los brazos. Le parecía natural que un joven de trece años huérfano de padre, tendiera a elegir figuras poderosas y venerables a quienes amar, y resultaba obvio que Mani había llegado a amar a Elena Viana-Cárdenas James-Grey porque, siendo la persona más poderosa que conocía, había usado benevolentemente el poder en favor de su familia. Tratando de rescatarle de la tristeza, dijo revolviéndole el pelo:

—Cuando esa monja superiora ponga en marcha tanta mojigatería de compota de membrillo y te hable de paganos, recuerda que los conventos son el refugio favorito de las solteronas natas, por tontas y por feas.

—En La Goleta hay una monja guapísima que se llama sor Rosario, y las demás no son tan tontas. Enseguía se han dao cuenta de que el pueblo machaca a los rebeldes y de quién es el que manda. A mi hermano Paco le hacen hasta reverencias.

—No estés tan seguro de que el pueblo esté machacando a los rebeldes. Por lo que dice la radio, no la nuestra, sino la de Sevilla, Málaga es prácticamente una isla rodeada de enemigos por todos lados; las demás grandes capitales de Andalucía están en poder de los rebeldes y... escúchame bien, Mani: esos generalotes no van a perdonarnos que nosotros, que podíamos haberles facilitado la entrada más cómoda desde Marruecos, les hayamos cerrado la puerta. Lo veo en mi cabeza de noche y de día: caerán sobre nosotros como una ola y nos arrasarán.

—¡Qué va! Ayer, mi hermano Paco trataba de convencer al Migue pa que se fuera al frente de Granada, pero mientras no aparezca la Angustias no hay quien lo mueva del sitio. Pa convencerlo, Paco le decía que en dos o tres días Granada sería liberada.

—El enemigo es más fuerte de lo que tu hermano y sus camaradas se figuran, Mani, y están mucho mejor organizados que ellos. Ahora, con los desmanes que hay por toda Málaga, están poniendo a los dioses de parte de los rebeldes.

El Chafarino hablaba en el contraluz de la ventana, nimbado por una aureola que reforzaba su aire hechizado. En en el retazo de firmamento que brillaba tras él, Mani descubrió que un avión evolucionaba sobre el puerto.

—Espere un poco, ya vengo.

Salió de la cabaña. A pesar del terral, había poca gente en la playa. Los escasos bañistas, de pie en el agua, seguían también con la mirada al avión. Volaba muy alto y sin embargo podía oírse el lejano runrún. No era raro ver aviones, casi todos los días salía uno que iba a bombardear Granada; lo raro era que hiciera pasadas por encima de la ciudad. Relucieron varios chispazos, que en el primer instante le parecieron a Mani el brillo de las hélices, pero enseguida comprendió que estaban disparando contra el puerto y el centro. Se oían detonaciones amortiguadas por la distancia.

—¿Qué pasa, Mani? —preguntó el Chafarino desde la puerta del cañizo.

—Que se cumple su profecía. Un avión de los rebeldes está atacando Málaga.

Se despidió precipitadamente y corrió hacia La Goleta como el animal que acude a su querencia a la hora de la muerte, porque Paula hablaba a todas horas de que había que pasar los malos tragos juntos. En la última esquina de calle Curadero, antes de llegar a la entrada principal del convento, había un hombre apoyado contra la pared, con una pierna flexionada y el tacón del zapato enganchado en el borde del zócalo de ladrillos. Como todos los vecinos con quienes se cruzaba, miró muy sonriente a Mani; éste correspondió la sonrisa y siguió corriendo.

—Oye, papafrita —le gritó el hombre—, ¿ya no me conoces?

Mani giró la cabeza y se detuvo de golpe. La barba de varios días cubría el mentón del sujeto, su piel era tan oscura como la de un mulato y su ropa parecía la de un mendigo.

—Mira, majareta —dijo el Templao, abriéndose la camisa.

Mani contempló en el pecho descubierto el tatuaje con forma de corazón a base de nombres, el suyo entre ellos. No podía ser Guaqui *el Templao*, el que tenía delante era mucho más bajo. Sin aviso, el zarrapastroso le envolvió en un abrazo. Olía muy mal.

—¿Qué te ha pasao?

Guaqui arrugó el ceño.

—¿Cómo tienes la pocavergüenza de preguntarme namás que eso? Me has tenío engañao un año y ahora, que me moría de ganas de verte, me sales con majaretás.

—Es que pareces... más chico.

Aunque su ojos desbordaban pena, la boca del Templao sonrió.

—En este año, has crecío una pechá y ya somos casi iguales, por eso me miras desde otra altura que el año pasao. Ahora, mocoso de mierda, si no quieres que te parta la jeta por tantos embustes que me has escrito sobre mi Inma, tienes que ayudarme a encontrarla enseguía, puesto que dicen que tú y los tuyos sois los nuevos capitalistas de Málaga, que ya me lo veía yo venir hace un siglo.

—Déjate de chalaúras, Guaqui.

—¿Chalaúras? Y esto, ¿qué es?

Sacándolo del bolsillo de la camisa, desdobló el recorte de periódico donde se veía a Mani conducido a hombros por la multitud.

—¿Va a firmarme un autógrafo su excelencia el gusarapo?

Era verdad. El Templao había vuelto. Mani olvidó el avión y los disparos, embriagado por la oleada de alegría que le subía por el pecho.

—Hablas más ronco, Guaqui. ¿Te has escapao de la Legión?

—¡Qué va! M'han dao permiso pa que venga de veraneo, ¡no te digo yo!

Había desertado en la provincia de Cádiz, donde su batallón pasó tres días yendo de un lado a otro como si jugasen a la oca, de pueblo en pueblo: ahora aquí, vuelta para atrás, de nuevo para adelante y el Templao temblaba de ira y horror viendo cómo se comportaban los rifeños que componían el grueso de su regimiento; en cuanto conseguían apoderarse de un pueblo, violaban a todas las mujeres, jóvenes y adultas, y ancianas inclusive, y tras el placer, el saqueo.

—Los de las mehalas se llevan tó lo que pueden meterse en los bolsillos, dinero, joyas, relojes y hasta le arrancan a la gente los dientes de oro. Al que se revuelve, lo degüellan como un cochino. Yo me moría de asco, Mani, no lo podía resistir. Los que caían eran hermanos nuestros y los que los mataban eran salvajes en cuyos ojos se podía ver que nos odian a tós los cristianos, incluyendo a los que íbamos en el Ejército con ellos y ni siquiera rezamos un *kirie eleison*. Los legionarios se fugan a montones, pero al que cogen se cae con tó el equipo; lo fusilan en el sitio sin consejo de guerra ni leches. ¿Qué quieres que te diga, Mani? Entre la rabia y el asco que me entraba, y saber que estaba tan cerca de ustedes, no lo pude aguantar. Salí una noche arrastrándome y suponte el susto que tenía, que me cagué en los pantalones. Repté más de tres kilómetros, porque aquel terreno es llano, y no como aquí, y no me atreví a ponerme de pie hasta que di con un repecho. Mira cómo tengo los brazos y las piernas. He atravesao a pie la Serranía de Ronda.

A pesar de las abundantísimas magulladuras, a Mani le costaba creer el relato. Cinco días había empleado el Templao en un recorrido que seguramente había realizado en zigzag, atenazado por el espanto de no saber si los campesinos que encontraba eran de un bando o del otro, o el riesgo imprevisible de tropezarse con el sobrino del bandolero Flores Arocha o, muchísimo peor, darse de cara con los muchos guardias civiles leales a los rebeldes que se habían echado al monte como si fueran partidas de bandoleros. Había cambiado el uniforme por su ropa a un mendigo asilvestrado que encontró en una cueva, donde se refugió a dormir una noche sin darse cuenta de que estaba ocupada; sólo al despertar al amanecer se irguió con un sobresalto a causa de sus ronquidos, que le hicieron temer que se tratara de un jabalí.

—Me da nosequé, Mani, porque viéndolo vestío de legionario, al infeliz le habrán cortao el pescuezo. Pero yo, ni siquiera con estos andrajos me sentía seguro, por el pelao y el tatuaje. Menos mal que he conseguío esta madrugá que me traigan desde Alozaina en una camioneta. Mani, no me vas a dar la patá ahora, ¿verdad?

—¿Qué quieres decir, Guaqui?

—Ahora que tu familia ha subío tanto, ¿no te dará cosa de andar conmigo?

—¡Tú estás chalao perdío y en tu casa no lo saben! ¿Tienes otra ropa?

—¡Qué va! Mi madre achicó pa mis hermanos toa la que dejé.

Mani reflexionó un instante. Habían parado de oírse el avión y los disparos, ya no parecía tan urgente correr junto a Paula ni, seguramente, esperaba ella que lo hiciera. Quedaba pendiente la arenga de Paco que tenía que espiar.

—Vamos a mi corralón —resolvió—, tira estos guiñapos piojosos y échate lo menos cincuenta baldes de agua por encima, mientras busco algo de mis hermanos que puedas ponerte. En cuanto estés listo, nos iremos al cuartel de La Trinidad, a comer rancho con el Paco, que va a dar un discurso, a ver si conseguimos que mande indagar por la Inma, ¿vale?

Llegados al convento-cuartel, sorprendió a Mani encontrar a su hermano vestido con lo que parecía un uniforme a pesar de su heterogeneidad, gorra de plato con entorchados inclusive. Sintió ganas de burlarse, pero advirtió a tiempo en la expresión de Paco que no había lugar para las bromas ni para las risas. Tras un somero relato de la deserción que escuchó con mucho interés, Paco dijo al Templao:

—Debes presentarte mañana mismo en el centro de reclutamiento, Guaqui. Tienes que decirle al teniente Heredia que vas de mi parte y le cuentas tó lo que recuerdes de tu regimiento y demás.

A Mani le asombró lo cohibido que su amigo parecía frente a su hermano. Para sacudirse el desagrado que ello le causaba, preguntó:

—Paco, ¿de qué vas vestío?

—Me han nombrao comandante de milicias.

—¿Comandante, con veintitrés años?

—Cosas de la guerra.

—¿Qué guerra?

—Estamos en guerra, Mani, ¿es que desde que te cargaste al tío ése te ciega la vanidad y no te das cuenta de lo que pasa? ¿No sentiste el avión esta mañana?

Avergonzado, Mani ignoró las preguntas y se abstrajo en el examen del cuartel. El edificio se alzaba en una colina que dominaba un amplio distrito de barrios obreros. De cuando era un convento de frailes, conservaba al lado la graciosa torre de la iglesia y, en el interior, los laboriosos artesonados mudéjares, opacado su brillo por el paso de los siglos y por la espartana desafección militar hacia las cosas hermosas. Los soldados holgaban desparramados en el patio, apoyados contra las columnas de mármol blanco del claustro o sentados en el bordillo entre el patio y las galerías, a cuya sombra habían instalado grandes mesas para lo que parecía que iba a ser un rancho especial. Había pocos oficiales y los soldados eran, por las trazas variopintas, milicianos en su mayoría, jóvenes imberbes casi todos que trataban a Paco tan linsojeramente, que hacían que Mani se impacientase. A pesar de su pose de humildad, detectaba sarcasmo en los ojos del Templao.

Tras la comida, dos hombres que aparentaban haber escondido las corbatas para ostentar la impostura de sus falsos atuendos proletarios, hablaron brevemente a los milicianos en un preámbulo para la presentación de Paco:

—¿Habéis escuchao nombrar a ese chavea prodigioso que todos llaman ya «el vengador de los pobres»? —se produjo una ovación y Mani se encogió, con verdaderas ansias de que se lo tragase la Tierra—. Pues el que va a hablaros ahora, el comandante de Milicias camarada Francisco Rodríguez Robles del Altozano, es su hermano...

Dedicaron flores generosísimas a los méritos retóricos de

Paco: «por toda Andalucía ya es una leyenda» y cuando lo convocaron, Mani siguió a su hermano con la mirada, desde el asiento junto a la mesa hasta el estrado, preguntándose cómo iba a ser capaz de hablar sin tartamudear a un auditorio tan grande. Jamás lo había acompañado a uno de sus numerosos mítines por los pueblos y, por ello, Paco se transformó ante sus ojos en un desconocido aclamado con delirio por la multitud:

«Miles de malagueños, espontáneamente y sin preparación militar, sólo con la orientación de unos pocos guardias de Asalto, han conseguío vencer a los veteranísimos rebeldes y sus chulerías de borrachos en La Roda, en San Roque, en Puente Genil y en Loja. ¡Y son simples obreros, lo mismo que sois ustedes, con uniforme o sin él! Su victoria es el triunfo de la fe en la verdad que defienden, porque cuando la verdad y la justicia están de nuestra parte no hay tanques ni cañones que puedan detenernos... —la ovación atronadora obligó a Paco a realizar una pausa—. No escuchéis las mentiras de las radios enemigas; ni vienen a imponer orden ni traen el progreso. ¿Orden y progreso es consentir a las mehalas que violen a nuestras mujeres y masacren a nuestros viejos pa robarles sus miserias? Los rebeldes no apresan a la gente, sino que la fusilan. Nosotros, los republicanos, sí hacemos prisioneros y los tratamos como mandan las normas internacionales, pero ellos... llenan de plomo las entrañas del pueblo y trazan por toa Andalucía senderos del martirio de la clase obrera. Los que sois soldados veteranos desde antes de la revuelta, tenéis que haceros los sordos ante vuestros propios mandos. Debéis denunciar a todo oficial o suboficial que os dé una orden que represente la menor connivencia con los rebeldes. ¡Desoidlos y denunciadlos! Vuestro lugar está junto a los obreros que llegan en masa al cuartel dispuestos a defender con coraje y honor la dignidad de nuestra patria. Entrenadlos y marchad hombro con hombro con vuestros hermanos obreros... que se enteren esos generales canallas de que estamos dispuestos a morir, pa no tener que vivir humillaos.»

—Joé, Mani, tú has cambiao, pero ése ya no es tu hermano —murmuró el Templao haciéndose oír bajo las aclamaciones dedicadas a Paco.

—¿Te asombras? Po lo que es yo, alucino.

—Date cuenta de cómo le hacen la pelota. ¡A que, de aquí a ná, vemos a tu Paco de presidente del Gobierno!

—¡No te pases, Guaqui! Mira. Esos cuatro coroneles que han llegao ahora no son tan pelotilleros. Parece que le traen un informe.

En el centro del grupo de aclamadores que seguían dándole palmadas en la espalda y los hombros, Paco alzó la vista de uno de los papeles garapateados que acababa de entregarle un coronel y miró fijamente a Mani, como si quisiera transmitirle algo. Se apartó de quienes insistían en continuar vitoreándolo y permaneció unos minutos entre los recién llegados, escuchando sus comentarios con expresión muy grave. Tras varios asentimientos, se acercó a su hermano y el Templao.

—Venid conmigo —dijo desoyendo sus preguntas, y les precedió hasta la calle.

—¿Pasa algo malo, Paco? —preguntó Mani una vez que estuvieron fuera del cuartel.

—Según. Entre Pinto y Valdemoro.

—¿Qué te decían los coroneles?

—Son coroneles de pacotilla, Mani, si no, no me hablarían a mí con tantísimo pelotilleo. El día de la revuelta, hubo un montón de sargentos que se autoproclamaron coroneles, porque hay mucho chiflao suelto por Málaga. Por suerte, hemos conseguío colocar al frente del Ejército a uno de verdad, el coronel Romero Bassart, pero a esos tíos les toleramos que sigan creyéndoselo, aunque no les dejamos que hagan más labores que las de correveidile, y para de contar. Venían entusiasmaos a contestarme lo que les mandé preguntar hace un rato sobre el avión que ha estao disparando contra el puerto; esos majaretas han llegao mú contentos diciéndome que se habían estrellao tos los aviones que Italia les ha mandao a los rebeldes a Melilla. Pero resulta que no, que por lo que dice este cable, sólo se han estrellao tres de los doce que Mussolini les ha regalao a los fascistas traidores, y ahora les quedan nueve a esos hijoputas pa tratar de arrasar Málaga, y uno de ellos es el que nos atacó esta mañana. Escuchad, me mandan ir al Gobierno Civil, porque va a tomar posesión el nuevo gobernador, Francisco Rodríguez, pero vosotros tenéis que ir a esta dirección —les entregó un papel, escrito con letra apresurada—, porque también me han informao sobre la averiguación que ordené hace una semana, visto que mamá no me deja ni a sol ni a sombra. Id a ver si estos detenidos son Gustavo el Granaíno y su familia.

Mani se quedó clavado en el sitio, rezagado de su hermano y el Templao. En sus sienes, la sangre alborotada latía con una mezcla de júbilo, pensando en Miguel, y consternación a causa de la presencia de Guaqui. Paco giró la cabeza y le conminó a que se apresurara.

—No hay seguridad de que sean ellos, Mani, pero por si lo fueran, toma mi carné y le dices al jefe del puesto que te entregue a la Angustias. Y tú, Guaqui, chitón. No se te ocurra ni abrir la boca delante del Serafín.

Llegados al retén miliciano, el comandante del puesto, un betunero que Mani había visto muchas veces abrillantando los zapatos de los ancianos repantingados a las puertas del Círculo Mercantil, desdeñó el carné de Paco que Mani le mostró, mientras exclamaba:

—¡Tú eres el «vengador de los pobres»! Ven aquí, camarada, que quiero tener el honor de darte un abrazo, pa poder contárselo a mis niños.

—Tengo que reconocer a unos prisioneros... —dijo Mani, con mucha incomodidad y tratando de desasirse del abrazo.

—Ya me daba a mí en los cuernos que venías por eso —hizo una señal a los dos milicianos apostados a la entrada, dos imberbes que abultaban menos que sus armas—. Hala, camarada, entra con estos dos al calabozo, mira si son los que tu hermano quería encontrar y llévatelos, cárgatelos o haz con ellos lo que te salga de los huevos. Los hemos pillao escondíos en la sacristía de la capilla del convento de las Hermanitas de los Pobres que, por lo visto, la mujer tiene allí una hermana monja. Suponte tú: mantenían a la muchacha amarrá a un reclinatorio, los mú hijoputas.

Gustavo el Granaíno se encontraba derrumbado en una banqueta, con la cabeza y el hombro izquierdo apoyados en la pared y tapándose la cara con las manos. Bernarda le estaba zahiriendo con lo que, antes entrar Mani, Guaqui y los dos milicianos, debía de haber sido una filípica de las suyas. Al reconocerles, Serafín, con expresión demudada, se volvió de espaldas. Angustias dio un salto y tendió los brazos hacia Mani a través de los barrotes. Él se limitó a estrecharle una mano y ordenó:

—Abrirle la reja a ésta, namás. Los otros, que se pudran.

Angustias dudó un momento, pero miró a sus padres como si les pidiera disculpas con tibieza no muy convincente y salió jubilosa a abrazar a su cuñado, como si éste fuera agua en un desierto.

Se apresuraron con dirección a La Goleta, donde, en medio de un corro de monjas, alborotadas, Miguel pareció a punto de sumergirse en la locura mientras abrazaba a su mujer, con sus copiosas lágrimas, ahora de éxtasis, y sus temblores convulsos y sus gritos. Angustias lloraba, feliz pero escondiendo, evidentemente, cierta preocupación. Paula, muy seria, no paraba de escrutarla.

—¿Qué sabes de tu familia, Angustias?

—Estábamos presos los cuatro.

—¿Y sólo te han dejao salir a ti?

Angustias miró a Mani de reojo encogiéndose de hombros. Paula entendió el sentido de la mirada y preguntó a su hijo:

—A ver, Mani, ¿quieres explicarme lo que pasa?

—Ná, mamá, que los han encontrao por orden del Paco, y que, po que... como habían tenío a la Angustias amarrá y tó eso, lo del secuestro y tó el percal, po que yo no...

—O sea, cabeza de chorlito, que has dejao a la familia de tu cuñá a pique de que les den el paseíllo... ¡serás inconsciente! ¡Qué mala pata, que pa ver al Paco haya que echar una instancia y el Antonio, como siempre, perdío! Venga, andando de bulla, no sea que lleguemos tarde. Coger las armas y venid tós, menos tú, Ricardo.

Paula salió apresuradamente de La Goleta, seguida de Mani, Miguel, Ana, Angustias y el Templao. No tuvieron que hacer uso de las armas porque continuaba al frente del retén el comandante limpiabotas, que, mirando tiernamente a Mani, comentó: «ya lo veía yo venir. Menos mal que te los llevas porque, pa ellos, de comer, nanay. Enseguía te consigo una escolta, camarada». Volvieron al convento una hora más tarde, con el barbero, su mujer y su hijo escoltados por cuatro guardias de Asalto, que dijeron a Paula al despedirse:

—Señora, la hacemos a usted responsable de que los prisioneros no salgan del convento bajo ninguna circunstancia.

—Éstos no son prisioneros —dijo Paula alzando el cuello, desafiante—. Son familia nuestra y si no tienen que salir porque no quieran, no saldrán, pero si les da la gana de salir, saldrán.

Uno de los guardias sonrió muy levemente y dijo:

—Bueno, señora, entonces, tendremos que hacer responsable a su hijo Manuel, que aunque sea tan... lo adora toa Málaga. ¿Estás de acuerdo?

Mani rehuyó los ojos de su madre para asentir con un gesto leve, y luego se arrepintió toda la noche de ese gesto, puesto que Paula evitaba mirarle y no le dirigió la palabra más que una vez, en susurros, durante la cena:

—A ver si eres tan gallito pa encontrar a la de los barcos.

La presencia del Templao colmó la plenitud de aquellos días. En el centro de reclutamiento lo mantuvieron dos jornadas sometido a un interrogatorio exhaustivo, a cargo de muchos y diferentes oficiales que querían saber hasta cómo calzaban los rebeldes, pero, finalmente, Paco decidió que no se enrolase «porque vas a hacer más falta aquí, en Málaga, que no abundan los hombres capaces de enseñar a disparar un fusil». A Mani le alegraba hacerle partícipe de las prebendas que caían sobre su familia, pero Guaqui iba volviéndose día a día más taciturno. El poder de Paco no alcanzaba para descubrir el paradero de Inma y cuando Angustias o Ana sugerían la posibilidad de que hubiera muerto, se echaba a llorar. Ahora que Mani se habían librado del fastidioso llanto de Miguel, que por fin luchaba en la provincia de Granada, el de Guaqui era una incomodidad añadida, puesto que tenía que hacer juegos malabares para evitar que su amigo y Serafín se vieran las caras. Para impedirlo, a veces cogía provisiones y comía aparte con Guaqui, en la playa, ya que Paula había incluido al barbero y los suyos en el grupo familiar y comían en la misma mesa del refectorio.

Pocos días más tarde, Paco fue designado Jefe Provincial de Abastos. Una de sus primeras decisiones fue colocar a Mani al mando de un camión que habría de encargarse del abastecimiento de La Goleta y el Hospital Civil. Realizó el nombramiento de Mani, y el del Templao como su ayudante, con una solemnidad y unos formulismos que a su hermano le obligaron a contener la risa.

Entrar constantemente en La Goleta con el Templao le parecía a Mani menos arriesgado que ignorar lo que hacía sin poder controlarlo, y por eso había exigido a Paco que lo incluyera en el pelotón de transporte, pero cada vez que descargaban el camión y trasladaban las cajas a lo largo del pasillo que discurría entre una puerta lateral, en el Molinillo, y las cocinas, rezaba mentalmente para que a Serafín no le diera por aparecer, lo que era harto improbable, ya que, según Paula, el hermano de Angustias pasaba casi todo el tiempo en la azotea, mirando el cielo como un alucinado. De todos modos, hacía votos porque permaneciera en su retiro y en su arrebato y no se le ocurriera bajar a provocar al Templao.

Antonio iba a poco al convento, sólo lo veían de noche porque pasaba todo el día en el hospital, de cuya protección le había hecho cargo Paco, y éste comía casi siempre en su despacho, pero Paula les exigió a los dos que los domingos almorzaran en familia, sin admitir réplica. Se reunían todos, pues, a comer los domingos sin más ausencia que Miguel, a quien Paco había forzado a sumarse al frente de Granada «ya que al Ricardo no hay quien lo convenza y no sería decente que ninguno de los cinco hermanos luche». Almorzaban después de la celebración de la misa, a la que acudían algunos vecinos de edad provecta, con mucha discreción aunque todos en el barrio estaban a cabo de la calle. Pero no había fiestas de guardar para el equipo de abastos, porque los alimentos escaseaban y había que surtir las despensas en cuanto encontraban algo que repartir. Estaban descargando el camión el Templao y los otros dos jóvenes que formaban el pelotón, bajo el mando de Mani, a quien el Templao no le permitía cargar más que lo indispensable «por la costilla que te partieron»; la carga no era abundante ni variada, pero las monjas sabían hacer milagros.

—Va a empezar la santa misa —les dijo la superiora—.

Por favor, Manuel, nos gustaría mucho que nos hicieras la gracia de participar. Y tú también, Joaquín.

Para sorpresa de Mani, el Templao se mostró muy interesado por la propuesta y siguió inmediatamente a la monja. Suponiendo cuál era el objeto de su interés, fue tras ellos acariciando su arma, dispuesto a encañonar a su amigo para disuadirle de lo que se propusiera, pero cuando cruzaban el patio de La Milagrosa, llegaron por la entrada principal Paco y Antonio.

—Nos gustaría que vengas a misa, Francisco —pidió tímidamente la monja.

—Lo siento, señora. Dado que usted ha convencío con tanta facilidad a mi hermano y al Guaqui —comentó Paco con severidad—, alguien tendrá que vigilar a los otros dos del pelotón, no sea que se escapen con el camión y los víveres.

Era la tercera vez que Mani veía a su hermano rechazar el sillón de autoridades que las monjas habían dispuesto para él a la derecha del altar mayor.

—¿Y tú, Antonio, por qué no te sientas con tu mujer?

—No, madre. Gracias a Dios, yo soy ateo.

—¡Ah! ¿Sí? —la superiora sonrió disimuladamente.

Antonio no entendió la sonrisa de la monja, pero afirmó:

—Si algún día viniera uno diciéndome que quiere lavarme los pies y descubro que es Jesucristo, iba a tener que darme una pechá de explicaciones.

La cara de la superiora enrojeció. Por encima de su cabeza, Mani observó que Serafín les miraba desde la galería del primer, con una expresión de terror absoluto. De reojo, comprobó que el Templao se hallaba en una posición desde la que sólo podría ver al hermano de Angustias si giraba la cabeza. Le agarró del brazo y le empujó de prisa hacia la capilla, en la dirección opuesta.

Aunque le desagradaba el olor de la cera, le gustaban los

cánticos del coro. Lo formaban algunas monjas, pero casi todas sus integrantes eran jóvenes internas, que, cuando él se volvía a mirarlas, sonreían a Mani con sugerencias y promesas en la mirada, lo que le permitía sacudirse el aburrimiento de la ceremonia. Se hallaba el sacerdote en pleno ofertorio; Ricardo, que oficiaba de monaguillo, tenía las manos juntas y la cabeza baja. En ese instante, irrumpió Paco en la capilla; recorrió el pasillo central a grandes zancadas y se volvió de cara a la concurrencia en el altar mayor.

—Salgan inmediatamente. Tú, Ricardo, apaga las velas y llévate al cura a la sacristía. Tós ustedes salgan con naturalidad; hermanas, váyanse rápido a la comunidad y pónganse a bordar o algo así. Los que no vivan en el convento, que vayan al patio de Lourdes, donde deben improvisar juegos de cartas o de dominó, o lo que sea. Las internas, que vuelvan a sus dormitorios y hagan como que están arreglando sus camas. Mani y Guaqui, ir con mamá a la cocina y hacer como que sois sus pinches.

Nadie discutió las órdenes, pero Mani, obsesionado con el huésped de la azotea, se rezagó en el cruce hacia la cocina y se acercó a Paco.

—Mani, ¿no has oído lo que he dicho?

—Namás quiero saber si es necesario que haga algo.

—Vete a la cocina, Mani.

Paco se fue corriendo a la sacristía y Mani aprovechó que no le miraba para subir las escaleras; se apostó en la galería del primer piso, junto a los ventanales de la capilla, porque era el lugar donde había visto a Serafín y estaba seguro de que no había bajado al patio. Estando él en ese lugar, al hermano de Angustias no le daría por abandonar su azotea.

—Mani —le dijo una monja desde una ventana del segundo piso, el único espacio que a él y a su familia les estaba vedado por ser el *sancta sanctorum* de la comunidad—; estás desobedeciendo a Francisco, y eso es pecado.

Desdeñando a la monja con una mueca, se ocultó en un recodo de la galería cubierta; al instante, vio que un grupo de más de cincuenta milicianos entraba en la capilla precedido por Antonio. Volvió atrás con objeto de espiar desde el coro, accesible por la balconada.

—Aquí huele a humo de velas —dijo uno de los milicianos.

—¿Qué quieres, compañero, que huela a pescao? —bromeó Antonio.

Mani se dio cuenta de que su hermano mayor estaba entreteniéndolos, mientras Paco y Ricardo salían de la sacristía por una estrecha puerta que daba a otro patio posterior; empujaban al cura, ahora casi irreconocible porque le habían obligado a ponerse ropa llena de remiendos y le habían cubierto la cabeza con una boina. Pero si a uno de los milicianos le daba por mandar descubrirse a los hombres que fingían jugar en el patio de Lourdes, descubrirían la tonsura.

Antonio discutía con los milicianos:

—No tenéis jurisdicción. Ésta es una legación extranjera que está bajo la autoridad del camarada don Francisco Rodríguez Robles del Altozano.

—Nosotros somos unos mandaos, camarada. Tenemos orden, ¿ves? —le mostró un papel escrito a mano—. Han denunciao que aquí hay un cura que protege a una pechá de fascistas armaos hasta los tuétanos.

—Dejaros de cachondeíto, muchachos. ¿Fascistas armaos bajo la protección del comandante Robles del Altozano? Vamos, anda.

Las galerías del primer piso se comunicaban entre sí a través de los cinco grandes patios. Mani fue siguiendo las evoluciones de unos y otros. Paco había improvisado con tino: mientras Antonio se mostraba, aparentemente, muy colaborador con los milicianos y fingía ayudarles en el registro conduciéndoles de aula en aula y de patio en patio,

Paco iba llevando al sacerdote detrás, a los lugares que ya habían revisado, junto con un grupo de los vecinos más ancianos, y Mani no tuvo que preguntarse el porqué de tantas precauciones, puesto que todos sabían en la ciudad que el camino de las Pellejeras, un hermoso paraje cercano al seminario, amanecía a diario con hileras de curas fusilados. Ricardo se alejaba de ellos continuamente y volvía con información del camino que seguían los milicianos, porque el convento era un dédalo de revueltas y recovecos. De regreso al patio de La Milagrosa, los milicianos se detuvieron ante la estatua de la Virgen. No disimulaban su decepción.

—Ya que estamos aquí —dijo el que les capitaneaba—, vamos a cargarnos ese ídolo.

—Alto ahí —exclamó Antonio—. Ésta es una legación extranjera y está bajo la protección de la familia Robles del Altozano en pleno. ¿No querréis meteros en un fregao con mi hermano Paco, que es vuestro comandante de ustedes, ni meter al Gobierno en un conflicto diplomático?

Mani recordó la mano de madera de aquel Niño Jesús, rescatada de algún incendio de 1931. Le hizo gracia que su hermano Antonio defendiera una imagen religiosa.

—Entonces —dijo el capitán—, ¡que muera Dios!

—¡Muera! —corearon todos.

—Salud, compañeros —los despidió Antonio con el puño en alto.

—¿Dónde se esconde ése? —preguntó el Templao al oído de Mani, sobresaltándolo.

Éste se dio cuenta de que, en vez de ir a la cocina con Paula, había permanecido todo el tiempo a pocos metros de él, sin descubrirse. Admiró su capacidad de camuflaje, producto del año pasado en la Legión.

—Guaqui, a Serafín ya le diste su merecío. Si lo llaman «el único», porque sólo tiene un huevo, tú eres el responsable. Le cobraste lo que hizo.

—¡Y una mierda pinchá en un palo, no ha pagao ni la décima parte de la cuenta! Con un huevo o con dos, él está aquí, tan campante, y mi hermana, Dios sabrá lo que el angelito estará pasando. Le tengo que sacar con sangre el sitio donde tienen escondía a la Inma.

—Por favor, Guaqui, olvídate del Serafín. Ahora no es conveniente que sigamos en esa guerra, porque tenemos encima otra mucho más grande; mi madre es una fiera defendiendo a la familia y, por si no te has dao cuenta, ella está empeñá en que miremos al barbero y los suyos como si lo fueran. Y, además, joé, que a la Inma no la vamos a encontrar porque te pongas a hacer más barbaridades.

—Debería caérsete la cara de vergüenza saliendo en defensa de un bicharraco asqueroso como ése.

—El Chafarino tiene razón. Perdemos el tiempo discutiendo por lo que son tonterías y no nos ocupamos de lo importante, que es echar a los rebeldes al mar.

—¿Eso es tó lo que sabes hacer, repetir como un loro lo que dice el Chafarino? Mírame a la cara, Mani, joé; no pongas ese gesto de patricio romano, que no eres más que un meón que no tienes dos guantás. Escúchame bien: el Serafín es un fascista enloquecío que no va a parar hasta hacer tó el daño que pueda; habéis metío al enemigo en casa.

El Templao se apartó de su amigo con el mentón erguido, cogió del camión la ración que le correspondía para su madre y sus diez hermanos y se fue del convento con claro despecho, sin acabar el reparto. Viéndolo marcharse, Mani se preguntó qué podía hacer para arreglar las cosas sin agravar la situación de ninguna de las partes ni incurrir en desacato de las disposiciones pacificadoras de Paula.

El aislamiento de Serafín en la azotea se volvió mucho más numantino tras el registro de los milicianos. Pero Mani estaba arrebatado por la responsabilidad del camión de reparto, con el que cada día había menos que repartir; la preocupación por el hundimiento anímico del Templao constituía una rémora que no se podía permitir, y por lo tanto olvidó durante semanas la necesidad de encontrar solución.

Paco parecía haber olvidado que era su hermano, ya que le trataba con iguales exigencias y la misma progresiva impaciencia que a todos los demás responsables de camiones, el más joven de los cuales doblaba la edad de Mani.

Aguantaba, sin embargo, con entereza las diatribas del Templao, la impaciencia impotente de Paco ante la tarea cada día más difícil de asegurar los abastecimientos de Málaga, los suspiros de Angustias cuando le rogaba que influyese en Paco para que Miguel volviera del frente de Granada, y el distanciamiento de Paula, a quien le desagradaban de modo insuperable las poses de rufián que afectaba el menor de sus hijos, con la pistola en la mano, cuando la gente del barrio llegaba en masa hasta el camión tratando de asaltarlo. Lo que, en cambio, no era del todo capaz de aguantar Mani eran los antojos y veleidades de Ana a causa del embarazo. Como siempre surtía La Goleta antes que al Hospital Civil, dado que la carga de éste era mucho mayor, cada dos por tres se le acercaba Ana con el encargo de remedios para sus mareos, que debía transmitirle a Antonio. Éste, aunque teóricamente al mando del hospital, en realidad se ocupaba tan sólo del mantenimiento del orden según su particular manera de entender ese concepto, pues su actividad fundamental consistía en cribar a quienes llegaban al hospital, los heridos especialmente, en busca de gente sospechosa de simpatizar con la rebelión.

—Mani, por Dios —le suplicó Ana como casi todos los días, con ademán trágico—, dile al Antonio que el médico me recete algo, porque la comida me dura en la barriga menos que el tren en Campanillas.

Cuando el camión paró junto al hospital, preguntó por Antonio para transmitirle el encargo y le dijeron que se hallaba muy lejos en el complicado conjunto de edificios y tendría que abandonar demasiado rato el mando. El Templao le pidió la pistola, diciendo que él podía controlar la descarga solo, petición que hacía con mucha frecuencia últimamente sin que Mani hallara sospechosa su generosidad, pero se negó a prestársela porque no podía evitar sentir una aprensión muy profunda en las dependencias hospitalarias, vigiladas tan fieramente por los milicianos, muchos de los cuales habían encontrado en los laboratorios y farmacias del hospital sustitutos para la escasez de cigarrillos y vino, y estaba convencido de que ser hermano del jefe no le salvaría de sus arbitrariedades. Tras muchas vueltas y revueltas a través del impresionante desorden que reinaba por todos lados, con multitudes de heridos tendidos por los suelos en los pasillos y galerías bajo nubes de moscas, localizó a Antonio entre un grupo de milicianos y familiares de enfermos; estaba furioso y no paraba de alzar los puños. Gritaba atropelladamente, entre ahogos:

—Dicen que los granaínos ricos lo despreciaban por maricón, pero la verdad es que los fascistas lo odiaban a muerte porque lo consideraban un traidor a su clase. Y al cargárselo esas sabandijas cobardes, han asesinao a uno de los mejores poetas de la historia de España. Tenían indigestao que hubiera sacao el teatro de sus santuarios doraos para llevarlo por los pueblos, pa el pueblo. Lo vengaremos. ¡Viva García Lorca!

—¡Viva! —corearon todos, mientras Mani jalaba del codo de su hermano.

—Antonio, la Ana dice que no puede ni comer. Que hables con un médico.

—Dile que no me rompa tanto las pelotas.

—Dame alguna cosa pa ella, joé, que cuando vuelva estará histérica.

—¡Eh, tú! —Antonio llamó a voces a un médico que pasaba por la galería de enfrente, el doctor Gálvez Ginachero que había atendido a Angustias cuando el aborto—. ¿Qué tengo que darle a mi mujer pa que no me fastidie con la preñaúra y los vómitos?

El modo de abordarle Antonio había ofendido al doctor de figura venerable, pero Mani advirtió que hacía de tripas corazón, le decía con un gesto que esperase y, unos minutos más tarde, la enfermera que le acompañaba llegó al punto donde se encontraban, portando una caja de medicamentos que entregó a su hermano.

—Mani —masculló Antonio—, dile de mi parte a la Ana que como siga reventándome los huevos, le voy a poner el culo como un cristo. ¡Me cago en la Virgen!

Mani sintió rubor a causa de la mirada entre acerada y temerosa del médico, en la galería de enfrente, la expresión neutra pero obviamente ingrata de la enfermera y, sobre todo, por la insolencia de su hermano. Inició el retorno hacia el lateral donde le aguardaba el camión, sorteando a los heridos echados en el suelo bajo la crudeza de la luz solar de media mañana, que entraba libre a través de los ventanales, cuyas cortinas blancas habían descuartizado en vendas. A pesar de tanta ventilación, flotaba un olor muy desagradable a sudor, orines, desinfectante y putrefacción, y causaba angustia la aflicción desoladora de los enfermos. Sus expresiones constituían libros enteros de lo que estaba ocurriendo con sus vidas.

—Mani —oyó que le llamaba una voz débil y carrasposa.

Las piernas se le echaron a temblar. Primero sintió alegría, pero, enseguida, consternación al reconocer a Elena Viana-Cárdenas James-Grey. Tenía el pelo desgreñado y mucho más blanco de lo que recordaba, un apósito muy sucio le cubría la sien izquierda y gran parte de la frente, y parecía mucho más vieja que la última vez que la vio. Sus hermosos ojos carecían de fulgor encima de las bolsas violáceas e inflamadas en que se habían convertido sus párpados inferiores. Tenía el brazo izquierdo sujeto al pecho por un vendaje mugriento, del que sólo emergía libre la mano. Cuando visitaba su casa en tiempos que ahora le parecían muy remotos, alguna vez se había despedido con un beso. Ahora, se abrazó a ella con un entusiasmo que no pudo contener.

—Huy, quita, Manuel, que no sé si te conviene tocarme. Tengo que estar medio podrida.

—¿Qué tiene usted?

—No lo sé con seguridad; me parece que una costilla rota, o dos. Debo de haber tenido conmoción cerebral a causa de uno de los golpes, porque no recuerdo cómo he llegado hasta aquí. ¿A qué estamos hoy?

Mani tuvo que hacer un esfuerzo de memoria y cuando le dijo la fecha, no estaba seguro de que fuese la correcta. Iba a preguntarle si había sobrevivido alguien de su familia, pero se dio cuenta a tiempo de la inoportunidad.

—Aquella noche oí tu llamada —relató Elena—, pero puedes figurarte lo asustados que estábamos. Por eso no te respondí. Cuando llegó la turba, te vi encaramado en la pilastra, y como mi yerno y mis nietos empezaron a disparar, temí que te mataran. Forcejeé con Alonso diciéndole que tuviera cuidado de no herirte, pero él estaba como loco, imagina; me gritó que yo había perdido la razón porque venían a matarnos y teníamos que luchar. Durante el forcejeo, perdí el equilibrio y caí escaleras abajo. Ya no sé nada más, no he vuelto a estar consciente hasta esta madrugada.

Acarició la cabeza de Mani y añadió:

—¿Cuántos años he pasado inconsciente? Porque te has convertido en un hombre del todo. Por tu expresión parece que tuvieras cuarenta años y, Virgen santísima, cómo brilla tu pelo. Cada vez te pareces más a tu abuelo.

Mani consideró que desvariaba, igual que el día que la conoció.

—Escucha, Mani; no he abierto la boca desde que me desperté, porque tengo muchísimo miedo de que esta gente se entere de quién soy. ¿Podrás ir a mi casa a pedirles a los míos que vengan?

No tenía la menor sospecha de lo ocurrido después de su caída. Mani se preguntó qué milagro la habría salvado; tal vez, lo prematuro de su lesión que, al producirse muchos minutos antes del asalto, acaso diera tiempo a que alguna criada la sacara de la casa por la puerta trasera de la verja, para conducirla a un puesto de socorro. Ahora, él tenía que llevársela inmediatamente del hospital.

No podía pedir ayuda a Antonio, que se alegraría muchísimo de apoderarse de «la chupasangre más grande de Málaga», sin imaginar que toda la familia había sobrevivido un año largo gracias a ella ni recordar que había salvado la vida de Miguel y que había algo entre ella y Paula que, aunque no supieran lo que era, tenía que ser muy importante. Tampoco se atrevía a pedirle ayuda al Templao, porque estaba convencido de que rehusaría arriesgarse para salvar a quien tanto maldecían los trabajadores del puerto. Confiaba en que le ayudaría a posteriori, cuando se hubiera consumado el rescate, pero no antes, cuando existía la posibilidad de tener que enfrentarse a los milicianos. Debía hacerlo solo.

—Espere un ratillo, doña Elena. No abra usted la boca por ná; vuelvo enseguía.

No tardó en encontrar un pequeño cuarto repleto de lo que buscaba. Se estaba poniendo una bata blanca de médico, que tenía una mancha enorme de sangre a la altura del vientre, cuando escuchó las sirenas que ya avisaban a diario de la llegada de los nueve aviones. Aguzó el oído a ver si las bombas sonaban cerca, pero los pilotos parecían tener orden de no atacar el hospital, cuyos edificios formaban un extenso conjunto muy característico y claramente distinguible desde el aire. Suponiendo que no había peligro, cogió vendas y esparadrapos en abundancia y la silla de ruedas con la que trasladaban a los enfermos imposibilitados. Volvió junto a Elena, que protestó mientras le cubría la cara casi completamente de apósitos.

—¿Qué haces?

—Por favor, doña Elena; no abra usted la boca hasta que yo no se lo diga.

La ayudó a incorporarse aunque ella parecía sentir aprensión a contaminarlo de algo y consiguió sin dificultad acomodarla en la silla, porque Elena se había vuelto ligera como un pájaro. Mani compuso una pose que pretendía ser altiva, como la de cualquier médico, y emprendió la marcha tan rápidamente como se lo permitían las colchonetas desparramadas por todas partes. Cada vez que se cruzaba con el personal sanitario, notaba las miradas suspicaces hacia su figura adolescente tan disonante de la profesión que trataba de simular, y entonces se acariciaba el costado donde abultaba ostentosamente la pistola; en cambio, las veces que se cruzó con milicianos consiguió pasar inadvertido. Por fortuna, Antonio debía de estar tratando de averiguar si había daños por el bombardeo y no se tropezó con él en ninguno de los larguísimos y concurridos pasillos y escaleras que tuvo que recorrer, a veces cargando la silla con su ocupante.

Había un gran revuelo en el vestíbulo, lo que podía facilitarle la salida sin que ningún miliciano se fijara en él ni en Elena. Aunque miró distraídamente y sin interés, supo lo que había originado el alboroto porque reconoció los ojos ansiosos del herido recostado en una camilla, a quien acababan de llevar en busca de atención médica para ocupar inmediatamente el centro de todos los puntos de mira de las armas. Se trataba de un periodista famoso que había tenido gran predicamento entre las clases acomodadas durante dos meses, por sus diatribas contra Azaña y el gobierno instaurado en mayo. Mani conocía solamente su apodo, «el Lince de los Ojos Verdes». Una vez que los milicianos comprobaron que era él, en efecto, y no otro que se le pareciera, se ensañaron a fondo; fueron varias ráfagas de ametralladoras e incontables disparos de fusil, tras los cuales lo que reposaba en la camilla parecía un informe amasijo de despojos de un matadero. Mani oyó el aterrorizado lamento involuntario de Elena, temió que un comentario o una exclamación la delatase y, abandonando toda cautela, echó a correr en busca del camión.

Para su propia sorpresa, no se sintió lo bastante confiado como para desvelar al Templao quién era la herida hasta que no estuviera a salvo en La Goleta, y tanto él como los otros dos lo ayudaron a aupar la silla a la caja de la camioneta sin preguntarle, porque notaron que no estaba dispuesto a contestar. Sin embargo, detectó en los ojos de Guaqui que sabía sin ninguna duda quién era la anciana.

Por la reacción de Paula, comprobó Mani que había actuado correctamente; abrazó a la anciana con alegría verdadera y se mostró indignada por su desaseo. Las monjas, más aprensivas, descubrieron inmediatamente que padecía sarna, lo que ocasionó que la desterraran, con mucha impaciencia e indisimulada repugnancia, a uno de los cuartitos de la azotea que servían de almacenes para los cacharros del lavado de ropa. Paula se encerró con ella, sin permitir que nadie más la tocase, en una operación que repitió a partir de entonces todas las madrugadas; primero aseaba a Elena meticulosamente y, luego, antes de aproximarse a nadie, ella también se bañaba a fondo restregándose todo el cuerpo con un estropajo de esparto y el áspero jabón verde. Finalmente, tendía toda la ropa, la de las dos, bajo el radiante sol de la mañana, sin dobleces ni pliegues, de manera que el parásito no pudiera sobrevivir.

A causa del rescate de Elena, tuvo Mani que enfrentarse a un problema nuevo.

Podía decir mentiras intrascendentes o recurrir a un embuste para escurrir el bulto en determinadas situaciones. Conseguía, o así le parecía, engañar al Templao para postergar una búsqueda y una venganza a las que él no les encontraba ya sentido; también podía engañar a Paula en cuestiones inocentes, pero le costaba un esfuerzo enorme elaborar una mentira complicada que le permitiera tranquilizar a Elena sobre la suerte de su familia. El reparto, que le tomaba cada día más tiempo, le servía de excusa. Sabía que todos sus barcos habían sido requisados y en las cercanías de la casona, de la que sólo quedaba el esqueleto carbonizado, nadie sabía informarle de si el yerno y los nietos estaban vivos. A Rafael, el mayordomo, lo había visto una vez, pavoneándose muy ufano en la calle Cuarteles con una metralleta en una mano y la otra amorosamente aferrada a la nuca de un miliciano, y sólo le había dicho que «la vida es mú justa y están tós donde se merecen, en el puto infierno. Y tú, Mani, no te busques líos con esos chupasangres, no sea que pierdas la buena fama que tienes» y no se atrevió a pedirle que le aclarase el enigma de cómo pudo salvarse la matriarca de una familia a la que tanto demostraba odiar. Las monjas exteriorizaban cada día mayor alarma por la sarna y no paraban de alertarle, a Mani como a todos, para que no la tocase y si lo hacía por distracción «lávate las manos hasta arrancarte la piel»; temían que el parásito se extendiera a la comunidad y las internas, de manera que el aislamiento de la anciana, que había sido tan sociable, le parecía a Mani inadmisiblemente cruel y, por ello, subía todos los atardeceres a la azotea donde, por respeto al pudor de Elena, tenía que apartar la vista de las diminutas manchas rojas marcadas en la ropa y en las sábanas.

—¿Tampoco has podido ir hoy a mi casa?

—Disculpe, doña Elena; el reparto es cá día más complicao. No hay casi de ná.

—¿No me estarás engañando?

La reiterada pregunta de todos los días le hizo bajar los ojos.

—Seguramente estarán muertos —sollozó la anciana.

—Pueden haberse escondío en casa de un amigo de ustedes.

—¿Qué significa eso, Mani? ¿Has estao allí y no los has encontrado?

Mani se mordió el labio.

—No, doña Elena, qué va. Es que tó el mundo va de un lao pa otro...

—Si estuvieran vivos, ya habrían dado conmigo.

—No se crea... Málaga parece un campamento, con tanta gente de fuera por toas partes. Los hay que se refugian con familiares que viven aquí, pero más son los que duermen desparramaos en los almacenes del puerto y en casi toas las iglesias que quedan en pie y en la catedral, y hasta se apilan en los portales y en las aceras más resguardás. Cuando bajo del camión y ven mi insignia del Socorro Rojo, no me dejan ni andar, me paran en toas las calles pa pedirme información de familiares perdidos.

Elena le escrutaba, intentando traspasarlo en busca de la verdad.

—¿Ya has hablao con tu padre? —le preguntó en una pirueta de su delirio.

—¡¿De quién habla usted?!

Evidentemente, Elena había perdido la cabeza.

—¿No te lo ha dicho tu madre?

—¿El qué?

Tras una mueca fugaz de asombro, Elena cerró los ojos y frunció los labios en lo que parecía el intento de reprimir un sollozo. Trató de que Mani olvidase la pregunta exclamando sin mirarle:

—¡Virgen de Zamarrilla, qué cruz! Estos picores me

vuelven loca. Y, para colmo, ese fantasma que no me deja dormir de noche.

—¿Un fantasma?

—Hay un espíritu que se pasea a medianoche por la azotea, con una vela encendida.

Mani sonrió. Seguramente, Elena hablaba de Serafín y dedujo que la vesania del hijo del barbero no se manifestaba sólo de día, oteando el cielo en busca de la salvación que esperaba de los nueve aviones, sino también de noche.

—No es un espíritu, doña Elena. Es el hermano de la Angustias, que se ha vuelto majara.

—¿Tú crees?

El tono escéptico de la pregunta podía traslucir lo mismo dudas sobre la identidad del supuesto fantasma como sobre su locura, porque, por un momento, Mani creyó reencontrar la antigua chispa de ironía en los hermosos ojos de Elena, como si opinase que Serafín representaba una comedia cuyo alcance él no podía comprender.

Cuando llegaron los rusos y comenzaron a tomar posiciones por todos lados, tratando de imponer la rigidez eslava a la manera mediterránea de entender la vida, Paco, que en el primer momento pareció contento de tener siempre al lado a un «asesor» camarada de la madre Rusia, comenzó poco después a mostrar ante sus mandos signos de impaciencia novedosos por completo para su hermano menor, que le consideraba la persona más disciplinada del mundo.

Pero no era ésta la única preocupación de Mani. Como el humor del Templao empeoraba cada día, llegó un momento en que supo que tenía que actuar, pero no se le ocurría cómo ni el Chafarino le daba pistas, y no valía de nada rogarle a Paco que acelerase las averiguaciones sobre Inma bajo la mirada helada del ruso que apenas hablaba dos palabras de español y que, por ello, examinaba con alarmante suspicacia cada uno de los gestos y determinaciones del Jefe Provincial de Abastos, traspasándole con sus ojos helados que eran iguales que punzantes hojas de albaceteñas. Donde no había un ruso, había un comisario político que parecía haber sido elegido, como todos los de su rango, entre la gente que por ser completamente incapaz de hacer nada útil, se encargaba de la fiscalización de los que sí eran capaces. De ese modo comenzó el cambio profundo que Paco fue experimentando.

El día que Largo Caballero alcanzó la presidencia del consejo de ministros, tal como ansiaban Paco y Antonio, aunque Mani no conseguía deducir por qué, Paula le exigió que volviese a La Goleta en cuanto terminase el reparto.

—El padre de Angustias está metiendo la pata, Mani —le dijo al regresar, en un aparte antes de la cena—. Por lo visto, lo de Largo Caballero ha colmao su vaso, se ha puesto como un brazo de mar y ha estao tó el día diciendo burrás... que si ese delincuente... que si merece el garrote... Como no consigamos convencerlo de que cierre la boca, tus hermanos van a perder los nervios y se va armar un cisco.

—¿Qué puedo hacer yo, mamá?

—Conseguir que el Serafín baje de la azotea y coma con nosotros en la mesa, a ver si su presencia le recuerda al barbero lo que puede pasar si no se muerde los labios. Ahora es como si Serafín no existiera, como si Gustavo se hubiera acostrumbrao a su ausencia y como si Bernarda empezara a resignarse. Necesitan recordar que su hijo corre peligro.

—No creo que pueda convencerlo, porque ha jurao doscientas mil veces que en cuanto se dé de cara con Antonio, lo matará; así que, como sabe que no le daríamos pie pa cumplir el juramento... Mamá, es que yo creo que tós están un poco pallá.

—Cosas del sufrimiento, hijo. El sufrimiento puede llegar a ser tan insoportable, que nos hace enloquecer.

—Más hemos sufrío nosotros por culpa de ellos.

—No estoy mú segura de que tengas razón, Mani. Sé por experiencia que la intensidad del sufrimiento no depende tanto del motivo, como de nuestra capacidad de soportarlo. Ni Gustavo ni los suyos parecen tener cuero pa aguantar.

—Po la Angustias...

—Ella es cosa aparte. Ella sí tiene cuero... y más clase que los tres juntos. Con tó el dolor de mi corazón, me huelo que vamos a tener que acostumbrarnos a la idea de que ella no forma parte de esa familia; pero, primero, tratemos de arreglar las cosas, ¿eh? Ve a la azotea y convéncelo de bajar pal almuerzo de mañana.

Decidió hacerlo sin falta esa noche, después de cenar.

Al subir las escaleras que le llevarían a la azotea, Mani se encontró con la mirada penetrante de uno de los muchos refugiados llegados al convento últimamente. Estaba sentado en el primer peldaño tras el descansillo y se trataba de un hombre bajo, menudo y parcialmente desdentado, por lo que la sonrisa tímida que le dedicaba parecía esbozada sólo con la comisura derecha de la boca, como si tratara de no mostrar las melladuras de la izquierda. Ese sujeto se comportaba de un modo extraño, porque nunca lo veía ni en el refectorio ni en la capilla, ni en el más público y transitado de los patios, el de la Milagrosa; desde que estaba en el convento haría unos diez días, sólo había reparado en él en circunstancias como la presente, estando solo, y como si el hombre le suplicara algo con la mirada. Le devolvió una leve sonrisa de circunstancias, se encogió de hombros y desapareció en el recodo por donde se subía a la azotea. Permaneció conversando con Elena hasta medianoche. Cuando iba a llegar esa hora, y para evitar que el rumor de voces disuadiera a Serafín de salir a realizar su ronda alucinada, se despidió de la anciana y bajó a la galería, a vigilar la aparición desde abajo, puesto que no tenía ni idea de dónde dormía; subiría a sorprenderlo sin darle tiempo de escapar. Se acodó en la baranda cercana al coro de la capilla, a esperar. A causa de la oscuridad absoluta, el cielo refulgía más esplendoroso que nunca. Era incapaz de identificar las constelaciones, pero sí lo era de admirar su belleza misteriosa e insinuante, como si el titilar de las estrellas contuviese mensajes indescifrables. Se preguntó qué interpretaciones sacaría el Chafarino de esos fulgores intermitentes cuando todavía no era ciego, durante su niñez en la isla de Congreso; suponía que historias absurdas, llenas de dioses mitológicos. Observó que el firmamento no era un toldo plano como parecía de día, sino vertiginosamente profundo. Gracias a la prohibición de encender ni una vela para no dar pistas a los bombarderos, el cielo era de noche un espectáculo prodigioso. Tuvo un sobresalto al notar que se aproximaba alguien.

—¿Qué haces aquí, a esas horas? —le preguntó sor Rosario.

—Pensar.

—A mí también me gusta meditar contemplando el cielo. Es maravilloso, ¿verdad?: brilla igual que los ojos de tu hermano Paco.

—¡Qué!

—¿Se ha ido ya?

—¿Quién?

—Paco.

—Creo que sí. Siempre se va antes de que piten las sirenas. Ya sabe usted que tiene que levantarse a las cuatro de la mañana, pa el recuento de lo que llega al mercao de abastos.

—¡Qué pena! Tenía ganas de charlar con él —A Mani le asombró el comentario—. Y tú, Manuel, ¿no tienes también que levantarte de madrugada?

—A las seis, pero me apaño con dormir cinco horas, porque echo muchas cabezás en el camión.

Mientras la monja se retiraba, una estrella fugaz dibujó un trazo luminoso encima del cuartito donde dormía doña

Elena. ¡Cuántas cosas bellas habían dejado de rodear a su vieja amiga! Las miniaturas de barcos, las porcelanas, la platería, las alfombras donde se hundían los pies, todo se había volatilizado en humo. El extraño espejo de marco sinuoso donde una vez vio reflejado el espectro de Paula vestida de reina cinematográfica, ya no existía. Ningún cambio era tan ominoso como el de Elena; ahora se retorcía comida por la sarna y minada su arrogancia por el terror y la alucinación; nada quedaba de su picardía bienhumorada, y sus manos, desprovistas de la delicadeza de antaño, se movían compulsivamente en persecución de los bichos microscópicos que laceraban su piel. Recordó que también el mundo de los Robles del Altozano había experimentado cambios profundos, aunque positivos, pero la exaltación de las primeras semanas se estaba desvaneciendo. Por espantoso que pareciera, el horror se convertía en rutinario y el fulgurante relieve social de su familia ya sólo le causaba amargura, porque ese poder no alcanzaba para mitigar tanto sufrimiento: el periodista ametrallado en el vestíbulo del hospital, los refugiados durmiendo amontonados en las aceras con expresiones de derrota, la escasez que comenzaba a hacer estragos también en el convento. ¿Cómo podía refulgir el cielo con aquella indiferencia? Convencido de que nunca había hecho nada que pudiera ofender a Jesucristo, ¿por qué el cielo se negaba a indicarle dónde tenía que buscar a Inma, cómo aliviar la pena del Templao, de qué manera establecer la paz entre las dos ramas familiares de Angustias y cómo realizar el milagro de que las cosas discurrieran como Paula quería?

Aunque apenas perceptible, notó un ligerísimo cambio a la derecha de la parte superior del patio. El «fantasma» había salido a realizar su ronda con la vela encendida. Subió sigilosamente y asomó la cabeza desde la escalera. Serafín se hallaba sentado con las piernas cruzadas en el murillo de la azotea que miraba al sur; indiferente a la prohibición de encender luces, mantenía el cabo de vela ardiendo y derramando la cera sobre la mampostería del murillo.

Antes de dar un paso en la azotea, Mani se descalzó y desenfundó la pistola. Logró llegar hasta Serafín y tocarle con el cañón del arma antes de que le descubriera. Serafín alzó las manos hasta la altura de los hombros.

—Venga, enano rojo, dispara y acaba de una vez.

—Namás quiero que me escuches.

—Yo no tengo ná que escucharte.

—Eso vamos a tener que verlo. Mira, sólo quiero decirte que tu padre puede buscarse una ruina con mis hermanos y que mi madre piensa que si tú bajaras a comer con nosotros, tu padre sabría contenerse. Namás que eso, Serafín. Y, pa que veas, a mí me importa poquísimo que mañana mismo le meta mi Antonio a tu padre veinte tiros entre ceja y ceja, pero también está tu madre, que lo está pasando fatal, y la Angustias... que creo que está embarazá. Así, que tú verás.

—¿Que mi hermana está embarazada? Po que reviente de una vez, pa que no haya más rojos en el mundo.

—Eres un miserable y no sé cómo no acabo contigo ahora mismo. Pensándolo mejor, creo que te voy a liquidar. Sí, voy a acabar contigo en este momento, si no me dices de una puñetera vez a dónde coño os llevasteis a la Inma.

—¡Esa puta!

Indignado por el insulto, Mani cargó el gatillo, cuyo clic sonó nítidamente.

—Venga, dispara, maricón rojillo de mierda. Aunque hayas asesinao a ese honrao militar, a mí no me acojonas.

—Sí, voy a dispararte Serafín. Te juro que voy a matarte o dejarte lisiao pa los restos —le golpeó la cadera con el cañón de la pistola—. La diferencia entre la muerte y quedarte cojo namás, está en que me digas dónde buscar a la Inma.

El frío contacto del acero actuó como un contundente medio de persuasión, al parecer inesperado, ya que por el desagradable hedor que se expandió de pronto, comprendió Mani que el vientre de Serafín había descargado en sus pantalones. A pesar de ello, su voz sonó todavía altiva y casi firme mientras decía:

—Se la vendimos a unos tratantes de blancas que mandan putas a los cabarés de Beirut. Allí está ahora, disfrutando como la guarra puta que es.

Dadas las circunstancias y el tono tremendamente cínico y revanchista, a Mani le pareció que decía la verdad. Sintió el sollozo que ascendía por su esófago y para evitar que sonase con el consecuente regodeo de Serafín, se apartó y corrió escaleras abajo.

Día a día, y por imposición del ruso, Paco iba aumentando las funciones de los repartidores, incluyendo el camión de Mani. Éste notaba el hundimiento del humor de su hermano, pero trataba de ignorarlo porque le abrumaba. Ahora, además de surtir de alimentos a La Goleta y el hospital, tenían que dedicar las horas sobrantes al transporte de toda clase de bultos, de acuerdo con las crecientes necesidades de las oleadas incesantes de refugiados que llegaban a Málaga de la costa occidental, la Serranía de Ronda, los Montes y las provincias de Córdoba y Granada.

Cada vez que el camión recorría el paseo del Parque, Mani no podía evitar revivir la escena del disparo al cabecilla rebelde. Esa tarde sintió un escalofrío, que justificó con el clima otoñal que ya reflejaban las ramas casi desnudas de los plátanos de sombra.

El lujoso hotel Miramar se llamaba ahora «Gran Hospital de Evacuación». Los suntuosos salones de estilo morisco habían sido convertidos en salas hospitalarias, que a pesar de su provisionalidad resultaban mucho más acogedoras que las del Hospital Civil. El miliciano de la puerta sonrió a

Mani y se levantó del escalón donde estaba sentado para cuadrarse y alzar la mano hacia la visera de la gorra.

—Salud, camarada.

—Traemos mantas de La Goleta. Son doscientas cincuenta. Firma aquí.

—Dile a tu hermano que todavía no hace tanto frío y que son más urgentes las sábanas y los orinales. Y que les diga a las monjas que preparen vendas.

—Allí no hay monjas.

—¿Ah, no?

—No. Solamente hay camaradas enfermeras del Socorro Rojo.

El miliciano se encogió de hombros y fue a ayudar al Templao y los otros dos.

Volvían de vacío, por lo que el Templao, tal como solicitaba constantemente, propuso indagar en busca de Inma.

—A una tía mía que vive en el barrio de la Trinidad, le han dicho que la vieron hace un mes bailando malagueñas en el Mesón de la Victoria.

Mani contempló largamente a su amigo. Cada vez que mencionaba a Inma, sentía una punzada en el pecho y la náusea le agitaba el vientre. Había decidido no revelarle el lugar remoto y espantoso donde estaba su hermana, pero a veces le resultaba insoportable el peso del secreto, sobre todo cuando leía en los ojos del Templao la esperanza que cada nueva pista encendía. Arguyó:

—Eso está en el pasillo de Santa Isabel.

—Pero el que la vio es vecino de mi tía.

Tras una breve protesta, alegando que llevaban nueve horas trabajando sin parar, el chófer aceptó las órdenes de Mani. Permitieron que los otros dos milicianos se fueran y enfilaron Alameda adelante.

—Mira ése —le dijo el Templao a Mani, señalando a un miliciano que pasaba junto al camión—. Fíjate cómo reluce su anillo. ¿Sabes de quién era? De un tío mú importante que se llamaba Carlos Pareja. Ese miliciano le pidió ná menos que mil pesetas por borrar a un amigo suyo de la lista de sospechosos de complicidad con los rebeldes, pero cuando el tal Pareja volvió pa darle el dinero, éste se lo llevó con engaños a la parcela de Martiricos y se lo cargó. Tuvo que cortarle el dedo pa quitarle el anillo.

—Guaqui, ¿a ti qué te parecen esas cosas?

—¿Quieres que te diga la verdad de la chachi?

—Sí.

—¿Puedo fiarme de ti, Mani, siendo quién eres y siendo hermano de quien eres hermano?

—Me voy a cabrear.

El Templao sonrió.

—Po si quieres que te diga la verdad, tó lo que pasa ahora en Málaga me recuerda demasiao lo que los rifeños hacían en la provincia de Cádiz. No sé, Mani; estoy más liao que un kilo de estopa, porque no sé qué diferencia hay entre uno de aquellos salvajes y estos catetos enloquecíos que se han soltao el pelo por Málaga. Y... mira, Mani, fíjate en eso de ahí.

Un grupo de milicianos llevaba a un hombre con los brazos fuertemente amarrados al tronco, pero a rastras, como si se tratara de un bulto, tirando dos de ellos de sendos cabos de cuerdas. Otros dos o tres no paraban de dar patadas al bulto informe que las amarras componían, mientras que dos más le disparaban sin parar pero como si tratasen de eludir los órganos vitales; muchos disparos habían hecho blanco en las piernas y brazos a juzgar por las manchas de sangre. Los alaridos del prisionero les causaron espanto. Mani sacó el torso por la ventanilla y preguntó a uno:

—¿A dónde lo lleváis?

—A la Casa del Pueblo del Perchel. Ven si quieres una mijilla de cachondeo.

—Síguelos —ordenó Mani al chófer.

—No podemos meternos, Mani —adujo el Templao.

—Ésta no es la idea que tiene mi madre de lo que está bien, ni siquiera es lo que quiere el Paco. Y a mí, me entra descomposición. No te preocupes, Guaqui, que todavía me queda ese rollo de «vengador de los pobres». No tengas miedo.

La comitiva de milicianos arrastrando al hombre y el grupo que les seguía jaleándolos, iba creciendo. No paraban de dar patadas ni de disparar al cuerpo envuelto en sogas a lo largo de la Alameda y mientras cruzaban el puente de Tetúan. Al final del puente, se sumaron dos muchachos provistos de agujas colchoneras; entre carcajadas y aclamaciones del grupo, se pusieron a pinchar reiteradamente el cuerpo arrastrado que, incomprensiblemente, continuaba consciente. Mientras bajaban la rampa que conducía hacia Santo Domingo, el hombre suplicaba con gritos desgarrados que lo matasen de un vez.

—¡Ahora mismito! —dijo entre carcajadas uno de los milicianos armados.

Volvieron a dispararle en un brazo y en una mano. Más chorros de sangre y más alaridos que sólo provocaban risas. Llegados ante la Casa del Pueblo del Perchel, se acercó un niño de unos diez años y le dio una bofetada, diciéndole:

—Traidor de mierda, voy a quitarte el reloj, porque, total, van a birlártelo de toas toas en cuanto la palmes...

Los dos milicianos que jalaban de las sogas, lo arrastraron hasta el escalón del portal de la Casa del Pueblo. Una vez medio sentado, dispararon con ametralladora a sus piernas. Dos muchachas aplaudían en balcones del otro lado de la calle, pero se asomó tras ellas una mujer mayor gritando:

—Sois unos salvajes, lo que hacéis es inhumano; matarlo de una vez, cojones.

Notando que el atado se había desvanecido, dijo Mani:

—Vamos Guaqui, a lo mejor estamos a tiempo todavía.

Se bajó del camión y, seguido del Templao, se plantó frente a los milicianos. Dos de ellos lo reconocieron enseguida.

—Salud, camarada Manuel —dijo—. ¿Podemos ayudarte en algo?

—Me voy a llevar este fiambre. Al pasar con el camión, he visto que ibais a necesitarme y por eso he esperao que lo matéis, porque dice mi hermano Paco que hay que tener mucho cuidaíto con la higiene y las epidemias.

—Pero podemos reírnos un rato más... no se ha muerto todavía

—Yo creo que sí, camarada. Deja que me lo lleve, si no quieres meterte en un lío.

Todos se encogieron de hombros. Mani apremió al Templao con un gesto y entre los dos cargaron el cuerpo en la caja del camión.

—Corre pal Hospital Civil —ordenó Mani al chófer.

Antonio se había marchado ya con destino a La Goleta, pero la monja portera, que ahora era enfermera del Socorro Rojo, aceptó que lo internasen:

—Vive todavía, aunque creo que no le quedan ni diez minutos —dijo—. Iros y no le digáis a tu hermano ni mú, a ver si no le salvamos hoy la vida a este pobre hombre para que lo fusilen mañana.

—Ya has cumplío con ése Mani. —dijo el Templao—. Ahora, por lo que más quieras, cumple conmigo. Vamos a casa de mi tía.

Estacionaron el camión en la Calzada de la Trinidad y corrieron calle Trinidad abajo. La tía del Templao estaba asomada al balcón, cotorreando a voces con una vecina asomada al balcón de enfrente, y les dijo que habían mandado al frente al hombre que decía haber visto a Inma hacía un mes.

Regresaban malhumorados hacia el camión cuando alertó Mani:

—¿Oyes?

Llegaban los aviones a una hora poco usual, casi al anochecer.

—Ahora que Málaga es la base de la Armada de la República, los cañones de los barcos lo ahuyentarán —dijo el Templao.

—No creo que puedan —contradijo Mani—. No van a apuntar tierra adentro, contra la población.

—¡Niños, meteros en un refugio! —gritó el Templao a un grupo de chiquillos que saltaban en cadena unos sobre otros, en un juego que llamaban «agachaílla»; todos ellos miraron insolente y burlonamente a los dos amigos y continuaron el juego.

La primera explosión sonó a escasa distancia. Las fachadas oscilaron, los cristales estallaron, los niños pararon el juego mirando hacia el cielo con estupor y muchas macetas perdieron su precario equilibrio en los balcones.

—Corre —urgió el Templao a Mani—, que nos vamos a quedar sin cabeza.

Le precedió hasta el portal más cercano. Cerró precipitadamente la puerta, echó los cerrojos y empujó a su amigo hacia el interior, obligándolo a pegarse a una pared que parecía firme. Permanecieron todo el bombardeo junto a ese muro.

—Como caiga una bomba en el patio —murmuró el Templao— estaríamos aviaos, porque no hay pantalla que nos proteja de la metralla ni de la onda expansiva. Aquí estamos a salvo de lo que caiga en la calle, pero si cayera en el patio...

Los estallidos tronaban tan cerca, que el suelo crepitaba bajo sus pies como si estuvieran en una barca sobre la marejada, y la pared maciza cuya protección procuraban parecía ahora una frágil y ondulante empalizada de cañas a punto de desplomarse sobre ellos. Mani descubrió con perplejidad que no sentía miedo, sino una irritante mezcla de rabia y nostalgia; rabia porque la muerte le llegase a cambio de nada, estando inactivo e inmóvil, y nostalgia del amor de Paula y sus hermanos así como del tiempo que no había tenido de aclarar los misterios que ella y ellos parecían empeñados en impedirle resolver. Pasado un tiempo que pareció la eternidad, el fragor del bombardeo fue sustituido por el estrépito de los lamentos. Salieron cautelosamente a la calle cegados por las brumas, protegiéndose los ojos con las manos contra el humo y el polvo. Había cuerpos despanzurrados por doquier, pero lo que les horrorizó fue descubrir que los niños que jugaban a la «agachaílla» no habían tenido tiempo de correr y ni siquiera de comprender la magnitud del peligro; todos ellos se habían convertido en un montón desordenado de miembros y torsos amputados. Los trozos de carne ensangrentada emergían entre los escombros y los cascotes como rosas monstruosas florecidas en un escorial. El Templao se arrodilló con los puños alzados.

—Me cago en la madre que os parió, hijos de puta.

Por una dolorosa asociación de ideas, Mani consideró que había llegado la hora de que el Templao supiese que la búsqueda de Inma era inútil. Pero no iba a ser él quien se lo dijera; tenía que oírlo de los propios labios de Serafín y que de ese modo se produjera de una vez la catarsis que no tenía más remedio que llegar algún día, porque había demasiadas tensiones en la familia, tensiones que comenzaban a resultar insoportables, y creyó que sería bueno que alguno de los temores se concretase por fin; prefería que no fuese ninguno de los que afectaban directamente a los miembros de su familia. Era mucho peor la presión permanente de la cercanía eclipsada de Serafín, que actuaba como la carcoma en el ánimo de todos, que el disgusto por lo que el Templao le hiciera, que no podría ser peor de lo que ocurría a todas horas por todas partes en toda la ciudad. Propuso a su amigo:

—Me tienen mosqueao las cosas del Serafín. ¿Vienes conmigo esta noche a la azotea, a ver si conseguimos encontrar el sitio donde duerme?

Subieron cerca de la medianoche. Saludaron brevemente a Elena desoyendo sus desvaríos y cuando volvieron al aire libre, dijo el Templao:

—Escucha, Mani; aunque seas más listo que el hambre, te falta entrenamiento pa algunas cosas. Quédate ahí dentro, con la de los barcos; a mí me enseñaron en Tetuán a moverme como una sombra y si el Serafín tiene su escondite en la azotea, lo encontraré sin que él ni siquiera sospeche que lo he visto. ¿Vale?

Comprendiendo que tenía razón, Mani asintió. Elena se rascaba desesperada y convulsamente, pero dejó de hacerlo al verlo entrar de nuevo y solo.

—Doña Elena... tengo una pregunta que lleva más de un año calentándome la cabeza. ¿Hay algo raro entre usted y mi madre?

—¿Ya te lo ha contado tu padre?

—¿Qué dice usted? Mi padre murió hace como diez años.

Elena se mordió el labio de un modo que profundizó el recelo de Mani.

—No hay ningún misterio, Mani. Tu abuelo fue mi esposo.

—¡Qué!

—Yo soy la viuda de Francisco Manuel Robles del Altozano, que murió justo dos años después de casarnos. Siendo como eres, me extraña que no te hayas enteao antes.

—Y entonces... ¿mi abuela?

Por los ojos de Elena cruzó una ráfaga de lucidez. Había jurado a Paula hacía mucho tiempo que no sería ella quien revelase a Mani el meollo del caso; la fiebre y el nerviosismo causados por la sarna habían debilitado su determinación.

Mani sentía la garganta agarrotada, imposibilitado de reanudar el interrogatorio, cuando se entreabrió la puerta y el Templao le chistó desde fuera.

—Parece que fueras brujo, Mani —le dijo al oído, tras alejarse de Elena—, con la ocurrencia de que espiáramos a ese fascista de mierda. Ya lo verás, vas a conseguir que te saquen otra vez en el periódico.

Le pidió silencio poniéndose el índice sobre los labios y le empujó hacia el extremo contrario de la azotea, tras un intrincado recorrido entre chimeneas, cuartillos como garitas y huecos de patios. Junto al murillo que daba a la esquina de calle Curadero, le ordenó por señas que no hiciera ruido. El escondite de Serafín era tan estrecho, que Mani no comprendió cómo podía dormir allí, pero el misterio se aclaró cuando se subió al murillo y miró por la tronera que el Templao le indicó. No había cama ni nada parecido; a la luz de una vela, Serafín manipulaba un complicado aparato.

—Es una radio de campaña —murmuró el Templao a su oído—. Mira aquéllo que parece una caja con una manivela; es el generador portátil. Solamente lo había visto pintao en un papel, porque ni siquiera la Legión tenía uno tan moderno cuando yo estaba en el cuartel. Prepárate, que voy a tumbar la puerta.

Inesperadamente, el angosto portillo cedió sin esfuerzo, porque no tenía echado el cerrojo; tan grande había llegado a ser la confianza del hijo del barbero en la seguridad de su escondrijo. Serafín se puso de pie de un salto y se volvió hacia ellos con expresión descompuesta. El Templao se echó encima de él, aferrándole los brazos y el cuello.

—¡Soc...! —fue a gritar Serafín, pero Mani le dio una bofetada y le tapó la boca.

—Así que tú eres el que avisa pa que los aviones puedan

venir a masacrarnos incluso después de anochecío —acusó el Templao con fiereza.

—Estás equivocao... —protestó desesperadamente Serafín.

—Te vamos a fusilar ahora mismo —amenazó Mani.

—Pero... —intervino el Templao— podrías evitarlo si me dices dónde está mi hermana.

—Yo...

—Venga, ten agallas pa decirle dónde está —incitó Mani.

—¡No lo sé! —aseguró Serafín con un sollozo—. Yo no tuve ná que ver con su desaparición.

—Embustero de mierda —dijo Mani al tiempo que lo abofeteaba.

—Te conté lo que te conté pa encorajinarte —dijo el hijo del barbero mientras mojaba visiblemente el pantalón—, pero te juro por mi madre que no lo sé.

—No insistas, Mani —dijo el Templao—. A éste lo vamos a fusilar, pero antes lo llevaremos a la checa de Carretería, pa sacarle a hostias el paradero de la Inma. Iremos a despertar a tu Paco, pa que vea el percal y dé las órdenes de requisación de la radio. Venga, vamos a amarrarlo y amordazarlo, y a correr.

Volvieron a la azotea quince minutos más tarde, con Paco todavía desperezándose. Encontraron el cuartillo vacío y sin trazas de haber contenido el valioso aparato ni el mueble que lo sustentara; limpio y lleno de canastos de ropa preparada para ser planchada. Paco miró severamente a su hermano y al Templao.

—¿Qué pasa, estáis de cachondeo?

Que Serafín se esfumara contribuyó a enfriar los ánimos de la familia, aunque a Mani le hervían las entrañas de furor no sólo por no haber sido astuto y cauto para eliminar, antes de ir en busca de Paco, la traición diaria de una radio que a saber dónde la habrían instalado ahora, sino porque se sentía ridículo ante su hermano. Serafín podía estar riéndose de su ingenuidad y la del Templao al dejarlo solo por muy maniatado que estuviese, sin importarle la inquietud que su marcha causaba a sus padres; reiría a carcajadas junto a la radio, emitiendo mensajes fratricidas al enemigo, o apostado de guardia en cualquier trinchera de los rebeldes. De todos modos, celebraba la momentánea disminución de las disputas familiares, mientras meditaba sentado en la azotea y sin acabar de decidirse a entrar de nuevo en el dormitorio de Elena, para que no le desconcertase más aún con cuentos delirantes sobre su familia ni con sus visiones febriles, ya que a pesar de la desaparición del hijo del barbero continuaba insistiendo en que veía todas las noches a un fantasma recorriendo la azotea con una vela en la mano. Había subido para convencerla de que se trataba de un sueño, y hacía guardia sentado en el suelo, junto a la puerta de la anciana, tosiendo de vez en cuando para que ella supiera que continuaba la guardia. No era capaz de discernir si Serafín habría dicho la verdad cuando habló de Beirut o cuando tenía el brazo del Templao a punto de estrangularle. Inma podía estar en ese instante no muy lejos, contemplando el firmamento como él y ansió que sus miradas convergieran en una misma estrella, para que así le transmitiera telepáticamente un mensaje comunicándole dónde estaba y que se sentía bien.

El fantasma no apareció y el alba encontró a Mani dormitando en las toscas baldosas mazaríes de la azotea.

Pocos días más tarde, cuando el frío comenzaba a intensificarse y discurría ya un arroyuelo por el centro del lecho del Guadalmedina, dio un salto en su asiento del camión. Por suerte, el Templao iba detrás, en la caja vacía, con los otros dos milicianos, y ello le libraba de responder la pregunta que sin duda le habría hecho al notar su agitación.

Mientras recorrían el puente, el camión se cruzó con las dos carretas de una tribu de gitanos que solían acampar en el soto de eucaliptos que llamaban Martiricos. Mani volvió la cabeza, a punto de dar un alarido. Asomada a la trasera de la segunda carreta, iba una gitana rubia abrazada a un hombre mayor. Bajo el exagerado adorno de colorete y abalorios, los ojos chispeantes le convencieron de que se trataba de Inma y fue a dar la orden al conductor de que volviera atrás para ir tras las carretas. Una segunda mirada le obligó a desistir. No podía tratarse de Inma, era su ansia la que le hacía creer que lo era, y sería descabellado dar la orden de virar porque al averiguar el motivo, el Templao se lanzaría hacia las carretas como un suicida, para enfrentarse por lo menos con dos docenas de gitanos. Organizaría una reyerta en la que podía morir o, por lo menos, que ocasionaría el retraso del reparto, el regaño de Paco, el furor del ruso y un montón de heridos para que, al final, pudiera tratarse de una equivocación. Decidió aguardar a la noche y acercarse él solo al campamento de Martiricos, para comprobar si se trataba o no de Inma.

Tuvieron un día muy ajetreado, porque el ruso, complacido con la eficacia con que cumplían sus cometidos, ordenaba a Paco que les premiase encomendándoles más y más misiones. Mani llegó a la mesa familiar, en el refectorio de La Goleta, cuando ya todos ellos habían cenado. Volvían a discutir.

—Va a tener que alistarse —decía Paco en el momento que Mani se sentó.

—¿Quién, yo? —protestó Gustavo el barbero—. ¡Vamos, anda!

Mani trató de no escuchar la discusión que se prolongó durante todo lo que tardó en cenar. El barbero respondía cada vez con mayor insolencia a Paco y Antonio, cualquiera de los cuales tenía suficiente poder para obligarle no sólo a alistarle, sino a apresarle y fusilarle. Notoriamente, el barbero se escudaba en la determinación de Paula de que tal cosa no ocurriera jamás, pero también a ella conseguía exasperarla cuando respondía a los ruegos de Angustias con insultos al hijo que crecía en su vientre, lo que desveló a Mani un embarazo del que no había tenido noticias, ni había sido capaz de imaginarlo puesto que Miguel batallaba en el frente de Loja. Paco alegaba el enfado de las vecinas por el privilegio concedido a un hombre como Gustavo que sólo tenía cuarenta y dos años, el único de sus condiciones que permanecía inactivo mientras cada día llegaban los comunicados de muertos nuevos; Antonio reprochaba su cobardía, retándolo a ir al frente aunque sólo fuese para desertar y unirse a los rebeldes; Paula no paraba de pedir calma, mientras trataba de consolar a Angustias, situada entre las dos trincheras y desesperada por su consciencia de la imposibilidad de fundirlas en una. Escudado en la inmunidad que Paula le proporcionaba, Gustavo acrecentaba a cada nueva frase la gravedad de sus insultos. Las monjas mantenían las acostumbradas expresiones hieráticas, con pretensión de equidistancia.

—Por lo menos —dijo Paco a Gustavo, como si quisiera contemporizar—, ofrézcase usted para formar parte del grupo que da instrucciones a los vecinos sobre cómo protegerse de los bombardeos y cómo organizar la evacuación, si llegara el caso...

—¿Qué significa eso, Paco? —preguntó Paula—. ¿Es que vamos a tener que huir...?

Paco la interrumpió:

—Hay que prepararse para cualquier cosa, mamá.

—¿Prepararnos para morir como ratas en una alcantarilla o para huir como conejos? —el tono de Paula era de indignación— ¿Ésta es la guerra que ibais a ganar en dos días?

Paco carraspeó.

—Nos encontramos entre dos fuegos, mamá; el Gobierno conserva toda su fuerza, pero Málaga está en el peor lugar. Con la ayuda de Italia y Alemania, los rebeldes son ahora más fuertes que nosotros en el mar y, por tierra, los tenemos rodeando casi toda la provincia, que forma una bolsa que se adentra en territorio enemigo por tres lados. Dentro de ná, vamos a ser mú castigaos por la artillería... pero ya verás que el Gobierno...

Antonio le interrumpió:

—A esos monigotes almidonaos es importamos una leche frita. Como en Málaga ha triunfao de veras la Revolución libertaria, tú verás que nos dejan a merced de los rebeldes pa que ellos hagan el trabajo sucio de exterminarnos...

—¡Antonio! —exclamó Paco—. No te consiento...

—¡No me consientes! ¿Pero qué te has creío? ¿Es que no te das cuenta, Paco? Pa ayudarnos a defendernos tienen que aprovisionar un frente extra de más de doscientos kilómetros. Hasta un ciego vería que pal Gobierno de la República somos un incordio mú caro. Dejando a Málaga en manos de los rebeldes, se reduciría la línea de fuego y podrían reforzar otros frentes. Nos van a sacrificar, ya lo verás.

—Y en Málaga habrá, por fin, orden y decencia —murmuró el barbero.

Antonio desenfundó el arma y, a punto de alzarse del asiento, fue obligado a sentarse de nuevo por Ana y Paco.

—Málaga es una de las ciudades más importantes de España —arguyó Paula—. No creo que al Gobierno le convenga perderla.

—No dices más que barbaridades, Antonio —opuso Paco, en cuyo tono detectó Mani vacilación y cierto abatimiento—. Lo mismo que se alarga el frente republicano por la defensa de Málaga, se alarga también pa los fascistas. Aunque le costemos caro al Gobierno, más caros somos pa los rebeldes.

Esquivando los ojos de su madre, Antonio apuntó el arma en dirección a Gustavo.

—Mira, granaíno de mierda, como no te alistes mañana, date por muerto.

La discusión continuaba cuando Mani consiguió escabullirse con dirección a Martiricos. Se sentía muy triste mascullando las tres novedades: el embarazo de Angustias, el derrumbe de Paco y su temor de que podían estar a punto de caer en manos del enemigo. Las calles se encontraban completamente a oscuras. Habían cortado el gas del alumbrado público y las pocas lámparas eléctricas permanecían apagadas, para no dar pistas a los bombarderos. Sin embargo, había una fogata en el campamento gitano, que refulgía como el sol entre tanta oscuridad. Se acercó con mucha cautela, pues no estaban las cosas en la ciudad como para aproximarse furtiva y sospechosamente a un grupo de nómadas curtidos por siglos de peregrinación. Recordó el relato del Templao sobre su huida del frente rebelde, y se arrastró los últimos trescientos metros. A la luz naranja de la hoguera, todas las gitanas parecían rubias. No reconoció en ninguno de sus rostros repintados los rasgos de Inma, pero se mantuvo mucho rato al acecho. Permaneció tendido y oculto tras un eucalipto durante más de una hora, hasta que llegaron los guardias; alguien habría observado el resplandor y les había avisado. Apagaron el fuego a patadas, amenazaron con acritud a todos los hombres de la tribu, con un lenguaje lleno de maldiciones, y requisaron más de veinte facas. Cuando Mani se alejó, estaban levantando el campamento apresuradamente.

Dos días después del ultimátum de Antonio para que se alistase, Gustavo el Granaíno desapareció de La Goleta junto con su mujer. A nadie asombró que a partir de entonces Angustias se mostrara algo más animada pese a la ausencia de Miguel.

Pero Mani pasó muchos días en un estado progresivo de autopunición, porque habiendo cometido la imprudencia de dejar escapar a Serafín con su valioso aparato de radio, le desesperaba creerse obligado a mitigar el dolor que apreciaba alrededor y sentíase incapaz de lograrlo. Paula lo miraba como si reprimiera el impulso de abrazarlo para consolarle, sabedora de que él no quería sentirse un niño desvalido. Mientras, el Templao parecía no darse cuenta de su angustia, ya que el ansia de encontrar a Inma se había convertido en una obsesión obnubiladora que le dotaba de un desagradable brillo de locura en los ojos.

El Chafarino le aconsejaba librarse de tanta carga:

—A tu generación la han estafado robándole la niñez, Mani. Te oigo hablar como si fueras un hombre de mediana edad, un hombre muy defraudado, y me dan ganas de rebelarme contra los dioses y maldecir al mundo por lo que te han hecho y por lo que te exigen cuando todavía no has cumplido los catorce. Ni tu cuñada embarazada ni su padre, ni su hermano con su espionaje traidor, ni la depresión de tu hermano Paco, ni el misterio de la relación de tu madre con esa señora, ni la hermana del Templao... nada de eso puedes resolverlo tú, porque son cosas que no dependen de tu voluntad ni son de tu responsabilidad. Esta vida vuelta del revés no es vida, pero los que somos capaces de comprenderlo deberíamos resguardarnos de los zarpazos que nos da. Te escucho hablar sin que un gemido te rompa la voz, como si ya te hubieras insensibilizado a tu propio dolor, pero tu dolor existe, Mani, y se puede convertir en un quiste que afecte a toda tu vida futura. Juega de vez en cuando, hombre; enciérrate con esa vecina tuya, la Chata, a follar, o sal por ahí a retozar y reír. Trabajas... ¿cuántas horas? Unas diez, ¿no? Nadie va a reprocharte que te tomes un respiro.

ϒ

La picazón había descompuesto ya definitivamente el humor de Elena. Sus antebrazos estaban llenos de las heridas que ella misma se provocaba al rascarse. Era difícil mantener una conversación con ella, pues a cada instante se quejaba del picor y escondía la mano para rascarse hasta sangrar. Paula le cortaba las uñas de raíz, pero ello no impedía que las heridas se multiplicaran.

—Me da escalofríos, Manuel. De noche, veo pasar por aquella galería del primer piso a gente que viene y va con velas en las manos. Es como una procesión de fantasmas. Ay, Virgen de Zamarrilla, este picor no me deja vivir.

Cuando pasaba más de cinco minutos en el cuartillo, Mani llegaba a sentir deseos de rascarse también.

—No tiene ná de raro, doña Elena. Serán las monjas cuando van a rezar a la capilla.

Ella estaba retorciéndose, como si intentara alcanzarse la espalda para rascarse.

—¡Qué va! Ay, por Dios, parece que me recorrieran alacranes por tó el cuerpo. Después de cenar, las monjas ya no vuelven a la capilla hasta las maitines. Los que recorren la galería con velas no son monjas; causan espanto. Ya casi no consigo dormir —se metió la mano por debajo del embozo y se rascó rabiosamente el muslo—. Dios debería mandarme la muerte. Si tu abuelo viviera...

El Templao actuaba como un autómata. Mani renunció a viajar en la cabina del camión, para ir con él en la caja, porque había dejado de intuir sus reacciones y ya no se sentía capaz de impedirlas. En las calles se apilaban los destrozos de los bombardeos recientes, revueltos con los escombros antiguos de todos los bombardeos, que ya nadie se preocupaba de retirar. La ciudad se dejaba ganar por el desánimo mientras los refugiados de otras provincias arrastraban los pies, en busca de huecos donde recostarse en las aceras a esperar nada. Formaban procesiones sonámbulas que parecían salidas del purgatorio.

—¿Qué comerá esa gente? —dijo Mani, por sacar al Templao de su melancolía.

—Tó los días hay reparto...

—¡Qué va, Guaqui! Hace cerca de dos semanas que sólo les dan pan, aceite y sal.

El Templao volvió a sumergirse en su mutismo. Esa mañana consiguieron muy pocos víveres y terminaron de distribuirlos a mediodía, a pesar de que tenían que abastecer el hospital, La Goleta y cinco asilos. Resignadamente, Mani abandonó el camión para seguir al Templao en su peregrinaje de casi todos los días, con escepticismo y sin convicción. No conseguía optar entre las dos afirmaciones de Serafín; Inma podía haber muerto ya, corroída por la sífilis en un hospital de Beirut, como podía vagar por las carreteras malagueñas sin saber quién era. La calle Camas era un reducto canallesco de lo que antaño fuera una calle portuaria. Ahora, tras los rellenos de varios siglos, el mar se encontraba casi a un kilómetro de distancia, pero la estrecha calleja presentaba la misma truhanería marinera y seguía siendo el escaparate patético de la prostitución más decadente. Sorprendentemente, cuando menos hombres en pleno vigor quedaban en la ciudad, metidos todos en una guerra interminable, más busconas competían a tarascadas en busca de un mendrugo que llevar a sus casas. Desgreñadas y macilentas, ¿a quién podían seducir? El Templao fue preguntándoles por Inma, describiéndola como si pudiera conservar el brillo de sus ojos, el lustroso pelo dorado, la dulzura de su sonrisa y su ingenuidad, como si el año y medio transcurrido desde su desaparición no le hubiera causado mella. Algunas prostitutas hablaron desganadamente de que ayer, o anteayer, o la semana anterior, o no sabían cuándo, habían visto a una muchacha de esas características, mientras el Templao lloraba desconsoladamente.

ϒ

Paula no estaba en la cocina, preparando la cena familiar como cada día a esas horas. La monja encargada, sólo nominalmente pues quien mandaba allí de verdad era Paula, le dijo a Mani que su madre estaba en el patio de Lourdes. Fue en su busca, pero se detuvo antes de que ella se diera cuenta de su aproximación, porque hablaba con el hombre pequeño, enjuto y desdentado que a veces le causaba desazón con su mirada intensa y pretendidamente cómplice.

—Pero fuiste tú quien se marchó —oyó decir a su madre.

—Mira, Paula, tienes que comprender que aquello fue cosa de juventud.

—¿De juventud? ¡Tenías treinta y cuatro años y cinco hijos!

—Ha pasao mucho tiempo, Paula. Ahora soy más maduro. Entonces, no era capaz de soportar tu altanería y tus delirios de grandeza...

Mani echó a correr hacia la azotea, dispuesto a huir del universo que se desplomaba sobre su cabeza. ¿Quiénes eran sus hermanos, que le habían mentido toda la vida? ¿Quién era su madre? ¿Cuántas cosas le ocultaba, además de la existencia de su padre?

Aterido, tendido en el duro suelo de la azotea, fue Ricardo quien le despertó.

—¡Mani! ¿Qué haces aquí? El camión te espera hace media hora y mamá ha pasao la noche buscándote como loca.

Echó a correr. Antes de llegar a la puerta lateral, detuvo con un gesto al Templao, que parecía a punto de reprocharle el retraso, porque escuchó que Paula hablaba con Antonio, en la cocina, mientras preparaba el café:

—No debiste permitirle a mi padre que se quedara en La Goleta —dijo Antonio.

—Seguro que el niño nos escuchó hablar en el patio de

Lourdes, pero tuve la mala pata de no darme cuenta de que estaba por allí hasta que echó a correr.

—No te preocupes, mamá. El niño tienes más huevos que nosotros y sabe cuidar mú bien de sí mismo. Tú, haz como si no supieras que te escuchó. Pero a mi pa... a ese hijo de puta, hay que decirle que se vaya de La Goleta antes de que el niño se tropiece de nuevo con él.

—No podemos echarlo, Antonio. La casa donde vivía la tiró una bomba hace tres meses y él, tú sabes de sobra cómo es. No tiene donde caerse muerto.

Mani salió en silencio, con el dedo en los labios para que el Templao no hablase hasta haberse alejado del convento. Cuando volvió del reparto, la mesa del almuerzo parecía más desolada que otros días. Mani comprobó que todos interrumpían la conversación al verle llegar. Ahora, a causa de la escasez, Paco y Antonio comían a diario en el convento, donde tanto las monjas como Paula conseguían cocinar milagros a base de productos casi inexistentes. Paula abrazó a Mani, sin preguntarle nada y como si no hubiera pasado la noche en vela buscándolo. Intentando borrar de la mente de todos los comensales el tema de la conversación interrumpida, Antonio dijo:

—Vaya porquería de pan. Si no conseguimos romper el cerco, pasaremos más hambre que el perro del afilador.

—Los pueblos progresistas del mundo no nos abandonarán —dijo Paco, aunque ya con menos rotundidad que meses atrás.

—¿Tú crees? —replicó Antonio—. ¿A dónde vas a mandar en busca de municiones? El día menos pensao, los milicianos tendrán que tirar piedras en vez de disparar.

—El Comité de No Intervención tiene maniatados a los países amigos —arguyó Paco—, pero tarde o temprano vendrán en nuestro auxilio. La mar está cada día más peligrosa, los rebeldes nos han hundido demasiados barcos, sin contar que nuestra única comunicación con la zona republicana está siendo más hostigada que nunca. La escasez es momentánea, ya verás.

—¡Hay que hacer milagros en la cocina! —exclamó Paula.

—Tu madre inventa tós los días platos nuevos, con los poquísimos avíos que hay —dijo Angustias, sonriendo como si se tratase de un juego y con la mano en el vientre,

—Po a mí se me ha desaparecío el paladar —dijo Ana, señalando su barriga.

—Ten en cuenta —Paco hablaba a Antonio— que la población de Málaga se ha duplicao con los refugiaos que llegan huyendo de las barbaridades de los rifeños. Con tantos gaditanos, sevillanos, cordobeses y granaínos, no hay cuentas que salgan.

—La Hoya de Málaga da de tó —proclamó orgullosamente Antonio—, desde papas a trigo, desde aceitunas a cañaduces, desde tomates a naranjas... Lo que de verdad produce la escasez es la sucia burocracia y... esos rusos tuyos, que no hacen más que meterse en lo que no tienen ni idea. El pueblo llano se organizaría mejor.

—Sin disciplina... —fue a decir Paco.

Paula le interrumpió:

—Todos somos conscientes de que estamos en guerra y hay que aguantarse.

—Eso es, estamos en guerra —proclamó Paco—. Hasta los meones saben que la guerra obliga a sacrificarse. En cuanto el gobierno pueda...

—¡El gobierno! —ironizó Antonio—. ¡Me río yo de esos cobardes encorbataos! Dejarán a Málaga en la cuneta, y si no, tiempo al tiempo. Nos entregarán a los rebeldes a cambio de un refuerzo de los frentes que de verdad les interesa, que no son los nuestros, y consentirán que los moros acaben con los libertarios malagueños que tantos quebraderos de cabeza les hemos dao. Tenemos que declararnos independientes...

—¡Tú estás loco de remate!

—Paco, no insultes a tu hermano —reconvino Paula.

—¿Sabes si el Migue vendrá pronto de permiso? —preguntó Angustias.

—Las cosas no están en el frente pa dar permisos como en la escuela —respondió agriamente Paco.

—¿Por qué no hablas con alguien? —rogó Angustias mientras se tocaba el vientre—. Tengo unas ganas de decírselo...

Paula le acarició la mejilla. Mani advirtió de reojo que llegaba el hombrecillo enjuto y desdentado, y al instante abandonaba apresuradamente el comedor, empujado por una mirada acerada de Paula.

Acudió el Templao con la cara congestionada, hablando de una nueva pista sobre el paradero de Inma, pero Mani se excusó y huyó hacia la playa.

—Deberías haberlo supuesto —dijo el Chafarino—. ¿Habías visto a tu madre alguna vez llevar flores a su tumba un primero de noviembre? No, ¿verdad? ¿Ha habido en tu casa una mariposa encendida ante su retrato? —Mani negó con la cabeza—. Si no lo has sabido antes, es porque no has querido.

—Ella me ha mentido toa mi vida.

—No es un engaño lo que se hace por el bien de un hijo.

—Pero anoche, le hablaba con tanta frialdad...

—Es natural, Mani. No sientas rencor hacia tu madre y trata de ponerte en su lugar. Imagina, una mujer joven, guapa y con cinco hijos, abandonada por su marido...

—Por lo que hablaban, creo que ella le hacía sentirse inferior...

—Pero tu madre no tiene la culpa. Tú mismo, ¿no me has dicho siempre que te parecía muy distinta de las vecinas y que todos hablaban reverencialmente de ella? Nadie puede renunciar a su personalidad, ni siquiera por amor. Me parece que aún no sabes toda la historia. ¿Has conseguido que la de los barcos te explique el misterio de su relación con tu madre?

—¡Dice que mi abuelo fue su marido! A mí me parece que desvaría, por la sarna...

—A lo mejor es cierto. Ese apellido tuyo no lo lleva nadie más, ¿verdad?

Mani pasó desvelado casi toda la noche, rumiando la conversación con el Chafarino. Paco escuchaba una radio de galena y no se daba cuenta de que su hermano menor estaba despierto. En cuanto amaneció, golpeó ruidosamente la puerta de Antonio y salieron cogidos del brazo a festejar la esperada y sensacional noticia: Rusia, cansada de tolerar que Italia y Alemania se burlasen del Comité de No Intervención, había decidido ayudar a la República con armas y alimento, además de mandar todavía más asesores.

Desde lo alto de la caja del camión, la ciudad parecía esa mañana más optimista. Como si se tratase de un ensalmo, la noticia afectó también a los suministros, pues sin que Mani pudiera imaginar de dónde habían salido, hallaron mayor abundancia y variedad de alimentos. El reparto les tomó más tiempo que los últimos días y librado momentáneamente de su angustia, se sintió con ánimos para acompañar al Templao en el seguimiento de otra pista falsa de Inma, sin resultado, como siempre. Volvió a La Goleta cuando ya anochecía.

—¿Has visto a tu hermano Paco? —le preguntó afanosamente sor Rosario.

—No tengo ni idea.

—Cuando lo veas, dile que tengo que contarle una cosa sin falta.

Mani se encogió de hombros. Pasó unos instantes en el cuartillo de la azotea, soportando los ayes, las rascaduras y los desvaríos de Elena, y cuando volvió al patio, el corazón le dio un brinco. Más allá del vestíbulo, vio que Miguel subía la escalinata de la entrada principal, cargado con un bulto muy voluminoso. Corrió a abrazarlo.

Por obra de Paco, Miguel volvía tras meses de ausencia. El simulacro de uniforme era un montón de harapos que descubrían generosamente su piel magullada; sus ojos parecían mirar desde otro mundo; tenía sucios esparadrapos en la mejilla izquierda, en una cara ennegrecida por el sol y el espanto. Había cumplido veinte años hacía poco, pero ya tenía profundas arrugas alrededor de los ojos. Angustias se desmayó; Paula contuvo el salto que había iniciado para abrazar a su hijo con objeto de socorrer a su nuera. Miguel se desplomó en el banco de madera de la entrada, soltó el artefacto que portaba y se pasó la mano por los labios resecos. Mani corrió en busca de una jarra de agua, que su hermano bebió de un sorbo.

Acudieron muchas monjas, así como la superiora, y pugnaron entre sí en una impaciente retahíla de preguntas. ¿Resiste la República? ¿Avanzan los nacionales? Miguel las ignoró y, una vez recuperado el aliento y tras un beso fugaz a Paula, se abrazó con avidez al cuerpo de Angustias. Se miraron a los ojos como si estuvieran solos y sin comprender cómo, Mani se sintió conectado al universo particular a donde habían huido. Todo se desvaneció y sólo existía la perdida inocencia de la expresión de su madre, que ahora le parecía tan culpable, y la felicidad de Miguel y Angustias.

Luego de festejar con grandes aspavientos la noticia del embarazo, Miguel respondió la pregunta de la superiora sobre el voluminoso objeto que portaba.

—Se lo quité a los rebeldes, en una incursión que hicimos dos compañeros y yo cuando veníamos pacá esta mañana. Viajábamos los tres en un carro, y los vimos en lo alto de una loma, por el Trabuco. Eran cinco, una avanzadilla de inspección. Rodeamos la colina y caímos por sorpresa sobre ellos. Los pobrecillos, no tuvieron ni tiempo de reaccionar. Esto, me lo he traído yo por no volver al frente, no me fueran a anular el permiso.

—Parece importante —opinió la superior—. Deberías entregárselo a las autoridades.

—Paco sabrá que hacer —dijo sor Rosario.

De reojo, Mani notó que el hombrecillo desdentado parecía ansioso de entrar y decir algo; Paula volvió a expulsarlo con la mirada. Cuando llegó Paco, examinó el objeto con expresión complacida. Después del examen y tras cavilar un rato, dijo a Miguel:

—Ve a entregarlo tú personalmente. Tengo planes —miró alrededor y viendo que no había quien pudiera reprochárselo, añadió—: prefiero que no vuelvas al frente, Migue, y este cacharro puede ayudarnos a conseguirlo. Mañana, te vas en el camión con el Mani y lo primero que haréis después de cargar y antes del reparto, será llevarlo a la Diputación.

Paula improvisó una fiesta de bienvenida. La presencia del desdentado en el fondo del comedor y su persistente mirada no permitían a Mani olvidar el escozor que sentía. Le consolaban las efusiones que intercambiaban Miguel y Angustias. Tal como venía haciendo últimamente, sor Rosario se acercó a la mesa a los postres, y se sentó cerca de Paco, aunque fingiendo desear hablar con Ana.

El Templao y Mani fueron a la Diputación con Miguel. Les recibió un funcionario con expresión suspicaz que sólo desapareció al reconocer a Mani, ante quien se cuadró, llamádolo lisonjeramente «vengador del pueblo». Era un hombre mayor, un funcionario antiguo que parecía no haber digerido aún la invasión de milicianos ociosos que haraganeaban por todo el edificio. Cuando abrió la funda, se desvaneció su recelo, mostrándose de repente muy agitado, y les hizo pasar a un despacho, a donde acudieron otros cuatro funcionarios que parecían más importantes. Todo comenzaron a dar palmadas jubilosas a Miguel.

Dos días más tarde, el menguadísimo y censurado periódico traía una fotografía de Miguel que reproducía el momento, centenares de veces repetido ante el fotógrafo, en que hacía entrega de un «telescopio prismático de cuarenta y dos aumentos, arrebatado por este bizarro miliciano a las hordas fascistas», según rezaba el pie de foto.

Llegó la Navidad y pasó sin pena ni gloria. El hombrecillo desdentado vagaba por La Goleta mirándolo de lejos, y Mani sentía crecer su confusión. Parecía haberse establecido un acuerdo tácito entre todos; sabía que todos sabían que él sabía, pero todos fingían ignorancia, como si la realidad fuese más llevadera así. Elena, que en otros tiempos hubiera sido de gran ayuda, ahora estaba sumida en un eclipse tempestuoso, ocupada nada más que en rascarse los brazos sanguinolentos, y ya sólo de vez en cuando preguntaba sobre la suerte de su familia. No recordaba que habían transcurrido más de cinco meses desde la noche fatídica. Paula mantenía la comedia: no dirigía la palabra al que fuera su marido y sólo Ricardo hablaba a veces con él, aunque dejaba de hacerlo y se retiraba bruscamente cuando Mani aparecía.

Las monjas estaban al corriente, pues Mani comprobó que distinguían al hombrecillo con un trato algo más considerado que al resto de asilados.

Aunque la comunidad continuara comportándose con la sumisión de siempre, Mani comenzó a observar cambios sutiles. Cuando subía a la azotea a visitar a Elena, era frecuente oír el receptor de radio de las monjas sintonizado con Radio Sevilla. La voz aguardientosa de Queipo de Llano, que al principio de la pesadilla había escandalizado muchísimo a las monjas con sus maldiciones, exabruptos y palabrotas, ya no les turbaba. Colaboraban con naturalidad en las iniciativas benéficas que Paula lideraba, y hasta confeccionaron, dirigidas por ella, prendas de abrigo para la centuria malagueña «En defensa de Madrid», que la ciudad reunió para enviarla a la capital republicana. Hasta llegaron a consolar con ternura a Antonio, que lloró como un niño cuando anunciaron la muerte del líder anarquista Buenaventura Durruti. Respaldaron la declaración de Antonio sobre que Málaga lo había hecho primero, cuando la radio dijo que estaban colectivizando las industrias de Cataluña. Aunque Paco era la autoridad suprema y las monjas no contradecían sus órdenes jamás, comenzaron a respaldar a quienes discutían con él.

El cambio no era clamoroso. Continuaban siendo igual de suaves y delicadas. Mani admiraba su destreza, sus habilidades primorosas. Apenas se notaba la escasez de trigo; el pan costaba ya nada menos que sesenta y cinco céntimos el kilo, pero en el convento seguían consumiéndolo en las cantidades habituales. El día que Antonio le dijo a Paco con gritos desaforados que Málaga debía dejar de organizar tantas colectas para mandar víveres a Madrid, ellas le dieron la razón.

La mutación de sor Rosario era más desconcertante. Un domingo, durante el almuerzo, leyó el voz alta el recorte de una revista ilustrada que publicaba la noticia del casamiento de Eduardo VIII de Inglaterra con una norteamericana divorciada, por lo cual había renunciado al trono. Al terminar, la monja guapa miró furtivamente a Paco y dijo que todavía existían en el mundo amores tan grandes, que podían impulsar a un Rey a abdicar de su reino.

Pero en general, el desprendimiento y generosidad de la comunidad religiosa era igual que siempre, aunque las abrumadoras solicitudes de Paco, y sólo las suyas, encontraban progresiva resistencia. Cuando les pidió que colaborasen en la colecta de juguetes para los hijos de los milicianos muertos, la superiora le respondió con un sarcasmo:

—¿No habéis prohibido las fiestas religiosas? Regalar juguetes el seis de enero conmemora la ofrenda de los Reyes Magos al Niño Jesús.

—Los huérfanos son sagraos —replicó Paco—. No se puede barrer de la noche a la mañana lo que la sociedad les ha inculcao. ¿Quiere usted que ignoremos las ilusiones de unos pobres huérfanos de guerra?

—No, claro que no —respondió la superiora, sonriendo triunfalmente.

Una mañana, el Templao dijo al llegar con el camión que tenía una pista más segura que nunca. Su tía estaba convencida de haber visto a Inma entrando en la catedral, aunque después no había sido capaz de encontrarla dentro. La catedral era uno de los mayores refugios de fugitivos y sería como buscar una moneda enterrada en la playa. Miguel no había vuelto al frente, porque los cuatro meses de embarazo habían abultado perceptiblemente el vientre de Angustias y Paco le hizo remolonear aduciendo que en la provincia de Granada estaba todo casi perdido. Sabiendo que en cualquier momento los rebeldes intentarían cruzar la línea de Zafarraya, Paco obtuvo para Miguel el brazalete del Socorro Rojo a fin de que no tuviera que permanecer escondido en La Goleta, ya que nadie podía circular por Málaga sin llevar prendida a la ropa una insignia cualquiera de los incontables comités, asociaciones, sindicatos o partidos, pues no lucir ninguna convertía a cualquier sujeto en sospechoso de traición si era joven y sano. Fue destinado por Paco al camión que Mani comandaba.

Pese a que lo llevaban siempre medio vacío, el recorrido del reparto era cada vez más amplio y el trabajo más penoso.

—Esta porquería no hay criatura que se la pueda comer —protestó el Templao escupiendo la pulpa que había intentado masticar.

Recolectaban naranjas cachorreñas de los árboles de los jardines públicos.

—Po tienen más vitaminas que las naranjas chinas —aseguró Miguel.

—Tendrán muchas vitaminas, pero es como si hubieran puesto alquitrán en las raíces.

La presencia de Miguel, con sus bufonadas y alegría de vivir, había mejorado el ánimo del Templao, de modo que Mani aceptó acompañarle para indagar en la catedral. Cuando subían la amplia escalinata semejante a un decorado de película, dijo Mani:

—Encontrarla ahí dentro sería un milagro, Guaqui. Creo que hay miles y miles...

Las oleadas de fugitivos llenaban inmediatamente cuantos locales mandaban las autoridades acondicionar. Las amplias naves del primer templo habían tenido que abrirse al éxodo incesante que convergía en Málaga, procedente de toda Andalucía. La catedral no figuraba entre los refugios que ellos debían surtir, porque su camión habría sido ridículamente insuficiente.

—Va a ser como buscar una aguja en un pajar —insistió Mani.

—Sí está, yo daré con ella —se jactó el Templao.

—Pero no es lógico, Guaqui. ¿Por qué iba a dormir en la catedral, pudiendo ir a tu casa?

—¿Te crees que ella es capaz de hacer algo lógico?

Mani se mordió el labio. Trataba de distraer a su amigo con argumentos y hacerle desistir, convencido de que la búsqueda era inútil.

— Tu hermano Paco —dijo ásperamente el Templao— tiene poder como para hacer las averiguaciones que le salgan de los cojones. ¿No sabrás algo malo y estarás dejándome hacer el majara, buscando pa ná?

—Seguro que no, Guaqui. Ahora, sé tanto como sabes tú.

—A lo mejor, hasta sabes dónde está el Serafín y que se ha llevao a mi Inma con él.

—¡Tú no estás bien de la cabeza!

Mani le dio la espalda al Templao, pero notó que le seguía, mirándolo como si quisiera atravesarle la piel. Al cruzar la puerta de dimensiones colosales, el hedor que les golpeó en la cara tenía la consistencia de algo sólido. En el aire enrarecido se entremezclaban el humo de las hogueras, el aroma de guisos indescriptibles y el tufo rancio de la mugre, el sudor y los excrementos. Mani no recordaba haber estado en la catedral desdel el día que fuera a suplicar la ayuda divina para salvar al Templao. Las doradas naves que aquel día le habían invitado a la paz contemplativa y a la fe, se habían convertido en lóbregas galerías del infierno. La distancia gigantesca entre sus cabezas y las remotas piedras labradas del techo neoclásico estaba ocupada por un monstruo viscoso, casi corpóreo, al acecho, como si estuviera a punto de precipitarse para aniquilar a la ensimismada multitud que se amontonaba sobre el frío mármol. Fuera resplandecía el sol líquido de enero, pero las vidrieras multicolores no brillaban igual que aquel día. La luz mortecina y sucia que transparentaban parecía la de un crepúsculo infernal.

—Ve por este lao —la voz del Templao sobresaltó a Mani—. Yo iré por la otra nave.

Los cuerpos inmóviles se arracimaban unos contra otros para darse calor, desfallecidos sobre la inmensa superficie del damero de mármol blanco y rojo. Mani halló que lo peor de todo era saber que no estaban muertos, que bajo los sucios harapos de momias viejas palpitaba una ilusión de vida, que tras sus ojos opacados por el estupor había biografías felices en pueblos iluminados por la cal. Eran muchos, varios millares, pero solamente se oía un rumor apagado, los ayes y gemidos se emitían con sordina, como si les faltara fuerza hasta para lamentarse. Ninguno de aquellos rostros abofeteados por el terror podía ser el de Inma, por muy mal que la vida la hubiera tratado. Las miradas se perdían en un infinito sin horizonte, nadie bajaba los ojos como Inma, por causa del rubor enamorado. Apenas unas pocas mujeres parecían libres de las amarras invisibles que paralizaban a los demás, unas pocas mujeres con expresiones ensimismadas, que removían el aguado potaje en las grandes latas de conserva que usaban como ollas. Mani se detuvo ante una mujer joven que en el mundo de los vivos no debía de pasar de los veinte años; en aquel limbo de tragedia licuada y torrencial, su edad podía ser de siglos; apretaba contra sus pechos flácidos a un niño blanco como la cera, un recién nacido cuya cabeza bañaba con sus lágrimas.

—¿Has visto algo? —preguntó el Templao a través de un sollozo y los ojos congelados, como si no fuera a su hermana a quien buscaban—. Voy a mirar por esta nave un poco más. Espera aquí, Mani. No te muevas. No te escapes. Espérame.

Las paredes ciclópeas presentaban enormes manchas de hollín. Protegidos por los ángulos de las capillas y las basas de las columnas, algunos hombres formaban corros en torno a diminutas hogueras encendidas con cartones, papel y viruta. No hablaban. Todos fijaban la mirada en la llamita vacilante, abismados en su vértigo, como si aguardasen la llegada de un técnico que arreglase la avería de sus vidas.

Mani corrió rabiosamente tras el Templao y jaló de su brazo.

—Vámonos, Guaqui. Ella no está y aquí no tenemos ná que hacer.

VI. La desbandá

Frecuentemente, el bombardeo tenía lugar de madrugada, y en tales ocasiones le servía a Mani de despertador. Había dormido mal de nuevo. El hombrecillo refugiado en La Goleta había recorrido sus sueños suplicándole con la mirada que se le acercara, mientras un sentimiento insoportable de culpa le quemaba las entrañas. Cuando el estruendo le despertó, decidió hacer lo contrario de lo que mandaban las ordenanzas, porque el fragor era mucho mayor que de costumbre y quería averiguar por qué. Como el reparto tendría que posponerse hasta que no avisaran las sirenas de que el peligro había pasado, y de todas manera era desalentadora la escasez que se agravaba cada día, en vez de correr al refugio del convento como la mayoría de los vecinos, rechazó la presa con que Paula trató de retenerle y corrió a través de las calles desiertas del barrio.

Como si el sueño continuase y en un estado cercano al sonambulismo, se dirigió al que tal vez era el punto más peligroso bajo las bombas, el puente sobre el Guadalmedina, y se apoyó en el pretil igual que si estuviese en el palco de un teatro. Los aviones saltaban con elegantes movimientos acrobáticos. Hacía semanas que no lanzaban la lluvia de fuego sólo sobre los cuarteles o sobre las fábricas de la playa del Perro, o sobre los depósitos de combustible del puerto; bombardeaban con insistencia incomprensible las humildes casas medio desmoronadas de los barrios. Parecían desear salvar de las tribulaciones del mundo de los vivos a los que, entre tiritones de hambre y frío, agonizaban en sus hogares convertidos en madrigueras atestadas de fugitivos del horror.

Abierto del todo el amanecer, llegaron más aviones, ahora republicanos y Mani lamentó que el Chafarino no estuviese a su lado y no pudiera ver el espectáculo, porque parecía un duelo de titanes mitológicos sobre el helado azul crepuscular. Viendo llegar los aparatos enemigos, los rebeldes pararon el bombardeo y se produjo una danza, un baile coreográfico en el que los saltos tenían la gracia de piruetas de ballet. Se lanzaban los unos contra los otros y, en el último momento, cuando la colisión parecía inevitable, les alzaba un milagroso espasmo mientras el fuego que vomitaban bamboleaba al adversario. Cayeron tres trimotores de los rebeldes y el resto de la escuadrilla huyó hacia el sur, enmarcada por las columnas de humo negro que se elevaban de la ciudad entre resuellos de agonía y gritos lastimeros.

Cuando acudió a la cita con su equipo, Mani no estaba seguro de haber despertado. Cedió a Miguel el asiento de la cabina y sentado en la caja del camión junto al Templao, en silencio los dos, recorrieron con lentitud la ciudad herida por el furor del cielo. Eran muchas las calles donde los apilamientos de escombros bloqueaban el paso; el camión tuvo que retroceder muchas veces y pasar velozmente ante edificios que en cualquier momento iban a desplomarse. Las casas vacilaban un poco antes de convertirse en recuerdo, derrotadas en su obstinación de sobrevivir a la desarticulación de los cimientos. Mani trataba de no mirar ni de reojo el rostro lívido del Templao, cuya alucinación obsesiva, con la imagen de Inma casi materializada ante sus ojos, se profundizaba día a día y sabía que había perdido la potestad que antaño ejerciera sobre un amigo que le aventajaba en cinco años. A despecho de lo que habían vivido juntos, el Templao no dejaba de ser un adulto cuyo orden de prioridades debía de funcionar de manera muy diferente al de alguien que apenas había superado la infancia. No intentó la comunicación que parecía haberse vuelto imposible, y en cuanto acabaron el reparto cerca del atardecer, sintió que necesitaba conversar con el Chafarino.

En la playa, la brisa gélida disolvía la tibieza de los declinantes rayos del sol.

—¿Cómo se te ocurre venir a estas horas?

—Estoy mú liao, Omar.

—Hueles a amargura.

—Usted también.

—¡Muy bien, Mani! Estás aprendiendo. ¿Hay un motivo para tu amargura diferente de los de todos los días?

—Hable usted de la suya primero.

—Los dioses han batallado en el cielo esta madrugada.

Mani asintió.

—Eran los aviones rebeldes de tós los días, pero más que de costumbre. También llegaron a enfrentarlos muchos más de los nuestros.

—Unos y otros son instrumentos de lo que los dioses nos preparan. Sabes, Mani, que hay aviones en todo el mundo, pero ni siquiera en la Gran Guerra fueron usados para destruir las ciudades. Ha tenido que ser aquí, en Málaga, donde, por primera vez en la historia, se convirtieran en un arma de exterminio de civiles.

—Si fueran dioses, se compadecerían de nosotros y fulminarían a los rebeldes.

—Los dioses desprecian a los débiles y nuestra debilidad es la flaqueza de la dispersión, el agotamiento por la vitalidad malgastada en discutir por los detalles, por las cosas pequeñas. La sociedad humana, como todo organismo vivo, muere cuando sus fuerzas se acaban. Los dioses han tenido mucha paciencia con nosotros y ahora, cuando el desorden de nuestras pasiones nos ha convertido en enfermos desahuciados, su paciencia termina y ya no merecemos su compasión. Acabarán con los hermanos que se ensañaron con sus hermanos.

—Ya están acabando con tós...

—Esto no es más que el comienzo.

—¿El comienzo? —se indignó Mani—. Su profecía se ha cumplío, tós los días llueve fuego del cielo. ¿Qué más quieren esos dioses hijos de puta?

—Exterminarnos. Debes salvarte, Mani. Huye de Málaga.

Impensadamente, Mani dio un puñetazo a la tambaleante mesa donde humeaba el caldillo de pintarroja.

—¡Vamos a ganar la guerra! —proclamó—, lo jura mi hermano Paco. Esos dioses que usted se ha inventao no van a tener la malaleche de ayudar a los rebeldes. Los que han venío de los pueblos cuentan barbaridades; los moros degüellan, violan, roban y desvalijan hasta a los muertos. Usted es un viejo acobardao que no hace más que criticar lo que hacemos nosotros, lo mismo que el general borracho de Radio Sevilla.

Mani se arrepintió enseguida del insulto, pero el Chafarino no se mostró ofendido.

—Habla de tu amargura, Mani —pidió mientras volvía a llenarle el tazón de caldillo.

El joven vaciló. Estaba muy alterado y ello le daba vergüenza.

—He pasao la noche desvelao por las pesadillas. Toa la noche he estao viendo en sueños a ese hombre que dicen que es mi padre. No sé qué hacer. Mi madre hace como si no lo conociera, y también mis hermanos, y como sé que es por mí, tengo un remordimiento que no lo puedo aguantar.

—Habla con él. Eso te dará serenidad.

—¿Y si obedece a mi madre y hace como que no sabe de qué voy...?

—No le hagas caso. ¿Te acuerdas de lo que te dije hace

años sobre aquella silueta de una supuesta monja emparedada en un convento de tu calle? Pues lo mismo te sirve para este caso: tienes que investigar, porque vas a cumplir catorce años y ya eres adulto. Dile que lo sabes todo y, después, escúchale y saca tus propias conclusiones.

Tras la cena en el refectorio, aguardó a que Paula recogiera la mesa y se fuera a la enorme cocina cenobial, de donde no saldría hasta el momento de volver al corralón, a dormir. Libre para hacer lo que se proponía sin que ella se diera cuenta, corrió al patio de Lourdes, donde todas las noches organizaban los asilados partidas de cartas antes de acostarse. El hombrecillo desdentado lo vio llegar y se cruzaron las respectivas miradas; intuyendo el conocimiento en los ojos de Mani le abrió los brazos, pero el muchacho no se dejó abrazar porque olía a vino y por ello, y otras causas que no supo identificar, sintió un repeluzno.

—Eres un hombretón.

—¿Por qué nos abandonó usted?

—No me hables de usted. Soy tu padre.

—¿Odiaba usted a mi madre?

—Sentía rencor, no odio. La clave era la personalidad de tu abuelo, ¿comprendes, hijo? Ella es como es porque es hija de quien es y aunque yo la quería con locura, un ratón no puede volar con un águila. Pa hablar con la verdad por delante, ella no me despreciaba ni me insultaba, pero yo notaba su indiferencia, su distancia... Cuando te enamores, comprenderás que ese sentimiento es el que más puede dolerte si viene de la persona que amas. Su padre era hijo del hombre más poderoso de la ciudad y él mismo, si no hubiera muerto tan joven, hubiera sido como un Rey y tu madre, como una princesa.

—¡Usted está atontolinao!

—Pregúntale a la vieja sarnosa de la azotea, la de los barcos.

Mani agachó la cabeza. Elena y el hombrecillo afirmaban lo mismo, pero ninguno de los dos quería decirle por qué ese dato tan significativo, y tan obvio a causa del apellido, le había sido ocultado. Permitió por fin que el hombrecillo le diera un abrazo que Mani decidió que jamás consentiría que se repitiera, y corrió a acechar la salida de Paula hacia el corralón de las Dos Puertas. La vio abandonar la cocina, aguardó a que estuviera en la calle, y aferró su abrazo y la obligó a volver la cara hacia él.

—Tienes que contármelo tó, mamá. No puede pasar de esta noche.

—¿Que te cuente el qué?

—Lo de mi padre... y el tuyo.

—¿Por fin ha hecho lo que se propuso desde que llegó a La Goleta, calentarte la cabeza?

—No, mamá; he sido yo quien ha ido en su busca.

Paula se soltó el brazo y parada con las manos en los bolsillos del abrigo, se volvió hacia su hijo.

—Has hablao con él... lo has visto... ¿tengo que darte más explicaciones?

Mani agachó la cabeza, pese a que ya superaba la estatura de su madre en un palmo, y murmuró:

—No. Pero... ¿por qué no quieres hablar de ese padre tan especial que fue el tuyo?

Paula calló varios minutos. Miraba a su hijo con irresolución y los labios apretados, mientras negaba muy levemente con la cabeza; se preguntó si había llegado la hora de relatar la escena sobre la que nunca había entrado en detalles ni con sus hijos mayores. En ese momento, y sin que ni madre ni hijo hubieran reparado previamente en ningún ruido especial, estalló una bomba a unos trescientos metros de distancia, más allá de la calle Carmelitas. El resplandor producido por la deflagración iluminó un área extenso, claridad que fue aprovechada por los aviones rebeldes para localizar su objetivo: una pequeña central eléctrica situada más allá del convento carmelitano, sobre la que comenzaron a caer las bombas en cascada. Paula pareció aliviada al librarse de dar unas explicaciones que, obviamente, se resistía a dar, y echó a correr de vuelta al refugio del convento. Mani soltó la presa de su mano, le respondió con un gesto que no iba con ella y permaneció un rato parado en la esquina de la calle Rosal Blanco, mirando con extravío los relámpagos de las bombas que reflejaba el cielo parcialmente nublado. Las autoridades habían conseguido que no hubiera bombardeos de noche, porque la orden de no encender luces se cumplía a rajatabla, pero no por ello dejaba de oírse el runrún de los motores aéreos rebeldes, cuyos pilotos aprovechaban el menor resplandor para cumplir sus órdenes de profundizar el desaliento de los malagueños, para forzar la rendición.

El tramo de la calle Huerto de Monjas que podía abarcar su mirada estaba desierto, lo mismo que Rosal Blanco y Carmelitas. Para la totalidad de los vecinos se había convertido ya en un reflejo condicionado respetar las ordenanzas: si no tenían tiempo de correr al refugio, bajaban a las plantas bajas y se acurrucaban bajo los dinteles de las puertas hasta que el estruendo acababa. Los relámpagos de las explosiones reorganizaba las formas del barrio, iluminando donde siempre había sombras y recortando sombras fugaces donde siempre había claridad. Mani miró distraídamente la silueta de la pared del convento, a la altura del primer piso del corralón donde vivía el Templao y su familia, y adoptó una resolución: puesto que nadie estaba dispuesto a responder sus preguntas, encontraría respuesta, al menos, para la que no dependía de ningún otro. Al día siguiente, iba a averiguar qué producía esa mancha con forma de mujer desnuda.

ϒ

Asistía a las discusiones crecientemente agrias de Paco y Antonio sin el menor interés, y encogía los hombros con actitud desafiante ante la mirada helada del ruso, que día a día le parecía menos alto, mientras dejaba de impresionarle su arrogancia polar. Paco clamaba predicando organización cuando ya no quedaba casi nada que organizar y Antonio insistía en que era posible un paraíso sin gobierno en la tierra, a pesar del desbarajuste que la indisciplina estaba produciendo en la ciudad. El Templao persistía en su alucinación sin otro interés que Inma, y Miguel, aunque igual de alucinado, era el único capaz de reír con el pensamiento hipnóticamente aferrado al momento de regresar a los brazos de Angustias y tocar lo que crecía en su vientre; nada era demasiado espantoso para él, ni la ciudad que hipaba entre lamentos ni el humo fétido bajo el que todo el barrio amaneció a causa del bombardeo de la central eléctrica, ni el derrumbe colectivo ni la moral que se les iba por las alcantarillas; por suerte para él, vivía cegado por la luz de su amor. Tras conseguir Mani que interrumpieran la discusión para escuchar las órdenes del Jefe Provincial de Abastos, su hermano Paco, que últimamente se situaba de espaldas al ruso con la obvia intención de exhibir su creciente desdén, peregrinaron como mendigos por los mercados y almacenes de la ciudad en busca de alimentos, algo que pudiera mitigar el hambre, no sólo de los refugios y asilos, sino ya hasta el de La Goleta, donde los milagros de Paula y las monjas tenían que multiplicarse. Después de dos horas, sólo habían encontrado un saco de judías que comenzaban a pudrirse.

Circular por las calles era como contemplar una panorámica infinita del horror. Ninguna vivienda albergaba a menos de dos o tres familias porque cada vecino recibía su cuota del éxodo. Los parientes llegados de los pueblos, aldeas y cortijos aparecían con un hato al hombro, un cordel amarrado a una cabra o un asno y una caterva de niños detrás. Se acurrucaban en un rincón sin atreverse a pedir un plato de sopa y permanecían inmóviles horas, días, semanas, esperando que las trompetas de los arcángeles les anunciaran que podían volver a su paraíso perdido. Algunos no se movían siquiera cuando las sirenas avisaban del bombardeo.

Con la espalda apoyada en la batiente de la caja del camión, el Templao apretó más aún el mentón sobre el pecho y dijo:

—Paulino Uzcudun se ha pasao a los rebeldes.

A Mani le alegró que la mente de su amigo tuviera cabida para algo más que su hermana; el comentario le reveló que el Templao escuchaba de noche radio Sevilla, como iban haciendo cada día más y más malagueños a pesar de la prohibición y a despecho de que todo lo que decía sobre Málaga les pareciera insidioso. Se preguntó quién tendría aparato de radio en el corralón de la Torre. La noticia sobre el boxeador que había sido campeón de Europa, ídolo de cuantos en España amaban el boxeo, iba a desalentar mucho a la población.

—No conseguimos ná —dijo Miguel, más aburrido que desanimado, ante la desolación de todos los lugares donde entraban a buscar comida—. ¿Vamos a donde te ha dicho el Paco que fuéramos al terminar el reparto? A lo mejor encontramos carne y verduras por el camino, y sacamos algo pa aquí y pallá.

—Sí —respondió Mani.

—¿A dónde tenemos que ir? —preguntó el Templao.

—Al frente de Monda. Como eso está más allá de Coín, intentaremos requisar víveres con la orden sin fecha que nos dio mi hermano la semana pasá.

—Yo no voy al frente ni harto de vino —proclamó el Templao—. Vamos, es que no me da la gana de verlo ni en fotografía.

Mani asintió en silencio. Comprendía la reticencia, porque su amigo había estado bajo las garras de la fiera que él sólo conocía de oídas.

—No vayas si no quieres. Puedes quedarte en Coín y esperar que nosotros demos la vuelta, ¿vale?

El Templao asintió y se notó que Miguel, que había pasado en una trinchera mucho más tiempo que él, reprimía el comentario mordaz que le apetecía hacer. El conductor tuvo que dar muchos rodeos en las calles taponadas por los escombros. Rumbo a Campanillas, salieron a la inmensa Hoya del Guadalhorce, donde la guerra, bajo el tibio sol naciente que chisporroteaba en el verdor humedecido por el rocío, parecía una pesadilla remota. Los campos todavía inmaduros de cañaduz estaban guardados por milicianos viejos, que los protegían de los hambrientos, pero a excepción de esa imagen vagamente bélica, el extenso valle era un universo en paz en el que el agua cristalina corría pendiente abajo, como desde el principio de los tiempos, y en el que los patos se lanzaban en picado sobre las charcas, como siempre. Los almendros clavados en las colinas que orlaban la vega estaban engalanados ya con sus flores como copos de algodón, la floración de almendros más temprana de Europa; los eucaliptos componían música con el balanceo de sus flecos aromáticos, los limoneros y naranjos se abatían incapaces de resistir el peso de los frutos, los cipreses apuntaban su flechas verdes al cielo, como defensores vegetales, y las mimosas comenzaban a vestirse de amarillo. Mani encontraba en la contemplación de toda esa belleza el pretexto para no mirar a Miguel, que le exasperaba con su capacidad de seguir siendo feliz, ni al Templao, que le amargaba con su obsesión por Inma. Extasiarse con la belleza del paisaje le libraba también del sentimiento ácido que le causaba pensar en el hombrecillo mellado o en la impaciencia por las evasivas de Paula, o en el estado de Elena, o en la preocupación por la amenaza que estaba seguro de que representaba la desaparición de Serafín y su familia.

Lo que consiguieron encontrar en Coín, en almacenes que mandaron abrir por sorpresa pistolas en mano, no fue suficiente para llenar el camión. Cuando se dispusieron a continuar hacia el frente de Monda, en el último momento el Templao se subió al pescante de la atestada cabina.

—Vas a necesitarme —dijo ante la mirada atónita de Mani—. Tú no tienes ni puñetera idea de lo que es la guerra.

La carretera que ascendía en dirección a Ronda era un retorcido camino entre naranjos y cañaverales y, más arriba, entre membrillos y granados. El camión tenía que circular muy lentamente por lo cerrado de las curvas y, sobre todo, porque el pavimento presentaba muchos impactos y escombros del bombardeo. Conforme iban alejándose de Coín, veían a milicianos dispersos caminando en la dirección contraria. Bajaban de las alturas de Monda y Tolox con los fusiles al hombro y la carne asomando por los desgarrones de la ropa.

—¿Qué pasa? —les preguntó Miguel cuando llegaron a un punto donde los milicianos eran ya muy numerosos.

—No pasa ná, compañero —respondió uno—. Eso es lo malo, que no pasa ná.

Levantó apenas el puño mientras el camión se alejaba montaña arriba. Cuanto más se acercaban al frente, mayor era la muchedumbre que bajaba.

—¿Estáis retrocediendo? —preguntó el Templao.

—¿Retrocediendo? —respondió uno con desagrado—. Yo soy de Monda, ¿cómo coño voy a estar retrocediendo si voy pa Málaga?

—¿Abandonáis el frente? —preguntó Miguel.

—Todavía quedan algunos locos peleando, pero son cuatro gatos. ¿Qué lleváis, armas?

—No —respondió Mani, con tono muy cortante y receloso.

—Po si no lleváis armas, ¿pa qué vais pallá? Allí arriba no queda ni una bala y, aunque quedaran, no tienen ni un fusil que sirva. Los republicanos respondemos con pedrás los cañonazos de los rebeldes.

Mani dijo a gritos que Paco le había encomendado la misión de llevar alimentos a los combatientes y la iba a cumplir, así que mandó seguir la marcha sin parar de acariciarse la pistola y con expresión adusta. Ninguno propuso virar en redondo, por lo que se ahorraron una discusión de resultado impredecible, ya que el conductor y los dos milicianos estaban mostrando los últimos días resistencia a cumplir las órdenes de Mani. Faltaban unos tres kilómetros para llegar al frente cuando, después de contornear la curva que encerraba la falda de una loma, el conductor frenó de golpe. Un obús había originado un desprendimiento del terraplén que cortaba la carretera.

—Hay que volver atrás —dijo Miguel

—Tenemos que socorrer a esos pobres hombres —protestó Mani.

—¡Qué socorro ni niño muerto! —exclamó el Templao—. No hay Dios que pase por ahí y ni tu hermano ni el presidente de la República va a obligarnos a que sigamos a pie. Descontando el conductor, porque alguien tiene que guardar el camión, entre los cinco no podemos llevar ni pa un rancho.

Decidieron volver a Coín, para lo cual, y por la estrechez del camino, debieron recorrer marcha atrás cerca de un kilómetro, hasta encontrar una curva donde el arcén de tierra era suficientemente amplio para la maniobra de giro. Varios de los que bajaban del frente se colgaron de la caja y subieron de un salto. Cuando descubrieron la carga que transportaban, comenzaron a llamar a cuantos iban rebasando:

—¡Subid, camaradas, que llevan comía!

Llegó a haber tantos en la caja, que Mani mandó al conductor que acelerase lo más que se lo permitieran las condiciones de la carretera y el reguero de fugitivos. Desoyó los insultos y amenazas de los que ya estaban en el camión, que no paraban de tirar piezas de comida a los caminantes, y permaneció en tensión hasta que consiguieron llegar a Coín, porque si perdía el camión tendría que enfrentarse a un consejo de guerra sin que Paco pudiera hacer nada para ayudarle. En Coín, tuvo que saltar dentro de la caja y disparar dos veces al aire antes de lograr que los intrusos bajaran.

Luego de abastecer el Hospital Civil, llegaron a La Goleta con menos provisiones que nunca. Paco y Antonio celebraban un cónclave con Paula ante la entrada de la cocina, a pesar de lo insólito de la hora, cuando ambos debían estar en sus despachos y puestos respectivos. Mani pensó con desasosiego que también sus activísimos hermanos se dejaban abatir por la dejadez apática que cundía entre los malagueños.

—Mira —dijo Antonio a gritos señalando los capazos que Mani y su equipo estaban introduciendo en la cocina—, ¿lo ves, Paco? Vamos a tener que comer piedras estofás. Aquí tienes una muestra más de lo que tu querido Gobierno y ese majareta del coronel Villalba hacen con Málaga. El Gobierno nos ha dejao por imposible y el jefe republicano... ¿cómo coño hay que llamar al cargo de Villalba?... no tiene huevos.

—Baja la voz, Antonio —ordenó Paula, y Mani comprendió que esta vez su madre no estaba reclamando buenas maneras a su hijo mayor, sino temiendo que hubiera cerca oídos indiscretos.

—El majara de mi hermano sigue empeñao —continuó Antonio con la misma exaltación— en la tontería de que el Gobierno va a venir en nuestro auxilio, después de los desprecios de Largo Caballero y a pesar de que la inundación de

Motril nos ha aislao completamente del territorio republicano. ¡Menuda tontería! ¿Te acuerdas de lo que ese fantoche de Largo Caballero le dijo a tu querido Bolívar en noviembre?: «ni un fusil ni una caja de municiones más para Málaga», eso es lo que nos dice a los heroicos malagueños tu adorado Gobierno de marionetas almidonás, que nos muramos de asco, que nos pudramos como perros sarnosos bajo la bota soviética de Meretskon y el hijoputa del Kremen, después de quitarnos el pan de la boca y habernos sacrificao por Madrid y media Andalucía.

—La inundación de Motril es un impedimento natural —arguyó Paco—. ¿No creerás que el Gobierno nos ha mandao también la riá?

—No es más que otro pretexto, Paco, piénsalo: ¿cuánto llevamos esperando la ayuda que ellos han dicho de sobra que no nos la van a dar? No tenemos más salida que declararnos independientes pa recuperar la moral.

—¡Tú estás borracho! —dijo Paco.

De reojo, Mani observó que la embriaguez era real, lo que no era ninguna novedad. Chorros de sudor se perdían entre los aguijones de la barba de una semana que exhibía el mayor de sus hermanos, aunque el día era desapacible, y tenía rojos los ojos.

—¿Borracho? Llevo meses y meses avisando: nos van a entregar a los rebeldes con la ilusión de recuperar después Málaga, una vez que los fascistas y los moros la limpien de revolucionarios. Pero nosotros no tenemos que resignarnos a ese holocausto. Proclamemos la República Libertaria de Málaga, porque ya está bien de que esos monigotes almidonaos hagan poesía diciendo que Málaga es bella, roja y mártir, cuando la realidad es que desean que el enemigo nos extermine pa no mancharse ellos las manos con nuestra sangre. No nos resignemos a morir acosaos, Paco, después de habernos quedao sin comer pa proveer a Madrid y a tós los frentes. No hay por qué convertirnos en un plato de carne chamuscá pa satisfacer el apetito perverso del bufón de Sevilla, mientras el Gobierno Republicano, al vendernos dejándonos con el culo al aire, sueña con atraparlo cuando esté haciendo la digestión.

Paco negaba con la cabeza, aunque sin fuerzas para oponer argumentos. Una de las monjas que trajinaban en la cocina, dijo para sí, como si no pretendiera meterse en la conversación, pero lo bastante alto para que la oyeran:

—Queipo de Llano dijo anoche que Málaga está al caer, porque si ya se había tomado un jerez, piensa tomarse un málaga enseguida.

—¿Te das cuenta? —dijo Antonio, alzando el puño ante Paco—. Si tuviéramos de verdad cojones, no lo permitiríamos. Aunque muramos en el intento, tenemos que convertir esta provincia incomprendida en una nación independiente y libertaria.

—Es un sueño taifal imposible —sentenció Paco—. ¿No ves que sería inviable?

—Aunque sea un sueño —dijo Antonio, con la voz quebrada por un sollozo—, al menos es un sueño grande por el que valdría la pena morir, cuando tu gobierno de papanatas y tus rusos acartonaos han matao toas nuestras ilusiones. Sin grandes sueños, esta guerra sería una puñeterísima mierda.

Callaron. Mani advirtió que a Paco le temblaba la mano que se pasó por la frente. Paula se enfrascó en la preparación del almuerzo con expresión ausente y los labios apretados, como si cavilara que tenía algo inaplazable que hacer. Ricardo, pulido y atildado como de costumbre, miraba a su familia desde la galería como quien asiste a un espectáculo que no le incumbe. Miguel y Angustias se hacían confidencias y carantoñas sentados en el bordillo del patio. Ana, con una mirada lánguida fija en Antonio, ayudaba a Paula con expresión ausente; su barriga de siete meses era ya monumental. Con una pequeña talega sujeta bajo la axila izquierda, el Templao se acercó a Mani sacudiéndose de polvo las manos.

—Bueno, ya hemos terminao. Mira lo poquillo que me llevo pa mi familia, con el regimiento de llorones que tengo en mi casa. ¿Tú te crees que esto es plan?

—Necesito una cosa más, Guaqui.

—Vale, todavía es temprano. ¿A dónde hay que ir?

—A tu casa. Es preciso que el camión entre marcha atrás por la calle Rosal Blanco. ¿Tienes una picola?

—Se la puedo pedir prestá a un vecino. ¿Pa qué?

—Tal como está la situación, con medio barrio desbaratao, no creo que a nadie le importe que echemos un vistazo a esa figura de la pared, ¿no te parece? Calculo que podemos alcanzar la silueta desde la barrera de la caja del camión.

El Templao estaba a punto de soltar una carcajada, lo que alegró Mani, porque era la primera vez que sonreía en varias semanas.

—Así que era mentira que la silueta ya no te daba canguelo.

—No seas pesao, Guaqui. No me asusta, te lo juro, pero no estoy dispuesto a esperar más pa quitarme la curiosidad.

Cuando se pusieron a picar el muro, los vecinos empezaron a salir a sus balcones, para aprovechar el paréntesis de diversión que el caso proporcionaba a sus desventuras. A voces, y entre bromas que mitigaban el abatimiento general, cada uno relataba su propia versión del emparedamiento de la novicia: había sido excomulgada y condenada por la Inquisición; se trataba de una endemoniada; en realidad, no era una monja, sino un cura que había cometido el pecado nefando; era una judía a la que pillaron celebrando una misa negra; ni joven ni mujer, era una vieja monja que, al morir habiendo pasado treinta años en el convento, descubrieron que en realidad era un hombre; se trataba de una muerta por la peste de 1805 y la habían emparedado para evitar contagios; era verdaderamente una novicia, a quien otra monja asesinó por celos. Y así, hasta el infinito, pero nadie dudaba que encontrarían el esqueleto de una mujer joven. Mani notó que cuanto más profundo escarbaban, los fragmentos de ladrillos y argamasa que saltaban eran más oscuros. Entre golpe y golpe de la picola, con la que él y el Templao se turnaban, oían gemidos provenientes del pequeño huerto al otro lado del muro; a pesar de la creencia general de que las monjas habían huido, era evidente que permanecían en el convento. Tuvieron que perforar la capa exterior de ladrillos de una pared que debía de tener cerca de un metro de grosor, antes de topar con algo oscuro y duro que sonó como una olla al atravesarla el pico, al tiempo que brotaba una tufarada hedionda, como el aire aprisionado en una sepultura reciente. El Templao soltó un exclamación, lo que actuó como un toque a rebato, ya que al instante subieron ocho o nueve vecinos picola en mano. Se pusieron a golpear con afán, simultáneamente y no sólo sobre la silueta.

Al cabo de una hora, habían desprendido la cubierta exterior de ladrillos en un área de tres metros por dos, donde la mampostería secular era visible con su mezcla de piedras y argamasa; evidentemente, la zona correspondiente a la silueta y alrededor, con forma de óvalo, había sido rellenada con una mezcla de arena, cal y guijarros que no era la mampostería original, como si, en efecto, hubieran emparedado a alguien o algo, colmando después torpemente los huecos. Dentro de ese óvalo irregular, la figura resultaba ahora más nítida, pero ya no perfilaba tan claramente el cuerpo de una mujer desnuda, sino tres grupos verticales de manchas con formas vagamente trapezoidales, bastante más anchas las del centro que las laterales, manchas donde parecía que en vez de cemento o barro hubieran hecho la mezcla con carbón. Se dieron cuenta de que desaparecidos los ladrillos del exterior, las picolas entraban más profundamente, ya que en ese óvalo sin mampostería, la mezcla se deshacía como si estuviera minada por los hongos y el orín, y en pocos minutos agrandaron el boquete donde había sonado como una perola.

—Parece cobre —gritó el Templao.

Se desprendían pedacitos con apariencia metálica que, al tocarlos, se desmenuzaban como cortezas de pan. Mani sugirió que escarbasen todos con cuidado, sin picar, apenas raspando y rebañando la mezcla y, poco a poco, fueron descubriendo una armadura que más parecía de hierro que de acero, situada de espaldas a ellos, completamente carcomida por la oxidación en un escondrijo donde, evidentemente, hacía siglos que el agua de la lluvia se filtraba por múltiples porosidades. Era el óxido constante y pertinaz, junto con los hongos pestilentes, lo que originaba el rebrote de la mancha en la cal del exterior. En muchos puntos, en cuanto salió a la luz, la armadura se deshacía.

—Así que no era una monja —dijo el Templao—, sino un hombre.

—Me parece que tampoco era un hombre —dijo Mani—. Fíjate en los agujeros donde el hierro se convierte en serrín; ahí dentro no ha habido nunca un cadáver, porque no quedan ni pedacitos de hueso. Esas cosas aguachinás me parece que son pergaminos.

El Templao hizo palanca con la picola para forzar el endeble metal carcomido en lo que había sido un yelmo. Introdujo la mano y, en efeto, lo que extrajo era un rollo de pergaminos que había ido deslizándose hacia la gola al ensoparlo las filtraciones, quedando atascado junto al barbote. Los fragmentos de pergamino que pudieron separar habían estado escritos con profusa decoración que ahora no era más que una mancha sucia con algunas irisaciones de colores, completamente borrosa.

—Tenían que ser documentos importantes —dijo Mani—, cuando los escondieron con tanto cuidao, pa protegerlos quién sabe de quiénes. Pero no consigo imaginar de qué época puede ser tó esto.

—Del tiempo de los moros —aventuró uno de los vecinos picadores.

—Eso mismito —concordó otro vecino—. Esto es cosa de la morería.

—¡Que va! Tiene que ser de cuando echaron a los hebreos... —discrepó otro.

—¡Qué hebreos ni niño muerto! —exclamó un anciano a gritos desde un balcón cercano—, si cuando los echaron de España no había ni malagueños, porque Fernando el Católico los había vendido a tós como esclavos...

—Seguramente, nos vamos a enterar chispa más o menos de la fecha que enterraron la armadura —anunció el Templao con tono progresivamente jubiloso—, en cuanto limpiemos estas monedas y veamos de qué Rey son. ¡Mirad!

Sacó la mano que había vuelto a introducir en la pastosa mezcla de pergaminos podridos y fragmentos de argamasa. Los discos renegridos y parcialmente roídos por el orín tintinearon con sones argentinos al caer sobre el empedrado de la calle al lanzarlos al aire, movido el Templao por un impulso que no hubiera sabido explicarse ni a sí mismo. El sonido fue un repique de campanas de fiesta y los vecinos que veían llegar como una tempestad el torvo monstruo del hambre y la desesperación, encontraron en el tintineo de las monedas de plata un velo con que mentir a sus desventuras, de manera que la multitud creciente reía con incredulidad, cantaba o lloraba de alegría, entre gritos, llamadas, saludos y votos.

—Venid pacá, que vamos a comer caliente esta noche; por mis muertos que hoy me empacho de carne.

—Un haiga me voy a comprar, pa escapar de esta mierda de capital.

—¡Qué haiga ni niño muerto! Yo sueño con un jamón con chorreras...

—Ven, Concha, y hazte cuenta de que ha llegao tu jubilación, y a tumbarte namás que cuando te salga del coño.

De las bases de todos los huecos de la armadura, en las musleras, en los bracetes y en las grebas, Mani, el Templao y varios de los hombres que habían subido a picar tomaron las renegridas monedas de plata que la fuerza de la gravedad había ido empujando hacia abajo, quedando atascadas en los codales, manoplas, rodilleras y escarpes. En la coraza, retenida por la cota y los escarceles, había una pasta mucho mayor de pergaminos corrompidos, y también plata. Se trataba de centenares de monedas, pero el Templao no era capaz de pensar en lo que tenían que afrontar cada día su madre y sus diez hermanos, sino tan sólo en el clamor ensordecedor que los puñados de monedas ocasionaban al lanzarlos, y fue Mani quien tuvo que recordarle:

—Guaqui, joé, no lo tires tó, que los nuestros necesitan un poquillo también.

Ambos se llenaron los dos bolsillos de los pantalones y pocos minutos más tarde dejaron de aparecer monedas. Mani se giró entonces hacia la multitud, todavía encaramado en la batiente del camión. No se parecía al jolgorio de las verbenas de júas, ni a la jarana del Carnaval, porque la muchedumbre que atestaba calle Rosal Blanco en toda su anchura y toda su longitud parecía proceder de una orgía bíblica, como si todos hubieran enloquecido o algo milagroso les hubiera librado de todas sus inhibiciones y frenos. Como si tuvieran demasiado acíbar en el alma para recordar el dulzor, la felicidad les hacía reventar con chispas en los ojos, risas incontenibles, besos, abrazos y gritos rajados. Salidas de no se sabía dónde, circulaban muchas damajuanas de vino de cuyos golletes bebían todos directamente. Batían palmas y algunos cantaban, pero nadie bailaba porque no quedaba espacio donde bailar; se limitaban a saltar casi al compás, movidos al unísono por el mismo espasmo de dicha.

Alertado por el conductor, que temía por la integridad del vehículo, Mani jaló del brazo del Templao, entraron en la cabina, pusieron el motor en marcha y a golpe de bocinazos y alaridos fueron saliendo de la calleja entre la multitud que les aclamaba.

—¿Y ahora qué, Mani? —preguntó el Templao.

—Estas monedas tienen que ser más antiguas que Gibralfaro. Si no estuvieran pasando las cosas que pasan, deberíamos llevarlas todas a las autoridades, porque tienen que ser cosa de museo, pero tal como estamos, a nadie le parecerá mal que nos demos un homenaje. Siempre nos quedarán unas cuantas pa los museos.

—Pero ¿quién va a querer que le paguemos con esto? —preguntó el conductor.

—Con la tormenta que dijo anoche Queipo de Llano que está al caer encima de nuestras cabezas —ironizó el Templao—, ¿no te parece que habrá muchísima más gente dispuesta a aceptar plata que papeles republicanos?

—Tenemos que comprometernos a una cosa —propuso Mani—: cada uno de nosotros, guardará veinte monedas pa entregarlas a las autoridades en cuanto haya autoridades de verdad, y diremos que es tó lo que encontramos. Lo demás que cá uno tenga, lo gastaremos, ¿vale?

Así lo acordaron, pero Mani, aunque había sido el autor del pacto, sentía reconcomio a causa de la convicción de que las monedas eran mucho más valiosas que el dinero y que de enterarse, Paula podía enojarse muy agriamente. La marejada que arrasaba la vida de sus convecinos no arrancaba de su ánimo la idea de que tenía que salvar tanto como pudiera del tesoro. Sentía la misma vaga nostalgia que había sentido cuando el Templao le habló de la destrucción del arte religioso malagueño en 1931. Para sacudirse tales pensamientos, propuso:

—¿Vamos al cine?

—Creo que hay una de Imperio Argentina —dijo el Templao.

—Perdonad —dijo el chófer—. Yo no puedo. Mi novia se pone histérica cuando llego tan tarde como hoy.

Una vez encerrado el camión en uno de los almacenes de la bodega de López Hermanos, en el Molinillo, donde siempre pernoctaba, el Templao jaló de Mani calle Ollerías abajo. Deambularon de cine en cine, a la busca de la película de Imperio Argentina; no encontraban ninguna de las que a Mani le habían hecho tan feliz en el pasado. Tendía a decirse mentalmente que esas películas le alegraban la vida «cuando era un niño», frase que en ningún caso diría en alta voz, porque estaba seguro de que ocasionaría carcajadas.

—Algunos se van —el Templao le sacó de su abstracción.

Mani estaba mirando un cartel ante el que se había preguntado si valdría la pena entrar a ver *Tango de Broadway*, por Carlos Gardel, pero en ese instante, en realidad, no veía el cartel porque continuaba pensando en las monedas que parecían aumentar de peso en sus bolsillos.

—¿Qué?

—Los refugiaos que vinieron de los pueblos se están yendo. Fíjate en ésos.

Un hombre arrastraba un carro cargado de muebles, entre los que se recostaba una mujer embarazada que acunaba a un niño casi de pecho. Al lado del hombre, caminaban otros tres niños, entre los cinco y los diez años de edad.

—Es verdad, se van —dijo Mani—. Irán pa Almería, por allí tiene que haber comida.

—Pero, ¿no dicen que Motril está anegao y no se puede pasar?

—Pues, como ya has visto esta mañana, los demás frentes se están viniendo abajo. No tienen otro sitio donde puedan ir.

—Queipo de Llano lleva varias noches diciendo que los malagueños que no tengan ná que temer pueden quedarse cuando ellos tomen Málaga —el Templao parecía convencido de que él no debía sentir miedo.

—¿Tú crees que hay alguien en Málaga que no tenga ná que temer de ésos?

El diálogo fue interrumpido por el silbido de un obús que pasó rozando el tejado del cine y fue a impactar contra la fachada opuesta, un bello edificio de reminiscencias mudéjares. La onda expansiva les hizo caer a los dos de bruces.

—Eso no viene de un avión —comentó el Templao cuando pudieron ponerse de pie y echar a correr.

—¿De dónde, entonces, Guaqui?

—Es artillería, Mani, artillería que, por la trayectoria, tienen que estar disparándola desde el mar. Esos han conseguío bloquear el puerto y hundirnos los poquillos barcos que tenemos.

Bajo una lluvia de obuses que parecía abarcar toda la ciudad y tumbaba muchas de las fachadas que aún resistían de pie, se apresuraron en el camino de regreso al barrio, porque la novedad exigía pedir información a Paco. Mani se despidió del Templao en la esquina de Rosal Blanco, porque pensaba ir a La Goleta, pero notó que el balcón de su vivienda estaba abierto y la luz, insólitamente, se encontraba encendida, lo que significaba que la familia había vuelto antes de cenar. Aún quedaba gente celebrando su participación del tesoro, muchos de ellos borrachos, despatarrados en los portales. Concha le preguntó si pensaba escapar, «porque si ustedes os vais, es que no hay más remedio y yo me voy también». Mani subió la escalera a saltos.

—Gracias a Dios que has vuelto, Mani —exclamó Paula— y no te has quedao por ahí celebrando el tesoro que has tenío la pachorra de regalarle al barrio.

Junto con Ana, amontonaba objetos en hatos improvisados con colchas y mantas.

—¿Que pasa, mamá?

—Tu hermano Paco dice que vayamos preparándonos pa escapar por la mañana temprano o, a más tardar, a mediodía, porque los fascistas están a pique de caer sobre Málaga por todas partes. Pero tenemos dos problemas mú gordos, Mani, hijo mío. Ni el Antonio ni el Paco piensan venir con nosotros, dicen que tienen que quedarse defendiendo la ciudad, y ni siquiera van a dormir aquí esta noche, porque dicen que su deber está en sus despachos. Y, además... —Paula gimió— no conseguimos encontrar a la Angustias.

—¿Ya no dice Paco que a pesar de los pesares vamos a ganar la guerra?

—¡Qué va! —exclamó amargamente Ana—. Si los rebeldes están ahí mismito, por los Montes, y dentro de pocas horas se escucharán tiros en la Ciudad Jardín.

—¿Donde está el Migue?

—Se fue hace un rato como un desesperao a las Hermanitas de los Pobres —informó Ana—. Cree que tienen que haber vuelto a llevarse a la Angustias allí.

—Mani, hijo —pidió Paula, con una mirada fija en sus ojos que parecía la concesión de un título—. Encuentra a la Angustias, consigue que el Paco y el Antonio se dejen de valentonás y convence al Ricardo de que ser fraile no le va a salvar la vida. ¿Sabes que yo no daría ni un paso dejando a ninguno aquí, verdad?

Mani asintió y reflexionó unos segundos. Sentía vértigo por la responsabilidad que su madre acababa de echarle sobre los hombros, pero elaboró mentalmente el plan en un momento. Dio un beso breve a Paula, acarició la mejilla de Ana y echó a correr hacia el corralón de la Torre. Encontró al

Templao lavándose la cara y las manos en una palangana, en el patio, donde había un grupo numeroso celebrando con aguardiente de Ojén su cuota de monedas de plata.

—Guaqui, ¿sabes guiar el camión?

—Regulín, regulán. Llevé uno en la Legión un par de veces, pa aprender, pero sin salir del cuartel.

—Po hay que echarle huevos. Vamos.

—¿A dónde?

—En primer lugar, necesitamos el camión pa ir corriendo a la casa del Chafarino; tengo escondías tres pistolas allí. Y después, seguramente no vamos a parar en toa la noche; y mañana, en cuanto estemos listos, echaremos a correr. Dile a tu madre que prepare tó lo que pueda llevarse, porque en cuanto lo hagamos tó vamos a salir de Málaga echando leches.

Consiguieron poner en marcha el camión tras innumerables intentos. El Templao resultó ser bastante más hábil de lo que había anunciado, conduciendo sin grandes dificultades ni tropiezos hacia la playa de La Isla. Había muchos incendios que no caldeaban el ambiente; parecía que la escasez de alimentos hubiera debilitado no sólo a la gente, sino a la ciudad entera, como si fuera un organismo vivo pero languideciente, ya que entre los resplandores del fuego todo parecía frío y hasta la tibieza de sus cuerpos, el de Mani y el Templao, había sido desterrada. No pararon de tiritar a lo largo del camino, aunque ardían calles enteras.

—Es posible que esas armas no sirvan ya, Mani.

—Te digo que sí. El Chafarino las protegió con muchos envoltorios de tela de ésa que usan los marineros, con alquitrán y demás, y las metió en una lata.

Los cañaverales que bordeaban la playa también estaban ardiendo. El reflejo de las llamas devuelto por las nubes revestía todo el paisaje con una pátina de cuadro apocalíptico. Mani anticipó que iba a tener que sobreponerse al derrumbe de su ánimo muchas veces a lo largo de esa noche. Al aproximarse, le alarmó no distinguir el tejado cubierto de cañas y palmas, que habitualmente veía asomar por encima del cañaveral. Primero, pensó que el velo de humo sería lo que ocultaba la casa de su viejo amigo, pero enseguida presintió que algo malo ocurría. Cuando detuvieron el camión lo más lejos de las llamas que pudieron, cedió su arma al Templao, mandándole que disparase a cualquiera que se aproximara al vehículo, y echó a correr.

Al salir a la anchura de la playa, miró el emplazamiento de la choza con incredulidad. De la frágil construcción de cañas y restos de barcos no quedaba casi nada, sólo el amontonamiento de rescoldos y una mancha pardusca de arena carbonizada que desprendía todavía débiles madejas de humo. Quería creer que se había equivocado a causa del cañaveral incendiado, y que ése no era el lugar donde el Chafarino vivía, sino cualquiera de los otros cañizos alzados en la playa por los marineros. Buscó en todas las direcciones con mirada extraviada, anhelando que uno de los dioses que el anciano inventaba hubiera desplazado milagrosamente la cabaña hacia otro punto; ansiaba recuperar el sentido de la orientación y descubrir dónde estaba la choza y que el Chafarino abriera la puerta con un tazón caliente de caldo de pescado en la mano para reconfortarle del frío como un puñal que sentía en el corazón. Gritó. Llamó con todas sus fuerzas al Chafarino, hasta que se le quebró la garganta, acartonada. Sólo respondía el rumor de la brisa indiferente y el crepitar del fuego del cañaveral. Entonces, lo vio; era una masa carbonizada como todo lo que lo rodeaba, pero sabía que eran los restos de su amigo. Se arrodilló junto a él, extrañado de que en ese pedazo de carbón ceniciento pudiera reconocer tan fielmente a quien, ahora lo sabía, había querido tanto; creía poder ver sus pupilas estériles que, sin embargo, tan fijo parecían mirar; su sonrisa entre socarrona y comprensi-

—No le des tanta importancia —advirtió Mani a su hermano—. Esto ya lo veía venir hace una pechá de tiempo; luego te cuento. Encierra a la superiora, no vaya a conseguir que la comunidad en pleno se levante contra nosotros y tengamos un lío con una rebuina de monjas desbocás chillando como ratas. Venga, Migue, enciérrala y nos encontraremos en... ¿dónde vamos, sor Rosario?

—Llámame Rosalía. Vamos a la comunidad, al fondo del primer dormitorio, donde hay unos armarios que ocupan todo el testero.

Tras subir afanosamente los dos tramos de escaleras, la monja le dejó solo a la entrada de uno de los dos dormitorios de la comunidad, que jamás había visitado. Se trataba de una sala que ocupaba el segundo piso de uno de dos los lados más largos del rectángulo que formaba el patio de Lourdes. Mani empujó la puerta con cautela, por si alguna monja se escondía para golpearle la cabeza con una sartén o cualquier otro objeto, pero todas estaban arrodilladas junto a sus camas respectivas, con las manos juntas, mirando implorantes hacia él. Sintió momentáneamente el impulso de reír, aunque comprendió que no sería caritativo hacerlo. Cuando comprobó que nadie estaba escondido tras la puerta y que podía avanzar sin riesgo, alzó la pistola hasta situar el brazo como una prolongación del hombro y orientó el arma alternativamente hacia todas las mujeres, en círculo, componiendo una forzada expresión de rufián al tiempo que se dirigía hacia el fondo, donde las puertas de cuarterones de estilo castellano ocupaban toda una pared. Se preguntó cuántos armarios como ése, que ocultaran pasadizos, habría en todo el convento y cuánta gente esconderían las monjas protegiéndola de la familia que había salvado la vida a la comunidad y todo el convento. Sintió enojo, a pesar de que algo en el fondo de su conciencia le decía que sí, que había muchas personas con motivos para temer de él y sus hermanos. Sentía algo de amargor de boca cuando dio una patada a una de las puertas, pero todas se abrían hacia fuera, de manera que tuvo que ir abriéndolas con la mano izquierda, sin bajar la guardia. Sentía las miradas de las monjas fijas en su espalda, sabiendo que cualquiera podría dejarle fuera de juego golpeándole con un objeto contundente, pero confiaba en que les faltaba determinación y en que Miguel llegaría a proteger su retaguardia en cualquier instante.

Empujó a puñados las ampulosas ropas que colgaban de las perchas y enseguida descubrió que había una puerta disimulada en la obra interior. Esta vez sí, esa puerta cedió a una fuerte patada. Tuvo la inmensa suerte de que en el mismo instante llegase Miguel apresuradamente, dando voces.

—¡Mani, que se escuchan chillíos en la calle! A ver si van a quitarnos el camión.

Volver la cabeza salvó la vida de Mani, porque de otro modo le hubiera alcanzado en la frente la bala disparada desde más allá del armario. Sin cautela a causa de la sorpresa, volvió de nuevo la cara hacia la sala que había estado oculta, para descubrir con estupor que Serafín, el supuesto fugitivo de paradero desconocido, le apuntaba con expresión triunfal. Miguel, más ducho gracias a su experiencia de soldado del frente, corrió hacia el ángulo, a la izquierda de Mani, donde no podía ser visto desde dentro del armario. De un salto, se introdujo en el interior del guardarropa y corrió hacia el punto donde emergía la mano amenazante del hijo del barbero. Habían mediado apenas unos segundos desde el disparo cuando Miguel aferró esa mano y consiguió quitarle el arma con un mordisco. Mani cruzó el umbral y rebasó a Serafín, para toparse con otra sorpresa; todavía en calzoncillos, el también falsamente desaparecido barbero se había embutido en una chaqueta blanca con entorchados, como un remedo de oficial del Ejército; tenía en las manos el pantalón azul a punto de ponérselo, pero no había tenido tiempo de hacerlo. La presencia en La Goleta de toda la familia que había creído huida le hizo sentir por las monjas un rencor y una antipatía que jamás había sentido; ninguna de las religiosas había tenido en cuenta el peligro que para su madre y sus hermanos, desprevenidos, representaba la acechanza del barbero y su hijo. Sentada en una cama, Bernarda afectaba aires de diosa reinante en un paraíso recién conquistado; miró a Mani con ira mezclada con desdén. Junto a ella, tendida en la cama y amordazada, Angustias estaba atada de pies y manos a los barrotes de hierro. Los inmensos ojos verdes refulgieron cuando reflejaron a Miguel y esa expresión aceleró la actuación de Mani.

—Migue, mientras yo controlo a Gustavo y Serafín, amarra a Bernarda por allí, en la otra punta del cuarto. Después, suelta a la Angustias y echad a correr los dos pal camión; venga, ya, si no quieres que a tu mujer embarazá la violen los moros por culpa de esta familia de atontolinaos fanáticos.

—No son moros los que vienen —afirmó Gustavo con jactancia autosuficiente—. Son italianos y les manda un íntimo amigo del Duce, Mario Roatta.

—¿Cómo lo sabe usted? —preguntó Miguel con expresión muy suspicaz.

—Se comunican con ellos por ese aparato —acusó airadamente Angustias al liberarse de la mordaza.

Señaló un objeto cubierto con la funda de una almohada, a pesar de lo cual Mani lo reconoció como el que había visto fugazmente en el cuartillo de la azotea. Sin pensarlo, disparó rabiosamente contra él. Por el chasquido y los chirridos, supo que lo había inutilizado.

—¿Italianos? —dijo Mani, con mordacidad iracunda—. ¿Son italianos los que vienen a echarnos a los malagueños de nuestra capital? Estará usted contento. Los patriotas que tanto alaba, van a entregar Málaga a un Ejército extranjero.

—Mira, Mani —sonrió el barbero, a quien no parecía importarle que su hija estuviese a punto de apartarse de él y de su familia, quizá para siempre—. Hace tiempo, te consideraba mejor que tus hermanos, y por eso pienso que todavía tienes salvación. Esa es la razón de que no te responda como mereces, puesto que tus hermanos rojos pusieron a un montón de rusos al mando de Málaga y a ti hasta te han convertido en un asesino, siendo como eres un mocoso. Si los nuestros aceptan la ayuda de los hermanos italianos, es porque vosotros os disteis al abrazo del oso de Rusia. Los italianos vienen a impedir que España desaparezca convirtiéndose en una República Soviética.

—Los de Hitler y Mussolini vinieron primero, a ayudar a Mola y tós esos enloquecíos asesinos de niños —dijo Miguel—. Y los aviones que nos machacan a los malagueños son tós alemanes.

—Ya estoy lista —dijo sor Rosario a sus espaldas.

—Po andando —apremió Mani, mientras empujaba a Angustias y Miguel hacia la salida.

Una vez en la galería, en lugar de bajar las escaleras Mani dijo a su hermano:

—Migue, llévate a Angustias y a sor Rosario pal camión. Yo voy enseguía.

Buscó por las galerías del primer piso del patio de Lourdes, en las aulas que las monjas habían convertido en dormitorios para los asilados. No tardó en encontrar al hombrecillo mellado.

—Véngase con nosotros —le dijo—. Los rebeldes van a tomar Málaga de aquí a ná.

—¿A dónde voy a ir yo, hijo mío? Me duelen tós los huesos.

—No es usted tan viejo. Mi madre dice que tiene menos de cincuenta.

—Pero me falla el ánimo.

—Le van a acribillar. ¿No sabe usted lo que representan mis dos hermanos mayores y los cargos que tienen? Cuando los rebeldes sepan que usted es el padre...

—¡Qué más da! Agradezco tu interés, Manolo, pero no tengo ganas de escapar. Aquí estaré bien.

Mani percibió el aliento agrio. Había bebido, como de costumbre. Notó que el esfuerzo era inútil y entonces comprendió que no tenía ninguna clase de compromiso moral con él. Un descubrimiento que alivió algo el peso que le aplastaba los hombros. Le dio la mano a modo de despedida y echó a correr hacia la galería paralela a la capilla, donde subió a saltos la escalera que conducía a la terraza. A Elena Viana-Cárdenas James-Grey iba a venirle bien lo que estaba a punto de ocurrir; recuperaría su imperio, aunque ello no le devolviera la felicidad.

—¿Vienes a despedirte, Manuel? —le preguntó con tono quejumbroso.

—Sí, doña Elena. Es ir o morir, no hay tutía. Pero tengo una espina clavá con usted, porque me voy sin que haya consentío en decirme ni una palabra de lo que tenga usted que ver con mi madre. Pero aunque no se lo tomo en cuenta, quiero que sepa que yo me hubiera dejao cortar la cabeza pa protegerla.

Elena sonrió.

—Estoy segura de ello, Manuel. Visítame cuando pase este maltrago. Cualquier tarde, ven a tomar el té conmigo en mi casa, y te contaré lo que deseas.

Mani apretó los labios. Aunque la llegada de los rebeldes pudiera ser una liberación para ella, el sufrimiento iba a continuar cuando descubriera que ya no tenía ni familia ni casa, por mucho que recuperase la mayor parte de su inmensa fortuna. Sin pensar en la advertencia de las monjas contra la sarna, le dio un fuerte abrazo y un beso.

—Condiós, doña Elena. La voy a echar mucho de menos.

Guárdeme un puesto en uno de sus barcos, pa tener trabajo cuando vuelva.

—Que Dios te bendiga, Manuel. Cuando vuelvas, que espero que sea dentro de mú poquitos días, no tendrás sólo un trabajo, sino mucho más. Acuérdate de venir pronto. Ahora, dile a tu madre que quiero darle un beso.

—No creo que pueda venir, doña Elena. Condiós.

Al cruzar el patio de la Milagrosa hacia la salida, vio al barbero descendiendo la escalera principal con pasos pretendidamente majestuosos. El uniforme no le aportaba marcialidad ni donaire, pero él sonreía triunfante y jactancioso, sin sombra de preocupación por la hija que acababa de perder, porque cualquier otro sentimiento quedaba oculto bajo el barniz anticipado de la gloria que iba a alcanzar en pocas horas con la felicitación y el laurel ensangrentado de los italianos. Mani giró la cabeza hacia la puerta, indeciso sobre si sentirse humillado o furioso, y abandonó el convento sin despedirse de nadie más. Había gente alrededor del camión con actitudes amenazadoras, cuya intención evidente era robarlo en cuanto les dieran una oportunidad. Rosalía y Angustias se habían acomodado en la cabina, con el Templao, mientras que Miguel enarbolaba las dos pistolas en lo alto de la caja.

—¿Qué hora es, Migue?

—Las dos y media, chispa más o menos. ¿Qué hacemos ahora, Mani?

—Lo del Paco y el Antonio hay que dejarlo pal final, cuando seamos más y tengamos más armas. Voy a buscar al Ricardo, a pillarlo dormío y antes de que tenga tiempo de reaccionar. Esperarme en el Molinillo, con el motor en marcha y sin dejar que nadie se acerque. Guaqui, ¿tu madre estará preparando la escapá?

—Sí, no te preocupes, pa lo que tenemos que llevarnos...

—Vengo enseguía— dijo Mani, echándose al suelo antes de que el camión parase completamente.

Despertó a Ricardo apoyando la pistola en su mejilla.

—¿Qué pasa?

—Te necesito. Hay mucho que hacer y me hace falta gente.

—No me das miedo, Mani. Sé que no vas a disparar, pero aunque te diera la venate, no temo la muerte, porque estoy en gracia. A mí no me convences tú de salir huyendo con los que han pisoteado y profanado la Santa Madre Iglesia.

—¿Estás hablando de tus hermanos?

—Estoy hablando de la locura general, Mani. De una ciudad que ya no se sabe dónde está ni quién la gobierna, porque es una República separá de España en manos de locos como el Antonio y de rusos que ni los comprendemos ni nos comprenden, y que ofenden a todas horas los signos sagrados.

—¿Y tu conciencia?

—No te comprendo.

—Los que llegan, vienen decidíos a fusilar a los que, como tus dos hermanos mayores y yo, hemos destacao un poquillo en Málaga. Si tú no quieres venir con nosotros, mamá no va a consentir que nos vayamos, y quedándonos, el Antonio, el Paco y yo, y hasta es posible que mamá, moriremos fusilaos por tu culpa.

Ricardo se arrodilló sobre la colchoneta, como si se dispusiera a rezar. Pareció por un instante a punto de hacerlo, provocando la ira de Mani, pero dijo:

—Vale, me voy con ustedes, por lo menos hasta que salgamos de Málaga. Después, ya veremos si sigo o si no...

Mani comprendió el significado de la evasiva. Una vez en marcha, Ricardo aprovecharía la primera pausa para abandonarles y regresar a su convento. Le daba igual, siempre que lo hiciese cuando todos estuvieran a salvo. Dio a su hermano la tercera de las tres pistolas rescatadas en la playa y fue con él a urgir a la madre del Templao para que estuviera preparada dentro de una hora o dos, con objeto de abordar el camión y echar todos a correr en busca de Antonio y Paco en cuanto Paula y Ana estuviesen dispuestas. Paula le había dicho que los niños durmieran tanto como pudiesen antes de partir. Regresado con Ricardo al camión, Mani le dijo al Templao:

—Antes de ir en busca del Paco y el Antonio, tenemos que conseguir comida.

—¿Y dónde, Mani? ¿No te acuerdas de lo que pasó esta mañana?

—Pero a lo mejor encontramos algo; ahora que se ha ido tanta gente, seguramente habrá repartos suspendíos. Vamos al mercao.

Apenas había actividad donde todas las madrugadas se amontonaban los carros y los camiones, entre la agitación de los porteadores pugnando por conseguir algo que repartir. Todavía era demasiado temprano, pero resultaba patente que la agitación no iba a ser la acostumbrada. Consiguieron apropiarse de dos capazos de fruta, naranjas en gran parte, uno de coles mustias y un saco de patatas, más dos cabritos que no parecían recién sacrificados.

—Eso huele fatal —se quejó Angustias cuando lo depositaron todo en el camión.

—Los cabritos ajuman siempre —le replicó cariñosamente Miguel—. Ya verás cuando mi madre los guise; te vas a chupar los dedos.

Aunque todavía no se presentía el alba, circulaba mucha gente por las calles. Cargaban hatos enormes en las parrillas de las bicicletas, en carretillas de mano o sobre los hombros. Los regueros de asilados que la tarde anterior formaban sólo una especie de romería, se estaban convirtiendo en una desbandada. Tras un breve conciliábulo, decidieron que no podían pasear el camión una y otra vez abriéndose paso entre tanta gente que les envidiaba el medio de transporte; se encerrarían todos con el vehículo en la bodega donde solía pernoctar, mientras Mani y el Templao iban en busca de sus familias. Mani le pidió a Miguel, al oído, que no perdiera de vista a Ricardo.

Paula y Ana estaban preparadas y dispuestas. Mani les ayudó con los bultos, negándose a que Ana cargase ninguno porque apenas podía con su barriga, y, cuando llegaron al portal, se toparon con el Templao, su madre y sus diez hermanos. Carmela cargaba una olla humeante mientras recitaba una salmodia:

—Mi Inma, pobre hija mía, qué será de ti; cuando vengas a buscarme, no me encontrarás, porque sólo la Virgen sabe dónde terminará tó esto. Quién sabe si volveré a verte, Inma, hija de mi corazón y de mis entrañas, lo más bonito que ha parío Málaga; Dios mío, guíala, que no se pierda ni sufra...

—¡Tira esa olla de una vez! —exigió el Templao con enfado, como si llevara un rato diciendo lo mismo.

—¡Tirarla! ¿Por qué no paramos un momentillo a comer?

—¿Qué llevas ahí? —preguntó Paula.

—Un puchero. Le he echao tó lo que me quedaba.

—Estaba guisándolo —dijo el Templao, impaciente—, a las cuatro y media de la madrugá. ¡Vaya majaretá más grande!

—Tíralo, Carmela —aconsejó Paula—. ¿Quién puede pensar en comer puchero a estas horas?

La madre del Templao meneó la cabeza, empecinada en su negativa. Más tarde, nadie sabía dónde se habría cansado de sujetarla, porque Carmela llegó al camión sin la olla. Cuando Paula, tras una mirada primero de extrañeza y luego escrutadora, consiguió reconocer a sor Rosario en la guapa mujer que se hallaba en la cabina, preguntó agriamente:

—¿A dónde va usted?

Rosalía bajó la frente como quien teme la sentencia de muerte en un juicio. Miró a Mani de soslayo, pidiéndole auxilio. La religiosa tenía las mejillas brillantes y los párpados repentinamente húmedos. Sin la toca y demás ampulosidades de monja de la Caridad, su aspecto era el de una muchacha hermosísima que buscase novio.

—Díselo tú —rogó Rosalía a Mani.

—¿Qué pasa aquí? —preguntó Paula con suspicacia creciente.

La monja calló. Pareció tan acobardada como el día de las elecciones, cuando Mani delató su impostura al intentar votar por tercera vez.

—Está encaprichá del Paco —informó Mani.

—¡Dios mío! —exclamó Paula—. ¿Es eso cierto?

—No es capricho —musitó Rosalía—. Es amor verdadero.

—¿Y él le corresponde? —preguntó Paula a Mani.

—Me parece que sí, pero creo que él ni se ha dao cuenta.

Paula reflexionó un instante, tras el cual acarició el mentón de Mani por la capacidad de observación que revelaba su razonamiento.

—¿Estás seguro, Mani? ¿No se va a convertir esta mujer en un problema que tu hermano no sepa cómo resolver?

—Ya sabes cómo es el Paco de contenío, mamá. Pero yo lo he visto mirar de reojo a esta mujer tan requeteguapa, y hacerle los ojos chiribitas. Pero me parece que él, comunista y tó, respeta demasiao sus hábitos y por eso no ha tratao nunca de... bueno, tú sabes.

Los labios de Paula se crisparon cuando resolvió:

—No tenemos más remedio que ampararla. Escapar del convento es una cosa gravísima y habrá que pedir perdón a Dios por ello; ahora no puede volver a La Goleta, porque aunque regresara arrepentida, la someterían a humillaciones que no creo que usted tenga intención de afrontar —Rosalía negó con la cabeza—. Por mi parte, puede usted venir con nosotros pero, por favor, si mi hijo la rechazara, no nos monte ningún numerito, porque ya ve usted el plan que llevamos, y dele tiempo al tiempo, ¿de acuerdo?

Rosalía asintió. Gruesas lágrimas corrían por sus mejillas.

—¿Qué hacemos ahora, Mani? —preguntó Miguel, comprendiendo que la mirada aprobadora de Paula significaba que había cedido al menor de sus hijos el mando estratégico de la huida.

—Convencer al Antonio —respondió Mani— nos costará menos trabajo que al Paco. Vamos al hospital, porque, además, también podríamos conseguir allí armas de repuesto. Guaqui, organiza a los tuyos pa que los más chicos sigan durmiendo ahí arriba. Contigo, irán en la cabina mi madre junto con la Ana y la Angustias, que están preñás. Tu madre tendrá que ir en la caja; Ricardo, ve apuntando patrás y tú, Migue, defiende los dos laos de la caja y tener tós las pistolas cargás y a punto, por si intentan quitarnos el camión. Yo vigilaré por encima de la cabina, en el sentío de la marcha. Venga, andando.

El intrincado conjunto que formaban los edificios del Hospital Civil se recortaba contra el cielo oscuro de noche y nubarrones, como si un anticipo del alba comenzara a bañarlo. Mani dejó al Templao y a Miguel al cuidado del camión y, más para librarles de un posible elemento de conflicto que para contar con su ayuda, se llevó a Ricardo con él. Había un miliciano en el lugar de la monja portera, haciendo grandes esfuerzos por no dormirse; se alzó del asiento al reconocer a Mani.

—Salud, camarada —saludó.

—¿Sabes si mi hermano Antonio está durmiendo?

—No creo. Hay una asamblea en la capilla.

Mientras recorrían el vestíbulo y el largo pasillo, Mani pasó la mano por los hombros de Ricardo y acercó los labios a su oído para decir:

—Escucha, Ricardo; tal como están las cosas, te juro por mamá que no penaría empacho ninguno si tengo que matarte. No vayas a hacer ná raro. No trates de despistarme ni intentes huir. Lo único que te consiento que hagas es ayudarme, y si me estorbas o pones en peligro tó lo que tenemos que hacer, te mataré y le diré a mamá que te has escapao. ¿Lo entiendes, verdad?

El ex fraile giró la cabeza hacia su hermano menor. Con más curiosidad que asombro, escrutó los ojos de Mani, de los que brotaban chispazos como cuchillos. Durante una fracción de segundo, Ricardo realizó un inventario somero de la vida del adolescente con aspecto de querubín que acababa de amenazarle; pocos a su edad habían visto la muerte tan cerca, pocos con sus años habían pasado tanto tiempo al borde del volcán; sabía que era así, sabía de primera mano que el muchacho rubio de ojos como lagos había sobrevivido gallardamente a las peores curtimbres que podían superar los seres humanos, pero de repente le parecía que sufría amnesia parcial y no era capaz de reconocerlo ni de reconocer que era su hermano. Percibiendo que hablaba completamente en serio, asintió.

Abrieron suavemente la puerta de la capilla. Dentro, se hallaba reunido todo el equipo de seguridad del hospital, y Antonio dirigía la asamblea desde el púlpito.

—... que se vayan los comunistas si quieren, y sus amigos los rusos, joé. Que huyan como ratas. Nosotros nos quedaremos al pie del cañón, como los machos bragaos que somos, porque los tenemos cuadraos, ¿verdad? Rechazaremos a los rebeldes y, libres de comunistas y de fulanos almidonaos, estaremos en condiciones de proclamar la República Libertaria de Málaga Independiente.

Contrariamente a lo que solía ocurrir cuando Antonio hablaba en tales términos con sus hombres, casi todos procedentes de la CNT, éstos permanecieron en silencio, con apenas algunos gestos de asentimiento muy tibios y desganados.

—Antonio —Mani se esforzó porque su tono sonase firme—. La Ana tiene dolores y hemos venío con mamá a ver si es que va a parir. Dice que vengas corriendo.

La mentira surtió efecto inmediato. Antonio bajó atropelladamente la escalerilla del púlpito y echó a correr, pasando entre Mani y Ricardo sin decirles ni una palabra. A un gesto de Mani, Ricardo alzó la mano con la pistola y ambos echaron a correr tras su hermano mayor hasta alcanzarle. Casi simultáneamente, apoyaron las dos pistolas sobre los costados de Antonio.

—Sigue corriendo —dijo Mani en un susurro, porque notó que algunos de los hombres del equipo de vigilancia iban tras ellos—, pero no sólo hasta el vestíbulo, sino hasta la calle y te subes en el camión que nos espera.

De medio perfil por detrás, Mani se dio cuenta de que Antonio sonreía levemente; durante la corta carrera que siguió hasta verlo abrazar a Ana y saltar luego sin remilgos ni protestas dentro de la caja del camión, consiguió descifrar la sonrisa con la conclusión de que el mayor de sus hermanos sentía más ganas de escapar de las que las circunstancias le permitían reconocer ante sus camaradas.

Tuvieron que abrirse paso a bocinazos y gritos a través de la gente, calle Ollerías abajo. El cielo comenzaba a desteñir vistiéndose de gris ceniciento, confundidas nubes y columnas de humo en un toldo lleno de malos presagios. La ciudad era una hoguera general, una pira humeante sobre rescoldos nauseabundos, una hoguera inmensa en la que podían arder todos los júas de su historia, todos sus odios y frustraciones, todas las penas y resquemores, porque a los innumerables fuegos del bombardeo de toda la tarde se estaban sumando los de algunos fugitivos que incendiaban sus viviendas para que los rebeldes no conquistasen más que tierra quemada. La gente componía ya una procesión que ocupaba de banda a banda las calles practicables, a excepción de las muchas que estaban bloqueadas por los escombros y las llamas; algunos parecían pertrechados tras larga preparación, pero otros muchos daban la impresión de haber echado a correr de improviso, aguijoneados por la alarma galopante que ya restallaba por toda Málaga y que sonaba en alaridos entre la multitud:

—Queipo de Llano ha prometío que no molestará a los que huyamos por la carretera de Almería.

—Pero va a ser una ratonera, por la riá.

—¿Y a qué otro sitio podemos irnos, si los fascistas bajan por toas partes?

—Aprende a nadar, gachó, porque como no sea mar adentro...

Tras atravesar calle de Carretería, el camión tuvo que avanzar al paso de la gente, porque ni los gritos ni los bocinazos insistentes del Templao conseguían ya que se apartaran. Tampoco lo consiguieron varios disparos al aire de la pistola de Antonio. Cuando pudieron llegar ante la Jefatura Provincial de Abastos, ya era completamente de día. Antonio saltó del camión como si se dispusiera a tomar el mando, pero Paula lo llamó imperativamente desde la cabina.

—Antonio, ven a tranquilizar a tu mujer, que está mú nerviosa, no sea que se nos desgracie la criatura. Deja a tu hermano Mani, que él sabe lo que tiene que hacer.

—Pero, mamá... —protestó Antonio.

—Ni mamá ni santa María —replicó enérgicamente Paula—. Métete aquí en la cabina, en mi sitio, y consuela a la Ana, mientras yo hago un par de cosillas.

Ella misma empujó a su primogénito, que al ser forzado a encaramarse en el asiento, miró con enorme sorpresa a Rosalía. Paula sonrió mientras le decía:

—Ya ves, hijo; dice que quiere al Paco. A este paso, hasta el Mani va a salir de Málaga emparejao.

La expresión del Templao fue como si hubiera recibido un latigazo en los ojos con la imagen de Inma. Mani trató de encontrar la mirada de su madre para advertirle de las sombras que pasaban por la mente de su amigo, pero Paula se encontraba arrebatada de impaciencia a causa de lo que estaba viendo por las calles:

—Vamos, hijo. Salvemos al Paco y a correr, que Málaga es peor que el hocico de un lobo rabioso pa nosotros.

No había milicianos delante de la Jefatura Provincial de Abastos. Ni personal en la recepción. Sólo quedaban tres oficinistas en la lóbrega habitación que albergaba la oficina. Con inmensa consternación, Paco hacía anotaciones en un enorme dietario abierto ante él; sentado a su lado, rozando con su codo izquierdo el derecho de Paco, el ruso tenía adelantada la mano sobre la mesa, sujetando una pistola. Al descubrirlo, Mani ralentizó la marcha y dio un manotazo en la nalga de su madre, para que también ella se contuviese. Paco levantó hacia ellos una mirada nublada por las lágrimas.

—No tengo suministros pa Málaga —se lamentó.

—Tampoco hay a quien suministrar, Paco —dijo Paula con dulzura, como quien consuela a un bebé—. La gente se está yendo en desbandá. Y ese tío descolorío —añadió señalando con el mentón al ruso—, ¿por qué no se va también?

—Esperaba un barco —informó Paco— que tenía que venir esta madrugá a llevárselo a él, al Kremen y tós sus paisanos —Paco evitaba decir «rusos», única palabra que el sujeto daba muestras de entender—, pero no ha podío atracar, porque parece que los fascistas han cercao ya el puerto. Ahora, el gachó está amargao además de desesperao, y lleva toa la mañana amenazándome con la pistola y diciendo cosas que no entiendo. Está la mar de cabreado, pero es que además de que no ha venido más que uno de los camiones, no hay ná que cargar en ninguna parte.

—Prepárate pa echar a correr —dijo Mani.

—Niño, déjate de valentonás —dijo despectivamente Paco—. Este tío está completamente trastornao y es capaz de cualquier disparate; pero, además, yo no soy una rata pa saltar del barco cuando corre riesgo de hundirse.

—No corre riesgo, Paco —casi gritó Mani—, es que ya está hundiéndose, joé. Si vieras lo que corre por las calles... No pierdas de vista la mano y la pistola de ese andoba, y prepárate a saltar cuando yo llegue a un paso de la mesa. Atención, Paco, yo te diré «salta» cuándo vea que puedes echarte encima de él.

Con expresión casual y casi sonriente, Mani fue acercándose a la mesa con la mano derecha sobre los riñones, junto a la pistola que llevaba sujeta por detrás en la cintura. Una vez que estuvo a la distancia indicada, aferró el arma y adelantó de súbito la mano hasta apuntar al ruso entre los ojos, al tiempo que gritaba a su hermano:

—¡Salta!

Paco lo hizo, pero no con la suficiente rapidez. El ruso accionó el gatillo y una bala pasó rozando la cabeza de Paula. De reojo, Mani vio que su madre se quedaba paralizada un instante, pero no parecía que por el miedo, sino por la indignación. Tras esos segundos de estupor iracundo, fue Paula la que saltó hacia la mesa, sobre la que literalmente se echó, y comenzó a abofetear al ruso como un aluvión. Éste soltó una carcajada, como quien desprecia más de lo que teme, y volvió a disparar. Pero Mani se encontraba en un estado de alerta extrema, que no aminoraba el hecho de llevar más de veinticuatro horas despierto, y como si estuviese poseído de un grado de clarividencia sobrenatural, fue capaz de ver la bala en su trayectoria por encima de la mesa hasta golpear en un legajo, como si la mirase con una cámara lenta de cine; comprendió que ese hombre frío, distante y profundamente desagradable, que jamás en los cinco meses que llevaba cruzándose con él le había dedicado ni el más leve gesto de amabilidad, había intentado matar a su madre, por lo que ya no pudo pensar más. Disparó y, como el día que mató al comandante de la rebelión en la Cortina del Muelle, vió abrirse el cráter, esta vez en la frente, y brotar en círculo la ola de sangre, pero en ese momento no disponía de tiempo para conturbarse como entonces. Movió la pistola, ahora apuntando a Paco, y dijo con apremio:

—Andando, aquí hemos terminao ya.

Cuando Paco, cuya expresión se había vuelto mucho más distendida en los pocos instantes transcurridos desde que su madre y su hermano irrumpieran en el despacho, se alzó dispuesto a obedecer la orden de su hermano menor, Mani notó que los tres oficinistas estaban completamente paralizados, lívidos, convertidos en estatuas de sal por el pavor. Evidentemente, él era el causante de su miedo. Les sonrió para tranquilizarles y dijo:

—Tenéis mucho más que temer si os quedáis ahí, quietos como pazguatos. Echar a correr, porque Málaga es un polvorín a punto de saltar por los aires.

Rosalía les sonrió con mirada implorante desde la cabina, y Paco no mostró rechazo ni sorpresa, limitándose a devolverle la sonrisa, al parecer muy complacido. Eran casi las diez de la mañana en el momento que Mani y él saltaron dentro de la caja del camión, mientras Paula se acomodaba en la cabina; poco después, y accionadas por alguien que no podían imaginar quien sería, puesto que parecía correr ante ellos la totalidad del mundo, comenzaron a sonar las sirenas y, al instante siguiente, vieron que los aviones bombardeaban con insistencia por la zona de la vía del tren de Vélez y más allá, en la playa de La Caleta.

—Tratan de que la gente no huya —dijo Paco—, ¿veis? Bombardean por la salida hacia Almería, con el propósito de cortarnos la retirada. Es una locura seguir.

—¿Y entonces? —preguntó Mani.

—Tenemos que esperar a que oscurezca —Paco golpeó el techo de la cabina y gritó—: ¡Guaqui, para el camión! Tenemos que cambiar de ruta y esperar.

Al detenerse el vehículo, Paula sacó medio cuerpo por la ventanilla de la derecha.

—¿Qué pasa, Paco?

—Están bombardeando a mansalva por La Caleta y El Palo, mamá. Quieren impedir que la gente huya. No hay más remedio que esperar a la tarde. Guaqui, llévanos a la comandancia del puerto. Allí al lado hay un sitio donde podemos esconder el camión.

—¿No vas a jugárnosla? —preguntó Mani con recelo.

—No, niño, de verdad que no.

Como si estuviera echando cuentas, preguntó Miguel:

—Pero, ¿tú crees que a la noche no habrán entrao ya los nacio... los rebeldes?

—A los que están más cerca, les ha amanecío al lao de Colmenar. Eso quiere decir que, con tó lo que traen encima, no podrán llegar lo menos hasta mañana por la mañana. Son italianos.

—Ya lo sabemos —dijo Mani.

—¿Cómo os habéis enterao?

—El barbero —dijo Mani—, estaba escondío en La Goleta, con toa su familia.

Miguel le resumió lo que habían visto en el escondite del convento, jactándose de que Mani hubiera inutilizado la radio. Acabaron el relato mientras guardaban el camión en el almacén indicado por Paco, una cochera grande donde solían encerrar los vehículos de los principales funcionarios que trabajaban en el puerto, pero ahora estaba vacía. También lo estaban las oficinas, donde los hermanos más pequeños del Templao se echaron a dormir inmediatamente y todos los adultos se acomodaron con alivio en los sillones y sofás, derrengados.

—Guaqui —dijo Paco—, ¿vienes conmigo en busca de comida? Lo que hay en el camión debemos guardarlo pal viaje.

—Nanay de la China —atajó Mani—. Guaqui se queda aquí, al cuidao de la familia, y contigo voy yo.

—Después de lo que le has hecho al ruso —dijo Paco con cierta ironía—, ¿tú crees que yo iba a escaparme pa volver a mi puesto?

—No lo sé, pero tampoco quiero averiguarlo. No pienso darte ninguna oportunidad de que nos des esquinazo, porque, conociendo como conoces a mamá, eso significaría que tós tendríamos que quedarnos.

Paco frunció los labios a la manera de Paula, con una ademán que Mani no fue capaz de descifrar. Podía significar que trataría de escabullirse a la primera ocasión o que no tenía la menor intención de hacerlo dadas las circunstancias. Por ello, Mani realizó un inventario urgente, porque sabía que en cuanto pudiera sentarse iba a quedarse dormido sin remedio. Antonio no podía ser un buen aliado a causa de sus razonamientos e iniciativas disparatadas, aunque ahora resultaba evidente que tenía más ganas de escapar de Málaga que nadie; Ricardo era del todo imprevisible y él mismo había anunciado la intención de volver al convento a la primera ocasión. Descartado Paco, sólo quedaban Miguel y el Templao, ambos decididos a alejarse de la ciudad tanto como pudieran. Serían, pues, ellos los únicos en los que confiaría entre los hombres; en cuanto a las mujeres, ni Ana ni Angustias por sus embarazos, ni Carmela, atenta a sus hijos, servirían de mucho. A Paula no quería obligarla a imponerse a sus hijos por la fuerza. Quedaban solamente Rosalía y la mayor de las hermanas del Templao descontada Inma: Viky. Una ex monja, una adolescente y un chico ensimismado por la concupiscencia como Miguel, para controlar y guiar a un grupo de veintiuna personas. Mani sonrió con algo de desaliento; en realidad, sólo era capaz de confiar en el Templao y él mismo. Acompañó a Paco a la casilla de los guardeses del edificio de salvamento de náufragos; como si el matrimonio no supiera nada de la tragedia que se abatía sobre la ciudad, y creyeran vivir en un paraíso aislado entre el mar y la tierra, se encontraban plácidamente dedicados él a entresacar ramas secas de una esparraguera que trepaba por todo el interior de una ventana y ella, a limpiar una pescada enorme. Tras contarles Paco una cautelosa história sobre un grupo de milicianos a los que no tenía nada que dar de comer, la mujer entró en la cocina y volvió a salir con un cesto cuyo contenido maravilló a Mani: cinco pescadas tan grandes como la que limpiaba, cuatro huevos, varias patatas medianas, una garrafa pequeña de aceite y un enorme pan redondo.

Paula comentó mientras Paco le mostraba el cesto:

—Prepararía un gazpachuelo si tuviera un perol grande.

—¿No te serviría un balde? —preguntó Paco.

—Depende de pa qué lo hayan usao.

—Tiene que haber alguno nuevo —señaló Paco, y comprendiendo que Mani no iba a permitirle salir solo de la habitación, añadió—: arriba hay un almacén junto al rellano de la escalera; tienen allí complementos de barco, pa surtir las lanchas de la comandancia; seguramente habrá algún balde y platos de peltre.

Mani, que hacía esfuerzos sobrehumanos para no dormirse, le dijo a Miguel:

—Ve tú, Migue, y a ver si también hubiera cucharas o algo con lo que podamos comer.

Confió su arma al Templao y se dejó vencer por el sueño. Despertó una hora más tarde, aguijoneado por el aroma de la deliciosa sopa de pescado y mayonesa que llamaban gazpachuelo, un plato nacido como recurso precario de la marinería en altamar que había ganado hasta las mesas más lujosas de la ciudad. Dependiendo de que llevara o no langostinos, calamares y almejas, lo llamaban «de rico» o «de pobre», pero el que Paula cocinaba hubiera sido siempre digno de las cocinas más selectas, fueran sus ingredientes los que fuesen. Ella y Carmela habían encendido el fuego con tablas de un mueble viejo desarmado, en el balcón que daba hacia la trasera. El cubo lleno de caldo, trozos de patatas y tajadas de pescada había sido apartado ya del fuego y ahora Carmela sujetaba el tazón donde había preparado la mayonesa, mientras Paula iba disolviendo la salsa, cucharada a cucharada, en el caldo humeante. Tras ensopar grandes tajadas de pan, invitaron a los adultos a que fueran acercándose, puesto que sólo disponían de seis platos, donde sirvieron a los niños más pequeños.

Durante lo que demoraron en comer, pareció que no estuviera pasándoles lo que les pasaba. No recordaban que se encontraban en una oficina, no en sus casas; ni que podían oír por las ventanas el clamor desesperado de quienes huían; ni que ignoraban dónde verían el próximo amanecer; ni que podían morir dentro de unas horas bajo el estruendo de las bombas que llovían en todo el este de la ciudad o por las armas de los rebeldes. El caldo vivificante del gazpachuelo les estaba proporcionando energía para afrontar el vértigo del futuro sin porvenir. Mani sintió una inesperada lágrima rodar por su mejilla, porque el sabor de la sopa le había causado nostalgia irresistible del Chafarino. Paco, que no había parado de mirarle fija y escrutadoramente desde que le disparara al ruso, se preguntó el porqué de la lágrima, pero no hizo ningún comentario, como si hubiera desistido de hacerse preguntas sobre ese hermano repentinamente desconocido. En lugar de ello, comentó:

—Febrero es un mes nefasto pa Málaga. Han pasao en nuestra historia un montón de calamidades en febrero, y precisamente anteayer se cumplieron ciento veintisiete años de la noche de Napoleón.

—El ciego de playa hablaba mucho de eso —apuntó el Templao.

Mani reprimió un lamento.

—Fue una de las peores tragedias de Málaga —continuó Paco—, que ha sufrido muchas: peste, asaltos piratas, plagas... Lo de Napoleón, aquella noche de 1810, marcó en lo sucesivo el urbanismo y la sociología de Málaga. La ciudad, que había sido mitificada por su belleza durante quinientos años, fue quemada en su totalidad y murió más de la cuarta parte de la población. Los franceses saquearon, violaron y arramblaron con tó lo que había de valor, tanto en las casas como en las iglesias. Las mayores riquezas históricas de Málaga están ahora en algunos de los museos de Francia. Febrero es un mes mú desgraciao pa Málaga, y ojalá que lo que nos pase no lo confirme y podamos llegar mañana a Almería pa descansar de esta tortura diaria del bombardeo, la inseguridad y el desbarajuste.

Remolonearon toda la tarde, demasiado cansados hasta para sostener una tertulia. A juzgar por sus comentarios, Paco parecía haberse resignado a huir y los demás, Ricardo inclusive, hablaban sólo de las alternativas posibles para la ruta y especulaban sobre cómo podrían ganarse la vida en Almería. Mani notaba que Paco reprimía una objeción y sólo al dormirse, y como efecto del sueño intranquilo, dedujo cuál podía ser: Málaga era mucho mayor que Almería y, para colmo, la población se había duplicado con los fugitivos llegados de los pueblos tomados por el Ejército de Marruecos; en esos momentos podían estar escapando de Málaga cuatro o cinco veces la población de Almería, ¿cómo iban a sobrevivir allí? No recordaba al despertar lo que había sido un pesadilla causada por el atracón de gazpachuelo. Hizo recuento de una ojeada y vio que tal como Paula había exigido, la familia iba a salir de Málaga con todos sus miembros.

Dada la estrechez de la cabina, Rosalía fue exiliada a la caja, y junto al Templao volvieron a ir las mismas tres mujeres del principio: Ana y Angustias, por su embarazo, y Paula. Los diecisiete restantes se acomodaron en la caja entre los líos de ropa, mantas y comida, y una vez que todos estuvieron preparados, Mani abrió el portón de la cochera. Instantáneamente, tuvo que saltar para encaramarse en lo alto de la cabina para refugiarse, porque una turba impetuosa se lanzó sobre él como si hubiera estado esperando la apertura; no era así; sencillamente, la desbandada se había convertido en una avalancha incontenible y sólo algunos de los que vieron por casualidad un camión habían creído toparse con el cielo. Aterrorizados por la oleada que parecía a punto de arrebatarles no sólo el camión, sino sus vidas, los cinco hermanos adelantaron las armas y comenzaron a disparar al aire. No sirvió de nada hasta que Mani comprendió que aquella avalancha sólo la detendría la sangre. Disparó contra dos y se acabó el asalto. Al producirse la estampida, el Templao arremetió contra la muchedumbre pasando por encima de los caídos, mientras Mani se preguntaba si le importaba la sangre inocente que su mano acababa de derramar. No sabía responderse y ello le causaba un ácido sentimiento de desconcierto, al tiempo que el vehículo saltaba sobre obstáculos que no sabía si eran cuerpos u objetos, y emprendían una loca carrera a bocinazos y maldiciones hacia el paseo de Reding.

—Ahora, oscureciendo como está, será tó más fácil —aseguró Paco—. Ya veréis. Llegaremos a Almería antes del amanecer.

Pero según avanzaban por el paseo, la multitud se hacía más compacta. Todas las plantas ornamentales y los arbustos habían sido arrasados, y también muchos árboles, porque algunos, en la desesperación de la huida, encontraban que la ciudad no había sido destruida suficientemente, que aún quedaban edificios bellos en pie, de manera que buscaban en los incendios la catarsis de su rabia, sin comprender que esos fuegos se convertían en linternas trazadoras para los bombarderos. Hasta entre los ennegrecidos escombros viejos de La Caleta ardían incendios nuevos, como si todavía no se hubieran convertido en humo todos los júas de sus resentimientos, como si las más espléndidas construcciones que Mani había contemplado de cerca albergasen aún a los odiados «chupasangres» sin rostro. Algunas voces anónimas que Mani apenas podía distinguir entre el clamor, explicaban con sencillez el sentido profundo de sus actos: «ya no nos queda ná, ¿de qué vamos a vivir?» Llegados al Morlaco, un punto donde el paseo se asomaba al mar, confluían dos riadas humanas, la que les rodeaba y la que circulaba por las vías del tren. De nuevo tuvieron que emplearse a fondo con las armas, porque muchos se colgaban de la batiente trasera de la caja con intención de saltar dentro. Pasados los Baños del Carmen, resultaba imposible avanzar a mayor velocidad que los viandantes, tan compacta era la multitud. El griterío era ensordecedor y cada vez eran más numerosos los que trataban de subir a la caja sin miedo a las armas que les encañonaban, con expresiones desencajadas de desesperación irracional. Mani recordó las monedas de plata que aún llevaba en los bolsillos y también se lo recordó al Templao a voces, bajando la cabeza hacia la ventanilla del conductor:

—¿Te quedan muchas monedas de aquéllas?

—¿Es que hemos tenío en qué gastarlas? Me quedan todas las que me guardé.

El alegre tintineo de dos puñados lanzados sobre los adoquines originó un tumulto que desvió momentáneamente el acoso del camión; como movidos por un barrunto compartido, y como si se tratase de un organismo único, los fugitivos se arremolinaron en los puntos donde las monedas habían sonado. A Mani le pareció que entre los gritos de júbilo y los jadeos de pugna, sonaban estertores y alaridos de agonizantes, lo que pudo confirmar en pocos minutos cuando quedaron visibles los muertos por aplastamiento, pero salvo los gemidos y oraciones musitadas por Rosalía, nadie lo lamentó en el camión, que pudo avanzar unos centenares de metros con cierta facilidad. No mucho más allá, ante la taberna llamada Quitapenas, Mani temió que no pudieran conservar el camión mucho más tiempo. La turba se había recompuesto tras ellos y saltaba en oleadas impetuosas, con los brazos levantados y gritando como un coro infinito de furias, tratando de aferrar el borde de la caja para subirse. Entre el bosque de brazos alzados, vio un rostro que le produjo una conmoción y al instante dejó de verlo, por lo que consideró que se había tratado de una alucinación; una Inma mucho más madura de lo que recordaba y de expresión completamente distinta, había intentado también encaramarse encima del vehículo; si un delirio absurdo no le había confundido, iba vestida de gitana, un traje rojo, desharrapado y sucio, con los volantes descosidos en gran parte. No, no podía ser Inma; era demasiado improbable que apareciera justo en ese momento, ¿o no lo era, puesto que casi todos huían de la ciudad? Pese a su escepticismo no consiguió reprimir un «¡Inma!» desgarrador.

—¿Qué estás diciendo? —aulló el Templao desde la cabina, sacando medio cuerpo por la ventanilla.

Mani se mordió el labio.

—Ná, que de pronto me ha dao mucho coraje que no esté con nosotros.

Notó la expresión de recelo que su evasiva había ocasionado

—Yo la he visto también —dijo Viky, la que, en edad, seguía a Inma entre sus hermanos —Iba vestía de gitana.

—¿Qué majaretá estás diciendo, niña? —preguntó Carmela, con expresión descompuesta.

—¿La has visto o no, cojones? —bramó el Templao. La pregunta iba dirigida a Mani.

Éste sentía deseos casi incontrolables de saltar entre la multitud y correr hacia donde la había visto perderse, pero comprendió que tenía que ignorar al Templao, su búsqueda y todo cuanto no fuese la conservación del camión. Negó con la cabeza ante las insistentes preguntas de su amigo e hizo balance de las balas que le quedaban, sólo dos docenas y media. Del recuento general, resultó que todos tendrían que disparar con tino y sin despilfarro. Paco aseguraba que la clave estaba en el barrio marinero que llamaban El Palo, a cinco kilómetros del centro y para el que ya apenas les faltaban dos; si podían sobrepasarlo, a partir de allí la marcha se haría más fluida, porque saldrían al despoblado litoral, donde la multitud reaccionaría a los bocinazos apartándose, porque tenía donde hacerlo, aunque se tratase de repechos a veces casi verticales, y no como ahora, que la calle les encajonaba a presión.

Los incendios eran la única fuente de luz. Bajo el resplandor rojizo, danzante e intermitente, la muchedumbre desbocada y vociferante escenificaba los más espantosos cuadros del apocalipsis que Mani había contemplado o imaginado, tanto los plásticos como los literarios. Lo peor era los gritos ululantes e inconsolables de los niños. Mirándoles desde arriba, comenzó a sentir que algo se estaba desmoronando dentro de su pecho; el acero que habían ido templando en su espíritu las agresiones de Serafín, el tóxico de las palabras del barbero, las estancias en el hospital y las heridas y el sufrimiento de toda su familia durante los últimos tres años, se estaba derritiendo a causa del río de desesperación que les envolvía. No había más acero dentro de sí, sólo una madeja de congoja que crecía sin parar hasta casi ahogarle;

no lo podía consentir, tenía un encargo de Paula que cumplimentar: cuando todos estuvieran a salvo y lejos de las deflagraciones, podría llorar. Dio una ojeada a todos los ocupantes de la caja del camión. Carmela estaba tan atareada en consolar y entretener a los más pequeños de sus hijos, que no parecía percibir la magnitud de lo que estaba ocurriendo; Rosalía, en cambio, demostraba sufrir por todos, puesto que había pasado la mayor parte del recorrido arrodillada y con la cabeza apoyada en la batiente, como si tuviera demasiado que hacerse perdonar. Sus cuatro hermanos se habían transfigurado: Antonio mostraba la expresión más alerta y menos anestesiada que recordaba, porque tal vez no había tenido jamás oportunidad de verlo llevando tantas horas sin beber; los ojos de Paco parecían a punto de saltar fuera de sus órbitas, como si la imposibilidad de poner orden en la tumultuosa desbandada rompiera todos sus esquemas; la actitud de Ricardo resultaba algo cómica, ya que se había disuelto el barniz de su mojigatería y ahora le escuchaba proferir las expresiones más cruelmente amenazadoras que sonaban sobre el camión; Miguel, incapaz de evolución alguna, viajaba con medio cuerpo echado sobre la cabina como si así quisiera proteger a la Angustias embarazada que iba junto al conductor; sin embargo, ahora no lloraba como lo hacía casi siempre, sino que tenía dardos en la mirada con que acechaba a la multitud por entre la que avanzaban a duras penas.

Faltaba poco para alcanzar el lugar llamado «Las Cuatro Esquinas», el único cruce de calles que podía llamarse así en la desordenada aldea marinera que era el barrio de El Palo. Sabía que el descampado comenzaba unos metros más allá, pero aún faltando poco para llegar parecía que fuese necesaria una eternidad para conseguirlo.

—Ahí va la Inma —dijo uno de los hermanos medianos del Templao.

—¿Dónde, dónde? —casi aulló Carmela.

—Va pal carnaval, con un vestío de gitana —insistió el niño.

—¡Cállate, Josemari! —ordenó Antonio—, que si te escucha tu hermano Guaqui, se acabó el viaje.

El runrún de los aviones había dejado de oírse, pero nadie podía asegurar que hubieran abandonado su empeño de torturar a los fugitivos, porque no cesaba el estruendo de las explosiones y crecía el clamor de la gente. Mani consideró que Paco se había equivocado obligándoles a esperar el atardecer para huir, ya que los vehículos habrían estado saliendo durante todo el día; ahora, no conseguía ver otro coche ni camión en lo que abarcaba su mirada hacia atrás y hacia delante. El vehículo que habían elegido para salvarse iba a convertirse en su perdición, porque era un objeto demasiado valioso y ansiado, demasiado envidiado. Comprendió que iba a ser muy difícil llegar a campo abierto sobre ruedas.

Ocurrió cuando menos podían preverlo. Unos metros antes de Las Cuatro Esquinas, el raudal de gente parecía haber alcanzado un remanso, como si la cuádruple perspectiva del cruce dotara también de perspectivas a la incierta huida. Por alguna razón, los gritos parecían menos estentóreos, tal vez porque no había paredes que sirvieran de caja de resonancia. Pero Mani vio enseguida que no podían bajar la guardia, sino todo lo contrario; en ese punto, había suficiente espacio como para que la altura del camión lo convirtiera en un botín apetecible para el cuádruple de gente, y los ojos que conseguía ver refulgir desde la altura de la caja contenían todos el mismo propósito, la misma resolución. Intuyó que iban a perder del vehículo enseguida y decidió que tenía que evitarlo como fuese. Se sentó encima de la cabina y al tiempo que le gritaba al Templao «¡acelera, Guaqui, corre, por lo que más quieras!» comenzó a disparar hacia quienes obstaculizaban la marcha. Oía por debajo los lamentos de Ana y Angustias y las jaculatorias de Paula, y detrás, las oraciones de Rosalía y las voces de Paco mandando a Antonio y Ricardo que disparasen también hacia delante. Avanzaron entre quienes, salidos de estampía, se apartaban tanto como podían para eludir el nuevo terror que la familia Robles del Altozano representaba, pero no podían, por su densidad, apartarse lo bastante y el camión fue corriendo sobre los rebotes de los cuerpos caídos que atropellaba. A los ochenta o cien metros, la gente que iba detrás de ellos ya no huía, porque en lugar de ello les perseguía; rostros demudados por el dolor de alguien recién muerto corrían tras el camión y ahora no para apoderarse de él. Blandían antorchas innumerables que pronto comenzaron a caer dentro de la caja en gran cantidad. El griterío de los hermanos del Templao le sirvió a éste de estímulo, de manera que sus acelerones obligaron al vehículo a emprender una carrera loca, dejando una estela de cadáveres en el pavimento y un pasillo de maldiciones y rencores nuevos. Como si el reflejo de eludirles les precediera, la gente se apartaba ahora mucho antes de ser atropellada, de manera que el camión alcanzó una velocidad considerable durante varios kilómetros, pero en una curva muy cerrada tras la cual se abría una pequeña cala llamada La Araña, el Templao perdió el control al frenar de golpe; el camión derrapó y fue a empotrarse contra una pared vertical de roca.

—¡Echar a correr! —fue lo único que Mani consiguió gritar al resbalarse desde el techo de la cabina contra la roca, por el impacto.

Magullado por el golpe, Antonio lo rescató cargándolo sobre sus hombros, mientras todos se alejaban presurosamente y el camión se incendiaba con su propia gasolina. Habían perdido todos los enseres y toda la comida, salvo un envoltorio de tocino y un saco de patatas que Carmela cargaba obstinadamente a pesar de que casi abultaba más que ella. El Templao se lo quitó, echándoselo al hombro.

—¡Qué hemos hecho! —clamó Ana, llorando—. Nos van a masacrar nuestros propios compañeros de desbandá.

—No te preocupes, niña —la consoló Paula—. Lo único que conocen de nosotros es el camión y míralo, ardiendo como el carbón. Ahora parecemos tós iguales y no se darán cuenta de que somos quienes han cometío esos estropicios. Os prohíbo a todos que hablemos en el resto de nuestras vidas de lo que ha pasao durante las últimas tres horas... por lo menos hasta dentro de una semana, ¿está claro? Ahora, lo que importa es que nos salvemos los veintiuno y los dos que tú y la Angustias lleváis dentro.

Echaron a andar, consiguieron confundirse con la multitud anestesiada que les había precedido y pasada la medianoche, rebasaron la última punta de la bahía, desde donde la silueta de la ciudad, con la catedral enmedio, se recortaba en negro pez contra el telón escarlata de los incendios. El mar repicaba lamiendo el acantilado sobre el que la carretera estaba suspendida y era posible oír el repique a pesar de la multitud, que ahora, en campo abierto, era menos compacta y parecía ya demasiado exhausta para romperse la garganta con alaridos. Sólo se oían lamentos quedos, amortiguados por los rumores de los pies arrastrados y los hipidos del llanto infantil.

—Me duelen las piernas —se quejó Angustias.

—Ven, te llevaré en cuestas —dijo Miguel.

—¡Estás loco! —rió nerviosamente Angustias.

—¿Cuándo vamos a parar? —preguntó Paula.

—¿Parar? —preguntó sarcásticamente Paco—. Esto no ha hecho más que empezar.

—Tenemos que buscar donde cobijarnos cada dos horas —sentenció Paula—. Estas niñas están embarazás y los hombres no tenéis ni idea de lo que es eso.

—Mamá —el tono de Paco era muy impaciente—: si paramos ahora, sería como habernos quedao en calle Rosal

Blanco. Los rebeldes están bajando también por la línea de Zafarraya; hasta que no pasemos Torre del Mar, no podemos confiarnos... y ni siquiera entonces.

—¿Cuánto falta?

—¿Pa la Torre? Unos veinte kilómetros.

Angustias no pudo reprimir un quejido.

—Tu hermano Pipe, ¿dónde está? —gritó Carmela al Templao.

Éste dio un respingo y se puso a vociferar como un poseso, pronunciando el nombre del más pequeño de sus hermanos. Rosalía, que se movía en la oscuridad con la seguridad de un gato, lo encontró al instante. Tras ofrecerlo a la mano de su madre y sin añadir palabra, la ex monja devanó un cordel que nadie vio de dónde había salido, y atándolos por la cintura, enlazó con él a los cuatro niños más pequeños y entregó el cabo a Carmela

—Sujete el cordel. Así no volverán a distraerse —dijo Rosalía— ni los perderemos de vista.

—Parece que he dao con una bendición de mujer, en tós los sentíos —bromeó Paco.

Mani sentía tantos deseos de llorar, llenaban su pecho tantas emociones revueltas, que halló en la oportunidad de hablar con la ex monja la espita para no explotar.

—Sor Rosario —dijo—, ¿se acuerda usted de la noche que bajé a la galería desde el tejao de La Goldeta?

—Me llamo Rosalía, Mani, y ahora soy tu cuñada. Y tampoco me hables de usted. Claro que me acuerdo de aquella noche; me porté como una histérica, como si no tuviera la menor idea del mundo. De no ser por la guerra, hubiera pasado toda mi vida en el convento, consumiéndome.

—¿Por qué te metiste a monja? —preguntó Paco.

—Fue de lo más natural. En mi pueblo leonés había un convento muy hermoso; oíamos los himnos y la música del órgano, que nos extasiaba; las monjas parecían tan felices, tan libres de las penas mundanas, que casi todas las niñas suspirábamos por vestir los hábitos. Mis padres alentaron mi vocación y no tenía más que dieciséis años cuando ingresé de novicia.

—¿Y no tenías dudas? —preguntó Mani.

—Naturalmente, nadie puede vivir sin el consuelo del amor —Rosalía rozó con su mejilla la de Paco, que la abrazaba por la cintura.

—¿Qué serán aquellas luces, Paco? —Mani señaló varios puntos brillantes, en el invisible horizonte del mar.

—Barcos —replicó Paco—, ¿qué van a ser, si no?

—Da la impresión de que navegaran a nuestro paso —comentó Mani—: siempre los veo ahí, como si nos siguieran.

—No seas imbécil, Mani —reprochó Paco—. Lo que hemos andao es insignificante. Te da esa impresión porque están lejos de la orilla; no los perderemos de vista hasta que no hayamos andao treinta o cuarenta kilómetros.

—Vienen siguiéndonos —insistió Mani.

—No te emperres con esa tontería, Mani. Desde donde están no pueden distinguir la carretera.

Según pasaban las horas, la muchedumbre iba adquiriendo visos de sonambulismo. Apenas sonaban voces que se alzaran sobre el rumor de los pasos y la música de las olas. La barahúnda de La Caleta y El Palo se había transfigurado en un murmullo acompasado de procesión de penitentes. Por eso, el grito de la madre del Templao sonó estruendoso.

—¡Inma!

—¿Qué dices? —preguntó el Templao con la voz rajada.

—La he visto pasar por allí —afirmó Carmela—, corriendo como si volviera pa Málaga; lleva un vestío de gitana colorao, esa pobre hija mía tan...

—No digas tonterías, Carmela —reconvino Paula—. No hay luz pa distinguir en ese gentío una cara que se conozca bien y puedes imaginar lo que tu niña tiene que haber cambiao en este tiempo.

—¡He visto a mi Inma! —afirmó con terquedad Carmela, llorando a raudales —Buscar a una con un vestío colorao largo, con los volantes destrozaos y colgando.

—Vamos a dar una ojeada —determinó Paco.

—Sí, vamos a mirar un momento —concordó Mani, ahora convencido de que, en efecto, podía tratarse de Inma y seguro de que el Templao no daría un paso más sin comprobarlo —. Mamá, meterse tós en esa playa a descansar mientras damos una visuá.

—Tú, Guaqui, te vienes conmigo —dijo Paco—; iremos por este lao de la carretera. Ustedes, Mani y Miguel, mirar por el otro lao, a ver si somos capaces entre los cuatro de encontrar ese vestido de gitana, se trate de Inma o no.

Resultaba muy difícil andar contracorriente de la riada humana. Paco se desplazaba dando saltos, tratando de ver el vestido rojo entre la muchedumbre, mientras el Templao no paraba de gritar «Inma» a la multitud; la gente más cercana movía la cabeza en ademanes de negación, como si quisieran indicarles que toda búsqueda era inútil. Miguel y Mani traspusieron el promontorio que abrazaba la curva del camino, donde se pararon para decidir si seguir o no por la carretera, porque por los huertos aledaños también se desplazaba mucha gente, aunque la desbandada avanzaba con mayor morosidad campo a través que por el asfalto, arrasando todo aquello que podía ser comido. Mani reparó en que Rosalía les había seguido.

—Tengo buena vista —respondió a su interrogación muda.

—Pero usted no la conoce —contradijo Miguel— y está más oscuro que una tumba.

—Sí la conocía —replicó la ex monja—. Asistió algunas veces a mi clase y tengo clavada en la cabeza su imagen desde que se supo en el convento lo le habían hecho.

—Si fuera ella de verdad —afirmó Miguel—, sería demasiá suerte encontrarla.

—Por lo menos —dijo Mani—, tenemos que intentar conformar al Templao, pa no atrasarnos más.

—¡Mirad! —casi gritó Rosalía, señalando un jirón de tejido rojo prendido a un zarzal a varios metros del arcén, a la mitad de un repecho.

Lo escalaron con cierta dificultad para alcanzar el huerto y, en efecto, el trozo de tela roja, estampada con lunares blancos muy pequeños, parecía un fragmento rizado de faralá.

—Vamos a buscarla entre los árboles —propuso Mani.

—¿No podemos preparar una antorcha? —sugirió Rosalía.

—¡Ni se le ocurra! —exclamó Miguel—. Cualquier luz ofrecería un blanco perfecto a los barcos que nos acechan ahí enfrente, pa cañonearnos.

—¿También te has dao cuenta? —preguntó Mani—. El Paco jura y perjura que están paraos.

—Lo habrá dicho pa no sobresaltarnos —comentó Rosalía—, pero iba a todo el rato mirando hacia el mar con muchísima preocupación.

En la penumbra, ni siquiera distinguían los arbustos ni las personas que obstaculizaban su desplazamiento, pero la mayor dificultad era lo escarpado del terreno, por el que la ex monja se movía con agilidad sorprendente. Iban gritando el nombre de Inma a pesar de que Mani temía que pudiera haber olvidado cómo se llamaba. Voceaban su nombre, preguntaban por un vestido rojo a quienes se cruzaban y hacían sonar las palmas sin saber muy bien por qué, hasta que Rosalía murmuró:

—Callad. He oído algo por ahí, detrás de esas pencas. Era un gemido de mujer.

Al prestar atención, también Mani lo oyó.

—¡Inma! —gritó Miguel, sin obtener respuesta.

Mani les pidió silencio chistando quedo. Por alguna razón que no supo explicarse, les indicó a los dos que se acercaran sigilosamente. Rodearon la enorme mata de higos chumbos por la parte superior de la pendiente, a fin de que la escasa claridad del incendio reflejado por el mar les ayudara a ver a contraluz a la gente que estuviera escondida tras las pencas. La precaución resultó acertada. Una Inma con la edad duplicada, pero inconfundible, porque lo que estaban haciéndole relajaba los rasgos de su rostro hasta remedar el sereno aire de madonna renacentista de sus catorce años, aunque ya tenía casi diecisiete, yacía echada de espaldas sobre el limo y la tierra; un hombre la penetraba, otros dos lamían y mordían afanosamente sus pechos y otros dos aguardaban turno con los pantalones bajados mientras se acariciaban el pene. A Mani se le reventó el llanto, disparado por la consternación, porque Inma no sólo no ofrecía resistencia, sino que sus manos buscaban con impaciencia crispada aferrar los cuatro miembros, aparte del que tenía dentro de sí.

—Es ella —murmuró Rosalía con la voz quebrada por un sollozo—. No tengo la menor duda.

—Son cinco tíos berrendos —dijo Miguel—. No podemos hacer ná; hay que avisar al Paco y los otros.

—Podríamos perderla —objetó Rosalía.

—¿Y qué hacemos? —se lamentó Miguel—. No vamos a enfrentarnos con ellos, esa atontoliná lo está pasando demasiao bien.

—Contamos con la sorpresa —indicó Mani—. Con lo que están haciendo, lo menos que les apetecerá a esos fulanos es pelear, y mirad que los cinco tienen los pantalones bajaos y no pueden echar a correr. Podemos coger ramas gordas de tantas que hay de los limoneros destrozaos, y acercarnos cá uno por un lao. Si chillamos mucho al acercarnos, a lo mejor piensan que somos más de tres.

Cayeron sobre el grupo según esa estrategia, cada uno desde un punto distinto y dando alaridos mientras blandían las trancas. Afortunadamente, los cinco cayeron de rodillas, vencidos como conejos, y ni intentaron resistirse.

—¡Hijos de puta! —les insultó Inma, y ahora Mani dejó, definitivamente, de dudar, porque era sin duda su voz, aunque barnizada por la demencia y el exilio de sí misma—. ¡Suéltame! —exigía a Miguel—, maricón, guarro, borracho de mierda, ahora que me lo estaba pasando tan divinamente... Soltarme, coño, que esta noche me faltan tavía más de veinte polvos.

Se debatía como un toro abanderilleado, con tanta energía, que los dos hermanos temieron que pudiera escapar, hasta que Rosalía le puso la mano en el cuello, apretando de un modo que obligó a la muchacha a permanecer quieta, aunque amenazó:

—¡Os voy a rajar la cara, hijos de puta!

Sin soltar la presa en su cuello, Rosalía le dio dos bofetadas que lograron el silencio y la rendición.

—No le contéis al Templao ni una palabra de lo que hemos visto —rogó Mani a Miguel y Rosalía.

Cuando volvieron junto al grupo, Paula acunaba a Angustias en su regazo, con la espalda apoyada en el tronco muerto de una acacia, que marcaba el límite de un pequeño enarenado donde habían cultivado hortalizas pero ahora se encontraba asolado. Todos los demás estaban echados alrededor, derrumbados. Carmela dio un salto y un alarido y, al intentar abrazar a su hija perdida durante casi dos años, recibió un rodillazo en el muslo, un escupitajo en el rostro y una carcajada estentórea. En ese momento, Inma resultaba mucho menos reconocible que cuando retozaba feliz entre los cinco hombres, se dijo Mani con desconsuelo, al tiempo que observaba que ninguno de los diez hermanos del Templao se decidía a acercarse a besar a la hermana recuperada.

Todas las mujeres del grupo se habían echado a llorar a excepción de Paula, que miraba fijamente los ojos de Mani, como si pretendiera conocer una información y sospechara que no podía dársela. Sin decir nada y para escapar de su escrutinio, Mani echó a correr contra la desbandada en busca de Paco y el Templao, seguido de Miguel. Sólo se habían alejado unos doscientos pasos; los encontraron justamente en la curva donde Carmela aseguró que había visto a su hija. Al conocer la noticia y, tras correr como un rayo hacia ella, el Templao comprendió de una ojeada lo que ocurría; no la abrazó ni le dijo nada; se limitó a anudarle las manos a la espalda con una cuerda que, después, se amarró a su cintura.

Reemprendieron la marcha sin que nadie lo indicase, porque ninguno tenía ganas de hablar. Hasta los más pequeños hermanos del Templao guardaban un silencio de comprensión de la enormidad de lo que les había sido dado contemplar. También la masa de fugitivos callaba en la procesión espesa que ocupaba la carretera de banda a banda, y ellos callaban asimismo, como si necesitasen silencio para asimilar tanto el reingreso de Inma en su familia como lo doloroso de su estado; sólo ella continuaba pronunciando las peores maldiciones y amenazas que cualquiera de ellos hubiera escuchado en toda su vida.

—¿Estás más descansaílla? —preguntó Miguel a Angustias.

—Tengo un poco de algodón —dijo Rosalía—. Dame tus zapatos, Angustias, que te cansarás menos si llevas el arco del pie sujeto.

Con el soporte, Angustias pudo andar mucho rato sin que Mani la oyera quejarse. Ana, cuya barriga era mucho más voluminosa, demostraba mayor resistencia, seguramente porque era cinco años mayor que la mujer de Miguel. Mani la acechaba, porque notaba que Paula lo hacía también, constantemente, como si temiera que el parto pudiera llegar antes de tiempo a causa de la caminata y la gravedad de lo que estaba ocurriéndoles. Gracias al resplandor del incendio a sus despaldas, Málaga parecía todavía cercana aunque creían llevar toda la vida andando. A Mani le resultaba difícil calcular la distancia por la sinuosidad de la costa, pero estimó que todavía les faltaba la mitad del camino a Torre del Mar. La voz de Ana le rescató de sus cálculos.

—¡Mira que tiene imaginación la gente! —su cuñada señalaba a una familia que iba delante de ellos. Todas las personas que la componían llevaban un disco de papel blanco prendido con alfileres a la espalda.

—Nosotros tendríamos que hacer algo así —dijo Paco—. Así no se perdería ninguno.

Una inesperada asociación de ideas hizo que Mani sintiera que se había perdido, porque no conocía con certeza todos los datos de sus orígenes. ¿Quién era, en realidad, para que Elena Viana-Cárdenas James-Grey hubiera dejado tantas frases a medias? Paula llevaba toda la vida escamoteándole información sobre algo que era de su propiedad, porque completaría los rasgos de su identidad. Llamarse Robles del Altozano no lo era todo; el aristocrático apellido le había sido asignado mediante unas peripecias de las que se le negaba el conocimiento. Miró el perfil de Paula y sintió algo de rencor. Era ya un adulto y ella le negaba el conocimiento de sí mismo. Tenía que encontrar un poro en la coraza de su madre para obligarle a contárselo todo, a ser posible, esa misma noche.

Había transcurrido una nueva eternidad sonámbula, y hasta Inma había dejado de debatirse y maldecir, agotada o comprendiendo que no conseguiría escapar, cuando, casi al unísono, los cuatro hermanos pequeños del Templao comenzaron a quejarse de que tenían hambre.

—¿Qué hora es? —preguntó Paula.

—Serán más o menos las cuatro y media —aseguró Rosalía.

—Hay que sentarse un rato —Paula se detuvo en la cuneta, como si hubiera dictado una orden—. Sin descansar, las dos preñás y los niños van a quedarse fritos en el camino. Por media hora que nos retrasemos no vamos a perder ná.

Se apartaron deprisa para que el flujo de la gente no les atropellara, y se internaron en otro retazo de cultivo enarenado, junto a la playa. Paula intentó encender una hoguera; Paco dio un salto y echó tierra sobre la llamita.

—Mamá, por favor, que nos van a freir —dijo.

—¿Quiénes?

Paco calló agachando un poco la cabeza.

—No se puede encender fuego, mamá —aclaró Mani—. Su luz nos convertiría en un blanco perfecto pa el enemigo.

—La guerra queda mú lejos —proclamó Paula.

—La guerra viene pisándonos los talones —aseguró Paco con tono lúgubre.

Paula lo miró y movió la cabeza, asintiendo reiteradamente. Se pasó la mano por la nuca y el cuello y miró pensativamente a los veintiuno que la rodeaban. Se mordió el labio.

—¿Cómo queréis que prepare comida, sin fuego? Solamente salvamos del camión papas y tocino.

—Crudo —dijo Antonio, rotundo—. Hay que comérselo crudo.

Mani siguió la mirada espantada de Miguel, que se posó en la cara de Angustias. Ella no iba a ser capaz de comer patatas crudas.

Miró a ver si podía pedir ayuda al Templao, pero desistió porque permanecía en un alerta alucinado, sin perder de vista a Inma aunque la fortaleza de las amarras imposibilitaba completamente su huída. Tocó el hombro de Miguel, indicándole que cogiera el mantón de Angustias y le acompañase. Éste asintió sin interesarse por su destino. El lugar donde se encontraban era una cala pequeña, la salida al mar de una de las numerosas quebradas y torrenteras por donde desaguaban las empinadas montañas, ya que se encontraban en la pendiente que se despeñaba desde Sierra Nevada hasta el Mediterráneo. Las torrenteras formaban arroyos con la lluvia, muy efímeros, pero en sus reducidísimos meandros los campesinos, enfrentados a una tierra tan poco propicia por lo escarpada, conseguían el milagro de hacer florecer pequeños huertos sobre bancales diminutos. Se enorgullecían de sus limones reales, frutos que alcanzaban el tamaño de melones pequeños y cuya corteza carnosa era comestible una vez libre de la cáscara amarilla. También la pulpa tenía un sabor muy agradable, con acidez inferior a la de los limones de cocina. Descubrieron un limonar a dos centenares de metros de distancia; los arbustos se encontraban destrozados por el hambriento tropel, con las ramas y hasta parte de los troncos descoyuntados. Sin embargo, el empeño no fue en vano, porque fueron encontrando frutos desperdigados a lo largo de la cuesta, y cargaron todos los que le permitió el hato que improvisaron con el mantón de Angustias. Esos limones proporcionaron alguna amenidad al menú de las patatas crudas y el tocino correoso. Angustias devoró golosamente tres.

Cuando reemprendieron la caminata, la desbandada había aminorado la marcha a causa del cansancio y el relente. Era imposible sentir frío debido a la extenuación, pero la rociada les estaba traspasando la ropa y la carne. Media hora más tarde, Mani comenzaba a arrastrar los pies y todos los demás lo hacían desde la reanudación de la huida. Notó que el Templao había alargado un poco más la cuerda que apresaba a Inma, como si pretendiera no escuchar sus palabras monstruosas sin dejar de asegurarse de no perderla de nuevo. Los párpados de Mani, en su segunda noche sin lecho, estaban cerrándosele a cada curva de la carretera; andaba y no sabía que lo hacía; se pellizcaba las mejillas para permanecer alerta, y cuando volvía a abrir los ojos descubría que habían avanzado un kilómetro más; iba a despertar y todo sería un mal sueño; se desperezaría feliz, enérgico, descansado y con el estómago satisfecho, y allí estaría ella, Imperio Argentina, cantando lo de los pavos con guindas de los gitanos del Perchel, y le sonreiría, comprensiva de su amor.

La mayor parte del camino discurría sobre acantilados. Descendía en ocasiones a los lechos de las torrenteras secas, pero casi toda la carretera se encajonaba entre el precipicio y el mar, a su derecha, y el terraplén a la izquierda. Comenzaba a encenderse el amanecer en el fondo del horizonte cuando llegaron a la última curva antes de descender al valle costero que se abría a los pies de Vélez Málaga. Ya conseguían divisar a lo lejos parte de la cuadrícula blanca de Torre del Mar emergiendo sobre el esmeralda del cañaveral. La curva, colgada en un morro que se adentraba en la planicie marina, era un buen mirador; se podía abarcar el extenso panorama hasta La Caleta de Vélez y también parte del camino que habían dejado atrás. La desbandada ocupaba completamente los muchos kilómetros de carretera que el mirador les permitía ver: una cinta oscura y palpitante, como una serpiente herida que avanzara trabajosamente.

—Somos centenares de miles —la voz de Paula despejó la modorra de Mani.

—Parece que hubiera millones —dijo Antonio con pasmo.

—Antes de liarla los rebeldes —informó Paco—, Málaga tenía ciento noventa mil habitantes, población que se duplicó con los refugiaos de los pueblos y de las demás provincias. ¿Cuántos pueden haber quedao en la capital?

—Que yo sepa —afirmó Antonio—, en Málaga no habría más de mil fascistas.

—Supongamos que no hayan huido cincuenta o sesenta mil personas —aventuró Paco—: los enfermos de los hospitales, los religiosos, los ricos, los pocos que comulguen con los rebeldes y los que sientan más miedo de nosotros que de los moros. Tiene que haber en la carretera más de trescientas mil personas.

—¡Dios mío! —gimió Paula—. Vamos a morir de hambre. Estos campos son tós mú chicos, no habrá pa dar de comer ni a la décima parte de nosotros.

—El Gobierno vendrá en nuestro auxilio desde Almería —proclamó Paco.

—¡El Gobierno! —exclamó Antonio con acritud—. Esos chupatintas almidonaos quieren que los malagueños nos pudramos en el camino. Muerto el perro, se acabó la rabia. Málaga ha sido siempre un grano en el culo pa ellos y ésta es la oportunidad que han encontrao Largo Caballero y los demás fantoches pa acabar de una vez con nosotros.

—Tenemos que aligerarnos y llegar a Motril cuanto antes —dijo Paula.

—No se puede pasar por Motril —recordó Mani—. Hay una riá.

—Encontraremos la manera —les tranquilizó Paco.

En el toldo de nubes se abrían algunos desgarrones por donde comenzó a escapar el amanecer. El sol se desveló súbitamente tras un jirón nuboso e iluminó el mar con un haz de luz que tenía algo de sobrenatural; el paisaje marino cobró de repente el aspecto de una representación del Génesis. Lanzado en su dirección, el destello alcanzó también al barco, que refulgió más que el propio sol. Era un brillo incisivo con destellos blancos y amarillos, como si el navío estuviese construido con láminas de oro bruñido. Mani recordó al Chafarino y su dios. Poseidón estaba allí enfrente, revestido con sus mejores galas para materializar su venganza.

—¿Por qué brillará tanto? —se asombró Paula.

—Es como si tuvieran en la cubierta espejos apuntándonos —afirmó Antonio—. Tiene que ser algo así.

—¡Qué majaretá! —discrepó Miguel—. ¿Pa qué iban a hacer eso?

—Pa localizarnos —aseveró Paco— y fijar con precisión la mira de sus cañones.

Como si en el barco quisieran confirmar tales palabras, el primer cañonazo impactó en la pared rocosa no muchos metros por encima de sus cabezas.

—¡Corred! —gritó Paco—. Hay que llegar enseguía abajo; aquí arriba somos un blanco perfecto. Ahí, en la vega, podremos escondernos en las plantaciones de cañaduz.

La culebra humana había sido sacudida en toda su longitud. Muchos corrían rocas arriba, escalando a rastras el terraplén, donde los guijarros sueltos les hacía deslizarse inutilizando sus esfuerzos. Otros se lanzaban al mar, donde muchos morían, o se metían en los repechos del acantilado, donde hallaban el refugio definitivo porque quedaban sepultados a causa de los desprendimientos originados por los estremecimientos de la tierra. Mani y los suyos corrieron pendiente abajo, quinientos, ochocientos, mil metros, y de repente la cinta de asfalto recuperaba la horizontal y allí estaba, incitador, el campo de caña. Ana y Angustias gemían y los cuatro hermanos pequeños del Templao lloraban con alaridos. Se echaron entre las cañaduces mientras el mundo se bamboleaba a su alrededor.

Los cañonazos cesaron al poco rato, paradójicamente cuando el día había aclarado del todo. Mani comprobó que la carretera se había vaciado; toda la desbandada se encontraba desparramada por las dos orillas entre voces y lamentos, buscando el embozo de la vegetación o las rocas. A pesar de las dos noches sin descanso, había resistido bien la caminata, pero ahora, tirado sobre la tierra húmeda y aromática, sintió deseos de permanecer inmóvil, dejarse arrastrar al mundo sin tacto ni olor, ni dolor, al que solamente podía acceder durmiendo. Paula lo impidió:

—Descansaremos en Torre del Mar; allí habrá quien nos dé algo de comer y así nos recuperaremos un poquillo.

—Sí, será mejor —afirmó Paco—. De día es imposible avanzar; andaremos solamente de noche.

Se arrastraron hasta la aldea, en cuclillas, tratando de no descubrirse sobre las cañaduces. El aroma dulzón de la plantación de caña de azúcar se mezclaba con el de la pólvora, y dominaba el ambiente un olor picante que, sumado a la extenuación física, tenía cierto poder narcótico. Todos ansiaban correr en busca de un sitio donde dormir, pero no podían erguirse para exponerse a ser el blanco de la metralla, ni ayudar a las dos embarazadas que, incapaces de andar en cuclillas, tenían que avanzar a tarascadas, reptando sobre sus manos y rodillas. Tardaron en avistar las primeras casas de Torre del Mar, que ardían como todo el cañaveral de sus proximidades, lo que les obligó a alejarse del mar, hacia donde los incendios eran menos numerosos. A Mani le causaba desconcierto y zozobra ver delante y tan cerca la grupa de su madre, oscilante mientras se desplazaba a gatas; Paula carecía en esos momentos del porte altivo que había apuntalado a la familia desde que el muchacho tenía memoria; en ese instante, sintió Mani que también iba a desmoronarse la arquitectura de fortaleza que había tenido que edificar dentro de su espíritu, a base de náuseas rumiadas, con objeto de poder satisfacer las exigencias maternas, y se echó a llorar.

Casi al final del recorrido a gatas, consiguió disimular las huellas del llanto mientras cruzaban un pequeño arroyo y las borró definitivamente mojando las manos y limpiándose los ojos en una atarjea que hubieron de saltar, atarjea por la que, ignorante de que el mundo estaba hundiéndose, discurría apacible y cantarina el agua fresca, con la misma incitación consoladora que debía de haber ofrecido durante los siglos que llevaba corriendo por el estrecho canal. Bebieron todos con avidez, hasta que un grito de terror de Angustias les disuadió; en el fondo del agua cristalina había una mano de hombre, cercenada por alguna explosión cercana, que la corriente arrastraba poco a poco pendiente abajo.

Las escasas calles empedradas entre muros relucientes de cal que permanecían intactas, se habían convertido en un campamento; en cuanto llegaban, los fugitivos se desplomaban y se dejaban vencer por el sueño en el mismo punto donde caían. Todas las puertas y ventanas estaban fuertemente atrancadas y nadie respondió las insistentes llamadas en petición de ayuda.

—Esto es una encerrona —afirmó Paula, entre dientes, con ira.

Echados todo sobre el empedrado, entre la multitud durmiente, sólo Paula, Paco y Mani velaban.

—¿No dijo Queipo de Llano por la radio que podíamos escapar? —continuó Paula con indignación— Mirad lo que nos ha hecho, meternos en un matadero aposta. Con la trampa que nos ha preparao, los rebeldes van a cazarnos como ratas.

—Creo que más bien quieren evitar tener que anunciar al mundo que han conquistao una ciudad fantasma —disertó Paco—. Pretenden que volvamos a Málaga.

—¿Matándonos? —Paula tuvo que contener el grito de furor—. Volverán a Málaga nuestros cadáveres. Esta carretera es una pasarela de más de cien kilómetros colgá del precipicio y esos canallas nos han dao alas pa huir, con idea de tenernos a tiro y exterminarnos. ¿No sería mejor ir tierra adentro y refugiarnos por Vélez?

—Escucha, mamá.

Mani, que aunque le atormentaba el sueño no conseguía dormirse, hizo lo que Paco había indicado a su madre, pres-

pa siempre. Pero no creo que vuelva a encontrar nunca otra ocasión igual pa que me digas...

—Yo tenía pocos años cuando sucedió; así que lo sé de oídas. Ni siquiera estoy segura de que ocurriera verdaderamente como lo recuerdo.

Era un día de mayo de 1897, en un jardín refrescado por las sombras de dos araucarias gigantescas bajo las que se abría un caleidoscopio de flores. Había otros muchos árboles en una extensión de terreno que parecía un parque público: cedros, palmeras, ficus y limoneros, rodeados de arbustos de rosas y celindros. El perfume era tan omnipresente como la tibieza amable del sol de media mañana. Josefa había tenido que saltar a duras penas la verja tras ser rechazada por los criados en la entrada, muy violentamente, y tenía la pobre falda pardusca rasgada por un costado a causa de una de las lanzas doradas de la verja; aunque su pudor no sufriría menoscabo, porque vestía otras dos sayas bajo la falda rasgada, le avergozaba el guiñapo que iba arrastrando sobre los guijarros blancos y grises del caminillo que conducía hacia el ventanal. Podía oír rumores de voces, aunque no muy claramente, porque el trino de los pájaros la envolvía como un concierto. Sí, había mucha gente en la casa medio oculta por buganvillas, rosales trepadores, glicinas y jazmines. Algunas cristaleras, las más bajas, transparentaban el apresurado ir y venir de muchachas vestidas como princesas; podía verlas recogiendo sus faldas para subir las escaleras o bajarlas, para correr a través de las alfombras o entre el abigarrado mobiliario, en un trasiego continuo de última hora. Había muchas cosas sorprendentes en ese salón entrevisto por las cristaleras y lo que más le llamó la atención fueron las numerosísimas miniaturas de barcos veleros. Josefa comprendió que no existía ningún punto en esa fachada por donde pudiera entrar; tendría que encontrar la puerta de servicio, en uno de los dos laterales, puesto que ya había comprobado la inutilidad de intentarlo ante la hermosa puerta de multicolores cristales emplomados. Era tan completo el agobio de las prisas que dominaba a todos los ocupantes de la casa, incluida la servidumbre, que la puerta de servicio estaba abierta de par en par. Entró sin tomar precauciones y en vez de permanecer oculta en la cocina o acechando desde las múltiples estancias de esa parte de la casa, se dejó guiar por las voces hacia el salón principal, un lugar decorado de un modo que no sabía que existieran escenarios así en la ciudad. Escuchaba la voz de Francisco Manuel sonando quedo en algún lugar cercano, pero no podía identificar con exactitud ni la dirección de donde llegaba el sonido ni, mucho menos, la habitación. Además de miedo, sentía tanta congoja que apenas podía respirar, y tenía que avanzar casi sin ver dónde pisaba, porque la cegaban las lágrimas. Francisco Manuel, antes tan leal, tan inmutable, no había vuelto a visitarla desde el nacimiento de su segunda hija; la primera, la que tenían en común, había gozado sobradamente de las risas y los halagos del que parecía el padre mejor del mundo, el más hermoso, el más gentil y dadivoso. Pero Paulita llevaba veintidós días sin probar el poder de los brazos del padre, sin oler el aliento de sus besos y ella, la madre desesperada que continuaba fingiendo paz ante su hija, había perdido los deseos de vivir si tenía que hacerlo sin el amor del único hombre que había tocado en su vida. Los primeros tres años, había creído sus promesas imposibles, que el primogénito de los Robles del Altozano se casaría algún día con ella, una pobretona modistilla sin educación ni fortuna. Luego, cuando satisfizo su ruego de que, al menos, le diera el apellido a Paula, todo pareció haber quedado saldado satisfactoriamente y fueron durante cinco años volcanes de amor absoluto. El matrimonio con Elena se había celebrado dos años atrás, y ni Francisco Manuel lo mencionó ni Josefa quiso darse por enterada; fingió ignorancia porque nunca aceptó sentirse la otra y una forma de evitarlo era no mencionar a la esposa legítima; por lo tanto, jamás había surgido de su boca un reproche en esos dos años. Pero hacía tres semanas que había tenido noticias del nacimiento de Rita, el cuarto día de ausencia de Francisco Manuel, cuando fue a preguntar por los alrededores a la servidumbre de su casa y de las demás casas de su calle; había esperado en vano su regreso los veintiún días hasta la tarde anterior, cuando se enteró de que iban a celebrar el bautismo de Rita. No sabía lo que iba a decirle, a él o a cualquiera que se cruzase en su camino, sólo necesitaba una explicación o una herida de muerte: que él le contara por qué no la había visitado, aunque ella tuviera que engullir la mentira, o que le dijera, de una vez, que había muerto el amor. Avanzó un par de pasos más, todavía con la esperanza de encontrarse con él y nadie más, poder saber, obtener su explicación y una palabra de esperanza, y al desplazarse hacia el centro del salón, el guiñapo que colgaba de su falda se enganchó a la barroca pata trípode de un velador, que cayó con gran estrépito al romperse su frágil tablero de cristal decorado y al caer el jarrón de plata que había encima. Inconscientemente, quiso arreglar el estropicio, creyendo que podría juntar los trozos esmerilados del rico vidrio y, para ello, sujetó el jarrón de plata. Al instante, comprendió su error cuando una doncella, parada tras ella, comenzó a gritar «¡ladrona, ladrona!»; el salón se llenó de gente inmediatamenter: las amigas y primas de Elena Viana-Cárdenas James-Gray, sus padres y primos, la servidumbre casi en pleno, los padres y hermanos de Francisco Manuel, y, por fin, éste, que llegó con el brazo echado por los hombros de Elena, quien llevaba a Rita en brazos, ya terminada de vestir para el bautismo. Inexplicablemente, Josefa seguía aferrando el asa del jarrón de plata, como si ése fuera su único asidero con la vida. Sus ojos se cruzaron con los de Francisco Manuel, en cuya tez acababa de instalarse un témpano de hielo; conturbado, todavía parecía más hermoso. Notó su lucha interior, sus desesperados intentos de imaginar una solución para lo que no la tenía. El padre de Elena, un rechoncho hombre de pelo ensortijado completamente blanco, de sonrisa afable pero de ojos de acero, ordenó con vozarrón de marinero a un lacayo: «Federico, coge la calesa y ve deprisa en busca de los guardias». Salió el hombre uniformado como la gente de los cuadros, y mientras tanto, Josefa seguía aferrando el asa del jarrón, Francisco Manuel palidecía más y más y Elena encontraba el hilo invisible que unía en expresiones de entendimiento las miradas de los dos. Quiso engañarse a sí misma, creer que no, que en modo alguno se confirmaban los chismes que tanto habían ido a rondarle y tanto había desdeñado, pero Josefa, cuya expresión cenicienta parecía la de alguien en el umbral de la muerte, gimió: «Pacomani, por favor». Pacomani era el apelativo cariñoso de Francisco Manuel, que sólo los muy íntimos conocían además de sus padres y hermanos. Elena miró hacia su marido con indignación, esperando que él justificase el conocimiento del diminutivo familiar por parte de aquella miserable ladrona, pero él, como si emergiera de un mar proceloso donde hubiera estado a punto de ahogarse, sonrió seductoramente a su mujer, le echó el brazo por los hombros, la besó en el pómulo y dijo: «vamos, mi adorada, no dejemos que este incidente nos amargue la celebración del bautismo de nuestra hija». Una hora más tarde, Josefa era conducida a la prevención y, dos días después, a la cárcel, donde murió el día que Paula cumplió los once años.

—¿Y tu padre? —preguntó Mani, a quien asombraba que Paula le contase esa historia sin llorar ni descomponerse, un relato que desmentía muchas de las nociones que ella misma siempre había transmitido a sus hijos acerca del abuelo.

—Murió mes y medio después del bautismo de Rita, por la coz de un caballo. Los caballos eran su pasión, una pasión que acabó con él. Tal como lo recuerdo, creo que hubiera llegado a superar su momento de cobardía y habría sacado a mi madre de la cárcel, pero no pudo ser, porque murió. Según me decía mi madre cuando me llevaban a verla, doña Elena tenía conocimiento de mi existencia porque le escribió varias cartas pidiéndole que me socorriera, pero ella lo niega; asegura que esas cartas debieron de escamoteárselas sus padres, porque no querían que ná la angustiase por haberse quedao viuda tan joven. De cualquier manera, al final, y seguramente porque la pillaste ya muy vieja, ella se ha portao bien con nosotros, Mani, sobre todo contigo y con el Migue, pero yo no he podido mirarla jamás sin sentir una puñalá en el pecho recordando a mi madre encerrada en una cárcel por culpa de su padre o por la culpa de ella, que a lo mejor no quiso darse por enterá.

—Entonces, su hija y tú erais hermanas...

—Más o menos. Ahora ya no tiene importancia, ¿verdad? Escucha, Mani, por lo que más quieras, no le cuentes esa historia a tus hermanos; ellos sólo saben lo esencial, que estamos emparentaos con la de los barcos y para de contar, porque lo que le hicieron a mi madre ya no me da dolor ni desesperación, pero me produce una vergüenza que no la puedo soportar.

Mani examinó el rostro de Paula con detenimiento. No tenía lágrimas en los ojos ni se le ennegrecía el semblante, ni tampoco había un rictus especial en sus labios. Le dio un beso, que ella correspondió, y ambos fingieron dormir. Un poco más tarde, la oyó murmurar:

—Dios mío, permítenos llegar a Nerja sanos y salvos.

La inestabilidad del tiempo era un inconveniente más.

Tan pronto les caldeaba un rayo de sol fugaz como, al instante siguiente, caía la llovizna mansa que llamaban «calaera», pero ni siquiera bajo las perezosas gotas de lluvia se movieron de sus lechos de piedra. Permanecieron tumbados a la espera de que algún milagro les transmitiera la energía indispensable para ponerse de pie. Mani se fijó en Ricardo; los meses pasados en La Goleta le habían devuelto el peso perdido en su convento, pero la caminata había ocasionado que pareciera de nuevo un cadáver; Inma, que tenía al otro lado al Templao y sus amarras, se había arrimado al ex fraile; Mani observó que ninguno de los dormía del todo, aunque ambos trataban de hacer creer al otro que sí; Inma ocupaba al instante el espacio que Ricardo iba dejando libre con sus intentos de apartarse de ella. Rosalía tenía una expresión gozosa, dormida entre los brazos de Paco. Los ojos de Ana humedecían el pecho de Antonio. El Templao roncaba ruidosamente, abrazado por sus cuatro hermanos menores. Mani descubrió una mancha de sangre en la media de Angustias, y sacudió a Miguel.

—Deja que duerma un poquillo más, hombre.

—Angustias está sangrando.

Dio un respingo. Se arrodilló junto a Angustias y trató de descalzarla, pero los zapatos se incrustaban en la inflamación monstruosa que le deformaba las piernas. Miguel rompió en llanto y sus lamentaciones despertaron a los que dormían más cerca, que formaron un corro en torno a su mujer.

—Tenemos que quitarle los zapatos —afirmó Rosalía.

—Es imposible —gimió Miguel—, no salen.

—Podemos cortarlos —dijo Rosalía y, volviéndose hacia Paula, preguntó—: ¿lleva usted tijeras?

Paula asintió y las extrajo del bolsillo de su abrigo, pero cerró los ojos, incapaz de observar cómo la ex monja, con enorme sangre fría y manos acariciantes y enérgicas a la vez, apretaba la piel hinchada para facilitar la introducción de la punta de las tijeras. Miguel sujetaba a Angustias, que mordía el pecho del joven para resistir el dolor.

—No puede andar —sentenció Miguel cuando los pies agrietados y sangrantes quedaron descubiertos.

—La llevaremos de dos en dos, en sillita de Rey —dispuso Paco—. Haremos tres turnos: Guaqui y Mani, Antonio y Ricardo y Miguel y yo. Andando. Hay que darse bulla, pa que esto no nos atrase más todavía. De día o de noche, ya da igual; nos van a masacrar de toas, toas.

La guirnalda improvisada la noche anterior con cuatro de los hermanos del Templao fue extendida a dos más, porque no conseguían obligarles a permanecer agrupados, mientras todos tendían a fijar su atención en Angustias y la penosa manera de transportarla. Cuando abandonaban la aldea donde gran parte de la desbandada dormía aún, preguntó Inma a Ricardo:

—¿Por qué no tienes mujer?

—Niña —reprendió Carmela—, no digas tonterías.

—¿Eres un maricón? —insistió Inma.

Caminaban de nuevo entre sembrados de cañaduz. La pregunta de Inma produjo un silencio mortal.

—¿Te quieres callar? —se impacientó el Templao, que en ese momento cargaba a Angustias con los brazos entrelazados con los de Mani.

—No importa —aseguró Ricardo, rojo de rubor—. Yo entregué mi cuerpo a Dios nuestro señor.

—¿Y Dios pa qué lo quiere? —preguntó Inma.

Mani sintió ganas de reír, Paula fingió no haber escuchado, Miguel rió abiertamente y los demás adultos ensayaron expresiones de estar pensando en otros asuntos.

—Inma, bonita —Rosalía trató de despejar la incomodidad general—. ¿Quieres aprenderte una copla?

—Sí —respondió Inma con entusiasmo—, una copla que yo pueda bailar.

—¿Sabes el vito?: «una malagueña fue/ a Sevilla a ver los toros/ y en la mitad del camino/ la cautivaron los moros» —cantó Rosalía con hermosa voz y buen tono.

—Los moros son los que vienen a violarnos, ¿verdad? —preguntó Inma con lascivia.

El Templao apretó los labios y masculló una maldición ininteligible.

Iban turnándose los seis hombres para transportar a Angustias y Paula aferraba la cintura de Ana, cuyos malestares se multiplicaban aunque ella no se quejara. Los hermanos del Templao protestaban de hambre y sólo Rosalía, con sus historias y canciones, conseguía acallarlos, pero el llanto rebrotaba un centenar de pasos más adelante. Cortaron cañaduces que aún estaban verdes y tenían un sabor muy ácido, pero el zumo les proporcionaba alguna energía. Angustias no paraba de chupar y mascar los tronquitos que le daban, ya descortezados, y los más jóvenes también lo hacían con afán, como si cada trago de zumo estimulara más su apetito en vez de satisfacerlo. Desde la llanura azul del mar moteado aquí y allá de pequeños retazos iluminados a través de los rotos de las nubes, el barco continuaba bombardeando la carretera y la caminata se multiplicaba por tres, por la frecuencia con que tenían que correr a refugiarse tras las rocas. Mani observó que Paula se negaba a mirar los cadáveres que festoneaban la cinta de asfalto; en realidad, la multitud de ojos desorbitados por el horror había dejado de mirar todo lo que no fuese el horizonte tras el que se escondía la meta de su viaje, como si la contemplación de los cuerpos descoyuntados erigiese murallas que no tenían fuerzas para escalar.

Cayó de nuevo la noche. Ya todos carecían de aliento para emitir cualquier sonido, cualquier lamento, cualquier reproche y sólo se oía el rumor de los pasos, un zum-zum-zum con cadencias que parecían ensayadas, amortiguadas por las suelas de esparto. Ahorraban todo esfuerzo, hasta el de hablar, para dirigir la rabia hacia las piernas, que eran la única herramienta útil y por eso trataban de concentrar en ellas los restos de su vitalidad. Andar, arrastrarse, rodar, dejarse la planta de los pies en el pavimento con la esperanza azul de Nerja por todo pensamiento. La salvación era azul resplandeciente de sol, un acantilado azul sobre el mar de plata, un paraíso azul suspendido en el azul del cielo. Nerja, azul, pórtico amable hacia una promesa de vida feliz. Habían abandonado en el camino todas las ambiciones y lo único que les mantenía de pie era la voluntad de vivir o que ese bien supremo fuese conservado por quienes amaban. Se cogían de las manos para no perderse y comunicarse fortaleza, pero nadie decía nada, sólo de vez en cuando sonaba la voz de Inma con algún comentario que crispaba la mano con que su hermano aferraba el brazo de Mani cuando les tocaba cargar a Angustias. Paula parecía a punto de despeñarse del orgulloso baluarte de resolución donde había mantenido a sus hijos toda la vida; Mani la veía apretar los párpados y fruncir los labios a cada queja de hambre de los hermanos del Templao, como si ése fuera el único dolor para el que no se había acorazado.

Los desgarradores gritos infantiles se tornaron alaridos al amanecer, que les sorprendió cerca de un cruce de caminos. Una estrecha carretera culebreaba para desembocar en la de la costa; descendía desde Torrox, un hermoso pueblo blanco que emergía de las brumas entre las claras del alba, recortado allá arriba, en un cerro verde, contra el verdor agreste de la sierra que lo envolvía.

—¿Llegaríamos ahí arriba antes que a Nerja? —preguntó Paula a Paco, señalando con el hombro las casas refulgientes.

—Sí, mamá, pero nos retrasaríamos, y donde debemos ir es a Motril y, después, a Almería.

—Ya estamos retrasaos de sobra. En Nerja, seguro que no habrá ná que comer, con esta desbandá de famélicos. Ahí arriba, en Torrox, es posible que encontremos algo; nos hace muchísima falta, porque estos niños no pueden aguantar más y las preñás necesitan comer por dos. Venga, andando pa arriba.

Bajo la todavía indecisa claridad filtrada por las nubes, Mani notó que las piernas de Angustias, transportada en ese momento por Ricardo y Miguel, eran de color cárdeno. Al apartar la mirada para escapar de la masa informe de carne inflamada, vio que también las zapatillas de paño de Paula estaban manchadas de sangre. Examinó su cara, pero no mostraba señales de dolor; en ese instante, comprendió que amaba más allá de lo racional la materia especial con había sido construida. Ella era tan fundamental, tan definitiva en su vida, que verla sufrir el menor quebranto resultaba insoportable. La tomó por la cintura, como si pudiera compensar el esfuerzo que ella hacía para sostener a Ana. Paula giró la cara hacia él y le sonrió sólo con los ojos.

La llovizna calaera que les humedecía la ropa no deslucía el brillo del barco; continuaba frente al punto donde estaban, como si quisiera acosarles a ellos concretamente y no persiguiera a nadie más, como si pudiera reconocerles en la aglomeración de enjambre que agrisaba la carretera. El fulgor adquirió un matiz distinto y, al instante siguiente, el proyectil levantó una nube de polvo y guijarros a escasa distancia. Como si el cañonazo fuera un toque a rebato, los nubarrones vomitaron inmediatamente después una escuadrilla de aviones.

—Son republicanos —aseguró Paco, aunque todavía estaban demasiado lejos para identificarlos—. Vendrán a echarnos víveres.

Mani forzó la mirada; no eran republicanos. A Paco le cegaba su necesidad de creerlo, pero tenían pintados en los costados escudos alemanes e italianos. Sobrevolaron la carretera dos veces. Cuando parecía que iban a alejarse, se lanzaron hacia la gente a baja altura; no tiraban bombas al principio, sino que fueron ametrallando por turno: llegaba uno, en picado, y cuando daba la impresión de que se estrellaría contra la multitud, cobraba altura en un segundo y era sustituido por otro que también les ametrallaba; así continuamente, en un carrusel incesante.

—¡A correr! —aulló Paco—. Subamos a Torrox.

La carrera para huir de los aviones les había puesto en camino; se encontraban pendiente arriba, a varios centenares de metros de la costa. Paco ordenó que anduviesen campo a través, fuera de la estrecha línea de asfalto.

—Es una trampa —masculló Antonio—. Nos han convencío de echarnos a la carretera pa meternos en un mataero. Lo tenían previsto, ¿no os dais cuenta? Primero, los barcos y ahora, los aviones...

No muchos habían tenido la idea de subir al pueblo. Mani supuso que podían temer que los rebeldes estuvieran bajando también por ese camino, aunque creía que no tenía comunicación con el de Vélez. Pero aunque ahora eran pocos, el día anterior debían de haber sido muchos, pues los campos de bancales estaban completamente arrasados. Ante tanta desolación, el brillo blanco de las paredes enjabelgadas de Torrox constituía una promesa de buenaventura. Aunque no era excesiva distancia, debían descansar cada dos por tres, por la carga de Angustias y a cada parada, los berridos de los niños se volvían ensordecedores. Carmela lloraba sin cesar y Rosalía miraba los alrededores con ojos febriles, en busca de algo con que poder mitigar el hambre de los niños. Mani, Miguel y el Templao se dejaron escurrir por la pendiente de una quebrada, hacia un matorral de palmitos, que arrancaron con fiereza. Los niños mascaron al principio con avidez la raíz pulposa de sabor ligeramente áspero, pero enseguida despreciaron lo que para los demás representaba un manjar y recomenzaron los aullidos.

—Al menos, podemos comprar morcillas, pasas e higos secos —dijo Paula cuando alcanzaron las primeras edificaciones.

—No te hagas muchas ilusiones, mamá —murmuró lóbregamente Antonio.

Mani comprendió lo que Antonio quería decir. Todas las puertas y ventanas estaban trancadas. Nada se movía, nada se oía; nadie emprendía el trajín propio del amanecer en una aldea rural; no se veía una yunta ni un labrador. No parecían naturales del pueblo los fugitivos dispersos que dormitaban en la calle y entonces Mani cayó en la cuenta del porqué de un silencio tan absoluto; no había a la vista ningún perro ni gato, que debían de haber sucumbido a la desbandada hambrienta de la tarde anterior. Las hermosas calles de blancura reverberante callaban con un silencio inhóspito, como si rehusaran darles la bienvenida. Miguel golpeó a puntapiés una puerta tras otra. Lo hacía al principio afectando corrección de visitante inesperado, pero a la cuarta o quinta puerta muda perdió el control y comenzó a saltar golpeando con las rodillas, los puños y los pies.

—Abrir, por favor, tener por Dios compasión; llevamos una preñá a punto de morir.

Nadie respondió su llamada a lo largo del trecho que mediaba hasta el centro de la aldea. Miguel persistía ante la congoja de todo el grupo; saltaba, escalaba rejas, se colgaba de los balcones aullando, rajaba su garganta en súplicas y los postigos continuaron cerrados, aunque Mani advirtió que algunos visillos se movían muy levemente. Al llegar a la plaza, todos cayeron sobre el empedrado, exhaustos, decididos a no moverse nunca más del punto donde se desmoronaban. Los gritos de los niños arreciaron, las acometidas de Miguel contra las puertas y ventanas parecían las de un demente rabioso y sus cuatro hermanos no podían hacer otra cosa que llorar.

—Tienen que estar mú acobardaos —gimió Paco—. La

desbandá pasaría por aquí ayer como un maremoto, arrasándolo tó.

Los gritos de Miguel debían de oírse en todo el pueblo, porque retornaban en ecos, devueltos por la sierra. Tras varios minutos más de golpes y patadas, ya sólo era capaz de llorar, y se arrodilló en medio de la plaza. Juntó las manos como en una oración, agachó la cabeza y dijo alto pero con voz contenida:

—¡Tener piedad, por la Virgen! Llevamos varios niños a pique de marearse por el hambre y a dos embarazás. ¡A mi mujer se le han reventao los pies, coño! ¡Tener caridad, por vuestros muertos! No consentir que se muera mi mujer...

Mani sentía tanta rabia, que tuvo que reprimir el deseo de arrancar una piedra del suelo y lanzarla contra el último cristal tras el cual había visto moverse un visillo. Notó que Antonio se acercaba a Miguel como un sonámbulo; había dejado de amar a su hermano mayor hacia meses, un año tal vez. Ahora le asombró la ternura conmovida con que se acercaba a Miguel y sintió vergüenza de su desamor. Antonio dio una vuelta en torno a Miguel, mirándole a través de sus ojos congestionados y alzando las palmas de las manos, como si quisiera encontrar qué hacer o qué decirle. Vaciló varios minutos y, finalmente, como no se le ocurrió nada, cayó también de rodillas y, de medio perfil, abrazó a Miguel y lo meció como si tratara de acunarlo. Pasados unos momentos, alzó los puños al cielo y gritó:

—¡Dios mío, ten misericordia de nosotros! Haz que se ablande el corazón de esta gente.

Ana sollozaba muy quedamente. Rosalía estaba arrodillada, tapándose los ojos con las manos. A Paula se le desorbitaban los ojos, como si acabase de descubrir que la miseria del mundo era infinita y no fuese capaz de asimilarlo. Mani notó que ahora eran muchos los visillos que se movían: abundaban los que querían contemplar al demente que se desgañitaba de aquel modo, y advirtió que su madre también se había dado cuenta y que ello colmaba del todo su medida. Se alzó y con su porte majestuoso recuperado, aunque a pasitos cortos porque debían de dolerle mucho los pies, cruzó el trecho que separaba al grupo del punto donde Miguel y Antonio hacían pública genuflexión; llegada hasta ellos, haló de su ropa y les obligó a poner fin a su humillación.

—Aquí no tenemos ná que buscar —dijo a gritos—. No sigáis dando el espectáculo pa el recochineo de estos miserables. Cruz y raya. Que Dios o el demonio fulmine a esta caterva de degeneraos. Hala, dejar de llorar y hacer algo útil; tratar de echar abajo alguna puerta, porque de aquí tenemos que salir alimentaos.

Los primeros golpes de Paco y Antonio contra un portón que parecía el de un cobertizo o un granero, fue respondido con una andanada de disparos que llegaban de varios puntos, y todos tuvieron que echar a correr cuesta abajo, entre los alaridos de los niños y las quejas de Angustias y, ahora, también de Ana. Quienes disparaban, no parecían querer acertar, sólo que se marcharan. Mediada la primera recta por donde habían abandonado la plaza, cayó un hato ante Paula, que lo recogió sin apenas pararse.

—¡Hay en este pueblo, por lo menos, un justo pa que no lo destruya el fuego divino! ¡Tenemos comida!

Sin detenerse, fue dando pellizcos de pan y trozos de morcilla, primero a los niños y luego a los demás y abandonaron Torrox con su objetivo cumplido. El regreso fue más fácil cuesta abajo; descendieron por el centro de la carretera sin precauciones, como si estar comiendo representase la redención de todas sus penas. Habían dejado de importarles los aviones, que danzaban su macabro minué sobre la línea asfaltada de la costa. Durante el tiempo que les tomó llegar, dos veces los vieron alejarse y volver.

—No podemos meternos en la escabechina que estarán haciendo —dijo Mani.

—Lo vamos a hacer así —dijo Paco—: esperaremos que se vayan y, en cuanto se alejen, creo que podemos correr sin peligro durante una media hora; eso es lo que ha mediado, aproximadamente, entre los dos acercamientos anteriores. A lo mejor conseguimos salir del encajonamiento de esta parte de la carretera antes de que regresen. Si vuelven antes de que consigamos llegar a campo abierto, recordar que hay que ocultarse en el mismo sentido que ellos vienen y buscar cobijos que no vayan a caeros encima con la explosiones. En cuanto podamos llegar a otra parte más o menos despejá como ésta, nos meteremos otra vez tierra adentro, porque ya habéis visto que namás disparan contra la carretera de la costa.

Los aviones volaban como un enjambre de abejorros; seguramente se debía a una táctica deliberada, pero a Mani le parecía que estuvieran siempre al acecho de su grupo en concreto. Admiró la habilidad de los pilotos, puesto que obligaban a sus máquinas a elevarse en el último segundo, cuando daban la impresión de que iban a estrellarse. Como la carretera que corría paralela a la costa estaba oculta todavía por las ondulaciones que iban salvando, no podían ver a los fugitivos de la gran desbandada, pero una vez que el estruendo cesó y los aparatos fueron alejándose hacia la cola del éxodo, los lamentos reemplazaron el ruido de los motores.

—¡Dios mío! —gimió entre dientes Paula cuando la cinta de asfalto se hizo visible, conteniendo un alarido para no estimular nuevos llantos de los niños.

El pavimento se iluminaba por el brillo de la sangre. Una inundación bermeja, en el umbral entre el horror y el infierno. Llamaban a voces a sus familiares perdidos y no miraban hacia abajo, para no identificarlos entre los cuerpos descuartizados que se amontonaban por todas partes. Corrían de un lado a otro como enajenados, en todas las direcciones, atrás y adelante, hacia el acantilado y el terraplén: entrechocaban, resbalaban, maldecían y se acuclillaban trémulos junto a un rostro recién localizado. Era muy difícil andar, los pies se deslizaban en el viscoso resplandor rojo. Mani tenía que sujetar a Paula, que había levantado la cabeza estirando mucho el cuello y avanzaba con la mirada fija en un punto inconcreto del cielo gris que se abría frente a ellos. Mani volvió la cabeza casi involuntariamente, para mirar a un mujer que daba alaridos estrepitosos y gritaba el nombre de Manolo; vio enseguida que no era a él a quien llamaba, pero sus ojos se soldaron fascinados a lo que acunaban sus brazos, un niño de pecho cuyas entrañas colgaban penduleando al andar la madre; apretó los párpados, a ver si conseguía despertar de la monstruosa pesadilla. El sol, ¿dónde estaba el sol? Tenía que estar en alguna parte, era urgente que viniera a despertarle. El Templao hizo que abriera los ojos de nuevo.

—Fíjate en ésa —dijo con espanto.

Delante de ellos, otra mujer sujetaba un brazo infantil, como si condujese de la mano a un niño pequeño, pero aparte del brazo, no había nada más.

—Escucharme —gritó Paco, como si necesitara actuar para no pensar—, en cuanto oigáis el menor zumbido, echar a correr. No quedarse de pie ni un segundo; tós al suelo, pegaos a una roca, y os quedáis completamente quietos.

Tuvieron tiempo de andar un buen trecho antes de que los aviones volvieran. La vía era muy sinuosa tras la corta recta que habían dejado atrás, y se encerraba en un acantilado cortado a pico, como si el camino fuera un quiebro muy breve de dos verticalidades. A la izquierda, el precipicio se elevaba en una curva convexa que llegaba a suspender la roca sobre sus cabezas y a la derecha, caía hacia las olas en picado. El mar tenía un sucio color pardusco, feo como un páramo helado. Sin embargo, el barco seguía refulgiendo.

—No puedo con mi alma —se quejó por fin Ana.

—Aguanta, hija —rogó dulcemente Paula—. Paco dice que no falta ná pa Nerja.

Habían olvidado el cansancio. Los pasos resonaban en el semitúnel que les envolvía con ecos de foso musical. El clamor de los quejidos, las plañideras voces que pronunciaban nombres sin conseguir respuesta, habían ido amortiguándose hasta extinguirse y de nuevo el silencio era interrumpido sólo por suspiros aislados. La familia Robles del Altozano y la del Templao iban todos cogidos de la mano en torno a Miguel y Ricardo, que eran los que cargaban a Angustias en esos momentos. Sin darse cuenta, habían formado una cadena que incluía hasta a los niños más pequeños, como si quisieran contagiarse coraje.

Mani no entendía el misterio del clima mediterráneo andaluz. Podía estar lloviendo y el cielo cubierto de nubes y, en un momento, sin transición, volvía a lucir el sol en un espléndido firmamento turquesa. Cuando vislumbraron el fin de aquel callejón parecido a una hornacina por donde se desplazaban, y al superar una curva muy cerrada, la carretera se abría a una pendiente suave que descendía hacia un estrecho valle litoral cubierto de verdor. Aún no se alcanzaba a ver el pueblo de Nerja, pero la pequeña vega que se deslizaba hacia el mar para interrumpirse abruptamente en el acantilado más hermoso que Mani hubiera sido capaz de imaginar, surgió ante ellos bañada por un sol indolente. Habían llegado al paraíso. El infierno quedaba atrás y lo que ahora tenía ante sí era un edén incitante y provocativo, un jardín bendito donde superarían el horror. Los chirimoyos que aún estarían cargados de frutos, los mandarinos, naranjos y limoneros, las pitas y chumberas, las cañas trenzadas de las tomateras y pequeños retazos de cañaduces resplandecían en el esplendor verde acariciado por la mágica atmósfera azulada que limitaban las cercanas montañas. Iban a llegar a Nerja en menos de media hora: se habían salvado. También el mar había recuperado de repente el azul para no desentonar del paisaje, y lamía afectuosamente los peñones del acantilado que la erosión habían convertido en islotes. No podía haber un lugar más bello en el mundo ni más promisorio. Mani no había visto gaviotas en todo el camino, y allí había gaviotas chapoteando en la escarpada orilla. Tampoco había visto perros ni gatos, y abajo, al lado de un chamizo, vio un perro que se divertía persiguiendo a un gato. Lo de detrás era un mal sueño. La vida esperaba delante.

Extasiado, Mani escuchó con un sobresalto el aullido de Paco:

—¡Los aviones! Aquí no tenemos donde escondernos. Esta cuesta tiene que ser pa ellos como un escaparate. Correr pa abajo, a los sembraos, venga, correr, por Dios.

No podían hacer otra cosa que correr. Correr en busca del sol y los chirimoyos, de los matorrales de palmito, de la extensión verde donde la oscuridad abisal de las rocas sobre las que andaban se trocaba en luz. Pero eran varios centenares de metros los que aún les separaban de la vega, que parecía retroceder, burlona, cuanto más corrían hacia ella. Los aviones les adelantaron y, en la otra punta de la ensenada, viraron en redondo. De nuevo como si les acechasen a ellos y sólo a ellos, reanudaron el carrusel frente al grupo y enseguida comenzaron las ráfagas de disparos.

—¡Al suelo! —aulló Paco.

Cayeron de bruces, inmovilizados boca abajo como lapas después de la ola. Las ráfagas de balas pasaban rozándoles, perforando el pavimento con chasquidos ensordecedores. Duró unos minutos, muy pocos y pronto se alejaron en dirección a Málaga.

—A correr, a correr —urgió Paula—. Aunque nos dejemos las plantas de los pies en el suelo, hay que correr sin parar. Tenemos que llegar abajo antes de que vuelvan, allí podremos escondernos...

Los cuerpos y miembros desprendidos se apilaban en las cunetas como muñecos rotos. Iban formando pilas espontáneamente: caía uno y luego otro que era alcanzado al pasar por encima del cadáver, y luego un tercero y, a la postre, se amontonaban como un vertedero infame. El último repecho de la carretera estaba cegado por uno de esos montones y tuvieron que escalarlo para continuar corriendo, pero Ana se trabó entre los exánimes miembros ensangrentados y dejó de debatirse, quieta, como si se dispusiera a morir para no tener que seguir contemplando tanto horror. Acudieron Mani y Antonio para obligarla a continuar.

—¡Virgen de Zamarrilla! —suspiró Paula—. Tantos muertos sin enterrar, no van a tener siquiera el derecho a una sepultura.

Llegaron al fondo de la cuesta. La luz les envolvía por fin, acariciante, pero el runrún se hizo audible de nuevo y los aviones les alcanzaron otra vez como un enardecido enjambre de abejas. Pareció que iban a alejarse hacia el este pero, inesperadamente, giraron y maniobraron en dirección al grupo.

—¡Al suelo! —ordenó Paco.

Pasaron uno tras otro, tan cerca, que Mani creyó que las panzas les rozarían. Daban la impresión de ser centenares, porque el carrusel no paraba: cada avión que les sobrevolaba, volvía al principio tras un salto. Luego de un tiempo que duró un millón de años, los oyó distanciarse y desaparecer más allá del acantilado que habían dejado atrás. Mani se levantó dándose palmadas en las orejas para aliviar el zumbido de sus oídos.

—Mamá, levántate; ya se van.

Ninguno se movía. Les gritó que el peligro había pasado y ya podían seguir el camino, pero nadie intentaba incorporarse. Cogió a Paula por la cintura para ayudarla, mas su cuerpo estaba laxo y sintió húmeda la mano con que la abrazaba. Contempló esa mano como si no fuera suya, esa mano ensangrentada no era la que le había dado su madre y con la que ahora la había tocado; no era capaz de creerlo, a Paula no podía pasarle eso: ella estaba muy por encima de las miserias del mundo. Consiguió que el cuerpo sin fuerzas permaneciera casi sentado y se puso a dar saltos entre todos ellos, vociferando el nombre de Paco, Antonio, Ricardo, Miguel, Rosalía, Ana y Angustias. Ésta, boca arriba, tenía los ojos abiertos, fijos en él; Mani sonrió al agacharse a ayudarla a ponerse de pie, pero se detuvo antes de intentarlo: tenía el vientre abierto y el fruto sin madurar palpitaban envuelto por una masa oscura. Desvió los ojos con extravío. Descubrió que el Templao daba señales de vida, pues se había vuelto hacia él y conseguía sentarse, repentinamente convertido en un anciano rodeado por sus once hermanos muertos.

La desbandada avanzaba sobre ellos: todos evitaban pisarles mientras se cubrían la cara con una máscara de conmiseración. Mani sintió rabia; estaban en un error, no les había pasado nada, alcanzarían con ellos los huertos y repondrían fuerzas en el abrigo cálido y perfumado de un pinar. El Templao arrastraba a Carmela fuera del camino. Mani se acercó a pedirle ayuda.

—Guaqui, ven; mi madre no se mueve, tiene que estar herida.

—Todos están muertos, Mani.

—¡Mentira!

—No es mentira, Mani. Tengo mú vista a la muerte.

—¡No puede ser!

—Esta es la guerra, Mani; esta es la hijaputá de esos generales de Marruecos y el Gobierno cobarde que nos ha entregao a ellos pa quemarnos como júas.

—¿Qué vamos a hacer, Guaqui?

—Enterrarlos, como quería tu madre, y después, vivir. Y lo que haya que hacer a continuación, seguramente tú eres más capaz de inventarlo que yo.

«La evacuación de Málaga comenzó cuando la población civil supo de las dificultades de los frentes, pero nadie creyó que el éxodo voluntario iba a asumir el carácter de una cataclismo humano desconocido en la historia de Europa...

Pronto se convirtió en una sangrienta realidad. El camino se tornó un infierno bombardeado por los barcos fascistas españoles y los aviones alemanes e italianos. Los aeroplanos, en formación masiva, bombardearon y sembraron fuego con sus ametralladoras. Pronto, el camino quedó cubierto de muerte...

... niños que habían perdido a sus padres corrían gritando.»

The Manchester Guardian, miércoles 17 de febrero, 1937.

Luis Melero

Luis Melero nació en Málaga y cursó estudios de arte en Italia y creación publicitaria y comunicación en Brasil y Estados Unidos. **Roca**editorial publicó *Oro entre brumas* en 2004 y *Los pergaminos cátaros* en 2006.

tar atención obviando los sonidos cercanos. Por el anfiteatro de laderas montañosas que se descolgaba desde el paso de Zafarraya hasta el mar, llegaban ecos de cañonazos. Vélez ocupaba el centro de ese anfiteatro.

—¿Oyes? —continuó Paco—. Están bajando contra Vélez y si no caen sobre nosotros, será que nos temen porque somos muchos, contradiciendo sus previsiones, y también les frenará la suposición de que llevamos armas. Solamente tenemos escapatoria por la costa, y a partir de Nerja, quizá podamos empezar a confiarnos.

—¿Cuánto falta? —preguntó Paula.

—Veintitantos kilómetros —respondió Paco con tono gutural.

—¡Dios mío! —exclamó Paula—. Con las barrigas de esas niñas, no conseguiremos llegar esta noche... ni nunca.

Mani notó que Paco se dormía o, más bien, fingía dormirse por carecer de respuestas y alternativas. Pero Paula continuaba despierta y no parecía dispuesta dormir. Tenía los ojos fijos en el firmamento y sus labios se movían como si estuviera rezando. Algo, el presentimiento de una inminencia indefinible, hizo que Mani recordara que tenía con ella una cuenta pendiente, hallando que ya no podía ser postergada más. Se giró hacia su madre y le pasó el brazo por el cuello. Paula volvió a los ojos hacia él; en el primer instante, le sonrió, pero debió de intuir en sus ojos la pregunta, porque al instante siguiente compuso una expresión muy seria y trató de desasirse del abrazo. Mani la retuvo y alzando un poco el mentón, la besó en la mejilla.

—Tienes que contármelo, mamá.

Paula comprendió instantáneamente. Observó el rostro de su hijo unos segundos.

—¿Qué temes, que no salgamos de ésta?

—No, mamá. De ésta vamos a salir, te lo juro. Te prometo que vamos a llegar a un sitio tranquilo, y seremos felices